Barbara Delinsky war Fotografin und Reporterin, bis sie sich dem Schreiben zuwandte. Seit 1980 hat sie mehr als fünfzig Romane veröffentlicht, die in zwölf Sprachen übersetzt wurden. Sie hat mehrere Preise bekommen und ist in vielen Fernsehtalkshows aufgetreten.
Sie lebt mit ihrem Mann und ihren drei Söhnen in Needham/USA.

Von Barbara Delinsky sind außerdem erschienen:

Facetten der Liebe (Band 60306)
Der Tag, an dem alles anders wurde (Band 60298)

Dieses Buch wurde auf chlor- und säurefreiem Papier gedruckt

Deutsche Erstausgabe März 1996

Titel der Originalausgabe »More Than Friends«

Originalverlag HarperCollins, New York
Umschlaggestaltung Angela Dobrick, Hamburg
Umschlagfotos Bavaria Bildagentur, Gauting
Satz MPM, Wasserburg
Druck und Bindung Ebner Ulm
Printed in Germany
ISBN 3-426-60297-0

2 4 5 3 1

BARBARA DELINSKY

Freunde und Liebhaber

Roman

Aus dem Amerikanischen von
Georgia Sommerfeld

Knaur

Innigen Dank
an die Männer in meinem Leben
für Inspiration,
Ermutigung, Geduld
und Liebe

Prolog

Michael Maxwell hob den Camcorder ans Auge, lehnte sich an das Verandageländer und ließ den Film anlaufen. Er fing zuerst das Meer-Panorama ein und folgte mit dem Objektiv dann dem Felsenpfad, der zum Haus herauf führte.

Seine dreizehn Jahre alte Stimme um eine Oktave senkend, begann er mit seinem Kommentar: »Labor Day, 1992, Sutters Island, Maine. Auf der Vorderveranda des Popewell-Sommersitzes befinden sich – mit mir – die Popes und die Maxwells, die an diesem denkwürdigen Tag ihr zehntes gemeinsames Ferienende-Freßfest zelebrieren werden.«

»Das zehnte!« kam ein erstauntes Echo von der Verandaschaukel hinter ihm. »Ist das zu glauben?«

»Schwerlich«, wurde eine andere, diesmal männliche Stimme laut, und dann eine zweite, die ihrer Äußerung ein Räuspern vorausschickte.

»Mir bereitet es keine Schwierigkeiten, es zu glauben – ich habe gerade erst die Kostenvoranschläge für ein neues Dach, einen neuen Boiler und einen neuen Faulbehälter durchgesehen. Die Hütte bricht in die Knie.«

»Aber wir lieben sie«, erklärte Annie Pope. »Stimmt's, Teke?«

»Stimmt«, bestätigte Teke und zwinkerte in Michaels Richtung, als das Auge der Kamera sich auf die Gruppe richtete. Die große Holzschaukel aufs Korn nehmend, setzte Michael seine mit tiefer Stimme ausgeführte Erläuterung fort. »Hier haben wir die Popewell-Eltern. Von links nach rechts sind das J. D. Maxwell, der seinen Arm hinter seinem besten Freund, Sam Pope, auf der Lehne ausgestreckt hat. Sams Frau, Annie, sitzt, die Arme um die Knie geschlungen und die Füße gegen ihre beste Freundin,

Teke, gestemmt, auf Sams Schoß. Sie tragen ein Sammelsurium von T-Shirts und Shorts und sehen aus wie alt gewordene Pennäler.«

»He!« protestierte Teke.

»Wir *sind* alt geworden«, konstatierte J. D. Auf einen Blick von Sam hin fügte er hinzu: »Ich sehe dich nicht aufspringen, um den Whaler ins Trockendock zu bringen.«

»Jon sagte, *er* würde es tun.«

»Weil du geschafft bist.«

»Immerhin haben wir heute früh ein Klafter Holz gehackt!«

»Vor zehn Jahren hätte das unseren Elan nicht bremsen können.«

»Vor zehn Jahren hatten wir keine fünf Teenager, an die wir Arbeiten hätten delegieren können.«

Teke seufzte. »Vor zehn Jahren waren wir dreißig. Sieh der Tatsache ins Gesicht, Sam, wir sind auf dem Weg in die Vergreisung.«

»Ich nicht«, widersprach Sam und schlang mit einem Zucken seines Schnurrbarts die Arme um Annie. »Ich trete gerade erst in die Blütezeit meines Lebens ein – siehst du das nicht auch so, Sonnenschein?« Er schloß seine Lippen um ihr Ohrläppchen und saugte daran.

»Nicht schlecht, Sam«, bemerkte Michael. Er fragte sich, wie Kari Stevens reagieren würde, wenn er das bei ihr versuchte. Wahrscheinlich würde sie ihn als Perversling beschimpfen. Aber was wußte Kari Stevens schon über Zungen?

»Er sieht alles«, warnte J. D. Sam. »Wenn er ein Weiberheld wie Geraldo wird, mache ich dich dafür verantwortlich.«

»Geraldo!« tönte es amüsiert vom Ende der Veranda her. Michael schwenkte den Camcorder herum und fing das lachende Gesicht seiner Schwester Jana ein. »Aus *dem* wird nie ein zweiter Geraldo.«

»Warum nicht?« fragte Michael leicht gekränkt. Sicher, er war eher ein Filmemacher als ein Polizeireporter – aber er war fest entschlossen, Karriere zu machen.

Zoe Pope, die bei Jana stand, sagte: »Weil du zu nett bist.«
»Oh, ich kann auch gemein sein.« Er stellte die Kamera auf Nahaufnahme ein und ging langsam auf die Mädchen zu. »Ich kann allen Leuten erzählen, daß Jana Maxwell sich heimlich zu drei Fahrstunden weggeschlichen hat.«
»Michael!«
»Hast du das wirklich getan, Jana?« rief Teke herüber.
Aber Michael hatte noch mehr in petto – und Besseres. »Ich kann Josh Vaccaro verraten, daß das Telefon nicht deshalb die ganze Nacht besetzt ist, weil Jana mit Zoe quatscht, sondern weil sie mit Danny Stocklan und Doug Smith telefoniert.«
»Trau dich ja nicht!« warnte Jana.
»Das würde er doch nie tun«, versicherte Zoe ihr. Sie wirkte stets beruhigend auf Jana ein, wie Annie auf Teke. Und sie sah wie ihre Mutter aus, hatte Annies feine Züge und das gleiche kurze, blonde, wellige Haar, während Jana dunkelhaarig war und das exotische Aussehen ihrer Mutter hatte.
Sam schnalzte mit den Fingern. »Komm her, Michael.« Michael zog das Teleobjektiv ein und schwenkte mit einer fließenden Bewegung auf seine Eltern. »Schwestern zu verpetzen ist genauso übel, wie den Schiedsrichter zu beschimpfen. Echte Männer tun das nicht. Kapiert?«
»Kapiert«, antwortete Michael, denn Sam war ein zu guter Freund, als daß er sich mit ihm hätte streiten wollen. Nicht jedem Kind war ein Sam in seinem Leben vergönnt. Er war wie ein Vater – aber ohne die Konflikte. Außerdem war er ein hervorragender Sportler. Ohne ihn als Trainer wäre Michael kein halb so guter Basketballspieler gewesen.
Aber Basketball war etwas für den Herbst und das Festland, nicht für den Labor Day auf Sutters Island. »Wann spielen wir Volleyball?« fragte er Sam hinter dem Camcorder hervor.
»Sobald ich wieder zu Kräften gekommen bin.«
J. D. schaute auf seine Uhr. »Bis dahin wird es Zeit zum Aufbruch sein. Ich habe vereinbart, daß das Boot uns um fünf abholt. Vorher müssen wir noch kochen und saubermachen ...«

»Das Hühnchen!« japste Annie. »Ich habe es total vergessen. Es liegt in der Marinade, und wenn ich es nicht vorkoche ...« Sie wollte aufspringen, doch Sam verhinderte es, indem er seine Arme noch fester um sie schloß, und Teke, indem sie die Hand auf ihren Arm legte und aufstand.

»Ich werde mich darum kümmern, du bleibst bei Sam.«

»Laß mich los, Sam. Ich habe mir geschworen, daß ich heute helfe. Teke hat den größten Teil der Woche mit Kochen zugebracht, und das ist nicht fair, es sind auch *ihre* Ferien.«

Aber Sams Arme öffneten sich nicht, und auf Tekes Gesicht erschien ein selbstbewußtes Lächeln. »Das kann ich nun mal am besten«, sagte sie, und dann öffnete sich die Fliegentür mit einem Quietschen und klappte hinter ihr zu.

Michael hielt die Kamera auf den Durchgang gerichtet, bis Teke außer Sicht war. Er filmte seine Mutter für sein Leben gern. Sie war ein außergewöhnlicher Mensch mit einem außergewöhnlichen Geschmack. Heute zum Beispiel trug sie ein neongrünes T-Shirt und passende Shorts und hatte die Haare oben auf ihrem Kopf mit einem purpurroten Band zusammengebunden, dessen Farbe der der flippigen Blitze entsprach, die an ihren Ohren baumelten. Keiner seiner Freunde hatte eine so tolle Mutter, und das meinte er nicht nur, weil sie zu Hause und für ihn da war und auch eine gute Köchin. Sie war lustig.

Wieder senkt er seine Stimme in den Bariton. »Und da haben wir sie – Theodora Maxwell in Aktion. Sie speist die Hungrigen, pflegt die Kranken, hetzt bis ans Ende der Welt, um Zeichenkarton, Pickelcreme und schwarze Elastik-Badehosen zu besorgen. Sag mal, Annie«, fragte er, weil das eine Frage war, die Annie häufig selbst stellte, »was hätten wir all die Jahre ohne sie gemacht?«

Annie schenkte der Videokamera ein offenes Lächeln. »Ich wäre nie Universitätsprofessorin geworden und du wärst niemals geboren worden.«

Sam schaute J. D. an. »Wie gefällt dir das als Tribut an deine Frau?«

»Nicht schlecht.« J. D. stand auf, trat ans Geländer und schaute den sanften Hang hinunter zum Dock. »He, Leute! Ihr müßt uns beim Einmotten helfen.«
Michael trat neben ihn und richtete den Camcorder auf Jonathan und Leigh am Ende des Docks. Leigh lag in einem Bikini auf den verwitterten Planken und nutzte die letzten Sonnenstrahlen. Jon lag dicht neben ihr, mit dem Rücken zum Haus. Das Teleobjektiv fing eine Handbewegung ein.
Mit seiner gewollt tiefen Stimme sagte Michael: »Die Pope-Männer sind heute aber gut drauf: Sam bohrt mit der Zunge in Annies Ohr, und Jon hat die Hand in Leighs Oberteil. Bloß gut, daß keine Kinder in der Gegend sind – die bekämen einen Schock.«
»Verdammt noch mal, Jon«, brüllte J. D. in Richtung Dock, »das ist *meine Tochter*, die du da befummelst! Übe etwas Zurückhaltung!«
Vom Ende der Veranda her klang Gelächter auf. »Sie *üben* doch Zurückhaltung!« prustete Jana.
J. D. warf Sam einen Blick zu. »Was macht dein Sohn da hinten?«
Sam hatte sich mit Annie auf der Schaukel ausgestreckt. »Entspann dich – sie sind in Ordnung.«
»Hast du dich in letzter Zeit mal mit ihm unterhalten?«
»Er tut nichts, was du in seinem Alter nicht auch getan hast.«
»Ich habe in seinem Alter überhaupt nichts getan.«
Michael hörte auf zu filmen. »Überhaupt nichts? Mit siebzehn?«
»Ich habe Mädchen geküßt«, informierte J. D. ihn.
»Und weiter?«
»Nichts weiter.«
»Oh.«
»Was heißt ›oh‹?«
Es hieß, daß Michael sich nicht vorstellen konnte, sich die nächsten vier Jahre nur auf Küsse zu beschränken. Nicht, daß er vorhatte, seine Jungfräulichkeit schon in allernächster Zeit zu verlieren, aber er begann sich zu fragen, wie es wohl wäre, ein Mädchen zu berühren – und nicht nur an der *Hand*.

»Was heißt ›oh‹?« wiederholte J. D.
»Nichts.« Michael hob den Camcorder wieder ans Auge, drückte auf die Aufnahmetaste und kommentierte: »Jonathan Pope hat sich besonnen – seine Hände liegen jetzt deutlich sichtbar auf dem Dock. Oh, *wow!*« rief er plötzlich ganz aufgeregt. »Schau dir das Boot an, Dad!« Er stellte den Sucher auf einen Schoner ein, der in sein Gesichtsfeld gekommen war. »Ein Viermaster! *Wow!*«
»Nicht übel.«
»Er ist phantastisch!«
»Bei schwerer See aber nicht mehr, dann wird es da drauf ziemlich ungemütlich. Das kann uns nicht passieren.«
»Aber wir sind nicht so mobil wie die.«
»Der Walfänger ist auch mobil.«
»Aber nicht wie ein Schoner.«
»Der Walfänger ist zuverlässiger.«
»Er ist ein trauriger Fall«, erklärte Michael ihm. »Mit einem Walfänger kann man *nirgendwohin*, wo es interessant ist. Ich möchte *reisen.*« Kameraleute konnten sich keinen Namen machen, wenn sie sich darauf beschränkten, auf Sutters Island zu filmen oder in Constance-on-the-Rise, wo die Popewells lebten, oder in Boston, wo J. D. und Sam arbeiteten. Sie konnten sich keinen Namen damit machen, daß sie Familienfeiern filmten oder Schulaufführungen oder – und es war ihm egal, ob er eine Auszeichnung dafür bekommen hätte – eine Dokumentation über einen Tag im Leben eines Zehncentstücks. Michael wollte wichtige Dinge filmen. Er hatte vor, noch vor seinem zwanzigsten Geburtstag um die Welt zu reisen.
»Spezialisiere dich auf Internationales Recht«, riet J. D. ihm. »Das ist immer mehr im Kommen, und dann kannst du reisen, während du arbeitest.«
»Ich habe mit Jura nichts am Hut«, erwiderte Michael.
»Warum nicht?« wollte J. D. wissen.
Michael filmte weiter den Schoner, der einer der phantastischsten war, die er bisher gesehen hatte. »Es würde mich langweilen.«

»Mich langweilt es nicht.«
»Du bist nicht ich.«
»Langweilt es Sam?«
»Sam ist auch nicht ich.« Michael mußte zwar zugeben, daß Sams Fachgebiet – Strafprozesse, im Gegensatz zu J. D.s, der sich mit Körperschafts- und Eigentumsrecht befaßte – aufregender war, aber trotzdem sah er sich nicht von acht Uhr früh bis acht Uhr abends in einem Büro sitzen.
»Dein Großvater rechnet damit, eines Tages drei Generationen Maxwells in der Kanzlei zu haben«, sagte J. D.
»Dann soll eben Jana Anwältin werden, die ist wie dafür geboren.«
J. D. verfiel in Schweigen. Nach einer Weile spürte Michael seinen Blick, und es lag Verwirrung in seiner Stimme, als er fragte: »Was siehst du da draußen?«
»Den Himmel. Das Meer. Ein Boot.« Nach einer kleinen Pause setzte Michael hinzu: »Neue Dinge, *andere* Dinge. Unsere Leben sind zu berechenbar.«
»Da spricht deine Jugend aus dir. Du bist zu jung, um den Wert von Beständigkeit zu kennen.«
»Ich will Abenteuer erleben.«
»Wie ich sagte – aus dir spricht deine Jugend.«
Michael erwiderte nichts. Wenn er etwas über seinen Vater genau wußte, dann, daß J. D. seine Meinung nicht änderte, was okay war, da Michael Teke auf seiner Seite hatte. Teke würde hinter ihm stehen, was auch immer er tun würde. Sie war cool. Sie war sein Kumpel. Angesichts der Mütter seiner Freunde dankte er seiner Glücksfee, die sie ihm beschert hatte.

Kapitel 1

Sam Pope klappte die Akte des Gerichtsurteils zu, das er gerade gelesen hatte, stand von seinem Schreibtischstuhl auf, atmete tief und zufrieden ein und mit einem genießerischen Seufzer wieder aus. Er zupfte an seinem Schnurrbart, und seine Lippen verzogen sich zu einem Lächeln. Das Lächeln wurde breiter. Er straffte seine Schultern und spürte, wie sich seine Brust in freudiger Erregung ausdehnte. Unfähig, sich zu beherrschen, gestattete er sich mit einem gutturalen »Gut gemacht, Sam!« ein inbrünstiges Eigenlob und verließ sein Büro.

»Wir haben es geschafft, Joy«, sagte er, ohne innezuhalten.

Die Augen seiner Sekretärin leuchteten auf. »Das erklärt den Ansturm der Medien.« In dem Moment, als sie ihm die rosafarbenen Zettel hinhielt, auf denen die Anrufe notiert waren, die Sam entgegenzunehmen verweigert hatte, während er das Urteil las, klingelte das Telefon erneut.

Aber Sam war schon weg, ging mit großen Schritten den Flur hinunter. Sein Gang hatte etwas Beschwingtes. Er fühlte sich wie im siebten Himmel. Eine Bürotür nach der anderen passierend, wurde er erst langsamer, als er die letzte erreicht hatte. Er wollte J. D. die Neuigkeit als erstem seiner Partner berichten. John David Maxwell war sein ältester und bester Freund.

Das Zimmer war leer.

»Er ist heute den ganzen Tag bei Continental Life in Springfield«, rief seine Sekretärin von ihrem Platz herüber.

Sam verspürte einen Anflug von Enttäuschung, doch sie war gleich wieder verflogen: Er war zu euphorisch, um sich die Laune verderben zu lassen. »Wenn er sich meldet, sagen Sie ihm, daß wir den Prozeß ›Dunn gegen Hanover‹ gewonnen haben.«

Die Sekretärin strahlte. »Er wird begeistert sein. Was für ein Sieg!«
»Ja«, nickte Sam und deutete dann mit dem Kinn in die Richtung eines weiteren Korridors, an dessen Ende ein großes Eckbüro lag, von dem aus man einen schönen Blick auf das State House, den Boston Common und den Stadtpark hatte, und in dem der Gründer der Kanzlei, Maxwell senior, residierte. »Ist John Stewart da?«
»Er ist zu einer Aufsichtsratssitzung in New York – aber er wird beeindruckt sein.«
Das sollte er auch, dachte Sam. Vor zwölf Jahren hatte John Stewart keine Strafrechtsabteilung in seiner Kanzlei haben wollen. Wenn Geld das wichtigste war, wie John Stewart glaubte, dann war sie jetzt gerechtfertigt. Schmerzensgeld in Höhe von satten sechs Millionen Dollar mußte sogar ihn überzeugen.
Auf dem Rückweg zu seinem Zimmer war er sich seines selbstgefälligen Gesichtsausdrucks durchaus bewußt, sah jedoch keinen Grund dafür, ihn zu ändern. Zwei Türen vor seiner eigenen machte er halt und klopfte an den Rahmen.
Vicki Cornell war die Partnerin, die über einen Zeitraum von vier Jahren eng mit ihm zusammengearbeitet hatte, den Fall »Dunn gegen Hanover« vom Obersten Gericht des Staates zum Appellationsgericht und schließlich vors Bundesgericht zu bringen. Beim Anblick von Sams Miene weiteten sich ihre Augen. »Ja?«
Er nickte grinsend.
Sie stieß einen Freudenschrei aus. Er war kaum über ihre Lippen gekommen, als sie auch schon auf den Füßen war und an der Tür die Hand zur Gratulation ausstreckte. Sam schlug die zwischen ihnen herrschende kollegiale Korrektheit in den Wind und umarmte sie.
Es schien ihr nichts auszumachen. Als er sie freigab und sie einen Schritt zurücktrat, drückte ihr Gesicht die gleiche freudige Erregung über den Sieg aus, die er empfand. »Wir haben es geschafft! *Wow!* Haben Sie eine Kopie des Urteils?«

Er nickte. »Sie liegt auf meinem Schreibtisch.«

»Weiß Marilyn Dunn es schon?«

»Ja, und die anderen wissen es ebenfalls bereits. Sie kommen um drei zu einer Pressekonferenz hierher. Tun Sie mir den Gefallen und rufen Sie Sybil Howard an? Channel Five hat uns mit seiner Berichterstattung auf unserem Weg treu begleitet, und ich möchte Sybil die Möglichkeit geben, die ersten Fragen zu stellen. Und rufen Sie bei *Locke-Ober's* an und lassen Sie ein Séparée reservieren.« Er wandte sich zum Gehen. »Bitten Sie Ihren Mann dazu und Tom und Alex und deren Partnerinnen, denen wir sie vorenthielten, während sie an dem Fall arbeiteten. Wir haben uns eine Feier verdient, schließlich geschieht es nicht jeden Tag, daß ein Präzedenzfall geschaffen wird.« Im Vorbeigehen sagte er zu Joy: »Wir sehen uns in ein paar Stunden.«

»Was haben Sie vor?«

»Ich fahre nach Hause und dann vielleicht ins College – kommt ganz darauf an, wo ich meine Frau finde.« Er hatte nicht die Absicht, Annie die Neuigkeit telefonisch zu berichten – dazu war er zu aufgeregt. Der Sieg im Fall »Dunn gegen Hanover« war eine Sensation. Er wollte seine Frau ansehen, wenn er ihr davon erzählte, sie in die Arme nehmen. Ohne das wäre keine Feier vollkommen.

Constance-on-the-Rise lag achtzehn Meilen nordwestlich von Boston. Es war ein kleiner, wohlhabender Ort, dessen Luxus-Importwagen die Pendelstrecke in die Stadt normalerweise in vierzig Minuten zurücklegten. Sam schaffte es in dreißig. Natürlich war um elf Uhr vormittags kein so dichter Verkehr wie zur Stoßzeit, und er brauste an Teams von Straßenarbeitern vorbei, ohne ein einziges Mal zu bremsen. Er war in Hochstimmung.

Sein ganzes Leben lang hatte er davon geträumt, einmal etwas Bedeutendes zu tun, Punkte für den kleinen Mann zu machen, einen Wandel herbeizuführen. Als stellvertretender Bezirksstaatsanwalt hatte er in einigen großen Mord- und Drogenpro-

zessen die Anklage vertreten, aber keiner konnte sich mit »Dunn gegen Hanover« messen.
Annie wußte das. Annie verstand es.
Ein zweiter Grund für seine Hochstimmung war die Tatsache, daß sie dienstags immer zu Hause arbeitete. Sie würde allein sein – ohne Kind, ohne Freunde. Sie würde Zeitschriften lesen oder Examensarbeiten korrigieren oder Berichte diktieren – bis sie seine Neuigkeit hörte. Dann würde sie vor Aufregung außer sich geraten. Das war immer so, wenn er ihr eine gute Nachricht brachte.
Er rief sich andere Gute-Nachricht-Zeiten in Erinnerung. Als seine Zulassung zum Jurastudium mit der Post gekommen war, hatte er die Bibliothek nach Annie durchsucht, sie schließlich in einem entlegenen Winkel entdeckt, in eine Abstellkammer gezogen und sie, die Tür mit dem Rücken zuhaltend, geliebt. An dem Abend, als er an der Universität einen übungshalber geführten, hypothetischen Prozeß gewann, hatten sie es in seinem Auto getan. Als er erfuhr, daß er das Abschlußexamen bestanden hatte, waren sie zu dem Gasthaus hinübergelaufen, das neben dem College lag, an dem Annie sich auf *ihre* Abschlußprüfung vorbereitete. Ihr Zimmer war hübsch gewesen, und sie nutzten es zwei Stunden lang ausgiebig. Neun Monate später war Jonathan zur Welt gekommen.
Er fuhr mit einem Lächeln auf dem Gesicht und einem Ziehen in den Lenden dahin, und beides verstärkte sich, als er die halbrunde Zufahrt hinauf zum Eingang des Tudor-Ziegelbaus rollte. Mit von Vorfreude gerötetem Gesicht schwang er sich aus dem Wagen, eilte mit großen Schritten den kurzen Weg entlang und stieß die Tür auf.
»Annie? Gute Neuigkeiten, Sonnenschein!«
Immer zwei Stufen auf einmal nehmend, lief er in den ersten Stock und dann weiter in den zweiten zu ihrem Arbeitszimmer. Zu dieser Tageszeit würde die Sonne durch die Oberlichter auf ihren Schreibtisch scheinen. Er malte sich aus, Annie darauf zu lieben.

»Annie?«
Ihr Aktenkoffer war offen und der Schreibtisch mit Papieren übersät – aber *sie* war nicht da. Er durchsuchte den ersten Stock und anschließend das Parterre, wobei er immer wieder ihren Namen rief. Als er in die Garage schaute, sah er, daß ihr Wagen nicht dastand.
Irritiert, aber nicht besorgt ging er in die Küche, nahm den Telefonhörer ab und wählte die Nummer ihres Büros in der Schule. Er könnte in zehn Minuten dort sein.
Aber da war sie auch nicht.
Er schaute auf den Küchenkalender: kein Eintrag für diesen Tag. Vielleicht war sie unterwegs, um Lebensmittel zu kaufen oder etwas zum Anziehen für die Kinder. In diesem Fall würde sie, da sie nur sehr begrenzte Geduld in Läden hatte, bald zurücksein. Vielleicht hatte sie sich aber auch mit einer Freundin zum Mittagessen verabredet – dann würde es später werden.
Enttäuscht, ja sogar leicht verärgert, und mit dem Gefühl, vor Aufregung zu platzen, wenn er sich nicht schnellstens jemandem mitteilen könnte, verließ er das Haus durch die Hintertür und machte sich auf den Weg durch das Wäldchen. Die Bäume schimmerten in frischem Goldgelb und Rostrot und dufteten nach Herbst. Er trat mit einem großen Schritt über den Bach, ging unter dem Baumhaus hindurch, das er und J. D. vor langer Zeit für die Kinder gebaut und das er und Annie vor gar nicht langer Zeit für höchst erwachsene Zwecke genutzt hatten, und folgte dem Pfad, der sich durchs Unterholz schlängelte, zum Garten der Maxwells.
Nachdem er den gepflasterten Patio durchquert hatte, trat er durch die Hintertür in die Küche. »Teke?«
Die Kaffeemaschine lief – ein gutes Zeichen. Der Gedanke, daß Annie hier sein könnte, steigerte seine Erregung um ein weiteres. Teke würde es verstehen, wenn er Annie eilends durch den Wald nach Hause zöge. Teke verstand ihn beinahe so gut, wie Annie es tat – sie stand ihm so nahe wie eine Schwester.
Das Haus der Maxwells war ihm fast ebenso vertraut wie sein

eigenes. Er schaute in das hinter der Küche liegende Arbeitszimmer: keine Teke. Und Annies Wagen stand nicht in der Zufahrt. Allerdings konnte es auch sein, daß sie vor dem Haus geparkt hatte.

»Teke?« rief er wieder, und dann noch einmal, lauter: »Teke?«

*

Teke hörte Sams Stimme wie aus weiter Ferne. Sie saß im Wohnzimmer in eine Ecke des Sofas gekuschelt und hielt eine Kaffeetasse umfaßt, deren Inhalt längst kalt geworden war. Sie trug den seidenen Morgenmantel, den J. D. ihr letztes Weihnachten geschenkt hatte. Er war für ihren Geschmack zu konservativ, nicht so ausgefallen wie ihre anderen Sachen, aber sie brauchte jede nur mögliche Hilfe, um sich daran zu erinnern, wer sie war. Sie fühlte sich, als habe ihr jemand den Boden unter den Füßen weggezogen. Schuld an diesem Zustand war Grady Pipers Brief.

Grady war ihre Jugendliebe gewesen, das Licht ihres jungen Lebens, der Erwecker ihrer Leidenschaft. Sie war in seinen Armen aufgewachsen, sowohl wörtlich als auch im übertragenen Sinn. Ihre letzte Begegnung lag zweiundzwanzig Jahre zurück – aber nicht etwa, weil die Trennung ihrem Wunsch entsprochen hätte. Sie hatte gefleht, sie hatte Briefe geschrieben, sie hatte versucht, ihn anzurufen. Aber er hatte auf ihr Flehen nicht reagiert, ihre Briefe ungeöffnet zurückgeschickt und sich geweigert, mit ihr zu telefonieren. Er hatte sie in jeder Weise zurückgewiesen, und schließlich hatte er ihr ins Gesicht gesagt, daß er sie nicht mehr wolle.

Mit gebrochenem Herzen und vernichtet, glaubte sie, daß er aus ihrem Leben verschwunden sei. Sie war aufs College gegangen, hatte Annie und Sam kennengelernt, J. D. Maxwell getroffen und geheiratet, drei Kinder geboren, sich ein neues Leben eingerichtet.

Jetzt war Grady wieder da – zumindest in Briefform –, und das zu einer Zeit, da es in ihrer Ehe kriselte. Es war ein unspektakulärer Prozeß, der sich in stiller Frustration äußerte, in einer Ungeduld, die vorher nicht dagewesen war – und nicht nur auf Tekes Seite. J. D. spürte es ebenso, das erkannte sie an der Art, wie er mit ihr sprach, an der Art, wie er sie anschaute. Ihre Beziehung hatte nichts Aufregendes mehr, sie waren in einen stumpfsinnigen Trott verfallen. Gradys Brief hätte zu keinem ungünstigeren Zeitpunkt kommen können.

Als er eintraf, war sie zuerst regelrecht geschockt gewesen, hatte ihn in der Hand gehalten und angestarrt und am ganzen Leib zu zittern begonnen. Seitdem hatte sie ihn oft genug gelesen, um ihn Wort für Wort auswendig zu kennen.

Er habe an sie gedacht, schrieb er. Er habe sich gefragt, wie es ihr gehe. Er spiele mit dem Gedanken, vorbeizukommen und hallo zu sagen. Um der alten Zeiten willen.

Der lässige Ton des Briefs hatte ihr einen schmerzhaften Stich versetzt. Nichts zwischen ihr und Grady war jemals lässig gewesen. Mochten auch zweiundzwanzig Jahre vergangen sein – sie glaubte nicht, daß sie ihm in die Augen schauen und sich auch nur im entferntesten ungezwungen fühlen könnte. Wie früher, so löste auch jetzt der Gedanke an ihn erregende und intensive Phantasien aus.

Und gleichzeitig Zorn. Er hatte sie einmal weggeworfen, hatte gesagt, er wolle sie nicht mehr, und obwohl es sie beinahe umgebracht hatte, war es ihr gelungen, ihn aus ihrem Kopf zu verbannen. Sie hatte sich ein Leben ohne ihn aufgebaut – er hatte kein Recht, einfach einzubrechen. Sein Wiederauftauchen würde nichts Gutes bringen – absolut nichts Gutes.

Sie war unendlich dankbar, daß Sam gekommen war – sie brauchte ihn, um sich von Grady abzulenken.

»Im Wohnzimmer!« rief sie.

Er stürmte herein, sah aus, als würde er jeden Moment vor Aufregung platzen. »Wir haben den Dunn-Prozeß gewonnen.«

Sie versuchte, diese Information einzuordnen. »Den Dunn-Prozeß?«

»Es ist ein Präzedenzfall auf dem Gebiet der Beurteilung von Delikten sexuellen Mißbrauchs«, erklärte er, durch ihre mangelnde Erinnerung nicht in seiner Begeisterung beeinträchtigt. »Bis jetzt lag die Anzeigefrist bei nur drei Jahren – aber es gibt mißbrauchte Frauen, denen erst viel später klar wird, daß sie mißbraucht wurden. Marilyn Dunn erkannte erst nach siebzehn Jahren, warum sie in der Hölle gelebt hatte. Siebzehn Jahre später war sie in die Lage, ihren Peiniger zu verklagen – und zu gewinnen. Weißt du, was das für die Heerscharen betroffener Frauen in diesem Staat bedeutet?«

Teke erinnerte sich, daß er den Fall ihr gegenüber schon erwähnt hatte. Der Funke seiner Erregung sprang auf sie über. »Du hast den Prozeß gewonnen?«

»Ich habe sechs Millionen Dollar Schmerzensgeld rausgeschlagen«, antwortete er mit einem breiten Grinsen.

Sie stand vom Sofa auf, um ihn zu umarmen. »Das ist großartig, Sam.«

Übermütig schwenkte er sie im Kreis herum. »Ein Präzedenzfall! Endlich ein Sieg für Menschen, die ihn bitter nötig haben.«

»Das ist *sehr gut*«, sagte sie und genoß seine Nähe. Sam war ihr bester Freund. Er war ein Fels, nicht wie J. D. und nicht wie Grady, sondern ein Mann, der Stärke und Zuverlässigkeit vermittelte.

»Ah, es ist ein so gutes Gefühl, Teke. Wir haben so hart dafür gearbeitet.«

Sie stieß einen kleinen, wohligen Laut aus und schlang unter seinem Jackett die Arme um seine Taille. Sam war ein »Berührer« – wie sie. Es würde ihn nicht stören, und sie brauchte es. Seine Körperlichkeit verdrängte das gähnende schwarze Loch, das sie zu verschlingen gedroht hatte.

»Ich habe mir immer einen solchen Fall gewünscht«, sagte er in ihre wirren Locken hinein. Seine Stimme drückte die tiefe Befriedigung aus, die er empfand. »Aber es gibt sie nur alle heiligen Zeiten.«

Sie schloß die Augen und überließ sich dem Echo seiner

Stimme. Es war eine kraftvolle Stimme, eine sehr männliche Stimme. »Du hast dafür geschuftet«, gurrte sie. »Du hast den Sieg verdient.«

»Meine Klienten haben den Sieg verdient.«

»Du hast ihn für sie verdient.« Sie zog hörbar die Luft ein. Sein Körper fühlte sich plötzlich zu gut an dem ihren an, aber sie konnte sich nicht von ihm lösen. Er erinnerte sie auf seltsame Weise an Grady. Nach dem Gefühl der Leere, das von ihr Besitz ergriffen hatte, war seine Umarmung eine Erlösung und ein Genuß. Was war schon dabei? »Hast du's Annie schon erzählt?«

»Sie war nicht zu Hause«, erwiderte er mit einem leisen Stöhnen. Eigentlich war jetzt der Zeitpunkt gekommen, Teke loszulassen, doch statt dessen drückte er sie noch fester an sich. »Ich dachte, sie sei vielleicht hier.«

»Nein«, flüsterte Teke. Eine Flamme loderte in ihrem Leib auf. Es lag an Grady, verdammt noch mal – Grady, der die Vergangenheit und die Gegenwart miteinander verschmelzen ließ.

»Mein Gott, Teke.«

Sie flüsterte seinen Namen, zumindest glaubte sie, es sei sein Name, obwohl es kaum mehr als ein Seufzer war. Das Feuer in ihr trieb sie dazu, sich an ihn zu drängen, und er kam ihr entgegen.

»Mein *Gott!*« keuchte er.

Sie wußte, was ihn dazu veranlaßte: Sie spürte das Pulsieren seines Blutes – oder des ihren – und ihrer beider Widerstand in der Hitze schmelzen. Sie wollte sich zwingen, sich loszureißen, doch ihr Körper nahm den Befehl nicht entgegen. Sie war wieder der Teenager von damals in Gullen, getrieben von einem lange unterdrückten und überwältigenden Verlangen.

Er berührte sie, und das schwelende Feuer brach sich Bahn. Eine verzehrende Begierde bemächtigte sich ihrer.

Irgendwie öffnete sich der Reißverschluß seiner Hose. Sie konnte ihre Hände nicht daran hindern, in seine Boxershorts zu gleiten, und als sie ihn erst einmal angefaßt hatte, war an ein

Aufhören nicht mehr zu denken. Sein Penis war erigiert, und sie sehnte sich so sehr nach der Erfüllung eines Traumes, daß sie den Gürtel ihres Morgenmantels löste.
Und dann war es um sie beide geschehen. Er taumelte mit ihr zum Sofa, und während sie sein Hemd so heftig aufriß, daß die Knöpfe wegsprangen und dann ihre weitgeöffneten Lippen über seine Brust wandern ließ, stieß er immer und immer wieder in sie hinein, mit wachsender Leidenschaft, bis er mit einem langgezogenen, gutturalen Schrei zum Höhepunkt kam. Sie wollte ihm gerade folgen, als ein hartes Klappen ihren Genuß unterbrach. Es dauerte mehrere Sekunden, bis ihr umnebelter Verstand das Geräusch identifizieren konnte.
»O Gott!« schrie sie und wand sich unter Sam heraus. Sie band ihren Hausmantel zu und lief zur Tür. »Das war Michael! Er hat uns gesehen!« Sie hatte gerade die Vordertreppe erreicht, als auf der Straße ein unheilvolles Quietschen von Bremsen und blockierenden Reifen ertönte.
»Michael!« schrie sie gellend und rannte los. Jetzt hämmerte ihr Herz nicht aus Leidenschaft, sondern in Panik. Sie hetzte den Fußweg hinunter, wagte nicht zu denken. Eine Hecke aus Zwergtannen und Rhododendron verwehrte ihr die Sicht auf die Straße. Erst als sie den Bürgersteig erreichte, sah sie den schmutzigblauen, offenen Lieferwagen, der seitwärts schleudernd zum Stehen gekommen war. Sie hastete um das Fahrzeug herum und fiel auf die Knie. Michael lag auf dem Bauch, ein Arm und ein Bein standen in einem unnatürlichen Winkel von seinem Körper ab. Seine Augen waren geschlossen, unter seinem Kopf rann Blut hervor.
Ihr Herz donnerte gegen ihre Rippen. Entsetzt streckte sie die Hand nach seinem Gesicht aus, berührte es jedoch nicht, bewegte sie zu seinem Hinterkopf und weiter zu seinem Nacken, hielt sie aber aus Angst auch hier ein Stück weg. »Michael?« Ihre Stimme zitterte. »Kannst du mich hören, Michael?«
Er reagierte nicht. Vorsichtig ließ sie die Hand auf seinen Kopf sinken.

Sam hockte auf der anderen Seite des Jungen. »Beweg ihn nicht. Wir müssen Hilfe holen.«

»Ich habe ihn nicht gesehen«, wurde irgendwo hinter oder neben ihnen eine tiefe, männliche Stimme laut. »Er kam plötzlich zwischen den Bäumen herausgeschossen. Ich habe versucht, anzuhalten.«

Tekes Pulsschlag setzte aus. Es war die Stimme – die Stimme, an die sie sich so gut erinnerte. Aber das war unmöglich. Sie mußte es sich einbilden. Kein Gott, der seine Sinne beieinander hatte, würde ihr *das* antun.

»Wir brauchen einen Krankenwagen«, schnauzte Sam in Richtung der Stimme. »Gehen Sie zu den Clingers ...«

»Ich habe schon angerufen«, rief Virginia Clinger, die in einem rosafarbenen Jogginganzug und einer Wolke »Obsession« über den Rasen vor ihrem Haus gelaufen kam. »Sie sind unterwegs. Was ist denn passiert?« Sie beugte ihren blonden Kopf über Michaels. »Lebt er noch?«

»Ja!« schrie Teke, verzweifelt bemüht, zu glauben, daß es so war. Sie hatte eine Hand auf Michaels Rücken gelegt, um den kaum spürbaren Rhythmus seines Atems zu überwachen. »Was kann ich tun?« jammerte sie, hektisch vor Hilflosigkeit. »Was kann ich tun?«

»Halte seine Hand«, drängte Sam sie sanft. »Laß ihn wissen, daß du hier bist.« Zart strich er dem Jungen über das glänzende, braune Haar.

»Michael?« versuchte Teke es noch einmal. Sie beugte sich noch weiter zu ihm hinunter. »Kannst du mich hören? Ich bin's – Mommy ist hier, mein Schatz. Mach die Augen auf.«

»Er ist bewußtlos«, verkündete Virginia.

»Wir haben ihm *gesagt*, er solle nicht aus der Schule weggehen«, erklang eine neue, ängstliche Stimme. »Wir haben es ihm *gesagt!* Aber er war sicher, er könnte es vor dem Ende der Mittagspause nach Hause und wieder zurück schaffen.«

Teke schaute zu den aschfahlen Gesichtern von Michaels besten Freunden auf, den Zwillingen Terry und Alex Barker. Während

Alex mit offenem Mund auf Michaels reglose Gestalt hinabstarrte, plapperte Terry: »Wir hatten erfahren, daß es für Club-MTV nächste Woche in Great Woods noch Karten gab. Joshs Vater erklärte sich bereit, sie heute abend abzuholen, aber nur, wenn wir alle sie vorher bezahlten. Michael wollte heim, um sich die Erlaubnis seiner Mutter und das Geld zu holen.«

»Er kam aus dem Haus«, verkündete Virginia.

Tekes Blick flog zu ihr und folgte dann dem ihren zu Sam. Sein Hemd klaffte auf, sein Gürtel war offen. Er schloß die Schnalle, aber das war alles, was er zur Wiederherstellung seines Erscheinungsbildes tat, bevor seine Hand zu Michaels Kopf zurückkehrte. »Wo bleibt der verdammte Krankenwagen?« murmelte er.

Sam, o Sam, was haben wir getan? schrie Teke stumm, doch selbst ohne Ton war ihre Stimme ihr fremd, nicht kräftig wie sonst, nur ein schwacher Abglanz, der ihre ganze Seelenqual ausdrückte. Sie war nicht mehr so verzweifelt gewesen, seit sie an der nördlichsten Küste von Maine bettelarm in einer stinkenden Fischerhütte gehaust hatte. Damals hatte Grady sie gerettet, jetzt könnte nicht einmal *er* sie retten.

»Du bist bald wieder okay, Mikey«, brachte sie mühsam hervor. »Die Ärzte verstehen ihr Handwerk.« Und an sich selbst richtete sie mit zitternder Stimme die Aufforderung: »Bleib ruhig. Reg dich nicht auf.«

»Warum ist er so unbedacht aus dem Haus gestürmt?« fragte Virginia. »Warum hat er nicht nach rechts und links geschaut, ehe er auf die Straße lief?«

»Er ist reingelaufen und gleich wieder rausgestürzt gekommen«, schluchzte Terry. »Wir haben ihn vom Hügel der Carters aus beobachtet. Er war nicht länger als eine halbe Minute im Haus.«

»Hat er dich wegen des Konzerts gefragt?« wollte Virginia von Teke wissen.

Sie konnte nicht antworten – sie war außerstande, im Moment an etwas anderes zu denken. Sie hielt seine Hand, streichelte den Arm, der unverletzt schien, und plötzlich wurde ihr schwindlig und sie schwankte.

Sam streckte die Hand aus, um sie aufrecht zu halten. »Er kommt wieder in Ordnung, Teke.«
Sie nickte ruckartig kund flehte inbrünstig darum, daß er recht hätte.
»Kinder sind stark, sie verkraften eine Menge.«
Das ferne Heulen einer Ambulanzsirene durchbohrte die Luft. Es erschien ihr ebenso unwirklich wie der Rest der Welt.
Das Heulen wurde lauter, brach abrupt ab, als der Krankenwagen in ihre Straße einbog. Hinter ihm folgte ein Streifenwagen. Beide fuhren nahe an die Unglücksstelle heran, ehe ihre Insassen ausstiegen.
Teke nahm unscharf wahr, daß weitere Nachbarn am Gehsteig erschienen, aber sie konzentrierte sich weiterhin auf Michael. Als Sam sie packte und wegzog, um Platz für die Sanitäter zu machen, wehrte sie sich, aber er hielt sie fest. »Die Männer sind für so was ausgebildet, sie können ihm helfen.«
»Er ist mein Baby«, flüsterte sie und versuchte, um die uniformierten Rücken herum ihren Sohn zu sehen. »Wenn er es nicht schafft, sterbe ich.«
»Er *wird* es schaffen.«
»Es ist meine Schuld.«
»Nein.«
»Haben Sie gesehen, wie es passiert ist?« wandte einer der Polizeibeamten sich an die Umstehenden.
Ehe einer von ihnen antworten konnte, sagte der Fahrer des Lasters: »Der Truck gehört mir. Ich habe versucht, anzuhalten, aber es war zu spät.«
Tekes Blick flog zu ihm, und ein stummer Schrei stieg in ihr auf. Grady! Nein, nein – nicht Grady! Bitte, lieber Gott – nicht Grady! Bitte! Aber die zweiundzwanzig Jahre hatten seine Züge kaum verändert. Allerdings hätte er auch eine Maske tragen können, sie hätte ihn sofort an seinen Augen erkannt. Es waren dunkle Augen, tief wie Seen, in denen man ertrinken konnte, immer voller Gefühle für sie – und sie waren jetzt nicht anders. Sie begann, wie Espenlaub zu zittern.

Sam hatte den Arm um ihre Schulter gelegt und drückte sie fest an sich. »Mach dir keine Sorgen, Teke, er wird wieder. Er ist ein kräftiger, gesunder Bursche.«
Teke beobachtete, wie der Polizist Grady außer Hörweite zog, und richtete den Blick dann auf die Sanitäter, die dabei waren, Michael auf eine Bahre zu schnallen.
»Sie sollte sich anziehen, meinen Sie nicht?« wandte Virginia sich an Sam, der versuchte, Teke in Richtung Haus herumzudrehen. Aber sie weigerte sich. »Ich kann ihn nicht allein lassen.« Sie war überzeugt, daß er sterben würde, wenn sie es täte.
»Ein Pullover und Leggins wären das beste«, meinte er. »Wir werden vielleicht eine ganze Weile im Krankenhaus sein.«
»Ich *kann* ihn nicht allein lassen!«
»Laufen Sie doch bitte rein und holen ein paar Sachen für sie«, bat Sam Virginia. »Sie kann sich dann umziehen, wenn wir dort sind.«
Virginia lief los.
Einer der Sanitäter blickte von seiner Tätigkeit auf. »Wir haben es hier mit Knochenbrüchen zu tun, vielleicht auch mit einer inneren Blutung, aber besorgniserregend ist die Kopfverletzung. Ist es Ihnen recht, wenn wir ihn ins Massachusetts General Hospital bringen?«
Teke wußte nicht, was sie antworten sollte, sie kannte die Alternativen nicht. Sie wußte *überhaupt* nichts, und das Leben ihres Kindes stand auf dem Spiel.
»Ist okay«, sagte Sam zu dem Sanitäter, und zu Teke: »Es ist die beste Klinik – da können wir nichts falsch machen.«
Michael wurde auf der Bahre in die Ambulanz geschoben. Teke stieg ebenfalls ein.
»In Ordnung – fahr mit ihm«, sagte Sam. »Ich komme in meinem Wagen nach. Ich kann ja dort telefonieren. Annie wird die Kinder einsammeln. Wir treffen uns im Krankenhaus.«
Ein schrecklicher Gedanke schoß Teke durch den Kopf: J. D.! Er mußte angerufen werden, mußte informiert werden, mußte kommen.

»Ich kümmere mich darum«, versprach Sam. In seinen Augen stand das gleiche unausgesprochene Entsetzen, das sie empfand.
»Hier«, sagte Virginia und reichte Teke eine Tasche. »Ich habe auch Unterwäsche dazugetan.«
Teke sah gerade noch den Blick, den Virginia Sam zuwarf, bevor Sam ihr in den Krankenwagen hinaufhalf, dann wandte sie ihre Aufmerksamkeit Michael zu. Während der Fahrt lösten sich ihre Blicke kein einziges Mal von seinem Gesicht, und als sie am Ziel waren, blieb sie bei ihm, hielt seine Hand, wünschte sich verzweifelt, er würde die Augen öffnen und sein freches Grinsen aufsetzen.
Aber seine Augen blieben geschlossen, und sein Mund wurde sehr bald um einen Beatmungsschlauch herum zugeklebt. Sie verließ die Kabine in der Notaufnahme erst, als die Ärzte ihr nachdrücklich erklärten, daß sie den Platz brauchten, den sie einnahm. In einem leerstehenden Zimmer in der Nähe zog sie sich um und lehnte dann mit hängenden Schultern an der Wand im Flur und starrte unverwandt auf die Tür, hinter der die Ärzte sich um Michael bemühten.
Sam gesellte sich zu ihr. »Schon was Neues?«
Nach der kurzen Zeit, die vergangen war, und angesichts der Distanz, die jetzt zwischen ihnen bestand, brachte sie es, nach dem, was sie getan hatte, nicht über sich, ihn anzusehen, und so schüttelte sie nur den Kopf.
»Teke ...«
Sie unterbrach ihn mit einer Handbewegung – sie wollte nicht darüber *nachdenken*, was geschehen war, geschweige denn darüber reden.
Aber er bestand darauf. »Es war meine Schuld.«
Sie legte einen zitternden Finger an die Stirn und versuchte, sich auf Michael zu konzentrieren, darauf, was die Ärzte taten und auf die Frage, ob es helfen würde oder nicht.
»Es muß Michael einen Schock versetzt haben, als er uns sah.«
»Bitte!« flehte sie. Ihr Kopf war randvoll mit schrecklichen

Gedanken – sie hatte keinen Platz mehr für einen weiteren. »Nicht jetzt.«

»Es wird später nicht einfacher sein.«

»Doch – wenn Michael überlebt. Wenn er überlebt, wird *alles* einfach sein.«

»Er *wird* überleben«, versicherte Sam ihr mit einer Sicherheit, die ihr guttat. Sie hatte eine Ermutigung dringend nötig. Sie ließ ihre Hand sinken, ihr Blick traf sich mit dem seinen, und seine tiefblauen Augen, die energische Kinnlinie und der Entschlossenheit vermittelnde Schwung des Mundes unter dem Schnurrbart – dies alles drückte aus, daß er von dem überzeugt war, was er sagte. »Ganz bestimmt, Teke.«

Sie nickte und bemühte sich darum, sich wieder auf Michael zu konzentrieren, doch andere Bilder schoben sich davor. Sie sah Sams breite Brust, spürte seine Erektion, hörte den Schrei, der seinen Orgasmus begleitete, dann das Zuschlagen der Tür, das Quietschen von Bremsen, das Heulen einer Sirene. Sie sah die blitzenden Lichter des Krankenwagens, die Blutlache unter Michaels Kopf, den schmutzigblauen Laster, der schräg auf der Straße stand, das erschütterte, schmerzhaft vertraute Gesicht des Fahrers. Grady. O Grady. Verdammt noch mal, Grady.

Ein gequälter Aufschrei entschlüpfte ihr. Sam streckte beruhigend die Hand nach ihr aus, doch sie wich zurück. »Ich bin okay.« Sie atmete tief durch und verbannte Grady aus ihren Gedanken. *Michael* war der einzige, der jetzt eine Rolle spielte. »Sein Bein ist gebrochen. Das wird ihn nicht gerade freuen, denn in einem Monat beginnt die Basketball-Saison.«

»Das macht nichts«, erwiderte Sam. »Er wird auf der Bank sitzen und als Hilfstrainer fungieren, bis er wieder fit zum Spielen ist.«

»Er wird niedergeschmettert sein, wenn er auch nur ein Spiel auslassen muß.«

»Das Team auch, schließlich ist er der Star.«

»Was wird, wenn er für die ganze Spielzeit ausfällt?«

»Dann wird er nächsten Sommer trainieren und in der darauffolgenden Saison doppelt so gut sein.«

»Und wenn er dann noch immer nicht spielen kann?«
»Er *wird* spielen.«
»Und wenn er *nie* wieder spielen kann?« Es war das Undenkbare, an das zu denken sie nicht umhinkonnte.
Sam blieb zunächst still. Dann stieg ein qualvoller Laut aus den Tiefen seiner Kehle empor. Trotz ihrer eigenen ungeheuren Angst nahm sie sich seine Situation zu Herzen. »Nicht gerade eine rauschende Feier zu Ehren deines Prozeßsieges, was?« sagte sie traurig.
»Vergiß den Prozeß«, erwiderte er scharf. »Ich habe die Pressekonferenz und das Dinner abgesagt. Ich kann an so was jetzt nicht denken, geschweige denn feiern.« Er fuhr sich mit der Hand durch die Haare. »Seltsam, wie das Leben so spielt: Vor drei Stunden war ich der Größte – jetzt bin ich das letzte.«
»Hast du mit Annie gesprochen?« fragte Teke und verspürte einen schmerzhaften Stich: Das war ein weiterer Schrecken, mit dem sie sich befassen müßten.
»Nur über Michael. Sie wollte reinkommen, um dir beizustehen, aber ich sagte ihr, wir brauchten sie, damit die Kinder von der Schule abgeholt würden.«
Teke preßte die Wange an die Wand. »Annie ist so anständig«, flüsterte sie. »Sie hätte das niemals getan, was ich getan habe.«
»Es war nicht deine Schuld.«
»Ich habe dich ja regelrecht bedrängt.« Der Gedanke entsetzte sie – und er hatte etwas Verwirrendes. »Ich weiß nicht, was plötzlich in mich gefahren war. Ich habe mir noch nie vorgestellt, auf diese Weise mit dir zusammenzusein, aber als du auftauchtest, war ich mit meinen Gedanken gerade ganz woanders, und ich wollte ... ich wollte ...« Sie hatte Grady gewollt – so einfach war das. Ihre Ehe stagnierte. Sie hatte sich nach den Empfindungen gesehnt, die Grady stets in ihr weckte, nach der Gefühlstiefe, der freudigen Erwartung und der sich bis in die Seele erstreckenden Befriedigung, die das Zusammensein mit ihm für sie bedeutete und woran zu denken sie sich jahrelang untersagt hatte. Sein Brief hatte alles wieder an die Oberfläche geholt. Nachdem sie

ihn ungezählte Male gelesen hatte, war ihr Verlangen nach seiner Leidenschaft ins Unermeßliche gewachsen.
Ekel, Selbstverachtung, Bedauern – all das vermischte sich in ihr, und sie drehte sich noch weiter zur Wand. Dann öffnete sich die Tür, und Teke fuhr herum. Den Atem anhaltend, sah sie einen der Ärzte auf sich zukommen.
»Wir bringen ihn auf die Intensivstation. Wir werden einige Tests machen, aber ich möchte seine Funktionen genauer beobachten.«
Teke schluckte trocken. »Ist er aufgewacht?«
»Noch nicht.«
»*Wird* er aufwachen?«
»Wir hoffen es.«
»Wann?«
»Das wissen wir nicht.«
»Haben Sie keine Vermutung?«
Der Arzt schenkte ihr ein trauriges Lächeln. »Zum jetzigen Zeitpunkt nicht. Vielleicht später, wenn wir eine präzisere Vorstellung vom Ausmaß der Verletzung haben. Sie können mit uns raufkommen, wenn Sie wollen, es gibt ein behagliches Zimmer dort.«
Kurze Zeit später fand Teke sich in dem Warteraum des fünften Stockwerks wieder, wo sie versuchte, sich bei einem Tee zu entspannen, den Sam ihr gebracht hatte, doch daran war gar nicht zu denken. Sie dachte an Sam und an seinen Kummer, an J. D. und den Zorn, der mit Sicherheit über sie hereinbrechen würde – aber hauptsächlich dachte sie an Grady und den Schock, den das Wiedersehen mit ihm für sie bedeutet hatte.
Dann kam Annie. Sie brachte Jana und Zoe mit, die beide nah an den Tränen waren und Trost brauchten, was Teke ihnen nicht geben konnte. Ihr Herz war zu schwer, ihre Sorge zu groß. Und als Annie sie in die Arme schloß, stieg ein alles verschlingendes Schuldgefühl in ihr auf.
Die liebe, mitfühlende, verständnisvolle Annie – diesmal verstand sie gar nichts.

Teke erinnerte sich an den Tag im September 1970, als sie sich kennengelernt hatten. Sie war ein ängstlicher Neuankömmling gewesen, der um Selbstvertrauen betete, während sie ihre Reisetaschen den Flur des Wohnheims hinunterschleppte. Die Taschen enthielten ihre gesamten weltlichen Besitztümer, die ihr plötzlich samt und sonders unpassend erschienen. Und ihre Sorge wuchs mit jedem Zimmer, an dem sie vorbeikam. Mit jeder eifrigen Mutter, die Vorhänge anbrachte, mit jedem hübsch gekleideten Neuling, der dabei war, seine neuen Sachen auszupacken, fühlte sie sich fehl am Platz. Dann kam sie zu dem ihr zugewiesenen Zimmer und sah auf der Fensterbank ein Mädchen sitzen, das einen abgegriffenen Terminkalender auf den Knien liegen hatte und ebenso ängstlich aussah wie sie.

»Theodora?« fragte Annie mit kleiner Stimme.

»Teke«, korrigierte Teke lapidar. »Theodora ist zu lang.«

Annie stieß erleichtert die Luft aus und lächelte. »Gott sei Dank! Ich war schon völlig fertig, weil ich mir nicht vorstellen konnte, was ich je mit einem Mädchen zu tun haben könnte, das Theodora heißt. Teke ist perfekt. Und ich finde deine Ohrringe toll. Aus was sind sie?«

Sie waren aus Angelschnur, die Teke vom Fußboden des Fischereizubehörladens aufgehoben und zu großen Blüten geknüpft hatte, die gegen ihren Hals stießen, wenn sie sich bewegte. Annie hatte sie wunderschön gefunden – ebenso wie die Jeans, die Teke vom Sohn des Pastors »geerbt« und bestickt hatte, und die übergroßen Westen, die sie aus der Truhe ihres Vaters genommen hatte, bevor sie den Rest verkaufte.

Sie waren schnell Freundinnen geworden. Annies Stärke war das Schreiben, Tekes die Mathematik. Annie war die Denkerin, Teke die Technikerin. Sie hatten sich als Team durch vier Collegejahre gearbeitet, Männer geheiratet, die beste Freunde waren, die Teamarbeit durch einen Doktor der Philosophie, je eine Wohnung und zwei Häuser, zahllose Schulsammlungen, Feiertage und Ferien und fünf Kinder fortgesetzt.

Jetzt war plötzlich alles anders. Teke hatte die Beziehung sabotiert, und Annie hatte noch keine Ahnung davon.
»Er wird wieder gesund«, sagte Annie leise.
Teke, die sich wie eine falsche Schlange fühlte, entfloh der Umarmung. »Darum bete ich.«
»Die Ärzte hier sind die besten. Ist J. D. schon auf dem Weg hierher?«
Teke nickte. Das Bedürfnis, sich zu bewegen und die Qual zu lindern, die sie empfand, ließ sie den Flur hinunter zu Michaels Zimmer gehen. Sie ging nicht hinein, sondern stellte sich ans Fenster und beobachtete die Aktivitäten im Raum. Annie und die Mädchen gesellten sich zu ihr.
»Was machen sie denn?« fragte Zoe.
»Tests«, antwortete Teke.
Jana lehnte sich an sie. »Kriegt er das mit?«
Teke schluckte. »Nein, er ist immer noch bewußtlos.«
»Dann hat er keine Schmerzen?«
»Ich glaube nicht.«
»Wann können wir zu ihm?«
»Wenn sie fertig sind.«
»Kommt er wieder in Ordnung?«
»Ich hoffe es.«
Jana schaute sie an – nicht mehr zu ihr auf, sie waren beinahe gleich groß, wobei Teke sich im Augenblick winzig klein fühlte, und sagte: »Annie hat uns erzählt, daß sie den Kerl erwischt haben.«
Wieder sah Teke Gradys Gesicht vor sich, und ihr Herz krampfte sich zusammen. So viele Jahre waren vergangen, seit sie es zuletzt gesehen hatte, und auch damals hatte es Erschütterung ausgedrückt.
Er hätte nicht kommen sollen, schrie sie stumm. Ihr Leben gehe ihn nichts an, hatte er ihr einmal gesagt, warum hatte er sich dann nicht heraushalten können?
Sie hätte gerne geweint. Statt dessen atmete sie tief durch und antwortete mit kontrollierter Stimme: »Sie brauchten ihn nicht zu ›erwischen‹, er hat den Unglücksort nicht verlassen.«

»Haben sie ihn festgenommen?«
»Das weiß ich nicht.«
»Ist er zu schnell gefahren?«
»Das kann ich nicht beurteilen, ich habe ihn nicht kommen sehen.«
»Warum hat Michael ihn nicht gehört oder gesehen?«
Das wußte Teke nicht, aber sie konnte es sich denken, und der Gedanke war nicht dazu angetan, sie zu beruhigen. Ebensowenig wie der, daß Janas Fragen im Vergleich zu denen, die J. D. ihr nach seinem Eintreffen stellen würde, ein »Spaziergang« waren.

Kapitel 2

Auf dem Weg von Springfield in die Stadt wurde J. D. wegen überhöhter Geschwindigkeit angehalten. Der Polizist sagte, er sei achtzig Meilen pro Stunde gefahren. Unter anderen Umständen hätte er eine Diskussion mit ihm begonnen. Er war Rechtsanwalt und wußte Bescheid. Radargeräte waren in höchstem Maße unzuverlässig. Wenn er den Polizeibeamten auf sechzig »herunterhandeln« konnte, würden Rechtsmittel den Strafzettel aus der Welt schaffen.

Doch diesmal reichte er widerspruchslos Führerschein und Fahrzeugpapiere aus dem Fenster und sagte: »Ich war mitten in einer schwierigen Besprechung, als ich telefonisch informiert wurde, daß mein Sohn von einem Auto angefahren wurde. Er ist offenbar bewußtlos. Mehr weiß ich noch nicht. Er ist dreizehn.«

»Dreizehn?« Der Officer runzelte die Stirn. »Das ist hart.«

»Meine Frau und mein bester Freund sind bei ihm im Krankenhaus. Ich habe versucht, sie zu erreichen, aber sie halten sich irgendwo zwischen der Notaufnahme und der Intensivstation auf. Ich konnte nicht einmal einen Arzt an den Apparat bekommen – sie nehmen meine Anrufe nicht entgegen.«

»Seien Sie dankbar, wenn sie sich um Ihren Sohn kümmern.«

»Aber ich kann nicht in Erfahrung bringen, wie es um ihn steht«, klagte J. D. »Und gar nichts zu wissen, ist eine Qual. Ich male mir die schrecklichsten Dinge aus. Es tut mir leid – ich habe nicht auf die Geschwindigkeit geachtet. Ich war nicht bei der Sache.«

Der Polizist gab ihm die Papiere zurück. »Sie haben eine bessere Entschuldigung als die meisten. Ich werde Sie nicht aufhalten und Ihnen einen Strafzettel ausstellen – aber passen Sie den Rest der Fahrt auf, okay? Vor allem, wenn Sie telefonieren. Es wäre bestimmt nicht im Sinne Ihres Sohnes, wenn Sie auf dem Highway sterben würden.«

J. D. achtete darauf, daß die Tachonadel nicht über hundert hinausging. Wenn er gerade nicht das Krankenhaus drängte, ihn zu jemandem durchzustellen, der Bescheid wußte, sprach er mit mit Vicky Cornell, seiner Sekretärin, über Sams Fall. »Dunn gegen Hanover« war ein Meilenstein – die Publicity würde großartig für die Kanzlei werden.

Sein Vater würde sich ärgern – und *das* war erst eine Befriedigung! John Stewart hatte sich mit Händen und Füßen dagegen gewehrt, Sam in die Anwaltsfirma aufzunehmen. Er war der Ansicht, Sam fehlten die Verbindungen und die gesellschaftliche Stellung, um Karriere zu machen. Aber J. D. war entschlossen gewesen, es zu riskieren. Zum einen hatte Sam sich im Büro des Bezirksstaatsanwalts profiliert, zum anderen wurde er von Ehrgeiz getrieben, und zum dritten hatte er Annie geheiratet, die Tekes beste Freundin war. Doch vor allem hatte J. D. Sam in der Kanzlei haben wollen, weil sie beide ihrerseits beste Freunde waren. Sam bewirkte, daß er menschlich, gesellig und locker blieb.

J. D. war froh, daß Sam bei Teke im Krankenhaus war. Er vertraute seinem Urteilsvermögen. Falls Entscheidungen zu fällen wären, würde Sam Teke die besten plausibel machen, und sie würde mit Sicherheit der Führung bedürfen. Wahrscheinlich war sie im Augenblick »lahmgelegt«. Sie besaß nicht seine Fähigkeit, in Krisensituationen einen klaren Kopf zu bewahren. Sie war nicht entsprechend aufgewachsen. In dieser Hinsicht war sie eindeutig provinziell, hinterwäldlerisch. Sie würde niemals auf die Idee kommen, ihn im Auto anzurufen, um ihm nähere Einzelheiten mitzuteilen und seine Sorge zu mindern.

Wie sich herausstellte, gab es herzlich wenig, was die Sorge hätte mindern können. Als J. D. in die Klinik kam, erfuhr er, daß Michaels äußere Verletzungen behandelt worden waren, daß er an einem Beatmungsgerät hing, daß die Ärzte dabei waren, Tests zu machen, die Resultate bisher jedoch keine eindeutigen Schlüsse zuließen. Niemand wußte etwas Genaues, und das beunruhigte J. D. unendlich.

»Keine Prognose?« fragte er Teke, die am Fenster stand und völlig fertig aussah.

»Es ist noch zu früh.«

»Ärzte stellen immer Prognosen«, widersprach er.

»Nicht bei Kopfverletzungen.«

»Ist das Gehirn geschädigt?«

»Das wissen sie noch nicht.«

»Warum nicht?«

»Das *weiß* ich nicht. Sie *sagen* eben, daß sie es nicht wissen.«

Er wußte, daß sie aufgeregt war, aber das war er auch. Schließlich war Michael genauso *sein* Sohn. Sie hätte die Ärzte auf Trab bringen müssen, aber das war nicht ihre Art. Sie war eine gute Köchin, eine gute Hausfrau, sie verstand es, gut einzukaufen. Sie präsentierte sich optimal und arrangierte eindrucksvolle Dinnerpartys. Sie nähte ungewöhnliche Halloween-Kostüme, half den Kindern bei den Hausaufgaben, trainierte die Little League, veranstaltete Schulauktionen, die Tausende von Dollar für Kunstkurse einbrachten – aber bei privaten Krisen versagte sie.

Bei diesen Gelegenheiten war Annie ein wahrer Segen für sie. Annie half ihr in die Realität zurück.

In der Absicht, Annie zu ihr zu schicken, ging J. D. den Flur hinunter zum Warteraum, aber Annie war mit Jonathan und Leigh beschäftigt. Also winkte J. D. Sam auf den Gang hinaus.

»Was wissen wir über den Mann, der ihn angefahren hat?«

»Ich habe gerade mit der Polizei gesprochen«, berichtete Sam bedrückt. »Er ist Zimmermann, nicht aus diesem Staat und derzeit arbeitslos, aber sein Führerschein und die Fahrzeugpapiere sind in Ordnung. Er wird nicht angeklagt.«

J. D. starrte ihn ungläubig an. »Aber er hat meinen Sohn angefahren.«

»In Wahrheit«, korrigierte Sam, »ist Michael ihm ins Auto gelaufen.«

Das glaubte J. D. keine Sekunde. »Der Kerl muß zu schnell gefahren sein.«

»Fünfundzwanzig – laut dem Experten, der die Bremsspuren untersucht hat.«

»Dann waren seine Bremsen schadhaft.«

Sam schüttelte den Kopf. »Die Polizei sagt, nein.«

»Was wissen die Dorftrottel denn schon?« schnaubte J. D. »Deren Spezialität ist es doch, Autofahrer vor den Kadi zu bringen, weil sie zu weit vom Randstein geparkt haben. Ich werde einen Privatdetektiv einschalten. Deinen Mann – diesen Mundy. Der wird Beweise finden, die diesen arbeitslosen Zimmermann hinter Gitter bringen.«

»Nicht, wenn es keine gibt.« Sam schaute ihn bekümmert an. »Hör zu, J. D. Ich weiß, daß du einen Schuldigen finden möchtest – das ist das Natürlichste von der Welt, aber der Bursche ist es nicht. Er hielt sich an die Geschwindigkeitsbeschränkung. Michael kam plötzlich wie aus dem Nichts auf die Straße herausgeschossen, prallte gegen das Frontblech des Trucks, wurde in die Luft geschleudert und stürzte von der Kühlerhaube auf die Straße, und während der ganzen Zeit stand der Fahrer auf dem durchgetretenen Bremspedal. Er war nicht betrunken. Er war nicht *high.* Er war einfach nur *da,* als Michael angerannt kam.«

»Willst du damit sagen, daß es *Michaels* Schuld war?«

Sam fuhr sich mit der Hand durch die Haare und blickte stirnrunzelnd zu Boden. Mit einem Seufzer hob er den Kopf und schaute J. D. wieder an. »Ich sage nur, daß es reine Energieverschwendung wäre, den Versuch zu machen, dem Fahrer etwas am Zeug zu flicken. Der Unfall ist geschehen, es mag ein Dutzend Gründe dafür geben, aber sie sind nicht wichtig. Wichtig ist allein, dafür zu sorgen, daß Michael die bestmögliche Pflege erhält. Ich habe Bill Gardner dafür gewonnen, die Leitung der Behandlung zu übernehmen.«

»Aber ist der denn hier?« wollte J. D. wissen. »Chefärzte sind manchmal zu sehr mit der Ausbildung der Studenten beschäftigt, um ihren Patienten genügend Zeit zu widmen.«
Sam deutete mit dem Kinn in die Richtung von Michaels Zimmer, aus dem gerade ein Arzt trat. »Das ist Bill.«
J. D. ging auf ihn zu, stellte sich vor und sprudelte seine aufgestauten Fragen hervor. Unglücklicherweise erfuhr er nicht viel mehr, als Teke erfahren hatte. Bill Gardner war ein netter Mann, aber er konnte nur wenig Konkretes anbieten. Während er zuhörte, zog J. D. ein Notizbuch aus der Innentasche seines Jacketts, um sich zu notieren, was Gardner sagte – einschließlich der Namen der Ärzte seines Teams. Dann schaute er zu Michael hinein, der immer noch von medizinischem Personal umringt war. »Wie oft dürfen wir ihn besuchen?«
»Wann immer Sie wollen. Ich habe eine unbegrenzte Besuchserlaubnis unterschrieben. Vielleicht hilft es ihm, vertraute Stimmen zu hören.«
»Dann kann er also hören?«
»Möglicherweise. Sicher sind wir nicht.«
Die vage Auskunft ärgerte J. D. Er wollte *Antworten.* »Wann kommen die Patienten in solchen Fällen meistens wieder zu Bewußtsein?«
»Das kann jederzeit passieren.«
»Oder nie. Liegt er im Koma?«
Bill Gardner zuckte nicht mit der Wimper. »Technisch gesehen, ja. Ich scheue mich jedoch, dieses Wort in Gegenwart Ihrer Frau zu gebrauchen, sie hat schon genug Angst.«
Das war Tekes Problem. J. D. hatte nicht die Zeit, ihre Hand zu halten, und noch weniger den Wunsch. Annie würde ihr helfen. »Was kann man tun, um Michael durchzubringen?«
»Im Augenblick nicht viel. Wir haben ihn stabilisiert. Er atmet. Er bekommt Infusionen. Seine eventuellen Schmerzen sind auf ein Minimum reduziert worden. Jetzt warten wir.«
»Auf Komplikationen?« fragte J. D.
»Oder auf eine Besserung.«

»Welche Komplikationen könnten eintreten?«
Der Arzt antwortete ohne Zögern. »Druck aufs Gehirn durch eine Blutung. Flüssigkeitsansammlung in der Lunge. Ein Blutgerinnsel, das durch den Körper wandert. Einer der Gründe dafür, daß wir ihn so genau überwachen, ist das Bestreben, diese Faktoren bei Auftreten sofort zu erkennen.«
»Stellen Sie Gehirntätigkeit fest?«
»Es arbeitet – wenn es das ist, was Sie wissen wollen. *Inwieweit*, können wir vorläufig nicht beurteilen.«
Er schaute an J. D. vorbei und nickte. »Wenn Sie mich entschuldigen wollen, ich muß ans Telefon.« Und ehe J. D. fragen konnte, was unter »vorläufig« zu verstehen sei, wie lange der Arzt in der Klinik sein würde und wo er danach zu erreichen wäre, war er auch schon weg.
Dann kamen nacheinander das medizinische Personal aus Michaels Zimmer, und J. D. hatte das Gefühl, als streife ihn ein kalter Wind. »Ist er okay?«
»Er hält sich gut«, lautete die Antwort.
J. D. starrte die bleiche Gestalt auf dem Bett an. Er betrat das Zimmer, unsicher und äußerst beunruhigt. Er und Michael waren nicht immer einer Meinung, aber sie hatten eine gute Beziehung zueinander. Normalerweise wußte er, wie er sich verhalten mußte.
Das Problem war, daß der Michael, der dort im Bett lag, gar nicht sein Michael zu sein schien. Dieser hier war reglos, was sein Michael kaum je war. Dieser hier war, abgesehen von einer blauroten Schürfwunde an der Wange, farblos. Dieser Michael war *still*.
Teke trat auf der anderen Seite ans Bett. Sie hielt sich haltsuchend an dem Geländer fest und schaute auf Michael hinunter.
Jäh stieg Zorn in J. D. auf. Teke war für die Kinder verantwortlich: Es war ihre Pflicht, dafür zu sorgen, daß ihnen nichts zustieß. »Wie ist das passiert?« flüsterte er in scharfem Ton.
Sie hob eine Schulter und schüttelte den Kopf.

»Was tat er denn mitten am Tag zu Hause?«
Ihre Stimme bebte. »Er wollte Geld für ein Konzert haben.«
»Und du hast es ihm gegeben und ihn dann in einen Truck laufen lassen?«
Sie hob eine zittrige Hand.
J. D. wußte nicht genau, wie er diese Geste deuten sollte. »Du hast es ihm nicht gegeben, und er rannte hinaus, weil er sauer war?«
»Ich habe gar nicht mit ihm gesprochen.«
»Warum nicht?«
Sie streichelte Michaels Arm.
»Er kam ins Haus, Teke. Warum hast du nicht mit ihm gesprochen?«
»Er rannte wieder hinaus, ehe ich ihn sah.«
»Hatte er es sich anders überlegt und wollte plötzlich kein Geld mehr?«
Sie berührte Michaels Gesicht. Ihre Stimme war höher als üblich und zittrig. »Hi, Baby. Kannst du mich hören? Kannst du mich hören, Michael? Ich bin's – Mommy.«
J. D. war außer sich. Jemand mußte die Verantwortung dafür übernehmen, daß sein Sohn verletzt worden war. »Sie hätten ihn nicht aus der Schule weglassen dürfen.«
»Das haben sie ja nicht getan«, antwortete Teke leise. »Er hat sich mit den Zwillingen davongestohlen.«
»Wofür zahlen wir Steuern, wenn nicht gewährleistet ist, daß die Schulen auf unsere Kinder aufpassen?«
»Es war Mittagszeit.«
»Soll das eine Entschuldigung sein?«
»Die Kinder bleiben in dieser Zeit nicht an einem bestimmten Platz, es ist unmöglich, sie alle im Auge zu behalten.«
»Es muß ihn doch jemand weggehen gesehen haben.«
Sie seufzte. »Es ist kein Gefängnis, J. D., sie haben keine bemannten Wachtürme.«
»Natürlich haben sie die nicht«, erwiderte er, ärgerlich über ihren Sarkasmus, »aber wir haben es hier mit einem eindeutigen

Fall von Verletzung der Aufsichtspflicht zu tun. Die Schule ist für die Zeit, die er dort verbringt, für ihn verantwortlich.«

»Er hat gegen die Vorschriften verstoßen!« schrie sie. Erschrocken über ihren Ausbruch streichelte sie Michaels Wange. »Er ist ein braver Junge«, sagte sie mit gedämpfter Stimme. »Er hat die Schule nur verlassen, weil ihm diese Sache wichtig war.«

»Und jetzt liegt er in einem Krankenhaus und muß künstlich beatmet werden.«

»Schscht.«

»Macht *dich* das denn nicht wütend?« fragte J. D. aufgebracht.

»Ich möchte nur, daß es Michael wieder bessergeht«, antwortete sie unter Tränen. »Ich denke, wir sollten uns *darauf* konzentrieren.«

J. D. studierte Michaels Gesicht. Natürlich wollte er auch, daß es Michael wieder besserginge, aber er konnte nicht so passiv sein wie Teke. Oder so nachsichtig. Unfälle passieren nicht grundlos. Er wollte, daß der Fahrer des Trucks bestraft würde und die Schule.

»J. D.?« sprach Teke ihn vorsichtig an. Als er aufblickte, sah er, daß sie an ihm vorbeischaute, und als er sich umdrehte, entdeckte er jenseits der Glasscheibe seine Eltern.

Bei ihrem Anblick machte sein Herz einen hektischen Satz. So reagierte es auf ihren Anblick seit einundvierzig Jahren – ebenso unweigerlich wie sein Magen auf Pizza mit Sodbrennen. Er vergaß seinen Zorn und ging zu ihnen hinaus. »Ich dachte, ihr wärt in New York«, sagte er zu seinem Vater.

»Ich habe einen früheren Heimflug genommen«, erklärte John Stewart ihm. »Meine Sekretärin war so vernünftig, mich anzurufen. Eigentlich hättest *du* das tun sollen.«

»Ich bin selbst eben erst angekommen.«

»Wie geht es ihm?« fragte Lucy. Angesichts der Umstände waren ihre makellose Kleidung und Frisur bemerkenswert – und auch wieder nicht: Sieben Tage die Woche bestand die Gestaltung ihres Vormittags darin, daß sie sich für ihre nachmittäglichen und abendlichen Aktivitäten zurechtmachte. Und wenn sie dann das Haus verließ, um mit einer Freundin zum Essen zu gehen oder zu einem Treffen des Frauenvereins oder um ihren Mann zu einer Fahrt ins Krankenhaus vom Flughafen abzuholen, war sie eine absolut perfekte Erscheinung.

J. D. berichtete, was der Arzt gesagt hatte.

»Bill Gardner?« fragte John Stewart. Er war zwei Zentimeter größer als J. D. und zehn Pfund schwerer, eine imposante Persönlichkeit, noch bevor man seine volltönende Stimme gehört hatte. »Er ist nicht der beste Mann. Der beste Mann ist Henry Finch. Er arbeitet an der Mayo-Klinik.«

J. D. wagte es, ihm zu widersprechen – wenn auch in beiläufigem Ton. »Michael ist hier, nicht in Minnesota.«

»Dann laß Finch einfliegen.«

»Das könnte Gardner brüskieren.«

»Aber er hat doch keine Ahnung, das hast du eben selbst gesagt.«

»Es ist zu früh für eine genaue Diagnose.«

»Ruf Finch an.« Das war ein Befehl. »Red mit ihm. Wenn er als Berater herkommt, wird das Gardner auf Trab halten.«

J. D. hatte nicht die Nerven, die Diskussion fortzusetzen. Er zog sein Notizbuch heraus und notierte sich den Namen. Er hatte es kaum in die Tasche zurückgesteckt, als sein Vater fragte: »Ist bereits Anklage erhoben worden?«

»Auch dazu ist es zu früh, Dad.«

»Es ist nie zu früh, dafür zu sorgen, daß keine Beweise vernichtet werden. Sam sollte das wissen. Soviel ich hörte, war er dort, als es passierte. Warum war er nicht im Büro?«

»Er war nach Hause gefahren, um Annie von dem Sieg im Fall Dunn zu erzählen. Hast du es schon erfahren?«

»Habe ich.«

»Nicht schlecht, was?« J. D. gestattete sich ein kleines Lächeln.

»Nicht schlecht.«

J. D. hätte es begrüßt, wenn die Reaktion größere Begeisterung verraten hätte, denn Siege über seinen Vater waren dünn gesät.

Aber John Stewart war kein demütiger Charakter. Er war streng, tüchtig und einschüchternd. Das war ein weiterer Grund dafür, daß J. D. Sam gern in der Kanzlei hatte: Sam war ein »Puffer«, und er konnte John Stewart ganz anders entgegentreten, als J. D. es konnte. Er konnte den Advocatus diaboli spielen, ohne sich darüber Gedanken machen zu müssen, daß er John Stewart beleidigt oder enttäuscht oder gar in Verlegenheit gebracht hatte.

Maxwell senior schaute von seiner Uhr zur Schwesterninsel und dann zu Michael. »Warum ist Theodora als einzige bei ihm drin?«

Theodora. John Stewart und Lucy nannten sie immer so – es klang besser. Vornehmer. Angesichts ihres rückgratlosen Verhaltens im Augenblick geradezu eine Ironie, dachte J. D.

»Die anderen sind im Wartezimmer.«

»Wo ist Michaels Krankenschwester?«

»Sie sitzt in der Zentrale. Die Maschinen zeichnen seine Vitalfunktionen auf und übermitteln die Informationen dorthin – das ist das Prinzip der Intensivstation.«

»Er braucht eine Privatschwester.«

»Nicht auf der Intensivstation, Dad.« J. D. verspürte den dringenden Wunsch, zu fliehen. Auch das war ein vertrautes Gefühl im Umgang mit seinen Eltern. »Ich muß im Büro anrufen. Geht ihr rein zu Michael, ich komme bald nach.« Und damit war er weg, ehe sein Vater ihm befehlen konnte, ein Handy zu organisieren.

Als er zurückkam, waren seine Eltern gegangen. Sich augenblicklich stärker fühlend, trat er ans Fußende von Michaels Bett. Soweit er es beurteilen konnte, hatte der Junge sich nicht bewegt, ebensowenig wie Teke. Auch Leigh und Jon waren da. Leigh sprach leise auf Michael ein.

»Ich kann es nicht fassen, daß du das hier alles verschläfst, Michael. Alle wollen dich besuchen. Mrs. Baker hat die Zwillinge mit Josh, Tommy und Nat hergebracht, aber die Schwestern haben sie ins Wartezimmer verfrachtet. Genauso wie das halbe

Basketballteam. Sie drücken dir alle die Daumen.« Ihre Stimme kippte. »Wach auf, verdammt noch mal.«
Jon nahm ihre Hand. »Wir kommen wieder, Mike«, sagte er. Er sah beinahe so besorgt aus wie Leigh. »Sollen wir dir noch Tee bringen, Teke?«
Teke brachte ein schwaches Lächeln zustande, schüttelte jedoch den Kopf.
J. D. sah Jon und Leigh durch das Fenster nach, dann schob er die Hände in die Taschen und ließ den Blick umherwandern. Alles hier war entweder grell weiß oder aus Metall, peinlich sauber, kalt und steril. Er fand es abstoßend – und das war interessant. Michaels Zimmer zu Hause war farbenfroh und in einem chaotischen Zustand, und das fand J. D. ebenfalls abstoßend. Zumindest hatte er das immer geglaubt. Im Vergleich zu dem hier war der Anblick gar nicht so übel.
»Haben meine Eltern was gesagt?« wandte er sich an Teke.
»›Guten Tag‹ und ›Auf Wiedersehen‹«, antwortete sie leise.
»Sie können mit Krankheit nicht gut umgehen.« Er überflog die Maschinen am Kopfende des Betts. »War Gardner noch mal hier?«
Sie schüttelte den Kopf.
»An der Mayo-Klinik gibt es einen Arzt namens Henry Finch. Er ist landesweit die Nummer eins bei Kopfverletzungen. Ich hole ihn her.«
Teke schaute auf. »Hast du kein Vertrauen zu Dr. Gardner?«
»Mit Vertrauen hat das nichts zu tun, nur mit gesundem Menschenverstand: Zwei Köpfe sind besser als einer. Und außerdem sprudelt Gardner nicht gerade von Wissen über.«
Sam kam herein. »Wie geht's ihm?«
»Unverändert«, erklärte J. D., und dann erhellte sich sein Gesicht. »Ich habe gerade mit der Kanzlei telefoniert. Die Medien sind ganz wild auf dich.«
»Die werden schon warten.«
»Nicht allzu lange – dann kühlt ihr Interesse ab. Die Story ist *jetzt* heiß.«

»Egal.« Sam schaute Teke an. »Bist du okay?«
Sie nickte. Er ging wieder hinaus.
Ein Gefühl, daß etwas nicht stimmte, stieg in J. D. auf. Sams Mangel an Begeisterung, Tekes Untätigkeit, Michaels Bewußtlosigkeit – all das war untypisch. Der Unfall selbst war untypisch. Die Maxwell-Kinder waren gesund und wuchsen behütet auf. Sie wurden nicht von Trucks angefahren und lagen dann bewußtlos auf der Straße.
»Das ergibt keinen Sinn«, murmelte er. »Warum lief er ins Haus und gleich darauf wieder hinaus? Wo warst du denn?«
Teke schluckte. »Im Wohnzimmer.«
»Als er zur Haustür reinkam? Wie kann er dich dann nicht gesehen haben?«
»Vielleicht hat er das ja.« Ihre Stimme klang verzweifelt. »Ich weiß es nicht, J. D. Ich weiß nicht, was er gesehen hat.«
Das solltest du aber, dachte er, du bist seine Mutter. Er atmete tief ein und aus, um sich zu beruhigen.
»Es wird dunkel. Hast du Hunger?«
Sie schüttelte den Kopf. Ihre Augen fixierten Michael.
J. D. hatte nicht zu Mittag gegessen. »Aber die Kinder sind bestimmt hungrig.«
»Geh mit ihnen zum Essen. Ich bleibe hier für den Fall, daß eine Veränderung eintritt.«
»Vielleicht sollte ich lieber auch hierbleiben. Die Kinder können ja etwas holen.«
»Nein. Geh du mit ihnen, das ist ihnen bestimmt lieber.«
Es wurde ihm bewußt, daß es ihm ebenfalls lieber war. Für Michael konnte er hier nichts tun, aber er *mußte* etwas tun. »Wo soll ich mit ihnen hingehen?«
Sie zuckte mit den Schultern. »Weiß ich nicht.«
»Ich weiß es auch nicht«, schnauzte er. Die Mahlzeiten fielen in Tekes Zuständigkeitsbereich, nicht in seinen. Sie kochte oder bestellte einen Tisch in einem Restaurant. Sie wußte, daß er es haßte, häusliche Entscheidungen zu treffen.
»Wo kann man denn hier in der Gegend essen?«

Sie schaute ihn verwirrt an. »Das müßtest du doch besser wissen als ich, du arbeitest hier.«
»Ich arbeite am anderen Ende der Stadt«, entgegnete er in scharfem Ton. »Was mögen die Kinder denn?«
»Was immer du willst.«
»Ich werde Sam und Annie entscheiden lassen, die müssen auch essen. Danach kommen wir wieder her.«
»Aber nicht für lange, die Kinder müssen ins Bett. Nimm sie mit nach Haus, ich bleibe hier.«
»Ich werde auch hierbleiben.«
»Sie brauchen dich daheim, sie sind völlig durcheinander.«
J. D. war nicht sicher, ob er dagegen etwas tun könnte. Die Mädchen trugen ihre Ängste für gewöhnlich zu Teke, Annie oder Sam, bevor sie damit zu ihm kamen. Er war nicht gut in Gesprächen über Gefühle. Er war gut darin, Fusionen auszuhandeln, Vermögensangelegenheiten zu regeln, Verträge aufzusetzen – aber nicht im Händchenhalten, Tränentrocknen und dem Erklären von Dingen, für die es keine Erklärung *gab*.
Eine Schreckensvision von schmutziger Wäsche, ungemachten Betten und Frühstücksgeschirr im Spülbecken tauchte vor seinem geistigen Auge auf. Das war zwar nicht Tekes Art, aber er wußte ja nicht, wie weit sie mit der Hausarbeit gewesen war, als der Unfall passierte. »Ist zu Hause viel zu tun?«
»Es ist alles gemacht«, antwortete sie. Er verspürte eine kurzfristige Erleichterung, als sie einen leisen, gequälten Laut ausstieß. »Alles heute morgen gemacht. Vor so langer Zeit. O Gott, wenn ich ihn nur ...« Sie brach ab.
»Wenn du ihn nur *was?*« fragte J. D.
Sie schüttelte den Kopf.
»Wenn du ihn nur *was?*« wiederholte er. Er mochte es nicht, wenn man ihn im ungewissen ließ. Es genügte, daß die Ärzte es taten, er brauchte es nicht auch noch von seiner Frau.
»Wenn ich ihn nur hätte aufhalten können«, sagte sie unglücklich. »Wenn ich nur mit ihm *gesprochen* hätte.«
Sie sah aus, als würde sie jeden Moment in Tränen ausbrechen.

Er glaubte nicht, das ertragen zu können. In dem Bemühen, sie aufzubauen, sagte er: »Es war nicht deine Schuld.«

»Ich hätte an der Tür sein sollen.«

»Das hätte vielleicht auch nichts geholfen.«

»Doch, das hätte es.«

Er ließ die Diskussion fallen: Die Mutterrolle war – wie das Kochen – ihre Sache. Sie definierte sich so, legte Maßstäbe für sich selbst fest, wie es nur wenige andere Mütter taten, und wurde für gewöhnlich jedem davon gerecht.

Aber er mußte ihr zustimmen: Sie hätte an der Tür sein sollen.

Früh am nächsten Morgen legte Annie den Telefonhörer auf, schwang die Beine aus dem Bett und barg die Hände in den Falten ihres Nachthemds. Sie hatte kaum ihre Gedanken gesammelt, als Zoe und Jana in der Tür erschienen. Obwohl ihre Gesichter noch verschlafen aussahen, waren ihre Augen hellwach.

»Sein Zustand ist unverändert«, sagte Annie, ehe sie fragen konnten. Sie wünschte, sie hätte ihnen etwas Positiveres vorgaukeln können, aber die Mädchen waren fünfzehn – zu alt, als daß man ihnen etwas hätte vormachen können. »Ich habe eben mit der Schwester gesprochen.«

»Ist er noch immer bewußtlos?«

»Hm.«

»Ist Mom noch dort?«

Annie nickte. »Und dein Dad ebenfalls. Er konnte nicht schlafen, und so zog er sich an und fuhr wieder rein. Es ist gut, daß du und Leigh hier übernachtet haben, denn er hätte euch sicher nicht allein lassen wollen.«

»Er glaubt, daß wir immer noch Babys sind.«

»Nein, er weiß sehr wohl, daß ihr allmählich erwachsen werdet. Er ist nur einfach nie sicher, was richtig ist und was nicht.« Was die Vaterrolle betraf, hatte J. D. zwei linke Hände. Sein Herz saß auf dem rechten Fleck, aber seine Gesten waren oft unpassend. »Darum hat er Teke«, sagte sie lächelnd.

»Ist Leigh schon auf?«
»Weiß ich nicht«, antwortete Jana.
»Wo ist Dad?« fragte Zoe.
Annie nickte in Richtung Badezimmer. »Rasiert sich.«
»Hat *er* die ganze Nacht geduscht?«
Er hatte nur zweimal geduscht, aber in der Stille der Nacht war das Rauschen des Wasser in den Leitungen besonders laut zu hören. »Er fand keine Ruhe. Die Sache mit Michael nimmt ihn sehr mit.«
»Fahren wir nach dem Frühstück wieder ins Krankenhaus?« fragte Jana.
Annie schüttelte mit einem sanften Lächeln den Kopf. »Nein, nach der Schule.«
»Aber heute ist der unwichtigste Tag der Woche. Ich würde nicht viel versäumen.«
»Deine Mutter will, daß du in die Schule gehst, sie möchte, daß alles so normal wie möglich läuft.«
»Jaaa«, dehnte Jana. »Und gleich kommt Michael reingestürmt.«
Annie stand vom Bett auf und ging zur Tür, legte die Arme um die beiden Mädchen und schob sie den Flur hinunter. »Es ist hart.«
»Er ist meine Bruder.«
»Die Ärzte machen heute früh noch weitere Tests – du könntest also sowieso nicht bei ihm sein.«
»Ich könnte bei Mom sein.«
»Dein Dad ist bei ihr.«
»*Noch*. Paß auf, er wird schon bald in die Kanzlei fahren.«
»Aus demselben Grund, aus dem du in die Schule sollst: Pflichten. Überlaß Michael für den heutigen Vormittag den Ärzten. Du wirst in Gedanken bei ihm sein, und das ist das wichtigste. Nachmittags kannst du dann zu ihm und mit ihm reden.«
Annie ließ die Mädchen los, klopfte leise an Jonathans Tür und öffnete sie dann. »Leigh? Bist du wach?«
Die Vorhänge waren noch zugezogen. Es dauerte einen Mo-

ment, bis Annies Augen sich auf das Dämmerlicht eingestellt hatten, und dann stöhnte sie auf. Sie scheuchte die beiden Mädchen weiter, schlüpfte ins Zimmer und machte die Tür hinter sich zu.

»O Jon ...« Sie seufzte enttäuscht. »Du hattest versprochen, im Arbeitszimmer zu schlafen.«

»Leigh war so aufgeregt«, erwiderte Jon mit verschlafener Stimme. »Sie macht sich Sorgen um Michael.«

»Und jetzt machen wir uns Sorgen um *sie*.«

»Es ist nichts passiert.«

»Leigh?«

»Es ist nichts passiert«, bestätigte Leigh. Zu ihren Gunsten sprach, daß sie ein Nachthemd trug. Jons Oberkörper war nackt, aber das bedeutete nichts: Er schlief in Boxershorts wie sein Vater.

Annie seufzte erneut. Sie ging zum Fenster, zog die Vorhänge auf und hockte sich dann ans Ende des Doppelbetts, das sie – klugerweise, wie sie damals dachten – gekauft hatten, um Jons Größe Rechnung zu tragen. »Diesmal mag nichts passiert sein, aber ihr spielt mit dem Feuer, Leute.«

»Ich liebe Leigh, und sie liebt mich. Wir werden heiraten.«

»Noch nicht, ihr seid erst siebzehn.«

»Wie geht es Michael?« erkundigte sich Leigh.

»Unverändert.«

Leigh rutschte näher an Jon heran, der einen Arm für sie aufhielt. Es war eine zärtliche Geste, eine beschützende. Es war auch eine erwachsene, und sie versetzte Annie fast einen ebensolchen Schock wie vorher die Tatsache, die beiden miteinander im Bett zu sehen.

Sie erinnerte sich daran, wie sie Babys waren und dann Kleinkinder, Schulkinder und dann Teens. Die ganze Zeit über waren sie beste Freunde gewesen, und obwohl alle angenommen hatten, daß sie sich eines Tages voneinander entfernen und getrennte Wege gehen würden, war das nie geschehen. Wie Setzlinge, die nebeneinander Wurzeln geschlagen hatten, waren

sie mit ineinander verschlungenen Ästen größer und konturenreicher geworden. Annie nahm an, daß das auch in Zukunft so bleiben würde.
Was ihr Sorgen bereitete, war die Möglichkeit, daß die beiden einen Ableger produzierten, und so sagte sie: »Du weißt, wie deine Mom über dies hier denkt, Leigh.«
»Nicht genau, sie spricht nicht viel über Sex. Ich glaube, sie hat dafür nichts übrig.«
»Natürlich hat sie das«, widersprach Annie. Teke hatte sich ihr gegenüber noch nie negativ über dieses Thema geäußert, und sie waren seit vielen Jahren beste Freundinnen. »Ich nehme an, sie fürchtet, euch auf den Geschmack zu bringen.«
Die beiden im Bett wechselten einen Blick.
»Was?« fragte Annie.
»Wir haben schon so unsere Vorstellungen«, sagte Jon. »Meine Güte, Mom, die Hälfte unserer Freunde tut es, und diese Wände sind nicht aus Stein: Wir hören dich und Dad.«
Tiefe Röte überzog Annies Gesicht. »Nein, das tut ihr nicht. Wir sind sehr vorsichtig.« Sie hatte gerade ausgesprochen, als das Telefon klingelte. Unversehens wurde die Röte von Blässe abgelöst.
Jon nahm den Hörer ab, bevor sie den Apparat erreichte. Nach unendlich langen Sekunden, während derer ihre Angst um Michael sie fast durchdrehen ließ, sagte er: »Es ist für Dad, der *Globe*.«
»O Gott«, stöhnte sie erleichtert, und dann fügte sie hinzu: »Armer Dad. Ein solcher Meilenstein in seiner Karriere, und er kann sich gar nicht daran freuen.« Sie wünschte Sam nichts mehr, als daß er sich in dem Ruhm sonnen könnte, den er verdiente, und kehrte in ihr Schlafzimmer zurück.
Sam kam wieder einmal aus der Dusche. Er knotete ein Handtuch um seine Mitte und griff zum Telefon.
Annie ließ sich gegen das Kopfteil des Betts sinken und zog die Decke bis zur Taille hoch. Ihn zu beobachten, war eine erfreuliche Beschäftigung. Sie tat es nun schon seit mehr als

zwanzig Jahren, und sie wurde es nicht müde. Er wurde auf schöne Weise älter. Seine Körperkonturen waren ausgeprägter geworden – die Schultern breiter, die Hüften schmaler, und er hatte mehr Haare auf der Brust bekommen. Jahre des Lächelns hatten Lachfalten in seinen Augenwinkeln hinterlassen. Sein Haar war dicht, kakaobraun und makellos gestylt – wie der Schnurrbart, der mit ihm gereift war.

Doch jetzt war sein Gesicht von seiner Sorge um Michael gezeichnet.

»Sie wollten eine Stellungnahme«, erklärte er ihr, als er auflegte.

Sie stieß die Decke weg, kam auf die Knie hoch und schlang die Arme um seinen Hals. Seine Haut war feucht und roch frisch und sauber. Sie rieb ihre Wange an seiner. »Ich bin so stolz auf dich, Sam. Es ist unglaublich, daß du diesen Prozeß gewonnen hast.«

»Der Zeitpunkt war richtig«, sagte er ruhig.

»Nicht der Zeitpunkt – *du!* Kein anderer Anwalt hätte getan, was du getan hast. Der Fall sah am Anfang aus wie ein Waterloo, aber du hast ihn angenommen, ohne zu wissen, ob du je einen Dollar dafür kriegen würdest.«

»Jaaa«, sagte er voller Befriedigung, »und jetzt kassiere ich ab.«

Sie nahm sein Gesicht in die Hände. »Du hast hart gearbeitet und verdienst deinen Prozentanteil.« Aber das war nicht der Hauptpunkt. »Du hast viel riskiert, weil dir der Fall ein Anliegen war. Nur ein sensibler, engagierter Mann kann so handeln. Ich wünschte allerdings, das Timing wäre besser gewesen. Ich wünschte, du könntest deinen Erfolg so genießen, wie es dir zukommt.«

»Na ja ...«

Sie schlang die Arme wieder um seinen Hals. »Ich wünschte, *wir* könnten es. Es tut mir so leid, daß ich gestern nicht da war, als du heimkamst. Ich hatte ein paar Hilfslehrer zum Lunch eingeladen, da ich bisher nicht die Möglichkeit hatte, sie richtig kennenzulernen. Wir können uns höchstens um eine halbe Stunde verpaßt haben.«

Er starrte unglücklich zum Fenster.
»Michael kommt wieder in Ordnung, Sam.«
Er stieß einen gequälten Laut aus und schaute auf sie hinunter. Seine Augen wanderten über ihr Gesicht. Eine Mischung aus Traurigkeit und Verlangen lag in seinem Blick. Er legte die Arme um sie, und einen Moment lang hielt er sie so fest, daß seine Muskeln vibrierten.
»Er kommt wieder in Ordnung«, flüsterte sie.
»Ich liebe dich.«
»O Sam.«
Er gab ihr einen leidenschaftlichen, verzweifelten Kuß, brach ihn jedoch ab, als sein Körper zu reagieren begann. Annie hätte es sich vielleicht anders gewünscht, doch sie verstand es. Er mußte sich anziehen und in die Stadt fahren. Sie mußte die Kinder abfüttern, sich ihrerseits anziehen und in die Schule fahren.
Glücklicherweise war das Abfüttern der Kinder eine Kleinigkeit für sie. Während Teke frischgepreßten Orangensaft, Rühreier und selbstgemachte Waffeln aufgetischt hätte, war das Frühstück bei Annie eine schlichtere Angelegenheit. Sie kochte Kaffee und trank eine Tasse, während die Kids sich Cornflakes nahmen, Toast machten oder – die Mädchen – Magerjoghurt löffelten.
Sams Fall hatte es auf die erste Seite geschafft. Die Lektüre beschäftigte sie eine Weile, und als die Zeitungen beiseite gelegt wurden und das Schweigen andauerte, wußte Annie, daß die Kinder an Michael dachten. Annie wollte sie nicht zum Reden drängen, es genügte, daß sie wußten, daß sie da war.
Sie waren gerade auf dem Weg aus der Tür, als Sam herunterkam. Er trug einen grauen Nadelstreifenanzug, ein blaues Hemd und eine Rips-Krawatte. Es war eines seiner konservativeren Outfits und paßte eindeutig zu seiner Stimmung. Er goß sich Kaffee ein und trank ihn, während er die Zeitung überflog.
»Willst du nichts essen?« fragte Annie.
»Nein, mein Magen ist zu.« Er stellte die leere Tasse ins

Spülbecken. »Ich schaue auf dem Weg im Krankenhaus vorbei. Soll ich dich von dort anrufen?«
Sie nickte und hob ihm das Gesicht zum Kuß entgegen.
Fünf Minuten später stand sie unter der Dusche. Dreißig Minuten später war sie gefönt, leicht geschminkt und für die Arbeit angezogen. Sie rief noch einmal in der Klinik an, erhielt jedoch nur eine Wiederholung des früheren Berichts. Sie wünschte, sie hätte mit Teke sprechen können, aber dazu müßte Teke *sie* anrufen. Annie wunderte sich, daß sie es nicht getan hatte, denn für gewöhnlich tat sie das, wenn sie Kummer hatte.
Sam rief an und berichtete ihr, daß Michaels Zustand unverändert, J. D. ins Büro gefahren und Teke müde sei, jedoch die Stellung halte.
»Ich sollte sie nicht allein lassen«, meinte Annie. »Ich glaube, ich werde meine Unterrichtsstunden heute ausfallen lassen. Teke sollte jemanden bei sich haben.«
»Nein, geh du nur in die Schule. J. D. sagte, er sei in einer Stunde zurück, und bis dahin bleibe *ich* hier.«
»J. D. kann nicht gut mit Krankheit umgehen. Teke braucht jemanden zum Anlehnen.«
Aber Sam blieb fest. »Ich habe sie gefragt. Sie sagte, du solltest deinen Unterricht halten – wenn du herkämst, würde sie sich noch schlechter fühlen.«
»Schlechter?«
»Schuldig, weil sie dich von der Schule abhielte. Komm doch nach dem Unterricht, Annie, vielleicht ist dann schon eine Besserung eingetreten.«
Annie hoffte inständig, daß es so wäre. Sie brauchte keinen Abschluß in Medizin, um zu wissen, daß Michaels Bewußtlosigkeit um so bedrohlicher wurde, je länger sie andauerte. Schweren Herzens verstaute sie die Prüfungsarbeiten, die sie am Nachmittag zuvor hatte liegenlassen, in ihrem Aktenkoffer, und war gerade dabei, ihren Autoschlüssel aus dem Küchenkramkorb herauszusuchen, als es an der Hintertür klopfte.

Es war Virginia Clinger. Sie trug einen lavendelfarbenen Aufwärmanzug, ihre Haare fielen mit kunstvoll arrangierter Nachlässigkeit über ein lavendelfarbenes Stirnband, sie hatte über sorgfältig getuschten Wimpern und einem perfekten Lidstrich lavendelfarbenen Lidschatten aufgetragen und stank nach »Obsession«.

Annie Pope hatte nichts übrig für derartige Eintönigkeit. Ihrer Meinung nach lag die Schönheit des Lebens in seiner Vielfalt, weshalb sie die Bekanntschaft mit den unterschiedlichsten Menschen begrüßte und deren Fähigkeiten schätzte. Es gab nur sehr wenige Menschen, die sie nicht mochte.

Virginia war eine davon. Sie war dreifach geschieden und hatte drei schwierige Kinder, was Annies Mitgefühl geweckt hätte, wenn Virginia sich um diese Kinder gekümmert hätte, was sie aber nicht tat. Ihr Hauptziel im Leben war Selbstverschönerung, und ihr Erscheinungsbild lief bei Annie unter der Bezeichnung »Styropor-Chic«. Darüber hinaus war sie eine Intrigantin und Wichtigtuerin.

Annie zauberte ein höfliches Lächeln auf ihr Gesicht. »Hi, Virginia. Ich wollte gerade weg.«

»Bei den Maxwells geht keiner ans Telefon«, sagte Virginia ohne eine Entschuldigung. »Sind die alle im Krankenhaus?«

»Teke und J. D. Die Mädchen fahren später hin.«

»Wie geht es Michael?«

»Unverändert.«

Virginia schnalzte mit der Zunge. »Was für eine Tragödie.«

»Noch nicht«, beeilte Annie sich diesen negativen Satz abzuwehren. »Mit ein bißchen Glück wird er aufwachen und wieder ganz gesund werden.« Sie kehrte zum Tisch zurück, um ihren Aktenkoffer zu holen.

Virginia trat in die Küche und legte den Kopf in einer hübschen Pose der Neugierde schief, die Annie für gut einstudiert hielt. »Was, glauben Sie, ist passiert?«

»Was meinen Sie?«

»Was veranlaßte ihn dazu, so kopflos auf die Straße zu laufen?«

»Er hatte es eilig, in die Schule zurückzukommen. Der Truck fuhr langsam, vielleicht hat er ihn nicht gehört.«
»Hatte er mit Sam und Teke gesprochen?«
»Nicht, daß ich wüßte.«
»Das ist komisch. Ich könnte schwören, ich sah ihn aus dem Haus rennen. Was hat Sam denn dort gewollt?«
Annie nahm die Autoschlüssel in die Hand. »Er war nach Hause gekommen und suchte mich.«
»Wegen seines Prozesses?«
»Hm.«
»Wirklich ein schöner Sieg«, bemerkte Virginia. »Er muß außer sich gewesen sein vor Aufregung. Zuerst wußte ich nicht, was ich davon halten sollte: Als Sam und Teke hinter Michael her gestürzt kamen, trug sie nichts als einen Morgenrock, und sein Hemd und sein Gürtel waren offen. Ein Fremder hätte gedacht, daß da was liefe zwischen den beiden, aber ich weiß ja, wie nah sich ihre Familien stehen. Er war wahrscheinlich gerade dabei, sich umzuziehen, als er beschloß, hinüberzulaufen und Teke die Neuigkeit zu erzählen.«
»Sie haben recht«, erwiderte Annie trocken. »Sie wissen, wie nah sich unsere Familien stehen.« Was Virginia *nicht* wußte – und was Annie ihr auch nicht zu offenbaren beabsichtigte –, war, auf welche Weise Sam anstehende Feiern zu begehen liebte. Annie konnte sich lebhaft vorstellen, wie er ins Haus gestürmt war und sich auf der Treppe zu ihrem Arbeitszimmer bereits auszuziehen begann. Es brach ihr fast das Herz, daß sie nicht dagewesen war. Es war ein Gedanke, mit dem sie allein sein wollte.
Sie tippte auf ihre Uhr. »Ich muß los.« Sie nahm Virginia am Arm und geleitete sie mit sanfter Entschlossenheit zur Tür. »Danke fürs Vorbeischauen, ich sage Teke, daß Sie hier waren.«
»Aber bestimmt!« Mit einem Winken joggte Virginia davon.
Gleich darauf startete Annie ihren Wagen und fuhr aus der Garage.

*

Das Telefon klingelte viermal, ehe der Anrufbeantworter sich einschaltete. Enttäuscht legte Sam auf. Er hatte Annie noch einmal sprechen wollen, ehe sie das Haus verließ, er mußte mit ihr über das reden, was er getan hatte.

Er verließ die Telefonkabine und ging den Krankenhauskorridor hinunter, wobei er bei jedem Schritt mit sich haderte. Er hätte es ihr gleich sagen, hätte sie gestern sofort bei ihrer Ankunft in der Klinik beiseite nehmen sollen. Aber sie hatte die Mädchen bei sich gehabt, die voller Angst um Michael waren, und er hatte die Dinge nicht noch schlimmer machen wollen.

Also hatte er geschwiegen, und dabei könnte er auch bleiben, nahm er an, und Annie den Kummer ersparen. Was mit Teke passiert war, hatte sich in einem Ausnahmezustand ereignet und würde sich niemals, niemals wiederholen. Er hatte seine Frau nie zuvor betrogen, und hatte es auch gestern nicht vorgehabt. Wenn man die Tatsache bedachte, daß es Annie gewesen war, an die er dabei dachte, dann konnte man überhaupt nicht von Betrug reden. Aber das war natürlich eine plumpe Rationalisierung. Es war unbestreitbar, daß er Teke gebumst hatte und daß Michael es wußte. Und daß Virginia es wußte. Und daß, selbst wenn sie nicht erwischt und durchschaut worden wären, sein Gewissen ihn nicht schweigen lassen würde – weil er und Annie über alles sprachen. Es bestand etwas zwischen ihnen – Annie nannte es einen »Seelendraht« –, das ihre Kommunikation gewährleistete. Es hatte von Anfang an bestanden, war eines der Dinge gewesen, die ihn vor über zwanzig Jahren zu ihr hingezogen hatten, und in den folgenden Jahren hatte er niemals eine andere Frau kennengelernt, bei der er sich so ungezwungen fühlte. Er konnte nichts vor ihr verheimlichen. Wenn er es jetzt versuchte, würde ihre Beziehung durch sein Schweigen zerstört – vielleicht genauso sicher wie durch die Wahrheit.

Er ging zu Fuß die Cambridge Street hinauf in Richtung Kanzlei. Auf halbem Weg überlegte er es sich anders und stieg den Beacon Hill hinauf. Als er oben angelangte und zu den

Telefonzellen gegenüber dem State House kam, nahm er an, daß sie in der Schule sei.
Er wählte ihre Büronummer. Die Fakultätssekretärin erklärte ihm, daß sie nur kurz hereingeschaut habe und dann gleich in ihre Klasse gegangen sei.
Er legte den Hörer auf und ging weiter – nicht in Richtung Büro, sondern in die entgegengesetzte. Der Tag war dunstig, warm für den Oktober, doch die Wärme war nur zum Teil an dem Feuchtigkeitsfilm auf seiner Haut schuld. Nervosität ließ ihn schwitzen, und Angst.
Er überquerte den Boston Common und betrat den Stadtpark, folgte dem Hauptweg zum Scheitelpunkt der Brücke, sie sich über den See spannte, und stützte die Ellbogen auf das Geländer. Die Schwanboote hatten sich für den Winter zurückgezogen, ebenso wie die meisten Blumen. Sicher, die Bäume standen noch voll in saftigem Grün, aber bald würden die Blätter verblassen, sich verfärben und vertrocknen. Er haßte den Herbst.
»Hi, Sam!«
Der Anruf ließ ihn aufschrecken. Sekunden später wurde seine Hand heftig von Brian Hennessey geschüttelt, mit dem er vor Jahren im Büro des Bezirksstaatsanwalts zusammengearbeitet hatte. Als Anwalt war Brian eine Niete, aber er war ein netter Kerl.
»Eine tolle Leistung, Sam. Was für ein Urteil!«
Sam erinnerte sich kaum noch daran, das Urteil gelesen zu haben.
»Du bist das Stadtgespräch. Große Berichterstattung in beiden Zeitungen und Erwähnungen in den Abendnachrichten. Du wirst in die Geschichte eingehen, Junge.«
»Das weiß ich nicht – Prozesse kommen und gehen.«
»Nicht in diesem Fall! Wenn du dich entschließt, morgen in die Politik zu gehen, ist dir die Stimme jeder Frau im Bundesstaat sicher. Du hast eine Schlacht für die Vergewaltigten geschlagen. Du bist der Mann mit dem Herzen, das ebenso groß ist wie sein

Ehrgeiz, das haben sie auf Channel Seven gesagt, stimmt's? Du bist ihr Held.«

Sam brachte ein schwaches Lächeln zustande, ertrug einen letzten Schlag auf den Rücken und sah Brian nach, während er sich von Sekunde zu Sekunde schlechter fühlte.

Kapitel 3

Teke fuhr mit einem Ruck aus dem Schlaf auf. Sie zitterte und wußte im ersten Moment überhaupt nicht, wo sie sich befand. Es dauerte eine Minute, bis sie sich gefaßt hatte. Dann sprang sie aus dem Sessel im Warteraum auf und hastete den Gang hinunter. Michael lag noch immer so da, wie sie ihn verlassen hatte, eine reglose Gestalt mit Schläuchen, die zu einer Reihe piepsender Maschinen führten, an die grellweißen Laken gefesselt.

»Sie sehen völlig erschöpft aus, Mrs. Maxwell. Haben Sie nicht schlafen können?«

»Nicht lange«, antwortete sie der Schwester, die neben sie trat. »Hat sich irgendeine Veränderung ergeben?«

Die Frau schüttelte den Kopf.

Teke hatte für eine Besserung gebetet, davon geträumt. Mit einem Seufzer strich sie sich mit müden Händen über das Gesicht. »Ich sollte wahrscheinlich dankbar sein – sein Zustand könnte sich ja auch verschlechtert haben.«

Als die Schwester hinausging und sie ihren Platz neben Michael wieder einnahm, hatte sie die Vorstellung, die Füße in ausgetretene Spuren im Boden zu setzen. »Hi, Schätzchen.« Sie kämmte mit den Fingern seine Haare um die zwei Zentimeter lange Reihe von Stichen, um ihm ein menschlicheres Aussehen zu verleihen. »Ich hab ein bißchen geschlafen. Geht's dir besser?« Sie wartete verzweifelt auf ein noch so kleines Zucken seiner Lider, aber es rührte sich nichts.

»Daddy ist weggefahren, aber er kommt bald zurück. Leigh und Jana schauen nach der Schule vorbei, und Annie, Zoe und Jon. Und Sam«, setzte sie der Vollständigkeit halber hinzu, obwohl

der Name nur mühsam über ihre Lippen kam. Es war hart, nicht zu wissen, was sie sagen sollte und was nicht. Sie wußte nicht, ob Michael seine Umgebung wahrnahm, und, falls ja, inwieweit er sich daran erinnerte, was am Tag zuvor geschehen war.
Sie wurde von der Vorstellung verfolgt, daß er in seiner Austernschale aus Schweigen lag und darüber brütete, was er gesehen hatte. Sie wurde von der Angst gepeinigt, daß er sie haßte, und von dem Wissen, daß sie allein die Schuld an seiner Verfassung trug.
»Es tut mir leid«, flüsterte sie. »Es tut mir so leid. Ich wollte nicht, daß es passierte, Michael.« Sie nahm seine Hand zwischen ihre beiden Hände und versuchte, Leben hineinzureiben. »Es war Wahnsinn. Ich saß da und fühlte mich allein, und er war in heller Aufregung, als er hereinkam, und ehe ich richtig wußte, was geschah, schlugst du die Tür zu.« Michael zeigte kein Anzeichen dafür, sie gehört zu haben, aber sie flüsterte weiter. »Ich war mir gar nicht klar darüber, was ich tat und es hatte keinerlei Bedeutung. Keinerlei. Es war eine Dummheit, und es war falsch. Wenn ich die Uhr zurückdrehen könnte, täte ich es. Aber so kann ich nur hoffen, daß du mir verzeihst.«
J. D. würde ihr ebenfalls verzeihen müssen. Und Annie. Sie hatte sie beide hintergangen.
»Es lag an dem Brief«, sprudelte sie zu ihrer Selbstverteidigung heraus. »Er hätte ihn niemals schreiben dürfen. Er hatte mich verlassen, war aus meinem Leben verschwunden. Ich ließ ihn gehen, weil mir nichts anderes übrigblieb. Und dann schrieb er mir plötzlich diesen Brief. Verdammt noch mal – warum hat er das *getan?*«
Die Frage hing schwer in der Luft. Teke hielt den Atem an, während Michaels Maschinen vor sich hin piepsten. Falls er hörte, was sie sagte, ließ er es nicht erkennen.
Sie ließ die Luft in einem müden Seufzer entweichen. »Es war ein schlechter Zeitpunkt für dich, zu sehen, was du gesehen hast. Du bist kein kleiner Junge mehr, aber auch noch kein

Mann. Du wußtest nicht, was du von dem Anblick halten solltest. Du wußtest natürlich, was wir taten, aber nicht, *warum.* Du wußtest nicht, weshalb ich mit Sam zusammen war und nicht mit deinem Vater. Aber ich schwöre dir«, flüsterte sie eindringlich, »es war das erste Mal. Seit ich deinen Vater kennenlernte, gab es niemals einen anderen Mann für mich. Das gestern war das erste Mal – das erste und *einzige* Mal, daß ich auch nur einen Gedanken an einen anderen Mann verschwendete.«

Sie fragte sich, ob Michael mitbekam, was sie sagte. In dem verzweifelten Bemühen, ihn aufzuwecken, drückte sie seine Hand ganz fest und flehte: »Sei nicht böse auf mich, Michael! Bitte! Straf mich nicht, indem du in diesem Zustand bleibst. Wenn du mich haßt, okay, ich verdiene es. Ich werde es dir nicht übelnehmen. Ich werde sogar weggehen, wenn du das willst. Du mußt nur aufwachen und es mir sagen. Aber bitte, *wach auf!* Bitte! Wir lieben dich alle. Wir möchten dich bei uns haben. Laß nicht Unschuldige für deinen Zorn büßen. Wenn du nicht mir zuliebe aufwachen willst, dann tu es für deinen Vater oder für Jana und Leigh. Du bist ihr kleiner Bruder. Sie vergöttern dich.«

Angestrengt fixierte sie Michaels Gesicht, bildete sich in einem Moment ein, eine Bewegung wahrgenommen zu haben, und kam im nächsten zu dem Schluß, daß sie sich geirrt hatte. »Komm, schon, Mikey«, bat sie inständig. »Komm schon, wach auf!«

Die Krankenschwester brachte eine neue Infusionsflasche.

Es dauerte eine Minute, bis Teke ihre Fassung wiedergewonnen hatte. Dann fragte sie: »Arbeiten Sie schon lange auf dieser Station?«

»Zwei Jahre«, antwortete die Frau so freundlich, daß Teke sich zum Weiterfragen ermutigt fühlte. Sie hatte so viele Fragen, so viele Ängste.

»Haben Sie Übereinstimmungen bei Fällen wie diesem festgestellt?«

»Manche Symptome ähneln einander – unbewußte Bewegungen zum Beispiel.«
»Würden Sie sagen, daß ein Patient entweder im Laufe der ersten achtundvierzig Stunden aufwacht oder sehr lange nicht?«
Die Schwester schenkte ihr ein mitfühlendes Lächeln. »Es ist unmöglich, eine solche Verallgemeinerung aufzustellen. Ich hatte Patienten, die drei Tage nach einem Unfall aufwachten, vier Tage, fünf, acht oder zwölf Tage danach. Ich hatte auch schon Patienten, die zwei Monate später aufwachten und sich lediglich geschwächt fühlten.«
»Das wäre schön«, geriet Teke ins Träumen. Dann sagte sie mit energischer Stimme: »Hörst du das, Michael? Schlaf, wenn du willst, und dann wach auf und fühle dich lediglich geschwächt. Wir werden dich dafür lieben.«
Die Krankenschwester verschwand. Teke klammerte sich an die Hoffnung, die sie in ihr geweckt hatte, bis auch diese verschwand. Sie war so müde und voller Furcht.
Sie fragte sich gerade, wann J. D. wohl kommen würde, als eine Bewegung hinter der Glasscheibe ihre Aufmerksamkeit erregte. Zuerst dachte sie, er sei es – einfach nur aus dem Grund, da derjenige keinen weißen Kittel trug –, doch dann wurde ihr klar, daß die Größe nicht stimmte, ebensowenig wie die Haarfarbe, der Körperbau, das Gesicht und die Haltung.
Doch all diese Einzelheiten waren ihr vertraut, sie hatte sie erst am Tag zuvor gesehen. Sie zog scharf die Luft ein, preßte eine Hand auf ihr Herz, und innerhalb von Sekunden wurde sie dreißig Jahre und Hunderte von Meilen weit weg in die Vergangenheit katapultiert. Das Fenster war plötzlich mit einer unebenen, alten Scheibe verglast und gehörte zur örtlichen Arztpraxis. Sie war zehn Jahre alt, hatte Schmerzen von einem Hundebiß und fürchtete sich davor, was ihr Vater tun würde, wenn er dahinterkäme. Er war jähzornig, ja, das war Homer Peasely, weiß Gott, und er hatte ihr eingebleut, einen Bogen um die Hunde der Tuckers zu machen. Aber sie liebte Tiere, und für

gewöhnlich wurde diese Liebe erwidert. Sie hatte nicht damit gerechnet, gebissen zu werden.
Sie hatte gewußt, wer Grady Piper war. Jedermann in der Stadt wußte, wer Grady Piper war. Er war zwei Jahre älter als sie und fast genauso arm, weshalb er mit seinem Vater zusammenarbeitete. Gemeinsam hielten sie die Docks der Stadt und die dort vertäuten Boote in Ordnung. Grady war mit zwölf Jahren körperlich so kräftig und in seinem Verhalten so abgebrüht wie Männer, die doppelt so alt waren.
Die County-Behörden waren davon jedoch nicht beeindruckt – sie wollten ihn in der Schule sehen. Immer wieder erschien ein Beamter auf den Docks, nahm ihn mit und mußte eine Woche später feststellen, daß er schwänzte. Sie drohten damit, Gradys Vater vor Gericht zu bringen und Grady in eine Erziehungsanstalt zu stecken, aber bisher war das nicht geschehen. An jenem Tag stand Grady auf der Straße und starrte sie an.
Teke wußte nichts anderes zu tun als zurückzustarren, und schließlich machte er die Tür auf und kam herein.
»Was ist mit ihr?« fragte er die Sprechstundenhilfe.
»Hundebiß.«
Er musterte den Verband an ihrem Bein. »Und warum steht sie hier rum?«
»Sie wartet auf ihren Vater.«
»Homer Peasely?«
Die Frau nickte.
»Weiß er, daß sie auf ihn wartet?«
»Nein, aber er wird auf dem Weg zur Hütte hier vorbeikommen.«
»Die Hütte« war das »Kaufhaus« des winzigen Ortes. Der schäbige Verkaufsraum war mit allem vollgestopft, was man so brauchte. Das zweite Zimmer fungierte als Postamt und das Hinterzimmer als Bar. Homer Peasely interessierte sich nicht die Bohne für Lebensmittel oder Post, aber er war kein Mensch, bis er seinen zweiten Whiskey hinuntergeschüttet hatte, und es geschah höchst selten, daß er danach aufhörte.

Grady Piper wußte das. Ohne ein weiteres Wort packte er Teke am Arm und führte sie hinaus. Er begleitete sie nach Hause, und dort setzte er sie an den baufälligen Kamin, machte Feuer und sagte: »Ruh dich eine Weile aus. Dann tu, was du normalerweise für ihn tust und geh ins Bett. Wenn er den Verband erst morgen früh sieht, hast du nichts zu befürchten.«
»Aber ich muß den Doktor bezahlen«, flüsterte sie.
»Der wird sich gedulden«, erwiderte Grady und ging.
Sie machte Abendessen, wie immer, und dann ging sie ins Bett. Als Homer heimkam, war er betrunken genug, um keine Notiz von ihr zu nehmen, und am nächsten Morgen verbarg sie den Verband unter ihrer Latzhose. Homer erfuhr niemals etwas von dem Hundebiß, der Arzt verlangte niemals eine Honorar, und Teke wurde Grady Pipers Schatten. Im Laufe der Zeit wurde sie weit mehr als das. Und diese Erinnerung brachte gleichermaßen Freude und Schmerz mit sich.
Mit einem Blinzeln kehrte sie in die Gegenwart zurück, und im ersten Moment war ihre Sicht so getrübt, daß sie dachte, er sei gegangen. Dann sah sie, daß er noch immer dort stand, und ein panikartiges Gefühl stieg in ihr auf.
Geh! schrie sie stumm, wie sie es schon einmal getan hatte. Er durfte nicht bleiben. J. D. wußte nichts von ihm. Er wäre außer sich. Er würde es nicht verstehen. Und sie, sie könnte es nicht noch einmal mit Grady aufnehmen. Nicht nach dem, was geschehen war, nicht nach all der Zeit. Nicht jetzt, da Michael mit dem Tode rang und *sein* Truck – mein Gott! – dafür verantwortlich war. Geh! schrie sie stumm. Geh!
Damals hatte er nicht gehorcht. Er war in ihr Haus gekommen und hatte ihrer beider Leben für immer verändert. Aber er mußte seine Lektion gelernt haben, denn er starrte sie eine letzte, qualvolle Minute lang an, drehte sich dann um und ging den Flur hinunter.

Sam versuchte es ein halbes Dutzendmal, aber er kam nicht zu Annie durch. Sein schlechtes Gewissen veranlaßte ihn zu der

Überlegung, ob sie Bescheid wisse und sich verleugnen lasse, aber die Aussage der Sekretärin, daß sie von Klasse zu Konferenz zu Klasse hetze, klang glaubhaft: Sicherlich bemühte sie sich, ihr Pensum möglichst schnell zu schaffen, um mehr Zeit mit Teke verbringen zu können. Was sollte aus der Beziehung werden, wenn Annie die Wahrheit erfuhr? Und was, um Himmels willen, würde aus seiner Ehe werden? Er dachte gerade, daß er ihre Liebe nicht verdiente, sie aber bewirkte, daß sein Leben funktionierte und er nicht ohne sie existieren könnte, als J. D. mit triumphierender Miene in sein Büro platzte. »Ich wußte, daß sie etwas finden würden, wenn sie suchten«, schnurrte er wie ein satter Kater. Als Sam ihn verständnislos ansah, verkündete er: »Der Fahrer dieses Trucks ist durchaus kein Unschuldslamm. Ich habe heute früh unseren geschätzten Polizeichef angerufen und ihm gesagt, daß der Mann irgendwelchen Dreck am Stecken haben müsse und daß er lieber entsprechend nachforschen solle, wenn ihm an einer Erneuerung seines Vertrags gelegen sei.« Er schnitt eine Grimasse. »Zum Teufel, er hat sich gar nicht gefragt, was der Kerl hier wollte? Sie sagten, er sei nicht zu schnell gefahren – eher auffallend langsam. Und *warum* fuhr er auffallend langsam? Ganz sicher nicht, weil er nach einem zum Verkauf stehenden Haus Ausschau hielt. Nicht in *unserer* Gegend. War er wegen eines Jobs mit jemandem verabredet? Oder sondierte er das Terrain in Hinblick auf Einbruchsmöglichkeiten?«

»Was haben sie gefunden?«

J. D. schob die Hände in die Taschen und wippte auf und ab. »Er ist ein Exsträfling namens Grady Piper. Er hat acht von zwanzig verhängten Jahren abgesessen. Und wofür hatte man ihm eine so drastische Strafe aufgebrummt? Bist du bereit? Für Mord!«

Sam beugte sich ruckartig in seinem Sessel vor. »Mord?«

»Mord. Was sagst du zu meinem Instinkt? Allerdings muß ich gestehen, daß dieses Ergebnis meine kühnsten Erwartungen übertroffen hat.«

Sam lehnte sich wieder zurück. Er spürte, wie der Verteidiger in ihm erwachte. »Daß der Mann wegen Mordes im Gefängnis war, heißt nicht, daß er sich hier etwas hat zuschulden kommen lassen.« Sein Telefon klingelte.

»Komm schon, Sam, ein Strolch ist ein Strolch. Das weißt du, du hast doch ständig mit solchen Leuten zu tun.«

Sam drückte auf den Knopf der Sprechanlange. »Ja, Joy?«

»Ein Reporter von *Lawers Weekly* ist am Apparat.«

»Lassen Sie sich seine Nummer geben, ich rufe zurück.« Er ließ den Knopf los und wandte sich wieder J. D. zu. »Was hat der Bursche sonst noch verbrochen?«

»Reicht Mord dir nicht?«

»Das ist alles? Nur Mord? Wie lange ist er schon draußen?«

»Eine Weile – aber ...«

»Wie lange?«

»Vierzehn Jahre.«

»Nachdem er acht von zwanzig abgesessen hat. Hat er noch Bewährung?«

»Nein – aber ...«

»Dann hast du keine Chance, J. D. Du kannst dem Mann nicht an den Karren fahren, weil er vor dreiundzwanzig Jahren ein Verbrechen verübt hat. Er hat dafür bezahlt und seine Zeit abgesessen. Wenn nicht jemand beweisen kann, daß er noch was anderes auf dem Kerbholz hat oder ein Gesetz brach, als er deine Straße runterfuhr, vergiß es.«

»Ich denke nicht daran«, erwiderte J. D. mit einer Empörung, die unwillkürlich das Bild von John Stewart vor Sams geistigem Auge erstehen ließ. »Wenn ein kurzer Blick schon eine Verurteilung wegen Mordes zu Tage gefördert hat – nicht auszudenken, was ein *ausführlicherer* Blick zu Tage fördern wird.«

Sanft, weil er wußte, wie oft es geschah und wie sehr es J. D. störte, fragte er: »Sitzt dir John Stewart im Genick?«

»Ich brauche John Stewart nicht dazu, daß er mir sagt, wie ich in diesem Fall zu verfahren habe«, schnauzte J. D. »Ich will wissen, was der Kerl in meiner Straße machte.«

»Es ist eine öffentliche Straße.«
»Und er ist ein Exsträfling von weiß Gott woher.«
»Vielleicht hatte er sich verfahren, oder er schaute sich die Gegend an.«
»Er hat meinen Sohn verletzt, verdammt noch mal!«
Sam hätte ihn gern daran erinnert, daß Michael dem Mann in den Wagen gelaufen war, aber er wußte, daß das nicht das war, was J. D. hören wollte, und so sagte er mit ruhiger Stimme: »Du bellst unter dem falschen Baum, J. D.«
»Wo bleibt deine *Phantasie*, Sam? Du bist Experte in Strafrecht. Du bist das Gerichtssaal-Genie. Sie können ihn wegen irgendwas drankriegen, wir müssen uns nur ausdenken, was das sein soll.«
In diesem Augenblick akzeptierte Sam, daß J. D. nicht zuhörte, und er verstand es. Es war J. D.s Sohn, der im Koma lag, nicht seiner. J. D. war aufgeregt, er war frustriert. Er wollte etwas tun – irgend etwas –, um Michael zu rächen.
Sam versuchte sich vorzustellen, was J. D. tun würde, wenn er erfuhr, was Michael gesehen hatte. Und er würde es erfahren, wenn auch nicht von Sam. Sam hatte schon genug Schaden angerichtet. Nein, Teke war J. D.s Frau, *sie* würde es ihm sagen müssen. Oder Michael, wenn er aufwachte.
»Hast du mit der Mayo-Klinik telefoniert?« fragte er.
J. D. senkte verärgert den Blick und stützte die Hände in die Hüften. »Ja, aber von dort ist keine Hilfe zu erwarten. Henry Finch hält in den nächsten zwei Wochen in Paris ein Seminar ab. Ich habe mit seinem Stellvertreter gesprochen und ihm von Michael erzählt. Er sagte, Gardners Team sei erstklassig, und nach dem, was ich ihm geschildert habe, könne er mir versichern, daß er auch nichts anderes tun würde, als was hier getan werde. Was *nichts* ist«, setzte er bitter hinzu.
Sam stand auf und kam hinter dem Schreibtisch hervor, um seinem Freund ermutigend die Hand auf die Schulter zu legen. »Sie tun, was sie können.«
»Was *nichts* ist«, wiederholte J. D., entzog sich Sams Berührung

und ging zur Tür. »Ich verklage die Schule wegen Verletzung der Aufsichtspflicht und ich möchte, daß du den Fall übernimmst.«
Sam bezweifelte, daß es einen »Fall« geben würde, aber er konnte die Vorarbeiten ebenso leisten wie jeder andere Anwalt. Er würde es aus Loyalität tun – und aus Schuldgefühl. Mit etwas Glück würde Michael aufwachen und gesund sein, und dann würde J. D. die Klage noch einmal überdenken.
»Und bleib der Polizei auf der Pelle«, ergänzte J. D. seinen Auftrag. »Bei dir spuren sie eher als bei mir, du warst Staatsanwalt, und du bist emotional nicht so engagiert wie ich.«
Er verschwand und ließ einen Sam allein, der wünschte, es wäre so.

Als Annie vor der High-School anhielt, stürmten die drei Mädchen den Wagen, knallten die Türen zu und begannen alle gleichzeitig zu reden.
»*Endlich* ...«
»Wir dachten schon, du kämst überhaupt nicht mehr ...«
»Es ist so peinlich ...«
»Du wirst nicht glauben, was dieses Ekel gesagt hat ...«
»Er erzählt *jedem* ...«
»In der *ganzen* Schule ...«
»Ruhe!« rief Annie. Sie hatte sich den Mädchen zugewandt und schaute von einem beunruhigten Gesicht zum nächsten. Mit leiser, ruhiger Stimme sagte sie: »Du bist die älteste, Leigh, bitte sag mir, worüber ihr euch so aufregt.«
Im Gegensatz zu ihrer sonstigen vornehmen Blässe leuchteten Leighs Wangen heute feuerrot. Sie sah aus wie J. D., besaß jedoch Tekes feminine Ausstrahlung. »Er hat ein Gerücht in die Welt gesetzt ...«
»*Wer* hat ein Gerücht in die Welt gesetzt?«
»Will Clinger. Was für ein Blindgänger! Er schafft es nicht, jemanden für sich zu interessieren, weil er ein Trottel ist, und deshalb verbreitet er Gerüchte.«
»Und was für ein Gerücht ist das?« wollte Annie wissen.

»Es ist der reine Müll!« rief Jana.
Zoe fiel ein: »Er will nur Ärger machen.«
»Was für ein Gerücht?« wiederholte Annie, noch immer Leigh anschauend, ihre Frage.
Leigh antwortete: »Er rennt in der ganzen Schule rum und behauptet, daß Sam und Mom miteinander beschäftigt waren, als Michael gestern angefahren wurde.«
»Miteinander beschäftigt?« echote Annie, und vor ihrem geistigen Auge erschien ein absurdes Bild von Sam und Teke, die im Garten die Erde umgruben und Herbstzwiebeln setzten.
»Sex, Mom!« erklärte Zoe hinter ihr lapidar.
Annie fuhr herum und starrte sie an. *»Wie bitte?«*
»Er ist so *dämlich!*«
»Seine Mutter steckt dahinter.« Jana verschränkte die Arme. »Sie kann uns nicht leiden, weil wir sind, wer wir sind. Wir sind erfolgreich, und wir sind normal – alles, was sie nicht ist. Sie ist ein Miststück.«
»Bitte nicht solche Ausdrücke«, bat Annie.
»Aber es ist wahr!« insistierte Jana. »*Sie* hat das Gerücht in die Welt gesetzt. Sie sagte, sie sah Mom und Sam hinter Michael aus dem Haus laufen und daß sie nur mangelhaft angezogen waren. Sie sagte, Sam mußte mitten auf der Straße seinen Gürtel zumachen! Hältst du das für möglich? Was für ein *Miststück* sie ist!«
Annie atmete tief durch. »Das Wort gefällt mir immer noch nicht, aber wenn Virginia das tatsächlich verbreitet« – und es paßte zu dem Besuch, den sie ihr an diesem Morgen abgestattet hatte –, »dann könnte es durchaus passend sein.«
»Und eine *Lügnerin*«, ergänzte Leigh.
»Warum *sagt* sie bloß so was?« fragte Zoe.
»Das habe ich dir doch erklärt«, antwortete Jana. »Sie ist neidisch. Das Clinger-Vermögen ist kein Vermögen mehr. Ihre Tantiemen gehen genauso den Bach runter wie ihr restlicher Grundbesitz in der Stadt. Sie hat dieses Jahr keinen neuen Wagen bekommen. Wir schon, und deshalb ist sie stinkig.«

»Das Wort gefällt mir auch nicht«, murmelte Annie, aber Jana fuhr unbeirrt fort.
»Er tratscht die Geschichte überall in der Schule herum und versucht, Punkte zu machen – auf unsere Kosten. Das ist nicht fair!«
Zoe verzog das Gesicht. »Es ist so peinlich.«
»Es ist so *unwahr*«, ergänzte Jana empört. »Meine Mutter würde meinen Vater nie betrügen.«
»Genausowenig wie *mein* Vater *meine* Mutter.«
»Jon kochte vor Wut«, berichtete Leigh. »Er hätte Will verprügelt, wenn ich ihn nicht zurückgehalten hätte. Das wäre schrecklich gewesen: Sie hätten ihn wegen Raufens in der Schule zum Nachsitzen verdonnert, und er hätte das Training versäumt und vielleicht sogar das Spiel am Samstag, und Will wäre sich wie der Größte vorgekommen.« Sie machte ein abfälliges Geräusch und stieß leise »Blindgänger!« hervor.
Als Annie den Motor anließ, lehnte Zoe sich über ihre Schulter. »Bist du nicht wütend?«
Annie spürte ihren warmen Atem und griff nach hinten, um ihre Wange zu berühren. Zoe war ein Kuscheltier. Annie schwor, daß sie schon in ihrem Bauch ein Kuscheltier gewesen sei, das es da drin so gemütlich fand, daß es erst drei Wochen nach dem errechneten Termin bereit war, die behagliche Höhle zu verlassen. Sie war vom ersten Augenblick an lieb und sanft gewesen, und Annie liebte das an ihr, auch wenn es sie verwundbar für Dinge machte, die andere mit Leichtigkeit abschüttelten.
»Ich bin verärgert«, beantwortete Annie ihre Frage. »Virginia sollte ihren Kindern wirklich nicht solche Sachen erzählen.«
»Das tut sie ständig«, sagte Jana. »Darum sind die Clinger-Kids auch so verrückt.«
»Sie sind nicht verrückt«, widersprach Annie. »Sie haben nur schwierige Eltern.« Sie grinste. »In der Hinsicht haben sie nicht soviel Glück wie ihr.«
»Und was machen wir jetzt?« wollte Jana wissen. »Bei Unterrichtsschluß redeten alle über uns.«

»Morgen werden sie über etwas anderes reden.«
»Nein, das werden sie nicht«, widersprach Leigh. »Es klang wie eine Seifenoper: Sie werden wissen wollen, was als nächstes geschieht.«
»Nichts geschieht als nächstes, weil überhaupt nichts geschehen ist.«
»Das sehen die Kids aber anders«, sagte Zoe.
Annie war skeptisch. »Sie glauben Will? Wer hat gerade gesagt, daß sie ihn für einen Trottel halten?«
»Das war ich«, meldete sich Leigh. »Aber wenn ein Gerücht sich erst mal ausbreitet, vergessen die Leute, wer es aufgebracht hat. Du würdest nicht glauben, wie viele heute beim Mittagessen zu mir kamen und mich fragten, ob meine Eltern sich scheiden lassen würden.«
»Antworte ihnen mit einem schlichten Nein«, sagte Annie.
»Das habe ich getan, und da fragten sie mich, ob Michael die beiden erwischt hätte.«
»Sag *nein*«, wiederholte Annie.
»Das habe ich getan, und da fragten sie mich, woher ich das wüßte, und darauf hatte ich keine Antwort. Keiner weiß, was Michael sah, und er verrät es nicht.«
Zoe beugte sich noch weiter vor. »Hat er irgendwas gesagt?«
»Nein, er ist noch immer bewußtlos.«
»Ich habe so oft angerufen, um nach ihm zu fragen, daß die Krankenschwester schon meine Stimme erkennt«, sagte Leigh.
»Können sie nicht irgend etwas tun?« fragte Jana. »Können sie ihn nicht mit etwas picksen, um ihn da rauszuholen? Ewig liest man, wie hoch die Kosten für medizinische Versorgung sind – wofür bezahlen wir sie denn?«
Annie mußte lächeln. Jana war J. D. manchmal sehr ähnlich – herrisch, ungeduldig und anspruchsvoll. »Wir bezahlen sie, damit sie deinen Bruder genau im Auge behalten, damit sie, wenn er an einem Punkt ankommt, wo sie ihn rausholen können, zur Stelle sind.«
Die Mädchen beruhigten sich, und Annie liebte sie dafür: Sie

waren besorgter wegen Michael als wegen Will Clingers Schandmaul.

Auch für Annie kam Michael an erster Stelle, doch sie machte sich ebenfalls Gedanken über das Schandmaul – aber nicht über Will, denn Virginia war schlimmer. Sie tratschte, wo immer sie hinkam, und sie verkehrte an Orten – dem Friseur, dem Kosmetiksalon, dem Fitneßklub –, wo die Leute zuhörten. Und diese Leute gingen dann ihrer Wege und verbreiteten das Gerücht weiter. Die Frau muß gestoppt werden.

Klatsch war eine üble Sache: Er weckte Zweifel. Wenn Annie nicht unbedingtes Vertrauen zu ihrem Mann gehabt hätte, hätte sie sich in diesem Moment vielleicht gefragt, ob Virginias Behauptung wirklich so völlig aus der Luft gegriffen war. Sie hätte sich vielleicht gefragt, weshalb Sam am hellichten Tag nur halb angezogen war und ob seine Beunruhigung sich allein auf Michael bezog oder ob mehr dahintersteckte. Sie hätte vielleicht über die drei ausgedehnten Aufenthalte in der Dusche nachgedacht.

Aber sie hatte unbedingtes Vertrauen zu ihrem Mann, unbedingtes Vertrauen.

Als Sam ins Krankenhaus kam, fand er Teke schlafend auf einem Stuhl an Michaels Bett. Er wollte nicht riskieren, sie zu wecken, indem er laut mit Michael sprach, und so schaute er nur stumm auf den Jungen hinunter.

Er erinnerte sich daran, wie Michael geboren worden war – »Tekes kleine Überraschung« hatten sie ihn genannt, obwohl nie geklärt worden war, ob das Schicksal Teke damit überrascht hatte oder Teke alle anderen. J. D. glaubte, ersteres. Er hatte nach zwei Kindern aufhören wollen und schob Michaels Zeugung auf ein fehlerhaftes Verhütungsmittel. Wenn Sam ihn nicht als Arschloch beschimpft hätte, hätte er Tekes Frauenarzt verklagt, und da das Baby ein Junge wurde, war aller Groll vergessen.

Sam vermutete, daß Teke das dritte Kind geplant hatte. Sie liebte

es, Mutter zu sein, und sie beherrschte diese Rolle ausgezeichnet. Sie war nie daran interessiert gewesen, außer Haus zu arbeiten, wie Annie es tat, und war vollkommen zufrieden damit, Paketlieferscheine zu unterschreiben, mitten am Tag in die Schule zu fahren, wenn eines der Kinder krank wurde, Streitigkeiten im Garten zu schlichten und für Limonade, Haferkekse und Heftpflaster zu sorgen.
Er betrachtete sie. Sie war eine reizvolle Frau, keine Frage. Sie mochte ein Hausmütterchen sein, aber sie hatte etwas erdverbunden Sinnliches an sich, das Männer anzog. J. D. war auf sie geflogen, als Sam und Annie sie zusammenbrachten, obwohl Teke – was ihre Herkunft betraf – völlig unpassend für ihn war. Sie stammte aus keiner vornehmen Familie, besaß zwei Reisetaschen mit Kleidungsstücken, hatte tausend Dollar auf der Bank, und das war's auch schon. Sie zu heiraten, war J. D.s erster größerer Akt der Auflehnung gegen seinen Vater gewesen.
Nein, das stimmte nicht. J. D.s erster größerer Akt der Auflehnung hatte darin bestanden, daß er sich mit Sam anfreundete, der für die alten Maxwells fast ebenso inakzeptabel gewesen war wie Teke. Dieser Gedanke quälte Sam jetzt. Er fragte sich, ob sie wohl ein Teleskop gehabt hatten, mit dem sie in die Zukunft sehen konnten, ob sie schon Jahre zuvor gewußt hatten, was geschehen würde.
Er konnte es nicht fassen: er und Teke. Als er jetzt auf sie hinuntersah, empfand er nicht das geringste Verlangen, aber das Verlangen, das er empfunden hatte, hatte ja auch nicht *ihr* gegolten. Er liebte und begehrte *seine* Frau.

Unbedingtes Vertrauen. Annie wiederholte den Terminus in Gedanken ein weiteres Mal, als sie einen Schritt hinter den Mädchen in Michaels Zimmer trat und Teke schlafend auf dem Stuhl und Sam neben ihr stehen sah.
»Wie geht es ihm?«
»Ist er wach?«
»Irgendeine Veränderung?«

Mit diesem in gedämpfter Lautstärke vorgebrachten Fragen versammelten sich die Mädchen um Michaels Bett. Annie schlang den Arm um Sams Taille. Er tat das gleiche bei ihr und küßte sie, doch sie spürte eine seltsame Anspannung von ihm ausgehen. Aber natürlich sorgte er sich um Michael. Sie schloß sich den Fragen der Mädchen mit einem Blick an.

»Er hält sich tapfer«, sagte Sam.

Teke streckte sich, öffnete die Augen und schenkte den Mädchen ein blasses Lächeln. »Wie war's in der Schule?«

»Okay.«

»Stressig.«

»Langweilig«, antworteten Zoe, Leigh und Jana nacheinander.

»Es wäre besser, wenn wir hier sein könnten«, meinte Zoe.

»Michael?« lockte Leigh, sich über ihn beugend. »Komm schon, Michael. Wir sind's. Zeit aufzuwachen und ›hi‹ zu sagen.«

Jana stellte ihre Schultasche auf das Geländer des Betts und schlug eine der Klappen zurück. »Ich habe Genesungswünsche mitgebracht, Mike.« Sie holte einen dicken Packen heraus. »Sie sind von der achten Klasse. Die Zwillinge haben sie in der Mittagspause durchgesehen. Die ganze Aufmerksamkeit galt heute morgen dir.«

Leigh musterte Teke. »Bist du okay?«

Teke lächelte wieder das blasse Lächeln und nickte.

Auch Annie schaute Teke an, doch ihr Blick wurde nicht erwidert. »Hast du was gegessen?« fragte sie in dem Bemühen, Augenkontakt herzustellen.

Teke warf ihr einen schnellen Blick zu, bevor sie die Lider wieder schloß und den Kopf an die Lehne ihres Stuhls legte. »Ein bißchen. Die Schwestern bringen mir alles mögliche.«

»Kann ich dir noch etwas bringen? Ein Sandwich? Etwas zu trinken?«

Teke schüttelte kaum wahrnehmbar den Kopf. »Nein danke.«

Annie ließ nicht locker. »Was hältst du davon, wenn ich dich nach Hause fahre, damit du duschen und was Frisches anziehen kannst?«

Teke machte die Augen wieder auf und betrachtete Michaels reglose Gestalt in einer Weise, die besagte, daß sie ihn nicht so lange allein lassen wolle.

»Annie und ich machen einen Spaziergang«, sagte Sam leise. »Wir sind bald wieder da.« Er schob seine Finger zwischen ihre und zog sie aus dem Zimmer.

Annies Herzschlag beschleunigte sich. Etwas an Sam erschien ihr merkwürdig. Er sorgt sich um Michael, erklärte sie es sich erneut.

Sie hielt seine Hand sehr fest und sagte: »Arme Teke. Das ist der schlimmste Alptraum für eine Mutter.« Sie schaute zu ihm auf. »Wie geht's J. D.?«

»Er ist völlig fertig, versucht sich aufzubauen, indem er mit gerichtlichen Schritten droht, aber damit kompensiert er nur die Tatsache, daß er *hier* nichts tun kann.«

Annie versetzte sich in seine Lage. »Die Maxwells mögen es nicht, sich hilflos zu fühlen.«

»Das mag niemand.« Sam drückte auf den Knopf des Lifts. Während sie auf seine Ankunft warteten, drehte er Annies Hand in der seinen um und strich mit dem Daumen an ihren Fingern entlang und über ihren Ehering. Er war schmal, dezent gemustert und mit winzigen Brillanten besetzt – ein Geschenk zum zehnten Hochzeitstag, als Ersatz für den schlichten Goldreif, den er sich bei ihrer Hochzeit nur hatte leisten können. Annie hatte den schlichten Goldreif geliebt. Sie trug ihn noch heute ab und zu. Der Aufzug kam. Zwei Angehörige des Klinikpersonals stiegen aus, gefolgt von einem Mann in lässiger Kleidung – Jeans, kariertes Hemd und ein Cordsakko, dessen breite Revers verrieten, wann es einmal Mode gewesen war. Er sah frisch geduscht und rasiert aus, aber seine Miene war düster. Annie fragte sich, wen er wohl besuchte.

»Kennst du den Mann?« fragte Sam, als er sie in den Lift zog.

Sie versuchte, den Flur hinunterzuschauen, aber die Aufzugtür schloß sich. »Ich glaube nicht.«

»Er kommt mir bekannt vor. Wahrscheinlich bin ich ihm hier schon mal begegnet.« Er lehnte sich an die Wand der Kabine und hielt Annie dicht neben sich.

Sie hob den Blick. »Bist du okay?«

Er zuckte mit den Schultern.

»Besorgt?«

»O ja.«

»Bist du lange hiergewesen?« Das würde sein Bedürfnis nach einem Spaziergang erklären.

Aber er sagte: »Nein.«

Der Lift hielt in jedem Stockwerk an, und als er unten ankam, war er brechend voll. Sam führte Annie den Korridor hinunter und durch eine Schwingtür, hinter der ein Patio lag, in dem verstreut Tische und Stühle standen. Als er zwei freie Stühle entdeckte, holte er den einen von einem Tisch und den zweiten von einem anderen und stellte sie so weit wie möglich entfernt von den anderen Tischen auf. Als Annie sich hingesetzt hatte, setzte er sich neben sie, sprang jedoch eine Sekunde später wieder auf und rückte den Stuhl so zurecht, daß er näher bei ihrem stand und ihm gegenüber. Dann setzte er sich wieder, lehnte sich zurück, stellte fest, daß das unbequem war, beugte sich vor, stützte die Ellbogen auf die Oberschenkel und musterte seine Hände.

In der Hoffnung, ihn damit etwas beruhigen zu können, berührte sie seine Schulter. »Es tut mir leid, daß ich deine Anrufe verpaßt habe. Nach Teke und J. D. muß die Sache mit Michael dich am härtesten treffen. Du und Michael verbringen so viel Zeit miteinander.«

»Die Zeit ist nicht das Wesentliche«, sagte er. »Die enge Beziehung ist es. Ich liebe den kleinen Kerl.« Er runzelte die Stirn. »Es ist komisch mit der Liebe – manchmal bringt sie einen in Teufels Küche.«

Eine seltsame Äußerung von dem Sam, den sie kannte. Der Sam, den sie kannte, war ein absolut positiver Mensch, und er befaßte sich kaum je mit seinen Händen. »Was meinst du

damit?« fragte sie unbehaglich. Ihre Gedanken wanderten in eine bestimmte Richtung.
»Manchmal macht sie einen unfähig, klar zu denken.« Er hob den Blick. »Weißt du, worauf J. D. sich jetzt gestürzt hat?«
Eine Welle der Erleichterung überspülte Annie. Es war J. D., über den er sprach. »Nein, worauf denn?«
»Er ist hinter dem Fahrer des Trucks her. Der Mann hat früher mal im Gefängnis gesessen, und deshalb ist er in J. D.s Augen auf ewig schuldig.« Seine Stimme wurde lauter. »Aber das ist nicht gerecht. Zum Teufel, wir machen alle Fehler. Wir alle tun in der Hitze der Leidenschaft Dinge, die nicht in Ordnung sind.« Er atmete hörbar aus und senkte die Stimme wieder. »Wie auch immer, J. D. ist überzeugt, daß wir ihn wegen irgend etwas drankriegen können.«
»Und, könnt ihr?«
»Nicht, wenn er keine Gesetze gebrochen hat, und es klingt nicht so, als hätte er das. Ich habe bei der Polizei angerufen, bevor ich das Büro verließ: Sie können nichts anderes finden als diese eine frühere Verurteilung. Sie werden den Mann J. D. zuliebe reinzitieren und mit ihm reden, aber sie können ihn nicht ohne Grund dabehalten. Der Bursche tut mir leid. Er war zur falschen Zeit am falschen Ort – wie Mike.«
Er schaute über den Rasen, dann Annie an und dann wieder auf seine Hände hinunter.
Ihr Unbehagen kehrte zurück. »War es das, worüber du mit mir sprechen wolltest?«
Er schüttelte den Kopf und fuhr fort, mit finsterem Gesicht seine Hände zu betrachten.
Was ist los, Sam? Sag's mir bitte! Ich habe Vertrauen zu dir. Unbedingtes Vertrauen. »Heute früh, bevor ich wegfuhr, kam Virginia Clinger vorbei«, begann sie.
Die Schnelligkeit, mit der sein Blick sich hob, beunruhigte Annie. Sie schluckte. »Virginia ist eine unangenehme Person. Ich habe sie nie gemocht. Sie liebt es, Menschen aufzuhetzen und zu irritieren.«

»Was hat sie gesagt?«

Annie verdrehte die Augen, um dem Kommenden die Ernsthaftigkeit zu nehmen. »Sie sagte – *betonte* –, daß Teke nur einen Morgenrock trug und bei dir Hemd und Gürtel offenstanden, als ihr hinter Michael her auf die Straße gelaufen seid. Sie genoß es richtig, mir damit anzudeuten, daß ihr beide was miteinander hattet. Und sie hat diese Version doch tatsächlich ihren Kindern erzählt, und die haben diese ›Neuigkeit‹ voller Wonne in der Schule herumgetratscht. Will Clinger hat den ganzen Tag sein Schandmaul spazierengeführt. Die Mädchen waren *außer sich.*«

Eine kalte Hand legte sich um Annies Herz. »Natürlich haben sie es bestritten«, fuhr sie hastig fort, »und Jon hätte Will beinahe verprügelt. Kinder vertragen es überhaupt nicht, Objekte des Getuschels zu sein. Sie fühlten sich an unserer Stelle beleidigt. Ich weiß nicht recht, was ich tun soll, Sam. Ich denke, ich sollte heute abend zu den Clingers gehen und Virginia zur Rede stellen. Vielleicht sollten wir gemeinsam hingehen. Was sie getan hat, ist nicht in Ordnung. Es wäre auch unter anderen Umständen nicht in Ordnung, aber angesichts der Tatsache, daß Michael im Koma liegt, ist es besonders mies. Weiß sie nicht, was solche Gerüchte anrichten?«

Sam schwieg.

Die kalte Hand um ihr Herz drückte zu. »Es gibt für alles Erklärungen«, sagte sie und suchte in seinem Gesicht verzweifelt nach Anzeichen dafür, daß ihre Angst unbegründet war. »Teke trug einen Morgenrock, weil sie bei der Hausarbeit gewesen war, und du warst nur unvollständig angezogen, weil du auf der Toilette gewesen warst. Jedermann weiß, daß das Maxwell-Haus eine Erweiterung des unseren darstellt. Wir gehen dort ein und aus, und umgekehrt ist es genauso. Wir haben die Hausschlüssel der anderen an unserem Schlüsselbund. Daß Virginia aus nichts eine so abenteuerliche Geschichte gemacht hat, ist empörend.«

Stimm mir zu, Sam. Sag, daß sie ein böses Weib ist. Sag etwas.

»Es ist unglaublich, daß sie solche Unsinnigkeiten verbreitet.«

Ihre Stimme klang brüchig. Voller Furcht verfiel sie in Schweigen.
Noch immer mit den Ellbogen auf den Schenkeln, nahm Sam ihre Hand zwischen seine beiden. Ihre Hände waren kalt. Seine Hände waren kalt. Die Hand um ihr Herz war eisig, machte ihr das Atmen schwer.
»Der gestrige Morgen war unglaublich«, sagte er mit gesenktem Blick. »Ich bekam den Anruf vom Gericht, daß das Urteil da sei und raste hinüber, um mir eine Kopie zu holen. Ich war so aufgeregt, daß ich den Text kaum lesen konnte. Als ich damit durch war, hatte ich nur einen Gedanken.«
Schau mich an, flehte sie stumm. Aber er tat es nicht.
»Ich wollte *dich*. Ich will dich immer in solchen Augenblicken, und ich freute mich, daß Dienstag war und du zu Hause sein würdest. Also fuhr ich heim, und meine Erregung wuchs – und dann warst du nicht da. Ich dachte, daß Teke vielleicht wüßte, wo du bist, und deshalb ging ich durch das Wäldchen zu ihr hinüber. Sie saß im Wohnzimmer und trank Kaffee. Als ich ihr meine Neuigkeit berichtete, freute sie sich für mich. Wir umarmten uns – wir umarmen uns ständig –, aber dann geschah etwas. Ich wollte dich, und sie war da, und es war, als hätte ich vergessen, wer sie ist, und ich schliefe mit dir ...«
»Was?« stieß Annie mit einem winzigen Atemfetzen hervor.
»Es war unwirklich und bizarr ...«
Annie begann zu zittern. Sie versuchte, ihre Hand wegzuziehen, aber er hielt sie fest, und es sah aus, als zitterten seine Hände ebenfalls. Ihr ganzer Körper begann unkontrollierbar zu zittern. Sie hatte das Gefühl, auseinanderzufallen.
Er hob den Blick und schaute sie flehend an. »Ich frage mich immer wieder, wie es passieren konnte und was ich dachte und empfand und wie ich so etwas Schreckliches tun konnte – aber so wahr mir Gott helfe, ich war mit meinen Gedanken und Gefühlen bei *dir*. Es ging alles blitzschnell, und dann knallte plötzlich die Tür zu. Michael muß hereingekommen sein, uns gesehen haben und wieder hinausgestürzt sein. Und dann

hörten wir Bremsen quietschen. Es war ein furchtbarer Fehler, Annie. Ich liebe dich – nicht Teke. Was da in ihrem Wohnzimmer vorgefallen ist, war ohne jede Bedeutung.«

Es stimmte tatsächlich! Aber das konnte nicht sein. Sam liebte sie, und sie hatte unbedingtes Vertrauen zu ihm.

Es *stimmte!* Ihre Augen füllten sich mit Tränen.

»Sag was«, flüsterte er. »Sag mir, daß ich ein Mistkerl bin. Sag mir, daß ich ein Ehebrecher bin. Sag mir, daß ich meine Familie nicht verdiene. Sag mir, daß ich keinen Pfifferling wert bin. Aber *sag* was!«

In dem Wunsch zu fliehen und zu vergessen, was er gesagt hatte, versuchte sie wieder, ihre Hand wegzuziehen, aber er gab sie nicht frei, und sie zitterte noch mehr als vorher.

»Ich widere mich selbst so sehr an«, fuhr er fort, »daß ich am liebsten vor mir selbst davonrennen würde. Heute vormittag bin ich in der Stadt herumgelaufen. An jeder Telefonzelle machte ich halt, um dich anzurufen.« Er hielt inne, dann bat er: »Sprich mit mir, Annie.«

Sie spürte eine Träne rollen, dann eine zweite, heiß und unwirklich auf ihrer kalten Haut. »Du hast mit Teke geschlafen?« flüsterte sie ungläubig. Sam würde das nie tun. Nicht *ihr* Sam. »Teke ist meine beste Freundin. Sie ist die Frau deines besten Freundes.«

»Ich habe mit *dir* geschlafen und habe nur ihren Körper dazu benutzt.«

Annie bemühte sich, das zu begreifen, aber es gelang ihr nicht.

»Wie soll das gegangen sein? Es ist unmöglich, uns beide zu verwechseln. Ihr Körper hat keinerlei Ähnlichkeit mit meinem.«

»Ich habe ihn nicht angesehen. So wahr mir Gott helfe – ich habe überhaupt nichts gesehen. Ich dachte nur daran, was für einen großen Sieg ich errungen hatte und daß ich die Freude darüber mit meiner Frau teilte.«

»Aber ich *war* es nicht, es war Teke!« schrie sie. Ihr Kinn zitterte. *Ihr* Sam würde so etwas nie tun. »Ich verstehe es nicht. Ich dachte, wir seien glücklich miteinander.«

»Das sind wir doch auch!« sagte er in flehendem Ton. »Das Problem ist nicht unsere Beziehung, *ich* bin es. *Ich!* Ich bin derjenige, der Mist gebaut hat. Ich bin derjenige, dessen Verstand aussetzte. Ich bin derjenige, der sein Verlangen nach dir auf eine andere Frau übertrug.«
Was für eine Ungeheuerlichkeit! »Teke?«
»Ich kam nach Hause und wollte *dich.* Teke war da, und auch sie wollte jemand anderen, und so ist es passiert.«
»Wie *konnte* es passieren?«
»Ich – weiß – es – nicht.«
Sie sank in sich zusammen. Als sie diesmal ihre Hand wegzog, ließ er sie los. Sie wischte sich die Tränen von den Wangen, verschränkte die Arme, schaukelte vor und zurück und starrte ausdruckslos in die Ferne. Annie war fassungslos und völlig durcheinander. »Ich hätte niemals gedacht, daß so etwas geschehen könnte. Nicht mir.«
»Es war ein Fehler. Mein Fehler.«
»Und Tekes«, sagte sie, und ihr Magen krampfte sich zusammen. »Wie *konnte* sie nur!«
»Sie hat ihre Strafe bekommen.«
»Sie war meine beste Freundin.«
»Das ist sie immer noch. Sie liebt dich. *Ich* liebe dich.«
Annie schaute ihm in die Augen, aber sie sahen anders aus als gewohnt. *Er* war anders als gewohnt – ein Fremder. Natürlich, ihr Sam würde sie niemals auf solche Weise verletzen. Sie fragte nüchtern: »Weiß J. D. Bescheid?«
»Nein.«
»Wirst du es ihm sagen?«
»Das ist Tekes Aufgabe.«
»Dann sollte sie es tun, bevor Virginia es tut.« Sie schloß die Augen und legte eine Hand darüber. »O Gott«, flüsterte sie. »Ich fühle mich entsetzlich.«
»Nicht mehr als ich.«
»Was soll ich tun?«
»Mir die Chance geben, alles wieder in Ordnung zu bringen.«

Heißer Zorn auf diesen Mann flammte in ihr auf, der ihr Sam war und doch wieder nicht. Sie ließ die Hand sinken und starrte ihn an. »Alles wieder in Ordnung zu bringen? Du hast mich und deinen besten Freund betrogen, indem du seine Frau gebumst hast, und jetzt kämpft ihr Sohn um sein Leben, und du willst ›alles wieder in Ordnung bringen‹?« Unfähig, auch nur eine Sekunde länger sitzen zu bleiben, sprang sie auf und lief wütend über den Rasen.
»Wo willst du hin?« rief Sam mit ängstlicher Stamme. Er kam hinter ihr her. »Zu Michael?«
»Nein, ich will Teke nicht sehen.« Ihre beste Freundin. Und Sam. Ihr Mann.
»Fährst du nach Hause?«
»Ich weiß es nicht.« Sie drehte sich zu ihm um. Tränen standen in ihren Augen, und ein unsäglicher Schmerz lag in ihrer Stimme. »Ich muß nachdenken. Ich habe keine ... diese Situation ist nicht ... ich habe keine Erfahrung mit ... ich weiß nicht, was ich tun soll.«
»Ich komme mit.«
»Nein!« Daß sie das nicht wollte, wußte sie. »Ich will dich nicht bei mir haben!« Sie lief wieder los.
Er folgte ihr. »Du bist aufgeregt, du solltest jetzt nicht allein sein.«
»Aber ich *bin* allein!« schrie sie und drehte sich ein letztes Mal zu ihm herum. Wieder zitterte sie am ganzen Leib. »Das *ist* ja das Schreckliche daran! Vom ersten Augenblick an hatte ich das Gefühl, daß da ein Mensch war, der wußte, was ich dachte und fühlte. Ich habe dir mein ganzes Ich gegeben. Ich habe dir völlig vertraut. *Vertraut!*« Sie fing an zu weinen.
»Annie ...«
Sie wirbelte herum und lief weiter.
»Ich *liebe* dich, Annie.«
Sie lief schneller und dann noch schneller, ohne sich um die Schluchzer zu kümmern, die aus ihrer Kehle drangen, und um die Tränen, die über ihr Gesicht strömten. Sie dachte, wenn sie

nur schnell genug vor dem davonliefe, was er gesagt hatte, wäre es am Ende vielleicht doch nicht wahr.
Voller Besorgnis lief Sam ihr nach, doch dann blieb er unvermittelt stehen. Sie war zierlich, wirkte verwundbar und hatte manchmal einen Hang zur Dramatik, aber sie hatte sich in der Hand. Sie würde vielleicht eine Weile herumlaufen oder ins Auto steigen und durch die Gegend fahren, doch sie würde nichts Schlimmes tun.
Er wünschte sich, mit ihr zusammenzusein. Verzweifelt. Aber er war der letzte, den sie sehen wollte. Er war der Übeltäter und er mußte ihren Wunsch respektieren.
Mit bleischwerem Herzen machte er sich zu Fuß auf den Weg zum Krankenhaus und dann sah er einen Polizeiwagen aus Constance-on-the-Rise vor der Klinik parken.
Sein erster Gedanke war, daß Annie etwas passiert war, aber er konnte sie noch immer sehen, obwohl sie sich schnell entfernte. Sein zweiter Gedanke war, daß sie gekommen waren, um ihn abzuholen, er fühlte sich so schuldig. Sein dritter Gedanke war, daß Jon etwas zugestoßen war.
Schreckensbilder von einer Footballverletzung und einem Autounfall schossen durch seinen Kopf. Er wollte gerade hinüberlaufen und fragen, als zwei Beamte aus Constance in der Tür erschienen. Zwischen sich hatten sie den Mann, der Annie und ihm aus dem Lift entgegengekommen war, den Mann, der Sam bekannt vorgekommen war.
Erst jetzt erkannte er in ihm den Mann, in dessen Truck Michael hineingerannt war.

Kapitel 4

Das Leben hatte Grady Piper dazu erzogen, stets das Schlechteste zu erwarten. Er hatte keine Kindheit gehabt, die diese Bezeichnung verdiente, hatte kein richtiges Zuhause gekannt und keine Zärtlichkeiten, außer den wenigen, die Teke ihm heimlich gegeben hatte – und selbst diese waren ihm genommen worden. Jahrelang hatte er von einem Tag auf den anderen gelebt, weder Zukunftspläne geschmiedet noch Luftschlösser gebaut: Ohne Erwartungen konnte er nicht verletzt werden.

Jedenfalls hatte er sich das eingebildet, ebenso, wie er sich einbildete, daß er, nachdem er durch die Hölle gegangen war, mit jedem Kummer fertigwerden könne. Er war hart wie Stahl, bildete er sich ein.

Tatsache war, daß der Unfall ihn tief erschüttert hatte. Er war völlig außer sich, wenn er an den kleinen Jungen dachte, und verzweifelt, wenn er an Teke dachte.

»Das Problem liegt darin«, erklärte ihm der Polizist, als sie in dem Verhörzimmer saßen, das ihnen vom Revier zur Verfügung gestellt worden war, »daß Constance ein ziemlich exklusives Pflaster ist. Wenn Zimmerleute hier durchfahren, haben sie für gewöhnlich ein Ziel, und wir möchten wissen, welches Ihres war.«

Grady bemühte sich, ruhig zu bleiben. Er sagte sich, daß er lediglich befragt wurde und daß die Beamten nur ihre Pflicht taten, daß er kein Gesetz gebrochen hatte und nicht unter Anklage gestellt werden konnte. Trotzdem spürte er die Kälte einer wiedererwachenden Angst in sich hochkriechen. Einmal hatte er die volle Härte des Strafvollzugs zu spüren bekommen, und es brauchte nicht mehr als das gelbe Schildchen mit der Aufschrift »Übertretung« einer abgelaufenen Parkuhr, um den Horror wiedererstehen zu lassen.

»Ich hatte kein Ziel«, antwortete er. Schließlich konnte er nicht gut sagen, daß er auf der Suche nach Teke gewesen war, denn das hätte neue Fragen ausgelöst und Teke vielleicht Probleme bereitet. Und das hatte er weiß Gott schon zur Genüge getan. »Ich fuhr einfach nur die Straße entlang.«

»Auf der Suche wonach?« fragte der Officer.

»Arbeit. In so einem Reichenviertel gibt es immer etwas zu reparieren oder zu renovieren.«

»Warum ausgerechnet in Constance? Wir liegen an keinem Highway, und schon gar nicht an einem aus Maine. Aber Sie haben recht: Wir sind eine blühende Gemeinde, da könnte ein Dieb schon denken, lohnende Beute zu finden.«

Grady schaute dem Polizeibeamten geradewegs in die Augen. »Ich hatte nicht vor, jemanden zu berauben. Ich fuhr langsam die Straße hinunter. Der Junge kam angerannt. Ich bremste, so gut ich konnte, aber das Unglück war passiert. Ich habe am Unfallort mit Ihnen gesprochen und dann auf dem Revier in Constance. Ich habe Ihnen gesagt, wo Sie mich finden könnten, und Sie haben mich gefunden. Ich habe Ihnen die Wahrheit gesagt.«

»Die Frage ist, ob es die *ganze* Wahrheit war«, erwiderte der Officer und rückte mit der Sprache heraus. »Sie sind ein Exsträfling, das wissen wir. Und wir wissen auch, weshalb Sie gesessen haben. Meinen Sie nicht, daß wir das Recht haben, uns zu fragen, was ein Mörder in unserem Städtchen zu suchen hat?«

Grady hatte gewußt, daß sie es herausfinden würden. »Ich habe meine Strafe verbüßt, und ich bin seit vierzehn Jahren draußen.«

»Das ändert nichts daran, was Sie sind«, meinte der zweite Beamte, der mit in die Seiten gestemmten Händen auf ihn zukam.

Eine Hand befand sich provozierend nahe an seiner Waffe. »Wir

sind eine nette, friedliche Gemeinde, Mr. Piper. Bei uns fahren üblicherweise keine arbeitslosen Zimmerleute nur so zum Spaß durch die Straßen. Sie sitzen nicht in unseren Cafés, und sie kampieren nicht in unserem Park.« Scheinbar gedankenlos klopfte er auf sein Pistolenhalfter. »Wo haben Sie letzte Nacht geschlafen?«
Grady hatte das Gefühl, daß er es wußte. Trotzdem sagte er: »In dem Motel am Ortsrand.«
»Warum?«
»Ich hatte keine andere Möglichkeit.«
»Warum sind Sie hiergeblieben?«
»Wegen des Jungen. Ich sagte Ihnen doch, daß ich nicht wegfahren konnte, ohne zu wissen, wie es ihm ging.«
»Das wissen Sie ja jetzt. Fahren Sie nun?«
Grady schüttelte den Kopf.
»Warum nicht?«
Zum ersten Mal flackerte Zorn in Grady auf. Er mochte einmal einen Mann getötet haben, aber er war kein eiskalter Mistkerl. »Weil der Junge bewußtlos ist. Ich kann nicht weg, solange ich nicht weiß, ob er durchkommt.«
»Er kann noch eine ganze Weile bewußtlos sein.«
Grady zuckte die Schultern. Er würde so lange bleiben, wie es dauerte.
»Sie haben genug Geld, um das Motel so lange zu bezahlen?«
»Ich habe Geld.«
»Woher?«
Gradys Nüstern blähten sich. Sein Zorn wuchs, brandete heiß gegen die Kälte, die sich tief in seinem Innern zu einem Klumpen zusammengeballt hatte. »Bin ich verhaftet?«
»Woher haben Sie das Geld?«
»Stehe ich unter Anklage?« wandte Grady sich an den ersten Beamten.
»Nein«, erwiderte der und ermahnte seinen Partner mit einem Blick. Als sein Blick zu Grady zurückkehrte, war er ruhiger. »Soweit wir es beurteilen können, haben Sie kein Gesetz

gebrochen, aber Sie müssen unsere Lage verstehen. Constance ist ein ganz besonderes Städtchen, es ist nicht bekannt dafür, was hier geschieht, sondern dafür, was hier *nicht* geschieht. Bei uns lungern keine Dealer auf der Schultreppe herum und es stehen keine Nutten an den Straßenecken. Es gibt keine Vergewaltigungen und auch keine Morde.«

Grady zuckte nicht mit der Wimper, was jedoch nicht bedeutete, daß er sich nicht fragte, wie viele Bürger von Constance wohl das Finanzamt und ihre Ehefrauen betrogen. Er hatte im Lauf der Jahre viele reiche Kunden gehabt, und er kannte ihre Gepflogenheiten.

»Was dem Maxwell-Jungen gestern zugestoßen ist, hat die ganze Stadt in Aufruhr versetzt«, fuhr der Officer fort. »Sie wollen wissen, wie es passiert ist, damit es nicht wieder passiert.«

»Ich habe Ihnen gesagt, wie es passiert ist.«

»Und sie wollen auch soviel wie möglich über den Fahrer des Lasters wissen. Na gut, na schön. Wir wissen, wer Sie sind und woher Sie kommen. Jetzt wollen wir nur noch wissen, wann Sie abreisen.« Er lächelte. »Die Nachricht, daß Sie unserem Städtchen den Rücken gekehrt hätten, würde den Seelenfrieden der Leute erheblich steigern.«

Gradys Zorn wurde stärker als seine Furcht. Ich scheiß' auf die Leute, hätte er am liebsten gesagt. Dies ist ein freies Land. Wenn mir danach ist, durch eure Straßen zu fahren, dann fahre ich, verdammt noch mal, durch eure Straßen. Aber er hatte gelernt, was man mit unverschämten Antworten erreichte – vor allem bei Cops. Wenn sie wollten, konnten sie einen sogar fürs Pinkeln verknacken.

Also entspannte er bewußt seinen Mund, atmete tief durch, drängte seinen Zorn zurück und sagte mit gelassener Stimme: »Ich verstehe Ihr Problem, Officer, aber ich kann nicht abfahren, bevor ich weiß, was mit dem Jungen ist. Ich werde Ihnen keinen Ärger machen, das hatte ich von vornherein nicht vor. Wenn irgend jemand bestürzt darüber ist, was dem Jungen geschehen ist, dann bin *ich* das.«

»Sie sind kein harmloser Zeitgenosse«, warf der zweite Beamte ein.
Grady warf ihm einen eisigen Blick zu. »Ich wurde wegen Totschlags verurteilt und habe meine Zeit abgesessen. Ich habe die Bewährung bestanden. Ich habe mir seit vierzehn Jahren nichts zuschulden kommen lassen. Sie wollen wissen, wie ich zu meinem Geld gekommen bin?« Es machte ihm nichts aus, es zu sagen, nicht das geringste, solange er es freiwillig tat. »Ich bin durch Arbeit zu meinem Geld gekommen. Ich habe auf dem Bau geschuftet – von Sonnenaufgang bis Sonnenuntergang. Dann lernte ich einen Zimmermann kennen, der seine Sympathie für mich entdeckte. Er war der erste freundliche Mann, den ich – außer meinem Vater – je gekannt habe, und er hat mich fünf Jahre lang ausgebildet.«
»Haben Sie ihm seine Kunden abspenstig gemacht?«
»Ich zahlte ihm Abstandssummen«, erwiderte Grady gepreßt. »Und das tat ich sogar noch, als sein Krebsleiden sich so sehr verschlimmerte, daß er nicht mehr arbeiten konnte, und ich die Kunden selbst suchte. Dann zahlte ich seine Beerdigung. Ich hatte noch ein paar andere Ausgaben, aber nicht viele, und deshalb habe ich Geld auf der Bank. Ich brauche mir nichts aus den Häusern Ihres Ortes zu holen. Ich habe es nicht nötig, Ihren Kids Drogen zu verkaufen. Und wenn es mir einfiele, zwei Jahre lang in dem Motel am Stadtrand wohnen zu bleiben, könnte ich die Rechnung im voraus bezahlen. Aber das werde ich nicht – dazu ist es nicht schön genug. Sogar ich habe schon in gepflegteren Hotels gewohnt.« Er stand auf und wandte sich an den ersten Beamten, um dessen Mund ein amüsiertes Lächeln zuckte. »Noch Fragen?«
Der Officer schüttelte den Kopf.
»Dann kann ich also gehen?«
»Wir fahren Sie zum Krankenhaus zurück«, erbot sich der Polizist und machte Anstalten, aufzustehen, doch Grady hob abwehrend die Hand.
»Ich gehe zu Fuß.« Ohne den zweiten Beamten auch nur eines

Blickes zu würdigen, verließ er den Raum. Auf dem Weg den Flur hinunter hielt er den Atem an, erwartete fast, zurückgerufen zu werden. Er unterdrückte den Drang, loszurennen, ging die Treppe hinunter ins Parterre, stieß die Tür auf und trat hinaus. Eine volle Minute blieb er auf der obersten Steinstufe stehen und füllte seine Lungen gierig mit Luft, die mit den Abgasen Tausender heimwärts strebender Autos verseucht war, ihm jedoch frisch und köstlich erschien und ihm ein unschätzbares Gefühl von Freiheit vermittelte. Dann machte er sich auf Beinen, die nicht mehr zu zittern aufgehört hatten, seit er tags zuvor versucht hatte, seinen Laster zum Stehen zu bringen, auf den Weg zum Krankenhaus. Er ging mit hocherhobenem Kopf dahin und schaute stur geradeaus, selbst als der Streifenwagen aus Constance an ihm vorbeifuhr. Erst als er außer Sicht war und das Polizeirevier so weit hinter ihm lag, daß »der Große Bruder« seine Gedanken nicht mehr lesen konnte, gestattete er sich, an die von dem Beamten angesprochene »ganze Wahrheit« zu denken. Die ganze Wahrheit war, daß ihn nicht nur der Zustand des Jungen am Abreisen hinderte. Der andere Grund war Teke. Er war gekommen, um mit ihr zu sprechen, und er würde nicht wegfahren, ehe er das getan hatte.

Annie saß in einem Flecken Mondlicht in einer Ecke der Fensterbank. Sie schlang die Arme um ihre Knie und wippte langsam vor und zurück. Die Bewegung half, sie wirkte der Kälte in ihrem Innern entgegen und lenkte sie von ihrem Schmerz ab. Aber die Verwirrung blieb und der Unglaube, und sie war zu schwach, um dagegen anzugehen.

»Mom?« kam eine leise Stimme von der Tür.

Sie schrak hoch. Normalerweise hörte sie sogar im zweiten Stock jedes Geräusch im Haus, doch sie hatte das Garagentor nicht gehört.

Leicht wie eine Elfe flog Zoe über den Boden. »Wo warst du?« flüsterte sie und schlang die Arme um ihre Mutter. »Wir haben uns solche Sorgen gemacht.«

»Ich mußte weg«, flüsterte Annie zurück.
»Daddy sagte, du hättest dich aufgeregt.«
»Ich hatte das Gefühl, nichts tun zu können, und das ging plötzlich über meine Kräfte.« Sie schlang ihrerseits die Arme um ihre Tochter. »Wie geht's Michael?«
»Unverändert.«
Sie wollte gerade fragen, wie es Teke gehe, als ein messerscharfer Schmerz die Worte auslöschte. »Wie halten sich die anderen?«
»Okay.«
»Habt ihr zu Abend gegessen?«
»Hm. Wir waren bei dem Italiener in der Nähe der Klinik. J. D. war stocksauer.«
Ein tiefes Mitgefühl für J. D. stieg in Annie auf. Er war ebenso betrogen worden wie sie, und er würde weit mehr als »stocksauer« sein, wenn er es erfuhr. Sie wagte gar nicht, sich seinen Zorn auszumalen. Und noch dazu würde er sich gegen Sam richten. Sie waren so lange beste Freunde gewesen. Es war wirklich tragisch.
»Warum war J. D. stocksauer?« fragte sie Zoe.
»Der Fahrer des Lasters kam ins Krankenhaus, um Michael zu besuchen.«
»Wie nett von ihm.«
»Das fand ich auch, aber J. D. nicht. Er war außer sich.«
»Hat er irgendwas zu dem Mann *gesagt?*«
»Nein. Er ging gerade, als wir vom Essen kamen. Eine der Schwestern erwähnte, wer er ist – sie fand es auch nett von ihm. Ich glaube, J. D. wäre dem Mann nachgelaufen –, aber da war er schon weg. Also fing er an, die Schwester zu verhören. Als sie sagte, er sei nicht das erste Mal dagewesen, ging J. D. an die Decke. Aber die Schwester sagte, er stehe immer nur auf dem Gang am Fenster und schaue Michael an und er bleibe nie lange. Er betrete das Zimmer nicht. Sie sagte, sie hätte das in solchen Fällen früher schon erlebt, und es sei für ihn wahrscheinlich schrecklich, was passiert ist.«
»Was meinte J. D. dazu?«

»Er sagte, der Mann sei ein eiskalter Bursche und tauge nichts und ziehe nur eine Show ab. Jana glaubte das auch. Sie fand, er solle wegbleiben.«
»Aber er war nicht schuld an dem Unglück.«
»Das habe ich Jana auch vorgehalten. Sie sagte, daß er vielleicht kein Gesetz gebrochen habe, aber wenn er aufgepaßt hätte, wo er hinfuhr, wäre er nicht in Michael hineingefahren.«
»Er ist nicht in Michael reingefahren – Michael ist ihm reingelaufen«, sagte Annie, und in der nächsten Sekunde traf sie die Realität mit voller Wucht: Michael war in den Truck hineingelaufen, nachdem er blindlings aus dem Haus gestürmt war, weil er Teke und Sam dabei gesehen hatte wie ... wie sie ...
»Das war genau meine Rede«, fuhr Zoe fort, »und da wurde Jana böse auf mich. Sie sagte, ich verhielte mich Michael gegenüber unloyal.«
... sich liebten? Sex hatten? Fickten? Annie wußte nicht, wie sie es bezeichnen sollte. Ein Wort war so zerstörerisch wie das andere. Sam und Teke? Es tat so weh.
»Bin ich unloyal?« fragte Zoe.
Nein, du nicht, dachte Annie, als sie in das Gesicht ihrer Tochter schaute. Das Mondlicht ließ es noch zarter erscheinen, noch verwundbarer, und Annie vermutete, daß ihr eigenes Gesicht nicht viel anders aussah.
»Nein«, flüsterte sie und zog Zoe wieder an sich. Sie merkte, daß sie zu weinen anfing, was sie überraschte: Sie hatte geglaubt, keine Tränen mehr zu haben.
»Mom?«
Annie drückte sie fester an sich. Nach einer Weile sagte sie mit brüchiger Stimme: »Es ist eine schlimme Zeit.«
»Bist du okay?« fragte Zoe. Sie klang ängstlich.
»Ja – nur etwas angeschlagen.«
»Mom?« kam eine zweite, tiefere Stimme aus dem Dunkel, und dann erschien Jonathan im Mondlicht. »Warum sitzt du hier oben im Dunkeln?«

Annie wischte sich mit dem Handrücken die Tränen vom Gesicht. »Ich wollte nachdenken, das ist alles.«
»Warum bist du so plötzlich verschwunden?«
»Weil ich mich plötzlich überfordert fühlte.«
»Wir haben uns alle Sorgen gemacht. Vor allem Teke. Dad sagte, er glaube, du seist nach Hause gefahren, aber er sei nicht sicher.«
Auch Annie war nicht sicher gewesen. Sie hatte die Klinik verlassen und war tränenblind und schluchzend losgefahren, um der Wahrheit entfliehen zu können. Mehr als einmal hatte sie mit dem Gedanken gespielt, immer und immer weiter zu fahren, bis sie in eine völlig neue Welt käme, wohin ihr nichts und niemand folgen könnte. Doch dann hatten ihr Verstand die Herrschaft über sie gewonnen, und sie war irgendwann heimgefahren. Und das war richtig, denn sosehr Sam sie auch verletzt hatte, sie hatte immer noch die Kinder.
»Ich bin ja hier«, sagte sie mit tränennassem Lächeln. Sie streckte den Arm nach Jon aus und legte ihn um seine Taille, als er sie umarmte. Es war ein Segen, daß sie solche Kinder hatte.
Besonders jetzt. Erneut strömten die Tränen – und wieder stellte sie sich Sam und Teke vor. Ihr Magen revoltierte, und einen Moment lang fürchtete sie, sich übergeben zu müssen.
Aber das hatte sie vorher schon getan, und es war nichts mehr zum Erbrechen da.
Sie schniefte und brachte ein feuchtes »Tut mir leid – diese Geschichte ist furchtbar schwierig für mich«, hervor.
»Michael kommt wieder in Ordnung«, versicherte Jon ihr.
»Ich weiß.« Sie drückte Zoe und ihn noch einmal an sich und sagte: »Geht schon runter, ich komme bald nach.«
Jon ging. Zoe zögerte. »Bist du sicher, daß du okay bist?«
»Hm«, log Annie.
»Im Auto schienst du ganz okay, und ich dachte auch, du seist okay, als wir in Michaels Zimmer kamen. Dann gingst du mit Daddy weg. Hat das Krankenhaus dich geschafft – die Maschinen und das ganze Drumherum?«
»So was Ähnliches.«

»Wirst du uns morgen hinfahren können?«
Annie stellte sich vor, am Morgen aufzustehen und ihr Leben fortzusetzen, als sei alles so wie bisher. Aber nichts war mehr wie bisher. Nichts würde je wieder sein wie bisher.
»Wir werden sehen«, flüsterte sie, doch dann tat es ihr leid, Zoe Kummer zu bereiten, so daß sie hinzufügte: »Ich versuch's. Okay?«
»Okay«, flüsterte Zoe zurück. »Und Mom? Wegen Jana. Ich weiß, daß sie es im Moment wirklich schwer hat: Michael ist bewußtlos, Teke benimmt sich wie ein Zombie, und J. D. ist mit den Nerven fertig – aber was sie gesagt hat, war nicht fair. Könntest du vielleicht mit ihr reden? Ihr sagen, daß ich nicht unloyal war?«
Annie strich ihrer Tochter die blonden Haare aus der Stirn. »Mach ich.«
Zoe gab ihr einen Kuß. Sie war halb aus dem Zimmer, als Annie sie sagen hörte: »Sie gehört dir.«
Annie wandte sich dem Fenster zu. Da kein Licht im Zimmer brannte, gab es kein Spiegelbild in der Glasscheibe. Die Nacht dahinter war sternenklar, kalt wie die Kälte in ihrem Innern, die sich nicht vertreiben ließ, und grausam schön angesichts der Katastrophe, die ihr Leben in einen Trümmerhaufen verwandelt hatte.
»Bist du okay?« fragte Sam leise.
Sie biß sich auf die Lippen, um nicht wieder zu weinen anzufangen.
Er wartete. Dann sagte er: »Ich habe mir Sorgen gemacht.«
Gut, dachte Annie. Das geschieht dir recht.
»Bist du gleich nach Hause gefahren?«
»Nein.«
»Ein bißchen rumgefahren?«
Sie fuhr mit den Fingern in die Haare, die ihr Gesicht einrahmten. Sie wünschte, er würde sie allein lassen. Die Wunde war noch so frisch, daß seine Anwesenheit eine Qual für sie bedeutete.

»Hast du zu Abend gegessen?« erkundigte er sich.
»Ich habe das Mittagessen von mir gegeben – das Abendessen wäre denselben Weg gegangen.«
»Annie, es tut mir so leid. Ich frage mich immer wieder verzweifelt, warum ich das getan habe, und suche nach Möglichkeiten, alles wiedergutzumachen. Du hast keine Ahnung, wie grauenhaft ich mich fühle.«
Annie legte die Hand über die Augen. Sie spürte eine Migräne kommen.
»Teke weiß, daß ich es dir gesagt habe«, eröffnete er ihr. »Sie fühlt sich genauso schrecklich wie ich.«
Teke. Wie konnte er es mit Teke tun? fragte Annie sich zum x-ten Mal. Wenn er sie schon unbedingt betrügen mußte, hätte er dafür eine Frau aussuchen können, die sie nicht kannte. Taten das nicht die meisten Männer, bauten sich streng getrennt von ihrem Heim ein heimliches Zweitleben auf? Wenn sie *davon* erfahren hätte, wäre es vielleicht leichter zu ertragen gewesen. Vielleicht aber auch nicht. Betrug war Betrug.
»Sprich mit mir, Annie. Bitte! Wir sprechen doch immer miteinander.«
»Wir *haben* immer miteinander gesprochen. Früher. Früher warst du mir auch *treu.*«
»Einmal, das ist alles. Ich habe es nur einmal getan. Und es hat fünf Minuten gedauert. Höchstens.«
Sie stieß einen verächtlichen Laut aus. »Du warst schon immer schnell, wenn du wolltest.«
»Annie . . .«
Plötzlich explodierte sie. »Wie konntest du? Wir haben Gelöbnisse abgelegt, Sam! Wir haben einander Treue geschworen!«
»Ich hatte es nicht geplant.«
»Mit Teke! Meiner besten Freundin! Wie *konntest* du?« Das hatte sie sich immer und immer wieder gefragt. Der Gedanke, Sam könnte in Teke verliebt sein, war zu schmerzhaft, um in Betracht gezogen zu werden, und so fragte sie: »Lag es an ihrem Aussehen?«
»Natürlich nicht!«

»Oder an einem Duft, der von ihr ausgeht? Oder wolltest du nur endlich eine Neugier befriedigen, die seit Jahren in dir genagt hatte?«

»Um Gottes willen, Annie, es gab keinen Grund für das, was ich getan habe. Es war verrückt, wahnsinnig. Wenn du mich bittest, dir Details des Vorfalls zu schildern, muß ich passen. Es gab keine Details. Ich wußte gar nicht, was ich tat.«

»Bist du gekommen?« Dieser häßliche Aspekt verfolgte sie, und sie brauchte Klarheit darüber, um das Bild zu vervollständigen.

»Wie bitte?«

»Du hast mich schon verstanden.« Wenn sie es wiederholen müßte, würde sie daran ersticken.

Er schnaubte. »Ja, ich kam. Ich komme immer, wenn ich mit dir zusammen bin, und im Geiste war ich das.«

»*Sag* das nicht!« schrie sie. »Das ist eine Beleidigung für meine Intelligenz.«

»Schschsch.«

Sie senkte die Stimme. »Du hättest auch an die Kinder denken müssen. Was werden sie dazu sagen, wenn sie es erfahren?«

Sam seufzte. »Sie werden mich für ein Schwein halten, und damit haben sie recht. Sie werden all das denken, was du denkst. Annie, wir müssen darüber reden. Ich weiß nicht, wie ich vorgehen soll. Morgen werden sie wieder in die Schule gehen und den Clinger-Jungen als Lügner beschimpfen. Soll ich ihnen noch heute die Wahrheit sagen? Soll ich warten? Was soll ich tun?«

Annie wußte es auch nicht. Sie versuchte, ihr persönliches Entsetzen von dem Rest des Problems zu trennen. Mit kleiner Stimme sagte sie: »Sie werden schockiert sein.«

»Und zornig und verwirrt, wie Michael es gewesen sein muß. Ich wünschte, ich könnte es ihnen ersparen. Dann würde ich Teke bitten, es ihnen nicht zu sagen. Ich würde J. D. bitten, es ihnen nicht zu sagen. Aber da ist noch Michael. Wenn er aufwacht, wird er bestimmt darüber sprechen.«

Falls er aufwacht, dachte sie voller Angst. »Falls er sich daran erinnert«, sagte sie.
»Und Virginia ist auch noch da. Sie ist eine Seuche.«
Zum ersten Mal, seit sie die Wahrheit erfahren hatte, malte Annie sich aus, wie Virginia in der ganzen Stadt herumerzählte, daß Sam und Teke eine Affäre hatten. Es war schon schlimm genug gewesen, als Annie es noch für eine Lüge hielt, aber jetzt war es noch schlimmer. Die ganze Stadt würde denken, daß sie ihren Mann nicht befriedigen konnte. Sie fühlte sich unsäglich gedemütigt.
Sie legte einen Arm um ihren Kopf und stöhnte. Als Sam den Arm um ihre Schultern legte, wich sie zurück, indem sie sich so weit wie möglich in die Ecke drückte.
Er trat einen Schritt zurück. »Ich werde mit ihr sprechen.«
»Das würde nichts nützen, denn sie würde denken, daß du etwas zu vertuschen versuchst. Wir müssen gemeinsam mit ihr reden, das macht einen besseren Eindruck.« Sie stöhnte wieder. »Ich hätte niemals gedacht, daß ich einmal lügen würde, um den Schein zu wahren, aber ich sehe keine andere Möglichkeit. Virginia muß davon überzeugt werden, daß du und Teke kein Verhältnis habt.«
»Wir *haben* ja auch keines«, sagte Sam.
Sie warf ihm in der Dunkelheit einen Blick zu. »Bitte keine Haarspalterei, Sam!«
»Das ist keine. Ein ›Verhältnis‹ bedeutet eine längerfristige Beziehung. Ich war nur ein einziges Mal mit Teke zusammen und nur für ein paar Minuten. Es war unbedacht und schrecklich und es wird nie wieder passieren. Und unter diesen Umständen kann ich den Vorfall unmöglich als ›Verhältnis‹ bezeichnen.«
Annie zuckte mit den Schultern. »Bezeichne ihn, wie du willst.«
»Annie!«
»Es ist widerlich – unter welchem Etikett auch immer.«
»*War. Vergangenheitsform.* Es ist vorbei.« Er holte kurz Atem. »Weißt du, wenn du zu Hause gewesen wärst, wäre es überhaupt nicht dazu gekommen.«

Sie starrte ihn fassungslos an. »Du gibst *mir* die Schuld?«

»Ich wollte *dich*, aber du warst nicht da. Ich habe dich im ganzen Haus gesucht. Dann rief ich in der Schule an. Als ich durch den Garten lief, stellte ich mir vor, du wärst bei Teke, aber da warst du auch nicht.«

»Und du konntest nicht warten? Du hattest es so nötig?«

»Es geschah alles so schnell – es war schon vorbei, ehe ich richtig merkte, daß es angefangen hatte –, und dann kam Michael.«

Annie drückte das Gesicht auf ihre Knie. In der folgenden Stille malte sie sich aus, wie Sam sich mit der Hand durch die Haare fuhr, stellte sich vor, wie sie dadurch noch besser aussahen. Es war nicht fair. Er hätte wie ein Monster aussehen müssen, wenigstens ein bißchen.

»Was für eine Scheiße«, murmelte er.

»Vielleicht war es unvermeidlich.«

»Wie das?«

»Wegen der engen Beziehung unserer Familien zueinander.« Auf ihrer Suche nach Erklärungen hatte sich diese ergeben. »Vielleicht war sie ungesund.«

»*So* eng war unsere Beziehung nun auch wieder nicht.«

»Eng genug, um zwei gemeinsame Ferienhäuser zu besitzen. Was soll übrigens damit geschehen?«

»Ich weiß es nicht.« Er überlegte. »Ich habe noch nicht darüber nachgedacht.« Wieder hielt er inne. »Es hängt viel davon ab, wie es mit dir und mir weitergeht. Ich liebe dich, Annie, ich will nicht, daß unsere Ehe zerbricht.«

Die Angst in seiner Stimme berührte sie. Sie hätte sie gern ignoriert, aber sie liebte Sam dafür. Aber auch ihre Liebe konnte die Tatsache nicht ändern, daß er ihr Vertrauen mißbraucht hatte und daß ihre Beziehung nie wieder dieselbe sein würde. Bei diesem Gedanken begann sie erneut zu weinen.

»Annie ...« Er streckte die Hand nach ihr aus.

Sie wich zurück. »Laß das!«

»Ich möchte dich anfassen.«

»Wie du *Teke* angefaßt hast?« schluchzte sie.

»Wie ich *dich* anfasse. Du bist anders als alle anderen Frauen, Annie. Du siehst anders aus, du fühlst dich anders an, riechst anders, schmeckst ...«

Sie hielt sich die Ohren zu.

Er zwang sie mit sanfter Gewalt, die Hände herunterzunehmen, und kniete sich mit einem Bein auf die Fensterbank. »Schmeckst anders.«

»Woher weißt du das?« rief sie unter Tränen. »Ich dachte, du sagtest, du hättest Teke gar nicht richtig wahrgenommen. Woher weißt du dann, daß ich so anders bin?«

»Du bist die einzige Frau, die mich antörnt.«

»Das habe ich immer geglaubt, aber ich habe mich geirrt. Ich dachte in eine Richtung, während du in eine andere fühltest.«

»Das stimmt nicht!« schwor er und seufzte. Er hielt noch immer ihre Handgelenke umfaßt und sagte in flehendem Ton: »Ich werde tun, was immer du willst, Annie. Ich werde auf dem Sofa schlafen, wenn du es nicht ertragen kannst, mit mir im selben Bett zu liegen. Ich werde dir die Schlüssel zum Maxwell-Haus geben, damit du sicher sein kannst, daß ich nicht allein hingehe. Ich werde einen Psychiater aufsuchen, wenn du das möchtest.«

»Das würde doch überhaupt nichts bringen«, sagte sie weinerlich. »Du bist der normalste Mensch, den ich kenne. Das ist einer der schlimmsten Faktoren in dieser Geschichte: Deine Normalität läßt dein Verhalten besonders absurd erscheinen.«

»Was dann? Was soll ich tun? Sag es, und ich tue es.«

»Gib mir Freiraum. Laß mich atmen.«

Sofort ließ er ihre Hände los und zog sich ans Ende der Fensterbank zurück. »Also?«

Sie fühlte sich verlassen, war verwirrt und fror. »Ich weiß es nicht.«

»Ich liebe dich und du liebst mich. Sag nicht, daß du es nicht tust, denn eine Liebe wie die, die uns verbindet, kann nicht innerhalb eines Augenblicks erloschen sein.«

»Ich kann nicht denken!« schrie sie ihn an. »Ich brauche Zeit.«

»Wieviel Zeit?«

»Ich weiß es nicht!« Er wollte, daß sie ihm eine Richtung wies, aber sie bewegte sich auf unbekanntem Terrain. Sam hatte ihr nie zuvor Kummer bereitet oder diese Art von Zorn in ihr ausgelöst.
»Was sagen wir den Kindern?«
Sie wischte sich die Tränen von den Wangen. Ja, sie bewegte sich wirklich auf unbekanntem Terrain, aber es gab gewisse unmittelbare Probleme, von denen eines – und das wichtigste –, die Vorgehensweise gegenüber den Kindern war. Also tastete sie sich vorsichtig weiter voran. »Nichts, denke ich. Noch nicht.« Ein Teil von ihr betete darum, daß sie es überhaupt nicht erfahren müßten. Will Clingers Geschichten waren nichts verglichen mit einer klaren Aussage von Annie und Sam. Sie wagte nicht, sich die seelischen Schäden auszumalen, die dadurch entstehen würden. »Jetzt, wo Michael so krank ist, wäre es zu viel für sie.«
»Wie benehmen wir uns in ihrer Gegenwart?«
»Wir konzentrieren uns auf unsere Sorge um Michael.«
»Darf ich dich küssen?«
»Nein.«
»Was ist mit Virginia?«
»Küß sie, soviel du willst«, antwortete Annie bitter.
»Du weißt, was ich meine.«
Ja, das tat sie, aber die Bitterkeit war da.
»Wir werden mit Virginia reden«, sagte er.
»Ja.«
»Willst du, daß ich ausziehe?«
Sie wandte sich ihm zu. Es war zu dunkel, um seinen Gesichtsausdruck zu erkennen, aber sie wußte, daß er nach einem Strohhalm der Hoffnung angelte. Leise und mit einem Anflug von Sarkasmus erwiderte sie: »Das würde wohl der Absicht zuwiderlaufen, die Kinder nicht einzuweihen, meinst du nicht?«
»Ja. Das würde es auch, wenn ich im Arbeitszimmer schliefe.«
»Du kannst das Bett haben, ich werde sowieso nicht viel schlafen.«
»Das ist absurd, Annie ...«

»Was ist absurd?« unterbrach sie ihn. »Ich schlafe ohnehin kaum je eine Nacht durch, und anstatt dann wach im Bett zu liegen, werde ich in Zukunft eben herumwandern oder mich hier oben hinsetzen. Die Kinder wissen, daß die Sache mit Michael mich sehr beunruhigt.«

»Ich will das Bett nicht, wenn du nicht drin liegst. Nimm du es.«

»Und was willst du den Kindern erzählen?«

»Daß ich wegen Michael beunruhigt bin.«

»Und wenn sie wach werden und dich im Arbeitszimmer auf dem Sofa entdecken?«

»Dasselbe: Ich machte mir Sorgen um Michael, wanderte eine Weile durchs Haus und schlief dann dort ein.«

»Jede Nacht?«

Als er nicht antwortete, wußte sie, daß sie ihn überzeugt hatte – sowohl davon, gegenüber den Kindern den Schein zu wahren, als auch von dem Ausmaß ihrer Verletztheit. Jede Nacht. Sie fragte sich, wann es enden würde, falls es enden würde. Sie hatte das Gefühl, daß das ordentliche kleine Bündel, als das sie ihr Leben mit Sam betrachtet hatte, zerrissen und die Fetzen auf dem Boden verstreut worden waren. Noch immer wie betäubt von diesem Schock, brachte sie nicht die Kraft auf, sich daran zu machen, sie aufzuheben.

Sam stand von der Fensterbank auf. So erschöpft, wie sie sich fühlte, sagte er: »Wir können beide das Bett behalten, ich werde darauf achten, auf meiner Seite zu bleiben.« Auf halbem Weg zur Tür blieb er stehen und senkte den Kopf. »Annie?« Sie schwieg. »Wir geben morgen vormittag eine Pressekonferenz wegen ›Dunn gegen Hanover‹. Ich habe sie gestern abgeblasen und würde ganz darauf verzichten, wenn es nach mir ginge. Aber unsere PR-Leute bestehen darauf.«

»Während Michael im Koma liegt?« Sieg oder nicht Sieg – eine Pressekonferenz erschien ihr unter diesen Umständen unpassend.

»J. D. will es und John Stewart ebenfalls. Ich weiß gar nicht, wie ich sie durchstehen soll.« Er zögerte. »Wirst du kommen?«

Annie ließ den Kopf gegen den Fensterrahmen sinken. In der Vergangenheit hatte sie immer an Sams Pressekonferenzen teilgenommen. Es hatte ihr Freude gemacht, dabeizusein, vorgestellt zu werden, ihren Mann anzustrahlen. Doch das könnte sie jetzt nicht tun – unmöglich. Sie hätte nicht einmal ein Lächeln produzieren können, wenn ihr Leben davon abhinge, und das letzte, was sie wollte, war, vorgestellt zu werden. Sie wollte nicht, daß man sie ansah. Sie würde sich nur einbilden, daß alle die Wahrheit kannten und sie entweder amüsiert oder mitleidig anstarrten.

»Ich habe Unterricht«, sagte sie.

»Ich weiß, aber ich dachte, du könntest vielleicht ein bißchen später in die Schule fahren.«

Das hatte sie in der Vergangenheit getan – ihr Schweigen sagte ihm, daß sie es diesmal nicht tun würde.

Er blieb noch eine Minute dort stehen, wo er stand, bevor er »okay« flüsterte und leise die Treppe hinunterging.

Annie schlief chronisch zuwenig. Nach fünf Stunden Schlaf brachte sie Spitzenleistungen, was bedeutete, daß sie theoretisch um Mitternacht ins Bett gehen konnte, bei Tagesanbruch aufwachte und sich gut fühlte.

Manchmal wurde sie schon um zehn Uhr abends müde. Dann schlief sie ein paar Stunden durch und danach nur noch mit Unterbrechungen. Normalerweise nutzte sie die Wachperioden zu konstruktivem Denken, las oder korrigierte Prüfungsarbeiten. Oft kuschelte sie sich auch einfach an Sam und genoß die Wärme seines Körpers.

In dieser Nacht gab es keine Wärme. Sie ging überhaupt nicht ins Bett, sondern blieb in ihrem Arbeitszimmer, schlief auf der Fensterbank ein, und als sie aufwachte, überfiel sie ein wildes Durcheinander von Gedanken. Einmal machte sie einen Abstecher in die Küche, um sich ein Aspirin zu holen und einen Kräutertee aufzubrühen. Die Tatsache, daß die Küche so normal wirkte, obwohl gar nichts mehr normal war, verstörte sie regelrecht. Sie floh zurück in ihre Höhle, wickelte sich in eine Wolldecke und kauerte sich zitternd wieder auf die Fensterbank. Zu sagen, daß sie drei Stunden geschlafen hätte, wäre übertrieben gewesen. Trotzdem war sie in der Küche, als Zoe und Jon am Morgen herunterkamen, und schickte sie mit dem Versprechen auf den Weg, Zoe nach der Schule abzuholen. Ja, sie hatte beschlossen, ins Krankenhaus zu fahren. Sie liebte Michael – dessen Zustand unverändert war, wie die Schwester ihr mitgeteilt hatte – zu sehr, um es nicht zu tun. Ob sie fähig sein würde, mit Teke zu sprechen, würde sie an Ort und Stelle feststellen.

Sam kam im Geschäftsanzug herunter, als die Kinder gerade im Gehen waren. Sie wußte nicht, was sie zu ihm sagen sollte, und so ging sie hinauf zum Duschen. Als sie das Wasser schließlich abdrehte, war das Bad eine einzige Dampfwolke. Sie griff nach dem über der Tür hängenden Handtuch, als sie seine graugekleidete, hochgewachsene Gestalt entdeckte.

»Ja?« fragte sie erschrocken und hielt sich das Handtuch vor.

»Können wir kurz miteinander reden?«

»Ich bin nicht angezogen.«

»Ach komm, Annie, was soll das?«

Sie wußte, was er dachte: Sie war seine Frau, er hatte sie Tausende von Malen nackt gesehen, kannte jeden Quadratzentimeter ihres Körpers. Aber was er getan hatte, hatte ihn zu einem Fremden gemacht, und sie war ihm gegenüber gehemmt. Sie rührte sich nicht und sagte nichts. Sie starrte einfach nur seine verschwommene Gestalt an, bis er die Botschaft verstand. Sobald er gegangen war, trocknete sie sich ab und schlüpfte in einen Morgenmantel. Dann öffnete sie die Badezimmertür.

»Ja?«

Er saß mit auf die Oberschenkel gestützten Ellbogen auf der Bettkante.

»Wie sieht dein heutiger Tag aus?« fragte er mit angemessener Unterwürfigkeit.

»Ich weiß es nicht.«

»Gehst du in die Schule?«

»Für eine Weile.«

»Fährst du in die Klinik?«

»Ich bringe Zoe und Jana nach dem Unterricht hin. Jon fährt mit Leigh nach dem Training rein.«

Sam schaute auf seine Hände hinunter. »Können wir uns auf einen Kaffee treffen?«

»So lange werde ich nicht bleiben.«

Er schaute auf. »Dann zu einem frühen Abendessen? In der Stadt? Oder hier?«

Sie schüttelte den Kopf. Jede Faser ihres Herzens schmerzte. »Ich kann nicht, Sam.«

»Du willst nicht.«

»Ich kann nicht. In meinem Innern findet ein Krieg statt. Ich blute an Stellen, die ich nicht finden kann und erst finden werde, wenn der Staub sich ein bißchen gesetzt hat.«

Er dachte darüber nach. Nach einer Minute stemmte er sich hoch und stand so kerzengerade und resigniert da, daß Annie versucht war, sich an seine Brust zu werfen und ihn um Vergebung anzuflehen. Nur war nicht sie diejenige, die um Vergebung zu flehen hatte. Sie hatte sich nichts vorzuwerfen. Zumindest glaubte sie das.

Sie war völlig durcheinander.

Ohne ein Wort zu sagen, ließ sie ihn gehen. Sie dachte, daß sie ihm viel Glück für die Pressekonferenz wünschen sollte, doch sie weigerte sich, zu sprechen. Sie dachte, daß sie Genugtuung empfinden sollte, weil sie ihm wegen des Dinners einen Korb gegeben hatte, doch sie empfand nicht die geringste Genugtuung. Um nicht wieder zu weinen anzufangen, konzentrierte sie sich darauf, sich anzuziehen, aber als sie fertig war, wurde ihr klar, daß sie nicht in die Schule gehen konnte: Sie konnte sich unmöglich vor zweihundert Studienanfänger hinstellen und ihnen D. H. Lawrence näherbringen.

D. H. Lawrence, wie passend: »Söhne und Liebhaber.« Ein Mann und zwei Frauen – eine erdverbunden, die andere intellektuell.

Nein, darüber könnte sie heute unter keinen Umständen sprechen.
Ihr Schicksal verfluchend, meldete sie sich krank. Dann tauschte sie ihr Kostüm gegen Jeans und Sweater, zog Turnschuhe an und stieg in den Wagen. Dreißig Minuten später war sie in Rockport und steuerte auf die kleine, von der Zeit gezeichnete Hütte zu, die während der ersten einundzwanzig Jahre ihres Lebens ihr Zuhause gewesen war.
Die Zufahrt war mit Schlaglöchern übersät, die nicht sosehr auf Witterungseinflüsse zurückzuführen waren als auf Vernachlässigung. Pete Huggins konnte sich nicht mit so profanen Dingen abgeben wie Straßenbelagreparatur, Rasenmähen oder Zaunstreichen. Er war ein Künstler: Er ließ die Dinge laufen. Mit einem kleinen, hilflosen Lächeln überließ er der Natur die Herrschaft über sein Heim.
Annie parkte hinter seinem alten, verrosteten Kombi und betrat das Häuschen durch den Seiteneingang. Der Zustand der Küche war chaotisch. Pete wusch grundsätzlich immer erst dann Geschirr, wenn kein sauberes Stück mehr im Büfett war. Er hielt nichts davon, Lebensmittel wegzuräumen, denn er hätte sie zur nächsten Mahlzeit doch nur wieder herausholen müssen. Er hielt nichts davon, Reklamewurfsendungen wegzuwerfen, denn auf die konnte man immerhin zeichnen. Und was für Zeichnungen das waren! Annie mochte ihn für die verdreckte Küche tadeln, aber niemals wegen seiner Zeichnungen.
Seine Vorliebe hatte ihm den Spitznamen »Pastell-Pete« eingebracht. Er bestritt seinen Lebensunterhalt damit, daß er in örtlichen Galerien Aquarelle verkaufte, aber am bekanntesten war er durch die Gemälde geworden, die er auf die Südwand des Bankhauses in der Stadtmitte malte, und durch seine exzentrische Persönlichkeit. Er hielt sich kaum je an Regeln, doch er war so süß mit seinen rosigen Wangen und dem weißblonden Haar und Bart, daß es ihm niemand übelnahm. Es herrschte allgemein die Auffassung, daß er eine gefährdete Spezies war, die

durch die Duldung seines Bedürfnisses nach Freiraum geschützt werden mußte.

Annie verließ die Küche. Ursprünglich hatte es in dem Häuschen noch drei weitere Räume gegeben: ein Wohn- und zwei Schlafzimmer. Doch kurz nach Annies Heirat hatte Pete sich die Wände mit dem Vorschlaghammer vorgenommen, und das Ergebnis war ein einziges großes Atelier mit gezackten Kanten, wo die Trennwände gestanden hatten. Eine dicke Schicht weißer Farbe – von Pete als ideale »Leinwand« betrachtet –, und die Umgestaltung war abgeschlossen. Achtzehn Jahre später waren die Wände wahre Schätze, bedeckt mit Landschaften, Meer-Ansichten und Porträts, die das ganze Stilspektrum von phantastischer bis realistischer Malerei umfaßten. Annie schauderte bei dem Gedanken an den Zeitpunkt, da ihr Vater nicht mehr da wäre und diese Mauern vielleicht eingerissen würden.

»Pop?« rief sie, als sie ihn nirgends entdecken konnte.

Sekunden späten tauchte sein Kopf hinter einer der gezackten Wände auf. Er lächelte und winkte sie zu sich. Er saß auf dem Boden und arbeitete an einem noch freien Wandstück. Obwohl die Farben charakteristisch für ihn waren, konnte Annie nicht erkennen, was er malte. Sie sah ein Feuerwerk aus blaßgelben, grünen und rosa Funken auf blauem Untergrund, doch es waren keine Funken wie beim Feuerwerk anläßlich des vierten Juli, sie waren irgendwie mit Leben erfüllt.

»Sie stammen von einer anderen Welt«, erklärte er mit einer Stimme, die mit jedem Jahr leiser und heiserer wurde. Er war jetzt siebzig, und er sprach wirklich leise und heiser.

»Aha.« Sie ging neben ihm in die Hocke, um das Bild genauer betrachten zu können.

»Die Reise zur Erde hat sie ein wenig mitgenommen. Dreizehnhundert Lichtjahre sind eine lange Zeit, aber sie erholen sich wieder.«

»Warum sind sie hier?«

»Nur zu Besuch.«

»Eine weite Reise für einen Besuch.«

»Sie brauchen Trost. Ihr Heimatplanet ist am Kippen. Sie wollen nur wissen, ob noch irgendwo anders Leben existiert – für alle Fälle.«

Annie lächelte. Sie beugte sich ihrem Vater entgegen und ließ sich von ihm in die Arme schließen. Er war kein großer Mann – einsdreiundsiebzig vom Scheitel bis zur Sohle –, aber er war stabil gebaut. Und diese Stabilität war ihr vertraut und vermittelte ihr Sicherheit.

»Ist bei dir auch was am Kippen?« fragte er.

Sie machte ein Geräusch, das »ja« besagte.

»Brauchst du ein bißchen Trost?«

Wieder das gleiche Geräusch.

»Willst du einen Brandy?«

Sie lächelte: Brandy war eine Schwäche ihres Vaters. »Du hast geschworen, daß du das Zeug nie vor dem Abend anrührst.«

»Ich habe geschworen, daß ich nie allein trinke. Abend ist es, wenn ich mit Peter Jennings zusammen bin. Jetzt bin ich mit dir zusammen. Willst du einen?«

Sie schüttelte den Kopf, der an seiner Schulter lag.

»Tee?«

Erneutes Kopfschütteln.

»Kakao?«

Sie seufzte. In ihrer Kindheit war Kakao ein Allheilmittel gewesen, aber irgendwie glaubte sie nicht, daß es diesmal wirken würde. »Ich bleibe einfach nur ein bißchen bei dir sitzen, denke ich«, sagte sie, aber sie löste sich nicht aus seiner Umarmung.

»Ist mein einziger Jon okay?« fragte er vorsichtig.

Sie nickte.

»Und die hübsche kleine Zoe?«

Sie nickte wieder.

»Und der große böse Sam?«

Ihr Lächeln schwand.

Als sie nicht antwortete, sagte Pete: »Oje.« Und nach einer Pause: »Was hat er getan?«

Sie seufzte. »Etwas, das mich tief getroffen hat.«

»Das hat er noch nie getan.«
»Nein.«
»Ich mag Sam.«
»Ich auch.«
»Dann wird alles wieder gut«, sagte er in besänftigendem Ton.
Annie saugte den Trost gierig in sich auf, doch die Wirkung war nur kurz. Als sie sich verflüchtigt hatte, rückte Annie von ihrem Vater ab und stand auf. Als Pete wieder an die Arbeit ging, wanderte sie herum.

Zum größten Teil spiegelten die Wände des Hauses eine willkürliche Mischung von Gedanken wider. Wie seine Küche war auch diese Mischung chaotisch, bis man zur Rückwand kam.

Die meisten Familien besaßen Fotoalben oder – in wachsender Anzahl – Videokassetten, um ihr Leben zu dokumentieren. »Pastell-Pete« benutzte dazu eine ganze Wand. Da waren Zeichnungen von Annie als Kind, als Teenager, als junge Frau. Da waren Zeichnungen von ihr als Braut, von Sam, von den Kindern in verschiedenen Altersstufen. Es waren auch Zeichnungen von Annies Mutter da, die fortgegangen war, als Annie zwei Jahre alt war. Die Bilder auf der Wand waren Annies einzige Möglichkeit, sich eine Vorstellung von ihr zu machen.

Annie betrachtete sie. Entsprechend Petes Darstellung war ihre Mutter klein und zierlich gewesen, mit langen dunklen Haaren und einem sanften Lächeln. Wären ihre Augen nicht gewesen, hätte sie naiv und unschuldig gewirkt. Aber Augen waren »Pastell-Petes« Stärke. Wenn Gefühle darin standen, dann fing er sie ein, worüber sich jedoch noch nie jemand beschwert hatte. Das war eines der Dinge, die die Leute Pete nachsahen.

Bei Annies Bild vom High-School-Abschluß hatte er Aufregung und Furcht in ihren Augen festgehalten, bei ihrem College-Abschluß Übermut und bei ihrem Hochzeitsbild absolute Seligkeit.

Die Augen von Annies Mutter sprühten. Es waren die Augen einer Frau, die man nicht zähmen konnte, die einen ständigen

Wandel brauchte und eine ständige Herausforderung. Pete Huggins war eine farbenfrohe, wenn auch kurze Station auf ihrer Lebensreise gewesen. Annies Ankunft hatte den Aufenthalt verlängert, doch nicht einmal sie hatte genügt, um die unvermeidliche Weiterreise zu verhindern.

Annie konnte nicht sagen, daß sie ein unglückliches Kind gewesen war. Sie hatte sich damit abgefunden, keine Mutter zu haben, und Pete war der beste Vater, den man sich wünschen konnte. Erst als Teenager hatte sie den Verlust empfunden – und damals, als sie mit ihrer erwachenden Weiblichkeit zu kämpfen hatte, hatte sie angefangen, sich selbst die Schuld zu geben.

Wenn sie schöner wäre, wäre ihre Mutter vielleicht geblieben. Wenn sie lange, fließende, dunkle Haare hätte. Oder grüne Augen. Oder ein herzförmiges Gesicht. Wenn sie irgendwie *anders* wäre, irgendwie interessanter, wäre ihre Mutter vielleicht geblieben.

Während jener Jahre als Teenager fühlte Annie sich fast allen anderen in ihrer Umgebung unterlegen. Sie zog sich in sich zurück und verbrachte ihre Freizeit damit, zu lesen und Gedichte in ihr Tagebuch zu schreiben. Ihr Vater, ein Mann weniger Worte und mit großer Seele, war ihr allerbester Freund.

Dann kam Teke. Und Sam.

Annies Gedanken wanderten zu ihm. Sie stellte ihn sich in seinem Büro vor, mit Klienten zu beiden Seiten und einer Ansammlung von Mikrofonen vor sich auf dem Schreibtisch, und jenseits davon einen Halbkreis aus Bostons Medien-Elite.

»Haben Sie mit diesem Sieg gerechnet, Mr. Pope?« würde einer der Reporter fragen.

»Ein Anwalt rechnet nie mit einem Sieg«, würde Sam bescheiden antworten. »Er macht seine Hausaufgaben, baut seinen Fall auf und argumentiert sich das Herz aus dem Leib, und dann tritt er in den Hintergrund, während unser Rechtssystem seinen Lauf nimmt.«

»Glauben Sie, daß dieses Urteil sich auch auf andere Staaten auswirken wird?«

»Ich glaube, daß andere Staaten eine ähnliche Regelung einführen werden, aber nicht aufgrund dieses Falles. Das Konzept, dem Trauma Rechnung zu tragen, das Verbrechen wie sexueller Mißbrauch zur Folge haben, ist einfach fällig.«
Vom Ende des Raumes würde ein anderer Reporter rufen: »Werden Sie auch andere Frauengruppen vertreten?«
»Vielleicht.«
Und ein weiterer: »Würden Sie sagen, daß Sie besonders geeignet waren, diesen Kampf durchzufechten, weil sie eine Frau und eine Tochter haben?«
»Auf jeden Fall. Ich möchte, daß meine Frau und meine Tochter in der gleichen Weise geschützt werden, wie diese Frauen hier geschützt wurden.«
»Wo ist denn Ihre Frau, Herr Anwalt?« würde ein vierter Reporter fragen. »Sie ist bei Pressekonferenzen sonst doch immer dabei.«
»Sie konnte es nicht einrichten«, würde Sam antworten.
»Warum nicht?«
»Sie hat zu tun.«
»Ist sie eifersüchtig, wenn sie mit Frauengruppen wie dieser arbeiten?«
»Nein«, würde er sagen, aber jetzt in einem hochnäsigen Ton. »Sie weiß, was sie tun muß, um sich meine Aufmerksamkeit zu sichern.«
»Und was ist das, Herr Anwalt?«
»Sie muß schön, verführerisch und interessant sein. Sie muß ihren Anteil dazuverdienen. Sie muß sich zurechtmachen, wenn ich möchte, daß sie sich zurechtmacht, und unauffällig sein, wenn ich will, daß sie unauffällig bleibt. Sie muß meine Socken waschen und meine Hemden aus der Wäscherei holen. Sie muß jeden Morgen im Haus staubwischen. Und sie muß jeden Abend eine selbstgekochte Mahlzeit auf den Tisch bringen, wenn ich heimkomme.«
»Aber sie tut das alles nicht«, würde eine Reporterin von der Art *Virginia Clingers* einwenden. »Sie tut nicht einmal die Hälfte

dessen. Sie mag erfolgreich im Beruf sein – aber als Ehefrau ist sie eine Schande. Sie wickelt falsche Socken zusammen, serviert Ihnen Fertiggerichte und ist viel zu blaß, um hübsch zu sein. Es ist ein Wunder, daß Sie nicht schon früher auf Abwege geraten sind. Oder sind Sie das, Mr. Pope?«

Annie wollte die Antwort nicht hören. Sie kehrte der Wand mit den Bildern den Rücken zu und ging in die Küche, um sich schließlich doch einen Kakao zu machen.

Kapitel 5

Stanley Wallace war Klient der Kanzlei »Maxwell, Roper und Dine«, seit es »Roper und Dine« gab und John Stewart der einzige Maxwell in dem Anwaltsbüro war. Stanley hatte ein Vermögen mit Reißverschlüssen gemacht. Obwohl dieses Vermögen in den letzten Jahren geschrumpft war, blieb es eindrucksvoll genug für die Kanzlei, um Stanley zu hätscheln.

Das war der Grund dafür, daß J. D. den Wunsch, nach der Pressekonferenz in die Klinik zurückzurasen, hintanstellte und statt dessen Stanley zum Essen einlud. J. D. verwaltete sein Vermögen schon seit Jahren. Er hatte ein gutes Verhältnis zu Stanley und eine sehr genaue Vorstellung von den Summen, die die Firma als dessen Testamentsvollstrecker zu erwarten hatte. Klienten wie er wurden nur im äußersten Notfall einfach hinauskomplimentiert, und man aß mit ihnen auch nicht in einem Schnellimbiß.

J. D. ging mit ihm in den *Federal Club.* Bei Krabbensuppe und Lamm-Medaillons sprachen sie über Sams Sieg und Stanleys Vermögen. Stanley sah eine Verbindung zwischen beidem. Als Chauvinist, der er war, fürchtete er, daß das Urteil in Sams Fall den Frauen freie Bahn für Beschwerden gewähren würde, worunter er schon jetzt seitens seiner Töchter ständig zu leiden hatte. Er war überzeugt, sie würden ihn ins Armenhaus bringen, wenn er nicht wie ein Schießhund auf sein Geld aufpaßte.

J. D. ließ ihn reden, was bedeutete, die langen Pausen zwischen den Sätzen zu durchleiden, die typisch für Stanleys Sprechweise waren. Sein Verstand arbeitete nicht mehr so schnell wie früher, und das galt auch für seinen Körper. Mit sechsundachtzig

bewegte er sich nur noch unter Protest, was bedeutete, daß der Rückweg zur Kanzlei – Stanley hielt nichts von Taxis – im Schneckentempo zurückgelegt wurde.
Das war J. D. als Ausrede recht, nicht ins Krankenhaus zu müssen, solange er mit einem Klienten zusammen war. Außerdem konnte er es sich leisten, so langsam zu gehen, wie Stanley wollte: Er rechnete sein Honorar nach Stunden ab.
»So etwas dürfte einem Jungen nicht passieren«, kehrte Stanley mit einem bedauernden Zungenschnalzen zum Thema Michael zurück, während sie nebeneinander herkrochen. »Jemanden in meinem Alter vielleicht, aber nicht einem Jungen. Hat sich schon eine Besserung eingestellt?«
»Sie haben heute früh das Beatmungsgerät weggenommen.«
»Na, das ist doch ein gutes Zeichen.«
J. D. wünschte, er könnte es auch so sehen, aber alles, was er sah, war Michaels totenbleiches Gesicht. Das Bild verließ ihn niemals ganz. »Tatsache ist«, erklärte er Stanley, »daß sie das Gefühl hatten, er hätte es wahrscheinlich von Anfang an nicht gebraucht. Seine Vitalfunktionen haben sich nicht verändert, seit sie den Schlauch entfernt haben. Er liegt noch immer im Koma.«
Stanley schnalzte erneut mit der Zunge und verfiel in Schweigen. Nach einer Weile fragte er: »Und Theodora? Wie geht es ihr?«
J. D. fühlte Ärger in sich aufflackern. »Sie hat das Krankenhaus nicht verlassen, seit Michael dort ist. Sie weicht nicht von seiner Seite.« Er wußte nicht, was er erwartete – aber *das* war es nicht. Ihre Lethargie war beunruhigend. Nicht nur für ihn, sondern auch für Jana und Leigh. Sie hatten sich am Abend zuvor unmöglich aufgeführt, sich in einer Weise gestritten, mit der nur Teke hätte umgehen können. Gott wußte, daß er es *nicht* konnte.
»Arme Theodora«, murmelte Stanley und verfiel wiederum in Schweigen. Als er es schließlich brach, hatten sie die Kanzlei erreicht. J. D. führte ihn in einen freien Konferenzraum, wo der

alte Mann sich prompt auf einem Sofa ausstreckte und sofort einschlief.
J. D. kehrte mit der Absicht in sein Büro zurück, in der Klinik anzurufen, doch er hatte gerade den Hörer abgenommen, als Virginia Clinger in seiner Tür erschien. Er hatte gewußt, daß sie kommen würde. Sie war Stanley Wallaces Tochter. Als Gegenleistung für einen monatlichen Unterstützungsscheck sprang sie als Chauffeuse ein, wenn keine ihrer Schwestern Zeit hatte.
»Hi!« Sie lächelte ihn strahlend an. »Hast du eine Minute Zeit für mich?«
Hatte er nicht – und Virginia konnte er nicht leiden. Als alte Freundin der Familie war sie eine Heimsuchung. Als seine Nachbarin war sie eine Schnüfflerin. Und unglücklicherweise war sie außerdem eine der drei Erbinnen des Wallace-Vermögens und als solche ein nicht zu unterschätzender Faktor in seiner beruflichen Zukunft. Also nickte er, legte den Hörer auf und deutete auf einen Sessel.
Sie trug ein Kostüm mit einem so kurzen Rock, wie J. D. ihn Teke nie zu tragen gestattet hätte. Doch er mußte ihr lassen, daß sie schöne Beine hatte.
In einer Wolke von Parfüm ließ sie sich nieder, schlug besagte Beine übereinander, faltete die Hände kleinmädchenhaft züchtig im Schoß und schaute ihm mit großen besorgten Augen an.
»Ich habe immer wieder bei euch geklingelt, aber nie war jemand da. Wie geht's Michael?« Als J. D. ihr von dem Beatmungsgerät erzählte, stieß sie einen tiefen Seufzer der Erleichterung aus. »Gott sei Dank!«
»So große Bedeutung hat das nun auch wieder nicht.«
»Die hat es sehr wohl«, widersprach sie tadelnd. »Es bedeutet, daß er selbständig atmen kann, was ihr vorher nicht wußtet. Bewegt er sich überhaupt?«
»Unbewußt. Die Schwester sagt, es seien Muskelkrämpfe.«
»Was weiß die schon«, sagte Virginia wegwerfend. »Sie hat doch keine Ahnung, was in seinem Kopf vorgeht. Erst heute morgen

hat mir eine Freundin im Fitneßklub erzählt, daß ihre Schwester in Omaha vor einigen Jahren mit einem ihrer Kinder etwas Ähnliches erlebt hat. Es war ein kleines Mädchen. Sie wurde auf dem Heimweg von einem Wagen angefahren, dessen Fahrer nicht wie vorgeschrieben wegen des Schulbusses angehalten hatte. Sie lag *neunzehn* Tage im Koma!«

J. D. wußte nicht, ob er ihr auch nur ein Wort glauben konnte. Sie war bekannt für das »Frisieren« von Tatsachen. Trotzdem hörte er zu – er hungerte nach Hoffnung. »Ist sie aufgewacht?«

»Hm«, machte Virginia triumphierend. »Aber erst, nachdem die Schwester meiner Freundin auf einer radikalen Art der Therapie bestand. Sie ist *überzeugt*, daß die ihre Tochter aus dem Koma geholt hat.«

J. D. hatte generell etwas gegen radikale Arten, und doch wollte er mehr hören. »Was für eine Therapie war das?«

»Sie heißt Koma-Durchbrechung. Stundenlang, ohne Unterbrechung, schlugen sie neben den Ohren des kleinen Mädchens Holzklötze aneinander. Sie leuchteten ihr mit grellem Licht in die Augen. Sie kratzten sie. Es heißt, wenn ein Mensch im Koma liegt, hat er sich irgendwo in seinem Körper verirrt, und die Therapie ist dazu gedacht, ihm quasi als Leuchtturm den Weg in die Freiheit zu weisen. Du solltest dich damit befassen, J. D. Ich wette, Michaels Ärzte haben diesen Weg nicht vorgeschlagen.«

»Es ist ja erst der zweite Tag«, wandte J. D. ein. »Sie konzentrieren sich darauf, ihn stabil zu halten.«

»Sie sind zu konventionell«, urteilte Virginia mit einem Naserümpfen. Lockend fügte sie hinzu: »Es würde ihm nicht weh tun. Meine Freundin sagte, ihre Schwester würde gern mit dir darüber sprechen. Oder mit Teke. Wie geht's ihr übrigens? Ich schaue immer mit einem Auge zu eurer Einfahrt hinüber, aber ich habe sie weder kommen noch gehen sehen.«

J. D. sah das große Panoramafenster am Ende von Virginias Haus vor sich. Es gehörte zum Frühstückszimmer, in dem

Virginia den größten Teil ihrer Zeit zu verbringen schien. An vielen Morgen hatte er sie an jenem Fenster gesehen, von wo aus sie beobachtete, wie er zur Arbeit fuhr.
»Teke ist bei Michael im Krankenhaus«, erklärte er.
Virginia schaute ihn verblüfft an. »Die ganze Zeit? Aber was geschieht mit euch zu Hause?«
»Wir kommen schon zurecht.«
»Sie hat dir die ganze Verantwortung aufgeladen?«
Ein Teil von J. D. begrüßte es, daß auch jemand anderer fand, Teke könnte mehr tun. Der andere Teil veranlaßte ihn, sie zu verteidigen: »Natürlich bleibt sie bei unserem Sohn. Immerhin liegt er im Koma.«
Virginia senkte den Blick. Sie betrachtete ihre Hände, drehte sie auf ihrem Schoß hin und her, schaute unsicher auf. »Ich mache mir Sorgen um sie.«
»Sie erholt sich schon wieder.«
»Ich meine nicht nur jetzt wegen Michael, sondern generell. Ich glaube, Teke macht noch etwas anderes durch.«
J. D. verdrehte die Augen zur Decke. »Zum Beispiel?«
»Eine persönliche Krise.«
»Ach komm, Virginia ...«
»Es ist mir ernst. Ich würde nichts sagen, wenn es mir nicht ernst wäre, denn ich befinde mich in einer unguten Situation. Es ist kein Geheimnis, daß ich gekränkt war, als du Teke heiratetest. Unsere Familien kannten einander seit Jahren, und beide Seiten hatten gehofft, daß wir heiraten würden, und ich hätte dich vom Fleck weg genommen, aber du hast dir Teke eingebildet. Ich war raus aus dem Spiel, und ich akzeptierte es. Ich versuchte, ihr eine Freundin zu sein.«
Die Undenkbarkeit dieser Konstellation ließ J. D. mit den Schultern zucken. »Ihr seid grundverschiedene Frauen. Sie ist ein Hausmütterchen, du bist ein Society-Schmetterling.«
»So verschieden sind wir gar nicht.«
»Sie mag Kinder, du magst Erwachsene.«
»Ich mag Kinder auch.«

»Sie ist eine Frau, die nur einmal heiratet, du bist auf der Suche nach Ehemann Nummer vier.«
»Bist du sicher?«
»Ist es schon Nummer fünf?«
»Was Teke betrifft, meine ich.«
J. D. hatte keine Ahnung, worauf sie hinauswollte. Er warf einen Blick auf seine Uhr. Um halb vier würde ein Klient kommen, und er hatte gehofft, bis dahin zum Krankenhaus fahren und wieder zurücksein zu können.
Virginia beugte sich vor. »Ich glaube, sie hat eine Affäre.«
»Wie bitte?«
»Eine Affäre.«
Er lachte. »Ich dachte, du seist über mich hinweg, Gin. Warum machst du meine Frau plötzlich schlecht?«
»Ich bin *nie* über dich hinweggekommen, und darum mache ich mir Sorgen. Sie wird dir weh tun, J. D.«
»Eine Affäre!« sagte er, als sei das die abwegigste aller Ideen. Teke würde niemals etwas mit einem anderen Mann anfangen. Sie würde es nicht *wagen.*
»Mit Sam.«
»Machst du Witze?« Er fühlte die ersten Anzeichen von Unwillen in sich aufsteigen. »Sam ist mein bester Freund. Er ist mein Kanzleipartner. Sei realistisch, Gin.«
Aber sie ließ sich nicht beirren. »Ich habe sie gesehen.«
»Wann?«
»Dienstag.«
»Am Tag des Unfalls?«
Sie nickte. »Als sie hinter Michael her aus dem Haus gerannt kamen, waren sie nur sehr notdürftig bekleidet. Teke band im Laufen ihren Morgenrock zu, und Sam sah schuldig wie die Sünde aus.«
J. D. stand auf. Ihr Parfüm stank plötzlich, und er hatte mehr als genug gehört. Sich bewußt, daß er keine zukünftige Klientin vergraulen durfte, sagte er mit beherrschter Stimme: »Ich denke, du solltest gehen.«

»Frag Sam.«
»Ich werde Sam nicht fragen. Ich werde ihn nicht in einer solchen Weise beleidigen.«
Trotzdem gab sie nicht auf, und das steigerte J. D.s Verärgerung beträchtlich. »Denk doch mal nach«, insistierte sie. »Warum ist Michael blindlings aus dem Haus gestürzt, wenn nicht, weil er vor etwas Schockierendem floh, das er gesehen hat? Denk darüber nach, J. D. Du wirst erkennen, daß ich recht habe.«
J. D. ging zur Tür, blieb jedoch abrupt stehen, als ihm ein Gedanke durch den Kopf schoß. Er durchbohrte Virginia mit einem Blick. »Wem hast du diese Geschichte noch erzählt?«
Sie stand ebenfalls auf. »Darauf kommt es nicht an . . .«
»Darauf kommt es *sehr wohl* an!« brüllte er. Unfähig, seinen Zorn zu zügeln, knallte er die Tür zu und wandte sich dann wieder Virginia zu. »Du hast recht.« Seine Stimme bebte. »Unsere Familien kennen einander seit vielen Jahren, was bedeutet, daß ich dich kenne und weiß, wozu du fähig bist. Du bist eine Intrigantin.« Er hob einen Finger. »Ich sage das nur ein einziges Mal: Du – hast – nichts – gesehen. Michael ist nicht aus dem Haus gelaufen, weil er gesehen hat, daß meine Frau und mein bester Freund etwas taten, das sie nicht hätten tun sollen. Trau mir doch ein bißchen was zu, Virginia, ich kann meine Frau durchaus befriedigen.« Seine Stimme wurde hart. »Ich habe auch ein wenig Einfluß auf deinen Vater, der Unwillen darüber zu entwickeln beginnt, die Bostoner Schönheitschirurgen zu unterstützen. Ich könnte Stanley mit Leichtigkeit davon überzeugen, daß du auch ohne seine monatliche Zuwendung über genug Geld verfügst. Ich verspreche dir – verbreite dein Gerücht, und du bekommst Ärger.«
Auf einmal kleinlaut geworden, sagte Virginia: »Ich versuche doch nur, dich zu beschützen.«
»Indem du meine Ehe sabotierst?« schrie er. »Kein Wunder, daß du keinen Mann halten kannst.« Er tippte sich an die Stirn. »Bei dir sind doch ein paar Schrauben locker. Wie könntest du mich beschützen, indem du versuchst, meine Ehe zu zerstören? Das ist

das Dümmste, was ich je gehört habe. Und das alles, während Michael im Koma liegt.«
»Ich wollte nur helfen.«
»Du willst helfen? Ausgezeichnet. Du kannst das Haus putzen, Wäsche waschen, Essen kochen, wie meine Frau es tun würde, wenn sie nicht bei meinem Sohn in der Klinik wäre. Willst du putzen und waschen und kochen? Natürlich nicht. Du willst, daß Angestellte das alles erledigen, während du in den Fitneßklub gehst und vor dem Trainer ein paar Schweißtropfen produzierst. Der *Trainer*. Ich bitte dich, Gin. Er ist zehn Jahre jünger als du. Sein Bizeps ist um vieles größer als sein Verstand. Kannst du dir denn keinen Besseren suchen?«
»Ich . . .«
»Holen wir Stanley, er hat lange genug geschlafen.«

J. D. riß die Tür auf und ging mit großen Schritten zornig den Flur hinunter. Eigentlich hätte seine Wut sich legen müssen, nachdem Stanley und Virginia gegangen waren, aber so war es nicht. Unablässig schrillte eine Alarmglocke in seinem Kopf. Davon getrieben, ging er in Sams Büro, schloß die Tür hinter sich, stützte sich mit offenen Händen auf den Schreibtisch und fragte, ohne darauf Rücksicht zu nehmen, daß Sam telefonierte: »Was hast du am Dienstag in meinem Haus gemacht?«
Sam hob abwehrend einen Finger. »Das ist richtig«, sagte er. »Sechs Beklagte.« Er verdrehte die Augen, während die Person am anderen Ende der Leitung sprach, und sagte dann: »Nein, ich glaube nicht, daß es in einem anderen Staat bisher eine solche Bestimmung gibt. Hören Sie, Hank, können wir später weiterreden?« Er hörte wieder zu, sagte hastig: »Genau«, und legte auf.
»Nun?« hakte J. D. nach. Als Sam schwieg, sagte er: »Mein Haus. Dienstag. Warst du dort, als Michael hereinkam?«
Es dauerte lange, bis er es tat, aber schließlich nickte Sam. In J. D. stieg durch Sams niedergeschlagenen Gesichtsausdruck ein schreckliches Gefühl auf.

»Was hast du dort gemacht?«
Annie gesucht, wäre die naheliegende Antwort gewesen, aber Sam sagte es nicht.
»Einfache Frage«, sagte J. D. mit jetzt gefährlich leiser Stimme. Dies war Sam, sein bester Freund, dem er vertraute, und sein Kanzleipartner. »Was hast du dort gemacht?«
Sam sagte noch immer nichts. J. D. versuchte in seinem Gesicht zu lesen. »Interessiert, was Virginia mir eben erzählt hat?« fragte er und wollte gerade weitersprechen, als Sam den Mund aufmachte.
»Wahrscheinlich das gleiche, was sie ihren Kindern erzählt hat, die es unseren Kindern gestern in der Schule erzählt haben. Sie hat es wahrscheinlich der halben Stadt erzählt. Annie und ich werden nachher mit ihr reden ...«
»Unnötig«, unterbrach ihn J. D. »Ich habe ihr eben dringend geraten, ihren Mund zu halten. Ich drohte ihr damit, ihren Vater gegen sie aufzuhetzen, was eine unethische Maßnahme wäre, aber so wahr mir Gott helfe, ich werde es tun, wenn sie auch nur noch einmal *andeutet*, daß du und Teke eine Affäre habt.« Aber das war noch nicht das Ende, J. D. hatte das Bedürfnis, die ganze Geschichte vor ihm auszubreiten. »Willst du wissen, was sie sagte? Sie sagte, als Teke hinter Michael her aus dem Haus gelaufen kam, habe sie ihren Morgenmantel zugebunden, und du seist das personifizierte Schuldbewußtsein gewesen. Sie sagte, Michael müsse euch in flagranti erwischt haben.« Er hielt inne und atmete schwer. »Leugne es, Sam. Sag mir, daß sie unrecht hat. Ich muß in der Lage sein, zu sagen, daß du es mit aller Entschiedenheit bestreitest.«
Sam schaute ihn lange an, dann stand er von seinem Schreibtisch auf und ging zum Fenster. »Teke und ich haben keine Affäre.«
J. D. wartete. Schließlich sagte er: »Weiter.« Er wußte, daß da noch mehr war – das fehlende Stück des Puzzles.
»Ich war mit Teke zusammen, als Michael hereinkam. Er sah uns, ehe wir ihn sahen. Er muß es mißinterpretiert haben.«

»Mißinterpretiert? Was denn?« wollte J. D. wissen.

Sam kratzte sich an seinem Schnurrbart. Es war keine für ihn typische Geste, was sie um so bedeutsamer machte. Sam Pope kratzte sich nur an seinem Schnurrbart, wenn er ungewöhnlich nervös war. Nicht, wenn er sich unbehaglich oder unsicher fühlte – nein, wenn er *nervös* war. Oder *schuldbewußt.*

J. D. knirschte mit den Zähnen. »Du hast es getan, du Mistkerl.«

»Nicht, wie du denkst.«

»Entweder hast du sie gefickt oder nicht. Oder willst du mir vielleicht einreden, ihr hättet nur gefummelt? Um Himmels willen, Sam!« Er legte eine Hand auf seinen Nacken und wandte sich ab. Er konnte es nicht glauben. Sein bester Freund und seine Frau. Er fuhr herum. »*Warum*, Sam? Herrgott noch mal! Ich wäre nie auch nur auf die Idee gekommen, so blöd bin ich, aber es ist einleuchtend. Es erklärt, weshalb Michael aus dem Haus stürmte, ohne mit ihr gesprochen zu haben, und weshalb sie sich weigert, mir in die Augen zu schauen.« Er versuchte, die Bedeutung des Gehörten zu erfassen. »Wie konntest du mir das antun? Teke ist meine Frau. Nach allem, was ich für dich getan habe, nach allem, was ich für dich erkämpft habe – ist das deine Art, es mir zu vergelten?«

»Du ziehst die falschen Schlüsse.«

»Okay, klär mich auf. Hast du sie gebumst – ja oder nein?«

»Es hatte keine persönlichen Gründe …«

»Hattest du oder hattest du nicht Geschlechtsverkehr mit meiner Frau, als mein dreizehnjähriger Sohn euch dabei ertappte?«

»Bleib ruhig, J. D.«

»Ja oder nein?«

»Ja, aber …«

»Gott im Himmel!« J. D. wurde von einer solchen Wut erfaßt, daß ihm schwindelte. Sein erster Gedanke war, Sam zu verprügeln. Sein nächster Gedanke war, daß es die Anstrengung nicht wert war. Also ging er auf die Tür zu.

Sam holte ihn ein und sagte leise, damit die anderen in der Kanzlei es nicht hörten: »Es war nicht ihre Schuld.«

»Das kann *sie* mir sagen«, stieß J. D. hervor und stürmte den Flur hinunter. Sam blieb neben ihm.

»Das wird sie nicht, sie gibt sich die Schuld.«

»Vielleicht zu Recht.«

»Nein.« Sam packte ihn am Arm. »Bitte komm ihr jetzt nicht damit, sie hat schon ohne das genug zu bewältigen.«

J. D. schüttelte seine Hand ab und ging mit großen Schritten weiter. »Was ist mit mir? Habe ich nicht auch genug zu bewältigen? Ich bin derjenige, der die Scherben aufhebt. Ich bin derjenige, der versucht, meine Familie funktionstüchtig zu erhalten.«

»Auf diese Weise wirst du das nicht schaffen.«

J. D. blieb abrupt stehen und starrte ihn feindselig an.

»Soll ich es vielleicht vergessen? Soll ich es vielleicht verzeihen? Hat Annie das getan? Mein Gott – arme Annie.«

»Wir werden damit fertig.«

»Sie ist zu gut für dich, Sam.« Er setzte sich wieder in Bewegung. Sam hielt mit ihm Schritt. »Ich werde nicht zulassen, daß ein dummer Fehler mein Leben zerstört.«

»Er hat Michaels zerstört.«

»Noch nicht.«

»Er hat dich geliebt«, schleuderte J. D. ihm mit einem heiseren Flüstern entgegen, als er an der Empfangssekretärin vorbeilief. Sam erwischte die Tür in der Mitte des geschmackvollen Schriftzugs »Maxwell, Roper und Dine« und folgte J. D. in die Halle hinaus. »Er wird mich wieder lieben.«

»Nicht, wenn ich es verhindern kann«, schwor J. D. Er schlug mit der flachen Hand auf den Knopf des Aufzugs, und als die Tür nicht aufging, schlug er weiter auf den Knopf ein.

»Das wäre schlimm.«

»Tja, so ist das nun mal. Ich vergesse es nicht, wenn mir Freunde ein Messer in den Rücken rammen.«

Sam fuhr sich mit einer heftigen Handbewegung durch die

Haare. Er war aufgeregt und ratlos, was J. D. ungeheuer genoß. Soweit es ihn betraf, war ihre Freundschaft zu Ende. Er starrte auf die Digitalanzeige über der Aufzugtür und weigerte sich, Sam weiterhin seine Aufmerksamkeit zu schenken.

»Es war nur einmal, J. D.«, sagte Sam mit leiser Stimme. »Ich war mit meinen Gedanken irgendwo zwischen ›Dunn gegen Hanover‹ und Annie, und Teke dachte an dich, nicht an mich. Ehe einer von uns begriff, was da geschah, war es bereits vorüber, und wir bezahlen dafür – glaub mir, das tun wir. Wenn du denkst, daß ich mir das je verzeihen werde, irrst du dich.«

J. D. fixierte weiter die Digitalanzeige und verweigerte eine Reaktion.

»Annie und ich meinen, daß es besser ist, den Kindern nichts zu sagen.«

»Das sehe ich anders. Sie sollten wissen, mit wem sie es zu tun haben.«

»Sag nichts, J. D., es würde alles nur noch schlimmer machen.«

»Sie haben ein Recht auf die Wahrheit.«

»Die ganze Wahrheit?« fragte Sam mit warnendem Unterton. »Du willst, daß sie von den kleinen Rendezvous erfahren, die du hattest?«

J. D. starrte ihn feindselig an. »Du Mistkerl!«

»Weiß Teke davon?«

»Du weißt, daß es nicht so ist.« Er hatte sich alle Mühe gegeben, das zu gewährleisten. Er war froh, sich bei anderen Frauen befriedigen zu können, es war ein Ausgleich für die Monotonie in seiner Ehe. »Drohst du mir etwa, es ihr zu erzählen?«

Sam schüttelte den Kopf, aber er strahlte eine Wut aus, die J. D. noch zorniger machte. Er wußte nicht, was Sam für einen Grund haben sollte, wütend zu sein. *Er* war derjenige, dem man Hörner aufgesetzt hatte.

Aber Sam war wirklich wütend. »Du hast es nötig, dich aufs hohe Roß zu setzen! Du hast Teke die ganze Zeit über betrogen, aber sie war dir immer treu, und ich bin Annie immer treu gewesen. Was bist du bloß für ein Heuchler!«

»Ich habe es aber nicht mit der Frau meines besten Freundes getan«, sagte J. D., als der Aufzug kam. Er trat in die Kabine und rechnete halb damit, daß Sam ihm folgen und den Fall in Gegenwart der Leute im Lift weiterdiskutieren würde. Doch die Tür glitt zu, und er war allein mit drei Leuten, ohne Sam, und voller Zorn.

Teke fühlte sich grauenhaft. Nachdem sie in zwei Nächten zusammengenommen nur ein paar Stunden geschlafen hatte, war sie gar nicht richtig bei sich. Sie hatte sich umgezogen und mit den Toilettenartikeln frisch gemacht, die J. D. ihr gebracht hatte, aber sie brauchte dringend eine Dusche. Das schlimmste war, daß sie trotz der Entfernung des Beatmungsgeräts immer mutloser wurde. Michaels Zustand hatte sich nicht verändert.
Während der Stunden, die sie an seinem Bett verbrachte und mit einem Körper sprach, der nicht reagierte, dachte sie immer häufiger darüber nach, was werden sollte, wenn er nie mehr aufwachte. Oder wenn er gelähmt aufwachte. Oder wenn er mit der geistigen Reife eines Dreijährigen aufwachte.
Die Vorstellung einer dieser Möglichkeiten ließ sie erzittern, ebenso wie der Anblick von Sam. Und Grady! Er war der schlimmste. Er kam immer wieder, stand draußen im Flur vor dem Fenster und erinnerte sie an ein anderes Leben. Aber, verdammt noch mal, dieses andere Leben war zu Ende. Er hatte nicht das Recht, sie wie ein Gespenst heimzusuchen.
Früher einmal hatte Grady ihr Kraft gegeben. Jetzt hatte sie keine. Sie hätte Annie gebraucht, doch Annie wollte nichts mehr mit ihr zu tun haben, und das konnte sie ihr nicht verübeln. Teke hatte sich als Freundin der übelsten Sorte erwiesen.
»Hi, Mikey«, sagte sie mit schwacher Stimme und strich mit den Fingern an seinem Arm entlang. »Wie geht's dir?« Sie hatte diese Worte schon Hunderte Male gesagt, diese Frage schon Hunderte Male gestellt. Sie kam sich vor wie eine kaputte Schallplatte, die sich bei jeder Wiederholung verzerrter anhörte. »Dein Mund sieht gut aus, Schatz«, versuchte sie es mit einem neuen Text.

Weil ihr nichts Intelligenteres einfiel, begann sie ihre Gedanken laut auszusprechen. »Ich bin froh, daß der Beatmungsschlauch weg ist, dein Hals muß ja ganz wund davon sein. Jetzt brauchst du nicht zu erschrecken, wenn du aufwachst. Es stecken nur noch ein paar Infusionsnadeln in deinen Armen, aber die werden auch entfernt, sobald du wieder essen kannst. Hast du keinen Hunger? Hättest du nicht gern einen Doppel-Whopper?«

Sie seufzte erschöpft und verfiel in Schweigen. Reden war anstrengend. Wenn Michael ihr irgendwie zeigen würde, daß er sie hörte, würde sie ununterbrochen weiterreden, aber er weigerte sich.

Ihr Kopf fuhr hoch, als J. D. ins Zimmer gestürmt kam. »Ich hatte gerade zwei entzückende Gespräche im Büro«, sagte er.

Sie war nicht so müde, daß ihr sein Sarkasmus entgangen wäre. Er war so bedrohlich wie der schreckliche Ausdruck auf seinem Gesicht.

Er umfaßte das Geländer des Betts und starrte sie über Michaels reglose Gestalt hinweg mit zornglühenden Augen an. »Zuerst beglückte Virginia mich mit einem kurzen Besuch, um mir zu eröffnen, daß sie glaube, du habest eine Affäre mit Sam. Anschließend nahm ich mir Sam vor, und er bestätigte es. Du *Schlampe.*«

Teke war plötzlich seltsam ruhig. Vielleicht lag es an ihrer Erschöpfung oder daran, daß sie nicht richtig bei sich war. Höchstwahrscheinlich war es auf Erleichterung zurückzuführen – es war gut, daß er jetzt Bescheid wußte.

»Wie konntest du mir das antun?« Er klang eher wütend als verletzt. »Habe ich dich nicht gut behandelt? Habe ich dir nicht ein Dach über dem Kopf gegeben, dich gekleidet, dir die gewünschten Kinder gezeugt und dich ernährt? Habe ich dich im Bett nicht zufriedengestellt?«

Wenn man das Erreichen des Orgasmus als Maßstab anlegte, dann ja. Wenn Vorspiel und Nachspiel zählten, dann nicht. Ihr Sexualleben hatte seinen Zauber schon vor Jahren verloren.

»Wie oft?« fragte er scharf. »Wie oft hast du es getan?«
»Einmal.«
Seine Augen verengten sich. »Mit Sam vielleicht – aber wie steht es mit anderen Männern? Gab es vielleicht kleine Quickies im Wäldchen mit dem Landschaftsarchitekten oder hinter der Bühne mit dem bärtigen High-School-Schauspiellehrer?«
Seine Worte trafen sie bis ins Mark, denn er stellte sie als Hure dar, und so sah sie sich ganz und gar nicht. Trotzdem begrüßte sie es, von ihm beleidigt zu werden, sie hatte die Strafe verdient. Sie war schuldig des Ehebruchs mit Sam. J. D. hatte das Recht, zornig zu sein.
»Was ist?« bohrte er. »Oder habe ich mich vielleicht in den Kulissen getäuscht? War es auf der Tankstellentoilette, während der Wagen gewartet wurde? Oder, verdammt noch mal, in meinem eigenen Bett mit dem Kammerjäger?«
»Du weißt, daß es nicht so war«, murmelte sie.
»Nein, das weiß ich nicht! Ich weiß überhaupt nichts. Du bist den ganzen Tag in Constance, und bis heute nahm ich an, du verbrächtest ihn mit harmlosen Beschäftigungen, während ich in Boston Geld für dich verdiene. Ich habe dir vertraut, Teke.«
Ihr Blick senkte sich auf Michael. Wir sollten dieses Gespräch nicht in seiner Hörweite führen, dachte sie, doch dann erkannte sie, wie töricht diese Überlegung war. Er hatte bisher nicht den Eindruck vermittelt, irgend etwas von dem mitbekommen zu haben, was sie sagte. Warum sollte sich das plötzlich ändern? Und wenn es so wäre? Wenn harte, offene, ja, sogar brutale Worte ihn aus dem Koma reißen konnten, dann war sie für diese Art der Unterhaltung.
»Nun?« fragte J. D. »Willst du dich nicht verteidigen?«
Sie hob eine Schulter und ließ sie wieder fallen, zu mehr reichte ihre Energie nicht. »Wie? Was ich getan habe, war unrecht. Es ist nur einmal passiert, aber es war unrecht.«
»Das kann man wohl sagen, und sieh dir die Konsequenzen an!«

Ihr Blick ruhte noch immer auf Michael. »Das tue ich unentwegt, seit es geschehen ist.«
»Er verdankt es dir, daß er hier ist!« Als sie nickte, änderte er seine Anschuldigung in »dir und Sam« ab. Er richtete sich auf und atmete hörbar ein, was Teke im Laufe der Jahre mit der Verkündigung eines Urteilsspruchs zu assoziieren gelernt hatte. Sie war überrascht, als er sagte: »Meine Eltern waren nie von dir begeistert. Sie hatten vom ersten Moment an Zweifel. Sie waren der Meinung, daß ich unter meinem Stand heiratete, und sie hatten recht. Du hast nie so gut in unsere Kreise gepaßt, wie ich es gehofft hatte. O ja, du sahst immer hübsch aus, wenn wir ausgingen, du hast mich nie blamiert, aber du warst mir keine Stütze wie einige andere Ehefrauen. Du hast mir nicht bei meiner beruflichen Karriere geholfen. Niemals.«
Nach all den kleinen Seitenhieben, die er im Laufe der Jahre an sie ausgeteilt hatte – ›Ich denke, du solltest dir noch mal durch die Haare fahren‹ oder ›Die Kinder sollten neue Turnschuhe anhaben, wenn wir zu dem Country-Club-Barbecue gehen‹ oder ›Hast du kein Kleid, das ein bißchen eleganter ist‹ – war dies ein neuer. »Wie hätte ich dir bei deiner beruflichen Karriere helfen sollen?«
»Indem du mit Leuten gesprochen hättest. Sie beeindruckt.« J. D. wechselte das Thema. »Du hast dich gut gehalten – ich kann verstehen, daß du Männer antörnst.«
Auch so hatte sie sich nie gesehen. »Ich törne ...«
»Ich kann in meinem Einfühlungsvermögen sogar so weit gehen, einzusehen, daß du dich, wenn die Kinder den ganzen Tag in der Schule sind, manchmal einsam fühlen mußt. Ich meine, die Gesellschaft anderer Frauen mag ja nett sein für die Planung kleiner Unternehmungen, aber den Rest der Zeit bist du zu Hause und ich bin im Büro. Wenn du mir gesagt hättest, daß du etwas anderes brauchtest, hätte ich dem vielleicht entsprochen.« Seine Stimme wurde grausam. »Aber es hinter meinem Rücken mit meinem besten Freund zu treiben, wie

konntest du so tief sinken? Hattest du es tatsächlich so nötig? War er gut? Hat es dir mit ihm gefallen?«

Das Gespräch begann ihr Übelkeit zu verursachen. »Ich habe nicht ...«

»Er ist sportlich, reizt dich *das?* Er ist größer als ich und besser proportioniert. War es eine Herausforderung? Etwas, worüber du schon jahrelang nachgedacht hattest? All die vielen Male, die wir in Maine in Badesachen herumsaßen – hast du da darüber nachgedacht? Hast du auch nur einen Moment lang einen Gedanken an Annie verschwendet?«

Ich habe überhaupt nicht gedacht, hätte sie gern geschrien, aber er war so richtig in Fahrt, und sie unterbrach ihn nicht. Es konnte jederzeit eine Schwester oder ein Arzt hereinkommen, und je eher alles heraus war, um so besser.

»Wenn wir uns liebten, du und ich, hast du da an ihn gedacht? Oder an einen anderen? Ich habe immer nur an dich gedacht, wenn wir uns liebten, Teke.« Seine Stimme wurde leiser und klang gepreßt. »Was in letzter Zeit nicht mehr oft passierte, stimmt's? Wenn ich nicht auf dich zukam, taten wir es nicht. Und warum ging es immer von mir aus? Weil du dich für andere Männer aufspartest.«

Sie hatte schon einmal gesagt, daß es außer Sam niemanden gegeben habe, und sie hatte nicht die Kraft, es noch einmal zu tun.

»Du bist eine Nutte, Teke. Du bist eine schlechte Ehefrau und eine schlechte *Mutter.*«

Das traf sie. Mutter zu sein, war ihr immer das wichtigste gewesen – sie hatte sich danach gesehnt, seit sie gewußt hatte, daß sie einmal Mutter werden könnte. »Ich habe bisher immer alles richtig gemacht«, verteidigte sie sich.

»Aber jetzt hast du Mist gebaut!« schleuderte J. D. ihr entgegen. »Und jetzt zählt alles andere nicht mehr. Schau dir Michael an. Schau dir an, was du ihm angetan hast. Du hast ihn ebenso verraten wie mich. Sieh der Tatsache ins Gesicht, Teke, du bist eine *schlechte* Mutter.«

Das konnte sie nicht auf sich sitzen lassen. »Nein. Ich habe *einen* Fehler gemacht.«
»Du bist eine Versagerin.«
»Einen Fehler, und ich werde ihn wiedergutmachen. Ich werde den Rest meines Lebens darauf verwenden, wenn es sein muß.«
»Das wirst du nicht müssen, wenn er stirbt.«
Seine Worte trafen sie wie ein Messerstich ins Herz. »Schschsch, J. D.«
»Es könnte doch sein. Vielleicht wird er auch den Rest seines Lebens schwerbehindert sein. Wie würdest du damit fertig? Man veranstaltet keine Kunstauktionen für Patienten mit Dauerschäden.«
»Er wird es nicht sein«, rief Teke. Das Schlimmste zu denken, war eine Sache – es laut ausgesprochen zu hören, eine andere.
»Woher weißt du das?«
»Ich werde es nicht zulassen«, schwor sie.
»Willst du jetzt Gott spielen? Komm auf den Boden, Teke. Du tust nichts, als wie ein Zombie an seinem Bett zu stehen. Was hat Michael davon?«
Um Fassung ringend, schluckte sie hart. »Er weiß, daß ich hier bin. Ich zeige ihm, daß ich ihn liebe.«
»Du zeigst ihm, was für ein Blindgänger du bist. Du könntest etwas tun, um ihm zu helfen, aus dem Koma aufzuwachen. Du könntest die Ärzte nach Therapien fragen. Du könntest sie drängen, mehr zu tun. Du könntest einige der Techniken selbst ausprobieren. Aber nein, du stehst wie eine aufrechte Leiche da. Und du siehst aus wie der aufgewärmte Tod«, stieß er hervor.
Teke hörte das letzte kaum. Ihre Augen fixierten den Teil der Bettdecke, unter dem Michaels gesundes Bein lag. Ihr Herzschlag beschleunigte sich. »Hast du das gesehen?« flüsterte sie aufgeregt.
»Was gesehen?«
»Er hat sein Bein bewegt.«

J. D. schaute hin, doch die Bettdecke rührte sich nicht.
»Komm, Baby!« Teke beugte sich tief über Michaels Gesicht. »Mach's noch mal. Du kannst es! Versuch es noch mal!«
»Nichts«, konstatierte J. D. nach einer Minute, doch Teke war nicht bereit, das zu akzeptieren. Sie lief um das Bett herum und zur Schwesterninsel hinaus.
»Er hat sich bewegt!« erklärte sie der Schwester dort. »Sein Bein! Nur einen Moment lang, aber ich bin sicher, daß ich mich nicht geirrt habe. Was bedeutet das? Können wir irgendwie erreichen, daß er es wieder tut?«
Die Schwester ging mit ihr in Michaels Zimmer zurück, wo J. D. sie mit einem: »Es hat sich nichts gerührt. Meine Frau muß es sich eingebildet haben« empfing.
»Ich habe es mir nicht eingebildet«, widersprach Teke. »Ich stehe schon eine Ewigkeit hier und habe bis eben nie eine Bewegung gesehen.« Sie wandte sich an die Krankenschwester. »Mein Mann und ich hatten Streit. Es kann Michael nicht gefallen haben, was wir sagten. Kann die Bewegung eine Reaktion darauf gewesen sein?«
»Möglich«, meinte die Frau, doch sie wirkte nicht sehr überzeugt.
»Es war wahrscheinlich wieder nur ein Muskelkrampf«, sagte J. D.
»Nein!« Teke weigerte sich, sich ihren Hoffnungsschimmer nehmen zu lassen. »Die habe ich erlebt. Diesmal war es anders. Es sah bewußt aus.« Sie beugte sich wieder über ihren Sohn. »Komm, Mikey, mach es noch mal. Ich weiß, daß du es kannst. Tu es für mich.«
J. D. stieß einen verächtlichen Laut aus. Die Schwester hatte den Raum kaum verlassen, als er sagte: »Du bist der letzte Mensch, für den er es tun würde.«
»Dann versuch *du* es«, rief sie, wieder völlig entmutigt und in diesem Augenblick von einer starken Abneigung gegen ihren Mann erfüllt. »Du beschuldigst mich, nichts zu tun. Nun, du selbst tust auch nicht gerade viel.«

J. D. straffte seine Schultern. Sein Blick war eisig. »Ich arbeite, und ich kümmere mich um die Mädchen, während du hier bist. Falls du es vergessen hast, du hast auch noch zwei Töchter.« Er musterte sie angewidert. »Du hast alles kaputtgemacht, Teke, alles.« Damit drehte er sich um und ging.
»Das habe ich nicht!« protestierte sie, doch ohne jemanden, der sie hörte, klangen ihre Worte hohl. Sie senkte den Blick. Michael bewegte sich nicht. Sie war so sicher gewesen, eine Reaktion von ihm gesehen zu haben. So *sicher*. Aber er sah genauso aus wie vorher. »Doch, das habe ich.«
Ihre Augen füllten sich mit Tränen, und sie war plötzlich zu müde, um dagegen anzukämpfen. Und so weinte sie leise, während sie Michaels Hand hielt und an all die Dinge dachte, die sie sich für ihn gewünscht hatte. Sie hatte sich gewünscht, daß er Basketball spielte, Videos drehte und mit Mädchen ausginge. Sie hatte sich gewünscht, daß er mit einem Schoner wie dem, in den er sich am Labor-Day-Wochenende verliebt hatte, um die Welt segelte. Sie hatte sich gewünscht, daß ihm im Leben nur Gutes widerführe, weil er ihr Sohn war, ein unglaublicher Bursche, und weil sie ihn liebte.
Sie schluchzte leise, als sie daran dachte, daß nun vielleicht nichts davon je realisiert würde. Plötzlich bemerkte sie am Rande ihres Gesichtsfelds eine Bewegung an der Tür. Es war Grady, und durch ihren Tränenschleier hindurch sah sie ihn genauso undeutlich wie damals, vor langer Zeit, durch das Türfenster der Arztpraxis.
»Geh!« flüsterte sie und bedeutete ihm mit einer energischen Geste zu verschwinden, ehe sie sich mit der Hand über die Wangen wischte.
Sonst war er immer gegangen. Diesmal ging er nicht.
»Geh!« flüsterte sie noch einmal, doch nicht mehr so entschieden. Sie begann am ganzen Leibe zu zittern, stärker als bei J. D.s Eintreffen. Niedergeschmettert durch die Tatsache, daß ihre Ehe gefährdet war, ihr Sohn im Koma lag und ihr Leben ein Trümmerhaufen war, schlug sie die Hände vors Gesicht, ging

rückwärts und rutschte an der Wand hinunter bis zum Boden, wo sie weinend sitzen blieb, ohne sich darum zu scheren, wer hereinkam und sie sah und bemitleidete.

Grady schlang die Arme um sie. Sie hatte keine Schritte gehört, aber sie wußte, daß er es war. Seine Arme hatten eine unverwechselbare Form, und er verströmte einen unverwechselbaren Geruch. Beides hatte sich in den letzten zweiundzwanzig Jahren nicht verändert.

»Geh!« schluchzte sie.

»Kann ich nicht«, flüsterte er heiser. »Ich konnte dich nie allein lassen, wenn du Kummer hattest.«

Sie versuchte, sich an all die Gründe zu erinnern, die sie hatte, um ihn zu hassen und ihn zum Gehen zu zwingen, doch alles, was sie in diesem Moment denken konnte, war, wie müde sie war, wie traurig, wie verzweifelt, und wie stark und tröstlich er sich anfühlte.

Und so überließ sie sich diesem einen guten Gefühl inmitten der Hölle. »O Grady – ich habe alles verpfuscht.«

Er nahm sie noch fester in die Arme und schwieg.

»Du sagtest mir, ich solle es gut machen, als du mich wegschicktest, und ich dachte, ich hätte es getan. Jetzt habe ich Michaels Leben zerstört.«

»*Ich* war derjenige, der die Straße hinunterfuhr.«

»Aber er stürzte aus dem Haus, weil er mich mit Sam gesehen hatte. Ich war mit Sam zusammen, Grady. Sam ist der beste Freund meines Mannes. Ich bin ein abscheulicher Mensch, ganz anders, als du es dir gewünscht hast. Du solltest dich von mir fernhalten. Du hättest mich nie kennenlernen sollen.«

Er strich ihr über den Kopf, wie er es getan hatte, als sie zehn Jahre alt war.

»J. D. haßt mich, Michael haßt mich, und die Mädchen werden mich auch hassen, wenn sie es erfahren.« Ihre Stimme hob sich zu einem verzerrten Jammern. »Was soll ich tun?«

»Ein bißchen schlafen«, sagte er in ihre Haare hinein. »Du bist erschöpft.«

»Alles, was ich je wollte, war eine Familie.« Einen Mann, Kinder, ein Heim, Sicherheit. »Und jetzt verliere ich sie.«
Er strich mit der Hand über ihren Rücken. Es war eine Geste, die besagte, daß er ihr früher einmal sehr nahe gestanden hatte und noch immer etwas für sie empfand. Sie wußte, daß sie seinen Trost zurückweisen sollte, so wie er einmal ihren zurückgewiesen hatte. Sie sollte aufstehen und gehen und ihm zeigen, daß sie ohne ihn leben konnte.
Doch in diesem Augenblick war sie dazu nicht fähig. Sie brauchte seine Zuneigung. Sie fühlte sich wie in einem Sturm auf hoher See.
»Du verlierst Freunde«, sagte er mit einer Stimme, die er ihr wie einen Anker zuwarf. »Vielleicht einen Ehemann. Aber Kinder nicht. Sie sind dein Fleisch und Blut.«
»Mein Fleisch und Blut«, flüsterte sie. Ihre Augen waren geschlossen, und ihre feuchte Wange lag an Gradys Brust. Sein Herz schlug regelmäßig und kräftig. Das rhythmische Klopfen schläferte sie ein.
Von weit her hörte sie eine Stimme fragen: »Geht es Mrs. Maxwell nicht gut?«
»Sie ist nur sehr müde«, antwortete Grady. »Ich werde sie nach Hause fahren. Wird jemand sie anrufen, falls sich eine Veränderung ergibt?«
Teke murmelte undeutlich: »Ich kann nicht weg.«
Doch Grady ließ sich nicht beirren. Er half ihr auf die Füße, legte stützend den Arm um ihre Taille und setzte sie in Bewegung. An Michaels Bett blieb er kurz stehen. »Michael ist ein schöner Name. Und er ist ein gutaussehender Junge.«
Teke verspürte einen schmerzhaften Stich. All die Male, die sie im Laufe der Jahre an Grady gedacht, all die Male, die sie sich gewünscht hatte, ihm ihre Kinder vorzuführen und das Leben, das sie sich aufgebaut hatte, war sie nie auf den Gedanken gekommen, es könnte unter solchen Umständen geschehen.
»Ich möchte, daß er durchkommt und gesund wird, Grady.«
»Sag ihm das.«

»Michael, hörst du mich?«
Grady berührte Michaels Hand. »Deine Mom braucht ein bißchen Schlaf. Sie kommt bald wieder.«
Teke protestierte nicht mehr. Sie ließ sich aus der Klinik führen und in Gradys Laster setzen. Es spielte keine Rolle, daß es der Truck war, der Michael angefahren hatte – sie war zu müde, um sich daran zu stören. Sie schlief bereits, als sie die Parkgarage verließen, und wachte erst auf, als Grady vor ihrem Haus anhielt.
Er brachte sie nicht zur Tür. Sie bat ihn nicht darum, und sie drehte sich auch nicht um, um ihm fürs Heimfahren zu danken. Mit ihm zu sprechen würde bedeuten, ihn ansehen und sich den widerstreitenden Gefühlen stellen zu müssen, die er in ihr weckte, und dazu fehlte ihr die Kraft.
Also ging sie zur Tür und trat ins Haus, ohne sich umzusehen. Sie wartete nicht auf das Brummen des startenden Motors, sondern stieg die Treppe hinauf und drehte die Dusche auf. Sie stand eine halbe Ewigkeit unter den heißen Wasserstrahlen und schrubbte sich ab. Sie wusch ihre Haare, bis sie quietschten. Dann verließ sie die Duschkabine, schlüpfte in ein Nachthemd und kroch ins Bett.

Das war um vier Uhr nachmittags. Sie schlief bis am nächsten Morgen um sieben, und als sie aufwachte, fand sie J. D.s Betthälfte unberührt, was ihr sehr recht war. Angesichts seiner Meinung über sie wäre es ihr ebenso geschmacklos erschienen, das Bett mit ihm zu teilen, wie ihm. Du bist eine Nutte, Teke, hatte er gesagt, und angesichts dessen, was sie mit Sam getan hatte, hatte er wahrscheinlich recht. Ebenso damit, daß sie eine schlechte Ehefrau war.
Doch die Anschuldigung, eine schlechte Mutter zu sein, hatte sie tief getroffen. Sie war stets die gewissenhafteste Mutter gewesen, die sie kannte, und sie war es noch immer. Und so machte sie ein umfangreiches Frühstück für Jana und Leigh, bevor sie sie zur Schule schickte, verbrachte eine Stunde damit,

das Haus in Ordnung zu bringen und die Dinge zusammenzusuchen, die sie mitnehmen wollte, und dann fuhr sie ins Krankenhaus.

Sie hatte lange genug untätig an Michaels Bett gestanden. Er war bei vollem Verstand, das wußte sie, und sie hatte die Absicht, ihn aus dem Koma zu holen.

Kapitel 6

Sam konnte sich nicht dazu aufraffen, ins Büro zu fahren. Er hatte sich rasiert, geduscht und angezogen, sein Aktenkoffer stand an der Tür, seine Schlüssel lagen auf dem Tischchen daneben. Sobald er die Kanzlei betreten würde, das wußte er, würde er mit Telefonaten bombardiert werden, die »Dunn gegen Hanover« zum Thema hätten. Die Presse wollte eine Stellungnahme von ihm, wohlmeinende Freunde wollten ihm gratulieren, andere Mißbrauchsopfer wollten sich von ihm vertreten lassen. Es wäre schmeichelhaft gewesen, wenn es nicht so peinlich gewesen wäre. Im Lichte dessen, wie er mit seiner eigenen Frau umgegangen war, kam er sich wie ein Betrüger vor. Annie hatte das Haus kurz nach Zoe und Jon verlassen, doch sie war trotzdem allgegenwärtig. An der Pinwand hingen Notizen in ihrer Handschrift, eines ihrer Halstücher war durch den Griff des Kühlschranks gezogen, ein Paar ihrer Ohrringe lag am Ende einer Reihe kleiner Topfpflanzen auf dem Fensterbrett. Die Pflanzen waren welk. Er nahm ein Glas aus dem Schrank, füllte es mit Wasser und goß sie.

Annie hatte sich inzwischen etwas beruhigt. Wenn er sie ansprach, antwortete sie kurz und leise. Aber sie sprach nur mit ihm, wenn er den Anfang machte, sie stellte keine Fragen, machte ihrerseits keinerlei Bemerkungen.

Darin bestand also seine Strafe, dachte er. Sie zeigte ihm die kalte Schulter, begegnete ihm mit verächtlicher Förmlichkeit, hatte ihren »Seelendraht« durchtrennt.

Und er hatte keine Annie mehr, die er in den Armen halten konnte. Er könnte damit leben, nicht mit ihr zu sprechen, wenn er sie in den Armen halten könnte – nicht mit ihr schlafen, sie nur in den Armen halten. Die Art, wie ihr Körper zu dem seinen paßte, ihre Wärme und Weichheit waren unabdingbar für seine Existenz geworden.

Er stellte das Glas auf die Arbeitsfläche und begann, durchs Haus zu wandern. Im Arbeitszimmer machte er halt. Einem Impuls folgend öffnete er den Schrank, in dem der Videorecorder stand, wählte eine der Familienkassetten aus und legte sie ein. Mit der Fernbedienung in der Hand lehnte er sich an die breite Lederarmlehne des Sofas.

Die Aufnahme begann mit einem Trivial-Pursuit-Match. Sie war neu, und er erinnerte sich an das Spiel, doch es hätte genausogut eines von Dutzenden anderer sein können. Die Maxwells traten gegen die Popes an, eine Konstellation, die kaum je wechselte. J. D. war der stärkste Spieler der vier, Teke die schwächste Kandidatin, weil sie immer wieder hinausging, um irgendwelche Leckerbissen zurechtzumachen. Annie und Sam legten ihre verschiedenen Stärken zusammen, und die Kinder spielten auf beiden Seiten.

Sam studierte Tekes Verhalten auf dem Bildschirm. Sie schien damit zufrieden zu sein, die zweite Geige nach J. D. zu spielen, tauschte Blicke, Lachen und Geflüster mit ihm, während er Antworten gab. Und sie wechselte auch Blicke mit Annie und den Kindern. Und mit Sam. Letztere untersuchte er eingehend nach etwas, das einer von ihnen vielleicht empfunden, aber unterdrückt hatte – eine versteckte Sehnsucht, ein verborgenes Verlangen –, doch er sah nichts dergleichen. Er für seinen Teil war völlig auf Annie fixiert, die einen Arm um seine Taille gelegt hatte und die Wange an seine Schulter. Er liebte es, wenn sie sich so an ihn kuschelte.

Er seufzte. Die Maxwells berührten einander nicht in der Art, wie die Popes es taten. Aber sie gewannen jedesmal das Spiel.

Mit der Frage beschäftigt, ob zwischen diesen beiden Faktoren vielleicht ein ursächlicher Zusammenhang bestand, spulte er die Kassette ein Stück vor. Diesmal befand er sich in der Silvesterfeier der Popewells. Sie trugen Phantasiekostüme – Teke hatte einen Koffer mit Relikten vergangener Halloweens aus der Versenkung geholt –, aßen Nachos und bliesen in Spielzeugtrompeten. Der Fernseher war auf den Times Square eingestellt. Die Zeitanzeige tickte langsam dahin, und alle zählten lauter und lauter und schrien vor Begeisterung, als das neue Jahr begann.

Jeder küßte jeden. Sam sah sich die Szene einmal an, ließ sie zurücklaufen und sah sie sich noch einmal an. Er sah sich Annie küssen und die Kinder und Teke und die Kinder und dann wieder Annie, bei der er verweilte. Teke küßte J. D. und dann die anderen, kehrte jedoch nicht zu J. D. zurück. Nicht, daß J. D. vereinsamt gewesen wäre: Er tanzte mit einem Kaninchen und einem Backenhörnchen durchs Zimmer: Jana und Zoe.

Ein weiteres Vorspulen brachte ihn zu einer sonntagnachmittäglichen Autowäsche. Überall Wasser und Seife – vor allem auf den Damen des Hauses, die in einer Wasserschlacht regelmäßig den kürzeren zogen. Annie und Teke lachten ausgelassen. Ihre T-Shirts und Shorts waren durchweicht und klebten an ihren Körpern, was eine nur unwesentlich eingeschränkte Betrachtung ihrer Formen ermöglichte.

Sam musterte Teke, die auf dem Bildschirm mit gespielter Verzweiflung und Verrenkungen versuchte, dem Wasserstrahl aus dem Schlauch auszuweichen. Sie hatte volle Brüste und geschwungene Hüften. Annies Körper war kleiner und lieblicher und so viel reizvoller für Sam, daß er sich fragte, wie es ihm möglich gewesen war, Teke zu berühren und seine Erektion aufrechtzuerhalten.

Wieder zutiefst von sich selbst angewidert, warf er die Fernbedienung auf den Couchtisch, verließ das Zimmer und stieg die zwei Stockwerke zu Annies Arbeitszimmer im Dachgeschoß hinauf. Er sank auf die Fensterbank und spielte mit der Wolldecke, die zusammengeknüllt dort lag. Er wußte, daß Annie hier schlief und sich mit dieser Decke warmhielt. Er zog sie über sich, um die Kälte zu mildern, die sein Inneres ausfüllte.

Er hatte eine unbedachte Tat begangen, deren Folgen von Stunde zu Stunde schlimmer zu werden schienen.

J. D. ging in seinem Büro auf und ab. Auf seinem Schreibtisch lagen ein Stapel ordentlich aufeinandergelegter Akten und sein Terminplan für diesen Tag, aber er konnte sich nicht überwinden, einem von beiden seine Aufmerksamkeit zuzuwenden. Es war schon schwierig genug gewesen, sich zu konzentrieren, als seine Gedanken nur um Michael kreisten, doch jetzt hatte er auch noch Teke und Sam im Kopf. Es war ihm ein Rätsel, wie er unter diesen Umständen arbeiten sollte.

»Wie steht's mit Michael?« fragte sein Vater von der Tür her.

J. D.s Herz machte einen hektischen Satz. Er blieb stehen. »Es hat sich nichts getan.«

»Mary sagte, du hättest letzte Nacht hier geschlafen.«

Mary McGonigle arbeitete bereits seit über zwanzig Jahren für John Stewart. Zusätzlich dazu, daß sie seine Sekretärin war, fungierte sie im Bedarfsfall als seine juristische Assistentin, sein privater Kurierdienst, sein Reisebüro, seine Bankangestellte und seine Einkäuferin. J. D. war nicht sicher, ob sie auch seine Geliebte war. Er war nicht einmal sicher, ob seine Mutter das war. Er wußte nicht, ob sein Vater derartige Triebe überhaupt besaß. Er war ein sehr kalter Mann.

Der Hauptunterschied zwischen Mary McGonigle und Lucy Maxwell bestand, soweit J. D. es beurteilen konnte, darin, daß Mary jeden Morgen um sieben wie aus dem Ei gepellt und an der Arbeit war. Diesem Umstand war es auch zu verdanken, daß sie J. D. hatte »ertappen« können. Nicht, daß er etwas zu verbergen hätte, nun ja, das hatte er schon, aber einen Teil der Nacht im Büro verbracht zu haben, ließ sich leicht erklären.

»Teke fuhr zum Schlafen nach Hause, sie brauchte eine Pause«, sagte er, »und deshalb blieb ich den größten Teil der Nacht bei Michael und kam dann schließlich hierher, um noch ein, zwei Stunden zu schlafen.« Als Mary ihn geweckt hatte, bedankte er sich bei ihr und fuhr zurück ins Krankenhaus, wo er wartete, bis er annehmen konnte, daß Teke das Haus verlassen hatte. Dann fuhr er nach Hause, duschte und zog sich um und fuhr wieder ins Büro, wo er nicht die geringste Leistung erbrachte.

»Ich brauche deine Hilfe bei Ben Meyer«, sagte sein Vater in seine Gedanken hinein.

Warte, bis du hörst, was Teke mir angetan hat, warte nur, bis du es hörst. In dem Bemühen, einen entspannten Eindruck zu machen, schob J. D. die Hände in die Taschen und fragte mit fester Stimme: »Wo liegt das Problem?«

»Er macht uns Schwierigkeiten wegen der Universitätsschenkung.« Ben Meyer war Multimillionär und der Hauptfinanzier einer neuen Sportanlage. John Stewart hatte ihm die Spende abgerungen.

Du wirst an die Decke gehen, aber nur, bis du erfährst, mit wem sie es getan hat, und dann wird die Hölle los sein. »Ich dachte, wir hätten die Sache im Kasten«, bemerkte J. D.

»So war es auch, bis Ben sich die Sporteinrichtungen anderer Schulen anschaute. Er besteht darauf, daß seine wie die anderen gestaltet wird: Er will seinen *vollen* Namen auf dem Gebäude sehen. Er sagt, ›Meyers Sport Center‹ genüge ihm nicht.«

Du wirst sagen, du hast es mir gleich gesagt. Du wirst sagen, ich hätte es mir selbst zuzuschreiben. Das wirst du mir bis in alle Ewigkeit aufs Butterbrot schmieren. »Ich dachte, der Name sollte auf allen Seiten des Baus stehen und in der Eingangshalle ein Gemälde von ihm aufgehängt und eine Gedenktafel angebracht werden«, sagte J. D. Du wirst sagen, ich solle sie zum Teufel jagen. Beide. Du wirst Teke aus dem Haus haben wollen und Sam aus der Firma.

»Er will seinen vollen Namen da stehen sehen«, erklärte John Stewart ihm. »Aber die Universität will das nicht.«

Aber sie ist die Mutter meiner Kinder, wandte J. D. im Geiste ein. Sie brauchen sie. Ich kann sie ihnen nicht ersetzen, und ich will es auch gar nicht. Er bewegte eine seiner angespannten Schultern, so daß es wie ein Achselzucken aussah. »Es ist sein Geld.«

John Stewarts Blick besagte, daß John David bemitleidenswert kurzsichtig sei – und seine Worte bestätigten diesen Eindruck. »Wir verlieren *unser* Geld, wenn ihm die Vereinbarung nicht paßt und er zu einer anderen Kanzlei geht. Ich will, daß du mit ihm sprichst.«

»Warum ich?« fragte J. D. Und Sam, was zum Teufel soll ich mit Sam machen? Er bringt der Firma gutes Geld, und außerdem setzte er im Herbst immer die Winterfenster bei uns ein. Ich kann das nämlich nicht.

»Du hast Kinder, die sich dem College-Alter nähern«, sagte John Stewart. »Du kannst das Argument anführen, daß es unklug wäre, seinen vollen Namen anzubringen. Er wird dir glauben – mehr als mir jedenfalls –, wenn du ihm erklärst, was die Kids daraus machen würden.«

Blowen Meyer. Es war wirklich lustig – oder wäre es gewesen, wenn es J. D. aufgrund der Situation nicht plötzlich völlig nebensächlich erschienen wäre. Einmal? Okay, selbst, wenn das stimmte, war es eine Gemeinheit. Ich war es, der ihnen das Tor zur großen Welt öffnete. Ich war es, der für sie den Kopf hinhielt. »Alle nennen ihn Ben«, knurrte J. D. »Warum kann er nicht *den* Namen nehmen?«

»Er will seinen echten Namen – und es gibt keine Mittel-Initiale.«

»Das hat er davon, daß er nur ein halber Yankee ist. Warum muß er unbedingt seinen vollen Namen auf der Wand sehen? Was wird er als nächstes wollen – eine Krone?«

»Kümmere dich um die Sache, J. D.«, befahl John Stewart, bereits im Gehen begriffen. »Ich will sie vom Tisch haben.«

Annie saß an ihrem Schreibtisch und hatte den Kopf in die Hand gestützt. Die Kopfschmerzen waren zurückgekehrt, was, dessen war sie sicher, zum Teil auf die Anstrengung zurückzuführen war, ständig ihre Tränen zurückzuhalten. Sie versuchte, sich mit Arbeit abzulenken, doch ihr Gehirn spielte nicht mit. Es lief immer wieder zu Sam.

»Klopf, klopf«, kam eine Stimme von der Tür.
Sie schaute auf und zwang ein Lächeln auf ihr Gesicht.
»Kommen Sie rein, Jason, ich habe nur gerade nachgedacht.«
Jason Faust war graduierter College-Absolvent und arbeitete in ihrer Fakultät. Er pirschte sich in aller Ruhe an seinen Universitätsabschluß heran – die Tatsache, daß er aus reichem Hause stammte, ermöglichte ihm diesen Luxus. Und sie verlieh ihm auch eine Arroganz, die einige Leute abstieß. Annie störte sich nicht daran. Sie erlebte ihn als intelligent und hart arbeitend. Dies war jetzt ihr drittes gemeinsames Jahr, und sie verließ sich auf ihn, wenn es um die Anleitung der neueren Hilfslehrer ging.
»Müssen ja schwere Gedanken sein«, meinte er. »Möchten Sie ein Aspirin?«
»Hab schon drei genommen.«
»Eine Tasse Kaffee?«
Sie führte ihm den leichten Tremor ihrer Hand vor.
»Ein bißchen Gras?«
Sie warf ihm einen mahnenden Blick zu. Dann lehnte sie sich in ihrem Stuhl zurück und raschelte mit den Unterlagen auf ihrem Schreibtisch. »Ich bin etwas hinterher, das ist alles.«
Jason lehnte sich neben der Tür an die Wand und sagte mit leiser Stimme: »Es tut mir leid, was dem Jungen Ihrer Freundin passiert ist.«
Sie schaute ihn stirnrunzelnd an: Sie hatte niemandem hier davon erzählt, denn sie bezog nur sehr selten Kollegen in ihr Privatleben ein. »Wie haben Sie es erfahren?«
»Von Susan.« Das war die Sekretärin der Fakultät. »Als ich Sie gestern nachmittag nicht finden konnte, fragte ich sie nach Ihnen. Es muß anstrengend sein, immer zwischen hier und dem Krankenhaus zu pendeln. Wenn ich Ihnen hier etwas abnehmen könnte, würde es mich freuen.«
»Vielleicht nehme ich Sie irgendwann beim Wort. So Gott will, wird Michael bald aus dem Koma erwachen. Wenn nicht, falls er später im Semester noch immer in der Klinik liegt, wenn wir

hier mit Prüfungen und Examensarbeiten in Druck geraten, könnte es haarig werden.«
»Vor ›haarig‹ habe ich keine Angst.«
»Das liegt daran, daß Sie jünger sind als ich: Die Jugend besitzt eine Spannkraft, die immer mehr nachläßt, je älter man wird.«
»Sie sind doch nicht alt.«
»O ja, ich bin alt.« Sie fühlte sich alt und häßlich und reizlos. Wäre sie das nicht, hätte Sam sich nicht für Teke interessiert. Sicher, Teke war nicht jünger als sie, aber ein anderer Körper war etwas Neues und besaß vielleicht eine gewisse Attraktivität. Warum Sam darauf angesprungen war, stand auf einem anderen Blatt. Annie war sich seiner Liebe und Loyalität so sicher gewesen – sie wußte nicht, was sie falsch gemacht hatte.
»Komisch«, sinnierte sie, »man steckt so in seinem Leben drin, daß man manchmal vergißt, was wirklich wichtig ist. Ich habe so hart an meiner Karriere gearbeitet, quetschte Kurse in meinen vollen Zeitplan, als die Kinder noch klein waren, und steigerte das Pensum, je älter sie wurden. Dann machte ich meinen Abschluß und begann mit meiner Lehrtätigkeit, und sie erschien mir so wichtig, und als ich die Anstellung bekam, fühlte ich mich wie im Himmel.« Sie schöpfte Atem. »Und dann geschieht plötzlich etwas wie dieses Unglück, und man erkennt, daß das ganze Karrieregehampel nicht halb so wichtig ist, wie man glaubte.«
»Meinen Sie, der Kleine kommt durch?« fragte Jason.
Annie hatte über Sam und Teke und Ehe und Freundschaft nachgedacht. Der arme Michael befand sich an der Peripherie von alldem. »Ich denke, schon.« Sie versuchte, zuversichtlich zu klingen. »Er atmet jetzt selbständig.«
»Wie geht es seiner Mutter – Ihrer Freundin?«
Annie wußte es nicht. Als sie am Nachmittag zuvor ins Krankenhaus kam, war Teke schon weggewesen. Annie war erleichtert darüber – aus mehr als einem Grund. Sie wußte, daß sie Teke früher oder später würde gegenübertreten müssen, aber »später« war ihr lieber. Sie brauchte mehr Zeit, um sich und ihre Gedanken zu sammeln.

»Sie hat letzte Nacht das erste Mal wieder zu Hause geschlafen. Das war gut, auf jeden Fall für ihre Kinder: Sie hat noch zwei andere.« Annie stieß einen müden Seufzer aus. »Ich mache mir Sorgen um die beiden.«

»Stehen sie ihrem Bruder nahe?«

»Sie sind fünfzehn und siebzehn, und er ist mit seinen dreizehn das Nesthäkchen. Als sie aufwuchsen, haben die Mädchen immer mehr miteinander gespielt als mit ihm – aber, ja, sie stehen ihm nahe. Wir stehen einander alle nahe.«

Wir *haben* einander nahegestanden, korrigierte sie sich im stillen und fragte sich, was nun wohl werden würde.

»Ich könnte den Unterricht für Sie übernehmen, Annie.«

»Hm?«

»Sie sehen so unglücklich aus. Gehen Sie nach Hause.«

Sie nahm einen Kugelschreiber vom Tisch auf. »Da ist es noch schlimmer.«

»Dann fahren Sie in die Klinik, vielleicht fühlen Sie sich dann besser. Sie haben heute nur Englische Literatur auf dem Stundenplan stehen, und die kann ich gut übernehmen.«

Sie rümpfte die Nase und begann, mit dem Kugelschreiber zu kritzeln.

»Dann rufen Sie Ihren Mann an, lassen Sie sich von ihm zum Mittagessen ausführen.«

Das war der schlechteste der drei Vorschläge. Sie drückte mit dem Kugelschreiber fester auf, doch er hinterließ keine Spur auf dem Papier.

Jason kam auf den Schreibtisch zu. »*Tun* Sie was, Annie. Ich hasse es, Sie in einem solchen Zustand zu sehen.«

Sie versuchte ein Lächeln, doch es geriet zur Grimasse. »Ich erhol mich schon wieder.«

»Kann ich denn gar nichts für Sie tun?«

»Doch. Veranlassen Sie die Fakultät, funktionierende Kugelschreiber anzuschaffen.« Sie ließ ihren fallen. »Die hier sind Mist.«

»Ich meine es ernst.«

Sie hob den Kopf und schaute Jason Faust an. Er wurde als der erotischste Mann der Fakultät angesehen – und dies von Frauen mit den unterschiedlichsten Vorlieben. Annie konnte dieser Einschätzung nichts entgegenhalten. Er hatte blonde Haare und silbergraue Augen und erinnerte an einen jüngeren, lockereren J. D.

»Sie sind lieb«, sagte sie.

»Das sind Sie auch. Was kann ich tun, um Ihnen zu helfen?«

Sie seufzte. »Nichts, was Sie nicht ohnehin schon tun. Es ist schön für mich, Sie hier zu haben. Sie sind so erfrischend normal.«

»Heißt das, daß ich nächstes Jahr unterrichten darf?«

»Wir haben erst Oktober.«

»Es ist nie zu früh, ein Anliegen zu äußern. Wenn ich es nicht tue, tut es ein anderer.«

»Das wird sowieso passieren«, erinnerte sie ihn behutsam. »Und zwar jemand, der den Universitätsabschluß hat, auf den Sie so gemächlich zusteuern.«

»Aber ich bin brillant«, gab er mit einem Grinsen zu bedenken.

Sie erwiderte das Grinsen. »Stimmt, aber die Entscheidung liegt nicht bei mir.«

»Ich habe den Zeitpunkt für dieses Gespräch ohnehin ungünstig gewählt.« Resigniert wandte er sich zum Gehen. »Lassen Sie es mich wissen, wenn es etwas gibt, womit ich Ihnen helfen kann?«

»Hm.«

»Versprochen?«

»Hm.«

Er zwinkerte ihr zu und ging.

»Na, Mikey, was meinst du dazu?« fragte Teke mit lauter Stimme, als sie zurücktrat, um ihr Werk zu bewundern. Die vorher grellweiße Wand wurde jetzt durch eine bunte Mischung von Karten mit Genesungswünschen belebt, die Teke dorthin geklebt hatte. Der Clou war eine leuchtend rote Fahne mit der Aufschrift »Werde gesund, Michael«. Daß die Farbe der Fahne sich mit einem türkisfarbenem T-Shirt biß, auf dessen Vorderseite in giftig-orangefarbenen Lettern sein Namenszug prangte, war ihrer Meinung nach ein Vorzug. Sie wollte Aufmerksamkeit erregen. Sie wollte, daß jeder, der ins Zimmer kam, den Namen ihres Sohnes zur Kenntnis nähme und die Tatsache, daß er ein lebendes, atmendes, menschliches Wesen war.

»Es sieht großartig aus«, sagte die Krankenschwester, die hereinkam, um die Infusionsnadeln in Michaels Arm zu überprüfen. Letzte Nacht war eine herausgerutscht – als Folge heftiger willkürlicher Bewegungen. Niemand bezeichnete sie als Vorstufe zur Rückkehr ins Bewußtsein, doch Teke betete darum, daß sie es waren. Zumindest wußte sie, daß er nicht gelähmt war. Wenigstens funktionierte sein Gehirn, was die Motorik betraf, wenn auch nicht ganz korrekt.

Sie hatte vor, auch in dieser Hinsicht etwas zu unternehmen, hatte sich einen Termin bei dem Physiotherapeuten geben lassen, um zu lernen, wie sie Michaels Arme und Beine trainieren könnte. Sie war entschlossen, ihn in Form zu halten und seinem Körper in Erinnerung zu rufen, wie er sich zu verhalten hatte.

»Diese Farben sind leuchtend genug, um Tote aufzuwecken«, fuhr die Schwester fröhlich fort. »Und es ist nicht nur die Wand, Michael, du solltest die Lady selbst sehen. Sie trägt einen tollen rosafarbenen Pullover und passende Strumpfhosen. Natürlich hat sie die richtige Figur dafür. Wenn ich mich so anziehen würde, sähe ich aus wie ein Riesenbonbon. Ist sie immer so?«

Michael antwortete nicht.

»Außerdem hat sie gebacken – ich sehe da Kekse, und«, die Schwester schaute sich um, »ich rieche Schokoladenkuchen mit Nüssen. Da sind sie ja, in einem Korb auf der Kommode, gleich neben den Hershey-Küßchen. Ich nehme an, da ist jemand ein Schokoladenfan.«

»Michael«, sagte Teke, »ausgesprochen ausgeprägt.« Sie hielt der Krankenschwester den Korb mit den Schokoladenküchlein hin. »Bitte nehmen Sie eines.«

Michael mit seinen Lieblingsleckerbissen zu locken, war nur ein Zweck ihrer Strategie, der andere war, das Klinikpersonal zu veranlassen, ein persönliches Interesse an ihm zu entwickeln. Im Hinblick auf die Chance, daß ein solches Interesse zu einer engagierten Fürsorge führte, die wiederum dazu beitragen könnte, Michael aus dem Koma zu holen, war ihr jeder Trick recht.

Alles für ihren Sohn. Niemand würde sie je wieder als schlechte Mutter anklagen.

»Meine Güte«, stöhnte die Schwester. »Sie hat auch noch Musik mitgebracht. Laß mich raten: Guns N' Roses, U 2, Aerosmith.«

Teke lächelte. »Sie haben auch einen Teenager zu Hause?«

»O ja.« Zu dem stillen Jungen im Bett sagte sie neckend: »Und du hast Glück, daß es so ist: Ich bin an den Lärm gewöhnt. Aber halte nach den Ärzten Ausschau. Wenn du ihnen einen dieser Songs zumutest, wenn sie nicht darauf gefaßt sind, werden sie flüchten.« Sie tätschelte seinen Arm. »Ich komme bald wieder.«

Teke holte Michaels Haarbürste aus der großen Aktentasche, die sie neben dem Bett auf den Boden gestellt hatte. »Jemand hier muß wissen, wie man einem bettlägerigen Patienten die Haare wäscht.« Sorgsam die genähte Wunde meidend, bürstete sie sein Haar. »Das ist das nächste auf der Liste – gleich nach dem Essen. Bist du nicht hungrig, Schatz? Ich weiß, daß du es nicht magst, wenn ich an dir herumnörgle, aber du mußt ab und zu mal für eine Mahlzeit aufwachen.« Sie strich vorsichtig mit den Fingerspitzen über seine Kehle. »Ich füttere dich, wenn du den Mund aufmachst. Was hättest du denn gern? Einen Schokoladenmilchshake? Pudding mit Schlagsahne? Ein heißes Fudge Sundae?«

»Es muß eine Möglichkeit geben, Essen in ihn reinzukriegen.«

Die Stimme war leise, doch sie erkannte sie sofort. Teke brauchte nicht aufzuschauen, um zu wissen, daß Grady gekommen war, und sie war nicht einmal sicher, daß es seine Stimme war, die sie das hatte erkennen lassen. Ihre Haut war plötzlich

sensibler. Sie dachte, sie könnte blind und taub sein und trotzdem sofort merken, wenn er den Raum betrat.
So leise wie er sagte sie: »Sie können ihm einen Schlauch in den Hals einführen.«
»Und warum tun sie es nicht?«
»Sie wollen ihm noch ein bißchen mehr Zeit geben.« Sie betete darum, daß er aufwachte, bevor diese Maßnahme notwendig würde. »Einen Schlauch – was für ein schrecklicher Gedanke. Aber er hat abgenommen, er hat seit drei Tagen keine feste Nahrung zu sich genommen.«
Grady trat ihr gegenüber ans Bett und blickte schweigend auf Michael hinunter.
Teke legte die Bürste weg, atmete tief ein und sagte bemerkenswert ruhig: »Michael, das ist Grady Piper.« Ein Gesicht aus der Vergangenheit, die große Liebe meines Lebens. »Ihm gehört der Truck, in den du reingelaufen bist.« Ohne die Augen von Michael abzuwenden, sagte sie mit fester Stimme: »Du hättest nicht wiederkommen sollen, Grady, es war nicht nötig.« Er hatte sie am Nachmittag des vorangegangenen Tages nach Hause gefahren, als sie völlig erschöpft war, doch heute fühlte sie sich frisch. Wenn er ihr jetzt noch helfen wollte, sollte er das tun, indem er die Stadt verließ. Ihr Mann war wütend und ihr Sohn schwerkrank – diese beiden Tatsachen könnte Grady nicht ändern. Er war vor vielen Jahren aus ihrem Leben verschwunden – jetzt gab es darin keinen Platz mehr für ihn.
Aber er sagte: »Ich kann nicht wegbleiben, ich muß wissen, wie es dem Jungen geht.«
»Das kannst du auch telefonisch erfahren«, schlug sie vor. Als Grady daraufhin nichts sagte, versuchte sie es anders. »Mein Mann gibt dir die Schuld an dem Vorfall. Ich will dich nicht hierhaben, denn er wird dir Ärger machen.«
»Das hat er schon getan: Die Polizei läßt mich nicht aus den Augen.«
»Dann reise ab!« flüsterte sie drängend und hob schließlich doch den Blick. Sie stand jetzt nicht unter Schock, und sie war auch

nicht in Tränen aufgelöst oder so müde, daß sie nicht deutlich sehen konnte. Zum ersten Mal seit zweiundzwanzig Jahren betrachtete sie Grady Piper ausführlich.
Er war einsachtundachtzig groß und sein Körper noch ebenso fest wie damals. Er trug ein am Hals offenstehendes Hemd und Jeans, doch es war sein Gesicht, zu dem es ihre Augen hinzog. Es war sonnengebräunt, die Falten, die sich beim Arbeiten auf den Docks als Teenager durch das ständige Zusammenkneifen der Augen gebildet hatten, waren tiefer geworden. Sein Haar, früher so schwarz wie die Farbe, mit der er die Schiffsrümpfe strich, war von einigen Silberfäden durchzogen, aber er sah gut aus – besser, als es ihr guttat. Sie hatte Jahre mit dem Bemühen zugebracht, ihn zu hassen. Sie bemühte sich immer noch. »Verdammt, Grady!« rief sie. »Warum hast du das getan? Warum hast du mir geschrieben? Warum bist du gekommen?«
»Das habe ich dir in dem Brief erklärt.«
»Du hast mir geschrieben, du wolltest mich wiedersehen. Aber warum?«
»Ich wollte dich einfach wiedersehen.«
»Dazu hattest du kein Recht!« fuhr sie ihn zornig an. »Du hast mich dazu gebracht, Gullen zu verlassen. Ich wollte dableiben und auf dich warten, aber du hast mich fortgeschickt. Du sagtest, du wolltest mich nicht mehr. Du sagtest, du würdest nicht zu mir zurückkommen. Du sagtest, du würdest *überhaupt* nicht zurückkommen, wenn ich noch da wäre.«
»Ich wollte nur das Beste für dich.«
»Ich hielt *dich* für das Beste, aber du hast mich abgewiesen. Also tat ich, was du mir gesagt hattest, machte eine Ausbildung, heiratete und war völlig glücklich mit meinem Leben, bis du diesen Brief schicktest. Das hättest du nicht tun dürfen. Du kannst nicht einfach aus dem Leben eines Menschen verschwinden und dann plötzlich wieder auftauchen. Das ist nicht fair!«
»Das Leben ist nicht fair.«
Sie schaute weg. »Na, wunderbar.«

»Das ist es wirklich nicht. Ich habe dich gerettet und dich dadurch verloren. Wo liegt da der Sinn?«
Ihr Blick kehrte zu ihm zurück, und sie sah die Anspannung in seinem Gesicht und den Schmerz in seinen Augen, und beides zerriß ihr fast das Herz. Aber sie war nicht bereit, weich zu werden. »Du hättest mich nicht verloren, wenn du mich nicht fortgeschickt hättest.«
»Du verstehst das nicht«, stieß er hervor. »Ich bin ein Mörder, und das werde ich für den Rest meines Lebens bleiben. Ich bin ein Exsträfling. Das merken die Leute sofort – sie *riechen* es. Kannst du dir vorstellen, wie es ist, mit einem solchen Geruch an sich durchs Leben zu gehen?«
»Sei nicht so melodramatisch.«
Er schaute sie gekränkt an. »Ich beherrsche mein Handwerk, aber drei von vier Malen werde ich wegen meiner Vorstrafe abgelehnt, wenn ich mich um einen Job bewerbe. Hättest du gern mit diesem Makel gelebt?«
»Es hätte mich nicht gestört.«
Er schnaubte. »Du hast ein schönes Haus, ein schönes Auto, einen schönen Ring am Finger. Das alles hätte ich dir nicht bieten können.«
»Als ob mir das wichtig wäre.«
»Nun, mir war es wichtig. Ich wollte das Beste für dich.« Nach einer Weile senkte er den Blick wieder auf Michael. »Ich hatte gar nicht vor, dich an dem Tag zu besuchen. Ich wollte erst mal nur schauen, wo du wohnst. Ich wollte wissen, ob du ›das Beste‹ bekommen hast. Sieht so aus, als hätte ich wieder Mist gebaut.« Und dann setzte er mit einer Stimme voller Selbstverachtung hinzu: »Was bin ich für ein Arschloch!«
Tekes Zorn verflog. Sie seufzte. »O Grady, wenn du das bist, dann bin ich zehnmal schlimmer.«
Sein Blick traf sich mit dem ihren. »Wegen der Sache, von der du mir gestern nachmittag erzählt hast?«
Sie nickte. Sie hatte halb gehofft, daß er sich nicht daran erinnern würde, aber es spielte eigentlich keine Rolle. Er war

nicht das einzige Arschloch. Was Michaels Unfall betraf, war er nur ein Opfer der Umstände. Er sollte keine Schuldgefühle haben.

»Ist Sam ein guter Freund?«

»Der beste Freund meines Mannes.«

»Wie lange ist die Geschichte gelaufen?«

»Dienstag war das erste und einzige Mal.«

»Warum ist es überhaupt passiert?«

Sie rieb Michaels Brust. Wenn er hören konnte, dann würde er es mitbekommen, aber das störte sie nicht. »Ich hatte deinen Brief bekommen und war völlig durcheinander. Sam kam herüber, und es passierte.«

»Ist deine Ehe nicht gut?«

»Meine Ehe ist okay.« Sie hielt inne. »*War* okay«, verbesserte sie sich dann. »Ich glaube nicht, daß J. D. je verzeihen wird, was ich getan habe. Es war Verrat ersten Grades.« Als Grady nichts dazu sagte, wagte sie aufzuschauen. »Ja, das war es, Grady. Ich habe noch nie in meinem Leben etwas so Schreckliches getan.«

Er sah verwirrt aus. »Wo ich gewesen bin, reden sie viel über Verhaltensmuster. Ich hatte keines, jedenfalls nicht, was Mord betraf, und so ließen sie mich nach acht Jahren raus. Ich hatte nie etwas Schlimmes getan außer diesem einen Kapitalverbrechen, und das hatte ich nicht aus Spaß begangen. Der Seelenklempner im Gefängnis sprach von einem Zorn, der im Lauf von Jahren in mir angewachsen war. Er sprach von einer geladenen Gefühlssituation, die sich schließlich in einer Explosion entlud. Es war, als hätte man ein Streichholz an die Lunte einer Dynamitladung gehalten.« Sein Blick wurde eindringlicher. »Wir wissen, warum *ich* explodierte – warum bist *du* explodiert?«

Teke konnte ihm nicht folgen.

»Du hast deinen Mann nur ein einziges Mal betrogen«, sagte er. »Nur ein einziges Mal. Du mußt einen triftigen Grund dafür gehabt haben.«

»Den hatte ich«, entgegnete sie scharf und vergaß alle Vorsicht. Ihre Beziehung zu Grady war nie »keimfrei« gewesen wie die typischen Ehen in den gepflegten Vororten – sie war ungeschminkt und ohne Schnörkel gewesen.

»Ich saß auf dem Sofa und dachte an all das, was uns verbunden, all das, was ich jahrelang verdrängt hatte. Ich hatte mich so sehr bemüht, dich zu vergessen, aber ich mußte feststellen, daß es umsonst gewesen war. Dein Brief ließ alles wieder lebendig werden. Ich sehnte mich plötzlich unheimlich nach dir, nach der Leidenschaft, die wir miteinander erlebt hatten – und ich war zornig deswegen. Und dann kam Sam. Er war in heller Aufregung wegen eines beruflichen Erfolges, und ich ging darauf ein. Ich hatte nur nicht einkalkuliert, daß mein Körper so bereit für dich war.«

Grady zuckte nicht mit der Wimper. »Was stimmt nicht mit deinem Mann?«

»Alles stimmt mit ihm.«

»Warum hast du ihn nicht angerufen?«

»Ich habe nicht daran gedacht.«

»Warum nicht? Er hätte nach Hause kommen können.«

»Er war in der Arbeit – er hätte nicht alles stehen- und liegenlassen können. Aber das ist nicht der Punkt. Der Punkt ist, daß ich *überhaupt* nicht dachte.«

Grady richtete den Blick wieder auf Michael. Nach einer Weile sagte er im Brustton der Überzeugung: »Wenn deine Ehe gut wäre, hättest du ihn angerufen.«

»Sie *war* gut«, protestierte sie, denn sie wollte es so gern glauben.

»Das kann nicht sein, sonst wäre das mit Sam nie passiert.«

»Wenn das stimmt – warum ist es *Sam* dann mit mir passiert?« fragte sie. »Er betet Annie an. Sie haben ein erfülltes Sexleben, führen eine Bilderbuchehe.«

Grady hob den Blick. »Wenn du meine Frau geworden wärst, hätte ich dich nicht betrogen, und du hättest mich nicht betrogen.«

»Aber ich bin nicht deine Frau geworden!« schrie sie ihn an, und der Zorn war wieder da. »Du hast das abgelehnt.«
Ihr Zorn hatte keine Wirkung auf das Verlangen, das in seine Augen getreten war. »Es war schön mit uns, Teke.«
Sie stöhnte auf und preßte eine Hand auf ihr Herz, um es zu beruhigen. Ihr Zorn hatte auch auf ihr eigenes Verlangen keine Wirkung, es wurde durch jede geringfügige Erinnerung geweckt.
»Von Anfang an. Weißt du noch?«
Sie schloß die Augen und nickte. Sie atmete plötzlich schneller – wie an jenem Abend. Sie war fünfzehn gewesen, Grady siebzehn, und sie hatte den Boden angebetet, über den er gelaufen war. Sie hatten sich so oft wie möglich gesehen, trafen sich in dunklen, versteckten Winkeln von Gullen, zuerst in aller Unschuld und dann mit einer bestimmten Absicht. Grady, der schon seit Jahren den Körper eines Mannes hatte, war bei den besten Frauen des Ortes in die Lehre gegangen, aber er ging mit Teke um, als sei alles neu für ihn. Die Hände, die ihr Gesicht beim Küssen umfaßten, zitterten, als er ihre Bluse aufknöpfte.
Sie war schüchtern, wußte nicht, wie sie mit ihrem Körper umgehen sollte, aber sie sehnte sich nach ihm, und er war so behutsam. Sie erinnerte sich an die Art, wie er ihre Brüste umfaßt hatte, und an das fremde Gefühl, das er damit auslöste. Sie begriff nicht, wie sie eine Berührung so weit oben weiter unten spüren konnte. Aber er hatte ihre Besorgnis mit zärtlichen Worten und leidenschaftlichen Küssen zerstreut und das »untere« Gefühl so intensiviert, daß sie nur noch den Wunsch hatte, sich ihrer Jeans zu entledigen.
Der Schmerz hatte sie überrascht, aber er hatte ihr die Tränen weggeküßt, ihre Brüste mit der Zunge liebkost, und war in ihr geblieben, bis der Schmerz verging und der Erregung Platz machte. Und dann hatte er sie zu den Sternen entführt. An einem Abend besuchten sie einen, an einem anderen den nächsten. Es gab ein ganzes Universum zu erforschen, und sie

waren entschlossen, das zu tun – bis Homer Peasely ihnen dazwischenfunkte.
Teke schlug die Hände vors Gesicht und atmete mehrmals tief durch. Sie hatte Grady so geliebt. Sie wäre für ihn ins Gefängnis gegangen, wenn er es zugelassen hätte, oder für ihn gestorben, wenn sie ihm sein Schicksal damit hätte ersparen können. Aber er hatte ihr *befohlen*, zu gehen und niemals in die Vergangenheit zurückzublicken. Als sie sich dagegen sperrte, hatte er noch drastischere Worte gebraucht. Als sie versuchte, ihn zu besuchen, war er für sie nicht zu sprechen, und er ließ ihre Briefe ungeöffnet zurückgehen. Sie war verletzt und unglücklich, jung und naiv. Welche andere Möglichkeit blieb ihr, als das zu tun, was er wollte?
»Es war nicht fair«, warf sie ihm jetzt vor. »Nicht fair.«
»Was, zum Teufel, macht *der* hier?« brüllte J. D.
Teke wirbelte zur Tür herum und drehte dann wieder in Richtung Bett, als sie spürte, daß Michael sich bewegte. Alles andere trat in den Hintergrund. »Dein Dad ist da, Schatz. Ich hatte dir doch gesagt, daß er kommen würde. Beweg dich noch mal, Liebling. Zeig ihm, daß du es verstanden hast.«
»Verschwinden Sie!« forderte J. D. Grady auf.
Grady hob beschwichtigend die Hand. »Ich gehe schon.«
»Sie sind schuld, daß mein Junge in diesem Bett liegt. Ich will Sie hier nicht sehen.«
Teke hatte den Atem angehalten und ließ ihn hörbar entweichen, als sie keine weitere Bewegung Michaels feststellen konnte. »Es *war* nicht seine Schuld«, murmelte Teke, doch J. D. widersprach.
»Er fuhr eine Straße in einer Gegend hinunter, in der er nichts zu suchen hatte. Er hatte keinen Grund, in Constance zu sein.«
»Jetzt habe ich einen.« Gradys Stimme war leise, doch Teke hörte den harten Unterton. Als sie die Härte auch in seinem Gesicht sah, stieg Furcht in ihr auf: Sie wußte, was diese Härte vermochte.
»Nicht, Grady«, warnte sie.

Doch Grady war ganz auf J. D. konzentriert. »Ich habe einen Auftrag von einem Mann namens Charles Hart bekommen. Seine Mutter wohnt in der Chadwell Street in einem alten viktorianischen Haus mit einer Remise dahinter. Er möchte die Remise zu einem Apartment umbauen lassen. Ich habe freies Logis dort, solange ich daran arbeite.«

J. D. schürzte die Lippen. »Offenbar weiß Charlie Hart nicht, daß Sie ein Mörder sind.«

»Tun Sie sich keinen Zwang an, sagen Sie's ihm«, stellte Grady ihm frei und wandte sich zum Gehen.

Teke konnte nicht fassen, daß er sich nicht verteidigte. »Grady ...«

»Hauen Sie ab«, rief J. D. ihm nach, »und lassen Sie sich ja nie wieder sehen. Sie sind hier unerwünscht. Die Polizei mag keinen Grund haben, wegen einer kriminellen Straftat gegen Sie vorzugehen, aber wenn ich Sie noch mal hier erwische, erwirke ich eine einstweilige Verfügung, und wenn ich dazu gezwungen sein sollte, strenge ich gleich auch noch eine Zivilklage gegen Sie an.«

Grady ging, hochgewachsen und mit elastischen Schritten, am Fenster vorbei und den Flur hinunter.

»Eine Zivilklage?« fragte Teke J. D., der sie mit einer solchen Abneigung musterte, daß sie sich gekrümmt hätte, wenn sie nicht so von dem Wunsch beseelt gewesen wäre, Grady zu verteidigen. »Mit welcher Begründung?«

»Öffentliches Ärgernis. Psychoterror. Zum Teufel, wir bezahlen so viel für dieses verdammte Krankenzimmer, daß ich ihn wegen unbefugten Betretens verklage.«

»Er hat das Recht, sich hier aufzuhalten.«

»Machst du Witze?«

»Er ist mein Freund.«

J. D. nickte. »Aha, dein Freund. Was ist los, Teke? Bist du, seit du weißt, daß ich dich nicht mehr anfasse und Sam es nicht mehr wagt, auf der Suche nach einem anderen Kandidaten?«

Ihre Hand zuckte völlig überraschend hoch, so daß *sie* fast den

Halt verlor, als die Handfläche klatschend in seinem Gesicht landete. Sie hatte noch niemals einen Menschen geschlagen. Es erschütterte sie. Sie verschränkte die Arme und sagte: »Verdammt, J. D., du förderst die schlimmsten Seiten in mir zutage.«

Er stand mit hocherhobenem Kopf da. Sie wußte, daß er seine Wange nicht berühren würde, obwohl sie höllisch brennen mußte. Ihre Hand tat das jedenfalls, aber er würde ihr diese Genugtuung nicht gönnen. Sie hatte schon oft erlebt, daß er etwas hocherhobenen Kopfes einsteckte, aber niemals war es von ihr gekommen. Sie hatten sich im Lauf ihrer Ehe kaum je gestritten.

»Vielleicht ist das einfach nur dein wirkliches Ich«, sagte J. D.

»Eine weitere Erkenntnis über deine Persönlichkeit nach deinem Appetit auf andere Männer. Gibt es sonst noch was?«

Stolz, ja, und Überheblichkeit. Das erste konnte sie verstehen, aber das zweite machte sie wütend. Er stellte sich als perfekt hin – aber Grady hatte recht: Etwas mußte mit ihrer Ehe nicht stimmen, sonst hätte sie ihren Mann nicht betrogen. J. D. hätte *auf keinen* Fall die Kanzlei verlassen, wenn sie ihn angerufen hätte, und sie hätte ihn niemals angerufen. Eher hätte sie sich selbst befriedigt.

»Ja«, sagte sie in einem Anfall von Kühnheit, »es gibt noch mehr. Wenn Grady Piper hierherkommen will, dann kommt er her. Was passiert ist, nimmt ihn schrecklich mit. Obwohl Michael ihm in den Wagen hineingerannt ist, leidet auch Grady.«

»Blödsinn. Ein Mann, der fähig ist, ein anderes Leben auszulöschen, kann unmöglich so empfinden wie wir. Er ist ein verurteilter Verbrecher, ein Mörder.«

Sie schüttelte den Kopf. »Er hat einen Mann getötet – aber nicht absichtlich. Er wurde des Totschlags für schuldig befunden, nicht des Mordes ersten oder zweiten Grades. Wenn er genug Geld gehabt hätte, um einen guten Anwalt zu bezahlen, wäre er vielleicht sogar freigesprochen worden. Ich habe erlebt, daß Sam Freisprüche für Männer erreichte, die Schlimmeres getan hatten. Aber Grady war bettelarm – wie ich –, und so mußte er seine Zeit absitzen. Doch das ist lange her und erledigt. Er ist ebenso ein denkender, fühlender Mensch wie du oder ich oder Annie oder Sam.«

J. D. musterte sie mit einem seltsamen Blick. »Woher weißt du, daß es Totschlag war?«

»Weil ich dabei war«, erklärte sie. Es schien nicht mehr wichtig, das Geheimnis zu bewahren, viel wichtiger erschien es ihr, die Wahrheit zu sagen. »Ich sagte es dir schon: Grady ist mein Freund. Ich kenne ihn schon mein ganzes Leben lang. Er stammt aus Gullen.«

J. D.s Mund öffnete sich, und gleich darauf kniff er die Lippen zusammen. »Er kam, um dich zu besuchen, stimmt's? Deshalb trieb er sich in unserem Viertel herum. Er kam, um dich zu besuchen. Dann ist deine Schuld ja noch größer: Wenn er nicht nach dir gesucht hätte, wäre Michael unbehelligt über die Straße gekommen und läge jetzt nicht im Koma. Natürlich hat das nichts mit dem emotionalen Trauma zu tun, das er erlitt, als er dich mit Sam sah.« Er verzog angewidert das Gesicht. »Du bist widerlich.«

»Vielleicht«, sagte sie und wandte sich wieder Michael zu, »aber ich kann noch klar denken. Drohe Grady nicht, J. D. Wenn seine Anwesenheit hier dich stört, wird er in Zukunft gehen, sobald du kommst. Aber bitte strenge keine Klage gegen ihn an, das wäre für alle Beteiligten nur peinlich.«

J. D. war kein Mensch, der sich leicht geschlagen gab. An jenem Abend fuhr er, nachdem er die Mädchen zu Hause abgesetzt hatte, zu Charlie Hart. Sie waren locker befreundet und manchmal Tennispartner, doch die Beziehung hatte sich nie zu mehr entwickelt. Erstens gehörte Charlie zum Ärztestab des kleinen Krankenhauses von Constance und bewegte sich somit nicht in den Kreisen, die J. D.s Interesse verdienten, und zweitens war er ihm zu gefühlsduselig, engagierte sich für Angelegenheiten, die J. D. tödlich langweilten.

J. D. versprach sich einen großen Erfolg von seiner Unterhal-

tung mit dem ahnungslosen Charlie. Er rechnete damit, daß er nur das Wort »Mörder« aussprechen müßte, damit Charlie die gewünschten Konsequenzen ziehen würde.
Doch er hatte sich doppelt verrechnet. Erstens wußte Charlie über Grady Pipers Verurteilung Bescheid. »Er hat es mir gleich zu Anfang erzählt«, berichtete Charlie, als sie in dem milden Oktoberabend auf seiner Vorderveranda standen. »Er erzählte mir von seiner Zeit im Gefängnis und von seiner Bewährung. Er sagte, er habe nichts zu verbergen. Und er hatte eindrucksvolle Referenzen.«
»Von wem?«
»Von ehemaligen Auftraggebern, vom Pastor seiner Heimatstadt, von seinem Bewährungshelfer.«
»In Briefform?« fragte J. D. Briefe konnte man leicht fälschen, das wußte jeder Anwalt. Ärzte waren auf diesem Gebiet naturgemäß nicht so bewandert.
»Ja, es waren Briefe, aber ich habe sie mir telefonisch bestätigen lassen, bis auf einen von George Wiley. Er gehört dem Repräsentantenhaus an, und ich konnte ihn in seinem Büro in Maine nicht erreichen, weil er sich, wie man mir sagte, auf einer Informationsreise durch das Baltikum befindet. Doch sein Brief war aussagekräftig genug. Piper hat vor einigen Jahren einen Hobbyraum für ihn gebaut. Er hat mir Fotos davon gezeigt und von einigen seiner anderen Arbeiten. Anhand dieses Materials macht er einen äußerst fähigen Eindruck.«
In J. D. erwachte das Gefühl, auf verlorenem Posten zu kämpfen. »Er ist der Mann, der meinen Sohn angefahren hat, Charlie.«
»Ich weiß. Das ist einer der Gründe dafür, daß er in der Gegend bleiben will: Er fühlt sich verantwortlich.«
»Er *ist* verantwortlich.«
Aber Charlie kratzte sich am Kopf. »Nicht nach Aussage der Polizei. Ich rief dort an, nachdem ich die Empfehlungen überprüft hatte. Sie sagten, er sei langsam gefahren und habe alles getan, um den Wagen zum Stehen zu bringen. Zum Teufel,

J. D., das ist ein gutes Geschäft für mich: Ich bezahle das Material, und er stellt mir seine Arbeitskraft und seine Kenntnisse dafür zur Verfügung, daß ich ihn dort wohnen lasse. Er wird ganz schön frieren, das kann ich dir sagen: Die Hütte wird so kalt wie ein Stall sein, bis die Heizungsleute drin waren. Aber er hat gesagt, er habe schon schlechter gewohnt.«

Widerstrebend sagte J. D.: »Ich bitte dich um einen persönlichen Gefallen, Charlie. Meine Familie leidet jedesmal, wenn wir ihn sehen. Je eher er von hier verschwindet, um so besser. Ich wünschte, du hättest nicht ausgerechnet diesen Mann engagiert, ich helfe dir, jemand anderen zu finden.«

Charlie wurde nachdenklich. »Aber was soll ich ihm sagen?«

»Daß du es dir noch einmal überlegt hast und zu dem Schluß gekommen bist, daß es dir Unbehagen bereiten würde, wenn ein verurteilter Verbrecher im Haus deiner Mutter arbeiten würde.«

Charlie blieb nachdenklich. »Das könnte ich tun, aber es wäre nicht richtig: Seine Anwesenheit bereitet mir keine Sorgen.«

»Er könnte deine Mutter ausrauben.«

»Er könnte sie aber auch vor einem Räuber beschützen.« Er schaute J. D. mit entschuldigender Entschlossenheit an: »Ich glaube, ich werde bei meiner Entscheidung bleiben. Der Mann ist offen und ehrlich. Ich mag ihn, und mir gefällt der Gedanke, ihm eine Chance zu geben.«

Worin – in aller Kürze – J. D.s zweiter Denkfehler lag: Gefühlsdusel schlagen sich immer auf die Seite der Benachteiligten.

Kapitel 7

Über das Wochenende hielt Grady sich vom Krankenhaus fern. Er respektierte das Bedürfnis der Familie, ungestört mit Michael zusammenzusein – und außerdem war er nicht scharf auf eine neuerliche Begegnung mit J. D. Oh, er war für einen Kampf gerüstet: Er könnte J. D. innerhalb einer Minute den Wind aus seinen Anwaltssegeln nehmen, so gut *kannte* er seine Rechte – aber Teke würde darunter leiden müssen, und das wollte er nicht.

Also beschränkte er sich auf telefonische Nachfragen bei der diensthabenden Schwester und räumte dazwischen seine wenigen Habseligkeiten in Cornelia Harts Remise, begann Pläne für die Umwandlung in ein Apartment zu zeichnen und erforschte die Angebote der örtlichen Sägewerke und Baumärkte.

Am Montagvormittag fuhr er, als er sich ausrechnete, daß J. D. in der Arbeit wäre, in die Klinik. Michael lag allein und reglos in seinem Zimmer. Hinter ihm piepste die Maschinenreihe monoton vor sich hin, aber es war noch ein anderes Geräusch dazugekommen: Musik aus der Stereoanlage auf dem Nachttisch.

Eine gute Idee, dachte er, eine Möglichkeit, Michael mit etwas Vertrautem ins Bewußtsein zurückzulocken, eine weitere Veränderung, die Teke in dem Raum vorgenommen hatte. Er war menschenfreundlicher geworden, heller, behaglicher, persönlicher – auch wenn das beunruhigenderweise darauf hindeutete, daß er vielleicht noch ein Weile dableiben würde.

»Hi, Michael«, sagte er. »Wie geht's?« Er fragte sich, wo Teke sein mochte. Er hatte gehofft, auch sie zu sehen. »Dein T-Shirt gefällt mir.« Es war weiß und in der Mitte leuchtete ein Neonkreis mit einem diagonalen Strich, der durch spitze Buchstaben lief, die das Wort DEADHEAD bildeten. »Aber ich teile deine Meinung über die ›Dead‹ nicht – ich finde sie cool.« Er schaute die CDs durch, die neben der Anlage aufgestapelt waren. »Nicht dein Geschmack, was? Vielleicht wäre es meiner auch nicht gewesen, wenn man es mir nicht aufgezwungen hätte. Im Gefängnis hatten wir in meinem Zellenblock einen Typen, der ein echter ›Deadhead‹-Freak war.«

Er studierte Michaels Gesicht. Es war völlig ausdruckslos. »Du weißt, daß ich gesessen habe, stimmt's?« Er hielt einen Moment inne und fuhr dann fort: »So was kann man nicht geheimhalten, irgendwie finden die Leute es immer heraus. Es ist besser, es ihnen gleich zu sagen. Natürlich können sie einen ablehnen, wenn sie wollen, aber es ist weniger demütigend, wenn sie es am Anfang tun.«

Er überflog den Raum. Die Genesungswünsche an der Wand reichten jetzt bis zum Boden hinunter. Offenbar gab es viele Menschen, die sich um Michael sorgten. Er beneidete den Jungen um seine Freunde. Als er in Michaels Alter gewesen war, hatte er nur eine Handvoll gehabt, die meisten einige Jahre älter, und sie hätten nicht gewußt, was sie auf eine solche Karte schreiben sollten, geschweige denn überhaupt daran gedacht, ihm eine zu schicken.

Sein Blick kehrte zu Michaels Gesicht zurück. Er wußte nicht recht, was er sagen sollte, wußte nicht, ob der Junge ihn verstand. Wahrscheinlich war der Klang seiner Stimme wichtiger als der Inhalt seiner Worte, und so plauderte er einfach drauflos.

»Manche Leute werden nervös, wenn ich ihnen erzähle, wo ich gewesen bin. Sie fürchten, daß ich jede Sekunde eine Pistole ziehen und ihnen das Hirn aus dem Schädel blasen könnte.« Er stieß einen verächtlichen Laut aus. »Das zeigt, daß sie keine Ahnung haben: Einmal Gefängnis hat mir gereicht. Ich würde mich eher umbringen, ehe ich etwas täte, das mich dorthin zurückbrächte.«

Seine Stimme wurde eindringlicher: Falls Michael hören konnte, dann sollte er *das* hören: »Deshalb weiß ich auch, daß ich kein Gesetz brach, als ich eure Straße runterfuhr – ich habe gelernt, vorsichtig zu sein, wegen meiner Vorgeschichte lassen mich die Cops nicht aus den Augen. Ich trage meine Hände gut sichtbar, wenn ich zu Fuß auf der Straße unterwegs bin, ich bezahle die Zeche, auch wenn das Essen scheußlich war, und sobald eine Ampel auf Gelb umschaltet, halte ich an.«
Er berührte den Arm des Jungen, Tekes Sohn. Es hätte seiner sein sollen.
Er seufzte. »Junge, das hätte ich auch getan, wenn ich dich gesehen hätte. Es tut mir wirklich leid, Michael. Wenn ich geahnt hätte, daß du zwischen den Bäumen hindurch auf die Straße stürmen würdest, hätte ich angehalten. Ich habe dich einfach nicht gesehen.«
Er wartete darauf, daß der Junge die Augen aufschlug und sagte: »Das ist schon okay. Es war ein Unfall, ich bin nicht sauer.« Aber er tat es nicht, und der schreckliche Eindruck eines déj -vu stieg in Grady auf. Mach die Augen auf, Mistkerl. Mach die Augen auf und schlag mich noch mal. Du bist nicht tot. Du bist zu zäh zum Sterben. Mach die Augen auf, gottverdammt noch mal.
Er warf einen alarmierten Blick auf die Maschinen, fürchtete, Michael könnte ebenfalls vor seinen Augen gestorben sein, doch sie piepsten stetig weiter. Aufgewühlt umklammerte er das Geländer des Betts. Er senkte den Kopf und sammelte sich. Als er ihn wieder hob, sah er die Giraffe. Sie stand in einer Ecke des Zimmers und war in einem bejammernswerten Zustand. Er nahm an, es handle sich um ein geliebtes Überbleibsel aus Michaels Kindheit, und das erinnerte ihn an seine eigene.
»Ich hätte deiner Mom so etwas gekauft, wenn ich das Geld dafür gehabt hätte. Ich kannte sie schon, als sie noch ein kleines Mädchen war, weißt du. Wir sind zusammen in Gullen aufgewachsen.« Er tagträumte sich in die Vergangenheit zurück. »Sie war wirklich hübsch. Als ich sie das erste Mal bewußt wahrnahm, war sie von einem Hund gebissen worden. Nein, ich

hatte sie schon vorher bemerkt: Auf dem Schulhof – an den Tagen, an denen sie mich dazu zwangen, am Unterricht teilzunehmen. Mit ihren dunklen Haaren, der hellen Haut und den furchtsamen Augen hob sie sich von der Masse der anderen Schüler ab. Aber an dem Tag, als der Hund sie gebissen hatte, machte sie einen so jämmerlichen Eindruck, daß mir fast das Herz brach. Ihr Vater war ein übler Bursche. Hart wie ein Stahlnagel. Für gewöhnlich mußte sie aufbleiben, bis er schließlich aus der Kneipe kam, und dann verprügelte er sie, wenn sie seine Anordnungen nicht zu seiner Zufriedenheit erfüllte.« Er lächelte. »Sie hatte wirklich eine schöne Kindheit.«

Das Lächeln schwand. Er schöpfte Atem und ließ ihn dann mit einem heiseren »Ich liebte sie« entweichen. »Wir wollten unser ganzes Leben miteinander verbringen.« Die Erinnerung an diese Träume und daran, wie brutal sie zerstört wurden, war schmerzhaft. »Sie wollte Kinder haben. Das war alles, was sie wollte – Kinder und mich. Aber ich wollte, daß sie in die Schule ginge, bevor wir Kinder bekämen, denn ich war nicht in der Schule gewesen und fand, daß einer von uns eine Ausbildung brauchte, wenn unsere Kinder es einmal besser haben sollten. Unsere Kids würden große Leistungen vollbringen. Darüber haben wir viel gesprochen.«

Er schob seine Hand in Michaels. Der Junge war ihr Sohn, ihr Fleisch und Blut. In diesem Augenblick war es, als hielte er *ihre* Hand. Es half ihm, die Leere in seinem Innern auszufüllen. »Dann sprachen die Geschworenen mich schuldig. Ich wußte, daß ich lange fort sein würde und von da an gezeichnet wäre. Ich wußte, daß wir all die Dinge, die wir uns ausgemalt hatten, niemals haben würden. Ich würde sie immer mit mir hinunterziehen. Und so schickte ich sie weg.«

»Du hast meine Briefe ungeöffnet zurückgehen lassen.«

Sein Blick flog zur Tür. Teke lehnte mit einer Tasse Kaffee in der Hand am Rahmen. Er fragte sich, wie lange sie wohl schon dort stand.

»Das hättest du nicht tun müssen, Grady. Es waren nur Briefe,

du hättest sie einfach ungeöffnet in den Papierkorb werfen können.«
»Das hätte ich nicht fertiggebracht, aber sie zu lesen, hätte mir nur weh getan. Es war besser, einen klaren Schlußstrich zu ziehen.«
»Nicht für mich. Es war entsetzlich.«
»Es hat funktioniert.«
Sie schaute in ihre Tasse und sah aus, als habe sie vor, Streit mit ihm anzufangen. Doch sie seufzte nur, trank einen Schluck und fragte dann: »Wie war es im Gefängnis?«
»Hart«, antwortete er. »Grau und kalt.«
»Hattest du Angst, als sie dich dorthin brachten?«
Er nickte. »Ich hatte auf den Docks ja knallharte Burschen kennengelernt, aber die waren gar nichts gegen die da drin.«
Teke schauderte und umfaßte ihre Kaffeetasse mit beiden Händen. Nach einer Weile trank sie wieder einen Schluck. »Frühstück«, sagte sie mit einem schiefen Lächeln.
»Hast du nicht gefrühstückt, ehe du das Haus verlassen hast?«
»Ich war die ganze Nacht hier. Irgendwann dachte ich daran, in die Cafeteria zu gehen, aber dann hielt mich die Vorstellung, zwischen all diesen Leuten in Weiß zu sitzen, davon ab. Außerdem wollte ich Michael nicht so lange allein lassen.« Sie durchquerte das Zimmer und streichelte die Wange ihres Sohnes. »Hi, Schatz. Hat Grady dir Gesellschaft geleistet?«
»Ich dürfte ihn eher gelangweilt haben.«
»Nein, Michael ist neugierig. Seine Leidenschaft sind Videofilme. Es könnte sein, daß er aufgrund deiner Erzählung aufwacht und einen Film über das Gefängnisleben machen möchte.«
Grady zuckte mit den Schultern. »In Wirklichkeit ist es gar nicht aufregend. Tag für Tag tut man die gleichen schrecklichen Dinge und empfindet die gleiche schreckliche Angst. Und dann kommt man irgendwann raus, und die Angst ist genauso schlimm.«
»In welcher Hinsicht?« fragte sie und erinnerte ihn damit an die alte Teke, die immer ganz genau wissen wollte, was er tat.

Das hatte ihm immer gefallen, es gab ihm das Gefühl, wichtig zu sein – als spiele es eine Rolle, wer er war und was er machte. Und so sagte er: »Wenn man rauskommt, ist man auf sich gestellt. Plötzlich ist keiner mehr da, der einem sagt, wohin man wann zu gehen hat. Niemand versorgt einen mit Essen und Kleidung. Man muß alles allein machen, nur hat man es so lange nicht getan, daß man gar nicht mehr genau weiß, wie es geht. Das Angebot in den Lebensmittelläden hat sich geändert, während man im Bau saß. Die Maschinen im Waschsalon funktionieren anders. Man ist unzeitgemäß angezogen, und man hat den Eindruck, daß einen alle anstarren. Man fühlt sich fehl am Platz und unerwünscht.«

»Bist du nach Gullen zurückgegangen?«

»Für eine Weile, ich wußte nicht, wo ich sonst hingehen sollte.«

»Es tat mir so leid, als ich das von deinem Vater erfuhr, Grady«, flüsterte sie. »Die Ladys von der Kirche schrieben mir, daß er gestorben sei. Ich habe mehr um ihn getrauert als jemals um Homer. Ich wollte eigentlich zu seiner Beerdigung fahren, aber dann brachte ich es doch nicht fertig – es wäre zu schmerzhaft gewesen.«

Grady senkte den Blick. Er kannte den Schmerz, von dem sie sprach. Sein Vater war ein harter Mann gewesen – aber mit einer weichen Seite, wenn es um seinen Sohn ging. Jahrelang glaubten die County-Behörden, daß er Grady mißbrauchte, indem er ihn von der Schule fernhielt und ihn zwang, auf den Docks zu arbeiten, doch die Wahrheit war, daß er Grady gern bei sich hatte, und dieses Gefühl beruhte auf Gegenseitigkeit.

»In jenen ersten beiden Jahren«, sagte Grady, »besuchte er mich jeden ersten Sonntag im Monat. Es war hart für ihn. Wenn er die anderen im Besuchsraum sah, wurde er immer ganz hektisch, als begreife er nicht, wie sein Sohn hierhergekommen sein konnte, als müsse er etwas unternehmen, ihn irgendwie beschützen. Und dann kam er eines Sonntags nicht. Ich wußte, daß es nur einen Grund dafür geben konnte. Sie brauchten drei Tage, bis sie es über sich brachten, mir zu erzählen, daß er tot war.«

»Oh, Grady.«
»Es war in Ordnung so«, sagte er vernünftig. »Er war krank. Sein Herz wurde schwächer und schwächer. Wenn er noch gelebt hätte, als ich rauskam, hätte er rumsitzen und mir bei der Arbeit zuschauen müssen, und das hätte er nur sehr schwer ertragen. Er mochte es, wenn wir Seite an Seite arbeiteten.« Er betrachtete Michael. »Er dreht Videofilme, ja? Davon habe ich keine Ahnung.«
»Ich schon«, sagte die Schwester, die gerade mit einer Rollbahre und einigen Helfern hereinkam. »Alles bereit?« wandte sie sich an Teke.
Teke hatte plötzlich wieder den ängstlichen Ausdruck in den Augen, den sie schon als kleines Mädchen gehabt und der Grady so angerührt hatte, aber sie trat beiseite, damit sie Michael umbetten konnten. »Sie bringen ihn zur Computertomographie«, erklärte sie.
Grady trat neben sie. »Wonach wollen sie denn suchen?«
»Nach Hirnströmen, die normal oder nicht normal sein können.« Er sah zu, wie die Techniker geschickt mit Monitoren, Infusionsflaschen und Schläuchen hantierten. Er fragte sich, wie lange so eine Untersuchung wohl dauerte, und ob J. D. kommen würde, um mit Teke auf das Ergebnis zu warten.
Seine Gedanken lesend, sagte sie: »Mein Mann wartet nicht gern. Er wird mit den Ärzten sprechen, sobald sie einen Blick auf die Resultate der Untersuchung haben werfen können.« Hinter der Furcht in ihren Augen stand eine Warnung. »Er kommt immer in der Mittagspause hierher – und vor und nach der Arbeit.«
Grady nickte. Es war zwar nicht direkt eine Einladung, aber es war eine Verbesserung gegenüber dem Du-hättest-nicht-herkommen-sollen-Text. Damit konnte er erst mal leben.

Die Tomographie ergab, daß Michaels Gehirn einwandfrei funktionierte, was sein Koma für Teke noch frustrierender machte.

Seine Pflege beherrschte ihr Leben. Ihre Tage vergingen damit, seinen gesunden Arm und sein gesundes Bein zu trainieren, seine Muskeln zu massieren, ihn zu waschen, zu kämmen und mit ihm zu sprechen, damit er nicht vergäße, wer er war. Aber es gab auch andere Zeiten – wenn J. D. sie feindselig anstarrte, Annie es vermied, sie anzusehen und Sam einen großen Bogen um sie machte, die Kinder – oder noch schlimmer, John Stewart und Lucy – kamen und der Schein der Normalität gewahrt werden mußte.

»Besorgt um Michael«, wurde zum Terminus für Entschuldigungen wegen Niedergeschlagenheit und Wortkargheit, aber Teke wußte, daß das nicht ewig funktionieren würde. Irgendwann würden die Mädchen sich fragen, weshalb ihre Eltern einander mieden, warum Annie nicht mehr mit Teke sprach, warum das vierblättrige Kleeblatt auseinandergefallen war.

Am meisten vermißte Teke Annie. Sie vermißte die allabendlichen Telefonate, ihre Einkaufsbummel, ihre gemeinsamen Mittagessen, wenn eine von beiden Aufmunterung brauchte. Annie hatte ihr in Krisensituationen immer geholfen – und jetzt hatte sie, weiß Gott, eine Krisensituation.

Teke brauchte dringend Unterstützung, und darum hoffte sie, daß Grady wieder zu Besuch käme, aber auf jede Minute der Hoffnung folgte eine mit Selbstvorwürfen. Grady gehörte ihrer Vergangenheit an, er hatte keinen Platz in ihrer Gegenwart, und auch der Schmerz nicht, den er ihr einst zugefügt hatte. Sie könnte das nicht noch einmal durchmachen, sie würde es nicht überleben.

Trotzdem wurde ihr leichter ums Herz, als Grady Minuten nach J. D.s Besuch in der Mittagspause mit einer Papiertüte hereinkam, die einen verlockenden Duft von heißem Fett verströmte.

»Pastrami mit Käse und Paprika«, sagte er und reichte sie ihr. »Ich wette, du hast nichts gegessen.«

Er hatte recht. Sie nahm die Tüte und hielt sie unschlüssig in der Hand. Sie dachte, sie sollte sie eigentlich zurückgeben, doch sie hatte plötzlich einen unbezähmbaren Appetit auf etwas Scharfes. Mit einem hastigen »Danke, ich bin am Verhungern«, sank sie auf einen Stuhl, packte das Sandwich aus und biß ein großes Stück ab.

Grady trat zu Michael. »Wie geht's dir, Kumpel?« Er neigte den Kopf, um die Aufschrift des Tages-T-Shirts zu lesen. »Michael Maxwell's Sporthalle. Nur für Superstars.« Er wandte sich an Teke. »Ist er einer?«

Sie nickte. »Einer aus seinem Basketballteam hat es vorbeigebracht. Die Ausscheidungskämpfe stehen bevor, es wird schwierig für die Jungs, wenn Michael ausfällt.« Sie biß noch einmal von dem Sandwich ab, aber es schmeckte nicht so gut wie beim ersten Mal.

»Ich habe deinen Mann weggehen sehen. Er sah ziemlich grimmig aus.«

»Er ist nicht sehr zufrieden mit mir.« Was die Untertreibung des Jahres war. Er hatte vor Zorn geschäumt, über die Unfähigkeit der Ärzte gewütet, Michael aufzuwecken, Tekes Unfähigkeit, Michael aufzuwecken, Tekes Haare, ihre Kleidung, die Tränensäcke unter ihren Augen. »Zu Hause greift das Chaos um sich. Er versteht nicht, weshalb ich meine Zeit nicht ›gerechter‹ einteile.«

»Kannst du keine Haushaltshilfe einstellen?«

»Ich habe schon eine, aber die kommt nur einmal die Woche. Ich glaube nicht, daß sie öfter kommen könnte, und ich bin nicht da, um jemand neuen einzuweisen. Außerdem können die Mädchen beim Kochen und Waschen helfen. J. D. könnte es auch tun, aber er lehnt es ab.«

Sie biß ein drittes Mal von dem Sandwich ab und spürte einen heftigen Ärger in sich aufsteigen. Es lag nicht daran, daß J. D. sich plötzlich weigerte, mit anzupacken, nein, es lag daran, daß sie plötzlich erkannte, wie wenig er seit jeher getan hatte. Bis heute hatte sie geglaubt, daß es ihr nichts ausmachte. Das Haus war ihre Domäne, sie war stolz darauf, es in Ordnung zu halten. Aber jetzt hätte sie seine Hilfe brauchen können, und wenn nicht seine Hilfe, dann auf jeden Fall sein Verständnis.

»Und wie ist es mit dem Burschen hier?« fragte Grady mit einem Blick auf Michael. »Hilft er im Haushalt?«
»Nicht viel, aber das ist nicht seine Schuld. Ich verwöhne ihn. Oh, ich sage mir immer wieder, daß ich das nicht tun darf, denn heutzutage gibt es keine jungen Mädchen mehr, die einen Ehemann verhätscheln wollen, und trotzdem verwöhne ich ihn. Er ist ein so guter Junge, und wenn er nicht in der Schule ist, spielt er Basketball oder ist mit seiner Videokamera unterwegs – er lungert nicht etwa mit einer Zigarette im Mundwinkel auf der Straße herum.«
»Ich hätte es genossen, verwöhnt zu werden, als ich ein Kind war«, sinnierte Grady. »Ich habe immer alles getan, was getan werden mußte. Das traf auf uns beide zu.«
Teke zog einen grünen Paprikastreifen aus dem Sandwich. Während sie ihn aß, dachte sie an jene Zeiten zurück. Unser Leben war nicht gerade einfach. Vielleicht verwöhne ich meine Kinder deshalb so. Ich möchte, daß sie wissen, was »sorglos« bedeutet. Sie dachte an all das, was Grady tags zuvor gesagt hatte. Seine Schilderung des Gefängnisses verfolgte sie, und obwohl sie sich sagte, daß es sie nichts angehe und daß es besser sei, nichts zu wissen, und daß Grady, indem er sie wegschickte, jedes Recht auf ihre Besorgnis verwirkt habe, stellte sie fest, daß sie neugierig auf sein Leben war. Und so bat sie: »Erzähl mir von deiner Zeit nach der Haft. Du gingst nach Gullen zurück und fühltest dich angestarrt und fremd. Hast du auf den Docks gearbeitet?«
Er schüttelte den Kopf. »Da war inzwischen ein anderer zuständig, und der wollte mich nicht haben.« Er verfiel in Schweigen und schaute abwesend auf Michael hinunter. »Mein Bewährungshelfer war nicht unglücklich darüber – er meinte, ich solle etwas anderes machen, und brachte mich in einer Schule für Bootsbauer unter.«
Teke lächelte. Das war eine Tätigkeit, bei der sie sich Grady gut vorstellen konnte. Er liebte Boote, und er hatte geschickte Hände. »Da hat es dir bestimmt gefallen.«

»Es war schön«, bestätigte er. »Nette Leute, aber harte Arbeit. Ich hatte im Gefängnis das Äquivalent für einen High-School-Abschluß erworben und auch ein paar Collegekurse absolviert, aber die anderen waren mir weit voraus.«

Das Äquivalent für einen High-School-Abschluß – Teke war beeindruckt. »Wie ging es weiter?«

»Mein Lieblingslehrer war ein Kanufreak. Er baute Kanus aus Holz und Leinwand und steckte mich mit seiner Begeisterung an. Die Unkompliziertheit der Arbeit – und die Schönheit des fertigen Produktes – reizten mich mehr als komplizierte Aerodynamik und High-Tech-Ausstattungen. Jede frei Minute, die ich hatte, verbrachte ich damit, ihm zu helfen.«

Teke beobachtete, wie er bei der Erinnerung daran regelrecht aufblühte. Es erwärmte ihr Herz. »Erzähl weiter.«

»Er ging weg, um eine Schule in Seattle zu leiten.«

Sie war enttäuscht. »Und was hast du dann gemacht?«

Aber Grady hatte sich über Michael gebeugt und musterte ihn eingehend. »Ich könnte schwören, daß seine Lider sich eben bewegt haben.« Er schaute Teke an. »Hat er das schon mal gemacht?«

Sie sprang auf und beugte sich Sekunden später über das Bett. »Michael? Lag es an etwas, das Grady gesagt hat?«

Sie starrten wie gebannt auf ihn hinunter, doch seine Lider blieben unbeweglich.

Sie rüttelte ihn sanft an der Schulter. »Du liegst jetzt schon eine Woche hier – eine *ganze* Woche. Ich möchte, daß du etwas tust. Hörst du mich?« fragte sie in flehendem Ton. »*Tu* etwas!«

Als er sich nicht regte, preßte sie die Finger an ihre Stirn, um die aufkeimende Panik zu stoppen. »Das ist das Schlimmste – dieses Auf und Ab. Er wird immer aktiver – zuerst hat er einen Finger bewegt, dann einen Fuß und seinen Mund, und jetzt die Augen.«

»Vielleicht habe ich es mir ja nur eingebildet.«

»Nein, bestimmt nicht. Er foppt uns. Er macht uns Hoffnungen und zerstört sie dann wieder. Ich weiß, daß du da drin bist,

Michael«, sagte sie in bittendem Ton. »Blinzle einmal für mich. Schneide eine Grimasse.« Sie verflocht ihre Finger mit seinen. »Drück zu. Nicht fest, nur ganz leicht, damit ich weiß, daß du mich gehört hast.«

Aber sie spürte nichts. Mit einem entmutigten Seufzer richtete sie sich auf. »Okay«, murmelte sie. »Ich kann warten. Ich kann warten.«

Langsam kehrte sie zu ihrem Stuhl zurück und aß ein weiteres Stück von Gradys Sandwich. Es war kalt geworden und schmeckte scheußlich, aber sie kaute und schluckte. Entschlossen, sich nicht unterkriegen zu lassen, räusperte sie sich und wandte sich wieder an Grady. »Was hast du gemacht, nachdem dein Freund nach Seattle gegangen war?«

Er hatte die Hände in die Taschen seines Blazers gesteckt. »Ich fing an, auf dem Bau zu arbeiten, um das Geld zusammenzukriegen, um hinfliegen und ihm meine Dienste anbieten zu können.«

Sie bemühte sich weiter, sich zu beruhigen. »Und, hast du es getan?«

»Nein. Ich entdeckte die Zimmerei, und als ich das Geld schließlich beieinander hatte, gefiel mir meine Arbeit zu gut, als daß ich sie hätte aufgeben wollen. Ich baue noch heute ab und zu Kanus, aber nur als Hobby.«

Endlich wurde sie ruhiger. »Ich freue mich.«

»Worüber?«

»Daß sich alles so gut entwickelt hat.« Sie versuchte, sich sein jetziges Leben vorzustellen. »Und du lebst wirklich in Gullen?«

»Nein. Ich schau hin und wieder vorbei, aber ich führe ein ziemliches Nomadendasein. Die meisten Sachen von mir habe ich in meinem Truck.«

»Aber dein Brief kam aus Gullen.«

»Ja, ich war kurz dort. Ich bleibe nie lange – wegen der Erinnerungen. Das letzte Mal haben sie mich besonders mitgenommen. Ich war völlig fertig und fand, daß es Zeit sei, dich wiederzusehen. Und so schickte ich dir den Brief.« Mit rauher

Stimme setzte er hinzu: »Ich hätte mit meinem Besuch eine Woche warten sollen, dann wäre Michael nichts passiert.«
Er hatte recht, dachte Teke. Früher einmal hatte er ihre Briefe zurückgehen lassen – es war eine Ironie, daß ein Brief von *ihm* eine solche Katastrophe ausgelöst hatte. Aber man konnte die Uhr nicht zurückdrehen. Ihr Leben hatte etwas Irreales, ihre innere Uhr tickte von einem endlosen Tag zum nächsten. Ihr Lebensraum war das Krankenhaus. Michael lag im Koma, J. D. verabscheute sie, Annie haßte sie, und Sam ging ihr so weit wie möglich aus dem Weg.
Gradys Stimme war nah und flüsterte: »Teke?«
»Es hätte nichts geändert«, sagte sie leise. »Ich bin das Problem hier. Ich bin das Gift.«
»Das ist nicht wahr.«
»Wie ist es dann zu erklären? Ich bin der gemeinsame Nenner in den aus den Fugen geratenen Leben all dieser Menschen.«
Plötzlich stand er vor ihr, stützte die Arme auf die Lehnen ihres Stuhls. Sein Gesicht war nur Zentimeter von ihrem entfernt.
»Nimm zum Beispiel dich«, fuhr sie fort. »Wenn du mich nicht kennengelernt hättest, hättest du keinen Menschen getötet und nicht ins Gefängnis gemußt. Du hättest dir eine gute Existenz aufgebaut, eine nette Frau geheiratet und einen Haufen Kinder bekommen – und all das hättest du verdient.«
»Wer sagt denn, daß ich das nicht habe?«
Seine Antwort traf sie wie ein Schlag. Er hatte nichts von einer Frau und von Kindern gesagt – sie hatte angenommen, daß er allein war.
Er richtete sich auf, schob die Hände wieder in die Taschen und schaute aus dem Fenster. »Ich war verheiratet. Wir bekamen ein kleines Mädchen. Meine Frau hat sich vor drei Jahren von mir scheiden lassen.«
Teke war fassungslos. Sie hatte sich Grady nie mit einer anderen Frau vorgestellt. Töricht und selbstsüchtig, aber so war es.
»Aber warum?« Der Grady, den sie gekannt hatte, wäre ein perfekter Ehemann und Vater gewesen.

»Wir haben es vielen Dingen zugeschrieben – unterschiedlichen Interessen, unterschiedlichen Wertvorstellungen, unterschiedlichen Lebensauffassungen –, aber Tatsache war«, sagte er mit einem ironischen Blick in ihre Richtung, »daß ich im Bett einmal zu oft deinen Namen gesagt hatte. Also denke nicht, daß du ein Monopol auf Verrat hast, denn es ist nicht so.«
Das gab Teke in den langen Stunden, die folgten, viel zu denken.

Annie sorgte dafür, daß sie Michael niemals allein besuchte, was nicht schwierig war: Selbst an Tagen, an denen Leigh und Jana erst später mit Jon kamen, erwartete Zoe sie ungeduldig am Fuß der Schultreppe.
»Ich weiß, daß es furchtbar von mir ist, das zu sagen«, sagte sie an einem solchen Tag. »Ich meine, wir fahren ins Krankenhaus, weil Michael dort liegt, was das Schrecklichste von der Welt ist, aber es ist schön, daß du mich abholst. Es freut mich zu wissen, daß du am Ende des Schultags hier bist.«
Annie ergriff ihre Hand.
»Bin ich herzlos?« fragte Zoe.
»Überhaupt nicht«, beruhigte Annie sie. Sie lechzte geradezu danach, solche Sätze zu hören. Sie brauchte die Bestätigung, daß sie etwas richtig machte, wobei das natürlich nichts darüber aussagte, was sie vorher gemacht hatte. »Stört es dich, daß ich so viel arbeite?«
Zoe dachte darüber nach. »Es ›stört‹ mich nicht, ich bin stolz auf das, was du tust, und du liebst deine Arbeit – ich wünschte mir nur, daß ich dich mehr für mich hätte.« Sie setzte sich mit einem Lächeln auf dem Beifahrersitz zurecht. »Das ist schön, nur wir zwei.«
Annie fühlte ein Ziehen in ihrem Herzen.
»Vielleicht wäre es anders, wenn ich ein Einzelkind wäre. Dann hätte ich dich immer für mich, wenn du nicht arbeiten würdest. Na ja, ich müßte dich mit Daddy teilen, aber das wäre etwas anderes.«
Das Ziehen, das Annie diesmal spürte, wurde durch den

Schmerz der Entfremdung von Sam ausgelöst. Sie sprachen kaum miteinander. Nicht, daß er es nicht versuchte, aber sie brachte kaum ein Wort heraus. Sie war zornig und verletzt und interpretierte in alles, was er sagte, etwas hinein.

»Fühlst du dich von Jon in den Hintergrund gedrängt?« fragte sie Zoe.

»Nein«, erwiderte Zoe mit Überzeugung. »Aber von Jana und Leigh. Vor allem von Jana. Ich meine, ich mag sie unheimlich, sie ist meine allerbeste Freundin, aber sie redet mit dir über all die Dinge, über die *ich* gern mit dir reden möchte.«

»O Schätzchen, das tut mir leid.«

»Warum kann Jana mit ihren Problemen nicht zu Teke gehen?«

»Weil sie daran gewöhnt ist, damit zu mir zu kommen, so wie du daran gewöhnt bist, zu Teke zu gehen, wenn du zum Tanzen willst und etwas zum Anziehen brauchst. Sie versteht sich auf Kleider, und ich verstehe mich auf Probleme.«

»Es gibt Zeiten, da wünschte ich, wir stünden uns nicht so nahe. Ich meine, es macht Spaß, mit den Maxwells zusammenzusein, und Jon bekäme einen Schreikrampf, wenn wir ohne sie in Urlaub fahren würden, aber ich sage dir, ich wünschte, wir könnten einmal, nur ein einziges Mal, allein in Urlaub fahren. Nur wir vier.« Sie machte eine Pause und fragte dann noch einmal: »Bin ich herzlos?«

»Du bist überhaupt nicht herzlos«, antwortete Annie und spürte eine neue Traurigkeit in sich aufsteigen. Sie hatte immer geglaubt, sie täten das Richtige, indem sie ihr Leben mit den Maxwells teilten. Eine große, glückliche Familie, je größer, um so fröhlicher, einer für alle und alle für einen. Oder war das ein Bedürfnis von vier Erwachsenen gewesen, von denen keiner aus einer großen Familie stammte? Sie fragte sich, ob die Maxwell-Kids ebenso dachten, wie Zoe es tat.

Zumindest war Zoes Timing richtig, dachte Annie: Momentan war an einen gemeinsamen Urlaub nicht zu denken.

Sie seufzte. »Ich bin froh, daß du mir das gesagt hast.«

»Darf ich dir noch was sagen?« fragte Zoe hastig. »Ich bin in dieser Klasse furchtbar schlecht in Mathe. Ich weiß nicht, wieso. Ich muß zu Anfang irgendwo nicht aufgepaßt haben, und jetzt kriege ich keinen Fuß mehr an Deck.« Sie sprach gehetzt weiter. »Sie schicken dir eine Mitteilung, daß ich einen Vierer-Durchschnitt habe, aber ich möchte, daß du weißt, daß ich mich verbessern werde. Ich verspreche es. Ich lasse mir Donnerstag nachmittags Nachhilfe geben. Ist das okay?«

»Natürlich«, nickte Annie, »und ich bin nicht böse.« Es beunruhigte sie, daß Zoe ihre Sorge für sich behalten hatte. »Hattest du gedacht, ich wäre es?«

»Es ist eine *Vier*, Mom. Das ist peinlich!«

»Mathe war auch mein schlechtestes Fach.«

»Jana ist so *gut* darin.«

»Das war Teke auch, aber sie haben beide Schwierigkeiten mit Englisch, und das schaffen du und ich mit links. Mach dich nicht verrückt, Schatz. Tu einfach dein Bestes, und geh auf alle Fälle donnerstags zur Nachhilfe.«

Und so kam es, daß Annie allein ins Krankenhaus fuhr. Sie hätte warten und später mit Zoe hinfahren können, doch Jon hatte angeboten, seine Schwester nach dem Training hinzubringen, und da Annie in den Supermarkt, in die Reinigung und den Drugstore mußte, bevor sie Feierabend machen könnte, faßte sie den Entschluß, zuerst Michael zu besuchen und dann ihre Hausfrauenpflichten zu erledigen. Ihr Leben war hektisch genug, da brauchte sie nicht auch noch Boston zur Stoßzeit.

Michael lag jetzt seit neun Tagen im Koma, und die daraus resultierende Anspannung hatte sich bei ihnen allen in Reizbarkeit und düsteren Mienen zu zeigen begonnen, aber sie war bei keinem so stark wie bei Teke. Sie war gerade dabei, Michael mit Franzbranntwein einzureiben, als Annie eintraf. Ihre Bewegungen verrieten ihre Müdigkeit, die Stimme, mit der sie einen monotonen Monolog sprach, klang erschöpft.

Annie beobachtete sie eine Minute lang vom Flur aus. Für einen Sekundenbruchteil stellte sie sich Tekes Hände auf Sams Körper vor. Das Bild war so plastisch, daß sie sich vielleicht auf dem

Absatz umgedreht hätte und wieder gegangen wäre, wenn Teke nicht in diesem Augenblick aufgeschaut und sie gesehen hätte. Bemüht, ihr Unbehagen und ihre Unsicherheit hinter selbstsicherem Auftreten zu verbergen, näherte Annie sich dem Bett. »Wie geht's ihm?«

Teke unterbrach ihre Arbeit nicht. »Er bewegt sich jetzt häufiger. Die Ärzte sagen in einem Atemzug, daß das möglicherweise darauf hindeute, daß er versuche, aus dem Koma aufzutauchen, und im nächsten sagen sie, es habe möglicherweise gar nichts zu bedeuten.«

Annie war entsetzt darüber, wie dünn Michaels Bein aussah. Sie schätzte, daß er seit dem Unfall zehn Pfund an Gewicht verloren hatte.

Als hätte Teke ihre Gedanken gelesen, sagte sie: »Gestern abend habe ich ihn gefüttert – mit Eiscreme und Proteindrinks – und da hat er geschluckt. Nicht, daß es viel helfen würde, aber er sieht regelrecht ausgezehrt aus.«

»In ein, zwei Tagen wirst du einen Unterschied feststellen«, ermutigte Annie sie. »Und selbst wenn du nur verhinderst, daß er weiter abnimmt, ist es die Mühe wert.«

Teke nickte.

Annie fragte sich, was sie an sich hatte, das Sam angezogen hatte. Ja, sie sah hübsch aus in ihrer lindgrünen Tunika und den Strumpfhosen, doch ihr Gesicht war verhärmt und hager. »Du hast auch abgenommen.«

Teke legte Michaels Bein zurück aufs Bett. »Ich kann kaum was essen, ich bin zu angespannt.«

Typisch Teke, dachte Annie. So war sie schon immer gewesen: Während Abschlußexamina oder in den Tagen vor ihrer Hochzeit oder als die Kinder alle gleichzeitig Windpocken hatten – nie konnte sie essen.

Sie hatte eine Idee. »Warum machst du nicht mal Pause?« Es erschien für sie beide die perfekte Lösung. »Ich bleibe solange bei Michael. Fahr ein bißchen spazieren, geh in ein Restaurant oder nach Hause und ruh dich aus.«

Teke fuhr sich mit dem Arm über die Stirn. »Ich bin okay.«
»Jetzt geh schon, ich bleibe hier.«
»Ich will mit dir reden, Annie. Ich will es erklären, mich entschuldigen.«
Annie schüttelte den Kopf. »Nein.«
»Ich habe dir so viel zu sagen. Du bist meine beste Freundin. Du mußt mir zuhören!«
»Ich kann nicht«, erwiderte Annie in flehendem Ton. »Noch nicht. Aber ich kann mit Michael reden. Geh, bitte.«
»Es tut mir so leid ...«
Annie hielt sich die Ohren zu, sie wollte keine Entschuldigung hören, denn sie war nicht sicher, daß sie sie glauben würde.
Nach einem langen, flehentlichen Blick hob Teke ihre Tasche vom Boden auf und ging. Als sie weg war, fühlte Annie sich schlechter denn je. Ein dummer Fehler, hatte Sam gesagt, aber welchen Schaden hatte er angerichtet! Und der Schaden wurde immer größer. Sie fragte sich, wo es enden würde.
Sich Michael zuwendend, sagte sie: »Warum verletzen wir die Menschen, die wir lieben? Kannst du mir das sagen?« Sie seufzte und strich mit den Fingerspitzen an seinem Arm entlang. »Entschuldige – es ist nur ein bißchen schwierig hier draußen. Ein Teil von mir beneidet dich darum, daß du so daliegst und die Augen vor der Welt verschlossen hast. Warum muß das Leben nur so kompliziert sein?«
Michael antwortete nicht. Er blinzelte nicht. Er versuchte nicht, ihren Fingerspitzen zu entkommen.
»Ich hatte immer Karriere machen wollen. Von Anfang an liebte ich Literatur und Poesie. Als kleines Mädchen führte ich Gespräche mit der örtlichen Bibliothekarin, später mit meinen Lehrern, und dann, auf dem College, mit meinen Freunden. Ich wußte genau, daß ich Lehrerin werden wollte. Das bedeutete, daß ich einen Universitätsabschluß brauchte, und Sam war einverstanden. Er unterstützte mich in jeder erdenklichen Weise. Und so schaffte ich es, Michael, langsam natürlich, als ihr Kinder klein gewesen seid, aber ich schaffte es. Ich machte

meinen Abschluß und fing an zu unterrichten. Je älter ihr wurdet, um so mehr lud ich mir auf. Dann bekam ich die Anstellung. Was für ein Sieg für eine Frau, die die Doppelbelastung Beruf und Familie zu tragen hatte!«
Sie schnaubte selbstironisch. »Ich hatte die Sache glänzend im Griff – dachte ich. Jetzt erzählt mir meine Tochter, daß sie mich vermißt hat. Sie erzählt mir, daß sie in Mathe nicht mitkommt, und ich hatte keine Ahnung davon. Sie konnte es mir nicht sagen, weil sie mich nie eine Minute allein erwischte. Das ist schrecklich, findest du nicht? Und Jon ist ständig beim Football-Training oder mit Leigh zusammen. Ist das so, weil ich so selten zu Hause bin? Sam hat es mir vorgeworfen: Er sagte, ich hätte an dem bewußten Dienstag daheim sein sollen, dann wäre das alles nicht passiert. Das tut weh«, flüsterte sie. »Ich war wirklich überzeugt, daß ich meine Sache gut mache und was ich nicht konnte, konnte Teke, und was J. D. nicht konnte, konnte Sam, und umgekehrt. Die Beziehung unserer Familien zueinander war einzigartig. Sie war praktisch und leistungsstark. Wir waren eine verschworene Gemeinschaft, und ich hielt diese Konstellation für perfekt.«
Sie stöhnte leise. »Nun, laß es dir sagen: Die verschworene Gemeinschaft ist zerbrochen. Bei dir zu Hause herrscht das Chaos, bei mir zu Hause herrscht das Chaos. In meinem Büro herrscht das Chaos, und ich kann mich nicht auf die Arbeit konzentrieren. Mein ganzes *Leben* ist ein Chaos.« Plötzlich sah sie Sam in der Tür stehen und verstummte. Er sah ebenso müde aus wie alle anderen, doch so lieb und vertraut und besorgt, daß der Tatbestand seines Verrats an ihr völlig irreal erschien.
»Erzählst du ihm was Schönes?« fragte er, und ein nur kleines Zögern in seiner Stimme nahm der Frage die Ungezwungenheit. Er verharrte auf der Schwelle, als fürchte er sich, ehe er den Raum betrat.
»Ich beklage mich«, sagte sie, sich wieder Michael zuwendend: Sein ausdrucksloses Gesicht war leichter zu verkraften als Sams trauriges.

»Du beklagst dich? Worüber?«
»Weil ich mich überfordert fühle. Es war mir nicht klar, wie abhängig ich von Teke war. Ich habe eine armlange Liste von Dingen, die ich erledigen muß. Eigentlich wollte ich das später tun, aber da du jetzt hier bist, kann ich es vorziehen.«
»Tu das nicht«, bat Sam hastig. »Bleib mit mir bei Michael.«
»Er reagiert ebensowenig auf zwei Menschen wie auf einen.«
»Dann laß *uns* miteinander sprechen, Annie. Bitte. Hör auf, davonzulaufen.«
Sie atmete zittrig ein. Mit Sam auf dieser Basis zu verkehren, war eine Qual für sie, aber selbst wenn es ihr Leben bedeutet hätte, sie brachte es nicht fertig, ihm auf halbem Weg entgegenzukommen. Die Wunde war noch zu frisch. »Du hast dich bereits entschuldigt, im Moment gibt es nichts, was du sagen könntest, das zu einer Entspannung beitragen würde.«
»Denke an all unsere gemeinsamen Jahre.«
»Die haben nichts mit dem zu tun, was ich jetzt empfinde.«
»Das sollten sie aber.«
Zornig hob sie den Kopf. »Wie sollte das gehen? Das waren Jahre der Liebe und Fürsorge, nicht der Bitterkeit und des Zorns. Einander zu verletzen, war nie ein Thema zwischen uns, es schien unmöglich.«
Sie dachte, ihn damit mundtot gemacht zu haben, als er sich mit der Hand durch die Haare fuhr, doch er erwiderte: »Genau, und darum war ich auch nicht auf das vorbereitet, was passiert ist. Siehst du das nicht ein, Annie? Ich kam nie auf den Gedanken, daß ich eine andere Frau als dich berühren könnte. Ich war ebenso geschockt wie alle anderen.«
»Danach!« hielt Annie ihm entgegen. »Währenddessen warst du ganz offenbar nicht geschockt.«
»Im Geiste war ich mit *dir* zusammen, und das ist der Grund dafür, daß es überhaupt möglich war. Ich hätte niemals bewußt mit Teke geschlafen«, erklärte Sam mit Überzeugung. »Sie reizt mich nicht in dieser Weise – oder hast du vielleicht jemals Anzeichen dafür entdeckt?«

»Die Ehefrau bemerkt so etwas immer erst als letzte.«

Er ließ hörbar den Atem entweichen. »Du glaubst mir nicht.«

»*Ich* glaube dir ganz sicher nicht«, sagte J. D. hinter ihm und trat ins Zimmer. »Ich denke, rückblickend bekommen all die Umarmungen und Küsse und das Händchenhalten mit Teke über die Jahre hinweg eine neue Bedeutung.«

»Das waren Zeichen der Zuneigung für eine gute Freundin«, protestierte Sam. »Du hättest das gleiche mit Annie gemacht, wenn es dir läge, deinen Gefühlen Ausdruck zu verleihen.«

J. D. wandte sich Annie zu. »Bist du okay?«

Annie verspürte einen Anflug von Verärgerung. Es gefiel ihr nicht, wie J. D. sich als Richter aufspielte. Immerhin, wenn es ihm läge, seinen Gefühlen Ausdruck zu verleihen, hätte Sam nicht so auf Teke wirken können. Und außerdem hatten offenbar Probleme in ihrer Ehe Teke in Sams Arme getrieben.

»Es geht mir gut«, antwortete sie und schlang den Riemen ihrer Tasche über die Schulter. »Jetzt seid ihr ja zu zweit hier, da kann ich beruhigt fahren.« Sie legte im Moment keinen Wert auf die Gesellschaft der beiden Männer. »Ich habe Teke weggeschickt, damit sie sich ein bißchen erholen kann. Einer von euch sollte dableiben, bis sie zurückkommt.«

»Ich habe nur kurz Zeit«, erklärte J. D. »Ich habe um vier einen Termin.«

»Du hast immer einen Termin um vier«, schnauzte Sam ihn an. »Oder um drei oder um zwei. Wann immer es dir irgendwo nicht paßt, hast du einen Termin. Das ist dein Sohn, der da liegt!« Er zeigte auf Michael. »Interessiert dich das überhaupt nicht?«

J. D. ging in die Defensive. »Natürlich interessiert es mich, aber ich tue ihm nichts Gutes, wenn ich stundenlang hier auf und ab gehe.«

»Hast du schon mit ihm gesprochen wie wir anderen, oder beleidigt das deine Vernunft, weil niemand weiß, ob er es hört?«

J. D.s Blick glitt von Sam zu Annie und wieder zurück.

Seine Miene verfinsterte sich. »Was fällt dir eigentlich ein? *Ich* bin derjenige, dem Unrecht zugefügt wurde.«

»Und das läßt du mich nicht vergessen. Du schaust durch mich hindurch, du gehst an mir vorbei, du sprichst um mich herum. Wann werden wir uns damit auseinandersetzen, um Gottes willen? Du und Annie, ihr lauft vor dem Problem davon, als würde es sich von selbst lösen. Das wird es aber nicht! Früher oder später müssen wir ihm ins Gesicht sehen.«

»Du hast leicht reden«, warf Annie ein. »Du bist ja nicht derjenige, den der Schmerz quält.«

»Das stimmt«, gab Sam zu, »aber ich bin derjenige, der den Schmerz verursacht hat – und ich schwöre dir, das ist noch schlimmer. Was kann ich tun? Ich möchte es wiedergutmachen, aber keiner von euch beiden gestattet es mir.«

»Wiedergutmachen?« höhnte J. D. »Es ist nichts mehr da, was man wiedergutmachen könnte.«

Sam schnippte mit den Fingern. »Du meinst, das war's? Die Freundschaft ist zu Ende? Die Partnerschaft ist zu Ende? Die *Ehe* ist zu Ende?« Die letzte Frage richtete er an Annie, doch sie kam nicht dazu, zu antworten, weil in diesem Augenblick ein leiser Laut von Michael sie alle herumfahren ließ.

Michaels Augen waren halb offen. Sie schlossen sich wieder, öffneten sich dann erneut – immer noch halb, aber das war mehr als in den vergangenen neun Tagen.

Annie beugte sich über ihn. »Michael!« rief sie drängend. »Kannst du mich hören?« Seine Augen öffneten sich ganz. Zuerst richtete sein Blick sich zur Zimmerdecke, dann glitt er langsam umher, bis er sich mit dem ihren traf. »Bist du bei uns?« flüsterte sie, und wagte kaum, zu hoffen.

Nach einer Pause, in der die Vorstellung durch ihren Kopf geisterte, daß sein Hirn tot war, nickte er fast unmerklich.

Sam umfaßte die Schulter des Jungen. »Weißt du, wo du bist?«

Michaels Augen bewegten sich langsam in Richtung der Stimme, fanden Sams und hielten sie einen Moment lang fest, wanderten weiter zu J. D., der sich neben Sam über ihn beugte,

und kehrten zu Annie zurück. »Kran-ken-haus«, artikulierte er mühsam.
Sam grinste breit. »Genauuuuu!«
»Ich hole den Arzt!« sagte J. D. aufgeregt und stürzte hinaus.
Annie lächelte unter Tränen der Erleichterung. Sie streichelte Michaels Gesicht, sein Haar, die rosa Narbe, aus der die Fäden entfernt worden waren. »Gott sei Dank! Gott sei Dank! O Michael – wir haben uns solche Sorgen gemacht! Wie fühlst du dich?«
Seine Lider schlossen sich.
Sie warf Sam einen entsetzten Blick zu, der ihn ebenso entsetzt erwiderte. »Geh nicht wieder weg!« flehte sie. »Komm zurück. Komm zurück!«
Michael öffnete mit sichtlicher Anstrengung die Augen und fuhr sich mit der Zunge über die Lippen. »Dur-stig«, flüsterte er.
Eine Schwester und ein Arzt kamen im Laufschritt herein. Annies einziger Gedanke war, Michael alles zu geben, was sein Herz begehrte. »Er hat Durst. Was darf er trinken?«
Der Arzt beugte sich über ihn, führte in einem Bogen eine Punktlichtquelle vor seinen Augen hin und her. Offenbar zufrieden mit dem Ergebnis, schaltete er die Taschenlampe aus. »Weißt du, wer du bist?« fragte er.
Wieder ein schwaches Nicken.
»Wer?« bohrte der Arzt.
Die Antwort kam langsam und leise, aber klar verständlich. »Mi-chael Phi-lip Max-well.«
Erst jetzt gestattete der Arzt sich ein Lächeln. »Es ist noch alles da. Ich würde sagen, das verdient – was? Einen Schokoladenmilchshake?«
Michael schüttelte den Kopf.
»Ich dachte, du magst Schokolade.«
»Coke«, flüsterte Michael und grinste schief.
Die Schwester lief in heller Aufregung hinaus und rief allen Angestellten die freudige Neuigkeit zu.
Annie richtete sich auf. Sie legte die Hand auf Michaels Arm

und atmete zutiefst erleichtert und dankbar durch. Und dann fiel ihr plötzlich ein: »Jemand muß Teke holen!«
»Schau nicht *mich* an«, sagte J. D.
Was Annie hörte, war: Wenn sie es angebracht fand, ihn alleinzulassen, reicht es auch, wenn sie sieht, daß er aufgewacht ist, wenn sie irgendwann zurückkommt. Außerdem verdient sie es nicht, an dieser Freude teilzuhaben. Sie ist schuld, daß er hier ist. Aber Annie teilte seine Meinung nicht. Sosehr es sie auch verletzte, was Teke getan hatte – Teke war Michaels Mutter. Sie war neun Tage nicht von seiner Seite gewichen. Man mußte sie finden.
Annie dachte daran, Sam loszuschicken, überlegte es sich jedoch anders: Sie wollte nicht, daß Sam nach Teke suchte. Sie traute den beiden nicht über den Weg.
»*Ich* werde es tun«, sagte sie und ging.

Kapitel 8

Sam war nie in seinem Leben so erleichtert gewesen wie in dem Moment, als Michael die Augen öffnete und erkannte, wo er sich befand, und dem Arzt seinen vollen Namen nannte. Der Sieg im Fall »Dunn gegen Hanover« verblaßte dagegen. Während Michael im Koma lag, hatte Sam eine schwere Last aus Sorge und Schuldgefühl mit sich herumgeschleppt – und hätte das für den Rest seines Lebens getan, wenn Michael nicht mehr aufgewacht wäre. Er sah Michaels Erwachen als den Anfang vom Ende eines Alptraums. Inwieweit der Junge sich an den Unfall – und an das, was dazu geführt hatte – erinnerte, war noch unbekannt und in diesem Augenblick unwesentlich. Das Wichtigste war, daß er überlebt hatte, und das offenbar unbeschadet. Er trieb zwischen Wachen und Schlafen dahin. Angesichts seines allgemeinen Schwächezustands und der Tatsache, daß sein rechter Arm und sein rechtes Bein eingegipst waren, war es schwer abzuschätzen, welche Wirkung seine Kopfverletzung auf seine Motorik hatte, was J. D. gar nicht gefiel. Nachdem er so lange in der Vorhölle gewartet hatte, wollte er jetzt genau wissen, was Sache war, und lag den Ärzten dementsprechend in den Ohren. Sam hingegen war einfach dankbar dafür, daß Michael wach und bei sich war.

Um halb sechs kam Jon mit Leigh, Jana und Zoe. Ihre freudige Erregung füllte den Raum und schwappte in den Flur hinaus, doch niemand störte sich daran: Auf einer Station, die für Patienten mit Kopfverletzungen reserviert war, gab es den Angehörigen anderer Hoffnung, wenn einer sich erholte.

Um sechs kam Annie hereingestürmt, dicht gefolgt von Teke, deren Gesicht tränennaß war. Sie brachte kein Wort heraus, stand nur am Bett und lächelte unter Tränen auf Michael hinunter, ehe sie sich setzte, so gut wie möglich die Arme um ihn schlang und in sein Kissen weinte.

Der Anblick schnürte Sam die Kehle zu. Er betete darum, daß Michael sich daran erinnern würde, wie sehr seine Mutter ihn liebte, falls die andere Erinnerung zurückkehrte.

Entschlossen, Michaels Erwachen zu feiern, ging Sam mit Jon in eine nahegelegene Pizzeria und holte vier riesige, saftige Pizzas und Mineralwasser. Der Duft, der den Raum erfüllte, stand in krassem Gegensatz zu seiner vorherigen Sterilität. Alle griffen zu, als hätten sie seit Tagen nichts gegessen, während der Junge, auf den das tatsächlich zutraf, immer wieder einschlief. Es machte den Kids nichts aus, wenn seine Augen geschlossen waren, denn er öffnete sie immer wieder, und das war das einzig Wichtige. Er war der Ehrengast auf ihrer Party, und sie bezogen ihn ständig in ihr Gespräch ein.

»Was hast du die ganze Zeit über empfunden?« wollte Jana wissen.

»Ich wette, es war wie Schweben«, meinte Zoe. »Und alles um ihn herum weiß und leicht und luftig.«

Jana schüttelte den Kopf. »Nicht leicht und luftig, eher dunkel und schwer. Als liege etwas auf seinen Gliedern. Als ersticke ihn eine graue Wolke. Als wolle er aufstehen, aber etwas hielte ihn nieder.«

»Ich habe etwas über außerkörperliche Erfahrungen gelesen«, erzählte Jon Michael. »Da ist man da und auch wieder nicht. War es so? Konntest du etwas hören?«

»Oder etwas fühlen? Oder riechen?« warf Leigh ein.

Michael schlug die Augen auf. Sein Blick fiel auf Leigh, die, ihm am nächsten, auf der Bettkante saß. Er runzelte die Stirn, und Sam war nach all den Tagen ohne jegliche Reaktion regelrecht hingerissen von Michaels Mimik. »Schweben«, sagte er mit kratziger Stimme, und dann setzte er »Glaub ich« hinzu, bevor er die Augen wieder schloß.

»Schweben«, wiederholte Jana fasziniert. »Das ist unglaublich. Wußtest du die ganze Zeit, wo du warst?«

Michael nickte mit geschlossenen Augen.

»Wolltest du sprechen und konntest nicht?« fragte Zoe.

Erneutes Stirnrunzeln. Nach einer Weile zuckte er mit einer Schulter.

»Hast du gespürt, was sie mit dir machten, daß sie deine Arme und Beine bewegten und so weiter?« erkundigte sich Leigh.

Michael machte die Augen wieder auf und richtete sie auf Leigh, doch er schien durch sie hindurchzuschauen. Er sah verwirrt aus. »Manchmal.«

Jon lehnte sich an Leigh. »Ich wette, du hast dagelegen und dir gedacht, daß wir streckenweise einen ziemlichen Blödsinn daherredeten. Aber wenn man nichts mehr zu erzählen hat, dann schwafelt man einfach weiter, wenn der andere nicht antwortet.«

Sam dachte an einige der Dinge zurück, die er Michael erzählt hatte. Der Junge würde sich nicht an den Unfall erinnern müssen, um zu wissen, was geschehen war. Ein Blick zu Teke, und er wußte, daß sie das gleiche dachte. Sie lehnte jetzt an der Wand. Ihre Wangen waren zwar zum erstenmal seit neun Tagen rosig, doch in ihren Augen stand Furcht.

Er fing Annies Blick ein. Die Art, wie er zu Teke hinüberschoß und dann zu Boden gerichtet wurde, sprach Bände, ebenso ihr gesenkter Kopf. Er fragte sich, was sie Michael erzählt haben mochte, als sie allein an seinem Bett stand. Er sah, daß sie sich unbehaglich fühlte, ja, sogar verlegen war. Er nahm an, daß auch sie besorgt war.

J. D. kehrte von einer zweiten Runde Telefonate zurück, nahm sich ein Stück Pizza und fragte: »Na, wie geht es meinem Jungen?«

»Okay«, flüsterte Michael.

»Keine Pizza?«

Sein Sohn drehte langsam den Kopf von einer Seite zur anderen. Seine Augen glitten von J. D. zu Teke, die etwas weiter weg stand, dann zu Annie und schließlich zu Sam. Sein fassungsloser Ausdruck gefiel Sam nicht, er deutete darauf hin, daß Michael sich an gewisse Dinge erinnerte.

»Na, großartig!« dröhnte John Stewart, als er mit Lucy im Schlepptau ins Zimmer trat. »Da bist du ja wieder, junger Mann. Du hast uns einen ganz schönen Schrecken eingejagt.«
Lucy stellte eine kleine Faltschachtel aus bunter Folie auf den Nachttisch. »Frische Trüffel für meinen Schokoladenfan.« Sie legte zwei Finger an die Lippen und drückte diesen Kuß dann auf Michaels Wange.
Als Antwort brachte er ein angedeutetes Lächeln zustande.
Zoe klatschte in die Hände. »Wir müssen Terry und Alex anrufen. Sie waren fast jeden Tag hier, und sie hatten solche Angst!«
»Und Josh, Tommy und Nat«, ergänzte Jana.
»Und Kari Stevens«, beendete Zoe die Aufzählung mit einem schwärmerischen Seufzer. »Sie fragt immerzu nach dir, Michael. Ich glaube, sie mag dich.«
Leighs Miene wurde streng. »Wie seid ihr Jungs überhaupt dazu gekommen, einfach aus der Schule abzuhauen?«
»MTV«, hauchte Michael.
»Alles nur wegen eines blöden Konzerts?« fragte Jon. »Mann, das war ganz schön dämlich.«
»Ihr hättet von der Schule fliegen können«, sagte Zoe.
Jana stieß einen dumpfen Laut aus. »Statt dessen wurdest du von einem Truck angefahren. Hast du ihn kommen sehen?«
»Wie sollte er?« mischte Jon sich ein. »Die Bäume blockieren doch die Sicht auf die Straße.«
»Oder *gehört?*« insistierte Jana. »Bei uns ist nicht so viel Verkehr, daß man einen einzelnen Motor nicht hören kann. Wo warst du nur mit deinen Gedanken?«
Sam wurde unbehaglich zumute. Er wünschte, Jana würde das Thema fallenlassen, aber Jana war J. D. sehr ähnlich, und J. D. hatte noch nie lockergelassen, wenn er etwas wissen wollte.
Zoe legte besänftigend die Hand auf Janas Arm. »Er war mit seinen Gedanken bei dem Konzert«, sagte sie leise.
»Aber Mom hat ihm beigebracht, nicht ohne vorher nach rechts und links zu schauen, auf die Straße zu laufen. Das war Regel

drei – gleich nach ›Laß die Finger aus den Steckdosen‹ und ›Klapp den Toilettensitz herunter, wenn du gepinkelt hast‹.«
»Jana Maxwell«, schalt Lucy, »was für eine Ausdrucksweise!«
»Es ist doch ganz egal«, flüsterte Zoe Jana zu.
»Ist es nicht! Wann er aufgepaßt hätte, wäre das nie passiert.«
»Aber er hat nun mal nicht aufgepaßt.«
»Mom und Sam«, murmelte Michael, worauf alle Köpfe zu ihm herumruckten.
Sams Magen krampfte sich zusammen. Er zermarterte sich den Kopf nach einer Möglichkeit, das aufzuhalten, was sonst gleich kommen würde, doch es fiel ihm nichts ein. Er schaute zu Annie hinüber. Sie hatte den Kopf gesenkt und die Arme verschränkt.
»Was hast du gesagt?« Leigh beugte sich tiefer über Michael, der wieder völlig fassungslos wirkte.
»Ich habe sie gesehen«, flüsterte er und schloß die Augen.
»Was hat er gesehen?« wandte Leigh sich an Jon.
»Mom und Sam?« fragte Jana in den Raum hinein.
Zoe wandte sich verwirrt an Sam. »Was hat er gesehen?«
Bevor Sam sich eine Ausflucht ausdenken konnte, japste Leigh: »O mein Gott! Will Clinger!«
Janas Augen weiteten sich. »Virginia Clinger!« Sie drehte sich zu Teke um: »Es ist wahr!«
Zoe schüttelte den Kopf. »Nein.«
»Aber Michael hat es gesagt!« gab Leigh zu bedenken.
»Jesus.« Das kam von Jon, der Sam musterte, als käme er von einem anderen Stern.
Sam hob die Hand. Es ist nicht so, wie ihr denkt, hätte er gern gesagt, aber es gab keine abgedroschenere Phrase als diese. Er glaubte nicht, daß die Erklärung »Ich war scharf auf Annie und deshalb bumste ich Teke« einleuchtend wäre, aber es war die einzige, die er hatte.
»Mom?« fragte Jana, die leichenblaß geworden war. »Ist es wahr?«
John Stewarts Gesicht verfinsterte sich, während er von einem zum anderen schaute. »Worum geht es überhaupt?«

»Um einen Fehler«, sagte J. D. und starrte mit steinernem Gesicht Sam an, der das Gefühl hatte, daß die Zukunft aller in diesem Zimmer davon abhinge, was immer er als nächstes sagte. Er war es gewöhnt, zu improvisieren, das gehörte zum Beruf eines Strafverteidigers, aber auf *das hier* hatte ihn sein Jurastudium nicht vorbereitet.
»Mom?« bohrte Jana, den Blick auf Tekes aschfahles Gesicht geheftet, nach. »Du und Sam?«
»Sag was, Mom«, flehte Leigh.
»Dein Vater hat recht«, brachte Teke mit zitternder Stimme hervor. »Es war ein Fehler.«
»Es gefällt mir nicht, was ich da höre«, verkündete John Stewart in warnendem Ton.
»Ist es *passiert?*« fragte Jon Sam.
»*Etwas* ist passiert«, gab Sam zu. »Es bleibt uns überlassen, zu definieren, was es war.«
Jana wandte sich ihm zu: »Hast du meine Mutter ... gefickt?«
John Stewarts Gesicht lief blaurot an. Lucy schnappte nach Luft. Zoe schrumpfte in sich zusammen.
Annie rief: »Um Himmels willen, Jana!«
»*Hast* du?« fragte Jon Sam.
Für einen Sekundenbruchteil war Sam versucht, es zu leugnen, doch seine eigenen Worte hallten durch seinen Kopf: »Ich muß alles wissen«, predigte er seinen Klienten immer, »die ganze Wahrheit. Sagen Sie sie mir, und dann können wir damit arbeiten. Wenn Sie mir nur die halbe Wahrheit sagen oder mich anlügen und ich dann irgendwann im Laufe der Verhandlung vor einer Überraschung stehe, sind Sie mich los.« Sein Instinkt sagte ihm, wenn er jetzt log, würde er den zehnfachen Preis bezahlen.
»Zur Hölle!« explodierte John Stewart. »Ich wußte doch, daß es Ärger mit ihm geben würde. Mit *beiden.* Gut gemacht, John David, wirklich gut gemacht.«
Noch bevor er zu Ende gesprochen hatte, hatte J. D. seine Eltern am Arm genommen und wollte sie zur Tür dirigieren. »Ich denke, ihr geht jetzt besser. Wir haben einiges zu besprechen.«

John Stewart rührte sich nicht vom Fleck. »Ich habe dich gewarnt.«
»Nicht jetzt, Dad.«
»›Vertrau mir‹, hast du gesagt. ›Ich weiß, was ich tue‹, hast du gesagt. Und jetzt schau dir an, was passiert ist.«
»Dad . . .«
Sam war nicht bereit abzuwarten, was John Stewart als nächstes sagen würde. Mit zwei großen Schritten war er bei ihm und sagte mit leiser Stimme: »Wir befinden uns in einer schwierigen Situation. Michael ist noch lange nicht wieder gesund, die anderen sind aufgeregt und durcheinander, und ich weiß offengestanden selbst nicht genau, was ich tun oder sagen soll.«
»Sie hätten nachdenken sollen . . .«
»Es reicht, John Stewart. Sie können sagen, was Sie wollen, aber später. Wir müssen jetzt allein sein.« Er appellierte an Lucy. »Bringen Sie John Stewart bitte nach Hause? Geben Sie uns ein bißchen Zeit. Wir müssen einen Weg finden, das alles zu bewältigen.«
»Er hat recht, John«, sagte Lucy bekümmert und zupfte ihren Mann am Ärmel. »John David wird uns nachher anrufen, nicht wahr, John David?«
J. D. schob sie aus der Tür, ohne zu antworten.
»Ruf mich an!« befahl John Stewart.
»In Ordnung«, erwiderte J. D.
Sam hätte eigentlich erleichtert sein sollen, als die älteren Maxwells den Flur hinunter entschwanden, doch das Schlimmste lag noch vor ihm, das wußte er. Sich mit der Hand durch die Haare fahrend, blieb er noch eine Minute mit dem Gesicht zur Tür stehen, ehe er sich langsam umdrehte.
Aller Augen waren auf ihn gerichtet – Leighs und Jons vom Bett her, Zoes und Janas aus der Mitte des Raumes, Annies vom Fenster und Tekes von der Wand her. J. D. kam zurück und bezog mit vor der Brust verschränkten Armen Posten vor dem Fenster zum Korridor. Seine Pose besagte, daß er nicht bereit war, sich in irgendeiner Weise hilfreich zu zeigen.
Als Jana das Schweigen brach, hatte ihre Stimme einen feind-

seligen Unterton. »Darum ist Michael so kopflos aus dem Haus gelaufen, stimmt's?«
Sam machte sich bewußt, daß Jana kaum mehr als ein Kind war, daß sie alle kaum mehr als Kinder waren, natürlich moderne Kinder, die offene Gespräche gewöhnt waren, aber dennoch Kinder. Sie hatten eben erfahren, daß zwei der Erwachsenen, denen sie absolut vertraut hatten, dieses Vertrauen mißbraucht hatten.
Er wählte seine Worte mit Sorgfalt. »Michael sah etwas, das er nicht begriff.«
Jon war ebenso feindselig wie Jana. »Er ist nicht zwei Jahre alt, und er ist nicht blöd. Du wußtest, was sie taten, oder, Michael?«
Michael hielt seine Augen geschlossen.
»Richtig«, nickte Sam. »Wenn er angenommen hätte, daß ich seine Mutter vergewaltigte, hätte er sich auf mich gestürzt, mich geschlagen, versucht, mich von ihr wegzureißen, aber er hat nichts dergleichen getan, und deshalb müssen wir annehmen, daß *er* annahm, wir hätten ein Verhältnis. Aber das stimmt nicht. Wir hatten kein Verhältnis.«
»Was war es dann?« fragte Jon.
»Ein einmaliger Irrtum.«
»Du hast immer gesagt, Monogamie sei das einzig Wahre.«
»Das *ist* sie ...«
»Und daß wir uns den Menschen gegenüber, die wir lieben, loyal verhalten sollen. Und du schmeißt die Treue in die Ecke, wenn dich der Drang überkommt.«
»Ich hatte nicht den ›Drang‹, mit Teke zusammenzusein«, protestierte Sam. »Ebensowenig, wie sie den ›Drang‹ hatte, mit mir zusammenzusein.«
»Warum habt ihr es dann getan?« fragte Leigh, Teke verwirrt musternd.
Teke legte die Finger an die Lippen, als wolle sie ihre Worte zurückhalten, bis die richtigen kämen. Schließlich sagte sie: »Ja, es war ein Irrtum. Ich bin eurem Vater während unserer Ehe sonst niemals untreu gewesen.«
»Aber wie konntest du es *jetzt* tun?« fragte Leigh.

Ehe Teke antworten konnte, sagte Jana: »Ich wußte, daß etwas nicht stimmte. Ihr habt euch nicht angesehen, nicht miteinander geredet.« Sie wandte sich an J. D. »Du wußtest es schon eine Weile, stimmt's?«
J. D. nickte. Seine Arme blieben vor der Brust verschränkt, seine Füße überkreuzt.
Zoe, die zentimeterweise näher an Annies Ellbogen herangerückt war, flüsterte: »Du auch?«
Annies Kopf blieb halb gesenkt. Nach kurzem Zögern nickte sie.
»Wie konnte er dir das antun?« fragte Jon entsetzt.
Seine Stimme traf Sam wie ein Messerstich ins Herz. Er verspürte den Wunsch, schützend den Arm um Annie zu legen, doch er fürchtete, daß sie sich wehren würde, wenn er es versuchte, und das würde für die Kinder alles noch verschlimmern.
Annie warf einen tränenfeuchten Blick zur Decke hinauf und seufzte zittrig. Schließlich antwortete sie mit einem selbstverachtenden Lächeln: »Das versuche ich noch immer herauszufinden.«
Zoe kam noch näher und schob die Hand in ihre.
Sam versuchte, Blickkontakt zu Zoe herzustellen, doch sie vermied es, in seine Richtung zu schauen. Sosehr es ihn schmerzte, Annies Kummer zu sehen, dies schmerzte ihn auch. Er und Zoe hatten einander immer sehr nahegestanden. Sie war sein kleines Mädchen, würde immer sein kleines Mädchen sein, und jetzt weigerte sie sich, ihn anzusehen.
»Hört zu«, sagte Sam traurig. »Was geschehen ist, ist aus und vorbei. Die letzten neun Tage waren die Hölle, aber das Wichtigste ist immer noch Michael.«
Alle Köpfe drehten sich zum Bett. Michaels Augen waren geschlossen.
»Ist er okay?« flüsterte Zoe.
»Michael?« rief Leigh und rüttelte ihn sanft an der Schulter.
Michael öffnete die Augen gerade weit genug, um ihr zu zeigen, daß er sie gehört hatte, dann fielen sie wieder zu.
»Vielleicht will er dich nicht sehen«, meinte Jana, Teke in ihren Blick einschließend, zu Sam.

Es kostete Sam Mühe, nicht zusammenzuzucken. »Vielleicht will er das wirklich nicht, aber ich werde trotzdem in seiner Nähe bleiben und mein Bestes tun, um ihm wieder auf die Füße zu helfen.«

»Vielleicht will mein Vater das aber nicht«, wandte Jana ein.

Sam fragte sich, ob sie ihn seit jeher abgelehnt hatte, oder ob sie jetzt nur in Verteidigung J. D.s handelte. In beiden Fällen verhieß das für die Zukunft Ärger, doch wieder unterdrückte er seine Betroffenheit. »Vielleicht will er das wirklich nicht«, sagte er, »aber ich denke doch, daß er Michaels Wohl über unsere Differenzen stellen wird.«

»Was wird mit Will Clinger?« erkundigte sich Leigh.

Jetzt sprach J. D. doch. »Ich habe mir die Clingers vorgenommen, sie werden keine Gerüchte mehr verbreiten.«

Jon legte die Hände auf die Hüften und murmelte: »Scheiße.«

»Was heißt das?« fragte Sam.

»Es heißt, daß die Gerüchte wahr waren, und daß die halbe Schule Bescheid weiß, und daß es *widerlich* ist.«

Sams Nerven begannen auszufransen. »Ach, komm, Jon, es ist nur so widerlich, wie du es machst. Wir machen alle Fehler, aber das Entscheidende ist, daß wir daraus lernen.«

»Also sollen wir es einfach vergessen? Weitermachen, als sei es nie passiert?«

»Nein. Selbst wenn Michael nicht in diesem Bett läge, ist da noch die Beziehung zwischen Teke und J. D. und die zwischen Annie und mir. Und außerdem geht es darum, wie ihr Kids mich seht, was mir sehr wichtig ist, und wie *ich* mich sehe. Ich finde mich nicht gerade toll.«

Ungerührt wandte Jon sich an Annie: »Ich fahre nach Hause. Ich kann das nicht aushalten.«

»Jon, bitte!« flehte Annie.

»Wie kannst *du* es?« fragte er sie.

Sam straffte seine Schultern. »Es reicht, Jon.«

Aber Jon war noch nicht fertig. »Und du hältst uns Vorträge über Enthaltsamkeit. Du sagst, wir sollen warten. Du sagst, wir

sollen keinem momentanen Drang nachgeben! Was für ein Schwachsinn!« Er ergriff Leighs Hand. »Komm, wir gehen.«
»Jon!« rief Annie. »Warte, Jon!«
Jon war schon fast an der Tür, als Leigh ihn zum Stehenbleiben veranlaßte. »Was ist?«
»Nehmt Zoe und Jana mit.«
»Ich will bei Michael bleiben«, protestierte Jana sofort.
Zoe schaute Annie an. »Ich will bei dir bleiben.«
»Michael sollte ein bißchen Ruhe haben, und du solltest dich beruhigen«, sagte Annie zu Jana. Dann umfaßte sie Zoes Gesicht und flüsterte: »Es ist besser, wenn du mit nach Hause fährst. Ich komme bald nach.«
»Kommst du allein zurecht?«
»Natürlich.«
Aber Sam zweifelte daran. Annie zitterte. Er hatte sich Sorgen über sein Ansehen bei den Kindern gemacht, und plötzlich wurde ihm klar, daß sie sich Sorgen um *ihres* machte. Ihre Schultern hingen herab, ihr Kinn war schlaff. Sie kam ihm vor wie ein Schatten, der verschwindet, sobald es hell wird.
Aber das ist falsch! schrie er lautlos. Es gab nichts, dessen sie sich schämen müßte. *Er* war der Schuldige, und je länger er sie betrachtete, um so schuldiger fühlte er sich.
Jon wartete mit steinernem Gesicht auf dem Gang, während Leigh, Jana und Zoe Michael zum Abschied küßten. Zoe warf Annie sehnsüchtige Blicke zu und folgte den anderen erst, als Annie sie mit sanfter Gewalt hinausschob.
Die Stille, die sie hinterließen, war zum Schneiden dick. Nicht einmal das Piepsen der Maschinen durchbrach sie, denn sie waren abgeschaltet worden, nachdem Michael aufgewacht war.
Sam schaute von einem Gesicht zum anderen. Sie waren nur noch zu viert im Zimmer. Und Michael. Er trat ans Bett. Michaels Lider waren geschlossen, aber nicht komatös schlaff. Und sein Gesicht war auch nicht mehr ausdruckslos. Er mochte vor sich hindösen, aber Sam vermutete, daß er mitbekam, was vorging.

»Ich habe zu erklären versucht, was passiert ist«, sagte er leise, »aber keine der Erklärungen ist einleuchtend rübergekommen. Das Wesentliche ist, daß es mir leid tut. Es tut mir unsäglich leid.« Er schaute Annie an, die mit gesenktem Blick dastand. »Ich habe nie in meinem Leben etwas so bereut wie diesen Vorfall. Ich würde alles tun, um es wiedergutzumachen, aber dazu brauche ich Hilfe.«

»Du hast noch nie Hilfe für irgendwas gebraucht«, sagte J. D.

»Das stimmt nicht, du hast mir viele gegeben.«

J. D. schnaubte. »Mach dir nichts vor, du hast genommen, was du wolltest, und den Rest liegengelassen. Du hattest immer deine ganz eigenen Vorstellungen.«

»Warum sagst du das?« fuhr Sam auf.

»Weil es stimmt. Du sahst ein Vehikel in mir. Ich hatte Insiderwissen, das du nicht hattest. Du bedientest dich meiner Beziehungen für Empfehlungen zur Zulassung zum Jurastudium ...«

»Du hattest es mir angeboten.«

»Du bedientest dich meines Gehirns, um das Studium zu schaffen ...«

»Bei den strohtrockenen Fächern, die sterbenslangweilig waren. Aber wer hat dich für die Gerichtspraxis trainiert?«

»Du verdanktest es einem meiner Kontakte, daß du ins Büro des Bezirksstaatsanwalts kamst, und ich habe dich zu Maxwell, Roper und Dine geholt.«

»Du hast noch kein Geld durch mich verloren«, verteidigte Sam sich.

»Ah – das bringt mich auf ›Dunn gegen Hanover‹. War es das, was dich ausrasten ließ? Großes Geld schafft große Egos. Dachtest du, die Tatsache, daß du der Kanzlei eine fette Summe an Land gezogen hattest, räume dir Rechte auf die Frau deines Partners ein?«

»J. D. ...« versuchte Teke ihn zu bremsen.

Er starrte sie feindselig an. »An deiner Stelle würde ich den Mund halten. Du bist genauso mies wie er.«

»Aber er hat es nicht absichtlich getan. *Ich* habe es nicht absichtlich getan, und es tut mir ebenso leid wie ihm.« Sie schaute Annie an, deren Kopf gesenkt blieb. »Ebenso leid.«

Annie lehnte zusammengesunken an der Wand. Unfähig, es zu ertragen, sie so zu sehen, trat Sam auf sie zu, doch als er nach ihr griff, straffte sie ihre Schultern und schlüpfte an ihm vorbei. »Ich gehe jetzt«, sagte sie mit brüchiger Stimme.

»Annie?« kam ein quakendes Geräusch vom Bett her.

Sie fuhr herum und stürzte hin. »Was ist, Schätzchen?«

Michaels Augen waren weiter geöffnet, als Sam es bisher gesehen hatte, aber seine Stimme war heiser und dünn. »Ich wollte es eigentlich gar nicht sagen.«

Sie strich ihm übers Haar. »Oh, Mike, dich trifft nicht die geringste Schuld. Du hast nichts gesagt, das nicht hätte gesagt werden müssen.«

»Alle sind zornig.«

»Aber nicht auf dich. Auf keinen Fall. Mach dir keine Gedanken darüber. Du sollst nur daran denken, möglichst schnell gesund zu werden.«

Er schloß die Augen. Sie küßte ihn auf die Stirn. Als sie sich aufrichtete, entdeckte sie eine leere Dose auf einem der Monitore und griff danach. »Sie werden dich in ein anderes Zimmer verlegen, wir räumen besser auf.«

Das brachte Leben in Sam. Er nahm ihr die Dose ab. »Laß mich das machen.«

»Das ist nicht nötig«, sagte sie, ohne ihn anzusehen.

»Doch, das ist es«, widersprach er, und plötzlich bekam diese Tätigkeit für ihn eine tiefere Bedeutung, die er Annie mitteilen mußte. »Ich habe Unordnung gemacht, ich muß aufräumen.« Er schaute von J. D. zu Teke und wieder zu Annie und wiederholte mit Überzeugung: »Ich habe die Unordnung gemacht, ich muß sie wegräumen. Ich bringe alles wieder an seinen Platz, das schwöre ich.«

*

Annie fuhr auf dem kürzesten Weg nach Hause, stieg ins Dachgeschoß hinauf, kuschelte sich in eine Ecke der Fensterbank und grübelte.
»Bist du okay, Mom?« fragte Jon.
Erschrocken antwortete sie mit einem kieksigen »Hm.«
Er kam ins Zimmer, ging zum Schreibtisch und sagte, ohne sich umzudrehen: »Es tut mir leid, daß ich eine Szene gemacht habe, aber es tut mir nicht leid, was ich gesagt habe.«
Annie wußte nicht, was sie erwidern sollte, und so schwieg sie.
»Ich kann nicht fassen, daß er das getan hat.«
»Es war nicht nur seine Schuld, es sind zwei dazu nötig.«
»Aber er hätte standhafter sein müssen. Er hätte die Kontrolle behalten müssen. Es hätte nicht passieren dürfen, wenn er es gar nicht wollte.« Er senkte den Kopf und fragte mit undeutlicher Stimme: »Oder meinst du, er wollte es doch?«
Annie hatte sich diese Frage so oft gestellte daß die Wiederholung sie verrückt machte. »Ich *weiß* es nicht!«
»Mit *Teke!* Das ist das allerschlimmste. Sie war wie eine zweite Mutter für uns. Wie konnte er es ausgerechnet mit *ihr* tun?«
»Er sagt, es sei nur einmal passiert.«
»Glaubst du ihm?«
»Es würde weniger weh tun, wenn ich es täte.«
»Dann glaubst du ihm *nicht?*«
»Ich weiß nicht, was ich glauben soll, ich bin genauso fassungslos wie du, Jon.«
Er verfiel in Schweigen. Nach einer Weile trat er vom Schreibtisch zu der Korkplatte, die an der Wand hing. Zwischen Lieblingsschnappschüssen von der Familie hatte Annie Zettel mit Gedankensplittern angepinnt.
»Wann hast du es erfahren?« fragte er.
Sie atmete tief durch. »Am Tag danach.«
»Und du bist immer noch fassungslos?«
»Völlig.«
»Was für ein Arschloch!« schimpfte Jon.
»Bitte, Jon.«

Aber es war, als sei die Beherrschung, die er ihr zuliebe aufgebracht hatte, einfach erschöpft. »Das *ist* er! Und ein falscher Hund.« Er stieß einen verächtlichen Laut aus. »Nach all den Malen, die er sich vor uns aufbaute und uns predigte, das Richtige zu tun. Der missionarische Anwalt. Der Mann, dessen Herz seinem Ehrgeiz entspricht. Weißt du, wie lächerlich ich das finde? Was für ein Witz!«

»Bitte Jon, er ist doch nicht durch und durch schlecht.«

Jon wirbelte herum. Seine Augen waren dunkel und sprühten Blitze, so wie Sams Augen es tun konnten, wenn er seine Meinung verteidigte. »Wie kannst du das *sagen?* Er erzählt dir, er liebt dich, und dann dreht er sich um und schläft mit einer anderen Frau. Es wäre nicht so schlimm gewesen, wenn er sich ein fünfundzwanzigjähriges Püppchen dafür gesucht hätte. Natürlich wäre das eine Schweinerei gewesen, aber zumindest hätten wir dann sagen können, daß er eine Midlife-crisis durchläuft oder so was. Aber *Teke?*«

»Du machst die Sache nur noch schlimmer, Jon«, warnte Annie ihn. Sie wollte nicht an ihr Alter erinnert werden oder an die jungen, attraktiven Frauen, mit denen Sam an jedem Arbeitstag zu tun hatte.

»Ich bin eben wütend, auch wenn du es nicht bist.«

»Ich *bin* wütend, aber als ich versuchte, deinen Vater zu beschimpfen, half das gar nichts.«

»Und was *wird* helfen?«

»Ich weiß es nicht.«

»Mom?« fragte Zoe ängstlich. »Warum schreist du?«

»Ich schreie, weil Jon schreit«, rief Annie. »Was soll ich deiner Meinung nach tun, Jon?«

Jon stürmte auf die Tür zu. »Ich weiß es nicht. Vielleicht solltest du dich scheiden lassen. Das hätte er verdient!« Er war schon die Treppe hinunter, ehe Annie antworten konnte.

»Wirst du es tun, Mom?« fragte Zoe mit winziger Stimme, als sie auf Annie zutrat.

Annie nahm sie in die Arme und drückte sie an sich. Eine von ihnen zitterte, vielleicht auch beide, die Grenze zwischen ihnen verschwamm. Annie stellte fest, daß das Wort »Scheidung« sie erschütterte.

»Wirst du?« flüsterte Zoe.

Annie küßte ihre weichen, blonden Wellen. »Ich habe noch nicht darüber nachgedacht.«

»Weil du zu durcheinander bist, um darüber nachzudenken, oder weil du dich nicht scheiden lassen willst?«

»Weil ich es nicht will«, antwortete Annie, und sie erkannte, daß das die Wahrheit war.

»Nicht einmal, nachdem Daddy das getan hat?«

»Was Daddy getan hat, war gedankenlos und lieblos und sehr, sehr unrecht. Ich bin verletzt und ich bin zornig, ich möchte zurückschlagen, aber man sollte sich nicht aus Rache scheiden lassen. Daddy und ich sind seit neunzehn Jahren verheiratet, ich weiß nicht, ob ich die wegwerfen will.«

»Kannst du ihm verzeihen?«

Verzeihen war ein Thema, mit dem es sich zu befassen galt, Vertrauen war ein weiteres. »Ich weiß es nicht.«

»Aber falls du es nicht kannst, wie kannst du dann mit ihm leben?«

»Vielleicht werde ich das nicht können«, antwortete ihr zorniger Teil.

»Wirst du dich dann scheiden lassen?«

Annie erinnerte sich an Dutzende von Malen im Laufe der Jahre, als Jon und Zoe nach Hause gekommen waren und erzählt hatten, daß die Eltern eines Mitschülers auseinandergegangen seien. »Tragisch« war eines der Adjektive gewesen, das sie verwendet hatten, um die Situation zu beschreiben, »schwierig« war ein zweites und »herzzerreißend« ein drittes. Annie hatte sich mit jenen Kindern identifiziert und Zoe und Jon beigebracht, ihnen besonders verständnisvoll und hilfsbereit zu begegnen. Schließlich wiegten die Popes sich in der Sicherheit, daß eine Scheidung für sie niemals in Frage käme. Wie überheblich waren sie gewesen.

Annie konnte verstehen, warum Zoe solche Angst hatte – die hatte sie auch. »Ich will mich nicht scheiden lassen, Schätzchen. Ich hätte mir nie träumen lassen, daß dieser Gedanke jemals mit deinem Vater und mir in Verbindung gebracht werden könnte.«

»Liebst du ihn noch?«

»Ja. Ein Nachmittag kann kein halbes Leben in Liebe zerstören.« Ihre Stimme brach, und ihre Augen füllten sich erneut mit Tränen. »Deshalb tut das alles auch so weh«, brachte sie mit einem brüchigen Flüstern hervor.

»Liebt er dich noch?« fragte Zoe.

Es dauerte eine Weile, bis sie wieder sprechen konnte. »Er sagt es jedenfalls.«

»Glaubst du ihm?«

Wenn man sie ohne Vorurteil betrachtete, dann war seine Erklärung dessen, was mit Teke geschehen war, plausibel. »Ich möchte es gern.«

»Und wie willst du rauskriegen, ob es stimmt?«

»Ich weiß es nicht. Mit der Zeit, vielleicht.«

Zoe verfiel in Schweigen. Sie fing an, sich in Annies Armen hin und her zu wiegen, und obwohl ihre Augen noch immer in Tränen schwammen, mußte Annie lächeln. Als Zoe noch ein Baby gewesen war, hatte Annie sie gewiegt, um sie zu beruhigen, sie zu trösten oder auch nur des schieren Wohlgefühls wegen. Wenn sie damit aufhörte, hatte Zoe von sich aus damit angefangen – so wie jetzt. Und so wiegte sie sie hin und her und fragte sich dabei, wer von ihnen beiden den Trost spendete und wer ihn empfing.

»Was ist mit uns, Mom?«

»Hm?«

»Sind wir nicht hübsch genug? Oder nicht sexy genug?«

Eine kalte Hand drückte Annie das Herz zusammen. »Für wen?«

»Männer. Schau dir Jana an. Ich dachte immer, ich sei genauso hübsch wie sie, aber sie ist diejenige, mit der die Jungs ausgehen wollen.«

»Wer sagt das?«

»Ich *sehe* es.«
»Aber sie hat keinen Freund ...« Falls Annie nicht zu sehr mit ihrer Arbeit beschäftigt gewesen war, um es zu bemerken. »Ich dachte, ihr würdet immer in einer großen Clique ausgehen.«
»Das tun wir auch, aber die Jungs sind nur an ihr interessiert. So wie Daddy an Teke. Was stimmt nicht mit uns?«
Annie stöhnte. »O Schätzchen, es stimmt alles.«
»Warum ist es dann so?«
»Vielleicht, weil wir stiller sind.«
»Vielleicht, weil unsere Brüste zu klein sind.«
»Zoe!«
»Ich meine es ernst. Jungs mögen große Brüste.«
Die Zeit verlor ihre Gültigkeit. Annie war wieder in Zoes Alter und erzählte ihrem Vater genau das gleiche. »Weißt du, was Papa Pete zu mir sagte, als ich mich darüber beschwerte?«
»Was?«
»Er sagte, daß große Brüste mit der Zeit hängen würden, und daß ich auf lange Sicht viel besser mit meinen dran wäre.«
»Das mag ja sein«, meinte Zoe mit einer Ungehemmtheit, die Annie in ihrem Alter nicht gehabt hatte, »aber was ist mit der ›kurzen Sicht‹? Es ist nicht fair, daß Jana die einzige ist, hinter der die Jungs her sind. Und Daddy sollte dich so wollen, wie er Teke wollte.«
Annie stimmte ihr zu. »Weißt du, was Papa Pete noch gesagt hat?«
»Was?«
»Daß Gutes zu den Menschen kommt, die warten können.«
»Was heißt, daß hinter mir auch Jungs hersein werden, wenn ich nur lange genug warte. Aber was ist mit *dir?* Du solltest dein ›Gutes‹ eigentlich schon haben. Sollst du jetzt etwa warten, bis er beschließt, dich wieder zu wollen? Was machst du in der Zwischenzeit? Wirst du in einem Bett mit ihm schlafen? Werden wir alle gemeinsam zum Essen gehen?« Sie schnappte nach Luft. »Und was ist mit Thanksgiving? Das haben wir immer mit den Maxwells verbracht. Und Weihnach-

ten? Und Silvester? Und was ist mit dem Skiurlaub? O Mom, was machen wir bloß?«
Annie wußte es nicht. Sie wußte es einfach nicht.

*

»John Stewart wartet«, besagte die Nachricht. Mary McGonigle hatte sie auf ein Blatt von einem kleinen Notizblock geschrieben und auf seinen Schreibtisch gelegt, und dort fand J. D. sie, als er am nächsten Morgen ins Büro kam.
Er starrte lange darauf hinunter und wünschte, er könnte die Mitteilung ignorieren, wußte jedoch, daß er das nicht könnte. John Stewart hatte sich tags zuvor abwimmeln lassen – noch einmal würde er das nicht dulden.
J. D. knüllte das Papier zu einer Kugel zusammen und warf sie auf dem Weg aus dem Zimmer in den Papierkorb. Er ging mit großen und betont festen Schritten den Flur hinunter und betrat John Stewarts Büro mit hocherhobenem Kopf.
»Das wurde aber auch Zeit«, dröhnte John Stewart und deutete mit einem Ruck seines Kinns in Richtung Tür.
J. D. hätte sie auch ohne diese Aufforderung geschlossen, denn es lag nicht in seinem Interesse, daß die Klatschtanten der Kanzlei im allgemeinen oder Mary McGonigle im besonderen irgend etwas von dem mitbekämen, was in diesen vier Wänden gleich gesagt würde.
John Stewart kam ohne Umschweife zum Thema. »Nun? Wirst du dich von ihr scheiden lassen?«
J. D. ging zum Fenster und strich geistesabwesend über das Messingteleskop, das dort stand. »Warum habe ich gewußt, daß du mich das fragen würdest?«
»Weil es wohl die nächstliegende Frage ist, oder?«
»Meiner Ansicht nach wäre die nächstliegende Frage die nach Michaels Befinden.« Er drückte ein Auge an die Teleskoplinse. »Falls es dich interessiert, sie haben ihn heute in ein Privatzimmer verlegt. Er schläft noch immer die meiste Zeit, aber er

wacht auf, wenn man seinen Namen ruft. Die Ärzte sagen, wenn er wieder richtig ißt und zu Kräften kommt, werden die Wachperioden länger. Was seine Motorik betrifft«, fuhr J. D. fort und dachte an Sam und Teke und empfand Zorn, dachte an Grady Piper und empfand Zorn, während er unverwandt durch das Teleskop zum *Ritz-Carlton*-Hotel hinüberschaute, »scheint eine leichte Beeinträchtigung vorzuliegen.«

»Was heißt das?« knurrte John Stewart.

Die gleiche Frage hatte J. D. Bill Gardner nicht mehr als dreißig Minuten zuvor gestellt. »Es heißt, daß er nicht die volle Kontrolle über seine Gliedmaßen besitzt. Er kann sie nicht so steuern und reagieren wie vor dem Unfall.« Er fragte sich, weshalb das Teleskop auf das Ritz gerichtet war. »Aber die Prognose ist gut. Er wird seine Fähigkeiten im Laufe der Zeit größtenteils zurückgewinnen, doch in welchem Ausmaß, das wird davon abhängen, wie sehr er es will und wie intensiv er daran arbeitet.« Basketball war für dieses Jahr gestorben, Baseball wahrscheinlich ebenfalls. »Der nächste Schritt besteht in einer Therapie. Er wird in etwa einer Woche ins Rehabilitationszentrum verlegt.«

John Stewart stieß einen angewiderten Laut aus. »Ich werde nicht zulassen, daß meinem Enkel die Gesellschaft alter Männer zugemutet wird, die Schaum vor dem Mund haben.«

J. D. sah, wie ein hauchdünner Vorhang aufgezogen wurde und eine spärlich bekleidete Frau erschien. Er kam sich vor wie ein Voyeur, und so richtete er sich auf und drehte sich um. »Alte Männer mit Schaum vor dem Mund wirst du in einem Reha-Zentrum nicht finden, zumindest nicht in dem, das ich im Auge habe.« Gardner hatte es empfohlen. »Es ist eine Spur besser als die anderen.«

»Warum könnt ihr ihn nicht mit nach Hause nehmen?«

»Weil wir auf eine so intensive Rehabilitation, wie er sie braucht, nicht eingerichtet sind.«

»Das könntet ihr doch ändern.«

»In einem Zentrum ist er besser aufgehoben, dort kümmern sich jede Menge Leute um ihn.«

»Und was ist mit Theodora? Wird sie ihn begleiten?«
»Wahrscheinlich. Michael ist zum Mittelpunkt ihres Lebens geworden.«
»Weil sie Schuldgefühle hat.«
»Und Mutterinstinkt«, sagte er, weil er es nicht mochte, wenn John Stewart Teke heruntermachte. Nicht einmal jetzt.
»Schuldgefühle. Glaube mir, Schuldgefühle. Das bringt uns auf das Thema Scheidung. Sie wird dich bis aufs Hemd ausziehen, wenn du nicht aufpaßt.«
J. D. schob die Hände in die Taschen. »Das kann sie nicht, *sie* ist die schuldige Partei.«
»Trotzdem werden wir den bestmöglichen Anwalt brauchen. Ich halte Hammond für besser als Mittleman. Ich habe gehört, daß Mittleman die meiste Arbeit von seinen Partnern machen läßt. Das ist nichts für uns. Hammond mag teurer sein, doch letzten Endes wird er sein Geld wert sein. Ich möchte nicht, daß diese Glücksritterin einen Cent mehr bekommt als unbedingt nötig.«
J. D. ging zum Bücherregal und strich mit dem Finger über den Rücken eines ledergebundenen Nachschlagewerks. Er bezweifelte, daß Teke große Ansprüche stellen würde. Das hatte sie nie getan, das mußte J. D. ihr lassen. Sie nahm, was er ihr gab, aber sie war nicht gierig. Sie hatte keinen Schmuck gehortet, wie einige Frauen es taten, die er kannte. »Ruf Hammond bitte nicht an«, sagte er.
»Warum nicht?«
»Weil ich nicht bereit bin.«
»Dich von ihr scheiden zu lassen? Aber sie hat den Ehebruch zugegeben. Welchen Beweis brauchst du noch?«
»Ich gehe noch zu keinem Anwalt.«
»Wenn es dir unangenehm ist, rufe ich ...«
»Was mir unangenehm ist«, sagte J. D., »ist die Tatsache, daß du dich in etwas einmischen willst, das dich nichts angeht. Es ist *meine* Ehe, und *ich* werde entscheiden, ob oder wann ich sie beenden will.« Mit ruhigerer Stimme setzte er hinzu: »Sollte dieser Fall eintreten, werde ich mir selbst einen Anwalt suchen.«

»Na, fabelhaft.« John Stewart räusperte sich geräuschvoll. »Wir haben ja gesehen, wie gut du allein zurechtkommst. Ehrlich, John David, dein Leben würde viel besser laufen, wenn du auf Menschen hörtest, die mehr wissen als du. Es war ein Fehler, Theodora Peasely überhaupt zu heiraten. Sie paßt nicht zu dir.«

J. D. erinnerte sich an den Spaß, den sie miteinander gehabt hatten. Als er sie kennenlernte, fand er sie hinreißend, und er fühlte sich nicht nur von ihrem Körper angezogen, sondern auch von ihrer Unkompliziertheit und Naivität, die einen erfrischenden Kontrast zu seinen bisherigen Frauen bildeten. Einmal verheiratet, hatte sie die Rolle der Ehefrau sehr ernst genommen. Sie hatte sich für ihn angezogen und für ihn ausgezogen, das Haus in Ordnung gehalten und sein Essen auf den Tisch gebracht, sobald er zur Tür hereinspazierte.

»Sie paßt überhaupt nicht zu dir«, fuhr John Stewart fort. »Du hast eine viel bessere Erziehung genossen. Du bist in einem schönen Haus aufgewachsen. Du warst immer erstklassig angezogen und hattest wohlerzogene Freunde. Von dem Zeitpunkt an, da man davon ausgehen konnte, daß du eine Mahlzeit lang auf deinem Stuhl sitzen bleiben würdest, nahmen wir dich in vornehme Restaurants mit – nicht nur hier, sondern auch in New York und Washington. Du wurdest in die Kultur eingeführt – in Form der schönen Künste und des Theaters –, wovon Theodora keine Ahnung hatte, und das, bevor auch nur die Rede von einer Privatschule für dich war. Erinnerst du dich an deine Klassenkameraden dort?«

Das tat J. D. sehr wohl. Es war ein Senatorensohn darunter gewesen, der mit Drogen handelte, ein Millionärssohn, der sie kaufte, und ein Nobelpreisträger-Sohn, dessen Vorstellung vom Frieden sich darin äußerte, daß er mit seinem Budenkameraden schlief. »Sie waren indiskutabel«, sagte J. D., aber sein Vater ließ sich nicht irritieren.

»Du bekamst Reitstunden, Eislaufunterricht und Tanzstunden, und das zu einer Zeit, da wir finanziell nicht so gut dastanden wie heute. Aber wir waren bereit, Opfer zu bringen, weil wir dich mit Menschen zusammenbringen wollten, die der Welt etwas zu bieten hatten. Theodora hatte nichts zu bieten – absolut nichts.«

Der Teufel veranlaßte J. D. zu sagen: »Sie war großartig im Bett«, was durchaus stimmte, ehe der Reiz des Neuen verflogen war.

»Wenn du sie nur aus diesem Grund geheiratet hast, mußt du dir ganz allein die Schuld für das geben, was geschehen ist. Sag mal ehrlich, John David, ist Sex so wichtig für dich?«

Nein, das war er nicht. Immer häufiger waren Teke und er auf ihrer jeweiligen Bettseite geblieben. Er wußte nicht, woran es lag, ob sie einander langweilten oder sich sein Geschmack geändert hatte – jedenfalls törnte sie ihn nicht mehr so an wie früher. Es war schon eine ganze Weile her, daß er nachts nach ihr gegriffen hatte. So gesehen konnte Sam sie haben.

»Du hast es nötig, Sex runterzuspielen«, bemerkte J. D. sarkastisch. »Ich wette, du siehst allerhand durch dein Fernrohr. Wohnt ein Callgirl in der Suite, auf die es gerichtet ist?«

John Stewarts Hals färbte sich rot. »Ich habe keine Ahnung, worauf es gerichtet ist, ich benutze es nie.«

J. D. glaubte ihm kein Wort, und er glaubte in diesem Moment auch nicht, daß John Stewart nichts mit Mary McGonigle hatte. Er hätte etwas gesagt, wenn seine Vernunft ihn nicht daran gehindert hätte.

»Laß dich von Theodora scheiden«, befahl John.

Doch diesmal ließ J. D. sich nichts befehlen. »Ich entscheide selbst, was ich tun werde.«

»Sie ist eine Zumutung für unsere Familie, und Sam Pope ebenso. Ich will ihn aus der Firma raushaben.«

Auch diese Forderung überraschte J. D. nicht: John Stewart war ein leidenschaftlicher Bestrafer, das wußte J. D. besser als jeder andere.

Wenn er die Kontrolle darüber hätte, hätte John Stewart wahrscheinlich vorgeschlagen, Sam in der Kanzlei zu behalten, ihm jedoch nur wenig Arbeit zu geben, wodurch seine Prozentanteile zwangsläufig reduziert würden. Da er die aber nicht hatte, wollte er Sam natürlich raushaben.

»Das wäre kein kluger Schachzug. Sam bringt uns das meiste Geld ein.«

»Wir kommen auch ohne ihn zurecht.«

»Er hat als Anwalt einen ausgezeichneten Ruf in diesem Staat und ist sehr beliebt.«

»Na, wunderbar, soll er doch für ein öffentliches Amt kandidieren. *Meine* Stimme wird er nicht kriegen, das kann ich dir versichern. Ich wähle keine Männer mit zweifelhaftem Charakter.«

J. D. dachte an Mary McGonigle. Er dachte oft an sie, während er John Stewarts selbstgerechte Tiraden über sich ergehen ließ. Für gewöhnlich richteten diese Tiraden sich gegen Politiker, andere Anwälte oder sogar einen Klienten. Noch nie hatte sich eine in dieser Form gegen Sam gerichtet.

»Und es schmeckt mir auch nicht, einen Mann mit seinen Moralvorstellungen als meinen Partner zu bezeichnen«, fuhr John Stewart fort. »Es ist mir gleichgültig, wie sehr die Leute ihn mögen. Was er getan hat, war so ungefähr das Mieseste, was ein Mann tun kann.« Er schaute J. D. finster an. »Ich begreife absolut nicht, warum du mit diesem Kerl gemeinsam auf einem Briefkopf stehen willst. Ich begreife nicht, wie du seinen *Anblick* noch ertragen kannst. Willst *du* ihn nicht raushaben?«

J. D. kehrte ans Fenster zurück. Ja, er wollte Sam loswerden, ebenso wie er Teke loswerden wollte. Sie hatten ihn auf die denkbar schlimmste Weise hintergangen, aber er mußte auch daran denken, wie sein Leben ohne die beiden aussehen würde. Er wehrte sich dagegen, und er hatte das komische Gefühl, zu wissen, weshalb. Sam – und auch Teke – verkörperten alles, was John Stewart *nicht* war, und er hatte Angst, davor, wie sein Leben aussehen würde, wenn sie nicht mehr da wären.

»Ich habe dich etwas gefragt, John David.«

Die ungehaltene Stimme seines Vaters durchtrennte J. D.s

inzwischen ohnehin hauchdünnen Geduldsfaden. Er fuhr herum und sagte, alle Vorsicht in den Wind schlagend: »Würdest du mich endlich zufrieden lassen?«

»Wie bitte?«

»Es stimmt, was Sam gestern abend sagte. Meine Familie macht eine Krise durch. Deine Einmischung verschlimmert alles.«

»Du verdankst mir die einzig stabilen Faktoren in deinem Leben!«

»Schließt das auch Teke mit ein?« fuhr J. D. auf. »Ich muß dir nämlich etwas sagen: Es gibt Zeiten, da frage ich mich, ob ich sie nicht hauptsächlich deshalb geheiratet habe, weil du so dagegen warst. Interessanter Gedanke, was?«

Er verließ das Zimmer und genoß die Tatsache, daß sein Vater mit offenem Mund dasaß, aber sprachlos.

Kapitel 9

Annie verbrachte eine zweite schwierige Nacht. Sie hatte sie, im Vertrauen darauf, daß Sam es nicht wagen würde, sie anzufassen, im Ehebett begonnen, doch sein Atmen, seine Bewegungen und sogar sein Geruch hatten ihre Nerven schon nach kurzer Zeit überstrapaziert. Also suchte sie Zuflucht in ihrem Arbeitszimmer, wo sie gegen Morgen einschlief. Als sie um sieben Uhr aufwachte, hockte Sam neben ihr.

»Du hättest wieder ins Bett kommen sollen«, meinte er. »Du schläfst nicht genug.«

Sie fragte sich, wie lange er wohl schon hier war. Er trug nichts außer Boxershorts, seine Haare waren zerzaust, und um seinen Schnurrbart standen Stoppeln. Daraus schloß sie, daß er geradewegs aus dem Bett gekommen war. Sie wünschte, sie würde nur halb so gut aussehen wie er, doch sie war sicher, daß ihre Haare in alle Richtungen abstanden, daß sie ein Muster auf der Wange hatte, mit der sie auf ihrem Umschlagtuch gelegen hatte, daß der üble Geschmack in ihrem Mund sich auf ihren Lippen zeigte.

»Ich bin okay«, murmelte sie und stand auf.

»Du hast Ringe unter den Augen, und du hast abgenommen.«

Sie wickelte das Umschlagtuch um ihr Nachthemd und steuerte auf die Tür zu. »Danke.«

»Ich mache mir Sorgen um dich, Annie.« Er folgte ihr die Treppe hinunter.

Zu wenig und zu spät, dachte sie verstimmt. »Das brauchst du nicht.«

»Wenn du so weitermachst, wirst du irgendwann mitten im Unterricht umkippen.«

»Falls das passiert, werden meine Freunde dasein und mir helfen. Ich bin nämlich nicht total allein oder hilflos.« Sie machte ihm die Badezimmertür vor der Nase zu und verriegelte sie von innen. Dann drehte sie das Wasser auf und kam sich jetzt nicht nur häßlich, sondern auch noch töricht vor.

Als sie in die Küche trat, waren Jon und Zoe gerade im Gehen.

»Der Herbstball ist in zwei Wochen«, erinnerte Jon sie. »Du wolltest mir für dieses Mal einen Smoking kaufen. Können wir das bald machen?«

»Kommendes Wochenende«, versprach Annie und hielt ihm die Wange zum Kuß hin. »Und wir brauchen auch Anmeldungsformulare von Colleges. Die schauen wir dann gemeinsam durch, damit du deine Bewerbungen formulieren kannst.«

Zoe schob ihn hinaus und umarmte Annie stürmisch. »Ich muß zum Friseur, Mom.«

»Warst du das nicht erst?«

»Ich bin nicht glücklich damit, wie ich aussehe.« Sie zupfte an den kinnlangen, blonden Wellen, die Annies so ähnlich waren. »Du sagtest doch, wir könnten mal einen neuen ausprobieren, aber ich weiß nicht, wen. Fragst du Susan Duffy?«

Susan war die Sekretärin in Annies Fakultät und hatte eine sensationelle Frisur. Zoe war jedesmal begeistert, wenn sie sie sah.

»Ich werde sie fragen«, nickte Annie, obwohl sie wußte, daß Susan Haare hatte, die immer sensationell aussehen würden, gleichgültig, wer sie frisierte.

»Danke.« Zoe küßte Annie auf die Wange. »Jon wird mich nach dem Training zu Michael reinfahren, dann mußt du Teke nicht sehen. Wir sind zum Abendessen zu Hause, okay?«

Annie nickte wieder. Sie würde zwar ohnehin Gefahr laufen, Teke zu begegnen, denn sie wollte Michael ebenfalls besuchen, aber wenn sie es am frühen Nachmittag tun könnte, müßte sie sich später nicht so abhetzen.

Sie schaute zu, wie Jon rückwärts aus der Einfahrt fuhr und winkte, als er auf der Straße Gas gab. Smoking. Friseur.

College-Anmeldungen. Eine Fahrt nach Boston zu Michael. Abendessen. Zwei Stunden Unterricht, etwa zwei Stunden Gespräche mit Studenten, einige weitere für die Vorbereitungen des morgigen Unterrichts – und verdammt, sie hatte vergessen, daß heute für sechs Uhr eine Fakultätskonferenz angesetzt war. Das bedeutete, daß sie das Essen servierfertig auf dem Herd stehen haben müßte, bevor sie um halb sechs das Haus verließ.

Noch vor zwei Wochen hätte Teke ihr vielleicht den Smokingkauf abgenommen und den Friseurbesuch und die Kocherei, und niemand hätte Michael in Boston besuchen müssen. Ohne ihre Unterstützung war Annies Leben hektisch. Doch als sie an der Seitentür stand und auf die leere Zufahrt hinausschaute, dachte sie nur daran, daß ihre Kinder immer selbständiger wurden und bald das Haus verlassen würden, und sie entweder mit Sam zurückbliebe oder allein wäre. Keine der beiden Vorstellungen war dazu angetan, ihre Gemütsverfassung zu bessern.

Und sie wurde noch schlechter, als Annie an einer roten Ampel aus Unachtsamkeit auf den Wagen vor ihr auffuhr. Es war ein silberner BMW, ähnlich Sams schwarzem. Sie hatte keinen Schaden angerichtet, doch das wurde erst bestätigt, als der Fahrer des anderen Wagens seine gepflegt gekleidete, gut gebaute, etwa dreißigjährige Gestalt über das Heck des BMWs beugte und es mit einem liebkosenden Blick musterte, der sich abrupt abkühlte, als er Annie ansah.

»Da haben Sie ja noch mal Glück gehabt, Lady. Wenn ich Sie wäre, würde ich meine Augen untersuchen lassen. Wenn die nicht sehen konnten, daß ich da stand, haben Sie ein ernstes Problem.« Er stieg in seinen Wagen und fuhr davon, ehe Annie eine schlagfertige Antwort einfiel. Aber Schlagfertigkeit war ohnehin nicht ihre Sache. Sie beneidete Leute, die es waren, denn sie waren den anderen voraus. Sie beneidete vor allem *Frauen*, die es waren, denn sie waren den anderen voraus. Sie waren härter und bekamen, was sie haben wollten.

Entschlossen, selbst härter zu werden, betrat sie das Klassenzimmer für ihre erste Unterrichtsstunde mit hocherhobenem Kopf. Es handelte sich um ein Hauptseminar über die Werke von Jane Austen, und es nahmen zwanzig Schüler daran teil, die entweder in der Oberstufe oder Graduierte waren. Die mangelnde Beteiligung an der Diskussion legte den Schluß nahe, daß nur einige die Hausaufgabe gemacht hatten, die darin bestand, sich Gedanken über die Relevanz von »Mansfield Park« für das Leben der Austen zu machen.

»Bin ich in der falschen Klasse?« Verwirrt ließ Annie den Blick durch den Raum wandern. »Fand gestern abend ein Campusfest statt, das euch davon abgehalten hat, Jane Austen auch nur einen Gedanken zu widmen?« Sie schaute auf ihre Notizen hinunter und dann wieder in die Klasse. »Ich könnte euch natürlich wie Anfänger unterrichten, aber ich hatte gedacht, darüber wärt ihr hinaus.« Ihr Gesicht zeigte deutlich ihre Enttäuschung, doch die meisten Augen im Raum blickten nach unten, was sie sogar um diese kleine Befriedigung brachte. Sie atmete tief durch. »Okay, schreiben wir eine Arbeit. Bis morgen will ich einen fünfseitigen Aufsatz – eine Gegenüberstellung von ›Mansfield Park‹ und Jane Austens Leben und Zeit.« Das anschließende Protestgemurmel ignorierend, sammelte sie ihre Notizen ein und verließ den Raum.

Aber das war nur der Anfang. Am Mittag begann sie zu wünschen, sie wäre zu Hause geblieben. Der erste ihrer Gesprächskandidaten kam zu spät, wodurch sich die Termine der nachfolgenden verschoben, und als sie sich schließlich an ihren Computer setzte, um zu arbeiten, fiel der aus. Sie war gerade dabei zu entdecken, daß im gesamten Gebäude der Strom ausgefallen war, als plötzlich der Feueralarm losheulte – eine Fehlfunktion, die zweifellos mit dem Elektrizitätsproblem zusammenhing, sie jedoch mit allen anderen aus dem Haus trieb. Und dann standen sie draußen herum und warteten, während kostbare Minuten verrannen.

Sie musterte Natalie Holstrom, deren Spezialität Kriegsliteratur war, und Monica Pepper, deren eben erschienenes Buch über junge amerikanische Schriftsteller von der Kritik begeistert aufgenommen worden war. Beide Frauen waren intelligent, energisch und attraktiv, beide waren jünger als Annie, und beide hatte man in Begleitung von Männern in Sams Alter gesehen.

Nach einer Stunde gab Annie das Warten auf und fuhr nach Boston. Die Ausfahrt, die sie sonst immer nahm, war wegen Reparaturarbeiten gesperrt, und sie mußte eine Umleitung fahren, was sie weitere zehn Minuten kostete. Dann war die Garage, in der sie normalerweise parkte, besetzt, und sie fuhr zur nächsten und quälte sich in den sechsten Stock hinauf, ehe sie endlich einen Platz fand. Auf der Suche nach Michaels neuem Zimmer verirrte sie sich, und als sie zu guter Letzt dort war, mußte sie feststellen, daß er schlief.

Die Schwester erzählte ihr, daß Teke für ein paar Stunden heimgefahren sei. Während sie darauf wartete, daß Michael aufwachte, schaute J. D. herein, aber sie fühlte sich unbehaglich in seiner Gegenwart. Sie wollte nicht über Teke sprechen, wollte nicht über Sam sprechen, wollte nicht daran *denken*, geschweige denn darüber reden, wie das Verhältnis der beiden Familien sich in Zukunft gestalten würde. Also schrieb sie eine Nachricht für Michael, die sie auf seinen Tisch legte, holte ihren Wagen und fuhr in die Schule zurück.

Die Elektrizität funktionierte wieder, aber es mußten sich gegenteilige Gerüchte auf dem Campus herumgesprochen haben, denn ihr Seminar über Romantische Dichtung war nur spärlich besucht. Es gab nichts Deprimierenderes für Annie als ein schlecht besuchtes Seminar. Sie wünschte sich, so bewundert zu werden, daß die Schüler eher sterben würden, als eine ihrer Vorlesungen zu versäumen.

Sobald diese zu Ende war, hetzte sie zu ihrem Wagen, fuhr zum Supermarkt und hetzte nach Hause, um dort festzustellen, daß sie vergessen hatte, Lasagne-Platten zu kaufen. Also hetzte sie zum Markt zurück und war dabei, wiederum nach Hause zu hetzen, als ein Pendlerzug auf dem Bahnübergang stehenblieb. Sie beschloß zu warten, bis die Straße wieder frei wäre, anstatt eine Ausweichstrecke zu fahren, die den Heimweg um fünfzehn Minuten verlängern würde.

Es dauerte zwanzig Minuten, bis der Zug aus dem Weg geschafft wurde, und zu diesem Zeitpunkt war Annie schweißgebadet. Sie beendete ihre hektische Heimfahrt und bereitete einen gemischten Salat vor und die Lasagne, die sie in letzter Sekunde vor ihrer Rückfahrt in die Schule gerade noch in den Ofen schieben konnte.

Obwohl sie sich so beeilt hatte, kam sie zu spät. Fünfzehn Augenpaare wandten sich ihr zu, als sie den Raum betrat. Fünfzehn Augenpaare folgten ihr zu dem einzigen freien Stuhl, der, wie das Schicksal es wollte, ausgerechnet neben dem Fakultätsleiter stand. Charles Honneman war ein älterer Mann, freundlich und konservativ, und sie hatte im Prinzip nichts gegen den Platz neben ihm – es störte sie nur, auf dem Präsentierteller zu sitzen.

Plötzlich war Annie wieder ein Teenager und fühlte sich unsicher und unbehaglich. Sie war sicher, daß sie schrecklich aussah. In der Eile hatte sie sich nicht die Zeit genommen, ihre Bluse ordentlich in den Rock zu stecken, und jetzt beulte sie am Bund aus, ihre Strümpfe hatten beim Vorbeistreifen an einem Stapel Hundefutterschachteln im Supermarkt Laufmaschen bekommen, und sie hatte keine Zeit mehr gehabt, sich zu kämmen oder ihre Lippen zu schminken. Ihre Hände zitterten, und Schweißperlen ließen ihre Nase glänzen. Und sie hatte abgenommen. Und ihr Mann fand sie so wenig reizvoll, daß er sich mit ihrer besten Freundin getröstet hatte, die lange schwarze Haare hatte, volle Brüste und ein sinnliches Lachen.

Sie hörte kaum, was bei der Konferenz gesagt wurde. Und als sie zu Ende war, ging Annie ohne Umwege in ihr Büro, wo sie im Schutze der Dunkelheit auf den Besucherstuhl sank, die Hände vors Gesicht schlug und wie eine Ertrinkende nach Luft rang. Sie hörte etwas an der Tür, dann Schritte, die sich entfernten. Sie brachte nicht die Energie auf, zu rufen oder sich aus dem Stuhl zu hieven und die Tür zu schließen, und so blieb sie, wo sie war. Sie hatte keine Angst: Sicherheit wurde auf dem Campus großgeschrieben, und es bestand kaum eine Chance, daß ein Räuber oder Sittenstrolch in das Gebäude eindringen könnte, oder jemand, der beabsichtigte, Geiseln zu nehmen und Forderungen zu stellen – obwohl dieser Gedanke etwas für sich hatte: Es hätte ihr nichts ausgemacht, drei Tage in einem Zimmer eingesperrt zu sein, unfähig, irgendwohin zu hetzen oder etwas zu tun oder an etwas anderes zu denken als ans Überleben. Das würde andere Dinge sicherlich in ein neues Licht rücken.

»Hier«, sagte eine sanfte Stimme. Sie gehörte Jason Faust, der ihr einen Plastikbecher in die Hand drückte. »Wein. Trinken Sie.« Als sie zögerte, lenkte er ihre Hand zum Mund. »Na los, er ist gut.«

Sie trank einen Schluck, einen zweiten, größeren. Dann ließ sie sich zurücksinken und lehnte den Kopf an die Lehne ihres Stuhls. »Was für ein grauenhafter, *grauenhafter* Tag!«

»Das dachte ich mir, als ich Sie den Flur herunterlaufen sah. Sie machten einen völlig fertigen Eindruck.«

»Ich bin fertig. Und alt und häßlich und unbeliebt«, zählte sie auf, ohne nachzudenken, und trank einen weiteren, ordentlichen Schluck Wein. »Gibt es bei Ihnen Zeiten, in denen Sie das Gefühl haben, daß sich alles gegen Sie verschworen hat, daß die Welt ein großer Kugelkaktus ist, der einen jedesmal sticht, wenn man ihn anfassen will?«

Jason lachte glucksend. »Wo haben Sie denn diesen Vergleich her?«

»Von einem Ausflug in die Wüste während einer Familienreise nach Arizona vor zwei Jahren. Es war eine Popewell-Reise – jetzt ein Sammlerstück.«

»Ah. Ja, ich weiß, was Sie meinen.«

»Heute ist einfach *alles* schiefgegangen.«

»Ich habe von dem Austen-Seminar gehört.«

»Hm. Mit meinem Temperamentsausbruch habe ich ein böses

Eigentor geschossen, denn schließlich muß *ich* all diese fünfseitigen Aufsätze lesen. *Ich!* Als hätte ich nicht schon genug zu tun.«

»Ich nehme es Ihnen ab.«

»Als hätten Sie nicht schon genug zu tun.«

»Ich würde Ihnen gern helfen, Annie. Es wäre mir eine Ehre.«

Sie seufzte. Er war ein netter Junge. Nein, nicht Junge, ein erwachsener Mann. Und eine große Hilfe. Nicht körperlich, sondern auf emotionaler Ebene. Sie fragte sich, ob er wohl eine Freundin hatte. »Für einen stinkreichen Typen sind Sie wirklich lieb.«

»Ach, Geld, der sechste Sinn, der es einem ermöglicht, die fünf anderen auszuleben.«

Somerset Maugham – sie kannte das Zitat. »Wirklich?«

»Natürlich. Es erlaubt mir zum Beispiel, teuren Wein in meinem Schreibtisch zu horten.«

»Nicht nur teuren Wein, wette ich.« Sie erinnerte sich daran, wie er ihr einen Joint angeboten hatte. Sie wollte gar nicht darüber nachdenken, was er noch in seinem Schreibtisch hortete. Ja – sie war »brav«, und sie gehörte der älteren Generation an.

»Stört Sie das?« fragte er.

»Was Sie in Ihrem Schreibtisch aufbewahren, ist Ihre Sache.«

»Stört es Sie, daß ich Geld habe? Einige der anderen in der Fakultät stört es. Sie nehmen mich nicht ernst.«

Annie spürte die ersten Auswirkungen des Weins, der Wärme in ihre Wangen steigen und in ihren Magen sinken ließ, der das Echo ein wenig dämpfte, das durch ihren Kopf hallte ... ältere Generation ... ältere Generation ... ältere Generation. »Wenn sie das tun, liegt es nur daran, daß sie nicht die Möglichkeit hatten, so mit Ihnen zusammenzuarbeiten wie ich. Sie können es mit jedem von ihnen aufnehmen.«

»Noch nicht«, widersprach Jason. »Aber trotzdem, danke. Es ist Ihre Meinung, die für mich zählt. Sie sind der Star der Fakultät.«

Der Star der Fakultät, wie schön das klang. Sie wünschte, sie würde sich auch wie ein Star fühlen – selbstbewußt, jung und schön. »Manchmal frage ich mich«, sinnierte sie traurig, »ich gebe mir Mühe, ich gebe mir weiß Gott Mühe, aber in letzter Zeit klappt nichts mehr so recht.« Sie leerte ihren Becher. »Das haben wir der Frauenbewegung zu verdanken: Die erzählten uns, daß wir alles gleichzeitig sein könnten, aber das können wir nicht. Wir können nicht gleichzeitig Mütter und Ehefrauen und berufstätig sein. Es funktioniert einfach nicht. Irgend jemand gerät dabei immer ins Hintertreffen.«

»Und wer ist das in Ihrem Fall?«

»Meine Kinder. Ich bin nicht immer da, wenn sie mich brauchen.« Sie wußte, daß sie jetzt eigentlich zu ihnen heimfahren sollte, aber sie brachte nicht die Kraft auf, sich zu bewegen. So entspannt war sie den ganzen Tag nicht gewesen. Die Dunkelheit tat ihr gut, und der Wein auch. »Mein Mann ebenfalls.«

»Inwiefern?«

»Er braucht mich oft, und ich bin nicht da.«

»Kommt er Sie dann suchen?«

»Manchmal, aber er hat auch viel zu tun.«

Jason seufzte. »Wenn Sie *meine* Frau wären, würde ich Sie ewig hofieren und jede Minute lieben.«

»Das würde Sie sehr bald langweilen«, meinte sie und trank einen schnellen Schluck. Der Wein war bereits durch ihre Kehle geronnen, als sie sich fragte, wann er ihren Becher neu gefüllt hatte, doch sie sprach ihn nicht darauf an und beschwerte sich auch nicht. Beschwipst zu sein war gar nicht so schlecht.

Er setzte sich auf seine Fersen. »Warum machen Sie sich selbst so schlecht?«

»Ich bin nur ehrlich.«

»›Bescheiden‹ ist das richtige Wort. Wissen Sie nicht, wie reizvoll Sie sind?«

»Ich bin nicht reizvoll!« rief sie. »Ich bin blaß und zu dünn, mein Hals und meine Hände sind faltig, meine Augen stehen zu nahe beieinander, und wenn ich Lidschatten auflege, sehen sie noch schlimmer aus, mein Mund ist zu klein ... ich könnte die

Aufzählung beliebig fortsetzen.« Ihre Stimme klang erstickt. »Ich habe absolut nichts Aufregendes an mir.« Wenn es anders wäre, hätte Sam sich niemals zu Teke hingezogen gefühlt. Unvermittelt begann sie zu weinen.

Jason kam auf die Knie hoch und zog Annie so weit zu sich herunter, daß er sie umarmen konnte. Sie versuchte sich aufzurichten, doch er ließ sie nicht los. Einen Augenblick später wollte sie das auch gar nicht mehr. Seine Arme wirkten tröstlich auf sie.

So hatte sie Sams Arme auch immer empfunden. Sie waren ein Hafen, stets bereit, sie aufzunehmen – ob in Zeiten des Kummers oder der Freude. Sie konnte sich hineinsinken lassen, wie sie es jetzt tat, und weinen oder lachen oder einfach nur *sein*, und jedesmal wurde sie belohnt. Mit einem Kuß, einer Berührung, einer Liebkosung – er kannte ihren Körper wie kein anderer Mann.

Jason drückte seine Lippen zart auf ihre Stirn. »Sie sind schön«, flüsterte er. Sie schüttelte den Kopf. Er roch anders als Sam, aber sein Geruch war ihr nicht unangenehm, und sie genoß seine Zärtlichkeit. Sie hatte Sams Zärtlichkeit vermißt. Und sie genoß die Worte: »Sie sind schön.«

»Schönheit wird nicht geschaffen – sie existiert«, zitierte er. »Das ist von Emily Dickinson. Sie ist Ihr Liebling, und sie hat recht: Wahre Schönheit braucht keine künstlichen Betonungen. Das Leben betont sie. Die Zeit betont sie. Die Schönheit, die von innen kommt, vergeht nie.«

Annie stieß einen zittrigen Seufzer aus.

»Sie sind schön«, flüsterte er noch einmal und liebkoste ihren Hals. Seine Lippen wanderten über ihren Unterkiefer zu ihrem Mund. »Innerlich und äußerlich.«

Sie wollte schön sein. Sie wollte begehrt werden und sexy sein – so sexy, daß Sam nie wieder auf die Idee käme, auch nur daran zu denken, eine andere Frau anzufassen.

»Ich will dich«, flüsterte er mit heiserer Stimme, und sie genoß auch das.

Jede Frau wollte begehrt werden, jede Frau wollte die Gewißheit haben, einen Mann derart reizen zu können, daß er vor Verlangen nach Erfüllung zitterte – und Jason zitterte.
Jeder Schluck Wein, den sie getrunken hatte, war ihr in den Kopf gestiegen, und plötzlich war ihr nicht mehr warm, sondern heiß, und sie zitterte so vor Verlangen, daß sie sich an ihn drängte.
Er flüsterte ein triumphierendes »Ja!« an ihrem Ohr, löste sich von ihr und streckte die Hände nach den Knöpfen ihrer Bluse aus. Annie hörte eine Alarmglocke, doch nur ganz leise weit hinten in ihrem Kopf. Im Vordergrund stand die Faszination, mit der sein Blick sie erfüllte, den sie sich im Dunkeln vielleicht nur einbildete, der für sie jedoch so real war wie der Blick, mit dem Sam sie immer anschaute. Sie sah die Freude auf Jasons Gesicht, als er ihre Bluse öffnete, und sie fühlte sich dadurch plötzlich so hübsch, daß sie, als Jason mit dem Verschluß ihres Büstenhalters kämpfte, diesen selbst löste.
Er bedeckte ihren Mund mit seinen Lippen und ihre Brüste mit seinen Händen, begann sie mit einer Heftigkeit zu kneten, die an Grobheit grenzte, doch Annie interpretierte das als Symptom seiner Erregung, und es war wie ein Balsam für ihre Seele, nach dem sie so sehr verlangte, daß sie sich auf Jasons Schoß ziehen ließ.
Sie zog scharf die Luft ein, als sie seine Hände zwischen ihren Beinen spürte.
»Ich will dich schon so lange«, flüsterte er und begann sie zu streicheln. Wieder zog sie hörbar die Luft ein, als die Alarmglocke in ihrem Kopf lauter anschlug. Doch der Ton verhallte. Sie fühlte sich hübsch, feminin und sexy. Sie fühlte sich begehrt. Seine geflüsterten Worte, sein unregelmäßiger, keuchender Atem, die Anspannung seiner Muskeln – all das baute sie auf.
Dann hörte sie das Ratschen eines Reißverschlusses, und dieses harte, reale Geräusch riß ein Loch in den Nebel ihrer Illusionen. Ihr Körper verkrampfte sich.
»Es ist okay«, sagte er. »Alles okay. Faß mich an.«

»Ich kann nicht ...«, protestierte sie, doch er legte ihre Hand an die gewünschte Stelle. »Bitte«, flehte sie, »das ist nicht ...«
»Ich liebe dich, Annie.«
Sie versuchte ihre Hand wegzuziehen. »Ich ...«
»Ich habe ein Kondom dabei. Es wird schön werden, du wirst sehen.«
»Mein Gott, *nein!*« schrie sie, weil ihr plötzlich klar wurde, daß er nicht Sam war. Sie floh so abrupt von Jasons Schoß, daß er keine Zeit hatte, sie daran zu hindern. »Mein Gott!« flüsterte sie, als ihr die Ungeheuerlichkeit dessen, was sie fast getan hätte, bewußt wurde. Sie hielt mit beiden Händen ihre Bluse zu und sagte mit zitternder Stimme: »Es tut mir leid, Jason, aber es geht nicht. Es ist nicht das, was ich will, und es ist auch nicht das, was Sie wollten.«
»So ein Blödsinn«, widersprach Jason, doch er hatte sich ans andere Ende des Zimmers zurückgezogen und machte seine Hose zu. »Wir wollen es beide.«
»Ich bin verheiratet.«
»Na und?«
»Ich bin an jemand anderen gebunden.«
»Hast du dich deshalb von mir küssen lassen? Und deinen Büstenhalter aufgemacht?« Sein wütender Blick durchschnitt die Dunkelheit. »Hast du dabei an deinen Mann gedacht? Oder willst du das, was du getan hast, auf den Wein schieben?«
Es auf den Wein zu schieben, wäre der einfache Weg gewesen, doch Annie weigerte sich, ihn zu gehen. Statt dessen knöpfte sie mit fliegenden Fingern ihre Bluse zu und erwiderte: »Ich *habe* an meinen Mann gedacht, und genau da liegt das Problem. Ich habe Sie benutzt, aber Sie sollen kein Ersatz für einen anderen Mann sein. Sie haben mehr verdient.«
Mit einem verächtlichen Schnauben stand er auf. »Eine ehrenhafte Erklärung von einer ehrenhaften Frau. Entschuldige, wenn ich nicht bleibe, um mir noch mehr davon anzuhören, ich müßte kotzen.« Er riß die Tür auf und verließ das Zimmer, und krachend fiel sie hinter ihm ins Schloß.

Annie dachte über die Tür nach, während sie im Dunkeln auf dem Boden saß. Sie nahm an, er hatte sie zugemacht, als er mit dem Wein hereingekommen war, und fragte sich, ob er von Anfang an vorgehabt hatte, sie zu verführen. War es überhaupt eine Verführung gewesen – oder einfach nur ein Ausdruck der Bedürfnisse, die sie beide unabhängig voneinander hatten? Sie fürchtete, letzteres. Sie hatte sich verzweifelt nach Zuwendung gesehnt.

Sie hätte davon beeindruckt sein sollen, daß sie sich beherrscht hatte, aber sie war es nicht. Wichtiger, und belastend und *erniedrigend* war, daß sie anfangs auf Jason eingegangen war.

Grady näherte sich Michaels Zimmer zögernder denn je. Es war ein anderes Zimmer auf einer anderen Station, und es hatte kein Fenster, durch das man sehen konnte, was drinnen vorging. Er mußte ohne Vorbereitung eintreten.

Teke saß mit gesenktem Kopf auf dem Stuhl. Oben an der Wand lief der Fernseher, doch Michaels Augen waren geschlossen.

Grady hatte die Tür sehr leise geöffnet, und es dauerte einen Moment, bis Teke seine Anwesenheit registrierte und den Blick hob. Er sah etwas in ihren Augen, doch er wußte nicht, was es war, aber sie wirkte verändert. In ihrer Seidenbluse und der Maßhose sah sie weit mehr nach Constance aus als nach Gullen, und sie schüchterte ihn ein wenig ein.

»Hi«, sagte er. »Wie geht's dir?«

Sie nickte grüßend, zuckte die Schultern, sagte leise: »Okay«, und schaute Michael an.

»Ich war froh zu hören, daß er aufgewacht ist.« Das war die Untertreibung des Jahres. Grady hatte das ganze Wochenende Seufzer der Erleichterung ausgestoßen und war tatsächlich zum ersten Mal seit seiner Kinderzeit in die Kirche gegangen. »Wie macht er sich?«

»Nicht schlecht, er ißt schon wieder. Sie haben Tests mit ihm gemacht. Er hat an Muskelkraft verloren und seine frühere Beweglichkeit, doch der Verlust wird nicht von Dauer sein. Sie arbeiten an einem Therapieplan.«

Grady sah, daß Michaels Augen sich geöffnet hatten. Sie waren auf ihn gerichtet. »Hi«, sagte er mit einem Lächeln, von dem er hoffte, daß es seine Nervosität verbarg. Immerhin war er der Mann, der dem Unglückslaster gelenkt hatte; er wußte nicht, wie er empfangen werden würde. »Es ist schön, dich wach zu sehen«, fügte er hinzu. »Ich habe mir wirklich Sorgen gemacht.«
Michael starrte ihn lange schweigend an. Dann fragte er: »Grady?«
Grady konnte keinen Zorn erkennen. »Erinnerst du dich daran, daß ich hier war?«
»Schwach. Ich bin Ihnen in den Laster gelaufen.«
Kein Zorn. Grady war wie erlöst. »Fürchte, ja.«
»Hab ich eine Beule reingemacht?«
»Nein. Der Truck ist viel widerstandsfähiger als du. Wie fühlst du dich?«
»Okay. Ich möchte nach Hause, aber sie lassen mich nicht.«
Da er nicht den Eindruck erwecken wollte, auf der Seite der »Bösen« zu stehen, erkundigte er sich: »Und warum nicht?«
»Sie wollen mich vorher in ein Rehabilitationszentrum stecken. Sie sagen, daß meine Arme und Beine nicht richtig funktionieren – aber was wissen die schon? Ich bin nur schwach.«
Grady vermutete, daß sie mehr wußten als Michael. »Der Aufenthalt im Reha-Zentrum wird dir helfen, deine Kräfte zurückzugewinnen.«
»Aber ich will heim!«
Hilfesuchend wandte Grady sich an Teke, doch die schaute nur verwirrt drein, und als sein Blick wieder auf Michael fiel, waren die Augen des Jungen geschlossen.
Der Fernseher war auf eine Seifenoper eingestellt. Grady schaute eine Weile zu, doch seine Gedanken schweiften ständig ab. Verblüfft fuhr er herum, als Michael aus heiterem Himmel fragte: »Waren Sie wirklich im Gefängnis?«
»Daran erinnerst du dich auch?«
»Waren Sie?«
»Fürchte, ja.«

»Weswegen?«
Also erinnerte er sich nicht an alles. »Mord.«
»Phantastisch.«
»Das würde ich nicht sagen. Es war ziemlich schlimm – sowohl es zu tun, als auch dafür bestraft zu werden. Ich kann beides nicht empfehlen.«
»Gab es einen Prozeß?«
»Natürlich.«
»Wer war Ihr Anwalt?«
»Es war ein Pflichtverteidiger – der Name würde dir nichts sagen.«
»Sam übernimmt Mordfälle. Schade, daß er Sie nicht verteidigen konnte. Er ist phantastisch!« Er brach ab, korrigierte, »*war* phantastisch«, und starrte eine Minute lang auf den Bildschirm, ehe er fragte: »Wie lange waren Sie im Gefängnis?«
»Acht Jahre.«
»Das ist nicht viel. Nicht für Mord.«
»Mir hat es gereicht«, erwiderte Grady.
»Sind Sie frühzeitig entlassen worden – wegen guter Führung?«
»Ich bin entlassen worden, weil ich meine Mindestzeit abgesessen hatte und weil sie meine Pritsche brauchten. Mit der guten Führung war es bei mir nichts – ich saß in Einzelhaft.«
»Wow!«
»Warum?« fragte Teke.
»Es gab Zeiten, da mußte ich kämpfen, um mich zu verteidigen.«
»Die Einzelhaft muß schrecklich gewesen sein«, meinte sie.
»Auf die Weise war ich in Sicherheit – aber nach einer Weile wurde es zu eng.«
»So habe ich auch empfunden«, sagte Michael mit einer Lebhaftigkeit, die so sehr an Teke erinnerte, daß eine Welle der Zuneigung für den Jungen Grady überschwemmte. »Ich konnte manchmal hinausschauen, aber ich konnte mit niemandem reden oder meinen winzigen Körper verlassen. Dann schnippte Sam mit den Fingern. Es war, als drehe jemand einen Schlüssel im Schloß.«

Die Lebhaftigkeit schwand. Grady fiel auf, daß Michael wütend auf Sam war. Und auf Teke. Er hatte sie noch kein einziges Mal angeschaut, seit er, Grady, da war.
»Erinnerst du dich daran, daß ich dir erzählte, daß ich deine Mutter schon kannte, als sie noch ein kleines Mädchen war?«
Michael dachte mit geschlossenen Augen darüber nach und antwortete schließlich: »Kann sein.«
»Sie wollte seit jeher nur eines: eine Familie. Sie liebt dich sehr.«
Michael stieß einen undefinierbaren Laut aus.
Da er fürchtete, seine Glaubwürdigkeit einzubüßen, wenn er weiter auf dem Thema herumritt, sagte Grady einfach nur: »Ich muß zurück zur Arbeit. Darf ich dich wieder besuchen?«
»Klar.«
»Soll ich dir was mitbringen? Süßigkeiten? Soda?«
Jetzt richtete Michael den Blick auf Teke, aber es lag Trotz darin. »Ich will einen Ring-Ding-Keks. Sie sagt, sie seien nicht nahrhaft genug.«
»Du bekommst deinen Ring-Ding.« Mit einem verschwörerischen Zwinkern und hochgestreckten Daumen verließ Grady das Zimmer. Draußen auf dem Flur blieb er stehen in der Hoffnung, daß Teke nachkommen würde, um mit ihm zu sprechen. Als sie nicht kam, ging er langsam in Richtung Aufzug, wobei er sich immer wieder umschaute, doch sie tauchte nicht auf.

Tekes Bedürfnis, mit Annie zu reden, wurde immer stärker. Sie wartete sehnlichst darauf, sie einmal allein zu erwischen, doch wenn die Kinder nicht da waren, dann war J. D. da oder Sam oder Michaels Freunde. Mitte der Woche war sie verzweifelt genug, um Annie am Arm zu packen, aus Michaels Zimmer zu ziehen und den Flur hinunter.
»Nur zum Reden«, versicherte sie ihr.
»Es gibt nichts zu reden«, protestierte Annie.
»Es gibt viel, und alles ist überfällig. Die Luft ist verpestet von allem, was nicht gesagt wurde. Ich brauche dich, Annie.« Sie

wußte, so müde Annie auch war und so angeschlagen sie auch aussah, sie würde auf ihr Drängen eingehen. Annie hatte nun einmal die Neigung, auf die Gefühle anderer einzugehen, und obwohl Teke es selbst mies von sich fand, dort anzusetzen, verlangsamte sie weder ihren Schritt, noch sprach sie ein Wort, bevor sie in der Toilette am Ende des Korridors eingeschlossen waren. An der Tür lehnend, damit Annie ihr nicht entkommen konnte, sagte sie: »Es gibt einige Dinge, die ich dir sagen muß, und ich möchte, daß du mir zuhörst.«

Annie starrte mit finsterer Miene zu Boden. Nach einer Weile lehnte sie sich an eine Handtuchstange und hob den Kopf. Sie sah so verwundbar aus, daß Teke schon versucht war, einen Rückzieher zu machen. Doch dann konnte sie es doch nicht: Ihr Wunsch, den Schaden wiedergutzumachen, den sie angerichtet hatte, war zu stark.

»Es tut mir unendlich leid, was ich getan habe, Annie. Ich weiß, daß ich das schon gesagt habe, aber ich weiß nicht, ob du es gehört hast. Ich kann dir nicht sagen, ich kann dir einfach nicht sagen, wie sehr ich es bereue. Ich bin fassungslos und entsetzt. Ich widere mich selbst an und ich gebe mir die Schuld an dem Geschehenen. Ich war es, die den ersten Schritt tat.«

»Und warum?« fragte Annie in scharfem Ton.

Teke zögerte nur so lange, wie sie brauchte, um ihre Lungen mit Luft zu füllen. »Wegen Grady.«

Annies Schärfe wandelte sich zu Verwirrung. »Dem Mann, der den Truck gefahren hat?«

Sie mußte Annie erklären, in welchem Gemütszustand sie sich befunden hatte, als Sam ins Haus kam. »Ich bin mit Grady aufgewachsen und betete ihn an. Als ich fünfzehn war, wurden wir ein Liebespaar, und das blieben wir, bis sie ihn ins Gefängnis schickten.«

Annie schnappte nach Luft. Ihre Verwirrung machte Verletztheit Platz. »Das hast du niemals erwähnt. Du hast nie über deine Vergangenheit gesprochen. Ich nahm an, es gebe eben einfach nichts zu erzählen.«

»Ich konnte nicht darüber sprechen, es hätte mir zu weh getan. Ich bemühte mich zu vergessen, daß ich eine Vergangenheit hatte. Grady war mein Leben, bis sie ihn einsperrten. Wenn ich morgens aufwachte, dachte ich daran, wann ich ihn wiedersehen würde, und wenn ich abends ins Bett ging, roch ich seinen Duft auf meiner Haut. Wir wollten heiraten. Wir wollten Kinder haben. Wir wollten für immer und ewig zusammenbleiben. Plötzlich war das alles unmöglich.«

»Kanntest du die Person, die er umgebracht hat?«

Teke nickte. »Es war mein Vater.«

Wieder schnappte Annie nach Luft.

»Schockierend, was?« fragte Teke mit einem Anflug von Hysterie. »Nun, für mich auch. Es ist das erste Mal, daß ich es laut ausspreche. Aber damals war es mehr als schockierend. Es war ein Alptraum, der genauso schrecklich war wie der jetzige.«

»Was ist *passiert?*« flüsterte Annie.

Tekes Augen füllten sich mit Tränen. Sie schaute zur Decke hinauf. »Mein Vater hatte die Angewohnheit, mich zu mißhandeln. Grady sagte ihm, er solle damit aufhören. Eines Abends erwischte er ihn dabei, und sie prügelten sich. Das war's. Zwei Leben zerstört – drei, wenn du meinen Vater dazuzählen willst, aber ich tue das nicht.« Ihre Stimme wurde hart. »Er war ein Säufer, der nicht einmal bereit war, zu arbeiten, um seine Familie zu ernähren. Sein Leben war keine zwei Cents wert.« Nach einem Blick in Annies entsetztes Gesicht sagte sie: »Klingt das brutal? Bist du erschrocken, weil die Frau, die du zu kennen glaubtest, so brutal über ihren eigenen Vater urteilt? Nun, vielleicht bin ich kalt und hart und brutal, aber du weißt nicht, daß meine Mutter und meine Schwestern starben, weil er den Arzt nicht holte! Sie waren krank, aber er weigerte sich, dafür Geld auszugeben. *Er* war ein Mörder – nicht Grady.«

»O Teke!« flüsterte Annie kaum hörbar. »Warum hast du mir das nie erzählt?«

»Wenn ich mir nicht einmal gestatten konnte, daran zu denken, wie hätte ich es dir da erzählen können? Ich löschte meine

Vergangenheit aus, trennte mich völlig von ihr. Das war meine einzige Möglichkeit, zu überleben. Und ich will jetzt nicht dein Mitleid, ich möchte nur, daß du begreifst, was Grady mir bedeutete und wie es für mich war, über unser Wiedersehen nachzudenken.«

»Dann wußtest du, daß er kommen würde?«

»Er hatte es mir geschrieben, aber nicht den genauen Zeitpunkt. Der Gedanke, daß er wieder in meinem Leben auftauchen würde, machte mich wütend, aber das hielt mich nicht davon ab, immer wieder das Papier dort zu berühren, wo sein Kugelschreiber es berührt hatte, und es dort anzufassen, wo seine Hände es vielleicht angefaßt hatten.« Die Erinnerung an die Vergangenheit schnürte ihr die Kehle zu. Erstickt flüsterte sie: »Du kannst dir nicht vorstellen, wie ich ihn geliebt habe.«

Annie schaute auf ihre Hände hinunter.

»Was denkst du?« fragte Teke.

Ohne den Blick zu heben, antwortete sie: »Ich denke, daß ich es mir durchaus vorstellen kann. Ich liebe Sam auf die gleiche Weise, und deshalb kannst du vielleicht nachempfinden, wie verletzt ich bin. Und ich denke, wenn du Grady so sehr liebtest, hättest du J. D. niemals heiraten dürfen.«

»Grady wurde wegen Totschlags verurteilt und ins Gefängnis gesteckt. Unmittelbar davor, bei unserem letzten Zusammentreffen, hatten wir eine schreckliche Auseinandersetzung. Er sagte, er wolle mich nie wiedersehen. Ich war am Boden zerstört. Ich schrieb ihm, aber er ließ meine Briefe ungeöffnet zurückgehen. Ich versuchte ihn zu besuchen, aber er weigerte sich, mich zu sehen. Auch meine Anrufe nahm er nicht entgegen. Was für eine Wahl hatte ich also? Er schickte mich weg. Er schloß eine gemeinsame Zukunft aus. Er sagte, ich solle die Familie, die ich mir so sehr wünschte, mit jemand anderem aufbauen, da er kein Interesse mehr an mir habe. Und so tat ich das einzige, was mir zu tun blieb: Ich ließ Grady hinter mir. Dann lernte ich dich und Sam kennen, heiratete J. D. und bekam Leigh, Jana und Michael. Es waren gute Jahre.«

»Aber nicht gut genug?«

»*Gute* Jahre.« Teke versuchte es selbst zu verstehen, was einer der Gründe dafür war, daß sie so dringend mit Annie sprechen wollte. Nicht, daß Annie alle Antworten gekannt hätte, aber sie half beim »Sortieren«. »Grady hat mich mit seinem Brief kalt erwischt. Plötzlich kamen all die Dinge, über die nachzudenken ich mich die ganzen Jahre geweigert hatte, wieder hoch.« Sie zögerte, zwang sich dann jedoch weiterzusprechen. »Gradys und meine Beziehung war ganz anders als die von J. D. und mir.«

»In welcher Hinsicht?«

»Wir waren beide arm. Wir waren Seelenverwandte in einer rauhen Welt. Wir trösteten einander in einem Leben, das ansonsten nur wenig Tröstliches bot.« Sie senkte den Blick. »Und dann war da noch der Sex. Mit Grady war er heiß – mit J. D. war er lau.«

»Von Anfang an?« fragte Annie.

»Da war er okay. Die Aussicht auf das Leben, das J. D. und ich uns aufbauen würden, törnte mich an. Doch im Laufe der Jahre verlor sich der Reiz des Neuen. Ich bemühte mich, keinen Vergleich anzustellen, doch irgendwann konnte ich nicht mehr dagegen an, und es wurde um so schlimmer, je deutlicher ich erkannte, daß es mit J. D. *niemals* so werden würde, wie ich es mir wünschte.«

»Das wußte ich nicht«, sagte Annie leise.

Teke lächelte traurig. »Das ist ja auch nichts, womit man hausieren geht – nicht einmal bei der besten Freundin –, und ich komme mir jetzt, da ich es ausspreche, J. D. gegenüber wie eine Verräterin vor.« Sie schnitt eine Grimasse. »Als hätte ich ihn nicht schon schlimmer verraten. Und dich.«

Es klopfte an der Tür.

»Nur noch eine Minute«, rief Teke, und dann sagte sie mit leiserer Stimme zu Annie: »Neunzehn Jahre Ehe, und ich habe ihn niemals betrogen. Das Fehlen der Leidenschaft machte mir nichts aus. Ich hatte ein Heim und eine Familie und euch alle,

und das war so viel mehr als das, was ich als Kind gehabt hatte, daß ich abends im Bett meiner Glücksfee dafür dankte, daß ich war, wo ich war. Dann kam Gradys verdammter Brief, und ich sehnte mich plötzlich wieder so nach ihm wie damals. Es war, als sei ich auf einmal ausgehungert nach dem, was ich all die Jahre nicht gehabt hatte, und das versetzte mich in Panik, denn ich hatte ja wirklich ein gutes Leben, und ich wollte es nicht aufgeben. So wahr mir Gott helfe, wenn ich irgendwann hätte ins Grab sinken können, ohne Grady jemals wiederzusehen, wäre mir das sehr recht gewesen.«
Sie atmete hörbar aus. Mit beiden Händen raffte sie ihre Haare auf dem Kopf zusammen, wand eine lange Strähne darum und steckte sie fest. Geistesabwesend zog sie nervös ein paar Strähnchen heraus und ins Gesicht.
»Es war wie der Mord«, sagte sie. »Unbedacht und so schnell vorüber, daß es schwer zu glauben ist, daß etwas kaum Registriertes eine solche Verheerung in den Leben von Menschen anrichten konnte. Ich war mit meinen Gedanken bei Grady, als Sam kam. Ich war *überwältigt* von den Gedanken an Grady – so sehr, daß ich überhaupt nicht weiß, was ich bei Sam empfand. Unser Zusammensein war in etwa so intim, wie wenn wir vier auf Sutters Island in einer mondlosen Nacht nackt schwimmen gingen.«
Bei der Vorstellung mußte sie lächeln. Nacktbaden war immer Sams Idee gewesen. Das Aufregende daran war gewesen, es zu tun, ohne daß die Kinder es merkten. Sie fragte sich, ob Annie sich ebenfalls daran erinnerte. Falls ja, so hatte diese Erinnerung offenbar nichts Angenehmes für sie. Sie sah niedergeschlagen aus – und sie schwieg.
»Sag mir, was du denkst«, bat Teke sie. »Ich muß es wissen.«
Annie stöhnte leise. Dann atmete sie tief ein, verschränkte die Arme vor der Brust und vermied es sorgsam, Teke anzusehen. »Ein Teil von mir sagt, ›es ist vorbei – vergessen wir es‹, als könnten wir unsere Beziehung in der alten Form wieder aufnehmen.« Sie schaute Teke flehend an. »Aber ich glaube

nicht, daß ich das *kann.* Es schmerzt jedesmal, wenn ich daran denke. Ich sehe mich und dich und Sam in einem völlig neuen Licht, und das ist *schlimm.*«

»Du und Sam hattet so viel, das kann doch nicht alles zerstört sein.«

»Vielleicht nicht, aber es hat sich etwas verändert. Ich werde ihm nie wieder blind vertrauen können, das ist vorbei.«

»Es tut mir so leid«, sagte Teke. »Ich glaube, das verfolgt mich am meisten – du und Sam. Okay, wenn du und ich nicht mehr befreundet sind, kann ich das als meine Strafe akzeptieren, aber wenn eure Ehe kaputtginge, könnte ich es nicht ertragen. Es darf nicht passieren. Er liebt dich, Annie.«

Annie hob die Augenbrauen und zuckte die Schultern.

»Wirklich, das tut er. Und du liebst ihn. Wirf das nicht weg, nur weil ich etwas Dummes getan habe.«

Annie schenkte ihr einen sarkastischen Blick. »Du hast ihn nicht vergewaltigt, Teke.«

Es klopfte wieder. »Nur noch eine *Minute!«* rief Teke hinaus und setzte leise, aber verärgert hinzu: »Warum sind die Menschen nur so ungeduldig?«

»Manche Bedürfnisse sind eben dringend.«

Teke atmete hörbar aus. »Okay.« Sie richtete ihren Blick auf Annie. »Aber das war nur ein Teil dessen, was ich sagen wollte. Ich brauche deine Hilfe. Jana weigert sich, mit mir zu sprechen. Leigh tut es nur, wenn es unbedingt nötig ist. Keine von beiden kann mit J. D. reden, was bedeutet, daß sie mit ihren Gefühlen allein sind. Ich mache mir Sorgen um sie. Ich habe keine Ahnung, welche Empfindungen der Vorfall in ihnen ausgelöst hat, abgesehen von dem Zorn, natürlich. Du bist diejenige, zu der sie immer mit allem gekommen sind, und in diesem speziellen Fall bist du die Unschuldigste. Sprichst du mit ihnen, Annie? Bitte!«

Annie fühlte sich sichtlich unbehaglich. »Damit bringst du mich in eine unangenehme Lage. Ich werde deinen Töchtern gegenüber nicht schlecht über dich sprechen, und ich kann nicht schlecht über Sam sprechen, obwohl es Zeiten gibt, wo ich überzeugt bin, ihn zu hassen, und ich habe keine Ahnung, was zwischen dir und J. D. vorgeht. Was soll ich ihnen sagen?«

»Ich weiß es nicht«, rief Teke verzweifelt, unvermittelt von der Panik gepackt, die sie immer wieder in Abständen überfiel, seit Michael die Tür zugeknallt hatte und aus dem Haus gestürzt war. »Ich *weiß es nicht!* Aber ich verliere sie! Sag mir, was ich tun soll!«

Annie mußte ihre Panik spüren, denn sie straffte ihre Schultern und sagte: »Ich werde mit ihnen reden. Ich weiß nicht, ob ich viel mehr damit erreiche, als etwas Zeit für dich zu gewinnen ...«

»Sie brauchen ein Ventil, einen Erwachsenen, mit dem sie sprechen können ...«

»Sie brauchen *dich.*«

»Aber sie sind immer zu dir gegangen«, insistierte Teke. »Ich weiß, du bist böse auf mich, aber ich bitte dich – wenn aus keinem anderen Grund, dann um der alten Zeiten willen –, hilf meinen Kindern!«

»Verdammt, Teke!« fuhr Annie sie zornig an. »Wenn ich mit deinen Kindern rede, dann nicht um der alten Zeiten willen. Ich kenne sie seit ihrer Geburt. Ich *liebe* sie. *Natürlich* werde ich mit ihnen reden. Ich meine ja nur, daß du am Ende selbst mit ihnen sprechen mußt.«

Als es erneut und diesmal energischer klopfte, schob Annie Teke beiseite und öffnete die Tür. Teke blieb nichts anderes übrig, als ihr den Flur hinunter zu folgen.

Kapitel 10

Am Donnerstag, eine Woche, nachdem er aus dem Koma erwacht war, wurde Michael in das Rehabilitationszentrum verlegt, das J. D. ausgesucht hatte. Es lag vierzig Autominuten von Constance entfernt, aber J. D. war der Meinung, daß die dortigen Behandlungsmöglichkeiten und die Pflege die Entfernung mehr als wettmachten.

J. D. fuhr mit seinem Wagen, Teke saß bei Michael in der Ambulanz. Im Zentrum angekommen, wurde er sofort zur Beurteilung seines Zustands weggebracht. Es würde eine Stunde dauern, bis er in sein Zimmer zurückkäme, erklärte man ihnen. Das gab J. D. die Zeit, die er brauchte.

»Gehen wir einen Kaffee trinken«, sagte er zu Teke.

Sie gingen in die Cafeteria, wo ein Großteil des Personals gerade seine Pause zubrachte, doch die Kulisse war für das, was J. D. vorhatte, trotzdem ihrem Zuhause vorzuziehen. Er entdeckte in einem entlegenen Winkel einen freien Tisch, der ihnen eine gewisse Ungestörtheit garantierte.

»Wie sehen deine Pläne jetzt aus?« fragte er, als sie sich hingesetzt hatten.

Teke fühlte sich sichtlich unbehaglich, und er verstand es. Sie waren zum ersten Mal allein, seit die Hölle losgebrochen war. Er fühlte sich selbst nicht besonders wohl in seiner Haut – und *er* hatte sich nichts vorzuwerfen! »Meine Pläne?« fragte sie.

»Du hast die meisten Nächte im Krankenhaus verbracht. Wirst du nun, da Michael hier ist, wieder daheim schlafen?«

Sie spielte mit ihrer Kaffeetasse. »Ich weiß es nicht, so weit habe ich noch nicht gedacht. Ich möchte tun, was für Michael das beste ist.«

»Und was ist mit Leigh und Jana?«
»Die beiden scheinen im Augenblick wenig Wert auf mich zu legen.«
»Und Michael tut das?« stellte er eine begründete Frage: Er hatte den Jungen mit seiner Mutter erlebt. Nicht sosehr, was Michael *tat*, eher, was er *nicht* tat, ließ seinen Zorn ahnen. Er vermied es, sie anzusehen. Wenn sie ihm Fragen stellte, antwortete er kurz und bündig, sprach sie von sich aus jedoch nicht an. Für andere hatte er ein Lächeln, aber es schwand, sobald sie in Sicht kam. Mit Sam verfuhr Michael ebenso. Das bereitete J. D. eine gewisse Befriedigung.
Teke hob die Tasse zum Mund, trank einen Schluck und stellte sie wieder ab. »Er will mich vielleicht nicht um sich haben, aber seine Situation unterscheidet sich von Janas und Leighs. Er ist jünger als sie, und er ist verletzt. Die Ärzte sagen, er wird mehrere Wochen hier verbringen und anschließend monatelang trainieren müssen, um seine alte Beweglichkeit zurückzuerlangen.«
»Wenigstens wird er es schaffen«, erinnerte J. D. sie. Er war unendlich dankbar gewesen, als Bill Gardner ihm das versichert hatte. »Es hätte übler ausgehen können. Ich würde mich an deiner Stelle nicht über die Therapie beklagen.«
»Ich beklage mich nicht. Ich werde tun, was immer getan werden muß, aber es wird nicht leicht für Michael. Das Training ist harte Arbeit. Es ist schmerzhaft und frustrierend. Er ist schon jetzt niedergeschlagen, weil er nicht Basketball spielen kann, und es wird noch schlimmer werden, wenn die Saison beginnt. Und die Aussicht auf den Privatunterricht reizt ihn auch nicht besonders.«
»Hast du das arrangiert?« fragte J. D. Er hatte es ihr letzte Woche aufgetragen.
Sie nickte. »Es wird jeden Nachmittag jemand für zwei Stunden hierherkommen.«
Sofort erwachte seine Skepsis. »Sind zwei Stunden genug?«
»Mehr ist nicht angeraten. Michael schläft noch immer hin und

wieder plötzlich ein, und seine Konzentrationsfähigkeit ist nicht auf dem alten Stand. Außerdem kann er mit dem eingegipsten Arm nicht schreiben, und selbst, wenn der Gips herunterkommt, wird Michael therapiert werden müssen, ehe er wieder einen Kugelschreiber halten kann.«

»Wie wäre es mit einem Laptop?«

»Das wäre eine Hilfe.«

J. D. zog sein Notizbuch heraus und schrieb »Dick White anrufen« hinein. Dick war ein Klient, der eine Kette von Computerläden besaß. Er würde wissen, welches Gerät geeignet wäre, und J. D. einen Sonderpreis machen. »Dieser Lehrer – taugt der was?«

»Er ist mir wärmstens empfohlen worden, und er machte einen netten Eindruck am Telefon.«

J. D. stellte sich vor, wie sie den Lehrer am Eingang des Reha-Zentrums begrüßte, ihn zu Michaels Zimmer brachte, und nach dem Unterricht mit ihm Kaffee trank. »Wie sieht er aus?«

»Das weiß ich nicht«, antwortete Teke in aller Unschuld und versteifte sich, als sie begriff, worauf er hinauswollte. »Bitte, J. D.«, flüsterte sie, »kränke mich nicht in dieser Weise.«

»Warum nicht? Du hast mich auch gekränkt.«

»Und ich bezahle dafür. Du kannst sicher sein, daß so etwas nie wieder passiert.«

»Nicht einmal mit Grady Piper?« An ihrer plötzlichen Blässe erkannte er, daß er einen wunden Punkt getroffen hatte. Das freute ihn, und er bohrte weiter. »Du hast ihn in Gullen nicht nur ›gekannt‹, stimmt's? Ihr wart ein Liebespaar.«

Ihr Blick traf sich mit dem seinen und hielt ihn fest. »Du wußtest, daß ich keine Jungfrau mehr war, als wir uns kennenlernten.«

»Ja, das wußte ich. Ich stellte mir vor, daß du eine bewegte Vergangenheit hattest, doch das war irgendwie aufregend. Ich dachte, ich sei derjenige, der dich auf den Pfad der Tugend zurückführen würde, aber ich habe es nicht geschafft, nicht wahr? Einmal eine Hure, immer eine Hure.«

Ihr Gesicht blieb blaß. Die Tasse zitterte leicht, als sie sie hochhob, um zu trinken. Sie stellte sie sehr vorsichtig auf die Untertasse zurück.
»Kein Protest?« versuchte er sie zu provozieren. Es hätte ihm nichts ausgemacht, seine Anschuldigung zu wiederholen.
»Wenn es dir guttut, mich zu beschimpfen, dann mach nur weiter. Aber du weißt, wie kindisch das ist, oder?«
»Was ich weiß«, sagte er mit einer Stimme, die leise war, jedoch vor Zorn vibrierte, »ist, daß Virginia Clinger ernsthaften Schaden angerichtet hat, bevor ich sie zum Schweigen brachte. Ich kann dir nicht sagen, wie viele Männer mich deinet- und Sams wegen angesprochen haben. Dank dir komme ich mir wie ein Idiot vor. Wenn ich dich also beschimpfen will, dann werde ich das tun.«
Sie zuckte nicht mit der Wimper, sondern sagte mit müder Stimme: »Wir müssen darüber sprechen, wie es mit uns beiden weitergehen soll.«
Das wäre eigentlich *sein* Text gewesen. Er ärgerte sich, daß sie ihm zuvorgekommen war, aber da es nun einmal so war, beschloß er, ihr die Chance zu geben, zur Abwechslung sich selbst zum Narren zu machen. Und so lehnte er sich, anstatt ihr zu eröffnen, wie seine Vorstellung aussah – was sie natürlich von ihm erwartete –, in seinem Plastiksessel zurück und fragte: »Wie siehst *du* es denn?«
Er mußte ihr zugute halten, daß sie nicht herumstotterte. Sie sammelte sich, wie sie es tat, wenn sie zu irgendwelchen Society-Partys eingeladen waren, wo sie eindeutig im Hintertreffen war. Dann antwortete sie: »Ich möchte versuchen, unsere Beziehung zu kitten. Das wäre das beste für die Kinder.«
»Die Kinder kannst du vergessen. Noch fünf Jahre, und sie sind aus dem Haus. Aber was ist mit uns? Glaubst du wirklich, daß unsere Ehe nach dem, was geschehen ist, noch zu kitten ist?«
»Es war nur ein *einziges* Mal, J. D.«, hielt sie ihm entgegen. »Mein Gott, man könnte denken, ich hätte jahrelang Männer aufgegabelt, wo ich ging und stand. Ein einziges Mal. Entweder

siehst du den Vorfall tatsächlich als Katastrophe an, oder du benutzt ihn als Vorwand, um dich aus einer Ehe zurückzuziehen, die dich schon eine ganze Weile langweilt.« Ihr Blick wurde schärfer. »Ich bin weder blöd noch blind, J. D. Ich weiß selbst, daß unsere Ehe nicht aufregend ist. Sie war angenehm und funktionell, aber wir hatten niemals eine Beziehung wie Annie und Sam.«

»Und darauf warst du neidisch? Hast du dich deshalb an Sam rangemacht?«

»Ich habe mich nicht an ihn rangemacht, es ist einfach passiert. Und es hatte nicht das geringste mit Neid zu tun. Annie und Sam haben eine so wichtige Rolle in meinem Leben gespielt, daß es nichts gab, worauf ich hätte neidisch sein können.«

J. D. beugte sich vor: »Sex, Teke«, warf er ihr zornig hin. »Warst du vielleicht in dieser Hinsicht neidisch auf sie?«

»Wie könnte ich?« fuhr sie auf. »Ich weiß doch gar nicht, wie der bei ihnen ist.«

»Du und Annie sprecht nicht darüber?«

»Natürlich nicht.«

Er wollte ihr gern glauben. Der Gedanke, sie würden Vergleiche anstellen, hatte ihn beunruhigt. Er und Sam sprachen nicht über dieses Thema, gerade weil sie ihre gegenseitigen Ehefrauen so gut kannten, aber Frauen waren anders. »Ihr redet doch sonst über alles? Warum nicht darüber?«

»Weil das Privatsache ist. Intim. Peinlich.«

Er schnaubte verächtlich. »Womit wir wieder beim Thema wären. Unser Sexleben ist nicht berauschend, war es nie. Unsere Ehe zu kitten würde daran nicht das mindeste ändern. Es ist entweder da oder nicht. In unserem Fall ist es das nicht. Wir haben uns vielleicht eine Weile bemüht, uns etwas vorzumachen, aber die Chemie stimmt einfach nicht.«

»Aber unsere Ehe hat funktioniert. Wir haben grundsätzlich die gleichen Vorstellungen, was den Lebensstil betrifft. Wir streiten nicht über Geld oder das Haus oder die Autos. Oder die Kinder. Unsere Beziehung hat viele gute Seiten.«

»Vor einem Monat hätte ich dir noch zugestimmt, bevor dein Sexfrust zu stark wurde.«
»Ein einziges Mal, J. D.«
»Das *erste*, es werden andere folgen. Du wirst es sehen. Es ist wie mit den Drogen. Du widerstehst und widerstehst, weil du total clean bist, und dann probierst du es, aus welchen Gründen auch immer, einmal aus. Plötzlich bist du nicht mehr total clean, und deshalb macht es keinen großen Unterschied, wenn du es ein zweites Mal probierst und ein drittes und ein viertes Mal. Mein guter Freund Sam hat das von seinen Klienten gelernt und im Laufe eines unserer abendlichen Gespräche an mich weitergegeben.« Er lehnte sich zurück. »Von denen wußtest du nichts, oder von den Abenden, die wir im Büro blieben und von fünf bis sieben über Gott und die Welt redeten, und danach heimrasten, damit unsere Frauen sich keine Sorgen um uns machten.« J. D. hatte einige jener frühen Abendstunden mit Frauen verbracht, aber das sagte er Teke nicht. Er hatte nicht die Absicht, ihr die Möglichkeit zu geben, ihn mit Dreck zu bewerfen. »Nun, Sam und ich führen solche Gespräche nicht mehr. Tatsache ist: Wenn John Stewart seinen Kopf durchsetzt, wird Sam aus der Kanzlei verschwinden.«
Teke zog scharf die Luft ein. »Oh, J. D., das ist nicht fair. Er hat viel für die Firma erreicht.«
J. D. hob berichtigend den Zeigefinger. »Er hat viel für sich erreicht. Sein Name steht im Scheinwerferlicht – nicht der der Firma.«
»Aber er bringt riesige Geldsummen ein.«
»Das war das einzige, was John Stewart davon abbrachte, Sams Platz sofort zur Disposition zu stellen. Aber er sagt, es sei nur ein Aufschub. Er will Sam weghaben. Und dich will er auch weghaben. Er meint, ich solle mich scheiden lassen.«
Wieder zog Teke hörbar die Luft ein – diesmal noch schärfer.
»Bist du nicht auf die Idee gekommen, daß das passieren könnte?« fragte J. D. ungläubig. Entweder war sie noch naiver, als er gedacht hatte, oder schlichtweg dumm. »Bist du nicht auf

die Idee gekommen, daß ich, nachdem du mich betrogen hattest, sagen könnte: ›Zum Teufel, die Ehe taugt sowieso nichts, warum sollte ich mich bemühen, sie aufrechtzuerhalten?‹ Ist dir in den letzten paar Wochen nicht wenigstens einmal die Möglichkeit einer Scheidung in den Sinn gekommen?«

»Doch«, sagte sie und strich sich die Haare aus dem Gesicht, »aber ich will sie nicht. Eine Ehe ist es wert, daß man um sie kämpft.«

J. D. fühlte Ungeduld in sich aufsteigen. »Ist sie den Kampf wirklich wert? Stell dich der Tatsache, Teke: Wir sind so verschieden wie Tag und Nacht, wir beide. Weißt du, wer bewirkte, daß unsere Ehe funktionierte? Annie und Sam! Sie schafften es, daß wir einander anziehend fanden. Wenn sie nicht wären und die Kinder, hätten wir diese Realität wahrscheinlich schon längst erkannt. Aber jetzt haben wir keine Annie und keinen Sam mehr, weil ich dir bei ihm nicht über den Weg trauen kann, und Annie ihm bei dir nicht, und die Kinder werden bald nicht mehr da sein. Was bleibt also? Glaubst du, daß unser Sexleben sich plötzlich auf wunderbare Weise bessern wird? Glaubst du, ich will mir Gedanken darüber machen, wie ich im Vergleich zu deinen anderen Liebhabern abschneide? Sorry, Lady, ein solcher Wettstreit ist nichts für mich.«

Sie senkte den Kopf, ihre Haare fielen nach vorn.

»Also habe ich mir eine Wohnung in Boston gekauft.« Er war stolz darauf, eine entscheidende Maßnahme getroffen zu haben, um so mehr, als er ihren Kopf alarmiert hochrucken sah. »Sie ist groß – die Kinder können mich also besuchen –, und sie ist möbliert, ich kann also jederzeit einziehen. Deshalb habe ich dich nach deinen Plänen gefragt. Wenn du hier bei Michael bleibst, bleibe ich bei den Mädchen im Haus, bis er heimkommt. Wenn du zu Hause schläfst, übersiedle ich gleich nach Boston.«

Sie hatte eine Hand auf die Brust gepreßt. »Du hast sie gekauft? So schnell?«

Er zuckte mit den Schultern. »Sie war günstig zu haben.«

»Und du wolltest nicht vorher mit mir darüber reden? Hast du nicht daran gedacht, welche Wirkung das auf die Kinder haben wird?«
»Ich habe sehr wohl an die Kinder gedacht. Was ich tue, erscheint mir viel ehrlicher, als wenn ich im Haus bleiben und so tun würde, als empfänden wir noch etwas füreinander.«
Teke blinzelte. »Tun wir das nicht? Wir sind verheiratet. Ich schätze deine Arbeit. Wir haben eine gemeinsame Vergangenheit und so viele Erinnerungen, und wir haben Kinder.«
»Aber wir lieben uns nicht.« Vor einem Monat wäre ihm nicht im Traum eingefallen, das zu sagen. Er hatte geglaubt, sie zu lieben, doch die Geschwindigkeit, mit der seine Gefühle sich geändert hatten, deutete auf etwas anderes hin. »Vielleicht haben wir es nie getan.«
»Es gibt verschiedene Arten von Liebe«, entgegnete sie, doch er wußte, daß sie nach einem Strohhalm suchte. »Nicht alle sind glühend leidenschaftlich.«
Er konnte ein bitteres Lachen nicht zurückhalten. »Baby, bei uns war sie nicht einmal *lauwarm* leidenschaftlich.« Er hielt unvermittelt inne, als er an seine verlogene Prahlerei dachte und an die anderen Frauen, die er im Laufe der Jahre gehabt hatte. »Und du warst nicht die einzige, die das Manko bemerkte, Teke. Auch ich hätte oft mehr gebraucht.«
Das schien jedes weitere Argument im Keim zu ersticken, das sie vielleicht hatte vorbringen wollen. Sie strich sich ihre dunklen Haare wieder aus dem Gesicht, eine Geste, die er einmal sexy gefunden hatte, und die andere Männer wahrscheinlich noch immer sexy fanden, und starrte ihn eine Minute lang unverwandt an. Schließlich sagte sie mit zittriger Stimme: »Dann ist das jetzt also das Ende, ja? Wirst du die Scheidung einreichen?«
»Nicht sofort, erst einmal die gerichtliche Trennung.«
Ihr Gesicht leuchtete auf. »Dann meinst du, daß noch Hoffnung für uns besteht?«
»Nicht viel.«

Das Leuchten erlosch. »Aber warum dann eine gerichtliche Trennung? Warum nicht gleich die Scheidung?«

Warum nicht? Weil J. D. es nicht eilig hatte. Weil es ihm ein Gefühl der Macht gab, Teke zappeln zu lassen. Sie verdiente es. Jeder Mensch, der ihn hinterging, verdiente das – und mehr.

»Vielleicht«, antwortete er, »weil ich dich gebunden wissen will, bis Annie und Sam entscheiden, was aus ihnen wird. Wenn du frei wärst, müßte ich ja damit rechnen, daß du versuchen würdest, ihn ihr auszuspannen.«

Sie schnitt eine Grimasse, die ihm vermittelte, daß sie ihn für übergeschnappt hielt, aber das machte ihm nichts aus. Er saß am Steuer. Er gab die Kommandos für die Tontauben. Er würde die Scheidung einreichen, wann es ihm paßte – nicht, wann es John Stewart oder Teke oder Sam paßte –, und keine Minute eher.

Annie war dabei, ein Last-Minute-Dinner zusammenzustellen, als Jana zur Hintertür hereingestürmt kam und atemlos und besorgt fragte: »Lassen sie sich scheiden?«

Annie schaute von den Zubereitungsvorschriften eines Nudelschnellgerichts auf. »Was?«

»Ich glaube, ja. Mom hat im Zentrum geschlafen und Dad zu Hause, was wegen Michael ganz in Ordnung wäre, aber als ich vorhin im Arbeitszimmer war, sah ich einen Stapel Adressenänderungskarten auf dem Schreibtisch liegen. Dad schickt sie an Kreditkartenfirmen und Zeitschriftenverlage, und es steht eine Anschrift in Boston darauf, die nicht mit der der Kanzlei übereinstimmt. *Lassen* sie sich scheiden?«

Annie stellte die Schachtel hin. Jana sah niedergeschlagen aus.

»Ich weiß es nicht«, antwortete Annie leise. Sie wünschte, sie wüßte genauer, was sie dem Mädchen sagen sollte. »Ich habe nicht das Recht, zu fragen.«

»Meinst du nicht, jemand sollte uns informieren? Denken sie, daß wir noch zu klein sind, um zu erkennen, daß etwas faul ist? Wir wissen, was sie getan hat. Wir wissen, daß Dad stinkwütend ist. Wir wissen, daß Ehen an solchen Dingen kaputtgehen.«

Annie packte das Revers von Janas Blazer und zog sie sanft zum Telefon, hielt sie fest, während sie mit der freien Hand die Kanzleinummer eintippte, doch sie landete beim Auftragsdienst. »Er muß schon weg sein. Kommt er heim, um mit Leigh und dir zu Abend zu essen?«

»*Gesagt* hat er es. Er sagte, wir würden essen gehen, schon wieder.« Sie schüttelte die Haare aus dem Gesicht. »Ich habe es bis obenhin, im Lokal zu essen. Daß ich das mal sagen würde, hätte ich nie gedacht, aber es dauert, bis man endlich sitzt, dauert, bis man bestellt hat, dauert, bis man das Essen bekommt, und dann ist es nie so, wie man es sich vorgestellt hat.« Sie warf Annie einen ärgerlichen Blick zu. »Dann wird Dad sauer und beschwert sich bei der Bedienung, aber als Leigh und ich gestern abend Essen zu machen versuchten, endete das mit einer Katastrophe.«

»Das Hühnchen war nicht gut?« fragte Annie überrascht. Sie hatte ihnen ein narrensicheres Rezept gegeben.

»Das Hühnchen wäre toll gewesen, aber wir hatten den Reis nicht rechtzeitig aufgesetzt, und so mußte Dad darauf warten, und als *er* fertig war, war das Hühnchen strohtrocken, und die Erbsen hatten lauter Dellen.«

»Ich wünschte, ihr könntet hier essen«, sagte Annie, der es schrecklich leid tat, daß das nicht möglich war, aber J. D. würde niemals herüberkommen. Glücklicherweise mußte sie das nicht sagen: Jana wußte es, und Jana wußte, warum. Jana legte auf Sams Gesellschaft ebensowenig Wert wie J. D.

»Was ist, zieht Dad nun aus?« fragte sie.

»Deine Mom hat es nicht erwähnt, als ich neulich mit ihr sprach.«

»Ich wußte nicht, daß ihr wieder miteinander sprecht«, sagte Jana vorsichtig.

»Wir fangen damit an«, erklärte Annie, was leicht übertrieben war, denn sie hatte seit dem Tag in der Krankenhaustoilette kein Wort mit Teke gewechselt, aber die Übertreibung hatte einen Sinn: Sie fand es falsch, daß Jana sich jedesmal abwandte, wenn Teke auf sie zukam.

»*Du* kannst ihr vielleicht verzeihen, *ich* kann es nicht. Was sie getan hat, war selbstsüchtig und grausam.«

»Sie hatte nicht beabsichtigt, selbstsüchtig und grausam zu handeln.« Das glaubte Annie inzwischen. »Sie hat nicht nachgedacht.«

»Dann ist sie ein Schwachkopf.«

»O Jana.« Annie zog wieder am Revers von Janas Blazer. »Manchmal tun Menschen etwas, weil sie durcheinander sind. Das bedeutet nicht, daß sie Schwachköpfe sind.«

»Du verzeihst ihr tatsächlich?« Es war eine Anklage.

Annie dachte daran, wie knapp sie einem Ehebruch mit Jason Faust entkommen war. Es verfolgte sie, hüllte sie in Schuldgefühle ein, ließ ihren Kopf hämmern und ihren Magen revoltieren. Und es verlieh ihr eine Einsicht, die sie vorher nicht gehabt hatte. Wenn sie an jene wenigen Minuten mit Jason zurückdachte, konnte sie nachfühlen, was Teke empfunden hatte, als sie an Grady Piper dachte und sich begehrt und geliebt fühlen wollte. Was Teke getan hatte, war unrecht gewesen, aber was Annie getan hatte, war nicht viel besser.

»Wer ohne Schuld ist, der werfe den ersten Stein«, sagte Annie zu Jana. »Ich habe auch Fehler in meinem Leben gemacht. Das haben wir alle getan.«

»Aber sie hat dich *verletzt*. Sie hat dich fast genauso schlimm hintergangen wie meinen Dad. Wie kannst du das vergessen?«

»Ich habe nicht gesagt, daß ich es vergessen könnte, aber der Schmerz wird mit der Zeit nachlassen. Ich sage nicht, daß alles wieder wie früher ist, nur daß ich versuche, nicht engstirnig zu denken.«

»Auch was Sam angeht?«

Das war schwieriger. Sam war ihr Mann. Sie erwartete anderes von ihm als von Teke.

»Ich versuche, nicht engstirnig zu denken«, wiederholte sie, doch jetzt klang ihre Stimme härter.

»Und das soll ich auch?«

»Wenn du kannst.«

Zoe kam in die Küche gestürzt und rief: »Mom, ich kann diese Mathe-Aufgaben nicht ... Jana! Gott sei Dank, daß du da bist! Kannst du mir helfen? Das ergibt einfach keinen Sinn.«
Jana hob die Hand, um Zoe zu bremsen. Dann fragte sie Annie leise: »Wirst du herausfinden, ob du es kannst?«
»Was kannst?« wollte Zoe wissen.
Jana zog die Nase kraus. »Nichts«, antwortete sie, ohne den Blick von Annie zu wenden.
Annie nickte. »Hilf Zoe, und ich werde dir ewig dankbar sein.« Sie drückte Jana kurz an sich und schickte die beiden hinaus. Sie war gerade dabei, die Nummer von J. D.s Autotelefon herauszusuchen, weil sie hoffte, ihn dort zu erwischen und auf Janas Besorgnis vorbereiten zu können, als Leigh zur Tür hereinkam, die in Jons Collegejacke schier verschwand.
»Ist Jana da?«
»Oben.«
»Dad ist eben heimgekommen, er will, daß sie nach Hause kommt. Ich hätte angerufen, aber das ging nicht, weil er, kaum daß er zur Tür herein war, selbst den Hörer abnahm, und außerdem mußte ich aus dem Haus raus. Er ist wütend. Einer seiner Klienten macht ihm Schwierigkeiten.« Sie ging an Annie vorbei und schlang die Arme um Jon, der in der Tür erschienen war. Annie nahm an, er hatte sie von seinem Schlafzimmerfenster durch den Garten kommen sehen.
»Darf Leigh mit uns essen?« fragte er Annie.
»Heute abend nicht, J. D. geht mit Jana und ihr aus.«
»Er will reden«, erklärte Leigh Jon. »Jana denkt, daß er auszieht. Das wäre der erste Schritt auf dem Weg zur Scheidung.«
»Nicht unbedingt«, versuchte Annie Leigh zu beruhigen, die wie Teke die Neigung hatte, bei Angelegenheiten, die Heim und Herd betrafen, in Panik zu verfallen. »Menschen trennen sich auch oft nur vorübergehend, um ungestört nachdenken zu können. Oft brauchen sie die Trennung, um zu erkennen, daß sie sich *nicht* scheiden lassen wollen.«
Annie wußte nicht, ob Leigh ihre Antwort mitbekommen hatte,

denn sie sprach immer noch mit Jon. »Damit ist die große, fröhliche Hochzeit gestorben. Die können wir vergessen, wenn sie sich scheiden lassen.«

»Das ist nicht wahr.« Annie trat zu ihnen. »Ihr bekommt trotzdem eine große, fröhliche Hochzeit.«

Doch Leigh schüttelte den Kopf. »Melissa Webers Party zu ihrem sechzehnten Geburtstag war ein Alptraum. Ihre Eltern stritten sich über das Restaurant, die Einladungen und die Gästeliste, und dann durchbohrten sie einander den ganzen Abend mit Blicken. Selbst wenn Mom und Dad sich nicht scheiden lassen, wird unsere Hochzeit nach all dem ein Fiasko.«

»Nein, das wird sie nicht ...«

»Wir werden durchbrennen«, sagte Jon zu Leigh.

»Aber wir wollen dabei sein«, protestierte Annie. »Außerdem ist es noch zu früh für Hochzeitspläne. Erst muß das College beziehungsweise die Schule abgeschlossen sein ...«

»So lange warten wir nicht«, erklärte Jon.

»Und ich mache kein Abitur«, setzte Leigh hinzu. »Es ist Zeit- und Geldverschwendung, wenn man nicht Karriere machen will, und das will ich nicht.«

»Hör zu«, unterbrach Annie ihren Redefluß, »es ist noch genug Zeit, das alles zu besprechen. *Jana!*« rief sie, und sagte dann zu Leigh: »Lauf heim und sag J. D., daß sie gleich kommt.«

»Ich will erst mit Jon reden.«

»*Jana!*« Und leiser: »Mit Jon zu reden, wird nichts helfen, wenn dein Dad schlechte Laune hat.«

»Rufst du ihn an, Annie?« flehte Leigh und drehte Jon in Richtung Treppe. »Sagst du ihm, daß ich in einer Minute da bin?«

»Aber du hast Jon erst vor einer Stunde gesehen ...« rief Annie hinter ihnen her und gab dann auf, als die Garagentür geöffnet wurde und Sam hereinkam. »Ich habe hier nichts mehr unter Kontrolle!« schimpfte sie und fuchtelte in der Luft herum. Dann griff sie zum Telefon und tippte die Nummer der Maxwells ein. Die Leitung war besetzt. »Na, toll!« Sie warf Sam einen

warnenden Blick zu. »Heute gibt es erst etwas verspätet Abendessen.«
Er legte seinen Aktenkoffer und den Trenchcoat auf einen Stuhl und stellte sich an den Tresen. »Schlechter Tag?«
»Hektisch.« Sie konzentrierte sich auf die Pasta-Anweisungen, holte Butter und Milch aus dem Kühlschrank, maß die vorgeschriebenen Mengen dieser Zutaten und die erforderliche Menge Wasser ab, goß alles in einen Topf und stellte ihn auf den Herd.
»Wie geht's in der Schule?« fragte er.
Fügen Sie die Nudeln hinzu. Sie tat es. »Wird hektischer.«
»Zwischenprüfungen?«
»Hm.« Bringen Sie das Ganze zum Kochen ...
»Für alle drei Kurse?«
... und lassen Sie es etwa vier Minuten bis zum gewünschten Garheitsgrad sieden. »Nur in Englischer Literatur. Die anderen haben schriftliche Arbeiten vor sich.«
»Werden die Hilfslehrer bei den Prüfungen denn nicht helfen?«
Jason Faust würde bei was immer helfen. Er war zwar an jenem Tag – an jenem peinlichen Tag, jenem *unsäglichen* Tag – beleidigt aus ihrem Büro gestürmt, doch seitdem war er besonders eifrig. Er schien willens, zu vergessen, daß jemals etwas zwischen ihnen geschehen war. Sie wünschte, sie könnte es auch. Sie zündete das Gas unter dem Topf an. »Die Hilfslehrer werden die Examina übernehmen. Um die schriftlichen Arbeiten kümmere ich mich selbst.«
»Das ist ein Haufen Zeug.«
Sie bedeutete ihm mit einer Geste, beiseite zu treten, damit sie an den Schrank herankäme. »Meine Schüler bezahlen mich schließlich dafür.« Sie nahm Teller und Gläser heraus, zog anschließend die Besteckschublade auf, und die ganze Zeit über bemühte sie sich, Sam nicht zur Kenntnis zu nehmen, aber es war unmöglich, und das hatte nichts mit seiner imposanten Erscheinung zu tun. Es ging um die Chemie. Mehr als einmal hatte Annie sich seit ihrem Gespräch mit Teke gefragt, ob ein

listiger kleiner Kobold Sam und sie mit einer gegenseitigen Anziehungskraft und zusätzlich mit einer Anziehungskraft für J. D. und Teke ausgestattet hatte und Teke und J. D. nun gar keine hatten und Sam und sie die doppelte Menge.

Jetzt spürte sie sie. Sie spürte sie immer. Was sie betraf, war Sam Pope der Inbegriff des magnetischen männlichen Wesens.

»Du brauchst nicht zu arbeiten, das weißt du«, sagte er.

Sie warf ihm einen sarkastischen Blick zu. »Wenn ich im Augenblick meine Arbeit nicht hätte, könnte ich mich einliefern lassen.«

»Aber wenn du überfordert bist ...«

»Ich bin nicht überfordert.«

»Du hast gerade vorhin gesagt, daß du nichts mehr unter Kontrolle hast.«

»Damit meinte ich eine Situation, die Leigh und Jon und Jana und J. D. betrifft und die in den nächsten Minuten geklärt wird ...« Das Telefon klingelte. »Geh nicht ran«, warnte sie und griff selbst nach dem Hörer. Doch eines der Kinder kam ihr zuvor. »Das wird J. D. sein, er will, daß die Mädchen heimkommen.« Als sie gerade Servietten aus dem Halter nahm, wurden oben Schritte laut.

»Was gibt es für ein Problem?«

»Jana ist überzeugt, daß J. D. auszieht. Weißt du etwas darüber?«

»Nein.«

»Leigh ist überzeugt, daß Teke und J. D. sich scheiden lassen.« Mit einem Blick fragte sie Sam, was er über *diesen* Aspekt wisse. Doch er antwortete: »Ich bin der letzte, mit dem J. D. im Moment über seine Gefühle sprechen würde.«

»Hast du mit Teke darüber gesprochen?«

»Ach komm, Annie, sie würde es mir nicht erzählen. *Du* bist ihre Freundin.«

»Du bist ihr Liebhaber.«

»Ich *war* es«, korrigierte er, »und auch das nur im entferntesten Sinn des Wortes.«

Jon stürmte in die Küche. »Mom, J. D. hat mich eingeladen ...« Er brach ab, als er Sam sah. Dann wandte er sich ausdrücklicher an sie: »Er hat mich eingeladen, mit ihnen essen zu gehen. Macht es dir was aus?«

»Natürlich nicht.«

»Aber mir«, mischte Sam sich ein. »Ich hatte gehofft, wir vier könnten zusammen essen.«

Jons Kiefermuskeln arbeiteten, während er Sam eine volle Minute lang anstarrte, bevor er Annie die Last der Entscheidung aufbürdete. »Mom?«

»Geh nur«, sagte sie leise. »Wenn du dabei bist, wird es für Leigh und Jana vielleicht weniger schwierig.«

Jon stürzte nach oben, um die Mädchen zu holen.

»Und was ist mit uns?« fragte Sam.

Der Teil von ihr, der immer noch auf Bestrafung sann, ignorierte den Schmerz in seiner Stimme. »Wenn er mit ihnen geht, wird es auch hier weniger schwierig.« Sie häufte Essen auf die Teller. »Er ist nicht gerade glücklich, wenn du da bist.« Als sie sich umdrehte, um die Teller auf den Tisch zu stellen, nahm Sam sie ihr aus der Hand und trug sie selbst hin. Sie erwartete, daß er sie abstellen, sich ihr wieder zuwenden und Streit anfangen würde. Statt dessen machte er sich daran, den Tisch zu decken.

Während sie ihm zusah, begann der Teil von ihr, der ihn liebte, zu weinen. Sie wußte, wie viel ihm seine Kinder bedeuteten, wußte, wie sehr es ihn verletzte, wenn Jon ihn in der Weise ansah, wie er es eben getan hatte. »Gib ihm Zeit, Sam.«

Er nickte, ohne seine Tätigkeit zu unterbrechen. Er legte die Gabeln auf die falsche Seite, aber Annie brachte es nicht übers Herz, ihn darauf hinzuweisen, und im nächsten Augenblick stürmten Jon, Jana und Leigh in die Küche und auf die Ausgangstür zu. Annie bekam im Vorbeigehen Küsse von den dreien, doch sie verschwanden, ohne ein Wort zu sagen.

Sam machte einen Satz und erwischte die Tür gerade noch, bevor sie zuknallen konnte. »Komm nicht so spät, Jon!« rief er seinem Sohn nach. »Du mußt morgen früh aufstehen.« Er

wirkte so verloren, als er da stand und hinausschaute, daß Annie zu ihm gegangen wäre, wenn Zoe sich nicht diesen Augenblick ausgesucht hätte, um mit langem Gesicht hereinzuschleichen.
»Konnte Jana dir nicht helfen?« fragte Annie.
Zoe zuckte die Schultern. Sie lehnte sich neben dem Telefon an die Wand, doch als es klingelte, machte sie keine Anstalten, ranzugehen.
Annie nahm den Hörer ab. »Hallo?«
Eine weiche Frauenstimme sagte: »Ich würde gern mit Samuel Pope sprechen, bitte.«
Annie kannte die Stimme nicht und war sofort auf der Hut. »Wer spricht denn da?«
»Teresa Heskowicz.«
Auch den Namen kannte Annie nicht. Wenn Sam ihn je erwähnt hätte, würde sie sich daran erinnern. Möglicherweise hatte er ihn *absichtlich* nicht erwähnt. Mit einem scharfen Blick hielt sie ihm den Hörer hin.
Er nahm ihn. »Ja?« Pause. »Ja, ich bin Samuel Pope.« Er runzelte die Stirn und rieb sich den Nacken, während er zuhörte. »Ich könnte Ihnen vielleicht helfen, aber Sie haben mich zu einer ungünstigen Zeit angerufen. Können wir uns morgen unterhalten? Haben Sie meine Kanzleinummer?«
Eine potentielle Klientin, dachte Annie. Sam machte keinen verlegenen Eindruck, er wirkte nur verärgert über die Störung. Jedenfalls sah Annie es so, und sie hoffte, daß sie es richtig sah. Vor gar nicht langer Zeit hätte sie sich nichts dabei gedacht, wenn eine Frau ihren Mann anrief. Sie wünschte, sie könnte die Uhr zurückdrehen.
Aber das konnte sie nicht. Und Zoes Blick war noch immer auf den Boden geheftet. »Was ist los, Schätzchen?« fragte sie und streichelte die Wange ihrer Tochter.
»Er hätte mich ruhig auch zum Essen einladen können, ich wäre gern mitgegangen.«
»Ich habe den Eindruck, daß Jon sich selbst eingeladen hat. Außerdem wollen wir dich hierhaben.«

Zoe hob den Blick nur so weit, daß sie sehen konnte, daß Sam den Hörer aufgelegt hatte. Sie ging zum Tisch. »Ich mache das hier fertig.«

»Daddy macht es.«

»Er macht es falsch.« Sie legte die Gabeln auf die andere Seite.

»Da gehören sie hin?« fragte Sam zerknirscht. Zoe nickte.

Annie holte Fertigsalate aus dem Kühlschrank und schloß gerade die Tür, als Zoe zu ihr trat. Mit leiser Stimme sagte sie: »Jana trifft sich mit Danny Stocklan.«

»Sie trifft sich mit ihm?«

»Sie haben eine Verabredung. Samstagabend.«

»Das macht doch nichts«, meinte Annie. »Du kannst auch ohne sie mit den anderen Kids zusammensein.«

Zoe saugte ihre Mundwinkel in einer Weise ein, die besagte, daß sie das nicht wollte.

»Warum nicht?« fragte Annie leise.

Zoe zuckte die Schultern.

»Warum nicht?« bohrte Annie.

»Sie wollen Jana, nicht mich. Sie bringt Leben in die Party – nicht ich. Mich akzeptieren sie nur, weil ich eben ihre Freundin bin.«

»Das stimmt doch nicht, Liebes«, sagte Annie, und es war ihr zum Weinen zumute. »Sie *mögen* dich.«

Zoe begann an der Innenseite ihrer Wange zu kauen.

»Gehen wir drei doch am Samstagabend ins Kino«, schlug Sam vor.

Zoe schüttelte den Kopf.

»Dann zum Essen oder zum Bowling.« Als Zoe erneut den Kopf schüttelte, meinte er: »Wir könnten auch zum Flughafen fahren und den Maschinen von der Aussichtsterrasse aus beim Starten zusehen.«

Annie erinnerte sich, daß Zoe das als Kind geliebt hatte. Jetzt jedoch war sie nicht interessiert.

Sam gab nicht auf. »Wir könnten ins Einkaufszentrum fahren und in ›Paul's Puppy Palace‹ mit den jungen Hunden spielen.«

Als auch dieser Vorschlag nur ein Kopfschütteln auslöste, sagte er: »Ich könnte dich unter meinem Mantel verstecken und in einen Pornofilm reinschmuggeln.«
Annie mußte lächeln. Diese Idee war so typisch für Sam – und total haarsträubend –, doch Zoe lächelte nicht.
Und so sagte er sanft: »Ich habe ein offenes Ohr für andere Vorschläge.«
»Ich werde zu Hause bleiben«, erklärte Zoe Annie, wirbelte herum und verließ den Raum, aber nicht schnell genug, um die Tränen in ihren Augen verbergen zu können.
»Oje«, flüsterte Annie und stellte die Fertigsalate hin. Sie konnte es nicht ertragen, wenn Zoe in einem solchen Zustand war. Sie war so ein liebes, so ein verletzliches Kind. Annie konnte sich so gut in sie hineinversetzen.
Sam kam vor ihr bei der Tür an, doch sie glitt an ihm vorbei in die Halle hinaus. Am Fuß der Treppe drehte sie sich zu ihm um und legte eine Hand auf seine Brust, um ihn aufzuhalten. »Es ist besser, wenn *ich* zu ihr gehe.«
»Weil sie böse auf mich ist?«
»Weil sie einen weiblichen Ansprechpartner braucht.«
»Früher konnte ich ihr doch auch helfen.«
»Okay, weil sie böse auf dich ist. Zeit, Sam. Sie brauchen *beide* Zeit.«
»*Wieviel* Zeit?« Er fuhr sich mit gespreizten Fingern durch die Haare. »Ich kann das nicht aushalten, Annie. Ich will mit ihnen reden, und ich will mit dir reden. Ich will anfangen, alles wieder in Ordnung zu bringen, aber keiner läßt mich. Wann verraucht der Zorn? Wie lange dauert das?«
Annie versuchte, ihre Hand von seiner Brust zu nehmen, doch sie wollte sich nicht davon trennen. Also ließ sie sie noch ein wenig dort, gerade so lange, wie sie brauchte, um ihn mit einem Blick zu bitten – anzuflehen –, geduldig zu sein.
»Ich liebe dich«, flüsterte er mit einer solchen Sehnsucht, daß sie beinah vergaß, wer sie war, wo sie war, weshalb sie dort war und was in letzter Zeit alles in ihrem Leben geschehen war.

Aber sie vergaß es nicht. Sie konnte nicht. Zittrig einatmend wandte sie sich von ihm ab und ging zu Zoe hinauf.

Grady hatte einiges dabei, als er ins Rehabilitationszentrum kam, um Michael zu besuchen. »Die sind für dich«, sagte er und holte eine Büchse aus der mitgebrachten Tasche.
»Salzcracker?« riet Michael.
Grady öffnete die Büchse und kippte sie ein wenig, um die Ring-Ding-Kekse herauszuschütten. »Alle sind scharf auf einen Salzcracker, also tat man gut daran, sie hier einzuschließen«, zitierte er den Werbeslogan.
Auf Michaels Gesicht erschien ein kleines Lächeln. »Was ist noch in der Tasche?«
Etwas unsicherer zog Grady eine reichlich mitgenommene, alte Baseballkappe heraus. »Die ist mein Talisman«, erklärte er. »Ich fand sie über meinen Zaunpfosten gestülpt, als ich nach meiner Entlassung aus dem Gefängnis zum erstenmal nach Gullen zurückkam. Ich habe keine Ahnung, wem sie gehörte.« Er strich den Schirm glatt, damit Michael das von einem Heiligenschein eingefaßte »A« sehen konnte. »Da ich nicht in Maine lebte, war ich nie ein ›Angels‹-Fan, aber ich dachte, sie symbolisiere ein neues Leben, und so setzte ich sie auf. Nach einer Weile begann ich daran zu glauben, daß sie mich davor bewahrte, in Schwierigkeiten zu geraten.« Er sah sich nach einem geeigneten Platz dafür um und hängte sie schließlich an den hintersten der Ausleger, aus denen der Trainingsapparat über dem Bett zusammengesetzt war.
»Nicht dahin«, protestierte Michael. »Auf meinen Kopf.«
Erfreut gehorchte Grady. Dann griff er erneut in die Tasche und holte – diesmal verstohlen – eine Handvoll Bubble-gum-Päckchen heraus, die er hastig in der Nachttischschublade verschwinden ließ, wo Michael sie sich holen könnte.
»Das habe ich gesehen!« sagte Teke.
»Sie sind für ihn«, erklärte Grady ihr. »Das hier ist für dich.« Er holte das letzte seiner Geschenke heraus: eine Plastiktüte mit

allen möglichen verschiedenfarbigen Faden-, Draht- und Stoffresten. »Das sind Erinnerungen an meine Aufträge. Jedesmal ein Souvenir mitgehen zu lassen, ist so etwas wie mein persönliches Kennzeichen.« Und zu Michael sagte er: »Deine Mom hat früher die hübschesten Dinge aus solchen Resten gezaubert. Ich dachte, sie hätte vielleicht gern eine Beschäftigung, während du beim Training bist.«

Michael sah nicht im mindesten beeindruckt aus, und plötzlich hatte die Idee, die Grady in der Remise so gut erschienen war, ihren Reiz verloren. Diese Teke war nicht das bettelarme Mädchen, das er in Gullen gekannt hatte. Sie war mit Geld verheiratet. Sie würde sich nicht für eine Tüte mit allen möglichen Resten begeistern, gleichgültig, wie viele Jahre es gedauert hatte, sie zusammenzutragen.

Also murmelte er: »Du hast für die Leute im Krankenhaus Plätzchen gebacken, und ich dachte, du würdest vielleicht Ohrringe für die Schwestern hier basteln wollen. War eine dumme Idee, schätze ich.« Er machte Anstalten, die Tüte wieder in seiner Tasche zu verstauen.

»Warte.« Sie musterte die Reste, dann streckte sie mit dem Anflug eines winzigen Lächelns die Hand aus.

Gradys Herz machte einen Satz. Er reichte ihr die Tüte und wünschte, die wertlosen Reste wären Diamanten. Sie war so hübsch. Nach all den Phantasien, die er davon gehabt hatte, wie Teke zweiundzwanzig Jahre später aussehen würde, erfüllte sie seine höchsten Erwartungen, aber das hatte sie immer getan.

Er atmete tief durch und zwang sich, seinen Blick von Teke zu lösen und auf Michael zu richten. »Behandeln sie dich gut hier?«

»Na ja ...«, antwortete Michael mit wenig Begeisterung.

»Bist du nicht zufrieden?«

»Die Übungen sind zum Kotzen.«

»Das macht nichts, Hauptsache, sie helfen.«

»Ich will nach Hause.«

Grady suchte Rat bei Teke, doch sie sah genauso hilflos aus, wie er sich fühlte. »Und wann werden sie dir das erlauben?«

»Sie sagen, es hänge davon ab, wie sehr ich mich bemühe, und ich bemühe mich wirklich, aber es nützt nichts.«
Seine Mutlosigkeit schnitt Grady ins Herz und erinnerte ihn deutlich daran, daß es *sein* Truck gewesen war, der den Schaden angerichtet hatte. Er versuchte, eine positive Einstellung zu vermitteln: »Du machst das ja noch nicht lange.«
»Nichts hilft.«
»Dann mußt du dich noch mehr anstrengen, vor allem, wenn du meine Kappe tragen willst.«
»Die Kappe wird meinem Dad nicht gefallen«, sagte Michael.
Das hatte Grady sich schon gedacht, und er hatte dem Jungen die Kappe sowohl aus Trotz als auch aus Zuneigung geschenkt. Dank J. D. schaute die Polizei mehrmals pro Woche bei ihm vorbei, um Grady wissen zu lassen, daß sie nicht vergessen hatten, daß er da war.
Besagter Trotz hielt Grady von dem Angebot ab, die Kappe zurückzunehmen. »Sag deinem Dad, es sei eine Glückskappe und daß es dir schneller bessergeht, wenn du sie trägst. Aber wenn er das glauben soll, muß es dir auch wirklich schneller bessergehen, wenn du sie trägst.«
»Wie alt ist Ihre kleine Tochter?« fragte Michael.
Grady fuhr zurück. Er warf Teke einen Blick zu, doch sie schien ebensowenig zu wissen, wo diese Frage plötzlich herkam.
»Sechs«, antwortete er vorsichtig.
»Und wie heißt sie?«
»Shelley«, sagte er nach kurzem Zögern.
»Wo lebt sie?«
Er atmete tief ein. »Mit ihrer Mom in Kalifornien, soviel ich weiß.«
»Haben Sie keinen Kontakt zu ihr?«
Grady schaute finster auf seine Stiefel hinunter. »Ihre Mom will es nicht, und sie hat das Sorgerecht.«
»Warum hat *sie* es?«
Grady schaute Michael geradewegs in die Augen. »Weil der Richter der Meinung war, daß ein Kind seine Mutter mehr

braucht als seinen Vater, besonders, wenn dieser Vater ein verurteilter Mörder ist.«
Michael verfiel in Schweigen, und Grady fing an zu glauben – *gern* zu glauben, denn die Fragen des Jungen schmerzten ihn –, daß er das Thema fallengelassen hätte, als der Junge sich erkundigte: »Macht Ihnen das was aus?«
»Ja, es macht mir was aus. Es macht mir sehr viel aus.«
»Kommen Sie mich deshalb immer wieder besuchen, weil Sie sie vermissen?«
»Nein.«
»Weil Sie sich meinetwegen schuldig fühlen?«
»Natürlich fühle ich mich schuldig, aber das ist nicht der einzige Grund dafür, daß ich hier bin.«
»Wenn Sie hier sind, weil Sie meine Mutter sehen wollen, möchte ich nicht, daß Sie noch mal kommen.«
Teke stand von ihrem Stuhl auf. Grady hielt sie mit einer Handbewegung zurück. »Warum nicht?« fragte er ruhig. Wenn er etwas von dem Gefängnis-Psychologen gelernt hatte, dann, daß man über seinen Zorn sprechen mußte. Michael war ganz offensichtlich zornig, und wenn er diesen Zorn nicht herausließ und verarbeitete, würde er niemals wieder Basketball spielen können.
»Weil sie es nicht wert ist«, rief er, und er klang verletzt und keine Minute älter als dreizehn. »Sie hat meinen Vater betrogen.«
Grady nickte. »Das hat sie mir erzählt. Sie hat es mir in deiner Gegenwart erzählt, und sie hat mir auch gesagt, daß es ein Fehler gewesen sei und sie sich deshalb ganz schrecklich fühle. Hast du vor, es ihr in alle Ewigkeit übelzunehmen? Ich kann das nicht, ich weiß, wie wichtig es ist, daß einem verziehen wird. Ich habe einen Mann getötet. Ich habe ihn seines Lebens beraubt. Er ist tot, weil ich zu fest zugeschlagen habe. Auf meiner Wertskala ist das schlimmer als einen Nachmittag mit dem falschen Mann zu verbringen.«
Michael drehte den Kopf weg und schloß die Augen. Mit einer

Stimme, die plötzlich jünger als dreizehn und noch viel verletzlicher klang, fragte er: »Also, sind Sie ihretwegen hier oder meinetwegen?«

»Deinetwegen«, knurrte Grady, »aber frag mich nicht, warum. Sie kämpft wenigstens. Ihr Leben liegt in Trümmern, aber sie bemüht sich, etwas daraus zu machen. Wirst du das auch tun?«

»Aber ich kann meine Beine nicht bewegen«, sagte die kleine Stimme.

»Du kannst sie bewegen, nur nicht richtig. Und das mußt du eben wieder lernen.«

»Und wenn ich es nicht schaffe?« fragte Michael, plötzlich den Tränen nahe.

»He«, sagte Grady sanft, und ehe er selbst wußte, wie ihm geschah, saß er auf Michaels Bett, zog ihn hoch und drückte ihn an sich. »Du *wirst* wieder laufen lernen«, versprach er, während der Junge leise an seiner Brust weinte. »Du kannst es! Du hast, weiß Gott, genug Leute hier, die nur darauf warten, dir zu helfen. Es ist mehr, als die meisten anderen Menschen haben. Du kannst wieder laufen lernen – du mußt dich nur dazu entschließen.«

Kapitel 11

John David verschlief. Das war ihm seit seiner Collegezeit nicht mehr passiert, und damals auch nur an Morgen nach Nächten, in denen Sam ihn »abgefüllt« hatte. Er besaß einen inneren Wecker, der dreihundertfünfundsechzig Tage im Jahr funktionierte, und das hätte er auch an diesem Tag getan, wenn er nicht so unvernünftig lange aufgeblieben wäre, um eine gewisse Ordnung in seine Sachen im Schlafzimmer und im Bad zu bringen, und das, nachdem er sich selbst Abendessen gemacht und anschließend das Chaos beseitigt hatte, das sich in der Küche ausgebreitet hatte. Sicher, er hätte auswärts essen können, aber sich an dem ersten Abend in seiner neuen Wohnung selbst Essen zu machen, war ihm als eine *Unabhängigkeit* demonstrierende Handlung erschienen.

Niemand hatte ihm gesagt, daß Spaghettisauce überall hinspritzte, wenn man sie nicht auf kleiner Flamme erwärmte. Niemand hatte ihm gesagt, daß gekochte Nudeln auf dem Weg vom Topf auf den Teller an Geschwindigkeit zulegten und über den Rand auf den Tresen rutschten, wenn man nicht aufpaßte.

Und das war schon sein zweiter Versuch. Der erste war größtenteils im Abfluß verschwunden, als er versuchte, das Wasser aus dem Topf abzugießen, indem er ihn kippte und den Deckel einen Spaltbreit offenhielt. Das Manöver hatte lediglich bewirkt, daß er sich die Handwurzel verbrannte.

Doch das war nicht das schlimmste. Das schlimmste war die Flasche Olivenöl, die er aus Versehen mit dem Ellbogen herunterstieß. Er mußte den Fußboden fünfmal schrubben und wischen, und selbst dann sah er noch ölig aus, was nicht für die

angeblich so hohe Fettlösefähigkeit des Spülmittels sprach, das er benutzt hatte.
Und jetzt hatte ihn nicht nur sein innerer Wecker im Stich gelassen, sondern auch der auf dem Nachttisch. Er wußte noch immer nicht, warum das Ding nicht um sieben geklingelt hatte. Inzwischen war es halb neun, und er lief in einer fremden Wohnung herum und versuchte sich zu erinnern, wo er in der vergangenen Nacht seine Sachen hingeräumt hatte. Er war sicher, daß er seinen schwarzen Harris-Tweed-Anzug, einen sicheren Vorboten des Novembers, bei der ersten der beiden Transportfahrten von Constance hierher am Tag zuvor mitgenommen hatte, aber er konnte ihn im Schrank nicht finden. Ebensowenig wie die Hälfte seiner Krawatten. Seine Rasierklinge war stumpf, und so fügte er seinem Kinn ein, zwei Schnitte zu, was er vielleicht sowieso getan hätte, da das heiße Duschwasser den Spiegel mit Dampf beschlagen hatte, so daß J. D. nicht sehen konnte, was er tat. Jetzt mußte er mit dem Anziehen warten, bis es aufhörte zu bluten, oder riskieren, sein Hemd oder die Krawatte vollzuschmieren. Und so machte er sich schließlich, mit winzigen Kleenexfetzchen auf den Blessuren, an die Vorbereitung seines Frühstücks.
Die gute Neuigkeit war, daß die bestellte Zeitung wie versprochen vor seiner Wohnungstür lag. Die schlechte Neuigkeit war, daß er vergessen hatte, Milch fürs Frühstück zu kaufen. Also schüttete er die Cornflakes in die Schachtel zurück, fegte die danebengefallenen ins Spülbecken, steckte die zweite Wahl – einen Bagel – in den Toaster und ergriff die Zeitung. Er hatte kaum die erste Seite gelesen, als der Toaster zu rauchen anfing. J. D. drückte den Hebel hoch – der Bagel blieb unten. Eine Rauchfahne kräuselte sich der Decke entgegen und löste den Feueralarm aus. Lästerlich fluchend brachte er ihn mit dem Stiel des Schrubbers zum Schweigen.
Zu diesem Zeitpunkt war er entschlossen, sich von keinem Bagel besiegen zu lassen. Also nahm er eine Gabel und begann Stücke davon aus dem Toaster zu bohren. Seine Ausbeute

bestand in mehreren Brocken und Krümeln, auf die man keinen Frischkäse streichen konnte – was allerdings nichts ausmachte, da er auch vergessen hatte, Frischkäse zu kaufen.
Das war der Augenblick, als ihm mit einem Schlag bewußt wurde, was er getan hatte. Zum allerersten Mal, als er so mit nackten Füßen auf dem klebrigen Fußboden und vor den Ruinen seines Frühstücks stand, überfiel ihn die Realität.
Er hatte Teke verlassen, er hatte das Haus und die Kinder verlassen. Seine neunzehnjährige Ehe stand vor dem Zerbrechen, und seine Zukunft war plötzlich ungewiß.
Der Teil von ihm, der von Teke abhängig war, dem es gefiel, ein Popewell zu sein, und der die Beständigkeit seines Heims in der Vorstadt schätzte, hatte auf einmal Angst und fragte sich, ob er, J. D., vielleicht übereilt gehandelt hatte.
Nicht so der Teil von ihm, der mit anderen Frauen herumgespielt hatte, der seine Anwaltstätigkeit sterbenslangweilig fand und jedes Wort ablehnte, das John Stewart sagte. Dieser Teil war entschlossen, das Frühstück am nächsten Tag besser zu machen.

Sam saß auf dem eleganten Polsterstuhl, den man ihm zugewiesen hatte. Er hatte bequem die Beine übereinandergeschlagen, und seine Arme lagen entspannt auf den Lehnen des Stuhls. Für die Fernsehzuschauer war er ein Mann mit lässigem Selbstvertrauen, aber innerlich litt er.
Wenn er seit seinem Sieg im Fall »Dunn gegen Hanover« nicht schon ein halbes Dutzend anderer Anfragen abschlägig beantwortet hätte, wäre er nie damit einverstanden gewesen, in dieser Talk-Show aufzutreten. Erst als seine Partner und die PR-Firma ihn in einmütiger Verzweiflung bedrängten, hatte er kapituliert. *Eine* Show, hatte er betont – vorzugsweise am Vormittag, wenn niemand, den er kannte, zuschauen würde, hatte er sich gedacht. Wie das Schicksal es wollte, hatten sie ihn in der Sendung plaziert, die am frühen Morgen lief, und jede Minute davon war ihm zuwider.
»Ich bin der Meinung, die Entscheidung des Gerichts war *völlig*

falsch«, sagte ein zu der Runde eingeladener Vergewaltiger gerade. »Ich finde, daß man mich nicht für etwas zur Verantwortung ziehen kann, was ich vor zwanzig Jahren tat. Ich habe mich geändert, heute würde ich so etwas nie mehr tun.«
»Aber Sie haben es *damals* getan«, wandte eine an der Diskussion teilnehmende Mißbrauchte ein. »Was mir seinerzeit angetan wurde, hat mein ganzes Leben beeinflußt. Ich leide heute noch unter dem, was mein Vater mir damals antat. Sollte er nicht auch leiden?«
»Mr. Pope«, mischte sich der Moderator ein, »ist das nicht Ihr Hauptargument?«
Sam hatte Mühe, sich auf das Gespräch zu konzentrieren. »Nicht unbedingt, nicht, wenn Rache geübt werden soll ...«
»Nicht Rache!« fuhr die Vergewaltigte auf. »Gerechtigkeit!«
»Das ist die reine Zeitverschwendung«, gab der Sittenstrolch zurück. »Ich führe jetzt ein anständiges Leben. Ich arbeite hart, ich verdiene mein Geld, ich zahle meine Steuern, ich behandle meine Familie gut. Mich für etwas vor Gericht zu bringen, das vor so langer Zeit passierte, bedeutet eine Vergeudung der Energien aller Beteiligten. Was soll das bringen? Das Leben geht weiter. Die Leute lassen solche Dinge hinter sich.«
»Aber *ich* kann das nicht!« rief die Mißbrauchte. »Ich lebe jeden Tag damit.«
»Mr. Pope?« wandte der Moderator sich wieder an Sam.
Der räusperte sich. Er bemühte sich, seine eigene Situation von der hier diskutierten zu trennen, und obwohl er auf seiten des Opfers stand, hatte er das Gefühl, daß auf seiner Stirn in Neonbuchstaben das Wort »Verräter« leuchtete.
»Unser Rechtssystem lehnt das Auge-um-Auge-Prinzip ab«, sagte er langsam, »und deshalb ist die um ihrer selbst willen geübte Rache keine vertretbare Motivation für eine Strafverfolgung. Schmerzensgeld für zugefügtes Unrecht zu fordern, ist jedoch gerechtfertigt.« Er würde mit *Freuden* Schmerzensgeld zahlen, wenn das die Beziehung mit Annie, mit Teke und J. D. und mit den Kindern wieder ins Lot brächte. Er würde mit *Freuden* Michaels Arztrechnungen übernehmen und das Hono-

rar für seine Privatlehrer, ihm kaufen, was immer er haben wollte, wenn das helfen würde. »Wenn eine mißbrauchte Person durch das ihr zugefügte Unrecht seelische und körperliche Dauerschäden davongetragen hat, die es ihr unmöglich machen, ihr Leben wie gewohnt fortzuführen, hat er oder sie das Recht, auf Schadenersatz zu klagen.«

»Das ist doch schlicht und einfach Geldgier«, konstatierte der Vergewaltiger. »Sie wollen nur kassieren.«

Sam wünschte sich gerade inständig, daß etwas so »Einfaches« wie Geld sein Problem aus der Welt schaffen könnte, als die Mißbrauchte etwas sagte, das ihn noch mehr demoralisierte: »Keine Summe könnte jemals wiedergutmachen, was ich durchgemacht habe.«

Und so ging es hin und her, und die Gemüter erhitzten sich, wie von den Produzenten gewünscht. Auch Sams Gemüt erhitzte sich. Er fühlte sich schuldig, und als Verräter, und unwürdig, auch nur in ein einziges Zuschauer-Wohnzimmer übertragen zu werden – und diese Empfindungen steigerten sich mit jedem Mal, das er als Autorität auf dem Gebiet der Vertretung Mißbrauchter um eine Stellungnahme gebeten wurde. Er war unsäglich dankbar, als die Show endete.

Als er kurze Zeit später ins Büro fuhr, entdeckte er J. D. in dem Atrium-Restaurant im Erdgeschoß des Gebäudes. An den anderen Tischen saßen jeweils mehrere Personen, Männer und Frauen in Geschäftskleidung, deren Unterhaltungen von dem edlen Klingen begleitet wurden, das Silberbesteck auf Porzellan verursachte. J. D. saß allein mit einer Zeitung und einem riesigen Frühstück, über das er sich gerade herzumachen begann. Der Augenblick schien perfekt: Sam hatte seit Tagen versucht, ihn einmal untätig und entspannt zu erwischen.

Um das Risiko auszuschließen, abzublitzen, ließ er sich ohne jegliche Höflichkeitsfloskel auf einen Stuhl fallen. »Wir müssen reden.«

J. D. blätterte um und faltete die Zeitungsseite nach hinten. »Ich frühstücke, wie du siehst. Hat das nicht Zeit bis später?«

»Das Büro ist nicht geeignet für ein solches Gespräch, dort haben die Wände Ohren.«
J. D. schob sich einen großen Bissen der belgischen Waffel in den Mund und spülte ihn mit frisch gepreßtem Orangensaft hinunter.
Sam bedeutete der Bedienung, ihm Kaffee zu bringen. »Wie ist die Wohnung?«
»Großartig.« J. D. spießte eine krosse Speckscheibe auf die Gabel.
»Hast du schon alles dort?«
»Hm.«
»Brauchst du irgendwelche Hilfe – beim Aufhängen von Bildern oder Regalen oder beim Anschließen des Videorecorders?«
»Ist schon alles geschehen.«
Sam nickte. Er vermutete, daß Hausmeister solche Dinge erledigten. Es kam ihm seltsam vor, denn bisher hatte immer *er* J. D. bei handwerklichen Problemen geholfen – öfter, als er zählen konnte. »Wenn ich irgendwas für dich tun kann, gib Laut. Neue Wohnungen können schrecklich deprimierend sein, bis man sie richtig eingerichtet hat.«
J. D. wischte sich die Hände an der Serviette ab und blätterte wieder um. »Da gibt es nicht viel einzurichten – sie ist möbliert.«
»Und sie gefällt dir?«
»Wenn nicht, hätte ich sie nicht genommen.«
Sam schenkte der Bedienung, die ihm seinen Kaffee brachte, ein Lächeln. »Es muß seltsam sein und still nach all den Jahren in einem vollen Haus.« Er versuchte sich sein eigenes vorzustellen – wenn die Kinder auf dem College wären und ihre Zimmer leer und dunkel. Das einzig Gute daran wäre, daß er Annie dann ganz für sich allein hätte. Sie könnten sich lieben, wo und wann sie wollten. Falls sie sich dann noch liebten, bisher hatten sie es nicht getan. Nicht seit dem Vorfall mit Teke.
J. D. setzte sein Frühstück und seine Lektüre fort.
Sam schaute ihm eine Minute lang zu, dann holte er frustriert Luft. »Entweder bist du noch immer böse, oder du fürchtest

dich, oder du bist ausgehungert, oder deine Zeitung interessiert dich mehr als ich. Komm schon, J. D., leg das gottverdammte Ding weg und sprich mit mir.«

J. D. legte die Zeitung beiseite. Er drapierte seinen Arm über die Lehne des freien Stuhls zu seiner Linken und führte mit der rechten Hand seinen Toast zum Mund. »Ich soll mich fürchten?«

»Davor, daß ich vielleicht etwas sage, das du nicht hören möchtest.«

J. D. schluckte einen Bissen Toast hinunter. »Zum Beispiel?«

»Zum Beispiel: Mußtest du wirklich ausziehen? Zum Beispiel: Weißt du, was du den Kindern damit angetan hast? Zum Beispiel: Ist es tatsächlich zu Ende?«

J. D. zuckte nicht mit der Wimper. »Ja, ja, ich weiß es nicht.«

Sam schaute weg und fluchte unterdrückt. »Herrgott, ist das alles, was von über zwanzig Jahren Freundschaft übrigbleibt?«

»Das mußt *du* mir sagen, *du* hast die Freundschaft zerstört«, erwiderte J. D.

»Muß sie denn zerstört sein? Gibt es keine Möglichkeit, etwas davon zu retten?« Sam hob die Hand. »Wenn du vorhast, mir weiterhin zornig Vorwürfe zu machen, antworte bitte nicht.« Er beugte sich vor und senkte seine Stimme. »Hör mir zu. Der fragliche Nachmittag ist vergangen und vorbei. Ich habe mich entschuldigt, so gut ich konnte, ich weiß nicht, was ich noch sagen könnte. Jetzt versuche ich mich darüber hinwegzusetzen, was bedeutet, daß ich mir überlege, wie die Zukunft aussehen wird, aber das ist schwierig, weil du plötzlich nicht mehr mit auf dem Bild bist. Ich will das nicht, J. D. Keiner von uns will das.«

J. D. schwieg und starrte mit düsterem Gesicht auf seinen Teller hinunter. Er hatte aufgehört zu essen.

Diese Tatsache ermutigte Sam, weiterzusprechen. »Dein Auszug von zu Hause hat alle schwer getroffen. Michael mag im Moment im Reha-Zentrum sein, aber wir können uns darauf freuen, daß er bald wieder daheim und ganz der alte ist. Dein Auszug dagegen ist ein harter Schlag.« Wieder hob er beschwörend die Hand. »Vergiß deinen Zorn, J. D. Vergiß die zynischen Einzeiler. Rede mit mir, J. D. Sag mir, was du tief im Innern ehrlich fühlst. Du magst sagen, daß ich nicht das Recht habe, das zu erfahren, aber es betrifft nicht nur mich, es betrifft auch Annie und die Kids.«

J. D.s Mund war zu einem schmalen Strich zusammengepreßt. Als er seinen Blick zu Sam hob, war er überraschend direkt, was für Sam der erste Hinweis darauf war, daß er zu ihm durchdrang. Der zweite war das Fehlen von Zorn in J. D.s Stimme. »Ehrlich? Tief im Innern? Ich glaube, der Auszug könnte sich als endgültig erweisen.«

»Aber *warum?*« fuhr Sam auf. Er konnte sich ein Leben ohne J. D. nicht im entferntesten vorstellen. J. D. brachte Ordnung in die Dinge, er war die bremsende Kraft, wenn irgendwelche verrückten Ideen die Vernunft zu verdrängen drohten. Jetzt sah es so aus, als sei er selbst das Opfer einer solchen Idee geworden. »Am sechsten Oktober hast du Teke noch geliebt, und am achten Oktober hast du damit aufgehört?« Sam schnippte mit den Fingern. »Einfach so? Das kann doch nicht sein.«

»Das kann es durchaus«, widersprach J. D., »wenn es eigentlich gar keine richtige Liebe war. Ich fange an zu glauben, daß unsere Ehe von Anfang an nicht stimmte. Hatte ich eine Beziehung mit Teke – oder mit Teke, Annie und Sam? Denk darüber nach, Sam. Es war ein bizarres Arrangement.«

»Es funktionierte.«

»Bizarr«, beharrte J. D. »Als ich mich zum allerersten Mal mit Teke traf, waren du und Annie dabei, und während der ganzen Collegezeit waren wir fast immer zu viert zusammen. Wir heirateten im Abstand von zwei Monaten, wir machten gemeinsam Urlaub, wir mieteten Wohnungen im selben Haus, kauften unsere ersten Häuser im selben Viertel, kauften unsere zweiten Häuser nebeneinanderliegend. Zum Teufel, unsere Kinder sind beinah austauschbar. Wenn die Leute uns gemeinsam sehen, haben sie Schwierigkeiten, zu beurteilen, welches die Pope-Kids sind und welches die Maxwellschen. Und so«, er schöpfte Atem, »stellt sich die Frage, ob ich mich damals in Teke verliebte oder in unsere Viererbande.«

»Du mußt etwas für Teke empfunden haben.«

»Das tat ich, aber es reicht nicht, um unsere *Zweier*-Beziehung aufrechtzuerhalten.«

»Du hast ihr ja gar keine Chance gegeben.«

»O doch, neunzehn Jahre lang. In der Vergangenheit wurde die Kluft zwischen uns durch euch ausgefüllt, aber das geht jetzt nicht mehr, weil du ein Teil des Problems bist. Also bleiben nur Teke und ich. Wir sind einander auf der traumatischen Reise durch Michaels Krankheit keine Hilfe gewesen, nicht die geringste! Meine Ehe mit Teke ist leer. An etwas festzuhalten, das jeder Grundlage entbehrt, ist dumm.«

»Was ist mit den Kindern?«

»Sie werden mich besuchen kommen.«

»Was ist mit Thanksgiving?«

»Das überlasse ich Teke.«

»Es war immer ihr überlassen«, sagte Sam niedergeschlagen. »Ihre Thanksgiving-Feste waren unvergleichlich. Aber Tatsache ist, daß Annie nicht mitspielen wird, und daraus folgt, daß wir zum ersten Mal getrennt feiern werden. Es bedeutet, daß Teke ihren Truthahn diesmal für die Kids braten wird und für niemanden sonst.«

»Soll sie doch Freunde einladen«, meinte J. D. und setzte säuerlich hinzu: »Oder Grady Piper. Die beiden waren mal ein Liebespaar, wußtest du das?«

Sam wußte es, soviel hatte Annie ihm erzählt. »Das war vor langer Zeit.«

»Aber seine Flamme brennt noch. Deshalb kam er überhaupt hierher, und deshalb bleibt er. Wart's ab, er wird noch mehr Probleme machen.«

»Unsere Herren in Blau haben ihm bisher noch nicht einmal einen Strafzettel verpassen können, und er scheint in Cornelia Harts Remise gute Arbeit zu leisten.«

»Schön, schön. Ich denke darüber nach, was für eine gute Arbeit er bei Teke leisten wird. Er wird sie bumsen, wart's nur ab.«
»Und wer hat ihm den Weg geebnet? Wenn du es nicht wolltest, hättest du nicht ausziehen dürfen. Entweder gehört sie dir oder nicht. Entweder machst du dein Besitzrecht geltend, oder du verzichtest darauf.«
»Hast du das bei Annie getan, dein Besitzrecht geltend gemacht?«
»Sie weiß, daß ich nicht weggehe«, sagte Sam, doch plötzlich klang das ziemlich passiv in seinen Ohren. Worte, die er früher an diesem Morgen gebraucht hatte – »Schadenersatz« und »Wiedergutmachung« – kamen ihm in den Sinn.
»Hat sie dir verziehen?«
»Ich arbeite daran.« Hart genug? fragte er sich. Er ließ ihr immer noch Zeit, von sich aus auf ihn zuzukommen, und bemühte sich, mehr zu Hause zu sein. Seit seinem Sieg im Fall »Dunn gegen Hanover« war er mit Anrufen von Opfern bombardiert worden, die sich von ihm vertreten lassen wollten, gab jedoch viele dieser Fälle an andere Anwälte weiter. Er hatte sogar laufende Verfahren vernachlässigt, um Annie mehr Zeit widmen zu können, doch jetzt kam ihm der Gedanke, daß er in seinem Bestreben, sie zurückzugewinnen, nachdrücklicher vorgehen könnte. »Wenigstens gibt es keinen anderen Mann«, argumentierte er. »Du kannst sicher sein, daß ich in diesem Fall mehr täte.« Er schaute J. D. eindringlich an: »Also beschwer dich nicht über Grady Piper. Du bist gegangen, und das ist ›böswilliges Verlassen‹. Teke ist jetzt Freiwild.«
»Sie ist noch immer mit mir verheiratet«, er wischte sich mit seiner Stoffserviette den Mund ab und warf sie dann auf den Tisch, »aber was soll's, er kann sie haben. Was mir gegen den Strich geht, sind seine häufigen Besuche bei Michael.«
»Michael braucht jemanden«, sagte Sam, und wie stets tat ihm der Gedanke an Michael weh. »Mich würdigt er keines Blickes, und du bist nicht da.«
»Ich besuche ihn im Reha-Zentrum.«

»Weiß er, daß du ausgezogen bist?«
»Von mir nicht, aber ich nehme an, daß eines der Mädchen es ihm erzählt hat. Jana sagt, sie wolle zu mir ziehen. Was Leigh will, entzieht sich meiner Kenntnis, sie ist nie daheim, wenn ich mit Jana rede. Sie ist immer mit Jon zusammen.«
»Die beiden sind unzertrennlich.«
»Das ist nichts Neues.«
»Nun, es ist schlimmer denn je«, bemerkte Sam. Jon und Leigh hatten sich in der Krise zu einer Einheit zusammengeschlossen, die, wie es schien, alle anderen Mitglieder beider Familien ausschloß. Es täte Annie sicherlich gut, ihn mehr um sich zu haben, und Zoe ebenfalls.
»Dann rede mit Jon«, sagte J. D.
»Tolle Idee. Er ist zur Zeit nicht bereit, mir auch nur zuzuhören, geschweige denn, sich nach etwas zu richten, das ich sage. Er hält mich für einen doppelzüngigen Lügner. Da hättest du bei Leigh bessere Chancen.«
J. D. grunzte. »Leigh und ich sind keine Vertrauten.«
Sam dachte an seine eigene Tochter. Ihre Beziehung hatte vertraute Momente gehabt, als sie noch mit ihm sprach. Jetzt lehnte sie das ab. »Was für eine Scheiße«, murmelte er.
»Kann man wohl sagen.«
Sam drehte sich zur Seite und stützte die Ellbogen auf die Knie. Seine Hände hingen schlaff dazwischen. »Okay.« Er schöpfte Atem. »Es hat keinen Sinn, alles noch mal aufzuwärmen. Reden wir über die Skihütte. Ende des Monats beginnt die Saison. Wie willst du das regeln?«
J. D. runzelte die Stirn. »Ich habe keine Ahnung, wie ich es regeln soll. Wie will Teke es regeln?«
»Ich habe sie nicht gefragt. Sie wird es bestimmt dir überlassen wollen. Dein Auszug hat sie am härtesten getroffen. Er macht die Situation so real.«
J. D. lehnte sich zurück und ließ seinen Stuhl leicht nach hinten kippen. »Was, wenn sie schwanger ist?«
Sam starrte ihn entsetzt an. »Von mir?«

»Hast du ein Kondom benutzt? Natürlich nicht. Und sie ist wohl kaum nach oben gelaufen, um sich ihr Diaphragma einzusetzen.«
Sam packte ihn am Arm und zog J. D. samt seinem Stuhl zu sich heran. »Sie ist nicht schwanger.«
»Aber was, wenn sie es wäre?« fragte J. D., und Sam hätte schwören können, daß die Vorstellung ihn amüsierte. »Das würde dem Ganzen eine interessante Wendung geben.«
»Sie ist nicht schwanger«, wiederholte Sam, doch er schwitzte plötzlich, denn er hatte noch nie an diese Möglichkeit gedacht. Er hätte es tun sollen, aber er hatte es nicht getan.
»Was ist mit Aids?« fragte J. D. »Hast du daran gedacht?«
»Nein«, gab Sam, jetzt zornig, zurück. »Aber wenn sich das als Problem erweisen sollte, ist es nicht Tekes Schuld, sondern deine.« Der Gedanke machte ihn krank. Für den Moment hatte er genug von John David. Er stand auf. »Während ich *darüber* nachdenke, kannst du über die Skihütte und über Sutters Island nachdenken. Wenn du dich von uns scheiden läßt, sollten wir besser eine Trennungsvereinbarung aushandeln. Aber ich warne dich, ich werde dafür kämpfen, meinen gerechten Anteil zu bekommen. Ich nehme die Schuld für das auf mich, was ich mit Teke getan habe, und für das, was als Folge davon Michael zustieß – aber das ist alles. Es ist weit genug gegangen. Du bist ausgezogen, schön. Du willst dich von Teke scheiden lassen, schön. Du willst dich selbst davon überzeugen, daß du zu gut für uns andere bist und dir nicht länger die Finger schmutzig machen möchtest, schön. Aber wir haben dir verdammt gute zwanzig Jahre bereitet. Verlaß uns, und du gehst den Bach runter.«
»Das glaube ich nicht.«
»Glaub, was du willst. Ohne uns wirst du ein zweiter John Stewart. Willst du das?« Angewidert von sich selbst, von J. D. und der ganzen unseligen Situation stolzierte er steifbeinig davon.

Teke arbeitete im Reha-Zentrum mit Michael und seinem Therapeuten, als eine Schwester sie aufspürte. »Es ist ein Anruf für Sie da, Mrs. Maxwell. Der Herr sagt, es sei dringend.«
»Muß dein Dad sein«, meinte Teke. Ihre aufsteigende Nervosität verbergend, drückte sie Michaels Schulter. »Ich bin gleich wieder da.«
Die Schwester wartete, bis sie beide auf dem Flur draußen waren, ehe sie ungehalten sagte: »Es ist nicht Ihr Mann, es ist Sam Pope. Ich erklärte ihm, daß Sie beschäftigt seien und ich nicht die Zeit hätte, Sie zu suchen, doch er bestand darauf.«
Das machte Teke angst. Sie malte sich ein Dutzend dringender Nachrichten aus, die Sam ihr übermitteln könnte – und keine davon war erfreulich. Als sie endlich zum Telefon kam, schlug ihr Herz dröhnend gegen ihre Rippen. »Was ist passiert, Sam? Ist was mit Jana oder Leigh?«
»Nein, nein, die sind okay.«
»Mit Annie?«
»Die ist auch okay. Teke, bist du schwanger?«
Die Frage drang zwar an ihr Ohr, aber nicht bis zu ihrem Verstand vor. »Wie bitte?«
»Viele Frauen werden in den Vierzigern schwanger. Wenn es bei dir so wäre, müßte schon eine Periode ausgefallen sein.«
Schwanger? Von ihrem einen unheilbringenden Zusammensein? Sie stieß einen hohen, leicht hysterischen Laut aus und schickte im stillen ein kleines Dankgebet dafür zum Himmel, daß keines der dringenden Dinge, die sie sich zusammenphantasiert hatte, eingetroffen war. »Sie ist nicht ausgefallen. Ich bin nicht schwanger.«
Sam seufzte hörbar erleichtert. »Gott sei Dank. Natürlich könnte viel Schlimmeres passieren als das, aber im Augenblick fällt mir kaum etwas ein. Tut mir leid, Teke. Ich wollte dich nicht schocken, aber J. D. hat mir diesen Floh ins Ohr gesetzt, und er hat sich dort so schmerzhaft festgesaugt, daß ich ihn unbedingt loswerden wollte.«
»Das ist ein Annie-Vergleich«, sagte Teke mit einem liebevollen

Lächeln. Sie vermißte Annie. Nicht auszudenken, was Annie empfunden hätte, wenn sie, Teke, von Sam schwanger geworden wäre.

»Wie geht's Michael?« fragte er, merklich ruhiger.

»Er ist übellaunig, aber das richtet sich hauptsächlich gegen mich. Ich frage mich, ob er mir je vergeben wird.«

»Ich werde mit ihm reden.«

»Das wird nicht einfach, denn du stehst auch ziemlich weit oben auf seiner schwarzen Liste.« Gott sei Dank war sie nicht schwanger. Was Michael anging, wäre das eine Katastrophe gewesen.

»Ich kann es zumindest versuchen. Mach du nur alles so weiter wie bisher, früher oder später wird er begreifen, wie sehr du ihn liebst.«

Darauf zählte sie, und manchmal war es das einzige, was sie aufrechthielt.

»Bleib bei ihm, Teke. Wenn du etwas von zu Hause brauchst, sag Bescheid.«

Sie liebte Sam wirklich – für seine Fürsorge. »Das ist Annie vielleicht nicht recht.«

»Annie findet es genauso schlimm wie ich, daß J. D. ausgezogen ist und dich verlassen hat. Sie hat mir das Versprechen abgenommen, heute abend lange in der Stadt zu bleiben, damit sie die Mädchen zum Dinner einladen kann, ohne daß meine Anwesenheit die Atmosphäre vergiftet.«

»O Sam.«

»Ich kann damit leben. Du bleibst also bei Michael?«

»Hm.« Damit war ein unmittelbares Problem gelöst. Sie war dankbar für jedes kleine bißchen Hilfe. »Bitte, danke Annie von mir.«

»Mach ich. Paß auf dich auf, Teke.«

Annie hatte ein Gespräch mit einem Studenten beendet und war gerade dabei, einige Bücher ins Regal zurückzustellen, als Sam in ihrem Büro erschien. Ein Geräusch an der Tür veranlaßte sie,

erschrocken herumzufahren. Ihre erste Reaktion war Freude, doch sie wurde schnell gedämpft.
»Sam! Ich habe nicht mit dir gerechnet.« Sie schaute auf ihre Uhr. »Sagtest du nicht, du hättest heute mittag ein Arbeitsessen?« Seit kurzem gab er ihr jeden Morgen eine Übersicht über seine Termine, ehe er das Haus verließ. »Für den Fall, daß du mich aus irgendeinem Grund erreichen mußt«, bot er als Erklärung an. Sie vermutete, daß das seine Art war, ihr zu sagen: »Ich habe nichts zu verbergen.«
»Ich habe es abgeblasen«, sagte er. »Es wurde mir plötzlich bewußt, daß ich schon eine ganze Weile nicht mehr hier draußen war und daß du in ein paar Wochen im Examensstreß sein wirst und daß ich, da ich zum Abendessen nicht zu Hause sein werde, den dringenden Wunsch verspürte, dich zum Lunch einzuladen. Was hältst du davon?«
Sie warf noch einmal einen Blick auf ihre Uhr und dann einen auf die kleine Papiertüte, die auf dem Aktenschrank lag. »Ich hatte eigentlich vor, nebenher ein Sandwich zu essen, während ich arbeite. Ich habe um halb zwei Unterricht.«
»Dann gehen wir eben nur schnell ins Café. Ich bringe dich rechtzeitig zurück.«
Mit dem *alten* Sam wäre sie sofort mitgegangen, aber der *neue* Sam hatte mit ihrer besten Freundin geschlafen, und es tat immer noch weh.
»Bitte, Annie! Es ist an der Zeit, findest du nicht?«
Wahrscheinlich hatte er recht. Sie konnte ihm nicht ewig aus dem Weg gehen, selbst wenn sie es wollte, was sie aber nicht tat.
Ohne ihn anzuschauen, nahm sie ihre Handtasche aus der untersten Schublade des Aktenschranks. Als sie sich wieder aufrichtete, hielt er ihr den Mantel auf.
Das Café war das intimste Eßlokal auf dem Campus. Es war schäbig wie ein altes und geliebtes Paar Schuhe. Und es war – um diese Zeit – überfüllt und laut. Nachdem er zwei Minuten in der Schlange stand und darauf wartete, seine Bestellung aufzu-

geben, verfinsterte sich Sams Gesicht. »Der Betrieb hier ist ja nicht zu ertragen. Vielleicht sollten wir doch lieber woanders hingehen.«

Doch sie fühlte sich wohl auf dem ihr vertrauten Terrain. »Hab Geduld – es geht doch vorwärts.«

»Ich wollte dich *schön* ausführen, warum in aller Welt habe ich bloß *das* hier vorgeschlagen?«

»Weil ich dir erklärte, daß ich nicht viel Zeit hätte, und das hier am nächsten liegt. Mir gefällt's«, versicherte sie ihm. Es war funktionell, von College-Campus-Atmosphäre erfüllt und nicht im entferntesten romantisch.

»Ich hatte mir ein Restaurant vorgestellt, das in gepflegtem Weiß erstrahlt, mit frischen Blumen auf dem Tisch und behandschuhten Obern und leeren Tischen um uns herum, so daß niemand in Verlegenheit geraten könnte, wenn ich dir verliebte Nichtigkeiten ins Ohr flüstere.«

Sie warf ihm einen Blick zu, sie wollte nicht, daß er solche Sachen sagte.

»Ein anderes Mal«, murmelte er, während sie sich langsam voranschoben.

»Was darf's sein, Dr. Pope?« fragte der junge Mann hinter der Theke, als sie endlich an die Reihe kamen.

Annie orderte Thunfischsalat und Tee, Sam einen doppelten Cheeseburger, Pommes und eine Cola.

»Das irritiert mich immer noch«, sagte er, sich zu ihrem Ohr hinunterbeugend, während sie auf den Burger warteten.

»Was?«

»*Dr.* Pope. Ich höre es nicht oft genug, um mich daran gewöhnen zu können. Es klingt so formell. Mein erster Impuls ist jedesmal, zu fragen, wer zum Teufel Dr. Pope ist – und dann fällt mir ein, daß *du* das bist. Es macht mich stolz.«

Sie errötete, sagte jedoch nichts, während sie zuschaute, wie der junge Mann hinter der Theke den Thunfischsalat auf ein Bett aus Endivienblättern löffelte.

»*Du* machst mich stolz«, sagte er, noch immer an ihrem Ohr.

»Du bist die am normalsten aussehende Person in diesem Schuppen.«
Dazu gehört nicht viel, dachte sie, als sie das bunt zusammengewürfelte Völkchen von College-Absolventen musterte. Von Sam hätte sie dasselbe sagen können. Sie hätte auch sagen können, er sei der bestaussehende Mann hier, oder der reizvollste. »Einige dieser nicht-so-normalen Leute sind Genies.«
»Normalität ist mir allzeit lieber als Genie«, knurrte er. »Im Augenblick ist mir Normalität fast lieber als alles andere.«
Sie dachte an die jüngsten Vorfälle und nickte, schüttelte dann den Kopf, als der Junge hinter der Theke sie fragte, ob sie Chips wolle.
Sam drehte sich zu ihr um. »Ich habe heute früh mit J. D. gesprochen. Für ihn scheint seine Ehe tatsächlich beendet zu sein.«
Sie schaute ihn bestürzt an. »So schnell? So endgültig? Ohne Bedenken? Ohne Eheberatung?«
»Kannst du dir J. D. bei einer Eheberatung vorstellen?«
Sie brauchte nur eine halbe Sekunde darüber nachzudenken. »Du hast recht, er würde niemals hingehen. Aber er wäre ein gefundenes Fressen für einen Therapeuten. Vergessen wir mal seine Beziehung zu Teke oder zu uns – was da zwischen ihm und seinem Vater abläuft, würde Sitzungen für mindestens fünf Jahre füllen.«
»Ich glaube, das weiß er.« Sam griff schnell nach dem Thunfischsalat-Teller, und auch beim Tee kam er ihr zuvor. Als sein Mittagessen ebenfalls auf dem Tablett stand, dirigierte sie ihn zu dem einzigen freien Tisch, der genau in der Mitte des Trubels stand, was ihr sehr recht war: So gut sichtbar zu sein, bot Sicherheit, und Sam hätte nicht die Möglichkeit, sich ihr zu nähern, und sie nicht die Möglichkeit, ihm zu erliegen.
Anstatt anzufangen zu essen, verschränkte er die Arme und schaute Annie an, bis sie ihn verlegen bat, damit aufzuhören.
»Ich kann nicht anders«, erklärte er. »Du bist nämlich nicht nur die am normalsten aussehende Person hier, sondern auch die hübscheste. Ich liebe dich, Annie.«

Sie verdrehte die Augen.
»Wirklich.«
»Natürlich.«
»Was heißt das?«
»Es heißt, daß ich dir glaube.«
»Aber?«
»Aber du hast manchmal eine komische Art, es zu zeigen.«
»Ein einziges Mal, und das ist Vergangenheit.«
Sie stocherte in ihrem Salat herum. »Wenn es nur so wäre. Die Nachbeben halten an. Arme Teke.«
»Du bist nicht mehr böse auf sie?«
»Sicher bin ich das, aber wir waren so lange beste Freundinnen, daß ich unmenschlich sein müßte, wenn ich kein Mitleid mit ihr hätte. Ihr Mann hat sie verlassen. Sie muß sich schrecklich einsam fühlen.« Annie wäre *vernichtet* gewesen, wenn Sam sie verlassen hätte.
»Was glaubst du, ein wie großer Trost Grady Piper für sie ist?«
»Schon ein gewisser, aber andererseits ist sie auch wütend darüber, daß er überhaupt hier ist. Er hat sie tief verletzt, als er sie damals wegschickte.«
»J. D. ist überzeugt, daß die beiden bald miteinander im Bett landen werden. Denkst du das auch?«
»Ich denke, dazu ist ihr Zorn zu groß – oder ihre Angst.«
»Angst?«
»Davor, sich wieder mit Grady einzulassen, denn es endete schon einmal katastrophal für sie. Und außerdem«, fügte Annie, ihm in die Augen sehend, hinzu, »hat sie mit dir geschlafen, und schau dir an, welche Folgen das für sie hatte: unmittelbaren Kummer, unglaubliche Sorgen und Probleme. Es ist durchaus denkbar, daß allein schon die Vorstellung, mit *irgendeinem* Mann ins Bett zu gehen, sie mit Furcht und Schrecken erfüllt.«
Sam erwiderte ihren Blick, ohne zu blinzeln, doch während er das tat, legte sich ein Schleier über seine Augen. Annie kannte diesen Blick, er besagte, daß er sich *sie* im Bett vorstellte. So

schmeichelhaft das auch war, es war nicht das, was sie im Augenblick wollte.
»Bitte, Sam!« flüsterte sie.
Er richtete sich auf, räusperte sich und setzte sich in einer Weise auf seinem Stuhl zurecht, die bewies, daß Annie seinen Gedankengang und die daraus folgende Erregung richtig erkannt hatte. Mit entschlossener Miene biß er in seinen Cheeseburger.
»Außerdem«, fuhr sie fort, »war eines der grundlegenden Dinge, die Teke und ich gemeinsam hatten, daß wir aus unvollständigen Elternhäusern stammten. Zu heiraten und Kinder zu bekommen, war für uns ein wichtiges Ziel, aber für Teke in noch größerem Maße. Ich träumte davon, Lehrerin zu werden. Sie träumte immer nur davon, Ehefrau und Mutter zu werden. Ob es nun eine Illusion war oder nicht – jedenfalls glaubte sie, in J. D. einen Anker gefunden zu haben. Ich glaube, sie wird sich an ihre Ehe klammern, bis sie ihr in den Händen zerfällt.«
»Ich hoffe, nicht.«
»Warum?«
»Weil sie das nicht verdient hat.« Er zögerte und sagte schließlich: »J. D. war ihr nicht treu, Annie. Es waren nie lange Affären, und ich erfuhr immer erst hinterher davon. Als wir einmal bei einem Frühstück der Juristen-Vereinigung waren, gab sich eine Anwältin, die bisher immer nett und freundlich zu uns gewesen war, auffallend Mühe, uns zu ›übersehen‹, woraufhin J. D. eine Bemerkung darüber fallen ließ, welche Schwierigkeiten Frauen mit ›dem Morgen danach‹ hätten.«
Annie starrte ihn entsetzt an. »Ist das dein Ernst?«
Er nickte.
»Du hast mir noch nie etwas davon erzählt.«
»Was hätte es gebracht?«
Nicht viel, nahm sie an. Aber sie war fassungslos. »Was sagtest du denn, wenn er dir solche Dinge erzählte?«
»Ich sagte, daß es unrecht sei, daß es Teke gegenüber nicht fair sei. Was konnte ich sonst schon tun? Ich konnte sie wohl kaum

darüber informieren, und ich wußte, wenn ich dich eingeweiht hätte, hättest du ihn verachtet. Ich verachtete ihn – und trotzdem war er mein bester Freund.« Er wurde nachdenklich. »Komisch, wie ein Fehltritt meinerseits eine solche Verachtung für *mich* in ihm auslösen konnte.« Er hob die Hand. »Ich weiß, ich weiß, mein Fehltritt fand mit seiner Frau statt. Doch wenn man es verallgemeinert, dann war das, was ich getan habe, nicht schlimmer als das, was er mehr als einmal getan hat. Nicht, daß ich es damit rechtfertigen möchte, das kann ich nicht. Ehebruch ist Ehebruch, und er ist unrecht. Aber ich finde, wenn J. D. seine Ehe so schnell und leicht aufgibt, hat Teke das Recht, mit einem alten Freund zusammenzusein, und wenn er sie glücklich macht, dann bin ich dafür.«

»Würdest du das tun?« fragte Annie.

»Was?«

»Wenn ich dir sagte, daß ich die Scheidung wolle, würdest du dich dann mit Teke zusammentun?« Es wäre ganz einfach für ihn, denn sie kannten sich sehr gut.

Alle Farbe wich aus seinem Gesicht. »Du willst dich scheiden lassen?«

»Es ist eine hypothetische Frage. Das Thema ist Teke.«

Er hatte ihr offenbar nicht zugehört. »Ich will keine Scheidung, Annie. Das habe ich dir immer und immer wieder gesagt. Ich liebe dich. Ich will die Sache aus der Welt schaffen.«

»*Wenn* ich mich von dir trennte, würdest du zu Teke gehen?«

Er schnitt eine Grimasse. »Lieber Gott, nein, wozu sollte ich das tun?«

Seine Ablehnung war echt, verschaffte Annie einen Anflug von Erleichterung. Trotzdem fielen ihr ein Dutzend Gründe dafür ein, daß Sam sich Teke zuwenden könnte, wegen selbstgekochter Mahlzeiten, sauberer Wäsche, Vertrautheit, Sex.

»Teke ist eine gute Freundin, aber sie törnt mich nicht an, und für die anderen Dinge würde ich mir jemanden engagieren, ehe ich deshalb zu Teke ginge.«

»Dr. Pope?«

Sie schaute auf. »Hi, Georgia, Jason.« Zu Sam sagte sie: »Du hast Jason letztes Jahr auf einer Party kennengelernt. Jason Faust. Und das ist Georgia Nichols. Sie ist Hilfslehrerin im ersten Jahre.« Zu den beiden sagte sie – und was Jason anging, mit tiefer innerer Befriedigung: »Mein Mann – Sam.«
Sam stand auf und gab zuerst Georgia die Hand und dann Jason.
»Es tut mir leid, Sie zu stören«, sagte Georgia, sich wieder an Annie wendend, »aber ich sollte um drei bei Ihnen sein, und ich schaffe es nicht. Können wir es auf morgen früh verschieben?«
Annie holte einen Terminkalender aus ihrer Handtasche. »Morgen früh sieht's schlecht aus, ich könnte erst kurz vor zwölf.«
»Zwölf paßt mir gut.«
Annie trug die Verabredung ein, klappte den Kalender zu und musterte Jason. »Sie sehen schlecht aus. Fühlen Sie sich gut?«
»Ich bin okay, ich gebe Georgia nur moralische Unterstützung. Alles klar, Baby?« fragte er Georgia, die nickte und Annie im Gehen dankend zuwinkte.
Annie sah ihnen nach. Jason machte einen aufgeräumten Eindruck, und doch ...
»Was?« bohrte Sam.
»Jason sieht nicht gut aus.«
»Sieht er normalerweise *noch* besser aus?« Als Annie sich ihm zuwandte, sagte er: »Er ist ein blendend aussehender Bursche, auch wenn du sagst, daß er nicht gut aussieht. Ist er schwul?«
»Nein, er ist nicht schwul.«
»Woher weißt du das?«
»Ich weiß es eben.« O ja.
»Woher?«
»Die Gerüchteküche weiß nichts darüber«, griff sie zu einer Ausflucht, »und wenn die Gerüchteküche nichts darüber weiß, dann *gibt* es nichts zu wissen.« Sie schaute auf ihre Uhr: Die Zeit wurde knapp, und sie begann zu essen.
»Wenn ich ein mißtrauischer Mensch wäre«, sagte Sam, »wäre

ich eifersüchtig. Dein Jason sieht nicht nur blendend aus – er ist auch noch jung. Manche Frauen mögen junges Fleisch.«

»Manche Männer ebenfalls«, hielt Annie ihm entgegen.

»Warst du nie in Versuchung?«

Im Geiste wand sie sich. »Ich bin verheiratet.«

»Das schließt doch nicht aus, in Versuchung zu geraten.«

Sie aß eine Minute lang weiter, ehe sie die Gabel hinlegte, die Hände im Schoß faltete und das Kinn hob. »Vor dem sechsten Oktober hatte ich einen Mann, der mich in jeder Hinsicht zufriedenstellte – einschließlich sexuell. Er hatte einen unstillbaren Appetit, und ich war so ausgelastet, daß ich gar nicht auf die Idee kam, an andere Männer zu denken. Dann geriet sein Appetit außer Kontrolle. Schlimme Dinge geschahen. Wir versuchen immer noch, uns davon zu erholen.«

Sam flüsterte: »Schenk mir drei Stunden im nächsten Motel, und wir werden diesen Prozeß erheblich abkürzen.«

Sie verspürte ein warmes Prickeln am Ansatz ihrer Wirbelsäule, doch sie ignorierte es. »Ich spreche nicht von Sex, ich spreche von Vertrauen. Außerdem sehe ich dich ständig mit Teke vor mir. Ich könnte es nicht ertragen, wenn ich mit dir zusammen wäre, und sie auch da wäre.«

»Das wäre sie nicht«, flüsterte er in noch drängenderem Ton. »Ich würde dafür sorgen, daß du an niemand anderen als an mich denken könntest.«

Aber sie schüttelte den Kopf. »Es hat keinen Sinn – die Bilder sind übermächtig.«

»Und wenn wir verreisen würden? Nur wir beide, irgendwohin, wo wir noch nie waren – würden die Bilder uns begleiten?«

»Ich weiß es nicht.«

»Versuchen wir's!«

»In der jetzigen Situation?« Traurigkeit, Frustration und Erschöpfung nahmen ihr jeden Mut zum Risiko. »Das kann ich nicht, Sam. Die Kids machen in dem Versuch, mit den Veränderungen in unseren Leben zurechtzukommen, eine schreckliche Zeit durch, und mir geht es nicht anders. Manchmal wache ich mitten in der Nacht auf und zittere vor Angst wegen irgendwelcher Haushaltsprobleme, die die meisten Frauen nebenbei bewältigen.«

»Warum hast du mir nichts davon gesagt?« fragte Sam bestürzt.

»Weil es beschämend ist. Bisher fand ich mich toll, fühlte ich mich *überlegen,* weil ich einen akademischen Grad habe und eine Festanstellung und eine Familie – und jetzt, da ich mit der anderen Seite konfrontiert bin, *bewundere* ich die Frauen, die mühelos damit klarkommen.« Niedergeschlagen dachte sie daran, was für eine traurige Figur sie als Hausfrau machte. »Ich möchte alles richtig und gut machen, aber ich weiß nicht, ob ich das kann, weil es so viel zu tun gibt. Ich habe in den letzten Monaten mehr Abendessen gekocht als in den vergangenen drei Jahren, und ich beklage mich nicht. Ich habe beschlossen, es zu tun, aber es bedeutet natürlich eine Menge zusätzlicher Arbeit.«

»Du *hättest* dich beklagen sollen«, meinte Sam. »Wir können doch häufiger essen gehen.«

»Nein, das können wir nicht, weil jeder zu einer anderen Zeit heimkommt, und dann müssen die Kinder Hausaufgaben machen, oder sie telefonieren, oder Jon erledigt alles, was er zu tun hat, im Eiltempo, damit er möglichst schnell zu Leigh rüber kann. Sie alle für eine Stunde einzufangen, um ins Restaurant zu gehen, wäre ein Alptraum. Damit, daß ich koche, gehe ich den Weg des geringsten Widerstands. Mit Thanksgiving ist es ebenso. Sicherlich könnten wir irgendwo etwas buchen, aber es wäre nicht dasselbe. Ich möchte zu Hause Thanksgiving feiern. Ich halte es für ungeheuer wichtig – wegen der Kinder. Aber weißt du, wie beängstigend diese Aussicht ist? Das Thanksgiving-Menü ist eine aufwendige Angelegenheit. Es um einen oder mehrere Gänge zu reduzieren, würde den Sinn zunichte machen, und so werde ich Kochbücher wälzen, eine Speisenfolge zusammenstellen und einiges vorkochen und einfrieren müssen. Es geht um ein Festessen – ganz zu schweigen davon, daß frische Blumen, Kerzen und kleine Leckereien besorgt werden müssen.«

»Ich werde dir helfen«, erbot sich Sam.
Das Angebot brachte ihm ein winziges Lächeln ein. »Damit würde ein Lahmer einen Blinden stützen.«
»Na und? Ich bin zu allem bereit.«
»Sam, du kannst nicht kochen.«
»Dann ist es vielleicht an der Zeit, es zu lernen.«
»Wann denn? Du hast nicht mehr Zeit, die Kochbuchabteilung der Buchhandlung zu durchforsten, als ich.«
»Ich *nehme* mir die Zeit einfach.«
»Davon wäre John Stewart bestimmt sehr begeistert.«
»Zum Teufel mit John Stewart«, sagte er mit finsterer Miene. »Ich bin kein Angestellter in der Kanzlei, sondern gleichberechtigter Partner. Ich arbeite, wann *ich* will.«
Annie schaute ihn amüsiert, erstaunt und voller Zuneigung an, sie konnte nicht anders. Bis sie auf ihre Uhr sah. »Du kannst das vielleicht, aber ich nicht.« Sie schlüpfte in ihren Mantel. »Wenn ich jetzt nicht gehe, versäume ich den Unterricht.« Sie deutete mit einer Kinnbewegung auf seinen erst zur Hälfte gegessenen Burger. »Bleib du hier und iß fertig.«
Aber Sam zog ebenfalls den Mantel an, packte eine Handvoll Servietten, den Burger und ihre Hand. Und dann begleitete er sie wie damals, als sie noch jung und unschuldig und so idealistisch waren, zum Klassenzimmer. Gegen ihren Willen war sie geschmeichelt.

Kapitel 12

Teke stand auf einer Seite von Michael im hüfthohen Wasser, sein Physiotherapeut auf der anderen. Während sie ihn hielten, bewegten sie rhythmisch einen Arm oder ein Bein, beugten die Glieder, ließen sie kreisen, streckten sie – sanft, aber unermüdlich. Ziel dieser Übungen war die Wiedergewinnung von Beweglichkeit und Kraft.

Michael litt noch immer unter den Nachwirkungen der inzwischen entfernten Gipsverbände. Trotz gegenteiliger Voraussagen der Ärzte hatte er gehofft, die eingegipsten Gliedmaßen würden hinterher perfekt funktionieren. Auch Teke hatte es gehofft, sie wünschte sich so verzweifelt ein Wunder, aber es hatte sich nicht eingestellt, und das führte zu einer weiteren emotionalen Talfahrt.

»Wie empfindest du das?« fragte der Therapeut.

»Als albern«, stieß Michael hervor. »Wenn meine Freunde mich so sehen würden, würden sie sich totlachen. Ich komme mir wie ein Baby vor.«

»Wenn du das wärst, wäre es einfacher«, bemerkte der Therapeut. Er war ein sanfter Riese mit trockenem Humor, der Tekes Gemütszustand schon mehr als einmal drastisch gebessert hatte. »Außerdem«, fuhr er fort, »sind Babys begierig zu lernen. Sie versuchen und versuchen es immer und immer wieder. Wenn sie hinfallen, kein Problem, sie stehen wieder auf. Sie kennen keine Peinlichkeit – die kennen nur große Leute, die fürchten, ihr Gesicht zu verlieren. Es gefällt ihnen nicht, überhaupt etwas lernen zu müssen. Ihre Einstellung behindert sie. Sie begreifen nicht, daß sie mit ihrem Erwachsenenverstand und der richtigen Einstellung doppelt so schnell lernen können und mit nur halb so vielen Rückschlägen.« Er hielt kurz inne und fragte dann: »Na, was ist, du Erwachsener? Willst du abgetrocknet werden und dich ein Weilchen mit den Geräten vergnügen?«

Da die Geräte Michael mehr abverlangten als die Übungen im Wasserbecken, war der aufmunternde Ton eine bewußte, psychologische Finesse. Michael antwortete mit einem Grunzlaut, auf den der Therapeut damit reagierte, daß er ihn zur Treppe manövrierte, hochtrug und in einen Rollstuhl setzte.

»Bis gleich«, verabschiedete Teke sich von den beiden und machte sich auf den Weg zum Damenumkleideraum. Zwanzig Minuten später trat sie, frisch geduscht und in Straßenkleidung, in Michaels Zimmer. Sie hatte sich kaum im Sessel zurechtgesetzt, als Grady mit einer Tüte hereinkam, die gelbe Doppelbögen zierten.

»Mittagessen«, sagte er mit einem Blick auf das leere Bett. »Noch nicht zurück?«

»Es wird noch eine Zeitlang dauern«, antwortete Teke, doch sie rührte sich nicht. Sie war seit fünf Uhr früh auf den Beinen, als sie aus dem Bett gesprungen war, um Kekse zu backen, doch das war nur der Anfang gewesen. Jetzt, einen halben Tag später, war sie zu erschöpft, um sich darüber zu ärgern, daß sie Grady nicht gesagt hatte, daß er nicht hätte kommen sollen. »Sie arbeiten mit den Geräten. Da ich dabei nicht helfen kann, dachte ich, ich ruhe mich ein bißchen aus.«

Grady griff in die Tragetüte, entfernte den Deckel von einem Kaffeebecher und gab ihn ihr.

Der müde Zug um ihren Mund wich einem Lächeln. »Danke, das brauche ich jetzt.«

»Brauchst du auch was zu essen?«

»Etwas später.« Sie kuschelte sich tiefer in den Sessel, genoß in ihrer Müdigkeit die Behaglichkeit der Kissen, den Kaffee und, ja, Gradys Anwesenheit. Er war ein Freund, mehr als das, wenn sie an die Vergangenheit dachte. Doch selbst in der Gegenwart zeichnete er sich aus. Er war lieb, er war fürsorglich, er war *da*. Es fiel ihr schwer, ihren Groll gegen ihn aufrechtzuerhalten.

Natürlich war sie noch mit J. D. verheiratet und dachte noch immer, sie könnten sich den Kindern zuliebe wieder versöhnen, und im Hinblick darauf stellten Gradys Besuche ein Risiko dar, doch sie brachte es nicht über sich, ihn wegzuschicken.
»Was denkst du?« fragte er.
Sie seufzte. »Ich denke, daß du nicht hier sein solltest, daß ich deine Gesellschaft jedoch genieße. Vorher, im Krankenhaus, schaute oft jemand herein, doch die Leute sind zu ihrem eigenen Leben zurückgekehrt.«
»Du mußt eine Menge Freunde haben.«
Sie hob den Becher und atmete genießerisch den Duft des Kaffees ein. »Ich bin sehr aktiv bei uns im Ort, und deshalb kenne ich fast jeden dort.« Sie trank einen Schluck. Nach dem Aufenthalt im Wasserbecken und der anschließenden Dusche rann die heiße Flüssigkeit wohltuend durch ihre Kehle in den Magen. »Es gibt ein paar sehr nette Menschen in Constance, und ein paar sehr konservative. Die hielten mich bisher für ein bißchen überkandidelt. Ich frage mich, wofür sie mich jetzt halten.«
»Mrs. Hart mag dich.«
Cornelia Hart beteiligte sich nicht so sehr am Dorfklatsch wie einige der anderen Frauen, wahrscheinlich wußte sie gar nichts von Tekes Fehltritt mit Sam. »Sie ist sehr lieb. Ist sie nett zu dir?«
»Sehr. Sie sagte, es sei zu kalt für mich, in der Remise zu wohnen, und nötigte mich, in den Souterrain ihres Hauses zu ziehen.«
»War das nicht mutig von ihr?« scherzte Teke. Sie war erleichtert, daß Grady nicht zu frieren brauchte. Er hatte zwar bereits das Dach der Remise neu gedeckt und war nun dabei, die Außenwände mit neuen Schindeln zu verkleiden, doch zur Isolierung oder dem Einbau der Heizung war er noch nicht gekommen.
Grady grinste. »Sie hat den Cops einen ganz schönen Schrecken eingejagt. Als sie mich zu ihr reingehen sahen, dachten sie, ich wolle die alte Lady ausrauben.«

Teke schloß die Augen. »Danke, John David.«
»Im Grunde war es eine Genugtuung für mich, als sie feststellen mußten, daß sie sich geirrt hatten, nachdem sie schon sicher gewesen waren, mich endlich am Wickel zu haben. Einer der Burschen ist ganz okay. Der andere betreibt Einschüchterungstaktik, und der wird bösartig, wenn er unverrichteterdinge abziehen muß.«
»Das dürfte Connors sein«, meinte Teke. »Sein Sohn spielte eine Weile in Michaels Little-League-Mannschaft. Er ist schnell mit scharfer Kritik über den Trainer bei der Hand, aber nie bereit, selbst als Trainer zu fungieren. Sag mir Bescheid, falls er sich aufführen sollte. Dann wird Sam ihn an deine Bürgerrechte erinnern, darin ist er ganz groß.«
»Sam scheint ein anständiger Kerl zu sein.«
»Ja, das ist er.«
»Würde er sich wirklich für mich einsetzen, wenn sein Partner gegen mich vorginge?«
»Sam macht dich nicht für das verantwortlich, was passiert ist. Er weiß, daß Michael nicht so kopflos auf die Straße hinausgelaufen wäre, wenn er nicht gesehen hätte, was er gesehen hat.«
Sie hielt sich den Kaffeebecher wie einen Schild vors Gesicht, doch er war zu klein, als daß sie sich hätte dahinter verstecken können. Außerdem war es sowieso sinnlos, sich verstecken zu wollen, schließlich wußte Grady, was sie getan hatte. Alle Welt wußte es.
»Liebst du ihn?«
Sie blinzelte. »Sam? Ich liebe ihn, wie ich Annie liebe. Sie sind wertvolle Freunde, und ich vermisse sie. Sie kommen zwar zu Besuch, aber es ist nicht mehr so wie früher. Wir standen uns alle so nahe.« Sie dachte an Sams Anruf vor einigen Tagen und mußte lächeln. »Armer Sam. Plötzlich fiel ihm ein, ich könnte schwanger sein. Er war regelrecht in Panik.«
Grady sah auch nicht gerade beruhigt aus. »Bist du es?«
»Gott sei Dank, nein. Von Sam schwanger zu sein, wäre ein Trauma zuviel gewesen. Nicht, daß ich etwas gegen Babys hätte.

Ich habe meine Schwangerschaften genossen. Ich habe es genossen, kleine Kinder um mich zu haben, und ich habe es genossen, sie heranwachsen zu sehen.« Ihre Erinnerung versetzte sie in die Zeit zurück, als die Kinder noch klein und ihre Probleme entsprechend simpel waren. Dann ging sie noch weiter zurück in die Vergangenheit. Die dunklen Haarspitzen, die Grady in die Stirn hingen, erinnerten sie an den Teenager, dem sie geliebt hatte. Sie erinnerte sich an die Luftschlösser, die sie um ihre zukünftigen Kinder gebaut hatten. Sein gequälter Gesichtsausdruck ließ sie vermuten, daß auch er sich daran erinnerte.

»Hast du ein Foto von deiner Tochter?« fragte sie leise.

Es dauerte eine Weile, bis er reagierte. Schließlich zog er seine Brieftasche heraus und entnahm ihr einen eselsohrigen Schnappschuß. »Da war sie drei.«

Teke konnte den Blick nicht von dem Gesicht des kleinen Mädchens wenden. »Sie ist schön.« Das Kind hatte Gradys Augen, seinen Mund und seine rabenschwarzen Haare. »Sie ist dir ungeheuer ähnlich.«

»Aber nicht im Wesen. Sie ist gesprächig und extrovertiert, immer in Bewegung, und sie lächelt alle Menschen an.« Er hielt inne. Dann sagte er: »Zumindest *war* sie so – es ist eine ganze Zeit her, daß ich sie gesehen habe.«

»Würdest du sie nicht gern wiedersehen?«

»Nein. Sie ist jetzt älter als damals, und je älter sie wird, um so deutlicher wird sie mich als das sehen, was ich bin.«

»Es ist doch nichts gegen das zu sagen, was du bist.«

»Ihre Mutter war da anderer Meinung.«

»Warum hat sie dich dann geheiratet?«

Grady rieb sich den Nacken. »Das habe ich mich selbst oft gefragt, aber eine Antwort habe ich nicht gefunden.«

Teke versuchte sich die Frau vorzustellen. Natürlich hatte sie gewußt, daß Grady in all den Jahren nicht auf weibliche Gesellschaft verzichten würde – dazu war er zu maskulin –, aber in ihrer Phantasie waren diese Frauen immer flüchtige Schatten

ohne Gesichter oder Namen. Die Züge des Kindes spiegelten die Gradys wieder – sie sagten nichts über seine Frau aus.
»Erzähl mir, wie sie war.«
»Sharon?« Als Teke nickte, beschrieb er sie ihr: »Sie war einssiebenundsechzig groß, schlank, hatte helle Haut, braune Augen und lange, dunkelbraune Haare.«
»Sie sah aus wie ich«, folgerte Teke leise.
Er seufzte. »Fürchte, ja.«
»Hast du sie dir deshalb ausgesucht?«
»Der Gefängnispsychologe würde sagen, daß es unbewußt so ablief. Klar war es mir jedenfalls nicht.«
»War sie wenigstens nett?«
»Sehr nett.«
»Hat sie dir ein schönes Heim geschaffen?«
»*Ich* dachte, ja, sie hielt es für ein *Loch*. Tatsache war, daß es mir gehörte, und das gab mir ein gutes Gefühl, aber ihr genügte es nicht. Sie meinte, daß etwas in mir steckte. Ich nehme an, das war es, das war der Grund dafür, daß sie mich heiratete. Sie dachte, ich würde mich immer weiter hocharbeiten, bis ich eines Tages eine große Möbelfabrik besäße. Statt dessen tingelte ich von einem Job zum nächsten, ohne irgendwelchen Ehrgeiz zu entwickeln. In meiner Freizeit baute ich Kanus oder brachte fertige den Fluß hinauf. Nur ich und ein Paddel. Ich liebte das. Manchmal war ich drei Tage lang weg. Es machte sie verrückt. Das, und dein Name.«
»O Grady.«
»Es machte mir nichts aus, als sie mich verließ, aber Shelley vermisse ich.«
Teke betrachtete den Schnappschuß eingehend, bevor sie ihn zurückgab. Er war zerknittert und abgegriffen, und es tat ihr weh. Grady wäre ein wundervoller Vater gewesen, das wußte sie. »Du kannst dir ja meine Kinder ausleihen, wenn du magst. Egal, welches. Natürlich könnte es sein, daß du Schwierigkeiten hättest, Leigh von Jon wegzulocken, Jana würde in jeder Diskussion des Sieg davontragen, und Michael würde

dich ständig auf Trab halten, aber es sind wirklich großartige Kids.«

»Ich nehme erst mal Michael«, grinste er. »Danke.«

Unwillkürlich grinste sie zurück.

Grady blieb nur lange genug, um mit Michael und Teke zu Mittag zu essen, doch selbst das erwies sich als zu lang. Er verließ gerade mit seinem alten, blauen Laster den Parkplatz, als J. D. ankam. Auf dem Heimweg dachte Grady daran, was Teke jetzt auszustehen hätte. Das hatte er weiß Gott nicht gewollt. Er fuhr ins Reha-Zentrum, um Michael zu besuchen und den Jungen aufzuheitern, so gut er konnte, doch in erster Linie, um etwas für Teke zu tun: Ihr Kaffee oder ein Sandwich zu bringen, kleine Dinge für sie zu tun, um ihr das Leben etwas leichter zu machen. Auf diese Idee schien niemand anderer zu kommen.

J. D. zu verärgern, würde ihr nicht helfen, aber welche andere Möglichkeit hatte er? Er konnte die Stadt nicht verlassen, bis er wußte, daß Michael *und* Teke wieder auf den Beinen waren.

Wieder in Constance, ließ er seine Frustration an den Zedernholzschindeln aus, mit denen er die äußere Rückwand der Remise verkleidete. Er war schon einige Stunden damit beschäftigt und stand hoch oben auf einer Leiter, als plötzlich die zwei Polizisten, die ihm bereits bekannt waren, unter ihm erschienen.

Er schaute einmal hin, schlug zwei weitere Nägel ein, schaute noch einmal hin. Sie hatten sich nicht gerührt. Er beschwor sich selbst, ruhig zu bleiben, doch das war gar nicht so einfach, wenn man gern gebrüllt hätte. Er war überzeugt, daß J. D. die beiden auf ihn gehetzt hatte, denn das Timing ihres Auftauchens sprach absolut dafür.

»Ja?« fragte er schließlich den netteren der Beamten, dessen Name Dodd war.

»Wir müssen uns unterhalten«, erklärte Dodd.

Gehorsam, weil er nichts Unrechtes getan hatte und es auch nicht beabsichtigte, befestigte Grady den Hammer an seiner Zimmermannsschürze und stieg die Leiter hinunter. Unten angekommen, vergrub er die Hände in den Taschen seines Parkas. Es war ein kalter, grauer Novembertag.

»Worüber?« wollte er wissen.

»Über das Molson-Haus.«

»Was ist das denn?«

»Verkaufen Sie uns nicht für dumm!« warnte Connors.

Grady ignorierte ihn, schaute weiterhin Dodd an, der sagte: »Das Molson-Haus steht ein Stück die Straße runter auf einem vier Morgen großen Grundstück. Es wurde heute vormittag irgendwann zwischen zehn und elf Uhr ausgeraubt. Wo waren Sie zu dieser Zeit?«

Gradys Magen krampfte sich zusammen, und er deutete mit einer Kopfbewegung auf das Stück neuer Wandverkleidung.

»Damit waren Sie die ganze Zeit beschäftigt?«

»Bis halb elf.«

»Und dann?«

»Fuhr ich zu McDonald's.«

»Wie lange waren Sie dort?«

»Fünf Minuten.«

»Er ist offenbar ein Schnellesser«, bemerkte Connors sarkastisch.

»Ich habe nicht dort gegessen, ich habe mir was vom Drive-in mitgenommen.«

»Und – haben Sie dann hier gegessen?« fragte Dodd.

»Nein, ich habe Michael Maxwell besucht.«

»Warum denn das, zum Teufel?« bellte Connors. »Sind Sie scharf auf Ärger? Sie wissen doch, daß der Vater des Jungen Sie nicht dort haben will. Haben Sie vielleicht nur Scheiße im Kopf statt einem Hirn?«

»Hören Sie, Mr. Piper«, sagte Dodd ruhig, »wir müssen Leute finden, die Ihre Angaben bestätigen können. Mrs. Hart sagt, sie könne sich nicht vorstellen, daß Sie jemanden berauben würden, da Sie auch ihr nichts gestohlen hätten, obwohl Sie reichlich Gelegenheit dazu gehabt hätten, aber sie hat Sie heute früh um halb acht das letzte Mal gesehen. Hat Sie irgend jemand hier arbeiten sehen?«

Natürlich nicht, dachte Grady, das wäre zu einfach. »Vielleicht hat jemand meinen Laster vorn stehen sehen, aber *mich* hätte er nur sehen können, wenn er hinten herum gefahren wäre.«

»Was ist mit McDonald's?« fragte Dodd. »Haben Sie da Bekannte getroffen?«

»Ich bin doch gar nicht ausgestiegen.«

»Mrs. Maxwell wird ja wohl bezeugen, daß Sie im Reha-Zentrum waren, oder?«

»Entweder sie oder ihr Sohn«, antwortete Grady, und fügte zu Connors gerichtet hinzu: »Der Junge verabscheut das Essen dort, aber er liebt McDonald's. Wenn sein Vater sauer ist, weil ich Michael Mittagessen gebracht habe, dann nur, weil es ihm nicht zuerst eingefallen ist.«

»Schauen wir uns drinnen um«, sagte Connors zu Dodd.

»Haben Sie einen Durchsuchungsbefehl?« erkundigte Grady sich. Er kannte seine Rechte, und wenn er auch nicht darauf aus war, die beiden gegen sich aufzubringen, so war er doch nicht bereit, sich diese Rechte absprechen zu lassen.

»Die Remise gehört Mrs. Hart«, erklärte Connors ihm. »Sie hat uns die Erlaubnis gegeben.«

»Solange ich an der Remise arbeite, gehört sie *mir* – ich bin Mrs. Harts Mieter.«

»Zahlen Sie Miete?«

»Ich bezahle mit meiner Arbeit, und deshalb ist die Remise derzeit meine Wohnung. Ohne Durchsuchungsbefehl wäre eine Durchsuchung illegal.«

Connors warf Dodd einen triumphierenden Blick zu. »Er versteckt was da drin.«

»Aber er hat recht«, hielt Dodd ihm entgegen.

»Wenn wir jetzt gehen, um uns den Durchsuchungsbefehl zu holen, hat er alles irgendwo anders untergebracht, wenn wir zurückkommen.«

»Nicht, wenn wir ihn mitnehmen«, sagte Dodd. »Es tut mir leid, Mr. Piper, ich fürchte, wir müssen Sie bitten, uns aufs Revier zu begleiten. Wir möchten Ihnen noch ein paar Fragen stellen.«
Grady spürte die alte, vertraute Angst erwachen. »Gibt es einen Grund dafür, abgesehen von meiner Vorstrafe?«
»Die ist Grund genug«, erwiderte Connors und packte ihn am Arm. Als Grady sich losriß, fragte er: »Möchten Sie lieber Handschellen?«
Grady atmete tief durch und straffte sich. »Ich habe ein Telefonat frei. Wenn ich es von hier aus führe, kann mein Anwalt auf dem Revier zu uns kommen.«
»Ich hab dir doch gesagt, daß er was zu verbergen hat«, frohlockte Connors.
Dodds Ton war freundlicher. »Sie brauchen keinen Anwalt, niemand erhebt Anklage gegen Sie.«
»Ich will aber einen Anwalt!« insistierte Grady. Er hatte es satt, beobachtet, verfolgt und verhört zu werden. »Soll ich von hier aus anrufen oder vom Revier aus?«
Dodd ging mit ihm in Mrs. Harts Küche, wo Grady sein Telefongespräch führte.

Fünfundvierzig Minuten später betrat Sam Pope mit Entschuldigungen, weil es so lange gedauert hatte, den Verhörraum des Polizeireviers von Constance. Die Beamten ließen sie allein.
»Teke sagte, ich solle Sie anrufen, falls ich in Schwierigkeiten geriete«, sagte Grady. »Ich war nicht sicher, ob Sie kommen würden, aber sie sagte, Sie seien ein Experte auf dem Gebiet der Bürgerrechte – und so jemanden brauche ich. Sie verhören mich wegen eines Raubes.«
»Haben Sie ihn begangen?« fragte Sam.
»Nein. Ich habe in meinem ganzen Leben noch nichts gestohlen. Meine Spezialität ist Mord, haben Sie das noch nicht gehört?«
»Doch, habe ich.«
»Das Problem ist, daß es hier Leute gibt, denen es nicht paßt, daß ich noch immer da bin.«

»J. D.«

Grady begrüßte seine Direktheit, denn dies machte die Dinge einfacher. »Sie wollten meine Wohnung und wahrscheinlich auch meinen Truck durchsuchen. Ich wies sie darauf hin, daß sie dazu einen Durchsuchungsbefehl brauchten, und jetzt halten sie mich hier fest, bis sie ihn haben. Ich traue ihnen durchaus zu, daß sie vorhaben, mir inzwischen etwas in meinen Laster zu schmuggeln. Wie kann ich mich dagegen schützen?«

»Durch mich.« Sam ging hinaus, und als er zurückkam, bedeutete er Grady mit einer Handbewegung, von seinem Stuhl aufzustehen. »Wir treffen uns dort mit ihnen.«

»Sie sagten, Sie wollten mir noch weitere Fragen stellen.«

Sams Gesichtsausdruck besagte, daß sich das erledigt hatte. »Sie hatten keinen Grund, Sie hierherzuschleppen, abgesehen davon, daß J. D. sie zum Wahnsinn getrieben hat. Sollten sie einen Richter dazu bringen können, ihnen einen Durchsuchungsbefehl auszustellen, soll es uns recht sein, aber wir werden ihnen bei der Durchsuchung auf die Finger schauen.«

Mit den Händen in den Taschen, in einer Pose, die vermittelte, daß er sich absolut als Herr der Lage fühlte, nickte er in Richtung Tür.

Es war kurz vor fünf, als er in die Kanzlei zurückkam. Er war kaum ein paar Schritte den Flur hinuntergegangen, als J. D. ihn stellte. »Was, zum Teufel, machst du, Sam?«

Sam unterdrückte seine aufflammende Verärgerung und setzte seinen Weg fort. »Wovon sprichst du?«

»Davon, daß du Grady Piper verteidigst.«

»Ich verteidige ihn nicht, er braucht keinen Verteidiger. Der Mann hat kein Gesetz gebrochen.« Er nahm die Nachrichten entgegen, die Joy ihm reichte, und ging in sein Büro.

»Der Mann ist kein Freund von uns«, konstatierte J. D., der ihm gefolgt war, so langsam, als spreche er mit einem Kind. »Er tut Teke nicht gut. Er tut Michael nicht gut. Er tut mir nicht gut. Je eher er verschwindet, desto besser.«

Sam überflog die Nachrichten. »Er ist ein freier Mann, J. D., er kann wohnen, wo er will.«
»Ich habe nichts dagegen, solange er es nicht in meinem Umfeld tut.«
»Du wohnst jetzt in Boston, Constance ist nicht mehr dein Umfeld.«
»Ich besitze immer noch ein Haus dort und zahle meine Steuern, ich habe das Recht, mitzubestimmen, was in der Gemeinde geschieht.«
»Nicht«, Sam hob den Blick, »wenn es dazu führt, daß die Bürgerrechte eines Mannes verletzt werden. Das kannst du nicht machen, J. D. Seit dem Unfall stehst du der Polizei auf den Fersen, damit sie ihn überwachen, aber er läßt sich nichts zuschulden kommen. Er ist sauber, tut nur das, wofür Cornelia Hart ihn eingestellt hat. Warum läßt du ihn nicht in Ruhe?«
»Warum läßt er meinen Sohn nicht in Ruhe?«
»Er fühlt sich schuldig wegen des Unfalls. Michael tut ihm leid, und außerdem ist es verdammt gut, daß er da ist. Michael braucht eine männliche Bezugsperson, und wen hat er denn noch? Du bist zu böse auf Teke, um ihm zu helfen, er ist zu böse auf mich, um sich von mir helfen zu lassen – also bleibt nur Grady. Du solltest dankbar sein.« Er sortierte eine der Nachrichten aus und warf den Rest auf den Schreibtisch.
»Er ist hinter meiner Frau her.«
»Warum sollte dich das stören? Du hast sie verlassen.«
»Sie ist immer noch meine Frau.«
Sam nahm den Telefonhörer ab. »Du kannst nicht beides haben, J. D. Entweder du willst sie behalten oder nicht.« Er tippte die auf dem Zettel notierte Nummer ein. Es war die eines Bill Kneeland, dessen Berufung gegen eine Verurteilung wegen Unterschlagung von Postgeldern er übernommen hatte.
»Und was ist mit dir?« gab J. D. zurück. »Du willst auch beides haben. Du behauptest, mein Freund zu sein, aber du läßt alles stehen und liegen und rast nach Constance, wenn mein Feind anruft.«

»Grady Piper ist nicht dein Feind«, sagte Sam zu ihm und dann ins Telefon: »Hi, Bill. Ich habe gerade Ihre Nachricht bekommen.«
»Es geht hier um Loyalität«, erklärte J. D. »Kann er sich keinen anderen Anwalt nehmen?«
Die Handfläche auf die Sprechmuschel drückend, flüsterte Sam: »Er ist doch neu in Constance. Ich bin der einzige Anwalt, den er kennt, außer dir.« Er nahm die Hand weg und sagte zu seinem Klienten: »Wir starten die Sache gleich Montag früh. Ich habe den Antrag schon daliegen.« Er kramte auf seinem Schreibtisch herum, hob Akten auf, schob andere beiseite.
»Bezahlt er dich?«
»Noch gibt es nichts zu bezahlen«, flüsterte Sam mit vom Telefon abgewandtem Gesicht und sagte dann zu Bill: »Richtig. Ich glaube, wir haben gute Chancen. Der Richter hat sich ein paar Schnitzer geleistet.« Er blätterte die Papiere auf der anderen Schreibtischseite durch.
»Deine Zeit«, sagte J. D. »Du hast die Kanzlei verlassen, bist den ganzen Weg nach Constance gefahren, um ihn zu vertreten, nachdem die Polizei ihn zum Verhör mitgenommen hatte, und dann hast du seine Freilassung erwirkt.«
»Es wird eine Weile dauern, Bill. Ich denke, vor zwei, drei Monaten ist mit einer Entscheidung nicht zu rechnen.« Er drehte sich um und durchforstete die Papiere auf dem Bücherschrank. »Der Grund dafür, daß wir jetzt so schnell in die Berufung gehen, liegt in der – wenn auch nur kleinen – Chance, daß wir von dem Bestreben des Gerichts profitieren, vor Weihnachten möglichst viele Fälle vom Tisch zu kriegen. Aber ich würde an Ihrer Stelle nicht allzu fest damit rechnen. Entspannen Sie sich. Wenn der Antrag erst mal gestellt ist, können wir uns nur in Geduld fassen – Einfluß zu nehmen, ist nicht möglich. Reden wir nächste Woche noch mal.«
»Deine Zeit ist in dieser Firma Geld wert«, hielt J. D. Sam vor.
»Sicher. Passen Sie auf sich auf.« Sam legte den Hörer auf. »Ich habe nichts ›erwirkt‹«, erklärte er J. D., als er sich umdrehte, um

die Unterlagen auf dem Schreibtisch ein zweites Mal durchzusehen. »Ich habe die Cops lediglich darauf hingewiesen, daß sie eine Zivilklage wegen Belästigung riskierten. Wenn sie so weitermachen, kommt es vielleicht wirklich dazu – und wenn es zu einer Verhandlung kommt, dann werde ich deinen Namen nicht verschweigen. Also gib endlich Ruhe.« Er hatte sich in Wut geredet und knurrte: »Wo ist die gottverdammte Akte? *Joy?*«
J. D. ging hinaus, und Joy kam herein.
»Wo ist der Berufungsantrag für den Kneeland-Fall?« fragte Sam. »Vicky war dabei, ihn fertig zu machen. Er müßte inzwischen abgetippt sein und mir vorliegen.«
Joy schaute ihn verwirrt an. »Vicky ist nach Providence gefahren.«
Das war Sam neu, aber er war in letzter Zeit nicht gerade häufig in der Kanzlei gewesen. »Wann?«
»Mittwoch früh.« Vor zwei Tagen.
»Was macht sie denn in Providence?« wollte er wissen. Er versuchte sich zu erinnern, ob sie etwas davon gesagt hatte, in Urlaub zu gehen, aber er war eigentlich sicher, daß sie das nicht getan hatte. Am Montag hatten sie sich ausführlich über die Kneeland-Berufung unterhalten, und er hatte ihr genau auseinandergesetzt, was der Antrag alles enthalten sollte. Sie hatte die ganze Woche darauf verwenden wollen.
»Äh, ich glaube, sie ist für John Stewart dort«, antwortete Joy.
»Aber Vicky ist meine Mitarbeiterin, nicht die von John Stewart.« Und es war ein ungeschriebenes Gesetz, daß Partner einander nicht die Assistenten abspenstig machten. Er schaute auf das Chaos hinunter, das er auf seinem Schreibtisch angerichtet hatte. »Tun Sie mir den Gefallen und schaffen hier Ordnung, Joy? Vielleicht sehe ich den Wald vor lauter Bäumen nicht mehr. Ich muß mit John Stewart reden.«
Er ging mit großen Schritten den Flur hinunter und nahm sich vor, John Stewart die Hölle heiß zu machen, falls er ihm Vicky hinter seinem Rücken abgeworben hatte. Sie war Tom und Alex und allen anderen Assistenten weit überlegen. Er wußte, wenn

er ihr einen Auftrag gab, wurde er korrekt und rechtzeitig ausgeführt, und er verließ sich darauf.

John Stewart saß zurückgelehnt und mit über dem Bauch gefalteten Händen in seinem Schreibtischsessel. Er sah so aus, als habe er Sam erwartet.

»Was ist das für eine Geschichte mit Vicky?« fragte Sam, ohne sich mit einleitenden Höflichkeitsfloskeln aufzuhalten, denn sie wären reine Atemverschwendung gewesen. John Stewart hatte ihn seit dem Tag gemieden, als Michael aus dem Koma aufgewacht war.

Ohne mit der Wimper zu zucken, erwiderte John Stewart: »Ich brauchte bei einem meiner Fälle ihre Hilfe.«

Sam starrte ihn fassungslos an. »Sie haben sie veranlaßt, die Arbeit, die sie für mich erledigen sollte, einfach liegenzulassen? Hat sie Ihnen nicht gesagt, womit ich sie beauftragt hatte?«

»Doch, hat sie. Ich sagte ihr, sie solle die Sache Tom geben.«

»Tom ist mit dem Fall doch gar nicht vertraut. Sie hatten kein Recht, das zu tun.«

»Das hatte ich sehr wohl. Ich bin der geschäftsführende Partner in dieser Kanzlei, und in Angelegenheiten wie dieser habe ich die letzte Entscheidung.«

»Sie hatten *nicht* das *Recht* dazu«, wiederholte Sam. Der Panik nahe fuhr er sich mit einer heftigen Handbewegung durch die Haare. Tom Mackie hatte keinen blassen Schimmer von Berufungsanträgen. Sam wagte sich gar nicht auszumalen, was er tun würde. »Sind Sie sich der Bedeutung des Kneeland-Falles bewußt, John Stewart? Bill ist von einer der Mega-Kanzleien zu uns gekommen. Wenn ich eine Wiederaufnahme seines Verfahrens erreichen kann, werden wir ihn dabei vertreten. Das bringt großes Geld.«

»Ach, Sie machen sich Gedanken wegen Geld?« fragte John Stewart sarkastisch. »Das ist neu. Ihre einträglichen Arbeitsstunden waren in letzter Zeit ausgesprochen spärlich gesät.«

»Wovon sprechen Sie?«

John Stewart mußte tatsächlich auf ihn gewartet haben, denn

die betreffenden Angaben lagen griffbereit auf seinem Schreibtisch. Er nahm das Blatt auf und ließ es wieder fallen.
»Einträgliche Stunden: Im letzten Monat geradezu verschwindend. So kann diese Firma nicht florieren.«
»Der Fall ›Dunn gegen Hanover‹ hat sechs Millionen Dollar gebracht, und der Löwenanteil gehört der Kanzlei.«
»Aber das ist kein reiner Profit, das müßte Ihnen klar sein. In all den Jahren, die Sie an dem Fall arbeiteten, haben Sie keinen Penny bekommen; und von den sechs Millionen haben wir noch keinen Cent gesehen.«
»Richtig, weil die Versicherung des Angeklagten zahlen muß und Versicherungsgesellschaften ewig brauchen, bis sie Geld lockermachen. Aber es kommt, und es wird dieser Kanzlei für ein Jahr schwarze Zahlen bescheren. Und jetzt beschweren Sie sich, weil ich angeblich nicht einträglich genug arbeite? Was ist das für ein Schwachsinn?«
Mit unschuldiger Miene sagte John Stewart: »Es steht hier in den Zeitplänen.«
»In Zeitplänen, die eine Periode umfassen, in der ich mit einer schweren, privaten Krise zu kämpfen hatte, oder ist Ihnen das entgangen?«
»Wie hätte mir das entgehen können? Sie waren ja nie mehr als vier Stunden im Haus, falls überhaupt.«
»Und wenn ich nicht hier bin, wo bin ich dann? Im Krankenhaus, beziehungsweise im Reha-Zentrum – zu Besuch bei Ihrem Enkel.«
»Oder auf dem College-Gelände, um mit Ihrer Frau zu Mittag zu essen. Geben Sie dafür das Geld aus, das Sie jeden Monat von dieser Firma erhalten?«
Sam wollte sich gerade wieder mit der Hand durch die Haare fahren, beherrschte sich jedoch in letzter Sekunde. Er war kein kleiner Angestellter, er war kein grüner Junge, der sich herunterputzen lassen mußte. Er war ein erfahrener Anwalt und ein vollwertiger Partner in dieser Kanzlei. Er konnte tun, was er wollte, wann er wollte und mit wem er wollte.

Doch das war noch nicht alles. Er spürte es, er konnte es geradezu *riechen* – und der Geruch kam nicht von der antiken Karte von Boston, die in einem kostbaren, blattvergoldeten Rahmen an der Wand hing.

»Spucken Sie's aus, John Stewart, was geht Ihnen durch den Kopf?«

»Ihre Rolle in dieser Firma. Ich ließ Sie als Partner einsteigen, weil John David mich davon überzeugte, daß es gut für uns wäre, wenn wir auch eine Strafrechtabteilung hätten, aber jetzt denke ich nicht mehr so. Es interessiert mich nicht, ob Sie mit einem Fall *zehn* Millionen einbringen, Sie haben nicht das Image, das uns vorschwebt.«

»Sie sind wütend wegen Teke.«

John Stewart hob das Kinn. »Ich finde das, was Sie und sie getan haben, geschmacklos, aber nicht überraschend: Strafrechtler sind eine besondere Rasse, sie arbeiten für Abschaum und sie lernen von Abschaum.«

»Meine Klienten sind kein Abschaum, es sind anständige Menschen.«

»Wenn ich mich recht erinnere, haben Sie letztes Frühjahr eine Prostituierte verteidigt, die einen ihrer Kunden umgebracht hatte.«

»Es war Notwehr, sie wurde freigesprochen.«

»Jedenfalls war das kein ›anständiger‹ Fall.«

»Ich wurde vom Gericht als ihr Verteidiger bestellt. Es hat mich lächerliche drei Tage gekostet. Wo bleibt Ihr soziales Gewissen?«

John Stewart sandte einen gelangweilten Blick zur Zimmerdecke. »Dann war da der Fall im vergangenen Sommer: Sie verteidigten einen Kerl, der angeklagt war, illegal Drogenzubehör verteilt zu haben.«

»Saubere Nadeln«, korrigierte Sam in gereiztem Ton. »Er versuchte, ein, zwei Süchtige davor zu bewahren, sich Aids einzufangen. Mein Gott, John Stewart, das ist doch unter Ihrem Niveau.«

John Stewart deutete so subtil ein Schulterzucken an, daß das Sakko seines Brooks-Brothers-Anzugs sich kaum bewegte. »Tatsache ist, daß ich der einzige noch lebende Gründungspartner, der älteste Partner und der geschäftsführende Partner von ›Maxwell, Roper und Dine‹ bin, und ich will, daß Sie als Partner zurücktreten.«

Sam glaubte, sich verhört zu haben. »Was?«

»Ich will, daß Sie zurücktreten.«

»Sie machen Witze.«

John Stewart drehte langsam und nachdrücklich den Kopf von rechts nach links.

»Ich habe zwölf Jahre lang erfolgreich für Sie gearbeitet«, hielt Sam ihm vor Augen.

John Stewart schürzte die Lippen und warf einen Blick in Richtung der Berichte auf seinem Schreibtisch. »Das ist diskutierbar – im Unterschied dazu, daß unüberbrückbare Gegensätze zwischen uns bestehen. Wir sehen die Welt und die Betreibung einer Anwaltsfirma mit völlig verschiedenen Augen.«

»Und?« Das war bei vielen Firmenpartnern so.

»Ich will, daß Sie gehen.«

»Nun, diesen Wunsch werde ich Ihnen nicht erfüllen«, erklärte Sam mit jäh auflodderndem Zorn. »Ich bin ein vollwertiger Partner. Ich habe der Kanzlei zwölf engagierte Jahre gewidmet, sie gehört auch mir. Ich werde kämpfen.«

»Kämpfen Sie, soviel Sie wollen«, entgegnete John Stewart mit entnervender Ruhe. »Daß ich Vicky abgezogen habe, ist nur der Anfang. Ich kann Ihr Leben sehr unangenehm gestalten, und wenn Sie sich partout nicht vertreiben lassen, werde ich über Ihre Position als Partner abstimmen lassen.«

»Das Ergebnis würde nicht in Ihrem Sinne ausfallen.«

»Vielleicht doch.«

»Auf keinen Fall.« Sam starrte John Stewart ungläubig an. Dann straffte er sich und schaute aus dem Fenster, nahm das Panorama jedoch gar nicht wahr. Was er wahrnahm, war ein weiterer Tiefschlag in dem Leben, das er noch vor einem Monat für perfekt gehalten hatte. Panik stieg in ihm auf. Er befand sich auf dem Höhepunkt seiner Karriere, und John Stewart wollte ihn aus der Firma werfen. Sicher, sie hatten Differenzen, doch

»Maxwell, Roper und Dine« bot ihm eine alteingesessene und geachtete Operationsbasis. Der Gedanke, gezwungen zu sein, diese Basis aufzugeben, ging zu einem Zeitpunkt, da sein Leben in Aufruhr geraten war, über seine Kräfte.

»Es gibt Wichtigeres«, erklärte er und machte auf dem Absatz kehrt. »Ich muß bis Montag einen Berufungsantrag verfassen. Wir werden unser Gespräch ein andermal fortsetzen müssen.«

Annie machte auf dem Heimweg beim Supermarkt halt und kam nach einer Weile mit neun Tüten wieder heraus – ein Rekord für sie, aber ein zukunftsweisender, falls sie ihren Plan, einmal pro Woche einen allumfassenden Lebensmitteleinkauf zu tätigen, durchhielte. Sie war kaum aus dem Wagen gestiegen, als Sam neben ihr in die Garage fuhr. Als sie seinen gequälten Gesichtsausdruck sah, wußte sie sofort, daß etwas nicht stimmte.

Er begann sich seine Enttäuschung von der Seele zu reden und hörte erst auf, als er alle neun Tüten und seine eigenen Sachen ins Haus getragen hatte, die aus einem Armvoll Bücher und zwei großen Aktentaschen mit den Kneeland-Prozeßprotokollen bestanden, den Notizen, die er Vicky Cornell Anfang der Woche gegeben hatte und dem halbfertigen Rohentwurf, den er auf ihrem Schreibtisch gefunden hatte. Annie starrte ihn entsetzt an. Sie konnte nicht glauben, was sie da hörte.

»John Stewart will dich aus der Firma raushaben?«

Sam schnaubte wütend. »Das ist der langfristige Plan. Der kurzfristige Plan ist, meine Arbeit zu sabotieren. Nun – da hat er bereits den ersten Erfolg zu verbuchen. Ich werde das ganze Wochenende arbeiten müssen, weil der Berufungsantrag am Montag unbedingt eingereicht werden muß. Aber ich will nicht das ganze Wochenende arbeiten. Ich wollte morgen abend mit dir essen gehen, am Sonntag einen Ausflug mit dir machen, vielleicht nach Rockport rüberschauen und Pete besuchen oder nordwärts nach Ogunquit fahren. Doch das ist jetzt alles gestorben. Ich kann es mir nicht einmal leisten, mir Jons Spiel ganz anzusehen.«

Annie war wohlvertraut mit den Sechzehn-Stunden-Arbeitstagen und den Sieben-Tage-Wochen, die Sam einlegte, wenn er einen Prozeß führte, und wußte, daß er ohne Unterstützung im Büro in wichtigen Berufungsfällen den gleichen Arbeitsaufwand würde betreiben müssen. Vicky Cornell war ein Gottesgeschenk gewesen. Sie ersparte ihm sechs von den besagten sechzehn Stunden, wodurch Sam Zeit für andere Fälle gewann. Und sie befreite ihn auch von dem immensen Druck, für den Annie jetzt die ersten Anzeichen entdeckte.

Ein unangenehmer Gedanke schoß ihr durch den Kopf. Vicky Cornell war jung und begabt. Annie fragte sich, ob Sam je darüber nachdachte, wie sie wohl nackt aussähe.

»Was für ein Mistkerl er ist«, wütete Sam weiter und fuhr sich zum drittenmal in drei Minuten mit der Hand durch die Haare. »Er hätte mir am Mittwoch sagen können – oder mir eine Nachricht hinlegen –, daß er Vicky brauchte. Dann hätte ich anders disponieren können: Ich hätte Tom darauf ansetzen können, und auch wenn ich keinen fertigen Antrag von ihm bekommen hätte, so doch wenigstens einen Entwurf, mit dem ich hätte arbeiten können.«

»Warum hat Vicky dir denn nicht Bescheid gesagt?«

»Wahrscheinlich, weil er sie sich schnappte, als ich nicht in der Kanzlei war, und sie postwendend wegschickte.«

»Sie hätte dir eine Nachricht hinterlassen oder dich von ihrem Zielort aus anrufen können.«

»Ja«, dehnte Sam sarkastisch. »Damit hätte sie sich in dem Krieg zwischen John Stewart und mir mitten in die Feuerlinie begeben, und das würde Vicky Cornell nie tun. Sie ist ehrgeizig, und das ist einer der Gründe dafür, daß sie so gut ist, aber es bedeutet auch, daß sie nicht gegen John Stewart aufmuckt. Er ist eine weit wichtigere Persönlichkeit in der Stadt als ich.«

»Du unterschätzt dich«, sagte Annie. Sie glaubte ehrlich daran, und es tat ihr gut, es zu sagen, denn sie fühlte sich schuldig: Sie war froh, daß Vicky Sam im Stich gelassen hatte, denn sie wollte, daß die Frau in seiner Achtung sank.

»John Stewart ist schon länger im Geschäft«, insistierte Sam. »Seine Verbindungen sind gefestigter, und sie sind wichtig.«
Er lehnte sich an den Küchenschrank. »Wer immer da sagte: ›Wenn es erst mal regnet, wird schnell ein Wolkenbruch daraus‹, hatte recht.«
Annie dachte an John Stewarts Drohung, ihn abwählen zu lassen. Von allem, was Sam ihr erzählt hatte, ärgerte sie das am meisten. »Glaubst du, er würde tatsächlich über deine Position als Partner abstimmen lassen, oder ist das nur leeres Geschwätz?«
»Er würde es am liebsten sofort tun – und mit größtem Vergnügen. Er wollte mich ja von vornherein nicht haben, und jetzt hat er den Eindruck, daß seine anfänglichen Bedenken sich bestätigt haben. Ich passe nicht zu seinem ›Image‹ und dem, das seine Firma seiner Meinung nach besitzt.«
Annie war für Sam gekränkt. »Wird J. D. ihn bremsen?«
»Wer weiß? J. D. ist ein unsicherer Kandidat. Einige der Dinge, die er sagt, sind Originalton John Stewart, andere wiederum nicht. Ich habe keine Ahnung, in welche Richtung er sich orientieren wird – oder wann. Die Ironie bei der Sache ist, daß er im Falle einer Abstimmung das Zünglein an der Waage sein wird. Von den fünf Partnern werden John Stewart und Martin Cox sich gegen mich stellen, und Will Henry wird zu mir halten. Damit steht es zwei zu zwei. Dann kommt es auf J. D. an.«
Annie malte sich die Zusammenkunft aus, die Abstimmung. Sie stellte sich vor, wie Sam aufstand und seinen Standpunkt vertrat, und der Gedanke ärgerte sie. »Verdammt noch mal – du hast der Firma viele Erfolge gebracht, und du hast deinen Teil der Vereinbarung erfüllt. Sie haben in jedem der zwölf Jahre, die du dort warst, gutes Geld mit dir verdient. Eine Abstimmung einzuberufen, um über deine Zukunft zu entscheiden, ist eine Beleidigung. Ich finde, du solltest freiwillig gehen.«
Er stützte die Hände neben seinen Hüften auf den Rand des Küchenschranks. »Darüber habe ich auf der Heimfahrt auch nachgedacht, so intensiv, daß ich fast die Ausfahrt übersehen hätte.«

»Gib deine Partnerschaft ab«, beharrte Annie auf ihrem Standpunkt und begann, die Lebensmittel auszupacken. »Das ist die einzige Lösung für diese unhaltbare Situation.«
»Das ist leichter gesagt als getan.«
»Da gäbe ich dir recht, wenn du Wirtschaftsjurist wärst«, sagte sie. »Firmen wollen große Kanzleien, sie sehen Sicherheit in einer Vielzahl von Anwälten. Wenn sie sich für eine Kanzlei entscheiden, ist das ähnlich wie eine Heirat. Der springende Punkt in dem Fall ist Beständigkeit, aber doch nicht bei einem Strafrechtler. Deine Klienten sind doch in der Regel Eintagsfliegen, sie beanspruchen dich nicht auf Dauer. Deine Spezialisierung erlaubt es dir, dein eigenes Firmenschild anzuschrauben, wo immer du willst. Strafprozesse gibt es überall, du wirst immer dein Geld verdienen.«
»Bei der Wirtschaftskrise?« fragte er zweifelnd. »Ich habe eine Familie zu ernähren.«
»Deine juristische Richtung ist *immun* gegen die Wirtschaftskrise. Schau dir doch an, was du dieses Jahr alles getan hast. Wir nähern uns Thanksgiving, und du bist wahrscheinlich für die nächsten sechs Monate ausgebucht. Stimmt's?«
Er zuckte die Schultern. »Vier Monate.«
»*Sechs* Monate. Ich sehe dich schon genügend Jahre arbeiten, um das zu wissen. Du bist zu bescheiden, Sam. Du hast dir einen guten Ruf erworben, und das bereits *vor* dem Fall Dunn. Und seitdem schießen deine Klienten wie Pilze aus dem Boden. Wenn du verlauten ließest, daß du dich verändern willst, würdest du mit Angeboten anderer Kanzleien regelrecht bombardiert – und du könntest deinen Preis festsetzen. Sie würden sich um dich raufen, denn dich an Land zu ziehen wäre ein Riesengewinn.«
Sie unterbrach ihre Tätigkeit. Er schaute sie an. »Danke«, sagte er. »Nach dem, was ich dir angetan habe, bedeutet mir dein Vertrauensvotum mehr, als du ahnst.«
Wann immer er sie mit diesem Blick ansah, begann sie dahinzuschmelzen – und dieses Mal war keine Ausnahme. Sicher, er

hatte sie betrogen, aber sie war nun mal empfänglich für Ehrlichkeit, für Verletzlichkeit, für Demut – und bei einer starken Persönlichkeit wie Sam rührten diese Eigenschaften sie besonders.
»Ich habe deine beruflichen Fähigkeiten nie im Frage gestellt«, murmelte sie.
»Nur meine Fähigkeit, treu zu sein. Tust du das immer noch? Befürchtest du, daß ich wieder tun werde, was ich getan habe?«
Sie nahm das Eiertablett aus dem Kühlschrank und begann es zu füllen. »Mit Teke, nein, aber mit einer anderen vielleicht. Du bist ein temperamentvoller Mann, und du arbeitest ständig mit Frauen zusammen.«
»Nicht mehr als früher.«
»Früher habe ich mir darüber keine Gedanken gemacht, ich kam nie auf die Idee, daß du interessiert sein könntest.«
»Das *bin* ich auch nicht«, schwor er wie schon viele Male zuvor. Er legte die Hand auf ihren Nacken und strich mit dem Daumen an ihrem Unterkiefer entlang. »Du fehlst mir, Annie.«
Sie sortierte weiter Eier ein, doch die Wärme, die in ihr aufgestiegen war, breitete sich von ihrem Kopf zu ihrem Herzen aus – und mit jeder Bewegung rutschte sie tiefer. Sie kämpfte dagegen an. Etwas sagte ihr, daß sie nicht nachgeben sollte, aber sie wußte nicht, was es war. Stolz? Der Wunsch, ihn zu bestrafen? Mißtrauen? Zorn? Nichts davon erschien ihr im Augenblick eine richtige Motivation, und trotzdem unterdrückte sie den Wunsch, sich umzudrehen und in seine Arme zu stürzen.
»Annie?« flüsterte er.
»Nicht, Sam«, brachte sie mit gepreßter Stimme hervor.
»Ich liebe dich. Laß mich dir zeigen, wie sehr.«
Wärmer und tiefer – doch sie wehrte sich noch immer. »Es ist doch nur der Sex.«
»Es ist Liebe.«
Früher einmal hatte sie das geglaubt. Als sie neunzehn beziehungsweise zwanzig Jahre alt gewesen waren und sich kennen-

lernten, war Sex gleichbedeutend mit Liebe. Sie hatte seinen Körper gekannt, bevor sie wußte, was in seinem Kopf vorging, aber jetzt waren sie älter. Annie war sich ihres Körpers deutlich bewußt. Er war nicht mehr so jung, wie er einmal gewesen war. Er würde *nie* mehr so jung sein, wie er einmal gewesen war, aber es würde immer jüngere Frauen geben, die versuchten, Sams Aufmerksamkeit zu erregen. Sie brauchte die Gewißheit, sich seiner so sicher sein zu können, daß er ihr gehörte, komme, was da wolle.

»Ich kann nicht, Sam!« rief sie.

»Ich liebe dich.«

»Genug?« Das Ei in ihrer Hand zerbrach. Leise fluchend warf sie es ins Spülbecken, bevor es zwischen ihren Fingern hindurchtropfen konnte. Im gleichen Moment kündigten Schritte auf der rückwärtigen Veranda Zoes und Jons Rückkehr von ihrem Besuch bei Michael an.

Zoe kam als erste herein. Als sie Sam so nah bei Annie stehen sah, wurde sie unsicher. Mit einem leisen »Hi« flüchtete sie in ihr Zimmer. Wäre Jon nicht hereingekommen, hätte Annie sie zurückgerufen.

»Wie geht's Michael?« fragte Sam und rückte noch näher an Annie heran. Sie wußte, daß er damit etwas dokumentieren wollte, und fragte sich, ob es einen Eklat auslösen würde, denn dazu war sie nicht in der Stimmung. Sie wurde es allmählich müde, auf einem Pulverfaß zu leben.

»Er darf nach Hause«, antwortete Jon.

»Wirklich? Wann denn?« fragte Annie aufgeregt.

»Nächsten Freitag, wenn er bis dahin mit den Krücken umgehen kann.«

»Krücken«, echote sie. Nach der endlosen Zeit, die sie nicht gewußt hatten, ob Michael aufwachen, geschweige denn jemals wieder laufen würde, klang das Wort ›Krücken‹ wie Musik in ihren Ohren. Sie wandte sich Sam zu. »Krücken! Das ist toll!«

»Er verabscheut das Reha-Zentrum«, sagte Jon, »und sie meinen, daß er zu Hause größere Fortschritte machen wird, aber ich

weiß nicht recht. Zu Hause wird er von Teke abhängig sein, und er ist noch immer stinksauer auf sie.« Der letzte Satz war eine auf Sam gezielte Anklage.
»Vielleicht ist es das Beste so«, meinte Sam. »Sie werden gezwungen sein, sich auszusprechen. Beide müssen sich Michaels Zorn stellen.«
»Und du meinst, daß das hilft?« fragte Jon. »Träum weiter.«
»Jon ...« Annie brach ab, als Sam ihren Arm berührte.
»Vielleicht ist es auch für uns an der Zeit dazu«, sagte er. »Okay, Jon, sag's. Sag mir, was du von mir hältst. Noch einmal.«
Aber Jon schnaubte nur verächtlich und steuerte auf die Tür zu. »Du weißt, was ich von dir halte.«
Sam erwischte ihn am Arm und hielt ihn auf. »Bleib hier. Ich gebe dir Gelegenheit, dir unverblümt alles von der Seele zu reden. Nicht jeder Vater gibt seinem Sohn eine solche Blankoerlaubnis.«
»Nicht jeder Sohn hat einen Vater, den er bis dahin regelrecht verehrte und der die Mutter mit der Frau betrügt, die praktisch seine Zweitmutter ist. Das ist ja fast Inzest.«
»Gut«, lobte Sam und forderte Jon mit einer Handbewegung zum Weiterreden auf. »Inzest ist gut. Na komm schon, laß alles raus.«
»Sam ...« Annie bekam Angst. Sam war aufgebracht über das, was im Büro passiert war, er war nicht in der Verfassung, es mit Jon aufzunehmen.
»Du bist ein Lügner«, sagte Jon. »Du hast alles, was du uns gepredigt hast, zum Gespött gemacht.«
»Weiter. Komm schon. Weiter.«
»Du hast deine Glaubwürdigkeit verloren, ein für alle Mal. Dein Wort ist keinen Cent mehr wert.«
»Jon ...«
»Und es gibt keine Hoffnung auf Versöhnung?« fragte Sam. »Erinnerst du dich daran, wie du mit sechs Jahren einen Ball durchs Wohnzimmerfenster warfst, nachdem du versprochen hattest, ihn nicht an die Hausmauer zu werfen? Oder daran, wie

du gerade deinen Führerschein bekommen hattest und beim Zurückstoßen aus der Garage prompt den Briefkasten rammtest, nachdem du versprochen hattest, aufzupassen?«

»Das war ein Unfall.«

»Exakt, Unfälle passieren nun einmal. Und deshalb, und weil du ein schrecklich schlechtes Gewissen hattest, und weil ich dich liebte, habe ich dir verziehen. Und was ist jetzt mit mir? Verdiene ich nicht das gleiche?«

»Du bist mein Vater, du solltest eigentlich ein Vorbild sein.«

»Nun, ich bin auch nur ein Mensch«, erklärte Sam und ließ Jon los, der sich sofort wieder in Bewegung setzte. »Wann ist dein Spiel morgen?«

»Ich will nicht, daß du hinkommst«, kam die Antwort aus dem Flur.

»Wann?« rief Sam.

»Du wirst mir das Spiel versauen.«

»*Wann?*«

Annie hörte Jon die Treppe hinauflaufen, dann knallte eine Tür zu. Stille. Sam senkte den Kopf und verharrte lange Zeit in dieser Stellung. Der Anblick brach Annie fast das Herz. Als er schließlich den Blick hob und sie anschaute, sah sie Tränen in seinen Augen.

Getrieben von diesen Tränen und dem Schmerz, den er, wie sie wußte, empfand, trat sie zu ihm und nahm seine Hand. »Die Zeit heilt alle Wunden, Sam.«

Er nickte. Dann zog er mit einem zittrigen Atemzug und niedergeschlagenem Gesicht seine Hand aus der ihren, sammelte seine Bücher und Unterlagen ein und verließ die Küche.

Kapitel 13

An dem Tag, als Michael nach Hause kommen sollte, trieb die Aufregung Teke schon im Morgengrauen aus dem Bett. Nachdem sie das Haus am Abend zuvor von oben bis unten geputzt hatte, kochte sie jetzt seinen Lieblingsrindfleischeintopf, machte seinen Lieblingsobstsalat und backte seine Lieblingstorte – Schwarzwälder Kirsch. Sobald die Läden öffneten, schickte sie Jana und Leigh, die sich geweigert hatten, in die Schule zu gehen, mit dem Auftrag los, Blumen, einen riesigen Luftballonstrauß und ein WILLKOMMEN-DAHEIM-MICHAEL-Plakat zu besorgen, das sie zwischen den beiden Säulen aufhängten, die den Hauseingang flankierten. Während die Mädchen den ersten Stock mit Luftschlangen dekorierten, duschte Teke und zog sich an. Sie schlüpfte in ihre schrillste Longbluse-Leggins-Kombination, band ihre Haare hoch und verzierte sie mit einem übriggebliebenen Luftschlangenstück. Sie brauchte sich kaum zu schminken – zum erstenmal seit Wochen wirkte ihr Gesicht frisch und lebendig und spiegelte ihre Stimmung wider. Der Eifer, mit dem die Mädchen alles für Michaels Heimkehr vorbereiteten, hatte die Ablehnung, mit der sie Teke begegnet waren, vorübergehend verdrängt. Sie war wieder ihre Mutter, und das war alles, was sie je hatte sein wollen.

J. D. hatte darauf bestanden, Michael nach Hause zu bringen, was Teke sehr recht war: Michael sollte sehen, daß sein Vater auch weiterhin ein Teil seines Lebens sein würde, gleichgültig, wo er wohnte.

J. D. hatte vor, um zehn Uhr im Reha-Zentrum zu sein, Michael und einen Therapeuten abzuholen, der Michael an diesem ersten Tag betreuen würde, und um elf in Constance

einzutreffen. Teke hatte im Lauf der Woche fast alle Sachen von Michael nach Hause geschafft, so daß J. D. nur noch eine kleine Tasche würde tragen müssen.
Ab halb elf standen Jana und Leigh am Fenster. Um dreiviertel elf, als Teke sich zu ihnen gesellte, wurden sie allmählich ungeduldig.
»Dad muß sich verspätet haben«, meinte Leigh.
»Ausgeschlossen«, widersprach Teke spöttisch.
»Pünktlichkeit ist eine Tugend«, verteidigte Jana ihren Vater.
Leigh malte sich ein anderes Problem aus. »Vielleicht haben sie es sich überlegt und lassen Michael doch nicht raus.«
Jana schaute sie tadelnd an. »Du klingst ja, als sei er im Gefängnis. Er ist doch nicht eingesperrt. Sie haben gar nicht das Recht, es sich zu überlegen.«
»Vielleicht ist er gestürzt«, fabulierte Leigh weiter. »Vielleicht hat er sich verletzt.«
Tekes Gedanken gingen in dieselbe Richtung, doch sie zwang sich zu Gelassenheit. »Dann hätten sie angerufen.«
»Vielleicht mag er nicht im Erdgeschoß schlafen«, überlegte Jana. »Weiß er schon davon?«
»Er weiß alles«, beruhigte Teke sie, dafür hatte sie gesorgt. Sie hatte mit Michael, seinem Therapeuten und dem Sozialarbeiter des Reha-Zentrums alle Einzelheiten durchgesprochen. Auf diese Weise könnte er, wenn ihm irgendwelche Arrangements nicht zusagten, ebensogut den Therapeuten oder den Sozialarbeiter dafür verantwortlich machen wie Teke. Er machte sie schon für genug verantwortlich. »Er weiß, daß wir das Arbeitszimmer zu einem Schlafzimmer umfunktioniert haben. Er weiß, daß wir das Sonnenzimmer in einen Trainingsraum umgewandelt haben. Er weiß, daß jeden Vormittag ein Therapeut kommen wird und jeden Nachmittag ein Privatlehrer. Er weiß, daß er dreimal in der Woche den Pool des Fitneßklubs benutzen wird.«
»Wann darf er denn wieder in die Schule?« wollte Jana wissen.
»Wenn er gut genug laufen kann, um die Treppen bewältigen zu können. Meiner Kenntnis nach im März.«

»So spät erst?«

Teke dachte gerade, daß alles relativ war – daß der Gedanke, daß Michael fünf Monate Schule versäumte, nichts war im Vergleich dazu, daß er querschnittsgelähmt oder noch schlimmer dran sein könnte, als Jana nach Luft schnappte. »Da sind sie!« Sie stürmte Seite an Seite mit Jana aus dem Haus.

Teke folgte ihnen, allerdings etwas langsamer. Ihr Herz hämmerte vor Aufregung – und mehr. Es war ein emotionsgeladener Augenblick.

Jana und Leigh drängten sich um Michael, während er seine Krücken hinstellte und sich hochstemmte. Dann traten sie sichtlich nervös zur Seite, als er unsicher die ersten Schritte machte. Auf der einen Seite ging J. D. neben ihm her, auf der anderen der Therapeut. Jeder Schritt war ein aufwendiges Unterfangen, das aus der Positionierung der Krücken, der Gewichtsverlagerung und dem ruckartigen Schwung der Beine bestand. Teke kannte die Prozedur – sie war Stunden über Stunden dabei gewesen, während der Therapeut ihn entsprechend trainierte, doch jetzt sah sie etwas, das vorher nicht dagewesen war: Michaels Gesicht war ein Bild der Entschlossenheit.

Teke war stolz auf ihn. Sie war aufgeregt und nervös. Sie war von großer Hoffnung und Liebe erfüllt und gleichzeitig von nicht geringem Kummer, weil ihr Baby nicht wie früher den Weg heraufgerannt kam. Aber er war wieder zu Hause, und dafür war sie so dankbar und voller Glück, daß ihre Kehle eng wurde und ihre Augen sich trübten. Sie lächelte, lächelte immer strahlender, je näher er kam. Ihre Lippen zitterten. Sie wischte sich die Tränen aus den Augenwinkeln. Und dann schaute er zu ihr auf und schenkte ihr sein berühmtes Grinsen, und sie gab den Kampf auf. Unter Tränen lachend schlang sie die Arme um ihn. »Du bist wunderbar, Mikey«, sagte sie, und in diesem langen, glücklichen, stolzen Moment war die Welt in Ordnung. Vielleicht würde Michael sich morgen an das erinnern, was sie getan hatte, und sie dafür hassen, aber heute war er ihr kleiner Junge, der nach Hause kam.

Sorge. Ehebruch. Schmerz. Annie studierte die Worte, die sie auf den Deckel ihres Notizbuches gekritzelt hatte. Eine Frau brauchte Kraft, um diese drei Dinge zu überwinden, und sie war nicht sicher, daß sie über genügend Kraft verfügte.

Sie konnte jeden nur erdenklichen Grund dafür finden, daß Jon Sam verzeihen sollte und daß Michael – und sogar J. D. – Teke verzeihen sollten, aber wenn es für sie darum ging, Sam zu verzeihen, lagen die Dinge nicht so klar. Der Schmerz, den er ihr zugefügt hatte, war ebenso intensiv wie ihre Gefühle für ihn. Es war ihr nicht möglich, objektiv zu sein, und sie war nicht in Bestform. Unterschiedliche Empfindungen zerrten sie in verschiedene Richtungen und an ihren Nerven, schwächten sie so, daß sie sich manchmal nichts mehr wünschte, als nachzugeben, zu vergessen und den alten Zustand wiederherzustellen. Dann malte sie sich aus, wieder glücklich zu sein und wieder lächeln zu können, bis ein ungebetenes Bild von Teke, Vicky Cornell oder einer gesichtslosen Klientin vor ihrem geistigen Auge erschien, die Sam vielleicht in Versuchung führen könnte, und das Lächeln erlosch.

Frustriert ließ sie den Kugelschreiber fallen, nahm ihre Bücher und machte sich auf den Weg zum Unterricht, der sie einen Flur hinunter und über eine Treppe führte, und auf dem sie an die bevorstehende Diskussion des Tages dachte. Sie würde sich um die Rolle der Gegenpole in Jane Austens Werk drehen – in »Emma« um Emma als die Stimme der Phantasie und Mr. Knightley als die der nüchternen Vernunft; in »Stolz und Vorurteil« um Mary Bennet als die Rationale und ihre Schwester Lydia als die Emotionale.

Was für eine Ironie, dachte Annie, Gegenpole, der Schwung des Pendels, die Frustration gegensätzlicher Ansichten. Sie beneidete Jane Austen, hätte alles dafür gegeben, die Ereignisse der letzten zwei Monate in ein dichterisches Werk umwandeln zu können. Und dann würde sie es durch den erstbesten Reißwolf jagen.

Sie verlangsamte ihr Tempo. In einiger Entfernung unterhielt sich Jason Faust mit anderen Studenten, die auf den Unterricht warteten. Obwohl ihre Schuldgefühle noch immer bestanden, war ihr jede Begegnung mit ihm weniger peinlich als die vorangegangene. Sie fragte sich, ob es ihm gutging.

Die Studenten begrüßten sie und drängten dann ins Klassenzimmer. Annie hielt Jason auf. »Darf ich Sie kurz was fragen?«

Als die anderen außer Hörweite waren, sagte sie: »Sie sind blaß. Schon eine ganze Weile. Ist alles okay mit Ihnen?«

»Wir haben November«, erwiderte er mit einem schiefen Grinsen. »Auch *meine* Sonnenbräune hält nicht ewig.«

»Ich meine es ernst. Fühlen Sie sich gut?«

»Ich bin liebeskrank.«

Sie weigerte sich zu erröten. »Sind Sie nicht. Ich bin nicht Ihr Typ, und das wissen Sie. Fehlt Ihnen wirklich nichts?«

»Wirklich nicht«, antwortete er, doch er sah plötzlich sorgenvoll aus. »Können wir nach dem Unterricht mal reden?«

Annie hatte eine lange Liste mit Terminen, doch sie schuldete Jason die Zeit. Nach dem, was vorgefallen war, fühlte sie sich irgendwie verantwortlich für ihn. »Natürlich. Ich habe nicht zu Mittag gegessen. Gehen wir doch in die Mensa.«

Er nickte und öffnete ihr die Klassenzimmertür, setzte sich ganz hinten hin und wirkte geistesabwesend.

Nach dem Unterricht hatten einige Studenten Fragen an Annie. Sie beantwortete sie und gesellte sich dann zu Jason. Sie gingen durch die bevölkerten Korridore und dann nach nebenan in die Mensa der Fakultät. Kurze Zeit später saßen sie an einem Tisch – Annie mit einem Teller Eintopf und Tee, Jason mit einem Glas Milch.

Jason schaute sich um. »Schön hier«, meinte er dann.

»Waren Sie noch nie hier?«

»Doch, aber es ist immer wieder eindrucksvoll.«

»Na, was gibt es?« Sie begann zu essen.

»Das erste, worüber ich mit Ihnen sprechen wollte, ist das nächste Jahr. Ich möchte wirklich als Lehrer arbeiten. Ich brauche das Geld.«

Ihre Skepsis erwachte. »Ich dachte, Geld sei für Sie kein Thema.«

»War es auch nie.« Er drehte das Glas Milch zwischen seinen Händen hin und her. »Mein Vater hat gerade Konkurs angemeldet.«
»Oh.«
»Sie sagen es. Und er hat nicht etwa seinen Bankrott erklärt, weil das Geschäft nicht mehr ging und er sich gegen seine Gläubiger schützen wollte. Es gibt ernsthafte gesetzliche Probleme. Wie es aussieht, wird er wegen Immobilienbetrugs vor Gericht kommen. Es ist, als hätte man uns den Teppich unter den Füßen weggezogen.«
Verblüfft sagte sie: »Aber ich dachte ...«
»Das wir in Geld schwimmen?« Er schnitt eine Grimasse. »Das glauben die meisten Leute. Image, verstehen Sie. Aber es ist nicht so. Vielleicht war es vor ein paar Generationen so, aber das Vermögen hat sich in Wohlgefallen aufgelöst. Mein Vater hatte einen ordentlichen Batzen Startkapital, und er vergrößerte es, als die Immobilien boomten. Doch dann war der Boom plötzlich zu Ende, und er wurde waghalsig. Und jetzt ist alles, was er besitzt, entweder für die Dauer der Regierungsuntersuchung eingefroren worden oder für Anwalts- und Prozeßkosten reserviert.«
Annie konnte sich vorstellen, wie traumatisch diese Entwicklung sich auswirkte. »Das tut mir leid, Jason. Diese Situation muß für Ihre ganze Familie schwierig sein. Wie lange wissen Sie schon davon?«
»Erst ein paar Wochen. Er hat auch versucht, sein Image aufrechtzuerhalten.«
»Es tut mir leid.«
»Nicht mehr als mir«, erwiderte Jason mit einer weiteren Grimasse. »Aus heiterem Himmel bin ich plötzlich auf mich allein gestellt. Er sagt, er habe mich lange genug finanziert, er werde mir monatlich einen kleinen Zuschuß zahlen, aber den Rest müsse ich mir selbst verdienen.«
»Das Lehramt wird kein Problem sein«, versicherte Annie ihm. »Als Hilfslehrer sind Sie ohnehin für die Ausbildung qualifiziert, und dafür bekommen Sie ein Stipendium.«

»Das genügt mir nicht, ich will unbedingt diesen Lehrerposten. Wie stehen meine Chancen?«
Sie wünschte, sie hätte ihm etwas Ermutigenderes antworten können. »Etwa so wie beim letzten Mal, als Sie auf dieses Thema kamen. Wenn Sie Ihren Abschluß bis Juni schaffen würden, könnte es vielleicht klappen. Honneman wird sich nach jemandem mit einem akademischen Grad umsehen.«
»Meinen Sie, ich kann das?«
»Bis Juni fertigwerden? Wenn Sie es wollen, sicher. Was ist Willen schließlich anderes als Glaube und Hartnäckigkeit?«
Jason runzelte die Stirn. »Emerson?«
»Aldous Huxley.«
Er stieß einen Grunzlaut aus und trank einen großen Schluck Milch. Als er das Glas abstellte, fragte er: »Glauben Sie, daß ich mich zum Lehrer eigne?«
»Sie sind mein bestes Pferd im Hilfslehrerstall.«
Sein Blick wurde direkter, seine Stimme leiser. »Das ist doch wenigstens ein kleiner Trost.«
»Jason ...« Sie seufzte.
»Tut mir leid, ich konnte nicht widerstehen. Es war ein schwerer Schlag für mein Ego.«
Ebenfalls die Stimme senkend erwiderte sie: »Um die Wahrheit zu sagen: für meines auch.«
»Warum denn das? Sie sind doch Spitze.«
Ihre Wangen färbten sich rot. »Nicht Spitze, vierzig Jahre alt und verheiratet. Ich dachte, ich sei darüber hinaus, so etwas zu tun.«
»Sie haben doch gar nichts getan.«
»Das spielt keine Rolle, der Vorfall zeigte mir, daß ich fehlbar bin.«
»Sie waren unglücklich. Geht's zu Hause wieder besser?«
Da sie nicht die Absicht hatte, ihre Eheprobleme mit Jason zu erörtern, erwiderte sie sanft: »Besser als bei Ihnen daheim. Es tut mir schrecklich leid, was da passiert ist. Kein Wunder, daß Sie so blaß sind.«
Er räusperte sich. »Das ist der zweite Punkt, über den ich mit

Ihnen reden wollte. Sie hatten recht, es geht mir tatsächlich nicht besonders. Ich dachte, Sie könnten mir vielleicht einen Arzt nennen.«

»Was ist denn los?« Plötzlich fühlte sie sich als Mutter und diese Rolle zog sie der als Jasons Geliebte entschieden vor.

»Ich bin immer müde. Schlapp. So was alles.«

»Vielleicht sind Sie blutarm.«

»Glaub ich nicht.«

»Waren Sie schon auf der Campus-Krankenstation?«

»Bei McDiagnose? Nein, danke.«

Wenn die Situation sie nicht mit Besorgnis erfüllt hätte, hätte sie über diesen Spitznamen gelacht. Ob ihr Mutterinstinkt sie dazu veranlaßte oder die Schuldgefühle wegen vergangener Sünden oder die Sorge um einen brillanten jungen Mann – jedenfalls wollte sie ihm helfen, so gut sie konnte. »Ich kenne in Boston einen Internisten. Mein Mann und ich gehen beide zu ihm. Ich bin sicher, er wird Sie untersuchen.« Sie nahm einen Kugelschreiber und Papier aus ihrer Handtasche. »Berufen Sie sich auf mich. Wenn sie Sie dann noch immer abwimmeln wollen, geben Sie sich als mein Cousin aus. Und wenn dann noch immer nichts geht, rufen Sie mich an und ich rufe dann dort an.« Sie hielt ihm den Zettel hin, auf dem sie den Namen des Arztes und die Telefonnummer notiert hatte. »Und was den Lehrerposten betrifft – versuchen Sie Ihre Kurse im Frühjahr abzuschließen.«

»Werden Sie als meine Tutorin fungieren?«

»Das wissen Sie doch.«

»Ich war nicht sicher, wegen unserer Beziehung.«

Sie errötete erneut. »Unsere Beziehung ist rein beruflich.«

»Richtig.«

Wieder ruhiger, fügte sie hinzu: »Mehr kann sie nie sein, Jason.«

»Schon kapiert«, sagte er und leerte sein Glas in einem Zug.

Beschränke dich ausschließlich auf die Sachthemen, beschwor Sam sich, doch das war leichter gesagt als getan. Die allwöchent-

lichen Partner-Konferenzen bei »Maxwell, Roper und Dine« hatten sich seit Sams Zusammenstoß mit John Stewart zu spannungsgeladenen Folterstunden gewandelt. Feindseligkeit schlug ihm entgegen, manchmal mehr und manchmal weniger, doch es lag immer eine gewisse Gereiztheit in der Luft, die die Kontaktaufnahme zu seinen Kollegen, in welcher Angelegenheit auch immer, zu einem wahren Eiertanz machte.
Heute ging es – auf Sams Bitte hin – um die Abtretung von Assistenten an Partner. Nachdem er geduldig die übliche Analyse neuer Klienten, neuer Regelungen und Abrechnungsmodalitäten überstanden hatte, meldete er sich zu Wort. Er lehnte sich in seinem Stuhl zurück und ließ den Blick von einem der vier Männer, die weit voneinander entfernt an dem langen Konferenztisch saßen, zum anderen wandern.
»Ich habe seit kurzem mit Problemen zu kämpfen«, begann er. »Es sind Assistenten zu anderen Partnern abgezogen worden, obwohl sie mitten in einer Arbeit für mich steckten. Bücher, die ich mir aus der Bibliothek holen wollte, sind auf geheimnisvolle Weise verschwunden. Meinen Klienten werden wichtige Unterlagen verspätet zugestellt. Meine Sekretärin ist ausgeborgt worden und demzufolge beschäftigt, wenn ich sie brauche. Ich denke, wir sollten über die Führung der Kanzlei sprechen.«
»John Stewart ist der geschäftsführende Partner«, sagte Martin Cox unnötigerweise. »Und das schon seit zwanzig Jahren. Ich hatte noch nie Probleme.«
»Sicher nicht«, bemerkte Sam. Martin und John Stewart waren befreundet. »Aber nur, weil etwas seit zwanzig Jahren auf eine bestimmte Weise gemacht worden ist, muß es nicht auch weiterhin auf diese Weise gemacht werden. Die gegenwärtige Geschäftsführung funktioniert meiner Ansicht nach nicht. Vielleicht sollten wir uns als geschäftsführende Partner abwechseln, oder einen Geschäftsführer engagieren, oder zusätzliche Sekretärinnen, oder eine Bibliothekarin.«
Martin runzelte die Stirn. »Zusätzliche Arbeitskräfte kosten Geld, die Ausgabe ist unnötig.«

»Aber es muß etwas geschehen«, insistierte Sam. »Ich bekomme nicht die nötige Unterstützung, und das wirkt sich negativ auf meine Klienten aus. Wenn ich unter Verfolgungswahn litte«, er richtete seinen Blick auf John Stewart, »würde ich sagen, daß jemand versucht, mich zu sabotieren.«

»Ist das eine Anschuldigung?« fragte John Stewart spöttisch.

Beschränke dich auf das Professionelle, beschwor Sam sich erneut, obwohl er innerlich kochte. »Es ist nur eine Anschuldigung, weil die Drohung ausgesprochen wurde.« Er hatte nicht vorgehabt, die ganze Sache zu offenbaren, doch das hochmütige Grinsen auf John Stewarts Gesicht reizte ihn dazu. Sich an die anderen Partner wendend, sagte er: »John Stewart hat mir erklärt, daß ich mit so etwas zu rechnen hätte, wenn ich auf meiner Partnerschaft bestünde.«

J. D. schaute seinen Vater scharf an, doch es war Sams Strafrechtskollege, Will Henry, der fragte: »Stimmt das, John Stewart?«

John Stewart zuckte mit den Mundwinkeln. »Im Licht der jüngsten Vorkommnisse gesehen, glaube ich nicht, daß Sam die moralische Voraussetzung mitbringt, um dieser Firma weiterhin als Partner anzugehören.«

»Moralische Voraussetzung?« echote Sam in einem Ton, der besagte, daß er über Mary McGonigle Bescheid wisse.

»Moralische Voraussetzung«, wiederholte John Stewart, doch sein Grinsen war etwas Gemeinerem gewichen.

»Das ist *eine* Meinung«, wagte J. D. einzuwerfen.

»Es ist mehr als *eine* Meinung – es ist die Meinung der halben Juristengilde von Boston. Die Leute reden.«

Sam beugte sich vor. »Schwachsinn, im Augenblick ist die Juristengilde regelrecht hingerissen von mir. Wenn über mein Privatleben geredet wird, dann stammen die Informationen aus Ihrem Munde, und Sie haben sie einigen wenigen speichelleckenden Busenfreunden zugeflüstert, die Ihnen Ihren selbstgerechten Blödsinn abkaufen.«

»Ahhh«, dehnte John Stewart. »Jetzt haben Sie die Glacéhand-

schuhe ausgezogen. Ich hatte mich schon gefragt, wann das passieren würde. Abschaum wird immer wieder rückfällig.«
»Ja, verdammt, richtig, die Glacéhandschuhe sind weg.« Sam stand auf. Er hatte John Stewarts Spielchen satt. »Sie wollen eine Abstimmung? Dann lassen Sie uns abstimmen. Lassen Sie uns sehen, ob Sie die Mehrheit zusammenkriegen, die Sie brauchen, um mich auszubooten.«
Bevor John Stewart reagieren konnte, war auch J. D. auf den Füßen. »Tut mir leid«, sagte er mit einem Blick auf seine Uhr. »Heute keine Abstimmung. Ich komme sonst zu spät zu einer Besprechung.«
»Setz dich wieder hin, John David«, befahl John Stewart, doch sein Sohn verließ den Raum, ohne auch nur einen Blick zurückzuwerfen.
»Da haben Sie Ihre Antwort«, hielt Sam John Stewart vor. »Er wird nicht gegen Sie stimmen, und er wird nicht gegen mich stimmen.«
»Oh, er wird seine Stimme schon abgeben«, sagte John Stewart. »Ich versichere es Ihnen, er wird seine Stimme abgeben.«
»Na fein.« Sam ging zur Tür, drehte sich dort noch einmal um. »Aber bis dahin halten Sie sich aus meiner Arbeit raus, John Stewart. Wenn ich weiterhin gegen Mauern renne, werde ich klagen. Wie wäre denn *das* für das Image Ihrer Firma?«
Er stolzierte hinaus und den Flur hinunter zu seinem Büro, wo er sich auf seinen Schreibtischstuhl sinken ließ und in dumpfes Brüten verfiel. Es war ein gewisser Trost, daß J. D. nicht hatte gegen ihn stimmen wollen, doch der Trost war nicht ausreichend. Er hatte sich halb gewünscht, daß die Abstimmung erfolgen würde, denn er hing in der Luft. Wie es schien, war das in letzter Zeit in vielerlei Hinsicht der Fall.
Seid Blick fiel auf die Zeitung, die zusammengefaltet auf einer Ecke seines Schreibtischs lag. Er nahm sie auf und las noch einmal den Nachruf, den er schon früher an diesem Tag gesehen hatte. Es war ein glühender Artikel über einen bekannten und geachteten Mann, der Richter am Obersten Gerichtshof gewe-

sen war. Sein Tod hatte eine Lücke geschaffen, die schwer zu schließen sein würde, auch wenn sich die Anwärter scharenweise darum bemühten. Sam vermutete, daß Männer und Frauen bereits hektisch herumtelefonierten, ihre Chancen abschätzten und Bewerbungen einreichten.
Wäre Sam zehn Jahre älter gewesen, hätte er sich vielleicht auch darum beworben. Er und Annie hatten oft darüber gesprochen, wie ideal ein Richterposten wäre, wenn er in den Fünfzigern wäre und dem Streß einer Anwaltspraxis entfliehen wollte. Nicht, daß der Gouverneur sich an seiner Jugend gestoßen hätte. Gouverneure liebten es, Gerichten ihren Stempel aufzudrücken, und je länger ihre Günstlinge dort verblieben, um so besser. Aber Sam war erst einundvierzig, machte Karriere, hatte noch nicht die innere Einstellung, Richter zu werden.
Zu schade, es wäre vielleicht perfekt gewesen. Ein andermal.
Wäre er zehn Jahre älter gewesen, hätte er sich um den Posten beworben und ihn bekommen, und John Stewart Maxwell mit fester Stimme gesagt, er solle sich ins Knie ficken.

Grady fluchte über die rutschige, feste Schneeschicht auf der Straße. In der letzten Nacht hatte ein Zehn-Zentimeter-Schneefall Constance kalt erwischt. Bisher hatten sich kaum Schneepflüge sehen lassen, und das Fahren war riskant.
Als er das letzte Mal Tekes Straße hinuntergefahren war, war ihm Michael in den Truck gelaufen. Diesmal kroch er förmlich dahin. Der Schnee knirschte unter den Reifen, als er in die Zufahrt einbog. Er stieg aus und blieb eine Weile stehen, um den unverfälschten Anblick zu bewundern, der sich ihm bot.
An den wenigen Tagen, die Schnee lag, war auch Gullen schön, aber es war eine andere Schönheit, eine primitivere. Diese hier war so gepflegt und vornehm wie die Bürger von Constance. Der Schnee bedeckte die Äste der Tannen wie weißer Nerz. Jedenfalls kam es Grady, der sich völlig fehl am Platze fühlte, so vor. Dies war Tekes Heim, dies war der Ort, wo sie ihre Kleider

in den Schrank hängte, ihre Kinder aufzog und mit ihrem Mann schlief. Okay, der Mann war weg, aber das Haus gehörte noch immer ihr. Schon von außen sah Grady, daß es ein himmelweiter Unterschied zu dem war, das er ihr hätte kaufen können. Alles hier deutete auf die ungeheuren Unterschiede zwischen ihnen hin.

Aber er wollte Michael sehen. Und – Unterschiede hin, Unterschiede her – er wollte Teke sehen.

Das Geräusch einer Schaufel lockte ihn zur Rückseite des Hauses. Dem rhythmischen Schaben folgend, trottete er durch den Schnee um die Garage herum.

Teke war an der Hintertür dabei, die Stufen vom Schnee zu befreien. Die Luft war belebend, die körperliche Anstrengung tat ihr gut. In letzter Zeit hatte sie zuviel Zeit in geschlossenen Räumen verbracht. Sie war Mutter Natur dankbar dafür, daß sie sie herausgeholt hatte.

Gradys Auftauchen überraschte sie nicht. Es war fünf Tage her, daß sie sich zuletzt gesehen hatten – im Rehabilitationszentrum, und da hatte er nichts von Wiederkommen gesagt, doch sie hatte gewußt, daß er es tun würde. Er schien entschlossen zu sein, den Kontakt aufrechtzuerhalten, und sie brachte es nicht über sich, ihm zu sagen, er solle verschwinden.

Zu ihrem Kummer und zu ihrer Freude sah er in seiner karierten Jacke und den derben Stiefeln wie ein waschechter Holzfäller aus. Er trat auf sie zu und nahm ihr die Schaufel aus der Hand. »Die Arbeit ist doch viel zu schwer für dich.«

»Ach nein.« Sie streckte ihren Rücken und ließ ihren Blick überall umherwandern – nur nicht zu ihm. »Es ist ein wunderschöner Tag: blauer Himmel, weißer Schnee, warmer Sonnenschein ...« Ihr Atem bildete weiße Wolken. »Ich brauche die frische Luft.«

Ihr Parka war leuchtend pinkfarben, oberschenkellang und ein ausländisches Fabrikat. Sie trug eine dazu passende Wollmütze und Fäustlinge, und zwischen ihren kniehohen Pelzstiefeln und

dem Saum des Anoraks war ein Stück ihrer limonengrünen Leggins zu sehen.
»Wie macht sich dein Sohn?« fragte Grady.
Sie deutete mit dem Kinn in Richtung des Sonnenzimmers, wo Michael mit seinem Therapeuten arbeitete. Grady winkte ihm zu. Dann bedeutete er ihm mit einer Geste, herauszukommen und beim Schneeschippen zu helfen, woraufhin Michael mit einem heftigen Nicken reagierte. Sein Therapeut sagte etwas zu ihm, und Michael schnitt eine komische Grimasse.
Grady lachte glucksend. »Ein Klasseburschee.« Er fing an zu schippen.
»Zu Hause zu sein, ist immer noch neu für ihn«, sagte Teke. »Seine Freunde kommen jeden Nachmittag vorbei, und das genießt er – bis die Sprache auf Basketball kommt.«
»Wie wirkt die Therapie?«
»So lala. Die Fortschritte gehen in Etappen vor sich – zwei Schritte vor und einen zurück.« Sie wischte mit ihrem Handschuh den Schnee von einer Bank, setzte sich, hob ihr Gesicht der Sonne entgegen und sog die Strahlen gierig in sich hinein.
Das Geräusch von Gradys Schaufel verstummte und wurde von seiner verträumten Stimme abgelöst. »Du siehst so hübsch aus. Du könntest genausogut achtzehn Jahre alt sein sein, wie du da mit geröteten Wangen und roter Nasenspitze sitzt. Ich schwöre es dir, Teke du bist noch genauso hübsch, wie ich dich all die Jahre in Erinnerung hatte.«
Sie hielt ihr Gesicht weiter in die Sonne. »Sag nicht solche Sachen.«
»Es ist die Wahrheit.«
Aber es läßt mich um das trauern, was wir verloren haben, dachte sie. Nach einer Pause fragte sie in beiläufigem Ton: »Hast du viel an mich gedacht?«
»Die ganze Zeit.«
»Hast du je mit dem Gedanken gespielt, mir zu schreiben?«
»Ich habe dir geschrieben, aber ich konnte die Briefe nicht abschicken. Es wäre nicht fair gewesen.«

Sie setzte sich gerade hin und schaute ihn an. »Jetzt bist du auch nicht fair.« Als er ihren Blick mit sichtlichem Unbehagen erwiderte, fügte sie hinzu: »Hierherzukommen und nett zu Michael und mir zu sein, ist nicht fair. Du hattest deine Chance bei mir, aber du hast sie nicht genutzt. Jetzt können unsere Gefühle nirgendwo mehr hinführen.«

»Niemand sagt, daß sie das sollen.«

»Aber sie taten es immer. Von Anfang an. Sie waren stark.«

»Ist das nicht gut?«

»Jetzt nicht mehr. Jetzt bringen sie mich dazu, davon zu träumen, was hätte sein können, aber was hätte sein können, kann nicht sein. Ich habe drei Kinder, und meine Ehe wackelt. Ich halte mich nur noch mühsam aufrecht, und ich habe den Verdacht, daß dies erst der Anfang ist. Ich muß Michael wieder auf die Beine bringen, ich muß das Vertrauen der Mädchen zurückgewinnen, ich muß irgendwie mit J. D. zurechtkommen, ich muß mit Sam und Annie zurechtkommen und damit, wie unsere Familien in Zukunft miteinander umgehen werden. Es hat sich in so kurzer Zeit so vieles verändert. Ich habe einfach nicht die Kraft, mich auch noch mit der intensiven Beziehung zu befassen, die wir einmal hatten.«

Er schaute sie eine Weile schweigend an und nahm dann seine Arbeit wieder auf.

Sie mußte es ihm verständlich machen. »Ich habe immer wieder daran gedacht, was Sam und ich getan haben, und mich gefragt, wie es geschehen konnte, wie dein Brief mich so aus der Bahn werfen konnte. Wir hatten uns zweiundzwanzig Jahre lang weder gesehen noch gesprochen, und ich hatte in dieser Zeit ein wirklich gutes Leben. Warum also fühlte ich mich plötzlich so schrecklich verunsichert?«

Grady trieb das Schaufelblatt in den Schnee, hob es an und warf die Ladung Schnee zur Seite, unermüdlich wie ein Roboter.

»Ich war verunsichert«, fuhr Teke fort, »weil ich tief in meinem Innern wußte, daß meine Ehe nicht glücklich war. Ich hatte es mir nie eingestanden – ich hatte es nicht gekonnt –, aber sie war

nicht glücklich, Grady. J. D. ist nett und sieht gut aus, er ist erfolgreich und ich verdanke ihm drei der wundervollsten Kinder, die eine Frau sich wünschen kann, aber ich war mehr seine Mutter als seine Geliebte. Ich trage seinen Bedürfnissen Rechnung wie denen der Kinder: Ich sorge dafür, daß er saubere Sachen zum Anziehen hat und abends eine warme Mahlzeit, ich mache morgens sein Bett und schlage abends die Decke zurück, ich sortiere seine Socken nach Farben, wie er es gern hat.«
Wogegen sich durchaus nichts sagen ließ, doch da war noch die demütigende Wahrheit. Sie zwang sich, sie auszusprechen. »Aber bin ich das Objekt für seine Leidenschaft? Nein. Das war ich nie.«
Grady arbeitete mit maschinengleicher Präzision, und der monotone Rhythmus seiner Bewegungen besänftigte Teke, erlaubte es ihr, weiterzusprechen. »Ich wußte es von Anfang an. Vielleicht ging es ihm ebenso, vielleicht hatte auch er eine Liste von Prioritäten. Es gab genug, das er an mir schätzte, daß er ohne die Leidenschaft leben konnte. Und mir ging es umgekehrt ebenso. Doch als dein Brief kam, wurde mir plötzlich klar, was in meiner Ehe fehlte – weil *du* genau das zu bieten hattest. Und deshalb verunsicherten deine Zeilen mich so.« Sie verfiel in Schweigen, brach es jedoch einen Moment später wieder. »Hörst du mir zu, Grady? Hast du gehört, was ich gesagt habe?«
Er trieb ein letztes Mal das Schaufelblatt in den Schnee, hob es hoch und warf die Ladung Schnee zur Seite. Dann richtete er sich auf, den Kopf zurück und füllte seine Lungen mit Luft. Und dann wandte er sich ihr zu.
»Ich erzähle dir das alles«, sagte sie, und ihre Stimme war plötzlich höher, »weil ich nicht weiß, was ich tun soll.« Ihre behandschuhten Hände umklammerten den Rand der Bank. Sie war hin und her gerissen zwischen dem Wunsch, ihn dazubehalten und wegzuschicken. »Als ich erfuhr, daß Michael heimkommen würde, dachte ich, du würdest dich zurückziehen, und ich war erleichtert, weil ich deine Besuche zu sehr genossen hatte.

Aber die fünf Tage, die wir uns jetzt nicht gesehen haben«, sie legte ihre Seele bloß und konnte nicht aufhören, »waren die Hölle. Dich zu sehen, ist der Höhepunkt des Tages für mich, und das macht mich unsäglich wütend. Ich habe mir mein eigenes Leben aufgebaut, nachdem du mich verstoßen hattest. Ich hatte dich in die Vergangenheit verbannt. Aber jetzt bist du wieder da und quälst mich mitten in der Nacht.« Entsetzt über ihr Geständnis brach sie ab, doch der Schaden war angerichtet, und das erzürnte sie noch mehr. »Verdammt noch mal, du hattest kein Recht, mich dazu zu bringen, dich wiederhaben zu wollen.«

Grady stieß ein tiefes Stöhnen aus. Er rammte die Schaufel in eine Schneewehe und trat von dem freigeschippten Weg in den Schnee, der im Garten lag.

»Grady!« rief sie. Er durfte sie nicht verlassen. Nicht ein zweites Mal. Nicht, nachdem er es gewesen war, der zurückgekommen war.

Sie lief ihm nach, folgte der Spur, die seine Stiefel hinterlassen hatten, durch den Garten und in das Wäldchen hinaus. Als sie ihn einholte, stand er mit dem Rücken zu ihr und gesenktem Kopf, die Hand an den Stamm gestützt, unter der höchsten und ausladendsten Tanne.

Sie trat auf ihn zu. »*Kein Recht*, Grady.«

Er drehte sich um, zog sie an sich und küßte sie, ehe sie noch etwas sagen konnte. Nicht, daß sie das gewollt hätte. Bei seiner ersten Berührung verpuffte ihr Zorn. Jetzt bekam ihre leidenschaftliche Seite die Oberhand, die in der Nacht aufwachte und sich so nach ihm sehnte, daß es schmerzte.

Er drängte seine Zunge zwischen ihre Lippen, und zum ersten Mal nach zweiundzwanzig langen Jahren bekam Teke das, was ihr gefehlt hatte. Es war ein Erlebnis, das ihr den Atem raubte, ihren Verstand vernebelte und ihr das Gefühl gab, daß ihre Knochen schmolzen. Grady schmeckte am Anfang wunderbar und dann immer besser, tiefer, nasser, heißer, bis Tekes Verlangen übermächtig wurde.

Grady schien es ebenso zu gehen. Er zitterte am ganzen Körper. Schließlich löste er seine Lippen von den ihren los und preßte sie an sich.

Sie vergrub ihr Gesicht in seinem Lammfellkragen und sog so gierig seinen Geruch ein, wie sie seinen Geschmack in sich aufgenommen hatte. Als er den Reißverschluß seiner Jacke öffnete, drückte sie ihr Gesicht an seine Kehle. Sie war erschrocken, wie vertraut er ihr war und wie sehr sie seine Nähe genoß, die ihr andererseits auch wieder neu war. Es kam ihr nicht in den Sinn, zu protestieren, als er ihr die Mütze vom Kopf schob und sein Gesicht in ihren Haaren vergrub. Das hatte er früher so oft getan, wenn sie miteinander im Bett gelegen hatten, und sie empfand die Geste heute als ebenso befriedigend wie damals.

»Dick und bauschig«, flüsterte er heiser. »Ich habe es so geliebt, darin einzuschlafen.« Er umfaßte ihr Gesicht mit den Händen und küßte ihre Augen und ihren Nasenrücken, streifte mit den Lippen ihre Wange, saugte an ihrer Unterlippe und dann an ihrer Oberlippe und dann an beiden, als könne er nicht genug bekommen.

Auch Teke konnte nicht genug bekommen. Als er ihr Gesicht schließlich wieder an seinen Hals drückte, ging ihr Atem stoßweise, doch die Leidenschaft war nur teilweise daran schuld. Sie hatte plötzlich Angst. Der Kampf in ihrem Innern wurde heftiger. »Das wollte ich nicht, Grady. O Grady ...«

»Erinnerst du dich daran, wie wir uns zum erstenmal küßten?« fragte er.

Wie hätte sie das je vergessen können? Es war ein Wendepunkt in ihrem Leben gewesen, die Einleitung zu etwas, das dazu bestimmt war, weit darüber hinauszugehen. »Es war in Hiller Malloys Boot. Ich half dir bei der Reparatur.«

»Ich wollte dich nicht küssen.«

»Du hast mich immer wieder angeschaut.«

»Ich habe dich jahrelang immer wieder angeschaut, und du wurdest immer größer und weiblicher, und mein Verlangen nach dir wuchs. Und damals warst du vierzehn, und ich dachte, ich würde sterben, wenn ich dich nicht küßte. Ich wußte, daß du noch niemand anderen geküßt hattest, und ich wollte der erste sein, dir quasi meinen Stempel aufdrücken, damit dich niemals ein anderer berühren würde. Aber ich fürchtete mich zu Tode, weil ich glaubte, daß ich es nicht beim Küssen belassen könnte.« Er griff in ihre Haare und strich sich damit übers Gesicht, atmete zittrig ein. »Alles, was du tatest, war unschuldig, aber du warst ein Naturtalent. Du gingst auf meine Wünsche ein, du warst gleichzeitig biegsam und stark.«

Sie stand so in seinem Bann, daß sie Mühe hatte, klar zu denken. »Ist das nicht ein Gegensatz?«

»Nein. Wenn ich Kanus baue, verhält sich das Zedernholz ebenso. Ich forme es nach meinem Wunsch und weiß, daß es auch den stärksten Stromschnellen standhalten wird.« Er strich mit begierigen Händen über ihren Rücken und zog sie wieder fester an sich. »Ich werde nie ein Kanu bauen können, ohne daran zu denken.«

Sie vergrub ihr Gesicht noch tiefer im Kragen seines Hemdes, wollte sich vor ihm verstecken. Darin lag ein Widerspruch, doch das störte sie nicht. Ihre Gedanken rasten. »Unsere Beziehung ist zu Ende. Du hast keinen Platz in meinem Leben. Was wir hier tun, ist der reine Wahnsinn.«

»Du löst dich nicht von mir.«

Das war ihr Dilemma in einem Satz. »Ich kann es nicht!« jammerte sie an seiner Brust, wo sein zweiter Hemdknopf aufgegangen war. Ihr Atem bewegte die Kraushaare, kühlte seine heiße Haut. Die Hitze, die von ihm ausging, sein köstlicher, männlicher Duft und das leichte Zittern seiner Glieder zeigten ihr, daß er ebenso erregt war wie sie.

»Stoß mich weg, Grady«, bat sie. »Es könnte uns jemand sehen.«

»Ich halte die Augen offen. Es kommt niemand.«

»Ich dürfte das nicht tun. Es wird etwas Schlimmes daraus erwachsen, das weiß ich, aber so wahr mir Gott helfe, ich kann nicht dagegen an.« Sie schlang die Arme um ihn und wiederholte: »Stoß mich weg.«

Er lächelte in ihre Haare hinein. »Ich stoße dich nicht weg, nicht, nachdem ich so lange darauf gewartet habe, dich in den Armen zu halten.«

Sie hob den Kopf und dachte, daß das Warten eine Ewigkeit gedauert hatte. Ihr Blick streichelte seine Züge, dann zog sie einen Handschuh aus und ließ ihre Hand dasselbe tun. »Das macht es nicht leichter. Bring mich nicht dazu, es zu tun, Grady«, bat sie, noch immer flüsternd. Ihre Hand war bei seinem Mund angekommen. »Du hast die Macht dazu. Wenn du es durchsetzen wolltest, würde ich auf der Stelle mit dir schlafen, aber es wäre falsch. Mein Leben ist völlig aus den Fugen geraten. Es gibt schon zu viele Komplikationen, ich kann nicht noch eine verkraften.«

»Ich will doch nur helfen.«

»Du willst Sex.« Seine Hände lagen jetzt auf ihrem Gesäß, und ihr Anorak wurde dadurch gerade weit genug hochgeschoben, daß Grady ihren Unterleib gegen seinen drücken konnte. Seine Erektion ließ sie schwindeln.

»Ja, ich will Sex«, gab er zu und fing ihre Lippen zu einem Kuß ein, der ihr verriet, wie sehr. Es war ein wilder, fast brutaler Kuß, und er schürte die Glut noch mehr. Ihr Mund war weit geöffnet, ihre Zunge ebenso intensiv an der Vereinigung beteiligt wie seine Lippen, seine Zähne und sein Atem.

Schließlich war er es, der sich von ihr löste. »Okay«, keuchte er, »ich höre auf. Ich habe so lange gewartet, da kann ich auch noch ein bißchen länger warten.«

»Du sollst nicht warten! Das versuche ich dir doch schon die ganze Zeit klarzumachen. Es wird nicht funktionieren! Ich *will* nicht, daß es funktioniert!«

»Ich werde warten.«

»Tu es nicht, Grady.«

Er brachte sie mit einem letzten Kuß zum Schweigen, einem weniger wilden, noch süßeren diesmal, dann glitt er mit seiner

Zunge an der ihren entlang und zog sich dann zurück. Sie versuchte gerade, sich davon zu erholen, als er ihr einen Kuß auf die Wange drückte, sie umdrehte und mit einem kleinen Schubs auf den Heimweg schickte.
Sie stolperte unter den Bäumen dahin und war verwirrter denn je.

Kapitel 14

Zu Thanksgiving war der Schnee weggetaut und hinterließ eine kalte und kahle Landschaft, die dringend des Ausgleichs durch die festliche Stimmung bedurfte, den der Feiertag üblicherweise mit sich brachte. Annie legte in diesem Jahr besonderen Wert darauf – als Kontrast zu der Unsicherheit, die ihr Leben derzeit beherrschte. Die Trennung von den Maxwells, Sams unklare Position in der Anwaltsfirma und Annies Ungewißheit, was ihre Beziehung zu Sam betraf, vergifteten die Atmosphäre, und Annie wollte, daß der wichtige Tag so schön wie möglich würde.

Sam war ein Schatz. Am Mittwoch abend kam er mit einem Strauß leuchtend gelber Rosen für sie nach Hause und einem Armvoll Leihkassetten aus der Videothek, einem halben Dutzend Hummer, frisch vom Boot, gekocht und servierbereit. Zoe und Jon waren von den Hummern begeistert. Annie war von den Rosen begeistert. Die Videofilme waren ein voller Erfolg – allerdings nicht in der Weise, wie Sam es sich gedacht hatte. Anstatt sich zu einem Familien-Video-Abend mit ihren Eltern ins Arbeitszimmer zu setzen, nahmen Zoe und Jon die Kassetten mit zu den Maxwells, um sie sich dort anzusehen. Einerseits litt Annie mit Sam, der sich so verzweifelt wünschte, daß seine Kinder ihm verziehen. Andererseits hätte sie an dem Familienabend sowieso nicht teilnehmen können, denn sie hatte zu viel für das Thanksgiving-Dinner vorzubereiten. Als sie ihm das erklärte, schob Sam seine Enttäuschung beiseite und wurde zu ihrem Schatten. Er hatte versprochen, ihr zu helfen, und das tat er.

Seine Hilfe erstreckte sich bis in den Thanksgiving-Morgen

hinein, als er zur gleichen Zeit aufstand wie sie. Sie wußte, daß er gerne noch liegengeblieben wäre, sie wußte, daß er gern mit ihr geschlafen hätte, doch sie war nicht bereit dazu. In der Nacht hatte die Sehnsucht nach ihm sie dazu getrieben, sich an ihn zu kuscheln, aber bei Tageslicht hielten sich hartnäckige Zweifel.
Trotzdem arbeiteten Sam und sie gut zusammen. Er trug den Zehn-Kilo-Truthahn vom Kühlschrank zum Spülbecken und wusch ihn unter fließendem Wasser, während sie die Füllung zubereitete. Dann hielt er ihr den Truthahn auf, während sie die warme Brot-Kastanien-Mischung hineinlöffelte. Er kochte eine Kanne Kaffee, während sie Käsebrötchen aus dem Tiefkühlschrank holte, sie in Scheiben schnitt und zum Auftauen auf die Arbeitsfläche legte. Er setzte zwei Platten in den Ausziehtisch ein und breitete ein festliches Tischtuch darauf. Als das getan war, legte sie ein Gedeck auf, und er übernahm die anderen zehn.
Annie lehnte am Türrahmen, nippte an ihrem Kaffee und sah ihm zu. Ihre Zweifel betrafen nicht nur Sam – sie betrafen ebenso sie selbst. »Meinst du, wir haben uns damit überfordert, daß wir Gäste eingeladen haben?« fragte sie. Sie hatten Sams neuen Assistenten und dessen Frau eingeladen und zwei Kollegenpaare aus Annies College. »Teke bewältigt zwanzig Personen mit links – ich bewältige kaum meine alltäglichen vier.«
Sam schaute sie liebevoll an. »Du bewältigst deine vier hervorragend.«
Sie schnitt eine Grimasse. »Mit Büchsensuppen und Fertiggerichten.«
»Beschwere ich mich etwa?«
»Ich bin nicht sicher, daß du das wagen würdest«, erwiderte sie trocken. »Du mußt dankbar sein, daß ich dich nicht vor die Tür gesetzt habe. J. D. quält sich mit einer selbstgewählten Einsamkeit ganz schön herum.«
Sam unterbrach seine Tätigkeit. »Ach. Das wußte ich nicht. Na ja, ich wäre wohl auch der letzte, dem er das anvertrauen würde. Und Teke.«
»Teke muß es aber ebenso wissen wie ich. Jana und Leigh haben

ihn letztes Wochenende in Boston besucht. Sie sagten, er sei leicht konfus gewesen, als er versuchte, Frühstück zu machen.«
»Warum ist er denn nicht mit ihnen frühstücken *gegangen?*«
»Er wollte etwas beweisen.« Annie konnte ihm das sehr gut nachfühlen – sie tat genau das gleiche. »Ich bedauere ihn. Er ist nicht darauf trainiert, für sich selbst zu sorgen. Schon deshalb bin ich froh, daß er den heutigen Tag mit Teke und den Kindern verbringt. Es ist zu schade, daß John Stewart und Lucy beschlossen haben, zu Freunden nach Florida zu fliegen.«
»Meinst du, ihre Anwesenheit wäre eine Hilfe gewesen?« fragte Sam.
Annie kannte die Antwort genausogut wie er. »Es wäre vielleicht nett für Michael gewesen.«
Sam legte ordentlich zwei Löffel rechts neben ein Messer. »Aber sie sind wütend auf Teke. Und wenn man die Anspannung, die sie ausgestrahlt hätten, zu der dazu zählt, die J. D. wahrscheinlich ausstrahlen wird, dann wäre Thanksgiving für die Kids zu einem Desaster geraten.«
Das konnte sie sich gut vorstellen. »Sie tun mir leid. Glaubst du, das Dinner wird gutgehen?«
Er zuckte zweifelnd die Schultern. »J. D. ist unglaublich unerbittlich. Teke hat einen Fehler gemacht, aber ist das ein Grund, gleich die ganze Ehe wegzuschmeißen? Ich nehme an, er macht eine Midlife-crisis durch. Ich habe ihn früher immer für relativ kopfgesteuert gehalten – jetzt bin ich dessen nicht mehr so sicher.«
»Doch, er ist ein rationaler Mensch«, sagte Annie. »Er ist nur zornig.«
»Aber indem er Teke straft, straft er die Kinder. Das ist doch nicht fair.«
»Immerhin hat er zugestimmt, den heutigen Tag bei ihnen zu Hause zu verbringen. Das ist ein Zugeständnis.« Sie wollte nicht schlecht von J. D. denken, denn er war auch *ihr* Freund. »Glaubst du, er sondiert das Terrain für eine Versöhnung?«
»Ich hoffe es. Wir hatten so viel Spaß miteinander – das fehlt

mir. Wenn ich zurückschaue – und damit verbringe ich sehr viel Zeit –, wird mir klar, daß J. D. eigentlich immer nur ein Mitläufer bei uns war, aber das machte nichts. Wir haben schöne Zeiten verlebt. Ich vermisse das – und ich vermisse die Kinder.« Er machte sich an das nächste Gedeck. »Der heutige Tag wird hart für sie und für uns auch. Es ist eine völlig neue Situation. Darum ist es gut, daß Gäste kommen. Wenn nur wir vier und Pete am Tisch säßen, würde uns die Abwesenheit der Maxwells noch mehr auffallen.« Er richtete sich auf und schaute sie mit einem Ausdruck der Entschiedenheit an. »Wir schaffen es, Annie. Ob J. D. und Teke wieder zusammenfinden oder nicht, *wir* werden es. Ich weiß es.«

Sie schenkte ihm ein zaghaftes Lächeln. Einen Moment lang wünschte sie sich nichts anderes, als sich in seinen Armen zu verlieren und ihr Ohr auf sein Herz zu legen, wie sie es früher getan hatte. Doch der Moment ging vorüber, und mit dem Gedanken, daß es zur Qual würde, ihn zu lieben, wenn sie nicht lernen könnte, ihm wieder zu vertrauen, zog sie sich in die Küche zurück.

Sam deckte den Tisch fertig, duschte, zog sich an und fuhr nach Rockport, um Annies Vater abzuholen. Er parkte hinter dem rostigen Kombi, der aussah, als hätte er in der zerfurchten Zufahrt Wurzeln geschlagen. Sam fragte sich, ob er noch funktionierte, und er hoffte, daß es nicht so wäre. Pete war ein unkonzentrierter Fahrer, eine Bedrohung für die Menschheit, um die Wahrheit zu sagen, und das war einer der Gründe dafür, daß Sam ihn stets abholte, wenn er zu ihnen zu Besuch kam. Heute hatte Sam sich darauf gefreut. Er wollte mit Pete sprechen, ehe er ihn mit den anderen teilte.

»Pop?« rief er von der Küche aus. Er schaute nicht zu den Unterschränken, auf denen sich Lebensmittel türmten, oder zum Herd, auf dem eine kleine Kaffeemaschine nach eingebranntem Kaffee stank, oder zum Spülbecken, in dem sich halbhoch schmutziges Geschirr stapelte. Er konzentrierte sich darauf, auf seinem Weg um einen Eimer und einen Schrubber, eine große Mülltonne aus Aluminium und eine mit gelben Farbspritzern gesprenkelte Schachtel mit Farbdosen herumzugehen und trat ins Atelier. »Pop?«

Pete blickte überrascht auf. Er saß auf einer umgedrehten Apfelsinenkiste, zeichnete auf einen Block und trug nichts außer einem blaßgelben Hemd, verwaschenen Boxershorts und braunen Socken. »Ist es schon Zeit?« fragte er mit seiner rauhen Stimme.

»Es ist neun Uhr«, erklärte Sam ihm voller Zuneigung. Er hatte eigentlich gehofft, früher hier zu sein, doch wie spät es auch war, er konnte Pete nie böse sein. Mit seinem weißblonden Haar und Bart, seinen rosigen Wangen und den ausdrucksvollen Kinderaugen war Pete ein ebensolches Kunstwerk wie seine Bilder.

Der alte Mann legte den Zeichenblock weg, und eilte durch den Raum zu der Stelle, wo hinter dem gezackten Rest einer Wand eine Matratze und offene Regale sein Schlafzimmer markierten. »Willst du Kaffee?« fragte er, während er sich eine Krawatte umband.

»Nein, danke.« Sam schob die Hände in die Taschen und schaute sich um. Im Gegensatz zu der chaotischen Küche war das Atelier hell und luftig. »Ich habe vor der Abfahrt zwei Tassen getrunken.«

»Kakao?«

Sam schüttelte den Kopf. Er sah, daß die Bilder auf der Stirnwand andere waren als bei seinem letzten Besuch, und vermutete, daß Pete eine Art Hausputz vorgenommen hatte. Der Hintergrund war in frischem Blaßgelb gehalten – ähnlich der Farbe von Petes Hemd und sehr ähnlich der Farbe der Farbspritzer auf dem Karton in der Küche. Offenbar war Blaßgelb die Farbe des Jahres.

»Wie wär's mit einem Brandy?« fragte Pete.

Sam lachte. »Noch nicht. Ich muß uns immerhin heil nach Constance zurückbringen und Annie und Zoe abholen, aber zum Spiel werde ich einen Flachmann mitnehmen, darauf kannst du dich verlassen.« Sie würden zu dem alljährlichen Thanksgiving-Footballspiel zwischen Jons Team und dessen Erzrivalen gehen. Der Anstoß war auf zehn Uhr festgesetzt. »Schließlich müssen wir uns irgendwie warmhalten.«

»Ist mein einziger Jon gut in Form?«

»So gut wie immer.« Sam schlenderte zu der Rückwand mit den Familienbildern. »Es ist sein letztes Spiel – das macht es besonders wichtig.« Er ließ den Blick über die Kinderbilder von Annie gleiten, auf denen sie Zoe sosehr glich, und dann zu denen, die sie als Teenager zeigten, und sie sich selbst noch immer sosehr glich.

»Sie hat keine Ähnlichkeit mit ihrer Mutter, das steht fest«, sagte Pete, neben ihn tretend. »Weder im Aussehen noch im Wesen. Ihre Mutter haute einfach ab, packte ihre Sachen und weg war sie. Annie ist beständig.« Er stieß einen rauhen Laut aus, als er die Träger seiner Latzhose über die Schultern legte.

Sam schaute sich das neueste Bild an, das Pete von Annie gemalt hatte. Sie stand in einer Landschaft, die wie ein Meeresstrand aussah, hatte die Arme vor der Brust verschränkt, und ihr Rock und ihre Bluse blähten sich im Wind. Ihre Haare wehten wie eine Fahne hinter ihr her, und ihr Gesicht wirkte sehr verletzlich. Pete hatte sie im Profil dargestellt, was ungewöhnlich für ihn war.

Unfähig, den Blick von dem Bild zu lösen, fragte Sam: »Wieviel weißt du über das, was passiert ist?«

»Nur, daß sie unglücklich ist, und ich nehme an, daß es etwas mit Teke zu tun hat, da wir Thanksgiving diesmal nicht bei den Maxwells feiern.«

Sam atmete hörbar aus. »Michael fand Teke und mich an dem Tag, als er in den Truck hineinlief, in einer kompromittierenden Situation vor. Es war von Anfang bis Ende eine Verkettung tragischer Zufälle. Tekes Ehe ist zerstört. Ich kämpfe um meine. Glaubst du, daß es Sinn hat?«

Pete schwieg so lange, daß Sam überzeugt war, er sei wütend. Doch als er einen Blick riskierte, hätte er beinahe gelacht. Sein

Schwiegervater, der einen völlig gedankenverlorenen Eindruck machte, trug eine weiße Krawatte mit großen, orangefarbenen Herzen, die er ordentlich gebunden und in den Latz seiner blauen Cordhose gesteckt hatte. Mit den in seltsamen Winkeln abstehenden Kragenecken war er die perfekte Karikatur eines Exzentrikers.

»Sie liebt dich«, sagte Pete.

»Aber sie vertraut mir nicht mehr«, bohrte Sam.

»Sie vertraut sich selbst nicht. Sie hat eine sehr schlechte Meinung von sich und gibt sich die Schuld für das, was du getan hast.«

»Aber ich habe ihr gesagt, daß es nicht ihre Schuld war. Viele Male.«

Pete tippte auf ein Bild von Annies Mutter. Annie war darauf ein Baby, krabbelte im Hintergrund herum und schien vergessen worden zu sein. »Das kommt *daher*. Vielleicht hätte ich es nicht an die Wand malen sollen, aber ich sah es nun mal so. Ich wollte, daß Annie es einmal erfährt. Ich war zornig. Auch ich fühlte mich zurückgewiesen.«

»Ich weise Annie nicht zurück«, protestierte Sam. »Sie weist *mich* zurück.«

»Weil sie das Gefühl hat, nicht gut genug für dich zu sein. Bau sie auf, Sam, du kannst das. Es hat seinen Grund, daß ich sie auf der Wand nur mit halbem Gesicht dargestellt habe. Ohne dich ist sie nur ein halber Mensch. Mach wieder einen ganzen Menschen aus ihr, Sam. Du hast es schon einmal getan, tu es ein zweites Mal.«

Während die Popes einen gemütlichen Nachmittag nach dem Spiel und das Dinner für vier Uhr planten, saßen die Maxwells bereits um zwei am Tisch. Teke hatte mit diesem frühen Termin J. D.s Wunsch Rechnung getragen, der gesagt hatte, er wolle am späten Nachmittag in Boston auf eine Cocktailparty gehen. Sie konnte sich nicht vorstellen, daß jemand an Thanksgiving eine Cocktailparty gab, doch sie fing deswegen keinen Streit mit ihm

an. Sie war dankbar, daß er zum Essen kam, weil Michael und die Mädchen es sich so sehr gewünscht hatten.
Wollte *sie* es auch? Nachdem sie mit Grady im Wald gewesen war, wußte sie es nicht genau, aber ein Teil von ihr klammerte sich noch immer an die Hoffnung, ihre Ehe retten zu können. Sie mochte J. D., sie mochte ihn wirklich. Er hatte ihr ein angenehmes Leben bereitet und ihr die Sicherheit gegeben, nach der sie sich immer gesehnt hatte. Dafür stand sie in seiner Schuld – und wegen des Vorfalls mit Sam. Und außerdem schuldete sie es den Kindern, ihrer Ehe jede noch so winzige Chance zu geben.
Aber sie war nervlich ein Wrack. In ihrer schönsten Vorstellung würde das Essen von Anfang bis Ende erfreulich verlaufen – in ihrer schlimmsten Vorstellung wäre es ein Alptraum mit Zank und Streit. Schon um der Kinder willen betete sie um die erste Version, denn sie waren ihr das wichtigste.
Jana und Leigh kamen rechtzeitig von Jonathans Spiel zurück, um Teke in der Küche zur Hand zu gehen. Jonathan hatte gut gespielt, seine Mannschaft hatte gewonnen, und die Mädchen strahlten und waren völlig aufgeregt. Doch ihre Hochstimmung schwand ebenso wie die Röte, in der die Kälte ihre Wangen hatte leuchten lassen.
»Das ist seltsam.« Jana starrte auf den für fünf Personen gedeckten Tisch hinüber. »Ganz allein. Wir sind Ausgestoßene.«
Teke hatte ihr Bestes getan, um dem Eßzimmer eine fröhliche Atmosphäre zu verleihen, hatte aus Luftschlangen große orangefarbene und braune Schleifen gebunden und sie an strategisch wirkungsvollen Stellen aufgehängt, die Servietten mit bunten glänzenden Bändern verziert und Goldflitter auf das Tischtuch gestreut. Als Tafelaufsatz hatte sie unter Zuhilfenahme von Blumen und grellbunten Stoffresten aus einem Kürbis einen Truthahn gezaubert. Sie fand, daß er gut aussah.
Und so schimpfte sie jetzt: »Das ist doch albern – für Michael ist es so viel besser. Stiller.«
»Aber Michael liebt es, wenn viel los ist.«

»Ja, ja, und wenn alle hier wären, würde er mit seiner Videokamera herumlaufen wollen. So gibt es weniger Aufregung, weniger Versuchungen und weniger Frustration.«
»Das ist eine Rationalisierung«, murmelte Leigh und wandte sich wieder in Richtung Küche. »Tatsache ist, daß wir nicht mit den Popes essen können, weil Daddy Sam nicht sehen will. Das bedeutet, daß Jana nicht mit Zoe zusammensein kann und ich nicht mit Jon. Das ist nicht fair.«
Teke drückte ihr den Kartoffelstampfer und den Topf mit den gekochten Kartoffeln in die Hand. »Du bist doch ständig mit Jon zusammen. Wo wart ihr übrigens gestern?«
»Auf einer Party.«
»Wo?«
»Bei einem Mädchen. Du kennst sie nicht.«
Teke zog Topfhandschuhe an und hob den Truthahn aus dem Backrohr. Sie ließ ihn auf der Arbeitsfläche stehen, während sie sich daran machte, einen Fruchtpudding zu stürzen, und die ganze Zeit über fragte sie sich, ob sie nachhaken sollte. Ihr Verhältnis zu Leigh war eigentlich schon gespannt genug, aber trotzdem sagte sie sanft: »Du bist spät heimgekommen. Ich habe mir Sorgen gemacht.«
»Du wußtest doch, daß Jon um eins zu Hause sein mußte.«
»Ich weiß, daß er nicht später fahren kann, aber ich war sicher, daß er wegen des Spiels heute den Abend nicht lang werden lassen würde.«
»Er hat auf der Party geschlafen.«
»Oh«, sagte Teke. »Das muß ja eine aufregende Party gewesen sein.« Dann kam ihr ein weniger spaßiger Gedanke. »Er hat doch nicht etwa getrunken, oder?«
»Jon trinkt nicht.«
Teke warf Leigh, die brutal auf die Kartoffeln einschlug, einen Blick zu. Zu ihrer eigenen Tätigkeit zurückkehrend, fuhr sie mit einem Messer um den Pudding herum, legte einen Teller auf die Form und wollte sie gerade umdrehen, als Jana hereinkam.

»Die Süßigkeitenschälchen sind voll. Was soll ich noch tun?«

»Nimm die Sauce da mit und helfe deinem Vater dabei, Michael aufzuheitern«, sagte Teke. »Er ist deprimiert. Am Montag beginnen die Vorausscheidungsspiele im Basketball. Er möchte so gern dabeisein.« Sie wartete, bis Jana gegangen war, ehe sie ruhig sagte: »Ich bin nicht von gestern, Leigh, ich weiß, wie es auf High-School-Partys zugeht.«

»Ihre Eltern waren zu Hause.«

»Davon kann man am Thanksgiving-Abend ausgehen, aber das muß nichts heißen. Viele Eltern besorgen sogar das Bier für die Party, weil es ihnen lieber ist, daß die Kids sich unter ihrer Aufsicht betrinken. Ich habe Probleme mit dieser Einstellung.«

Leigh fuhr fort, auf die Kartoffeln einzudreschen.

»Ich würde dich gar nicht wegen Jon fragen, wenn ich nicht letzte Woche eine leere Dose ›Amstel Light‹ in deinem Papierkorb gefunden hätte.«

»Ich habe es als Haarspülung benutzt.«

»Wenn er etwas trinkt, darf er nicht fahren! Dann fährst *du*, oder wenn *du* nicht kannst, ruf uns an.«

»Wir trinken nicht.«

»Gut.« Teke drehte die Puddingschüssel um. »Dann bin ich beruhigt.«

»Aber ich will die Pille.«

Die Gelatinemasse landete mit einem dumpfen Klatschen auf dem Teller – und Teke fühlte sich, als hätte sie einen Schlag in ihren Magen bekommen, dessen Zustand schon seit dem Aufstehen an diesem Tag nicht der beste war. Sie hätte eine »Dosis Grady« brauchen können – ein Gedanke, den sie sofort wieder verdrängte. Um wenigstens *irgend*einen Halt zu haben, stellte sie den Teller hin und lehnte sich an den Unterschrank.

»Was ist?« fragte Leigh angriffslustig. »Hast du dir nicht gedacht, daß ich es irgendwann mal würde tun wollen?«

»Ich dachte, du würdest noch warten.«

»Ich habe *jahre*lang gewartet! Ich *liebe* Jon – und sag jetzt nicht, daß wir erst siebzehn seien, denn wir werden im Frühling achtzehn. Manche Kids heiraten mit achtzehn. Manche bekommen mit achtzehn sogar schon *Babys.*«

Das wußte Teke nur zu gut. Sie war eines der wenigen Mädchen aus Gullen gewesen, die die High-School abschlossen – der Großteil ging von der Schule wegen Schwangerschaft ab. Sie hätte das auch gern getan, aber Grady war entschlossen gewesen, zu warten. Damals hatte sie seine Argumentation nicht eingesehen, jetzt teilte sie seine Ansicht. Sie wollte, daß ihre Mädchen aufs College gingen – bis zum Abschluß. Sie wollte, daß sie sich amüsierten. Babys bedeuteten eine große Verantwortung und eine Einschränkung der Möglichkeiten.

»Ich wünsche mir mehr für dich«, erklärte sie Leigh.

»Dann laß mir die Pille verschreiben.«

»Und wenn nicht, tust du es einfach ohne, ja? O Leigh«, bat sie, »kannst du nicht ein bißchen Zurückhaltung üben?«

»Wie du bei Sam?«

Teke stockte der Atem.

Leigh nahm ihre Tätigkeit wieder auf, jedoch nicht mehr mit der gleichen Heftigkeit. »Es ist sowieso zu spät für Zurückhaltung, wir haben es schon getan.«

Schon getan. Schon getan. Teke preßte eine Hand auf ihre Brust, um die aufsteigende Panik einzudämmen. Sie haben es schon getan, Annie! rief sie stumm. Sie hätte es wissen müssen, bei all der Zeit, die Leigh mit Jon verbrachte, und es war kein Drama, versuchte sie sich mit sachlichen Argumenten in den Griff zu bekommen. Die beiden liebten einander, sie würden eines Tages heiraten. Sie, Teke, war mit siebzehn auch keine Jungfrau mehr gewesen.

Aber Leigh war ihr Kind, und Sex war etwas für erwachsene Frauen. Daß sie es getan hatte, machte sie zur Frau – als erste ihrer Töchter. Es war ein erschütternder Gedanke, einer, der der Gewöhnung bedurfte.

»Also?« fragte Leigh ungeduldig.

Teke legte den Arm um ihre Schultern und drückte sie fest an sich. Ihre Kehle war wie zugeschnürt. Sie ging die Punkte, die zu Leighs Gunsten sprachen, immer wieder durch, bis sie spürte, daß sie sich unter Kontrolle hatte. Dann sagte sie mit erstaunlicher Gelassenheit: »Ich werde den Arzt nächste Woche anrufen.«

»Wirklich?« fragte Leigh zweifelnd.

Teke nickte.

»Versuchst du, mich zurückzugewinnen?«

»Nein«, antwortete Teke. Aber es konnte nicht schaden, rational und entgegenkommend zu handeln. »Ich versuche zu tun, was vernünftig ist. Wenn du und Jon einmal miteinander geschlafen habt, werdet ihr es wieder tun, und ich möchte, daß du geschützt bist.«

Leigh stieß einen kleinen Seufzer aus. »Ich wäre fast zu Annie gegangen, ich dachte, du würdest durchdrehen.«

»Ich bin froh, daß du nicht zu Annie gegangen bist. Ich bin deine Mutter.« Die sich durch manche Situationen wie eine Blinde hindurchtasten mochte – aber trotzdem ihre Mutter. »Ich komme damit zurecht. Und ich bin kein Ungeheuer.«

»Du warst in letzter Zeit so merkwürdig.«

»*Du* warst merkwürdig«, konterte Teke. Sie strich Leigh eine blonde Locke aus dem Gesicht. »Du nimmst mir übel, was ich mit Sam getan habe, aber wir machen alle Fehler, Leigh.«

»Was ich mit Jon getan habe, war *kein* Fehler. Es war das Schönste auf der Welt. Das *Schönste.*«

Teke legte ihren Kopf an Leighs Schulter. Sie wünschte sich mehr als alles andere, daß Leigh die Sexualität mit Jon so erleben würde, wie sie sie mit Grady erlebt hatte, denn wenn bei den beiden zu allem anderen auch noch *das* stimmte, würden sie ein glückliches Leben führen.

Sie hob den Kopf. »Ich will das *allerbeste* für dich und Jon, und ich meine nicht, daß das, was ihr getan habt, falsch war – vielleicht nur voreilig. Aber es ist müßig, darüber zu diskutieren, denn es ist nun einmal geschehen. Wie das, was ich mit Sam tat. Es ist geschehen. Jetzt müssen wir uns mit den Konsequenzen befassen.« Eine sehr erwachsene, sehr Annie-mäßige Einstel-

lung, dachte Teke. »In deinem Fall heißt das Geburtenkontrolle.«
»Wirst du es Dad erzählen müssen?«
Unvermittelt – und mit dem Anflug eines plötzlichen Emanzipationsgefühls – wurde es Theke bewußt, daß sie das nicht mußte. Mit seinem Auszug hatte ihre Rechenschaftspflicht gegenüber J. D. sich gewandelt. »Ich muß es *gar* niemandem erzählen.«
»Er würde schreien und toben und sagen, daß Jon genauso sei wie Sam – aber das ist Jon nicht.«
»Doch, das ist er«, widersprach Teke. »Ob du es nun zugibst oder nicht, Sam ist ein wunderbarer Mann, ein großartiger Ehemann und ein Spitzenvater. Ich kann mir gut vorstellen, daß das alles auch einmal auf Jon zutreffen wird, und ich glaube, daß dein Vater dem zustimmen würde. Aber er hat momentan viel im Kopf, und wir werden das Schicksal nicht herausfordern, indem wir ihm von etwas erzählen, das er nicht ändern kann. Aber *versprich* mir«, sagte sie, als ihr ein erschreckender Gedanke kam, »daß du und Jon Abstand voneinander haltet, bis du beim Arzt warst. Versprichst du mir das, Leigh? Ich könnte dein Geheimnis nicht bewahren, wenn du schwanger würdest.«
Die Tür flog auf, und Jana stürmte herein. »Sie haben Hunger. Dad will wissen, wann wir essen.« Sie schaute von einem Gesicht zum anderen. »Was ist denn hier los?«
Teke trat von Leigh weg zum Ofen, streifte wieder die Topfhandschuhe über, holte heiße Hors d'œuvres aus dem Backrohr und ließ sie vom Blech auf eine Servierplatte gleiten. »Die sollten den schlimmsten Heißhunger stillen. Sag ihnen, wir essen in zehn Minuten.« Sie schob Jana in Richtung Tür. »Leigh, tu Butter und Milch zu den Dingern da und schieb sie in den Ofen, damit sie warm bleiben, während du den Salat anmachst. Ich werde den Truthahn tranchieren.«
Einen Truthahn zu tranchieren, war eine Kunst, und Teke hatte sie im Laufe der Jahre bis zu einem Punkt vervollkommnet, der sie in die Lage versetzte, jedes letzte Fitzelchen Fleisch von dem

Gerippe zu lösen, wobei sie Stück für Stück ästhetisch schön auf einer Platte arrangierte. Doch diesmal fehlte etwas: Annie, die ihr bisher immer voller Bewunderung dabei zugeschaut hatte. Sie vermißte nicht die Bewunderung, sie vermißte Annie.
Aber sie hatte sich geschworen, daß sie heute nicht trauern würde – nicht um Annie und auch nicht darum, wie es früher gewesen war. Sie war entschlossen, dieses Festmahl im engsten Familienkreis zu genießen.
Doch wie es schien, standen die Zeichen gegen sie. Das erste Problem war der Tisch. Teke hatte sich selbst übertroffen, und es stand genug Essen darauf – dampfende Schüsseln und Platten, gemischter Salat und Gemüse-Aspik, ein Brotkorb, Preiselbeergelee und Preiselbeersauce mit ganzen Früchten (die letztere, weil J. D. sie besonders mochte), alle erdenklichen Arten von Ergänzungs- und Würzmöglichkeiten – um eine Armee von Popewells satt zu kriegen, was es um so deutlicher machte, daß keine Popewell-Armee da war.
»Wer spricht das Tischgebet?« fragte Jana.
»Das hat Sam immer getan«, sagte Leigh, »aber Sam ist nicht da.«
Michael schaute J. D. an. »Mach du es, Dad.«
J. D. schaute Teke an. »Wir können es auch weglassen.«
Aber Teke, die niemals abergläubisch gewesen war, wurde plötzlich von der Furcht erfaßt, daß sie, wenn niemand das Gebet spräche, alle auf ewig verdammt wären. Also senkte sie den Kopf und sagte: »Lieber Gott, es ist ein hartes Jahr gewesen. Du hast uns die Kraft gegeben, es bis hierher zu schaffen – bitte hilf uns, auch noch den Rest zu überstehen. Wir danken dir für deine Liebe und Großmut und für dieses Mahl. Amen.«
J. D. räusperte sich. »Das war demütig genug, denke ich.«
»Ich habe mir Mühe gegeben.« Sie griff nach Michaels Teller und füllte ihn, während die anderen sich selbst bedienten. Dann machte sie sich daran, Michaels Essen in mundgerechte Stücke zu schneiden, aber während der ganzen Zeit, in der eine Stille herrschte, die nur durch das Klimpern von Besteck unterbro-

chen wurde, war sie von einer tiefen Traurigkeit erfüllt. Der Duft des gebratenen Truthahns vermischte sich mit dem Geruch der Hilflosigkeit. Als sie schließlich auf ihrem Stuhl saß, hatte sie Angst, daß sie in Tränen ausbrechen würde, wenn nicht ganz schnell jemand etwas sagte.

Also bat sie: »Erzähl uns von dem Spiel, Leigh.«

Leigh erzählte ihnen von dem Spiel, Jana warf hier und da ein Wort ein, und J. D. stellte sogar ein paar Fragen.

Teke behielt Michael im Auge. Er konnte mit einer Gabel umgehen, aber weder geschickt noch wirtschaftlich. Es war kaum mitanzusehen. Teke hätte ihm geholfen, wenn sie gedurft hätte, aber in diesem Punkt waren die Leute vom Reha-Zentrum unerbittlich gewesen: Selbst zu essen, war Therapie. Jede Gabel voll, die er zum Mund führte, besserte seine Körperbeherrschung. Teke betete sich das zwar immer wieder vor, aber es tröstete sie nur wenig.

Wieder senkte sich Stille über den Raum. Teke ging im Geiste die Themen durch, die sie für eine solche Eventualität zusammengestellt hatte. »Jana ist ausgewählt worden, ihre Klasse im Januar beim Städtewettkampf zu repräsentieren. Hast du das deinem Vater schon erzählt, Jana?«

»Ja. Letztes Wochenende.«

»Dann erzähl jetzt *mir* davon, ich habe kaum mitbekommen, worüber ihr überhaupt debattieren werdet.«

Jana erzählte eine Weile und endete mit: »Reichst du mal die schwarzen Oliven rüber, Dad?«

J. D. reichte ihr die schwarzen Oliven.

»Hast du genügend Sauce, Mikey?« fragte Teke.

Michael nickte. »Dad meint, daß sie mich nächstes Jahr in der Mannschaft mitspielen lassen werden, obwohl ich dieses Jahr nicht gespielt habe, aber das glaube ich nicht. Jeder andere wird besser spielen als ich. Ich werde keine Verletzungen verkraften.«

»Natürlich wirst du das«, widersprach Leigh. »Du bist der beste Spieler, den sie haben.«

»Im Augenblick nicht. Vielleicht nie mehr. Was, wenn ich nicht rennen kann?«
»Du wirst rennen können, wenn du es willst«, erklärte Teke. »Das haben die Ärzte gesagt.«
»Ist es hier drin heiß, oder kommt es mir nur so vor?« J. D. stieß sich mit seinem Stuhl vom Tisch ab und ging auf den Flur hinaus. »Der Thermostat steht auf dreißig Grad! Kein Wunder, daß man sich wie im Backofen fühlt.« Er kam ins Eßzimmer und fragte Teke: »Warum steht er auf dreißig Grad?«
Sie legte die Gabel weg. Das Wenige, was sie gegessen hatte, lag ihr wie Blei im Magen. »Damit es im Sonnenzimmer warm bleibt – Michael verbringt dort die meiste Zeit.«
»Apropos Sonne«, sagte Leigh. »Da ihr beide hier seid, möchte ich etwas mit euch besprechen. Ein Teil unserer Klasse will die Frühlingsferien irgendwo verbringen, wo es warm ist.«
»Dann schlage ich das Sonnenzimmer vor«, sagte J. D. »Mike wird es bin dahin nicht mehr brauchen.«
»Ich meine es ernst. Wir denken daran, nach Nassau zu fliegen.«
»Nein«, lehnte J. D. ab und schob sich ein Stück Truthahn in den Mund.
»Warum nicht?« wollte Leigh wissen.
Er kaute, schluckte und fragte dann: »Habt ihr eine Aufsichtsperson eingeplant?«
»Nein.«
»*Darum* nicht.«
Leigh schaute hilfesuchend zu Teke, doch Teke wußte nicht, was sie sagen sollte. Irgendwie erschien ihr »Mach dir keine Gedanken, bis dahin nimmt Leigh längst die Pille« nicht als der richtige Text. Ebensowenig wie »Jungfräulichkeit ist kein Thema mehr« oder »Keine Sorge, sie trinkt Light-Bier«. Sie wünschte, Leigh wäre mit diesem Plan zuerst zu ihr gekommen. Dann wäre ihnen vielleicht eine bessere Methode eingefallen, an J. D. heranzutreten. Unglücklicherweise war es unumgänglich, an J. D. heranzutreten – er war der Finanzier. Abgesehen von einem halben Dutzend teurer Schmuckstücke, einem Pelzman-

tel, einer Lebensversicherungspolice und einem gemeinsamen Scheckkonto besaß Teke nichts –, und erst jetzt erschien ihr das plötzlich falsch, unfair und sogar ein bißchen beängstigend.
»Es sind meine letzten Frühlingsferien«, wandte Leigh sich in bittendem Ton wieder an ihren Vater, als sie begriff, daß von Teke keine Hilfe zu erwarten war. »Alle machen eine besondere Reise in ihren letzten Frühlingsferien.«
»Das wirst du auch tun«, erwiderte J. D., »aber auf dem College, nicht in der High-School.«
»Und wenn ich es selbst bezahle?«
»Wovon denn?«
»Von meinem Sparbuch.«
Er schüttelte den Kopf. »Das Geld bleibt drauf, bis man einundzwanzig ist.«
Michael schaute auf. »Ich dachte, du sagtest, ich könnte etwas von meinem abheben, um ein Filmschneideset und einen Controller zu kaufen.«
»Wenn er darf, warum darf ich dann nicht?« begehrte Leigh auf.
»Frühlingsferien sind nicht gerade eine zukunftsorientierte Investition.«
»Das ist nicht fair, Dad.«
J. D. zuckte die Schultern. Als das Telefon klingelte, warf er Teke einen ärgerlichen Blick zu. »Wer ruft denn hier mitten beim Thanksgiving-Dinner an?«
Jana sprang auf. Während sie in der Küche telefonierte, fragte Teke Michael: »Wo sind die Zwillinge heute?«
»Bei ihrem Großvater in Springfield. Da sind sie zu Thanksgiving immer.«
»Und was ist mit Nat?«
Michaels Gesicht verfinsterte sich. »Der ist zu Hause. Sein Vater fährt gleich nach dem Essen mit ihm zum Basketballtraining in die Turnhalle.« Er spießte ein Stück Salat auf seine Gabel, ließ die Gabel fallen, nahm sie wieder auf und stach in die Truthahnfüllung auf seinem Teller.
Jana setzte sich wieder auf ihren Stuhl.

»Wer war es?« fragte Teke, um Konversation zu machen.
»Es war für mich.«
»Zoe?«
»Nein.«
Die Stille, die sich wieder herabsenkte, war schwer und ungut. Teke schnitt sich einen Bissen Truthahnfleisch ab und aß ihn, schnitt sich einen zweiten ab und aß ihn. Es kam ihr in den Sinn, daß die Versuche, Konversation zu machen, ebenso linkisch waren wie Michaels Bewegungen. Wie er, so hatte auch die restliche Familie einen schweren Schlag erlitten, und auch die anderen versuchten herauszufinden, wie sie mit Beeinträchtigungen funktionieren könnten.
Sie schaute J. D. an, wünschte sich, er würde irgendeine harmlose Unterhaltung beginnen. Doch sein Gesicht war angespannt. Er beobachtete Michaels Kampf mit dem Essen. Sie betete, daß er nichts dazu sagen würde, denn sie war nicht sicher, daß seine Bemerkung aufmunternd ausfiele.
In dem verzweifelten Bemühen, ihn abzulenken, fragte sie: »Mit wem essen denn deine Eltern heute?«
Sein angespannter Ausdruck veränderte sich nicht, als er sich wieder seinem Teller zuwandte. »Sid und Beverly Wyatt. Sie hatten mich auch eingeladen. John Stewart kann nicht verstehen, daß ich nicht mitwollte.«
»Was gibt es da nicht zu verstehen?« fragte Jana. »Wir sind deine Familie, es ist doch ganz selbstverständlich, daß du mit uns zusammen bist.«
»Unter diesen Umständen«, erklärte J. D. ihr in, wie Teke fand, arrogantem Ton, »essen Väter oft woanders. Ich wollte mit meinen Kindern zusammensein, und das verstand er. Was er nicht verstand, war, daß ich mit meiner Frau zusammensein wollte.«
Tekes Magen krampfte sich zusammen. Sie warf ihm einen entsetzten Blick zu, konnte nicht fassen, daß er das in Gegenwart der Kinder sagte.
»*Haßt* Grandpa Mom?« fragte Leigh.

»Er will mich beschützen«, antwortete J. D. »Er sieht, daß ich Kummer habe, und ist zornig auf den Verursacher.«
»Will er dich beschützen oder sich selbst?« konnte Teke nicht widerstehen zu fragen, denn daß J. D. seinen Vater als noblen Charakter darstellte, war ihr unerträglich. »Tatsache ist, daß ich ihm ein Dorn im Auge bin.«
»Überrascht dich das? Er legt strenge Maßstäbe an.«
»Bei jedem, außer bei sich selbst«, erwiderte Teke.
»Was soll das heißen?«
Es heißt, daß ich über Mary McGonigle Bescheid weiß. Also komm mir nicht mit diesen »strengen Maßstäben«, J. D. Maxwell, sonst werde ich die Kinder mal darüber aufklären. Genug ist genug. Ich habe nicht das Monopol für Ehebruch.
Als sie ihm nicht antwortete, erklärte J. D. Leigh: »Deine Mutter kann meine Eltern nicht ausstehen. Sie fühlt sich unterlegen ...«
»Das tue ich nicht!«
»... weil sie sind, was sie sind. Sie sind etabliert. Sie sind einflußreich. Sie gehören zur Society.«
»Ich fühle mich nicht unterlegen«, insistierte Teke. »Ich habe nicht den Wunsch, wie deine Eltern zu sein. Den hatte ich nie.«
J. D. wandte sich ihr zu. »Ach, nein? Ich habe gehört, wie du meine Mutter um Rat fragtest ...«
»Weil ich dachte, sie würde sich darüber freuen. Menschen wollen nun mal bewundert werden. Sie haben gern das Gefühl, daß man sie respektiert, und ich respektiere deine Eltern – aber das bedeutet nicht, daß ich so *sein* möchte wie sie.«
»Scheiße!« schrie Michael plötzlich. Seine Gabel segelte über den halben Tisch, ehe sie in den Papageien-Chrysanthemen hängen blieb, die dem Dekorationstruthahn als Federn dienten. »Es ist zum Kotzen! Ihr haßt euch! Ich will, daß alles wieder so wird, wie es war. Ich wünschte, ich hätte nichts gesehen! Ich wünschte, ich hätte nichts *gesagt!*«
Teke war aufgesprungen und beugte sich über ihn. »O Schätzchen, es ist doch nicht deine Schuld!«

»Ist es *doch!*« widersprach er. Tränen schossen ihm in die Augen. »Niemand wüßte was, wenn ich nicht reingeplatzt wäre. Grandpa und Grandma wären hier und Sam und Annie und Jon und Zoe und Papa Pete.« Er begann hinter vorgehaltener Hand zu weinen. »Ich ... will ... das ... alles ... wiederhaben.«

Teke schlang die Arme um ihn, vergrub ihr Gesicht in seinen Haaren und weinte mit ihm – weil seine Verzweiflung ihr das Herz brach, und weil ihre Wünsche sich mit den seinen deckten –, aber hauptsächlich, weil sie in diesem Augenblick begriff, daß ihre Ehe zu Ende war. Sie könnte kämpfen, bis sie restlos erschöpft und blau im Gesicht wäre, sie würde sie nicht wieder zum Funktionieren bringen. Der Schaden war zu umfangreich. Er war nicht zu reparieren.

Für eine Frau, für die Heim und Herd immer das höchste Gut gewesen waren, war diese Erkenntnis ein Schlag.

Viel später an diesem Abend war Annie in der Küche am Spülbecken dabei, die letzten Teller abzuwaschen, und sie fühlte sich unendlich schuldig. Das Thanksgiving der Popes war ein echter Erfolg gewesen. Sicher – ihrer Meinung nach sah der Truthahn etwas zerfleddert aus, und dem Tisch hatte das besondere Etwas gefehlt, das Teke ihm vielleicht verliehen hätte, aber keiner machte eine Bemerkung über diese Dinge. Alle aßen, alle unterhielten sich, alle lächelten – und das stand offenbar in krassem Gegensatz zu dem, was sich bei den Maxwells abgespielt hatte.

Sam kam zur Hintertür herein, schüttelte mit seinem Parka auch die Kälte von seinen Schultern und griff nach einem Geschirrtuch.

»Wie geht's ihm?« erkundigte sich Annie.

»Ziemlich mies. Es scheint, Jana und Leigh haben nicht übertrieben. Am Anfang war die Atmosphäre gespannt und am Ende entlud sie sich. Armer, kleiner Kerl, deine Welt ist zusammengebrochen.«

»Hat er mit dir gesprochen?« fragte sie, doch sie kannte die Antwort bereits: Sie sah Sam seinen Kummer an.

»Er braucht einen Sündenbock, und der bin ich. Das würde mir nicht soviel ausmachen, wenn sein Leben ansonsten harmonisch verliefe, aber das tut es ganz und gar nicht. Er braucht den Freund, der ich für ihn war. Vielleicht findet er ihn in Grady, aber nicht heute. Heute hat Michael fast alle gehaßt. Ich denke, sie sollten zu einem Familientherapeuten gehen.«

»J. D. würde niemals . . .«

»Nicht J. D. – Teke und die Kinder. Sie sind auf sich allein gestellt.« Leise fügte er hinzu: »Ich fühle mich schuldig.«

Annie ging es ebenso.

»Es war schön heute, Annie, du hast alles perfekt gemacht.«

»Ich hatte Hilfe.« Er war jeden Schritt an ihrer Seite gewesen.

»Aber du hast die Show inszeniert.« Er legte den Arm um ihre Taille und wärmte ihre Schläfe mit einem Kuß.

Annie gestattete sich, seine Nähe ein Weilchen zu genießen. Sie liebte ihn. Sie wünschte, sie könnte ihm so vertrauen wie früher. Sie wünschte, sie könnte sich selbst so vertrauen wie früher. Aber sie liebte ihn wirklich.

»Wir haben so viel«, flüsterte er. »Noch nicht wieder alles – aber so viel. Bis Jon und Zoe mich wieder an sich heranlassen, wird noch einige Zeit vergehen, aber es wird kommen, das weiß ich, weil ich nicht aufgeben werde. Dann schaue ich mir Teke und J. D. und die Kids an, und ich glaube nicht, daß es bei ihnen kommen wird. Das ist sehr traurig.«

Annie drückte die Stirn an sein Kinn. Sam war schon immer sehr einfühlsam gewesen, wenn es um seine Arbeit ging. Jetzt, seit Teke, war er auch zu Hause einfühlsam. Manchmal fragte sie sich, ob er sich wohl absichtlich so verhielt, um sie zurückzugewinnen, und dann fragte sie sich, ob das Warum eine Rolle spielte, Hauptsache, er wollte sie zurückhaben.

Zoe kam zur Hintertür herein, hängte ihre Jacke an den Haken, sank auf einen der Stühle am Tisch und saß mit hängenden Schultern da. Annie löste sich von Sam und tauschte einen besorgten Blick mit ihm. Dann setzte sie sich zu Zoe. »Was ist los?«

Zoe machte eine kleine unglückliche Kopfbewegung. Ihr Blick war auf die Tischkante gerichtet, und sie kratzte mit dem Daumennagel an der Eichenplatte herum. »Jana und ich haben uns schon wieder gestritten. Sie macht immer noch Dad für alles verantwortlich, was passiert ist, aber das ist nicht fair. Teke ist genauso schuld.«

»Jana ist durcheinander und aufgeregt. Es war ein schwieriger Tag für sie.«

»Gibt ihr das das Recht, zu sagen, daß Dad die Ehe ihrer Eltern zerstört hat? Gibt ihr das das Recht, Leigh zu sagen, daß es Stunk geben wird, wenn sie Jon heiratet? Gibt ihr das das Recht, mich zu beschimpfen, weil ich zu meinem Vater halte?«

Sam, der hinter sie getreten war, legte ihr die Hand aufs Haar.

»Jana ist in letzter Zeit nicht sie selbst«, sagte Annie.

»Vielleicht ist das jetzt aber auch ihr *echtes* Selbst«, gab Zoe zurück. »Sie benimmt sich wie J. D. Immer versucht sie, irgend jemandem die *Schuld* an etwas zu geben, aber sie erreicht damit nur, daß ich mich schlecht fühle.«

Annie nahm ihre Hand. Sie fühlte sich klein und einsam an, und so erschien ihr Zoe schon seit einiger Zeit. »Es geht ihr schlecht, und sie möchte, daß es anderen auch schlechtgeht.«

»Es ist nicht *fair*.«

Annie zog sie an sich. »Ich weiß, Süße.«

»Sie hetzt die anderen Kinder gegen mich auf.«

»Nein, das tut sie nicht.«

»Doch. Sie geht mit ihnen aus und fordert mich nicht auf, mitzukommen. Dafür muß sie ihnen ja einen Grund nennen, und der kann wohl kaum *für* mich sprechen. Und wer ist jetzt *meine* Freundin?«

»Du hast doch noch andere Freundinnen – Amy, Lisa und Lesley.«

»Aber Jana war immer meine *beste* Freundin.«

»Das wird sie auch wieder sein. Ihr beide kennt euch schon zu lange, um diese Krise nicht zu überwinden.«

»Werdet du und Teke sie auch überwinden?«

Kindermund, dachte Annie. Sie schaute zu Sam, der aussah, als blute ihm das Herz. »Ja, Teke und ich werden es schaffen«, erklärte sie Zoe.

»Und du und Dad?«

Diese Frage beantwortete Sam. »Wir auch. Ich liebe deine Mutter zu sehr, um zuzulassen, daß unsere Ehe an ein paar Minuten der Unzurechnungsfähigkeit zerbricht.« Er stützte die Hände auf den Tisch und beugte sich über sie. »Da liegt der Unterschied zwischen deiner Mom und mir und J. D. und Teke, und deshalb ist Jana im Irrtum, wenn sie mir die Schuld an der Ehekrise ihrer Eltern gibt.«

Zoe schaute Annie an: »Aber Teke und J. D. hatten noch nie Streit miteinander.«

»Das bedeutet nicht, daß ihre Ehe stabil war«, sagte Annie.

Zoe dachte darüber nach, und dann meinte sie: » Wenn ich Jana das sage, zerreißt sie mich in der Luft.«

»Dann tu es nicht. Es könnte sein, daß Jana es weiß und dich aus Neid angreift.«

Zoe dachte auch darüber nach. »Könnte stimmen. Weißt du, was sie heute abend gesagt hat?«

»Was hat sie gesagt?«

»Sie sagte, sie hoffe, daß wir diesen Winter zu verschiedenen Zeiten in die Skihütte kämen, damit genügend Platz für die Freundinnen wäre, die sie mitnehmen wolle.«

Sam stieß einen ärgerlichen Laut aus. »Sie ist zornig, du darfst nicht ernstnehmen, was sie sagt.«

»Du hast leicht reden«, meinte Zoe. »Du bist ja nicht derjenige, der alle Freunde verliert.« Sie entschlüpfte Annies Umarmung, tauchte unter Sams Arm hindurch und lief aus der Küche.

Sam wollte ihr folgen, blieb dann jedoch stehen. »Ich würde sie nur noch mehr aufregen, geh lieber *du*. Ich räume hier auf.«

Annie ging zu Zoe, setzte sich zu ihr und sprach leise auf sie ein, wiederholte die Dinge, die sie vorher gesagt hatte. Sie wünschte, sie hätte ein Wundermittel zur Verfügung, doch das hatte sie schon als Kind nicht gehabt, als sie sich wie eine Ausgestoßene fühlte, und sie hatte es auch jetzt nicht. Zoe zu versichern, daß ihre Eltern und ihr Bruder sie liebten, war schön und gut – und sie tat es immer und immer wieder –, aber Familie und Freunde waren nun einmal zwei Paar Stiefel. Teenager wollten *Freunde* haben.

Sie blieb bei Zoe, bis das Mädchen eingeschlafen war, küßte sie und verließ auf Zehenspitzen das Zimmer. Die Küche lag im Dunkeln. Das Arbeitszimmer war leer. Sie fand Sam im Schlafzimmer, wo er, immer noch in Rollkragenpullover und Hose, mit gespreizten Knien, auf die er die Ellbogen gestützt hatte, auf der Bettkante saß.

»Wann hört es auf?« fragte er mit gequältem Gesichtsausdruck. »Wann hören die Dominosteine auf, umzufallen? Wann hören die Schreie auf, widerzuhallen?«

Sie wußte es nicht, und das lag nicht etwa daran, daß sie nicht genug darüber nachgedacht hätte. Sie stellte sich diese Frage jedesmal, wenn sie Teke sah, jedesmal, wenn sie Michael sah. Sie stellte sie sich jedesmal, wenn sie erlebte, wie Jon Sam einfach stehenließ und Zoe seinen Blick mied. Sie stellte sie sich jedesmal, wenn sie Jason Faust sah und sich schämte.

Und sie stellte sie sich jedesmal, wenn sie Sam sah. Sie fragte sich, wann sie wieder in der Lage sein würde, ihn als den Mann zu sehen, in den sie sich verliebt hatte, anstatt als den Mann, dem sie verzeihen wollte.

Das einzige, was sie in diesem Moment genau wußte, war, daß Sam litt und sie es nicht ertrug, das mitanzusehen. Schweigend ging sie über den Teppich, stellte sich zwischen seine Beine und drückte seinen Kopf an ihre Brust, und als sie seinen warmen Atem spürte und seinen vertrauten und erregenden Geruch wahrnahm, erkannte sie noch etwas: daß ihr Verlangen nach ihm stärker war als ihr Zorn oder ihr Schmerz oder ihre Scham.

Ihr Herzschlag mußte es ihm verraten haben – entweder der oder sein eigenes Verlangen –, denn er schlang die Arme um sie. Zuerst drückte er sie fest an sich, dann lockerte er seinen Griff, um seinen Kopf an ihre Brüste legen zu können. Sie vergrub das Gesicht in seinen Haaren, während er ihre Bluse aufknöpfte und den Haken ihres Büstenhalters öffnete, und es wäre ihr vielleicht peinlich gewesen, wenn sie sich in dieser Situation an Jason erinnert hätte, doch das Gefühl, als Sams Schnurrbart ihre Brüste streifte, verhinderte jeden Gedanken an etwas anderes. Sie spürte, wie sie anschwoll, hörte sich seufzen, ließ sich von der Hitzewelle davontragen, die durch ihren Körper strömte.

Sam übernahm die Führung. Sie spürte, daß er das brauchte, wußte, daß sie es brauchte. Sie mußte spüren, daß er sie attraktiv fand, wollte, daß sein Mund heiß und seine Zunge naß war. Sie brauchte – so sehr, daß sie jedes davon wie ein Streicheln in ihrem tiefsten Innern erlebte – die Worte, die er an ihrer Haut flüsterte.

Er löste seinen Mund nur lange genug von ihr, um seinen Rollkragenpullover über den Kopf zu ziehen. »O Baby«, flüsterte er noch einmal an ihrem Körper. Seine Hände waren hinter ihr, unter ihr, befreiten sie von ihrem Rock und halfen ihr aus ihrer Unterwäsche.

Er umfaßte ihr Gesicht und preßte seine Lippen auf ihren Mund, hielt sie mit der Zunge fest, während er seine Hose aufmachte, und gab sie nur frei, um seine letzten Kleidungsstücke abzustreifen, doch dieser kurze Moment war lang genug, um Annie einen Blick auf seinen Körper zu gestatten. Er war schön, so viel schöner als ihrer, daß sie geflohen wäre, wenn Sam sie nicht in diesem Augenblick hochgehoben und sanft auf die Tagesdecke gelegt hätte. Sie zitterte innerlich, und das übertrug sich auf ihre Finger, als sie seinen Mund und seinen Schnurrbart berührte, aber sie *mußte* ihn berühren – sie hatte ihn so sehr vermißt. In ihren Augen war sein Körper vollkommen. Sie strich mit den Händen durch die Haare auf seiner Brust, über die breiten Hügel mit den kleinen, harten Brustwarzen und an der nach abwärts spitz zulaufenden Linie in seiner Mitte entlang.

Ihre Hände waren heiß und voller Sehnsucht, sie konnte sie nicht stillhalten. Also ließ sie sie gewähren und zu ihren Lieblingsstellen wandern. Sie genoß es, ihn zu berühren, genoß es, ihn zu streicheln, genoß es, zu spüren, wie sein ganzer Körper sich anspannte, wenn sie das tat, genoß es, zu hören, wie sein Atem flach wurde.

Sie fragte sich, ob Teke ihn dort berührt hatte.

Mit einem leisen Aufschrei kniff sie die Augen zu.

»O nein, kommt nicht in Frage«, grollte Sam atemlos. »Ich kann mir denken, was dir gerade durch den Kopf gegangen ist, aber ich werde nicht zulassen, daß du dich abschottest. In diesem Bett ist nur Platz für uns beide. Nur für dich und mich und das, was wir füreinander tun, denn etwas anderes hat es nie gegeben. Schau mich an, Annie!« Er schob seine Finger zwischen ihre und drückte sie neben ihren Schultern aufs Bett. »Schau mich an.« Er drängte ihre Beine weiter auseinander.

Sie gab sich geschlagen. Ihr Körper brannte, die Flamme loderte zu hoch, als daß sie sich den Genuß hätte versagen können, von Sam genommen zu werden. Ihre abwegigen Gedanken gingen in Rauch auf, als sie die Augen öffnete. Ihn über sich zu sehen, nackt und bereit, unter ihm zu liegen, war so erregend, daß sie sich unwillkürlich an seine Finger klammerte. »Sag mir, daß du mich liebst«, flüsterte sie.

»Ich liebe dich«, sagte er in ihre Augen hinein. Er drang langsam und mühelos in sie ein, und das Gefühl war so überwältigend, daß sie ihrer Entspannung durch ein lautes Stöhnen Ausdruck verlieh.

Doch die Entspannung war nur von kurzer Dauer. Sam liebte sie mit so ausgesuchter Zärtlichkeit, daß sie längst, bevor er es zuließ, nach dem Höhepunkt strebte. Er schien entschlossen zu sein, ihr zu zeigen, bis in welche Höhen er sie entführen, wie lange er sich um ihres Genusses willen beherrschen konnte, wie sehr er sie liebte – und wenn die Quantität und die Qualität der Leidenschaft eines Mannes ein Maßstab dafür waren, dann liebte er sie wirklich sehr. Wenn nie mehr der Morgen gedämmert hätte, wäre Annie glücklich damit gewesen, in alle Ewigkeit in Sams Armen zu liegen.

Doch der Morgen kam und warf sein Licht auf all die Probleme, die keine Nacht der Leidenschaft, wie lang und berauschend sie auch gewesen sein mochte, auslöschen konnte.

Kapitel 15

John Stewart wartet«, lautete die Nachricht, die J. D. am Dienstagmorgen auf seinem Schreibtisch vorfand, und sie überraschte ihn nicht. Seine Eltern waren am Abend zuvor aus Florida zurückgekommen, und J. D. wußte, daß sein Vater sich fragen würde, wie Thanksgiving verlaufen war, und daß sein Interesse nicht auf Liebe zu seinem Sohn oder seinen Enkeln beruhte, sondern auf seiner Abneigung gegen Teke.

Trotzdem wünschte sich J. D., daß es einmal, nur ein einziges Mal in seinem Leben, nicht so wäre. Er wünschte sich, daß John Stewarts Motive positiv anstatt negativ wären und sein vordringliches Anliegen das Glück seines Sohnes wäre.

Er verfluchte sein hektisch reagierendes Herz, knüllte den Zettel zusammen, warf ihn in den Papierkorb und ging mit großen Schritten den Flur hinunter. Als J. D. hereinkam, legte John Stewart das »Wall Street Journal« beiseite, das er gelesen hatte.

»Du siehst erholt aus«, sagte J. D. »Und du hast Farbe bekommen. Warst du auf dem Golfplatz?«

»Nur kurz«, erwiderte John Stewart in gereiztem Ton. »Die meiste Zeit habe ich damit verbracht, zu erklären, warum du nicht mitgekommen bist.«

»Ah. Nun, das kann ja nicht allzu schwierig gewesen sein, ich war mit meiner Familie zusammen.« Der Gedanke, daß andere Leute über sein unerfreuliches Privatleben redeten, ärgerte ihn. »Oder war es zuviel verlangt, dich zu bitten, nicht ganz Palm Beach darüber zu informieren, daß ich mich von meiner Frau getrennt habe?«

»Warum sollten sie es nicht erfahren? Meine Freunde haben Theodora alle kennengelernt. Sie wissen, was sie für eine ist. Sie waren erfreut zu hören, daß du endlich zur Vernunft gekommen bist.«

»Sie ist immer noch meine Frau«, sagte J. D. Er ließ den Blick durchs Zimmer wandern, und wieder einmal fiel ihm auf, wie jedes Stück in diesem Raum John Stewarts konservative Lebenseinstellung widerspiegelte. »Ich finde es unmöglich, daß du sie Fremden gegenüber schlechtmachst.«

»Diese Leute sind keine Fremden. Du hast für viele von ihnen gearbeitet, und sie mögen dich, John David. Du brauchst nur ein Wort zu sagen, und sie werden dir für jede Nacht eine andere Frau besorgen. Darüber hinaus bewundern sie deine beruflichen Fähigkeiten. Sollten wir je beschließen, in Palm Beach eine Zweigstelle einzurichten, hätten wir dort eine treue Klientel.«

J. D. war nicht daran interessiert, sich »Frauen besorgen« zu lassen. Wenn ihm nach einer Frau war, konnte er sich selbst eine suchen. Und er war auch nicht an einer Zweigstelle in Palm Beach interessiert. Falls er sich jemals entscheiden sollte, dort zu arbeiten, würde er sich ganz sicher nicht wieder unter die Herrschaft seines Vaters begeben.

»Und wenn ich beschließen würde, zu Teke zurückzugehen?« fragte er. Er wußte nicht, ob Neugier oder Trotz der Grund für diese Frage war. »Was würdest du all den Leuten dann sagen, die mich so mögen?«

»Du gehst nicht zu ihr zurück«, informierte ihn John Stewart im Brustton der Überzeugung. »Dazu bist du mir zu ähnlich.«

»Ich bin dir weiß Gott zu ähnlich, aber bilde dir nichts darauf ein: Es ist kein Kompliment. Ich bin zu aufgeblasen, um zu Teke zurückzugehen.«

»Das war nicht nett, John David.«

J. D. zuckte die Schultern. »Der Apfel fällt nicht weit vom Stamm. Und deshalb bin ich aufgeblasen und arrogant.«

John Stewart schürzte die Lippen. »Du hast schlechte Laune. Gefällt dir deine Wohnung nicht?«

Ah, seine Wohnung! Das war eine Geschichte für sich. Er hatte eine Putzfrau engagiert, die in der kurzen Zeit bereits seine

Zahnbürste und einen seiner Turnschuhe verschlampt hatte. Die Wäscherei wusch und bügelte zwar seine Hemden perfekt, konnte es jedoch nicht lassen, seine Boxershorts zu stärken. Und ständig war sein Geschirrspüler voll. Aber er würde den Teufel tun und seinem Vater etwas davon erzählen – diese Genugtuung gönnte er ihm nicht –, und so antwortete er : »Meine Wohnung gefällt mir sehr gut.«

»Hast du Ärger mit einem Klienten?«

»Sollte ich?« fragte J. D. alarmiert.

»Irgend etwas muß doch für deine Laune verantwortlich sein.«

J. D. starrte ihn entgeistert an. »Zum Teil ist mein Sohn dafür verantwortlich. Er ist durch die Hölle gegangen und geht immer noch durch die Hölle. Du hast nicht einmal gefragt, wie es ihm geht.«

»Ich nehme an, gut, sonst hättest du es mir wohl erzählt.«

»Nein, es geht ihm nicht gut. Er hat große Schwierigkeiten, die Veränderungen in seinem Leben zu akzeptieren. Beim Thanksgiving-Dinner gab es eine schreckliche Szene. Ich saß am Tisch, wie du es getan hättest, und erwartete, daß alle mich hofierten, und als das nicht geschah, tat ich, was du getan hättest: Ich griff sie an. Mein Gott, du bist mir wirklich ein furchtbares Vorbild gewesen«, sagte er mit erhobener Stimme – und war verblüfft, daß er das getan hatte. Er begegnete seinem Vater plötzlich mit einer Kühnheit, die neu und faszinierend für ihn war.

John Stewarts Ton wurde unfreundlich. »Gib mir nicht die Schuld für deine Probleme, *ich* habe diese Frau nicht geheiratet.«

»Nein, aber sie hat alles zu spüren bekommen, was ich von dir geerbt habe.« Wie von seinen Worten hochkatapultiert, sprang J. D. auf. »Ich konnte sie nicht befriedigen, weder sexuell noch sonstwie, weil ich kalt bin – genau wie du. Ich bin langweilig – genau wie du. Ich bin egozentrisch – genau wie du. Wenn Sam und Annie nicht gewesen wären, hätte sie sich wahrscheinlich schon vor Jahren von mir scheiden lassen.«

»Sam!« schnaubte John Stewart. »Sam ist keinen Pfifferling wert.«

Das hatte J. D. jetzt einmal zu oft gehört. Seinem Vater energischer gegenübertretend, als er es jemals gewagt hatte, sagte er: »Sam ist der einzige, der mich hier bei Verstand gehalten hat. Ohne ihn hätte ich diese Firma schon vor Jahren verlassen – oder mich von einem Dach gestürzt. Sam war meine Rettung, und das Gute in mir stammt von ihm, nicht von dir.«
John Stewarts Augen waren hart wie Stahl. »Also stellst du dich auf seine Seite. Das dachte ich mir. Du bist ein Verräter.«
»Ich bin Realist.«
»Du bist ein Feigling. Du hast bereits *zwei* Konferenzen mittendrin verlassen, bei denen ich Sams Partnerschaft zur Abstimmung bringen wollte. Du willst *mir* nicht deine Stimme geben, aber du hast nicht die Zivilcourage, *gegen* mich zu stimmen.«
»Ich bin auf dem besten Weg«, warnte J. D. ihn. Er schnellte herum, als die Tür ohne vorheriges Anklopfen geöffnet wurde. Er war darauf vorbereitet, Mary McGonigle für das, was sie sich herausnahm, mit einem finsteren Blick zu bedenken, aber es war Virginia Clinger, die, wie üblich in eine Parfümwolke gehüllt, vor ihm stand.
»Hoppla«, sagte sie mit einem Blick von Vater zu Sohn und zurück. »Schlechtes Timing. Wir sehen uns später.«
Und schon war sie wieder weg. Doch J. D.s Mißtrauen war geweckt. »Warum ist sie hier?« Er wußte, daß ihr Vater bereits für den Winter in den Süden gegangen war und sie keine Geschäftsbeziehung zu »Maxwell, Roper und Dine« hatte, da ihre Scheidungsanwälte einer anderen Kanzlei angehörten.
»Offenbar, um kurz hereinzuschauen und hallo zu sagen«, antwortete John Stewart.
»Allein? Nur einfach so? Das sieht Virginia nicht ähnlich, sofern sie nicht irgendwas im Schilde führt.« Daß sie nicht angeklopft und daß John Stewart sie deshalb nicht getadelt hatte, beunruhigte ihn. Er dachte daran, was sie am Tag von Michaels Unfall in Constance gesehen hatte, und sein Mißtrauen wuchs. »Hast du dich mit ihr getroffen?«
»Sie kommt ab und zu vorbei.«

»Und redet worüber? Über Sam?«

»Was sollte sie denn über Sam zu reden haben?« fragte John Stewart mit einer Unschuldsmiene, die J. D. ihm keine Sekunde lang abnahm.

»Virginia würde alles sagen, was du ihrer Meinung nach vielleicht hören möchtest, wenn es sich positiv auf ihr Anliegen auswirkte, von ihrem Vater so viel Geld wie möglich zu bekommen. Ich bin jetzt zwar Stanleys Vermögensverwalter, aber du bist sein langjähriger Freund. Was hat sie dir erzählt? Daß sie Teke und Sam zusammen gesehen hat? Daß sie Beweise dafür hat, daß sie eine Affäre hatten?«

»Er hat doch schon zugegeben, daß sie eine Affäre hatten.«

»Er hat zugegeben, daß sie einmal zusammen waren, aber das erfüllt nicht den Tatbestand einer Affäre. Was zwischen ihnen gewesen ist, geht Virginia genausowenig etwas an wie dich.«

»Mich geht es sehr wohl etwas an, es ist meine Firma, die er besudelt hat.«

»Besudelt? Dank des Dunn-Falles werden wir in der Stadt hochgelobt wie nie. Er hat die Firma nicht ›besudelt‹, er hat ihr eine Riesenreklame verschafft.«

»Und du hast das mit Haken, Schnur und Schwimmer geschluckt. Sam hat eine Gehirnwäsche bei dir vorgenommen.«

»Er war ein verdammt guter Freund – ein *verdammt* guter Freund.«

»Wie kannst du das sagen, nachdem er dir das angetan hat?« dröhnte John Stewart.

Doch J. D. ließ sich nicht beirren. Angetrieben von Zorn auf seinen Vater empfand er ein seltsames Machtgefühl, das ihn bewog, den Mann an seinem größten Geheimnis teilhaben zu lassen. »Ich habe manchmal einen Alptraum. Ich träume, daß wir Sam abwählen und daß ich dir danach an jedem Tag, in jeder Woche, in jedem Monat ohne ihn ähnlicher werde. Ich werde immer kälter und selbstgerechter, bis ich irgendwann auf der Spitze einer Pyramide stehe – mutterseelenallein, weil es niemanden mehr auf der Welt gibt, der mit mir zusammensein will. Das ist mein Alptraum. Ziemlich übel, was?«

John Stewart erhob sich langsam aus seinem Sessel und richtete sich zu seiner vollen Größe auf. Und dann sagte er mit der autoritären Stimme, die schon viele starke Männer hatte erzittern lassen: »Nicht ›übel‹ – kindisch. Ich habe etwas aus dir gemacht, John David, ich verdiene diese Mißachtung nicht.«

J. D. zitterte nicht, er starrte seinen Vater nur fassungslos an. »Du verstehst nichts. Du begreifst nicht, worauf ich hinauswill. Du hörst nicht, was ich sage, nicht wahr?«

»Ich höre, was ich hören muß, aber ich würde es an deiner Stelle nicht wiederholen. Ich kann dich jederzeit gemeinsam mit deinem geliebten Sam als Firmenpartner abwählen. Bedenke das, wenn du das nächste Mal in der Stimmung bist, mich zu beschimpfen. Diese Firma gehört mir, John David, *mir.*«

J. D. hätte ihm entgegenhalten können, daß er seine eigene Klientel habe, daß das Geld, das er der Firma einbrachte, für die Bilanz nicht unwesentlich sei, daß die Kanzlei, wenn Sam *und* er nicht mehr da wären, vielleicht Probleme hätte, zu überleben. Aber er sparte sich die Mühe. Plötzlich schien es wichtigere Dinge zu geben, als sich mit John Stewart zu streiten. Sein verändertes Auftreten gegenüber seinem Vater barg die Tendenz zur Unabhängigkeit in sich. Er wollte sehen, wohin es ihn führen würde.

Am anderen Ende der Kanzlei »Maxwell, Roper und Dine« kehrte Sam von einer Urteilsverkündung zurück. Der Richter hatte eine geringere Strafe verhängt als die vom Ankläger geforderte, doch sein Klient sah trotzdem harten Zeiten entgegen. Sam war niedergeschlagen. Sein Klient war weder jung noch bei guter Gesundheit. Sam bezweifelte, daß er auch nur einen einzigen Tag im Gefängnis überstehen würde, und er mochte den Mann. Er hielt ihn nur der mangelnden Menschenkenntnis bei der Wahl seiner Geschäftspartner für schuldig.

Unglücklicherweise hatten die Geschworenen ihn weiterreichender Vergehen für schuldig befunden.
Natürlich könnte Sam Einspruch gegen das Urteil einlegen, aber er wußte tief im Innern, daß das nicht viel bringen würde. Der Prozeß war fair gewesen.
Er wünschte, es würde auch bei »Maxwell, Roper und Dine« fair zugehen, doch wie viele Beschwerden er bei den Konferenzen auch verbrachte, er zog immer den kürzeren. John Stewart hatte Vicky Cornell so in seine Vorgänge eingebunden, daß sie jedesmal, wenn Sam einen Auftrag für sie hatte, vom Seniorpartner angefordert wurde. Tom Mackie begriff allmählich, was Sam von ihm erwartete – aber nur sehr langsam, wodurch Sam gezwungen war, den Löwenanteil der Arbeit selbst zu machen. Dies führte dazu, daß er müde und gereizt und in wachsendem Maße um seine Zukunft besorgt war.
Er hatte kaum seinen Aktenkoffer auf den Schreibtisch geknallt, als Joy ihn anrief. »Adam Holt ist in der Leitung«, sagte sie. »Soll ich ihn bitten, eine Nachricht zu hinterlassen?«
Adam Holt war einer der führenden »Kopfjäger« in der Anwaltsszene. Er hatte Sam im Laufe der Jahre gelegentlich angerufen, in letzter Zeit hatten seine Anrufe sich jedoch gehäuft. Sam hatte den Kontakt nie von sich aus aufrechterhalten. Er hatte nie gesagt, daß er »Maxwell, Roper und Dine« verlassen wolle – doch er hatte Adam immer zugehört.
Ihr letztes Gespräch lag eine Woche zurück, und wäre Sam nicht so demoralisiert gewesen, hätte er Joy vielleicht gebeten, Adam abzuwimmeln.
»Ich rede mit ihm«, erklärte er und drückte auf den entsprechenden Knopf. »Hallo, Adam. Wie geht's?«
»Danke, gut. Nein, in Wahrheit nicht so gut. Ich werde mit Anrufen bombardiert.«
»Von wem?«
»›Malek, Hill und French‹. Sie wollen Sie haben, Sam. Sie suchen verzweifelt einen Strafrechtler – und sie zahlen phantastisch.«

Sam schloß die Augen und massierte seine verspannten Nackenmuskeln. »Ich habe keine Angst, zuwenig bezahlt zu bekommen, Adam, das habe ich Ihnen doch bereits erklärt.« Er seufzte. »›Malek, Hill‹ ist mir einfach zu groß – da würde ich eingehen.«
»Sie hätten Ihre eigene Abteilung, Ihre eigene kleine Ecke der Firma.«
Aber Sam wußte, wie es in großen Kanzleien zuging. Wenn man sich absonderte, rutschte man in die Isolation ab und wurde allmählich zum Ausgestoßenen. Wenn er dorthin wechselte, käme er vom Regen in die Traufe. Außerdem kannte er viele der Partner bei »Malek, Hill und French«. Sie waren auf andere Arten Getriebene als John Stewart, aber nichtsdestoweniger Getriebene. Er war nicht sicher, daß er ihnen über den Weg trauen würde.
»Das ist nichts für mich, Adam. Wirklich.«
»Wie wär's dann mit ›Waterston und Bailey‹? Haben Sie *die* in Erwägung gezogen?«
»Ich habe überhaupt niemanden in Erwägung gezogen, ich habe nicht vor, zu wechseln.«
»Aber bei ›Maxwell, Roper und Dine‹ ist Ihr Handlungsspielraum begrenzt. Besonders seit ›Dunn gegen Hanover‹ haben Sie Klienten an andere Kanzleien verwiesen, weil Ihre Strafrechtsabteilung dort nicht groß genug ist. Das ist ein Jammer, Sam.«
Sam legte keinen Wert auf eine größere Strafrechtsabteilung, ihm gefiel sie so, wie sie war. Was ihm nicht gefiel, war die Böswilligkeit, die die Flure der Firma säumte und ihn umzingelte, um seine Partnerschaft abzuwürgen.
Sein Blick fiel auf ein großes, braunes Kuvert, das bei der Morgenpost auf seinem Schreibtisch lag. Es kam von Joe Amarino, einem alten Studienfreund, der gegenwärtig als Berater des Gouverneurs fungierte. Sie hatten am Morgen zuvor miteinander telefoniert.
Nachdem er das Gespräch mit Adam beendet hatte, öffnete er den Umschlag und las den beiliegenden Brief. Er war nur kurz. »Hier ist der Bewerbungsbogen, den ich erwähnte«, schrieb Joe. »Ich wünschte, Du würdest in Betracht ziehen, ihn auszufüllen,

Sam, nicht nur, weil ich denke, daß Du einen ausgezeichneten Richter abgeben würdest, sondern auch, weil ich glaube, daß Du eine echte Chance hast, den Posten zu bekommen. Ich habe noch nicht mit dem Gouverneur darüber gesprochen, aber mein Instinkt sagt mir, daß er begeistert davon wäre, einen jungen und idealistischen Mann auf den Stuhl setzen zu können. Überleg nicht zu lange, er will die Lücke so schnell wie möglich schließen.«

Sam warf einen Blick auf den Bewerbungsbogen, ließ ihn auf den Schreibtisch fallen, warf noch einmal einen Blick darauf und hob ihn dann hoch. Er wußte nicht, was er tun sollte. Einerseits wollte er bleiben, wo er war, zumindest, bis die Lage in Constance sich beruhigte. Andererseits begann er sich bei »Maxwell, Roper und Dine« wie ein Geächteter zu fühlen.

Rede mit Annie, dachte er, doch er zögerte. Er wollte sie nicht damit behelligen – vor allem jetzt, da ihre Beziehung eine positive Wendung genommen hatte. Er wollte in ihren Augen wunderbar und stark und als Herr der Lage wirken.

Grady sah die Veränderung, die jetzt, da Michael zu Hause war, mit Teke vorging. Während der Junge jeden Morgen und Nachmittag mit seinem Physiotherapeuten beziehungsweise dem Privatlehrer arbeitete, hatte sie die Muße, zum Drugstore zu fahren, in den Supermarkt, in die Bibliothek. Sie brauchte kein Mittagessen mehr von McDonald's oder Kaffee in Styroporbechern. Sie kochte und putzte und hatte überall im Haus kleine Vasen mit frischen Blumen stehen. Grady suchte einen neuen Weg, ihr zu helfen.

Aus diesem Grund war er tatsächlich froh, als er zu einem Mittagsbesuch bei Michael kam und sie in heller Aufregung vorfand. »Du bist mein Lebensretter, Grady! Eben hat die High-School wegen Leigh angerufen. Sie fällt in zwei Fächern durch. Ich muß mit der Schülerberatung sprechen. Würdest du inzwischen bei Michael bleiben? Ich werde nicht lange weg sein.«

»Laß dir Zeit«, erwiderte Grady. »Ich werde keine Stoppuhr stellen.«
Sie warf sich einen Mantel über, nahm ihre Schlüssel und steuerte auf die Tür zu, kam jedoch noch einmal zurück und schlang den Arm um seinen Hals. »Danke«, flüsterte sie, und dann war sie weg.
Den schwach blumigen Duft in seiner Nase, der die heutige Teke charakterisierte, machte Grady sich auf die Suche nach Michael. Er fand ihn im Arbeitszimmer, das zu einem Schlafzimmer umfunktioniert worden war. Michael sah fern.
»Hi, Grady.«
»Hi, Mike.« Er hielt ihm die offene Hand hin, und Michael schlug mit seiner offenen darauf. »Du schaust dir Seifenopern an?«
»Klar. Da geht's zu wie hier – eine Krise jagt die andere. Im Augenblick ist Leigh dran. Sie beschäftigt sich lieber mit Jon als mit Französisch, Englisch oder Mathe. Wenn Mom sich einmischt, wird es noch schlimmer werden. Leigh ist nicht gut auf sie zu sprechen, seit sie die Affäre mit Sam hatte.«
»Sie hatte keine Affäre mit Sam«, sagte Grady, doch Michael hatte auf einen anderen Kanal umgeschaltet und deutete auf den Bildschirm.
»Sehen Sie den Burschen da? Er saß in einem Wagen, der von einer Klippe stürzte. Er lag zwei Monate im Koma. Als er aufwachte, konnte er sich an nichts erinnern, aber wenigstens konnte er laufen. Ich wünschte, so wäre es bei mir auch.«
»Du kannst doch laufen.«
»Ich bewege mich wie eine Marionette.«
»Wenn du mit der Physiotherapie fertig bist, wirst du das nicht mehr tun.«
Michael antwortete nicht. Er starrte auf den Bildschirm. Nach einigen Minuten schaltete er wieder auf einen anderen Kanal und starrte weiter.
»Hattest du einen harten Vormittag?« fragte Grady.
»Ich hasse das Training – es ist eine elende Schinderei. *Ihr* würde

es auch nicht gefallen, wenn sie die Übungen machen müßte. Sie *haßt* Gymnastik. Geben Sie ihr noch fünf Jahre, dann sieht man ihr das an.«

»Ich finde, sie sieht ziemlich gut aus.«

»Warten Sie's ab. Dann wird sie schlaffe Schenkel und schlaffe Arme haben, ein schlaffes Kinn – und einen Hängebusen bekommen«, setzte er hinzu, als sei das das schlimmste von allem.

»Aha«, nickte Grady, »heute ist ›Mutter niedermachen‹ angesagt.«

Michael starrte finster auf den Fernseher. »Sie nervt mich.«

»Sie liebt dich.«

»Ach ja? Wieso bin ich dann hier?«

»Du bist hier«, erwiderte Grady mit einem Anflug von Ungeduld, »weil du ohne zu schauen auf die Straße gelaufen bist.«

Jetzt sah Michael ihn an. »Das hätte ich nicht getan, wenn *sie* nicht getan hätte, was sie getan hat. Sie ist erwachsen, sie hätte es besser wissen müssen.«

»Nun, das tat sie nicht. Also entschuldigte sie sich. Sie hat all dies mit dir durchlitten. Sie war völlig fertig, während du die neun Tage im Nimmerland zubrachtest.«

»Aber sie ist nicht derjenige, der nicht Basketball spielen kann.«

»Aber sie ist diejenige, die mitansehen muß, wie du darunter leidest, daß du nicht spielen kannst, und wenn du glaubst, daß das nicht genauso schlimm ist, dann bist du nicht so klug, wie ich dachte. Es tut ihr weh, wenn dir etwas weh tut.«

Michaels Blick kehrte zum Fernseher zurück. »Geschieht ihr recht«, murmelte er.

»Nein. Nein, das tut es nicht«, widersprach Grady, weil er fand, daß es an der Zeit war, daß jemand es tat. »Sie hat dir nicht absichtlich weh getan. Sie tut *niemandem* absichtlich weh. Und das ist wirklich ein Wunder, wenn man bedenkt, wie ihr Vater mit ihr umgegangen ist. Hat sie dir je davon erzählt? Hat sie dir je erzählt, wie er sie quer durch die ganze Hütte warf? Sie war jünger als du, aber sie kochte für ihn und räumte hinter ihm her,

und was bekam sie dafür? Ohrfeigen, wenn ihm ihr Essen nicht schmeckte. Und wenn sie seiner Meinung nach zu lange schlief, zerrte er sie aus dem Bett und warf sie auf den Boden. Und wenn er betrunken war, brauchte er keinen Anlaß, um sie zu verprügeln. Hat sie *dich* jemals geschlagen?«
Michael starrte ihn an.
»Hat sie?« wiederholte Grady.
»Nein.«
»Das habe ich auch nicht geglaubt. Sie hat die letzten zwanzig Jahre damit verbracht, ihren Kindern ein besseres Heim zu schaffen, als sie es hatte. Also überleg dir, was du über sie sagst. Wenn du Glück, hast, *viel* Glück, dann wirst du vielleicht eines Tages ein so guter Mensch, wie sie es ist.« Er richtete seinen Blick auf das Fenster. »Das Problem mit dir ist, daß du im Haus festsitzt. Da muß man ja aggressiv werden.« Er wandte sich Michael wieder zu. »Hast du zu Mittag gegessen?«
»Sie hat mir gegrillten Käse gemacht.«
»Hast du ihn gegessen?«
»Einen Teil.«
»Nun, *ich* habe noch nichts im Magen, und ich mag keinen kalten, übriggebliebenen gegrillten Käse. Mir ist nach etwas Würzigem. Hast du Lust, zum Mexikaner zu gehen?«
Michaels Miene erhellte sich. »Ausgehen?«
»Ich habe dich nach dem Training im Fitneßklub nach Hause gefahren. Du kannst sehr gut in einem Wagen sitzen.«
»Ich war seit dem Unfall nicht beim Essen.«
»Ich sehe keine Schwierigkeit für dich, in ein Restaurant zu gehen. Dort kannst du ebensogut sitzen wie im Auto. Es sei denn, du fürchtest, daß dich jemand verspottet, weil du Beinschienen trägst und an Krücken gehst.« Grady dachte über diesen Aspekt nach. »Vielleicht solltest du das wirklich fürchten, denn jeder, der sich über dich lustig macht, bekommt es mit mir zu tun. Tatsache ist, daß ich einen Mann getötet habe. Vielleicht willst du ja nicht in der Gesellschaft eines Mörders gesehen werden ...«

Aber Michael griff bereits nach seinen Beinschienen. Grady half ihm, sie anzulegen. Er half ihm, sie unter einer Sweathose zu verbergen und wartete dann geduldig, während Michael sich in ein Sweatshirt hineinquälte und Gradys alte Mütze verkehrt herum aufsetzte. Kurze Zeit später, nachdem sie in der Küche eine nicht zu übersehende Nachricht für Teke auf den Tisch gelegt hatten, saßen sie in dem blauen Laster und fuhren in Richtung Stadt. Grady spürte die schnellen Blicke, die Michael immer wieder zu ihm hinüberwarf, doch erst als sie im *Taco Joe's* Tabletts mit Portionen vor sich stehen hatten, von denen *vier* Personen satt geworden wären, sagte der Junge: »Sie sind anders, wissen Sie.«
»Ist das gut oder schlecht?«
»Gut. Irgendwie wie Sam. Ihm ist immer was Verrücktes eingefallen, wenn wir uns langweilten.« Seine Miene verfinsterte sich. »Ganz günstig, daß ich nicht Basketball spielen kann, ich würde ihn nicht mehr als Trainer wollen.«
»Warum nicht? Wie ich höre, ist er ein gefürchteter Spieler.«
»Das hat man ja bei meiner Mom gesehen.«
»Soviel ich mitbekommen habe«, erwiderte Grady, »hat das Spiel keinem von beiden besonderen Spaß gemacht. Ich nehme an, er wäre erleichtert, wenn er wieder mit dir spielen könnte.«
»Das wird er aber nicht.«
»Willst du ihm seine Verfehlung bis in alle Ewigkeit vorwerfen? Sogar mir hat man wegen guter Führung einen Teil meiner Haft erlassen.«
»Hat man nicht! Sie haben gesagt, daß Sie sich prügelten, um sich zu schützen.«
»Worauf ich nicht stolz bin. Ich glaube, Sam ist auch nicht stolz auf das, was er mit deiner Mom getan hat. Man nennt das Reue, und sie bewirkt, daß man sich bemüht, ein besserer Mensch zu werden. Es wäre wirklich nett, wenn du Sam eine Chance geben würdest. Ich bin immer dankbar, wenn Leute das bei mir tun.«
»Ich habe eine Idee: *Sie* können mich trainieren. Ich wette, Sie spielten ...«

»Niemals.«
»Niemals?«
»Wann hätte ich Basketball spielen sollen?«
»Sam spielte auf dem College.«
»Ich war nie auf einem College. Ich war auch jedes Jahr nur ein paar Tage in der Schule. Ich hatte keine Zeit, Basketball zu spielen, ich war zu sehr damit beschäftigt, meinem Vater auf dem Dock bei den Booten zu helfen.«
»Jetzt sind Sie nicht so beschäftigt. Was machen Sie, wenn Sie nicht an Mrs. Harts Remise arbeiten?« Als sei ihm plötzlich ein Licht aufgegangen, leuchteten seine Augen auf. »Sie bauen Kanus. Das haben Sie erzählt, ich habe mich gerade daran erinnert. Stimmt das wirklich?«
Grady nickte.
»Wie?«
Grady lachte. Der Junge konnte wie ein zynischer Vierzigjähriger sein oder wie ein greinender Dreijähriger oder wie ein neunmalkluger Achtzehnjähriger. Grady mochte ihn am liebsten als den unschuldig dreinschauenden und neugierigen Dreizehnjährigen, der er jetzt war. »Man formt Holz zu einer Mulde, hämmert ein bißchen, schleift ein bißchen, säubert die Mulde und bedeckt sie mit Segeltuch. Dann schleift man noch ein bißchen, und dann kommt Farbe drauf. Und schließlich setzt man das Ding ins Wasser und paddelt ins ferne Nirgendwo davon.«
»Ins ferne Nirgendwo?«
»Die herrliche Landschaft. Gottes Land. Meilen von Wald und Wasser, wo die Natur regiert und der Mensch ein Gast ist.«
»Ist es unheimlich dort?« fragte Michael atemlos.
»Nicht, wenn man die Geräusche deuten kann, die man hört. Im fernen Nirgendwo herrscht ein Leben, das die meisten Menschen niemals mitkriegen, weil sie die Eingeborenen mit ihrem eigenen Lärm verschrecken und vertreiben, aber wenn man nicht dorthin geht, um die Eingeborenen zu sehen, warum geht man dann hin?«

Michael blinzelte. »Indianer?«
»Vögel. Moschusratten. Biber. Elche.«
Der Junge riß die Augen auf. »Elche?«
»Elche.«
»Phantastisch!«
Das war offenbar Michaels größtes Kompliment. Grady fragte sich, ob Shelley wohl auch dieses Wort benutzte, und wenn ja, ob sie es mit der gleichen Bewunderung aussprach wie er.
»Werden Sie mich dorthin mitnehmen?« fragte Michael.
»Sobald du wieder richtig laufen kannst.«
»Aber wenn ich nur in einem Kanu sitzen und paddeln muß ...«
»*Nur?* Machst du Witze? Wenn du dich im fernen Nirgendwo aufhalten willst, mußt du natürlich paddeln können, aber du mußt das Kanu auch über trockene Stellen tragen können und Holz sammeln und Essen zubereiten. Du mußt auf dem Boden schlafen und dich im Wald hinhocken und hinterher saubermachen können, damit nichts außer deinen Fußspuren zurückbleibt. Es ist kein Picknick.«
»Warum fahren Sie dann hin?«
Grady dachte an seinen Lieblingsfluß, weit oben im Norden von Maine, und spürte plötzlich Sehnsucht. »Weil es friedlich ist und das Gefühl von Freiheit vermittelt und weil ich dort genauso gut wie jeder andere bin.«
Sie wandten sich wieder ihrem Essen zu. Nach einer Weile sagte Michael: »Das ist wie auf Sutters Island. Keine meiner Freunde sind dort, und ich muß nicht der Beste sein.«
»Wer sagt denn, daß du *überhaupt* der Beste sein mußt?«
»Mein Dad.« Michael schaute ihn neugierig an. »Meinen Sie, daß Sie nicht so gut sind wie andere, weil Sie im Gefängnis gesessen haben?«
»Oh, *ich* halte mich ja für gleich gut, das Problem sind die anderen.«
»Weil Sie ein Exsträfling sind?«
»Und Zimmermann. Das macht nicht soviel her wie das, was dein Vater tut.«

»Aber wenn Sie es gut können, dann zählt doch nur das. Das sagt meine Mom immer. Sie sagt, ich dürfe alles im Leben werden, solange ich es mit Leidenschaft täte. Machen Sie Ihre Arbeit mit Leidenschaft?«

Grady mußte lächeln. Er *sah* Teke das sagen. »Kommt darauf an, wie man Leidenschaft definiert.«

»Machen Sie sie *gut?*«

»*Ich* glaube, ja, aber wie kann ich das beurteilen? Vielleicht kannst du es? Möchtest du sehen, was ich mache?«

Wieder wurde Michaels Gesicht lebendig. »Jetzt?«

»Sobald ich aufgegessen habe.«

Fünf Minuten später fuhren sie los, und fünf Minuten danach hielt Grady vor der Remise.

»Wow!« sagte Michael, der das Gebäude durch die Windschutzscheibe betrachtete. »Das ist aber schön.«

Grady fand das auch. Die großen Tore waren durch Fenster und eine konventionelle Flügeltür ersetzt worden. Wo der Heuboden gewesen war, stand ein riesiges Bogenfenster. Die neue Schindelverkleidung war grau gestrichen, und die Tür- und Fensterrahmen hoben sich leuchtend weiß dagegen ab.

Im Innern herrschten noch chaotische Zustände. Zwar vermittelten Pfeiler einen vagen Eindruck davon, wo irgendwann Wände gezogen wurden, doch im Grunde war es ein einziger, großer Raum mit rosafarbener Isolierung an den Außenwänden.

»Es gibt noch viel zu tun«, sagte Grady, »aber immerhin ist es jetzt so dicht, daß ich auch bei Kälte hier arbeiten kann.«

»Was wird das da drüben?«

»Die Küche. Und das dort ein Schlafzimmer. Und wir stehen im Wohnzimmer.«

»Und was ist oben?«

»Der Dachboden. Schlafzimmer oder Arbeitszimmer – was auch immer.«

»Kommt eine Wendeltreppe rein?«

»Darauf kannst du wetten.«

»Phantastisch. Was für ein tolles Haus!« Michael bewegte sich

jetzt schon geschickter auf den Krücken vorwärts, um das Holz zu berühren, das über zwei Böcken lag und darauf wartete, zugeschnitten zu werden.
»Paß auf, wo du hintrittst«, sagte Grady gerade, als in der Ferne Sirenengeheul hörbar wurde. Er sah den Jungen im Geiste im Sägemehl ausrutschen, und die Vorstellung machte ihm angst. »Nicht, daß du eines meiner Werkzeuge beschädigst.«
Das Geheul der Sirenen wurde lauter. Es war ein seltenes Geräusch in dieser Gegend. Grady malte sich aus, daß einer der älteren hier ansässigen Menschen einen Schlaganfall erlitten hatte. Als das Sirenengeheul noch lauter wurde, dachte er an Cornelia. »Bleib mal kurz, wo du bist«, sagte er zu Michael. »Ich schaue nur schnell nach Mrs. Hart.« Doch die Sirenen trieben ihn zur Remisen-Tür. Als er sie öffnete, sah er sich einem eindrucksvollen Aufgebot blendend heller, blinkender Lichter gegenüber. Es war keine Ambulanz da, nur drei Polizeiwagen, und die hatten sich so positioniert, daß sie seinem Truck das Wegfahren verwehrten.
»Was ist denn hier los?« fragte er.
Die Türen der Streifenwagen schwangen auf und spuckten Beamte aus, die ihre Waffen auf ihn richteten. »Stehenbleiben, Piper«, schrie einer: »Hände auf den Kopf. Schön langsam. So ist's gut.«
Gradys Magen, der sich beim Anblick der Waffen verkrampft hatte, schickte einen Befehl zur Ruhe an seinen Körper. »Was gibt es für ein Problem, Officer?« fragte er, so gelassen er konnte. Er hatte sich schon an die Polizei von Constance gewöhnt, aber bis heute hatten sie ihn noch nie mit der Waffe bedroht.
»Treten Sie fünf Schritte vor.«
Grady trat fünf Schritte vor. »Habe ich etwas angestellt?«
»Wo ist der Junge?«
»Drinnen.«
Die Beamten schwärmten aus, behielten Grady jedoch im Auge. Und er wurde immer nervöser, er mochte keine Waffen – absolut nicht.

»Was ist los?« wollte er noch einmal wissen, diesmal von Dodd. Er wünschte, jemand würde ihm sagen, was er nun schon wieder verbrochen haben sollte. Beim letzten Mal war es um Raub gegangen. Daß heute Waffen zum Einsatz kamen, deutete auf etwas Schlimmeres hin. Der Gedanke, daß in Constance vielleicht ein Mord geschehen war, sandte einen kalten Schauer über den Rücken.

»Holt den Jungen«, rief einer der Beamten.

»Da ist er«, sagte ein anderer.

»Was wollen die von Ihnen, Grady?« fragte Michael von der Tür her. Seine Stimme klang ängstlich.

»Bist du okay, Junge?« erkundigte sich der ihm am nächsten stehende Polizist.

»Natürlich. Warum sind Sie hier? Was haben Sie vor?«

Die Beamten umzingelten Grady. Er hätte darauf wetten können, daß es Connors sein würde, der mit seiner Waffe gestikulierte. Man sah dem Mann an, daß er die Situation genoß. »An den Wagen, Piper. Hände aufs Dach.«

Grady kannte die Routine. Und er wußte, daß eine falsche Bewegung den Abzugsfinger eines Vorstadt-Polizistenarschlochs zum Abdrücken veranlassen könnte. Langsam legte er die Hände auf das Dach des Streifenwagens. Mit gezielten Tritten wurden seine Beine gespreizt, und dann wurde er durchsucht.

»Was *machen* Sie?« schrie Michael. »Er hat nichts getan. Was werfen Sie ihm vor?«

»Kidnapping«, erklärte Connors und ließ die Handschellen zuschnappen.

»Wen hat er gekidnappt?« schrie Michael.

Aber Grady wußte plötzlich Bescheid. Eine ungeheure Wut stieg in ihm auf. »Dodd!« bellte er in die Richtung des Officers, als er ihn einige Meter entfernt entdeckte. »Wir müssen reden, Dodd.«

»Auf dem Revier, Bürschchen.« Connors öffnete die Fondtür des Streifenwagens.

Michael stolperte vorwärts. »Sie dürfen ihn nicht mitnehmen. Er ist kein Krimineller. Er hat nichts verbrochen.« Als einer der Beamten versuchte, ihn zurückzuhalten, fuhr er ihn an: »Fassen Sie mich nicht an!«
Dodd trat zu Grady.
Angesichts des Zorns, den Grady verspürte, kostete es ihn beträchtliche Mühe, seine Stimme so weit zu senken, daß Michael nichts verstehen könnte. »Sie wissen, wer dahintersteckt, nicht wahr?« sagte er zu Dodd. »Maxwell! Ich hinterließ auf dem Küchentisch die Nachricht, daß ich einen kleinen Ausflug mit dem Jungen machen würde. Er muß sie gesehen haben. Sie wissen, wie sehr er mich haßt, und Sie wissen, daß ich den Jungen nicht gekidnappt habe. Ich bin mit ihm befreundet, und ich bin mit seiner Mutter befreundet. Rufen Sie sie an! Sie hatte mich gebeten, mich um den Jungen zu kümmern, weil sie wegmußte. Inzwischen müßte sie wieder zu Hause sein. Wenn Sie mich wegen Kidnapping festnehmen, machen Sie sich zu Narren.«
»Wir haben einen Anruf bekommen«, erklärte Dodd mißmutig. »Wir müssen die Sache durchziehen.«
»Und den Jungen schockieren?« fragte Grady gerade in dem Moment, als Michael von hinten zu ihm herantrat.
»Das dürfen sie nicht tun, Grady! Sagen Sie ihnen, daß sie das nicht dürfen. Sie haben niemanden gekidnappt. Sie haben Rechte!«
»Er klingt wie sein Vater, finden Sie nicht?« fragte Grady Dodd.
Dodd blickte in die Runde – und dann machte er eine ärgerliche Handbewegung, die die anderen Beamten zu ihren Wagen zurückschickte. Anschließend wandte er sich an Michael: »Was hältst du davon, mit Grady und mir eine kleine Spazierfahrt zu machen? Wir gehen kurz aufs Revier, um die Angelegenheit zu regeln, und dann fahre ich euch zurück.«
»Um drei Uhr kommt sein Privatlehrer«, sagte Grady.
Aber deswegen ließ Michael sich nicht von seinem Entschluß abbringen. »Ich begleite Sie. Wenn es kein Opfer gibt, gibt es

kein Verbrechen, und wenn diese Idioten das nicht wissen, dann werde ich es ihnen erklären.«

»Vorsicht, Michael«, bremste Grady ihn. »Diese ›Idioten‹ sind hier, um dich zu beschützen.«

»Mich zu beschützen? *Sie* können mich viel besser beschützen, als die es je könnten. Sie machen einen großen Fehler«, richtete er den letzten Satz an Dodd. »Grady hat mich nicht gekidnappt. Sehe ich aus, als sei ich gezwungenermaßen hier? Sehe ich unglücklich aus? Nein! Ich bin freiwillig hier, und das würdet ihr Burschen auch erkennen, wenn ihr ein Hirn unter euren schicken Hüten hättet.«

»Großer Gott, Michael!« mahnte Grady und sagte dann zu Dodd: »Er sieht offenbar zu viel fern.«

»Seifenopern«, präzisierte Michael, »und was hier abgeht, könnte aus einer davon stammen. Es ist *krank!*«

»Nehmen Sie ihm die Handschellen ab«, schnauzte Dodd Connors an.

»Wenn ich das tue, wird er ...«

»Nehmen Sie ihm die verdammten Dinger ab!«

Connors gehorchte.

Dodd legte warnend die Hand auf Gradys Arm. »Fahren Sie den Jungen jetzt heim. Wir begleiten Sie, und wenn sich irgendwelche Zweifel ergeben, wenn wir dort ankommen, nehmen wir Sie postwendend mit aufs Revier. Verstanden?«

Grady verstand, und er begriff auch, daß J. D. Maxwell keine Ruhe geben würde, bis er ihn, Grady, aus der Stadt vertrieben hätte, aber er dachte gar nicht daran, es so weit kommen zu lassen. Er würde bleiben, bis Teke ihn nicht mehr brauchte. Wenn dieser Tag käme – und nur dann –, würde er verschwinden.

Als Teke beim Nachhausekommen das Aufgebot von Streifenwagen sah, schossen ihr die wildesten Vermutungen durch den Kopf. Sie alterte zehn Jahre in der Zeit, die sie benötigte, um zu parken und ins Haus zu laufen. Als sie erfuhr, was passiert war, stieg glühender Zorn in ihr auf. Nach dem Debakel an Thanksgiving und in unmittelbarem Anschluß an das unerfreuliche Gespräch mit Leighs Schülerberaterin war diese böswillige Aktion von J. D. der Tropfen, der das Faß zum Überlaufen brachte. Sobald die Polizei und Grady gegangen waren und Michaels Privatunterricht begonnen hatte, machte sie ihrer Wut Luft.

»Was für ein abscheulicher Winkelzug, J. D.! Grausam, dumm und heimtückisch! Du wußtest, daß Grady mit Michael weggefahren war, du hattest die Nachricht auf dem Küchentisch gelesen. Es war dir völlig klar, daß keine Entführung vorlag. Warum hast du das *getan?«*

J. D. wirkte vollkommen gelassen, was ihren Zorn noch zusätzlich schürte. Anstatt zu bestreiten, was sie gesagt hatte, zuckte er mit den Schultern. »Ich mag Grady Piper nicht, und es paßt mir nicht, daß er ständig um meinen Sohn herum ist.«

»Jemand *sollte* das aber sein, und du fällst in dieser Hinsicht ja aus, aber das ist ein anderes Kapitel«, entgegnete sie heftig. »Welches *Recht* hast du, Grady so zu behandeln? Du versuchst schon seit dem Tag seiner Ankunft, ihn in Schwierigkeiten zu bringen. Was hat er *dir* denn getan?«

»Er hat meinen Sohn verletzt.«

»Es war nicht seine Schuld!« schrie sie, wie es ihr schien, zum tausendsten Mal. »Er hat dir nie etwas getan, außer daß er mich von Kind an kennt.« Sie dachte kurz nach und fuhr dann fort: »*Das* ist es, stimmt's? Du bist eifersüchtig. Du willst mich nicht, aber trotzdem bist du eifersüchtig.«

»Ich bin nicht eifersüchtig.«

Sie hätte geschmeichelt sein sollen, doch ihre Wut ließ das nicht zu. »Er kommt her und schippt den Schnee vom Gehweg. Er bleibt bei Michael, während ich bei einer Besprechung in der Schule bin. Er schaut auf ein freundschaftliches Gespräch mit mir vorbei. Er hilft mir. Es macht mir das Leben leichter. Und all das wirft ein schlechtes Licht auf dich.«

»Nein, das tut es nicht. Ich wohne nicht mehr hier, also kann ich das alles selbstverständlich nicht tun.«

Sie schlug mit der flachen Hand auf die Arbeitsfläche. »Du hast es *nie* getan, J. D. Immer kamen deine Arbeit und deine Bedürfnisse an erster Stelle. Du halfst mir nur, wenn es dir in den Kram paßte. Um die Wahrheit zu sagen, daß du nicht mehr hier bist, bedeutet kaum eine Veränderung für mich. Ich habe mich vorher um alles gekümmert, und das tue ich jetzt auch. Und wenn du *wirklich* die Wahrheit hören willst«, setzte sie in dem Wunsch, sich von den Gedanken zu reinigen, die ihren Kopf verpesteten, hinzu, »ich war noch nie so erleichtert, dich gehen zu sehen wie an Thanksgiving. Ich dachte, du tätest mir einen Gefallen damit, daß du herkämst, aber so war es nicht. Du hast eine ungute Ausstrahlung und bist auf Streit aus. Als du kamst, brachtest du eine dunkle Gewitterwolke mit, und als du gingst, befreitest du uns davon. Wenn du mir also wirklich einen Gefallen tun willst, dann bleib weg!«

Irgendwann im Laufe ihres Ausbruchs hatte sie angefangen zu zittern. Sie machte nicht den Versuch, es zu verbergen, während sie J. D. wutentbrannt anstarrte. Sie war noch nie in ihrem Leben so zornig gewesen.

»Den Gefallen kann ich dir tun«, erwiderte J. D., das Kinn in bester Maxwell-Manier vorgestreckt. »Ich kann dir auch andere Gefallen tun, aber du wirst mich um jeden einzeln bitten müssen. Ich spreche von Geld, vom Haus, vom Wagen, von neuen Kleidern. Kannst du deinen gewohnten Lebensstil ohne Hilfe beibehalten?« Er steuerte auf die Tür zu.

»Ich will dein Geld nicht!«

»Erstaunlich, wie du deine Meinung geändert hast, Teke. Was sollte das ganze Gerede, daß du unsere Ehe retten willst? Dank Grady Piper willst du jetzt alles hinschmeißen, und da wunderst du dich, daß ich was gegen den Kerl habe?« Krachend fiel die Tür hinter ihm zu.

Sie lief hinter ihm nach, weil sie etwas klarstellen wollte. »Grady hat nicht das geringste damit zu tun, das ist nur eine Sache zwischen dir und mir.« Sie hob die Stimme, als er in seinen Wagen stieg. »Hör auf, zu versuchen, ihm alles die Schuhe zu schieben. Wenn unsere Ehe zu Ende ist, dann deshalb, weil wir sie selbst kaputtgemacht haben. *Wir* haben das getan. Also gib nicht ihm die Schuld, gib nicht Sam die Schuld, gib nicht deinem Vater die Schuld.«

Er gab Gas und ließ sie weiterschreien – mit keinem anderen Zuhörer als der kalten Luft. Nach einer Minute verstummte sie, verschränkte die Arme vor der Brust und kehrte ins Haus zurück. Aber ihr Zorn verflog nicht – ebensowenig wie ihre Frustration oder ihre Furcht.

Und so nutzte sie die Tatsache, daß Jon und Zoe herüber gekommen waren, um mit Leigh und Jana Hausaufgaben zu machen, und Michael fernsah, stellte das Geschirr ins Spülbecken, lief durch das Wäldchen und klopfte an die Hintertür der Popes. Sie wußte nicht, wie sie empfangen werden würde, doch sie war verzweifelt genug, um es darauf ankommen zu lassen.

»Hast du kurz Zeit?« fragte sie nervös, als Annie aufmachte.

»Natürlich. Wir trinken gerade Kaffee. Willst du auch welchen?«

Teke schüttelte den Kopf. Mit hämmerndem Herzen trat sie in die Küche, wo Sam am Tisch saß. »Alles okay?« erkundigte er sich.

»Ich ... äh ... muß mit Freunden sprechen. Niemand anderer ist dazu geeignet, niemand kennt mich so gut wie ihr.« Sie lehnte sich mit in den Manteltaschen vergrabenen Händen an den Unterschrank und übertönte den Aufruhr in ihrer Brust. »J. D. und ich können nicht mehr miteinander. Es ist nichts übrig. Es ist vorbei. Aus.«

Annie und Sam tauschten einen alarmierten Blick. »Total?« fragte Annie. »Bist du sicher?«

»Ich habe es an Thanksgiving begriffen. Mein Gott, war das ein Desaster!« Der Horror des Feiertags steckte ihr noch in den Knochen, und nun noch der heutige Horror dazu. »Es war die reinste Erlösung, als er ging. Das Haus ist viel friedlicher ohne ihn. Mein Leben ist viel friedlicher ohne ihn. Nicht, daß wir uns gestritten hätten – das taten wir nie –, aber er hat bestimmte Vorstellungen von bestimmten Dingen, und ich fühlte mich verpflichtet, darauf einzugehen. Als die Kinder noch klein waren, schoß ich wie eine Verrückte durch die Gegend und räumte ihr Spielzeug weg, wenn ich wußte, daß er auf dem Heimweg war. Er wollte ein makelloses Heim, und er bekam es. Jetzt liegen keine Spielsachen mehr herum – heutzutage sind es Kleider und Schulbücher und Prospekte –, aber seit ein paar Wochen brauche ich mir darüber keine Gedanken mehr zu machen, und das finde ich äußerst angenehm. Dasselbe gilt für das Abendessen um halb sieben statt um halb acht.«

»Aber du warst neunzehn Jahre lang mit dem Mann verheiratet«, sagte Sam. »Es muß doch etwas geben, was du an ihm magst.«

Teke schlang die Arme um sich. Mit der Normalisierung ihres Herzschlags wurde sie sich ihres revoltierenden Magens deutlicher bewußt. Sie stand an einem Wendepunkt ihres Lebens. Sobald sie den hinter sich gelassen hätte, gäbe es kein Zurück mehr. »J. D. ist zuverlässig. Er ist berechenbar. Er verdient gut. Er ist finanziell abgesichert. Er behandelt mich mit Respekt – besser gesagt, er tat es bis jetzt. Er konnte auch durchaus liebevoll sein, er hatte so seine Momente. Aber das ist vorbei. Er ist so böse auf mich, daß kein Weg mehr von einem zum anderen führt, und wenn Thanksgiving ein zukunftsweisender Tag war, dann werden die Kinder jedesmal leiden, wenn wir zusammenkommen. Wir hatten gerade eine scheußliche Auseinandersetzung. Wo also liegt der Sinn?« wandte sie sich an die beiden. »*Hat* es einen Sinn? Ich glaube, ich bin hier, um euch diese Frage zu stellen: Sieht einer von euch irgend etwas in dieser Ehe, das sie wert macht, gerettet zu werden?«

»Ja«, nickte Sam. »Du hast J. D. gutgetan.«

»Nein«, widersprach Teke mit einer für sie neuen Überzeugung, »ich habe ihn bemuttert, zu sehr. Wenn er gezwungen gewesen wäre, sich als Vater und Ehemann mehr zu profilieren, hätte er an Stärke gewonnen, und wenn er an Stärke gewonnen hätte, wäre er in der Lage gewesen, John Stewart die Stirn zu bieten.«

»Ohne dich ist er übel dran«, hielt Sam ihr vor.

»Ohne mich hat er die Möglichkeit, zu sich selbst zu finden.«

»Er wird nicht *sich* finden, er wird John Stewart finden.«

»Dann soll ich an der Ehe festhalten, um J. D. vor seinem Vater zu retten?« Der Gedanke empörte sie. Plötzlich war sie wieder so wütend wie kurz vorher. »Aber was ist mit *mir?* Wann werden *meine* Bedürfnisse endlich einmal wichtig? Ich wünschte mir damals eine Familie und finanzielle Sicherheit, und beides hatte ich neunzehn Jahre lang, aber es ist, als habe man einen hochbezahlten Job, den man verabscheut. Was ist er dann wert? Ich wünsche mir noch immer eine Familie, und ich werde mir bis zu dem Tag, an dem ich mich nicht mehr daran erinnere, wie es ohne war, finanzielle Sicherheit wünschen – aber ich brauche *mehr.*«

»Sprichst du von Grady?« fragte Annie.

»Nein«, antwortete Teke mit einer Schnelligkeit, die ihre Zweifel Lügen strafte. »Grady hat mich einmal verlassen, ich brauche keinen Mann, der einer Frau, die er liebt, so etwas antut.«

»Liebst du ihn?«

»Ich *verehre* ihn. Ich habe ihn mein ganzes Leben lang verehrt. Aber ich hätte ohne ihn leben können – wirklich, das hätte ich –, wenn meine Ehe intakt geblieben wäre.« Sie stieß einen müden Seufzer aus. »Im Augenblick sind die Kinder das Wichtigste für mich.«

»Du hast also schon alles durchdacht?«

Teke nickte. »Und ich habe versucht, rational vorzugehen – glaubt mir, das habe ich.« Sie lächelte verlegen. »J. D. ist nicht der einzige, der zum Anlehnen neigt. Ich habe mich an dich gelehnt, Annie, vielleicht mehr, als ich es hätte tun sollen. Du und Sam wart unser Rückhalt, und ohne euch fällt unsere Ehe in sich zusammen.«

»Ich fühle mich entsetzlich.«

»Das brauchst du nicht.«

»Ich erinnere mich noch an den Abend, als wir euch zusammenbrachten. Wir hielten es für die perfekte Lösung – weißt du noch, Sam? Dein bester Freund und meine beste Freundin, zwei Gegenpole, die sich anziehen mußten.« Mit einem hilflosen Blick wandte sie sich wieder Teke zu. »Also haben wir Mist gebaut, ja?«
»O nein, Annie«, beeilte Teke sich zu widersprechen. »Wir hatten neunzehn schöne Jahre. Ohne ihn hätte ich meine Kinder nicht und ich wäre vielleicht auch noch die nächsten neunzehn Jahre mit J. D. zusammengeblieben, wenn nicht eine Veränderung eingetreten wäre. Aber sie *ist* eingetreten, und darum muß ich mir jetzt überlegen, wie es weitergehen soll. Wie ich es mit meiner neuen, rationalen Methode sehe«, setzte sie mit einiger Selbstironie hinzu, »habe ich es mit vier unmittelbaren Problemen zu tun. Das erste ist die Frage, wie ich es mit den Kindern halten soll. Soll ich es ihnen gleich sagen, oder soll ich noch warten? Soll ich von Scheidung sprechen oder erst mal bei der gerichtlichen Trennung bleiben?«
»Sprich mit J. D., bevor du irgend etwas tust«, sagte Sam. »Du mußt dich vergewissern, daß er das auch wirklich will.«
»Und was ist, wenn *ich* es will?« fragte Teke mit erneut auflodernder Wut. »Vielleicht ist es an der Zeit, daß ich das tue, was das Beste für *mich* ist. Wißt ihr, daß ich keine Ahnung von ganz alltäglichen Bankgeschäften habe oder davon, was durch unsere Auto- oder Hausratversicherung abgedeckt ist, oder wie man eine Einkommensteuererklärung ausfüllt? Ich habe noch nie einen Gehaltsstreifen bekommen. Ich allein bin nicht kreditwürdig. Habt ihr eine Vorstellung, wie hilflos ich mich fühle? Wie abhängig? Wie verängstigt?« Sie fror plötzlich und zog ihren Mantel fester um sich. »Aber ich schweife ab. Ich muß entscheiden, wie ich bei den Kindern verfahre. Ich denke, ich sollte überhaupt nichts sagen, bis ich sicher weiß, was ich will. Richtig?«
Annie nickte. »Es sei denn, sie könnten dich umstimmen.«
Mit der Überzeugung, die an diesem Nachmittag in ihr gereift

war, erwiderte sie: »Es ist zu spät. J. D. legt auf eine Versöhnung ebensowenig Wert wie ich.« Sie wandte sich an Sam. »Habe ich recht?«

Es verging eine Minute, bis Sam antwortete, und dann sagte er leise: »Ja.«

Die Qual ihrer kürzlichen Begegnungen mit J. D. hatte sie so weit immunisiert, daß die Wahrheit sie jetzt nicht so hart traf, wie es vor ein, zwei Wochen vielleicht noch der Fall gewesen wäre. »Das bringt mich zu meinem zweiten Problem. Weihnachten könnte den nächsten Horror bringen, und das will ich nicht.«

»Ich finde, wir sollten alle gemeinsam zum Skifahren gehen«, sagte Annie.

»Alle gemeinsam?« echote Teke erschrocken. »Du willst mich doch nicht dabeihaben?«

»Doch, das will ich. Aber vielleicht wird es eine Tortur für Michael, wenn er nicht skifahren kann.«

»Du willst *mich* dabeihaben?« Sie hatte gedacht, das wäre das letzte, was Annie wollte.

»Ja, Teke«, bestätigte Annie in Oberlehrerton. »Ich möchte, daß du mit deinen Kindern und mit meinen Kindern und mit uns zusammen bist.«

»Aber *warum?*«

»Weil wir weiterleben müssen.«

Sie erfüllte damit Tekes größten Wunsch, die diesen für unerfüllbar gehalten hatte. »Zusammen? Nach dem, was geschehen ist?«

Annie wurde nachdenklich. »Wir waren uns zu nahe, ich glaube, da sind wir alle einer Meinung, wir stützten uns zu sehr aufeinander, und jetzt müssen wir lernen, auf eigenen Füßen zu stehen. Aber wir haben auch schöne Zeiten miteinander erlebt. Sollen wir diese Gelegenheiten auch abschaffen? Die Kids wollen zusammensein, und wir wissen alle, daß J. D. nicht kommen wird und du dich demzufolge entspannen kannst.«

»Und du?« fragte Teke mit einem schnellen Blick zu Sam.

Annie schien mit der Frage zu kämpfen. »Ich versuche es«, antwortete sie schließlich.

In den Wochen nach Michaels Unfall war Teke sich bewußt gewesen, daß sie Annie vermißte, aber erst jetzt wurde ihr klar, wie sehr sie sie *liebte.* Unter anderen Umständen hätte sie sie in diesem Augenblick umarmt. Statt dessen wischte sie sich die Tränen aus den Augenwinkeln und sagte: »Nun, wenigstens ist es schön, daß die Mädchen mitfahren können, auch wenn Michael und ich hierbleiben müssen.« Sie atmete zittrig ein und kehrte zu ihrer Problemliste zurück. »Die anderen Dinge sind technischer Natur und miteinander verknüpft. Zuerst muß ich mir eine Kreditwürdigkeit schaffen, und dann muß ich mir genügend Geld von J. D. sichern, um die Kinder über die Runden bringen zu können. Ich brauche einen Anwalt.« Sie schaute Sam an. »Weißt du einen guten?«

»Mein Gott, Teke, ich will das nicht.«

»Aber es ist nötig, Sam, glaub mir. Unsere Ehe ist nicht zu retten, das habe ich jetzt eingesehen. Wenn ich nachts weine, dann nicht wegen J. D., sondern weil die Kinder leiden. Vielleicht wird, wenn J. D. und ich einen sauberen Schlußstrich ziehen können, ihr Kummer auf ein Minimum reduziert. Ich würde dich nicht um einen Namen bitten – das ist ja ein neuerlicher Verrat an J. D. –, wenn ich wüßte, wen ich sonst fragen könnte. Ich brauche Hilfe. Nur einen Namen.«

Zehn Minuten später ging sie durch das Wäldchen zurück nach Hause – mit dem Namen und der Telefonnummer des Anwalts, den Sam ihr empfohlen hatte, in der Jackentasche.

Kapitel 16

Die alljährliche Weihnachtsfeier der Englischen Fakultät war Annie ein Greuel. Zum einen fand sie zu früh statt – Anfang der zweiten Dezemberwoche, wenn sie noch den Geschmack des Thanksgiving-Truthahns auf der Zunge hatte – und zum zweiten unmittelbar vor Semesterende, was für Fakultätsangehörige, die keine Familie hatten, keinen Nachteil bedeutete, für Annie, die eine hatte, jedoch zu einer Zeit, da ohnehin schon zu viele Abende verloren waren, einen weiteren blockierte. Zum dritten fand sie in einem Saal statt, der für diesen Anlaß reserviert war, einem Raum mit dunkler Holztäfelung und schweren, samtbezogenen Sitzmöbeln, der von Kandelabern beleuchtet wurde, die Annies Überzeugung nach aus einem Verlies in der Alten in die Neue Welt gebracht worden waren. Doch am schlimmsten war, daß die Feier eine reine Kollegen-Veranstaltung war. Weder Ehe- noch Lebenspartner wurden eingeladen, und Annie hätte in diesem Jahr gerne Sam dabeigehabt.

Sie traf erst spät ein, nahm sich ein Shrimps-Häppchen und ein Glas Wein und schaute sich um. Und plötzlich war sie froh, daß Sam nicht da war: Susan Duffy war aufgedonnert wie ein Zirkuspferd, und Natalie Holstrom stand ihr nicht viel nach. Und dann dachte Annie, daß diese Überlegung äußerst deprimierend war, denn früher hatte sie nie so gedacht. Sie wünschte, sie täte es jetzt auch nicht.

Sie gesellte sich zu Freunden, die in einer Gruppe zusammenstanden, und nahm an ihrem Gespräch teil. Etwas später wechselte sie zu einer anderen Gruppe, wo sie der Unterhaltung nur mit halbem Ohr folgte. Sie sah diese Leute fast jeden Tag, und genau aus diesem Grund fand sie, daß etwaige Partner dazugebeten werden sollten, denn sie hätten frischen Wind in die Diskussionen gebracht. Annie lernte gern die Partner ihrer Kollegen kennen. Und sie gab gern mit ihrem an.

»Gelangweilt?« fragte Jason plötzlich hinter ihr.

Sie sonderten sich ein wenig ab. »Akademiker neigen, gleichgültig, wie klug sie sind, zur geistigen Beschränktheit: Es geht immer wieder um die gleichen Themen.«

»Der Terminus dafür lautet ›Selbstverherrlichung‹, das ist nun mal die Natur des Menschen.«

Sie lächelte. »Und da Sie das nun wissen, wollen Sie sich uns immer noch anschließen?«

»Aber sicher«, erwiderte er mit einem ruckartigen Nicken. »Ich praktiziere die Selbstverherrlichung ebenso wie jeder andere hier, vielleicht noch stärker. Außerdem«, fügte er trocken hinzu, »kann ich nicht mehr zurück. Ich bin schon zu weit gekommen. Jetzt kann ich entweder weitermachen oder für sechs Dollar fünfzig die Stunde bei ›Grounds and Buildings‹ die Fußböden fegen.«

»Haben Sie schon etwas bezüglich finanzieller Unterstützung gehört?«

»Noch nicht. Ich habe die Formulare ausgefüllt, und jetzt warte ich darauf, daß sie entscheiden, ob ich ›bedürftig‹ bin oder nicht.«

Annie hatte keine Ahnung, wie es war, von Reichtum in Armut zu fallen, und so ging sie auf seine Flapsigkeit ein. Sie mochte Jason, schätzte seine Intelligenz und seine schnelle Auffassungsgabe. Sie errötete noch immer, wenn sie sich daran erinnerte, wie sie sich von ihm hatte berühren lassen, doch jetzt, da Sam sie wieder berührte, war es nicht mehr so schlimm.

Sie machte sich Vorwürfe, daß sie Sam noch nichts von Jason erzählt hatte, aber sie wußte nicht, wie oder wann sie das tun sollte. Sie hatte Angst, erneut rauhe See für ihr Eheschiff zu schaffen, das gerade wieder in ruhige Gewässer zu gleiten begann. Sie genoß Sams Aufmerksamkeiten, und sie war sich ihrer selbst als Frau wieder sicherer.

Bis sie Frauen wie Susan Duffy ansah. Also versuchte sie, es zu vermeiden.
»Wie geht's Ihrer Familie?« fragte sie Jason.
»Wenn man mit ihnen redet, könnte man denken, alles sei in Butter. Nur wenn ich um Geld bitte, redet mein Vater Klartext mit mir. Er sagt, sie hätten sich finanziell eingeschränkt. Ich kann allerdings keine Veränderung ihres Lebensstils feststellen, nicht äußerlich zumindest. Es sieht aus, als sei ich der einzige Trieb, den sie beschnitten haben.«
»Jason!« schalt sie. Dann fragte sie leise: »Wie fühlen Sie sich?«
»Prima.«
»Waren Sie bei meinem Arzt?«
»Ja. Ein cooler Bursche.«
»Hat er etwas gefunden?«
Jason grinste und blinzelte jemandem am anderen Ende des Raumes zu. Annie schloß aus seiner Fröhlichkeit, daß er gesund war. Um so erschrockener war sie, als er antwortete: »Diabetes, glaubt er.«
»Diabetes.«
»Schsch! Das ist unser Geheimnis.«
»Aber Sie sagen das, als handle es sich um eine Erkältung«, flüsterte Annie. »Diabetes ist eine ernste Krankheit.«
»Ist in unserer Familie nichts Ungewöhnliches, aber als der überhebliche Hund, der ich nun mal bin, hatte ich angenommen, daß ich vielleicht verschont bliebe.«
Sie ließ hörbar ihren Atem entweichen. »Mein Gott, zu allem anderen auch noch *das!*«
»Schauen Sie nicht so besorgt, ich komme schon zurecht.« Er wurde ernst. »Es ist wirklich ein Geheimnis. Ich habe schon genügend Probleme mit Honneman, und er würde mich nicht einstellen, wenn er erführe, daß ich krank bin. Sie werden es ihm doch nicht sagen, oder?«
»Natürlich nicht«, versicherte Annie ihm eiligst. »Es ist völlig unbedeutend. Ich hoffe nur, daß Sie sich nicht zu viel zumuten, um Ihren Abschluß bis Juni zu schaffen.«

»Ich habe keine Wahl, ich muß nächstes Jahr arbeiten.«
»Spritzen Sie sich?«
»Ich nehme Tabletten.«
»Werden Sie von einem Spezialisten betreut?«
»Duncan Hobbs. Je von ihm gehört?«
»Nein, aber ich werde mich über ihn erkundigen.«
»Danke, Mom.«
Annie war nicht gekränkt. »Das ist passender, meinen Sie nicht?«
Sein Blick glitt zu ihren Brüsten. »Ich weiß nicht. Sie fühlten sich verdammt gut an.«
Flammende Röte überzog ihr Gesicht. Sie seufzte. »Schließen wir einen Handel ab, Jason: Sie verzichten in Zukunft auf derartige Bemerkungen, und ich verrate niemandem, daß Sie Pillen schlucken. Okay?«
Jason lächelte und schaute dann an ihr vorbei. »Ah – meine Fans warten. Würden Sie mich entschuldigen, Ma'am?«
Als sie ihn mit einem freundschaftlichen Rippenstoß auf den Weg schickte, erspähte sie Honnemans leuchtend rote Fliege. Er stand allein und etwas verloren herum. Sie gesellte sich zu ihm.
»Die Fakultät wird unaufhaltsam größer«, bemerkte sie. »Letztes Jahr waren längst nicht so viele Leute bei der Weihnachtsfeier.«
»Eine geschwächte Wirtschaft wirkt sich zu unseren Gunsten aus, da unsere Studiengebühren niedriger sind als die einiger anderer Colleges«, erwiderte Charles. »Die Leute von der Aufnahme sagen, daß die Anzahl der Nachfragen zunimmt. Ob das auch zu einem Ansteigen der Studentenzahl führen wird, bleibt abzuwarten.«
»Auf jeden Fall werden Sie eine freie Lehrerstelle besetzen müssen. Besteht die Chance, daß Sie Jason dafür engagieren?«
»Die Chance besteht«, antwortete Charles, »aber ich weiß nicht, wie groß sie ist. Er hat seinen Abschluß noch nicht.«
»Aber er wird ihn machen, und ich fungiere als seine Tutorin. Seine Arbeit befaßt sich mit James Joyce – sie wird brillant.«

Charles beobachtete Jason, der auf der anderen Seite des Raumes eine Gruppe von Hilfslehrer-Kollegen unterhielt. »Sie mögen den Jungen.«

»Hm.«

»Er hat etwas Respektloses an sich.«

»Ist ›respektlos‹ schlimmer als ›bizarr‹?« fragte sie und brauchte nicht näher darauf einzugehen: Es befanden sich eine ganze Anzahl merkwürdig aussehender Leute unter den Gästen. »Er ist sehr fleißig, und er hat mich noch nie enttäuscht.«

»Steckt da mehr dahinter?«

»Hinter was?«

»Hinter Ihrer Beziehung zu Faust.«

»Wie bitte?« fragte sie überrascht.

»Sie haben ihn gern, und er hat Sie offensichtlich auch gern.«

Jason hatte bestimmt nicht geplaudert, dessen war sich Annie sicher. Trotzdem verspürte sie plötzlich ein Kribbeln im Nacken.

»Ich bin verheiratet, Charles.«

»Das war Lady Chatterley auch.« Er seufzte. »Nicht, daß es eine Rolle spielte, wie Ihr Verhältnis zueinander ist, das ist Ihre Sache und Ihr gutes Recht. Wir haben ein paar unkonventionelle Leute in unserer Mitte, die zweifellos weit riskantere Dinge tun, als eine Affäre mit einem Fakultätskollegen zu haben, aber wenn Sie sich für Jason einsetzen, möchte ich den Grund für Ihre Fürsprache kennenlernen.«

Annie kochte innerlich. »Jason hat ein ausgeprägtes Empfinden für Literatur und ein besonderes Gespür für Poesie. Er kann schreiben, er ist kontaktfreudig und – ganz ehrlich – ein erfrischender Kontrast zu einigen Fakultätsangehörigen, die nur fortschrittlich sind, um fortschrittlich zu sein.«

Charles nickte. »Ich werde darüber nachdenken.«

»Ja, bitte tun Sie das.« Annie stellte ihr Glas auf das Tablett, das gerade an ihr vorbeigetragen wurde, und machte noch ein paar Minuten die Runde, ehe sie familiäre Verpflichtungen vorschützte und die Feier verließ.

Teke klopfte an die Tür, die ins Souterrain von Cornelia Harts Haus führte, und wartete nervös und vor Kälte zitternd eine, wie ihr schien, halbe Ewigkeit, bis Grady ihr öffnete. Er trug ein offenes Flanellhemd über seinen Jeans und sah mißmutig aus.

»Darf ich reinkommen?« fragte sie leise. Als er die Dunkelheit hinter ihr durchforschte, setzte sie hinzu: »Ich bin allein.«

»Dann würde ich es dir nicht raten, denn ich bin nicht bester Stimmung.«

Das war sie auch nicht. Die letzten Tage waren nervenaufreibend gewesen, und sie fühlte sich schwach. »Ich bin eine Stunde lang herumgefahren. Zuerst spielte ich mit dem Gedanken, ins Kino zu gehen, und dann mit dem, mir einen starken Drink zu genehmigen.« Nach einer kleinen Pause sagte sie: »Mein Wagen hat mich hierhergebracht.«

Er legte eine Hand auf seinen Nacken und senkte den Kopf.

»Bitte, Grady.« Sie hatte ihn seit dem Kidnapping-Vorfall nicht gesehen. »Ich muß mit dir reden.«

»Dieser Keller ist nicht gerade eine Luxussuite.«

»Meinst du, das stört mich?« Mit einem Anflug von Verärgerung trat sie an ihm vorbei. »Ich hätte dich auch im Gefängnis besucht, wenn du es zugelassen hättest.« Sie schaute sich um. »Ich habe, weiß Gott, schon Schlimmeres gesehen.« Der Raum hatte Betonwände und roch nach Alter und nach Staub. Im hinteren, dunklen Teil sah sie etwas, das sie für dort gelagerte Möbel hielt. In der einen beleuchteten Ecke standen, nicht weit vom Heizofen entfernt, ein Bett mit vier Eckpfosten, eine Mahagonikommode und ein großer Polstersessel, in dem sie sich, ohne ihren Parka auszuziehen, niederließ.

Das Summen des Ofens war das einzige Geräusch, bis ihre Gedanken heraussprudelten. »Es tut mir so leid, was J. D. dir da neulich angetan hat, Grady. Es war schlicht bösartig. Da es ihm nicht gelungen ist, jemanden wegen Michaels Unfall zu verklagen, hat er sich darauf verlegt, sich als Riesennervensäge zu gebärden. Er hat auch Sam und mir das Leben schwergemacht, aber der Hauptleidtragende bist du.«

Grady blieb hinter ihr stehen. »Und warum?«
»Ich nehme an, weil du mein Liebhaber warst. Er wußte, daß er nicht der erste war, aber solange seine Vorgänger gesichtslos waren, konnte er sich vormachen, daß sie nicht existierten. Jetzt kann er das nicht mehr.«
»Was interessiert es ihn, mit wem du vor ihm zusammen warst? Schließlich hat *er* dich bekommen, zum Teufel.«
»Aber nur, weil *du* mich fortgeschickt hattest«, erwiderte sie. Dann senkte sie ihre Stimme. »Außerdem hatte er mich nie *ganz,* und das wußte er. *Du* hattest mich ganz, und so fühlt er sich unterlegen, und für J. D. bedeutet, jemandem unterlegen zu sein, den er als minderwertig betrachtet ...« Nach neunzehn Jahren Ehe mit J. D. konnte sie den Mann zumindest verstehen. »Es ist kein Wunder, daß du seine schlimmste Seite zutage förderst.«
»Das tut er bei mir auch«, verkündete Grady mit solcher Heftigkeit, daß sie sich zu ihm umdrehte. Er stand im Schatten und kochte vor Wut. »Ich schwöre dir – wenn die Cops nicht dagewesen wären, als ich ihn im Haus sah, hätte ich ihn erwürgt. Ich bin nicht mehr so wütend gewesen, seit ich Homer niederschlug – und schau dir an, wohin es mich gebracht hat. Ich bin angeblich rehabilitiert. Ich bin angeblich in der Lage, meinen Zorn im Zaum zu halten. Ich dachte, ich könnte es, aber neulich stand es Spitz auf Knopf. Ich zittere, wenn ich nur daran denke.«
Teke wäre fast aufgestanden und zu ihm gegangen, doch sie traute sich nicht. Sie wünschte, er würde sein Hemd zuknöpfen – und auch nicht. Es war ein Vergnügen, ihn anzusehen, und sie genoß dieses seltene Vergnügen. »Setz dich zu mir«, bat sie. »Sprich mit mir.«
Die Daumen in den Bund seiner Jeans gehakt, tat er einen Atemzug, der vor schwelendem Zorn bebte. Nach einer Ewigkeit durchquerte er endlich den Raum und setzte sich auf die Bettkante – außerhalb ihrer Reichweite. Was gut war, sagte sie sich.

»Ich bin gekommen, um mich für J. D. zu entschuldigen«, erklärte sie, »und um mich bei dir zu bedanken. Michael war nach dem Ausflug mit dir wie ausgewechselt.«
»Das kann ich mir vorstellen.«
»Wirklich. Er fand es herrlich.«
»Das glaube ich. Er ist ein prima Kerl. Du hättest hören sollen, wie er die Cops abgekanzelt hat.«
»Er hatte in J. D. und Jana diesbezüglich hervorragende Lehrmeister«, lächelte sie sarkastisch. »Normalerweise würde ich das nicht gutheißen, aber es ist schön zu sehen, daß seine Lebensgeister wieder erwacht sind.«
»Er muß öfter raus.«
»Das hat er mir auch gesagt, und ich habe mit seinem Physiotherapeuten gesprochen. Wir haben alle Trainingsstunden in den Fitneßklub verlegt. Die Wassertretmühle hilft ihm sowieso am meisten, und die anderen Geräte sind auch dort. Also wird Michael jeden Morgen das Haus verlassen – wie seine Freunde. Und wenn er möchte, werden wir ihn auch zu seinem Privatlehrer fahren, anstatt ihn kommen zu lassen. Der Sozialarbeiter sagt immer wieder, daß seine Genesung von seiner Einstellung abhängt.« Es war so einleuchtend, daß Teke sich hätte ohrfeigen können. »Ich hätte viel früher erkennen müssen, wie sehr er sich langweilte, und etwas dagegen tun, aber ich dachte, es würde genügen, wenn er wieder zu Hause wäre.« Das tat es nicht, und sie hatte keinerlei Erfahrung im Umgang mit emotionalen Problemen, die mit einer schweren Verletzung einhergingen. »Michael ist unsicher. Er weiß nicht, was er leisten kann und was nicht. Ich auch nicht.«
Grady hatte die Hände aufs Bett gestützt und die Schultern hochgezogen. Sein Kopf hing dazwischen. Es war eine Körperhaltung, die Sorge vermittelte – vorsichtig ausgedrückt.
Tekes Instinkt befahl ihr, ihn zu trösten, und mit dieser Absicht stand sie aus dem Sessel auf, doch dann überlegte sie es sich anders und trat auf die Kommode zu. Kamm und Bürste lagen darauf, ein Rasierapparat und Rasiercreme, die abgegriffene

Brieftasche, die normalerweise in der Gesäßtasche seiner Jeans steckte. Sie berührte sie in dem Gedanken daran, wie das Lederfutteral *ihn* berührte, schloß dann ihre Hand und preßte die Faust auf ihr Herz, um es zu beruhigen. »Wo duschst du?« fragte sie, um Ablenkung bemüht.
»Oben.«
Sie schaute sich nach Anzeichen für Essen um. »Und wo ißt du?«
»Auch oben.«
»Und das stört Cornelia nicht?«
»Es gefällt ihr. Sie ißt, was ich koche. Sie sagt, sie habe seit Jahren nicht so gut gegessen.«
»Sie ist ein Schatz«, sagte Teke in dem Moment, als ihr Blick auf einen Plastikkorb mit frischgewaschener Wäsche fiel. Sie schüttelte ein Handtuch aus, faltete es ordentlich, legte es auf die Kommode, griff nach dem nächsten. »Ihr Sohn ebenfalls. Leigh geht Anfang Januar zu ihm in die Sprechstunde – sie will die Pille. Wir haben an Thanksgiving darüber gesprochen, aber ich vergesse immer wieder, einen Termin für sie zu vereinbaren.« Sie vergaß es? »Wahrscheinlich steckt Absicht dahinter. Der Gedanke, ihr grünes Licht dafür zu geben, mit Jon zu schlafen, widerstrebt mir. Sie ist deswegen ärgerlich auf mich.«
»Versagt sie deshalb in der Schule?«
Teke stieß ein leicht hysterisches Lachen aus. »Es mag einer der Gründe sein, aber es gibt noch so viele andere, daß ich sie gar nicht alle aufzählen kann. In den letzten drei Monaten ist unsere Familie auseinandergebrochen, und das ruiniert jeden guten Notendurchschnitt.« Sie griff nach einem T-Shirt.
»Bei dir war es aber nicht so.«
Sie schüttelte das T-Shirt aus und faltete es gewissenhaft. »Das war etwas anderes: Für mich war eine zerbrochene Familie die Norm, ich kannte es gar nicht anders. Außerdem wollte ich dich beeindrucken.«
Grady gab ein undefinierbares Geräusch von sich. Sie schaute

über ihre Schulter. Er saß noch immer auf dem Bett, noch immer mit hochgezogenen Schultern. Sie drückte das gefaltete Hemd an ihre Brust, und atmete genießerisch den Duft nach Sauberkeit ein, bevor sie es vorsichtig auf die Handtücher legte. Dann ging sie aus einem Impuls heraus zum Bett.

»Warum bist du heute abend hierhergekommen?« fragte er, den Kopf hebend.

Ihr Herzschlag wurde schneller. »Um dir dafür zu danken, daß du einen Ausflug mit Michael gemacht hast, und um mich dafür zu entschuldigen, was J. D. getan hat.«

»Das ist alles?«

Sie dachte daran, wie sie mit sich gerungen hatte. »Ich weiß es nicht«, gestand sie leise. »Ich bin hin und her gerissen.«

»Zwischen was?«

»Dich lieben zu wollen und dich hassen zu wollen.« Ehrlicher konnte sie ihm oder sich selbst gegenüber nicht sein. »Ich bin immer noch zornig auf dich.«

»Weil ich Michael angefahren habe?«

»Himmel, nein!« Sie konnte nicht fassen, daß er das dachte. »Du warst doch nicht schuld an dem Unfall. Ich bin zornig auf dich, weil du nach all den Jahren wieder aufgetaucht bist.« Dann korrigierte sie sich. »Worüber ich *wirklich* zornig bin, ist, daß du mich damals weggeschickt hast. Wir hätten so viel miteinander haben können.«

»Jaaa«, dehnte er mit einem verächtlichen Blick in die Runde. »Einen Keller.«

»Gegen diesen Keller ist nichts einzuwenden«, sagte sie.

»Das würdest du nicht finden, wenn du hier wohnen müßtest.«

»Das stimmt nicht, Grady. Wo ich herkomme, war es viel schlimmer, und das weißt du. Außerdem hast du mir erzählt, du hättest mit deiner Frau in einem eigenen Haus gewohnt, aber ich würde es jederzeit vorziehen, in diesem Keller zu wohnen, als in dem Chaos drüben in meinem Haus.«

Sein Blick schweifte ab. »Du weißt nicht, was du redest.«

»Ich sage, was ich fühle.«

Er sah sie scharf an. »Weißt du, was ich fühle? Mir ist danach, dich zu packen, auf dieses Bett herunterzuziehen und dich zu bumsen, bis dir Hören und Sehen vergeht.«
Teke fühlte ihrerseits die Leidenschaft erwachen. Sie dachte an den Tag, als er sie im Wald geküßt hatte, und das Bedürfnis nach einer Wiederholung wurde übermächtig. Sie nahm an, daß auch das ein Grund für sie gewesen war, heute abend hierherzukommen.
»Doch das würde die Dinge um das Zehnfache verkomplizieren, oder?« fuhr er fort. Seine Finger krampften sich um die Bettkante. Seine Augen ließen die ihren nicht los. »Verdammt, warum reizt du mich so? Das hast du schon immer getan, Teke. Ich hätte dich eigentlich nicht nehmen dürfen, als du erst fünfzehn warst, aber ich konnte nicht widerstehen, und danach ließ ich keine Gelegenheit verstreichen, und dann gingst du mir irgendwann so unter die Haut, daß ich ausrastete, als ich sah, wie Homer dich anfaßte ...« Er brach ab. Ein müder Seufzer kam über seine Lippen. »Du wirst noch mal mein Tod sein, das schwöre ich dir.«
Er rieb sich den Nacken, und sie fing seine Hand ein, ehe er sie wieder aufs Bett stützen konnte. »Das würde ich nie zulassen.«
Er stieß ein bellendes Lachen aus. »Wie du verhindern konntest, daß ich ins Gefängnis ging? Wie du verhindern konntest, daß Michael eine Hirnverletzung erlitt? Mein *Gott*, Teke, manchmal bist du wirklich naiv. Du glaubst, die Liebe könne Menschen vor schlimmen Dingen bewahren, aber das kann sie nicht.«
Sie befahl sich, seine Hand loszulassen, aber mit so leiser Stimme, daß es nicht zu hören war. Seine Finger faszinierten sie: Sie waren lang, schlank und kräftig. Sie berührte die Schwielen, die von seiner Arbeit kündeten. Er hatte sie schon seit Jahren, doch es gab auch neue Narben, winzige Verletzungen, die eine Säge oder ein Nagel verursacht haben mußten. Unfähig, zu widerstehen, küßte sie sie, drückte seine Hand dann auf ihren Nacken und sagte: »Vielleicht kann sie Menschen nicht vor

schlimmen Dingen bewahren, aber vielleicht ist es die Liebe, die das Schlimme erträglich macht. Es war falsch von dir, mich wegzuschicken und mir zu sagen, ich solle dich vergessen. Es war falsch von dir, meine Briefe zurückzuschicken und dich zu weigern, mich zu sehen, als ich dich besuchte. Wir hatten etwas so Kostbares, daß sich das Warten gelohnt hätte.«

»Es ist aus und vorbei.«

Sie schöpfte kurz Atem und fuhr hastig fort. »Genau das wollte ich *dir* sagen. Ich wollte dir sagen, daß wir uns nicht mehr sehen sollten, daß ich okay sei und Michael okay sei und du die Stadt verlassen solltest. Daß nichts dabei herauskommen könne, wenn wir den Kontakt weiter aufrechterhielten.« Ihre Stimme verlor plötzlich ihre Kraft, weil ihr Blick auf seine Brust fiel, auf der sich schwarze Haare ringelten, und die warm und einladend aussah. Sie rief sich ins Gedächtnis, daß sie drei Kinder hatte, die sie brauchten, und daß sie – zumindest technisch gesehen – noch verheiratet war. Doch das Bedürfnis, ihn zu berühren, war plötzlich überwältigend. Mit gespreizten Fingern legte sie ihre Hand auf seine Brust. Ein Gefühl wurde in ihr wach, von dem sie Ewigkeiten geträumt hatte.

»Teke!« warnte er.

»Nur eine Minute«, flüsterte sie, als würde das Unstatthafte durch Flüstern statthaft. Sie erforschte seine Brust, ließ ihre Hand Zentimeter für Zentimeter langsam von einer Seite zur anderen gleiten.

»Teke!«

»Eine Minute!« hauchte sie halb betäubt. Die Sinnlichkeit seines Körpers versetzte sie in diesen Zustand. So war es immer gewesen.

Sie beugte sich so tief über ihn, daß ihre Lippen sein Ohr berührten, und sagte: »Zweiundzwanzig Jahre sind vergangen, und trotzdem ist es immer noch wie früher.« Sie ließ ihre Handfläche über sein hämmerndes Herz wandern, über weiche Haare, eine harte Brustwarze, angespannte Muskeln. Seine Sinnlichkeit war jetzt in ihr, war von ihrer Hand über ihren Arm in ihre Brust geströmt. »Eines der Dinge, die ich an dir am meisten liebe, war deine Kraft. Du warst immer mein Champion – von Anfang an. Sogar, als du meinen Vater niederschlugst.«

Grady schlang die Arme um ihre Hüften. »Ich konnte doch nicht zulassen, daß er dich vergewaltigte.«

Teke schauderte. Jahrelang hatte sie sich geweigert, an Homers Drohungen zu denken, doch hier und jetzt, beschützt von Gradys Armen, wagte sie einen Blick auf die Einzelheiten jener Nacht. Homer war betrunken und abscheulich gewesen. Er war böse, weil sie soviel Zeit mit Grady verbrachte. Er sagte, sie schulde *ihm* etwas von dieser Zeit. Er packte sie und riß ihr die Bluse vom Leib. Sie war starr vor Angst.

Die schreckliche Szene noch einmal durchlebend, rief sie: »Du hättest mich aussagen lassen können.«

Aber Grady protestierte entschieden. »Sie hätten dich nach Details gefragt. Sie hätten einen Blick auf dich geworfen und behauptet, du hättest ihn so verrückt gemacht, daß er die Beherrschung verlor. Sie hätten dir üble Bezeichnungen gegeben. Dem allen konnte ich dich nicht aussetzen.«

Sie erinnerte sich an die rauhen Hände ihres Vaters, an seinen lüsternen Blick, seinen fauligen Atem, aber all das war nichts im Vergleich zu der Seelenpein, die sie empfand, als Grady sie zum Schweigen verpflichtete. Dieses Schweigen hatte sie jahrelang gequält. »Aber du wärst dadurch freigekommen.«

Grady zog sie auf seinen Schoß. »Es gab keinen physischen Beweis dafür, daß er dich vergewaltigen wollte, er kam ja nicht mehr dazu.«

»Weil du ihn niederschlugst«, sagte Teke an seiner Wange, »und er unglücklich stürzte.«

»Sie hätten mich auf jeden Fall verurteilt.«

»Aber ich hätte wenigstens das Gefühl gehabt, mein Bestes getan zu haben, um es zu verhindern. Ich hätte mich all die Jahre nicht so *schuldig* gefühlt. Es war nicht fair, Grady. Ich wollte dir helfen – wenn schon nicht bei der Verhandlung, dann wenigstens danach –, aber du hast es nicht zugelassen. Es war nicht *fair.*«

Er strich besänftigend mit den Armen über ihren Körper. Als sie ruhiger wurde, fühlte sie ihr Verlangen wieder erwachen. Gradys gepreßt klingende Stimme verriet ihr, daß es ihm ebenso ging.

»Was machen wir jetzt? Ziehen wir uns aus und tun es – oder gehst du? Das eine oder das andere muß passieren, und zwar bald, ich bin schon nah dran.«

Teke spürte das Vibrieren seiner angespannten Muskeln und seinen harten Penis unter ihrer Hüfte. Dies fand den Widerhall in ihrem rasenden Puls, dem Knoten in ihrem Unterleib und der Hitze zwischen ihren Beinen. Ihr Begehren wurde übermächtig.

Aber ihn zu begehren, genügte nicht. Sie war kein Teenager mehr, sie wußte um die Komplexität des Lebens, und sie kannte die Folgen.

Sie rückte von ihm ab und studierte seine Augen. Sie waren fast schwarz, spiegelten seine Erregung wider, luden sie ein, sich in ihnen zu verlieren. »O Grady, ich kann nicht«, stöhnte sie.

»Weil du verheiratet bist?«

In dieser Hinsicht machte sie sich keine Illusionen mehr – ihre Ehe war zu Ende. Nein, das war nicht der Grund. »Weil ich Angst habe.«

»Davor, mit mir ins Bett zu gehen?«

»Vor dem Danach. Du hast mich schon einmal tief verletzt – ein zweites Mal könnte ich das nicht durchstehen.«

Nach einer kleinen Pause sagte er: »Ich wollte dich nicht verletzen.«

»Aber du hast es getan.«

»Ich werde es nie wieder tun.«

»Beim ersten Mal hast du auch gesagt, du wollest mich nicht verletzen.«

»Mein Gott, Teke«, sagte er ungeduldig, »für damals mußt du mir mildernde Umstände zubilligen. Ich dachte, ich täte das

Richtige für dich, und genau genommen war es auch so: Du hast viel mehr bekommen, als ich dir jemals hätte bieten können.«

»Meinst du das Haus, den Wagen und den Schmuck?« Sie stand auf. »Ich hätte liebend gern darauf verzichtet. Wie oft muß ich dir das noch sagen?«

»Und wie oft muß *ich* dir noch sagen, daß ich nicht *wollte*, daß du darauf verzichten müßtest?«

»Du bist auf Geld fixiert.«

»Ja, weil ich nie viel hatte.«

»Geld spielt keine Rolle.«

»Was für ein Unsinn.« Auch er stand auf und schaute sie an. »Ich wollte dir all die Dinge selbst bieten, wie wir es uns erträumt hatten, aber nachdem ich zu der Gefängnisstrafe verurteilt worden war, wußte ich, daß ich nie dazu in der Lage sein würde. Und so tat ich, was ich für richtig hielt. Du könntest mal versuchen, es aus meinem Blickwinkel zu betrachten.«

»Das *tue* ich ja, aber ich sehe es nicht ein. Wenn du mich geliebt hättest, wirklich geliebt, hättest du gewollt, daß ich auf dich wartete – ohne Rücksicht auf Verluste.« All die Jahre war es das gewesen, was sie am meisten gestört hatte: die Zweifel an der Tiefe seiner Gefühle für sie.

Er starrte sie böse an. »Ich liebte dich so sehr, daß ich deinetwegen einen Mann tötete. Wie kannst du an mir zweifeln?« Seine Augen verengten sich. »Ich kenne dein Problem. Verdammt richtig, du hast Angst. Du hast Angst davor, daß mich zu lieben dein bequemes Leben durcheinanderbringen würde.«

Teke versteifte sich. »Ich habe Angst davor, daß dich zu lieben mein Leben *zerstören* würde – und ›bequem‹ kannst du dir sonstwohin stecken.«

»Reizend.«

»Ehrlich.« Sie ging auf die Tür zu. »Du hast recht, ich hätte nicht kommen sollen!«

»Du hast Angst«, wiederholte er, ihr folgend. »Du hast Angst davor, dich mit einem Exsträfling einzulassen.«

Sie wirbelte herum. »So eine *Scheiße!*« explodierte sie. »Ja, ich habe Angst, aber nicht davor. Ich habe Angst, noch einmal zurückgewiesen zu werden. Ich habe dir einmal uneingeschränkt vertraut. Ich glaubte alles, was du über unsere Zukunft sagtest. Und dann hast du mir, ohne zwingende Notwendigkeit, alles weggenommen.« Sie setzte ihre Flucht fort.

»Du bist unmöglich!« rief er ihr nach.

»Da hast du recht! Also hau ab! Verlaß Constance! Verschwinde aus meinem Leben! *Wieder!*« Sie riß die Tür auf und stürmte hinaus.

Das letzte, was sie hörte, ehe sie sich in ihrem Wagen einschloß, war Gradys zorniges »Kommt nicht in Frage, Lady, ich habe Pläne«.

Sie fuhr los und fragte sich, was zum Teufel er damit meinen mochte.

In der Woche vor Weihnachten war Annie täglich bis spät in die Nacht auf und las Prüfungsarbeiten, notierte Examensnoten und rechnete Klassendurchschnitte aus. Als sie schließlich mit Sam und den Kindern in den Wagen stieg und sie sich auf den Weg zur Skihütte machten, war sie erschöpft.

Teke hatte entschieden, nicht mitzukommen. Sie meinte, es würde Michael demoralisieren, wenn er alle skifahren sähe und selbst nicht dazu in der Lage wäre. Annie glaubte ihr das, aber sie vermutete, daß Teke ebenfalls Angst vor einer Demoralisierung hatte. Angesichts der Tatsache, daß sie jetzt allein war, wäre es hart für sie, Sam und Annie und all die anderen Paare zu erleben, die sie dort kannten.

Die Maxwell-Mädchen waren hin und her gerissen. Sie mußten Michael verlassen und dies gegen Skifahren mit Jon und Zoe abwägen, und dann warf J. D. ein neuerliches Problem auf, indem er sie einlud, mit ihm nach Arizona zu fliegen. Jana nahm die Einladung an. Leigh entschied sich für Skifahren mit Jon. Also hatte Annie fünf Personen in dem Chalet zu versorgen. Sie vermutete, daß sie damit zurechtkommen würde, und so war es auch. Als hilfreich erwies sich, daß Sam sie kaum je kochen ließ.

»Gehen wir in den *Onion Patch*«, meinte er am ersten Abend, und am zweiten, an Heiligabend: »Ich habe gehört, daß *Stoney's* dieses Jahr hervorragend sein soll«, und als Annie ankündigte, daß sie am ersten Weihnachtsfeiertag Roastbeef braten würde: »Heb's auf. Ich habe uns einen Tisch bestellt.«

»Sam«, protestierte Annie. »Ich habe noch kein einziges Mal gekocht.«

»Und?«

Und es war teuer, immerzu auswärts zu essen, und Sam und die Anwaltskanzlei standen auf Kriegsfuß. Und vielleicht sollten sie im Hinblick auf mögliche Folgen etwas sparsamer sein. »Teke hat immer gekocht. Ich sollte das auch tun.«

»Teke hatte aber nie gerade Examensstreß hinter sich. Komm schon, Annie, ich möchte, daß du einen richtigen Urlaub hast. Außerdem muß ich dir helfen, wenn du kochst, und *ich* brauche offen gestanden einen richtigen Urlaub.«

Sie stritt sich nicht lange mit ihm herum. Zu Hause kochte sie jeden Abend, weil die Stundenpläne ein Auswärtsessen nicht gestatteten, aber hier war nicht zu Hause. Die Schule hatte geschlossen, und sie genoß die Pause.

Und sie genoß Sams Aufmerksamkeit. Obwohl er besser Ski fuhr als sie, blieb er bis auf die beiden letzten Abfahrten an ihrer Seite, und während Sam in halsbrecherischem Tempo den Berg hinunterraste, zog sie sich mit einer Tasse Schokolade in die Talstation zurück und wärmte sich auf.

Bei einer dieser Gelegenheiten entdeckte sie unerwartet Zoe am anderen Ende der Station, wo sie aus dem Fenster schaute. Mit ihren klobigen Stiefeln zwischen ausgelegten Skiern dahintrampelnd, brauchte Annie eine Weile, bis sie bei ihr ankam.

»Hi, Schätzchen.« Sie legte den Arm um die Schultern des Mädchens. »Wie lange bist du schon hier?«

Zoe zuckte die Achseln. »Ungefähr eine Stunde.«

»Ich dachte, du wärst mit Leigh und Jon beim Skifahren.«

»Nein. Die wollten allein sein.«
»Haben sie das *gesagt?*« fragte Annie. Jon würde sich einiges anhören müssen, falls es so wäre.
»Nein, aber ich merkte es.«
»Dann ›merktest‹ du was Falsches«, sagte Annie und schlug einen anderen Weg ein. »Ich habe Susie VanDorn vorhin am Hang gesehen. Sie sind am frühen Nachmittag angekommen. Du kannst morgen ja mit ihr Ski fahren.«
»Hm.«
»Willst du eine heiße Schokolade?«
»Hm.«
Annie nippte an der ihren. »Möchtest du heute abend in einem speziellen Lokal essen?«
»Mir ist alles recht.«
Annie ließ sich neben ihr auf dem Fensterbrett nieder. Zoe war immer ein unkompliziertes Kind gewesen, doch was sie jetzt erlebte, war Teilnahmslosigkeit. »Was ist los, Schätzchen?«
»Nichts.«
»Du siehst nicht aus, als amüsiertest du dich sonderlich.«
»Ich bin nur müde.«
»Fühlst du dich gut?«
»Hm.«
»Vielleicht brütest du ja was aus.«
»Ich bin nur *müde*, Mom.«
Okay, dachte Annie, nur müde, dann glaube ich ihr das erst mal.
»Bist du immer noch böse auf deinen Dad?« fragte sie. Für die Dauer des Aufenthalts hier bestand ein unausgesprochener Waffenstillstand zwischen Sam und den Kindern. Annie fürchtete, daß er gefährdet war, gebrochen zu werden.
»Ich bin *müde!*« Zoe schaute sie ärgerlich an. »Warum kannst du das nicht akzeptieren, Mom? Warum muß hinter allem, was ich sage, etwas stecken?« Sie sprang auf. »Ich geh heim. Wir sehen uns dort.«
Es kostete Annie einige Überwindung, aber sie ließ sie gehen. Wäre sie ihrem Wunsch gefolgt, hätte sie sie zurückgehalten, in

die Arme genommen und ihr entlockt, was sie quälte. Denn sie quälte sich. Die liebe, kleine Zoe, ihr Kamerad, machte eine harte Zeit durch. Zoe war fast sechzehn, und Annies Instinkt sagte ihr, daß sie sich ihrer Tochter nicht in der Weise aufdrängen durfte, wie sie es früher vielleicht getan hätte. Jeder Mensch braucht seinen Freiraum. Das traf auch auf Annie zu, und Zoe war ihr Fleisch und Blut.

Also gab Annie ihr Zeit. Am nächsten Morgen startete Zoe vergnügt in Richtung Skihang. Die dunkle Wolke, die über ihr gehangen hatte, war wie fortgeblasen, und auch den Rest der Woche zeigte sich keine mehr. Tagsüber gingen die Kinder ihre eigenen Wege und stießen abends im Chalet zu Sam und Annie. So war es auch für Silvester geplant. Sie hatten vor, sich nach dem Skifahren in der Hütte auszuruhen und anschließend alle gemeinsam in eines der Berg-Gasthäuser zum Essen zu gehen, wo dem neuen Jahr mit einer Party entgegengefeiert würde. Doch als Annie und Sam um halb fünf von der Piste zurückkamen, waren nur Jon und Leigh da.

»War Zoe nicht mit euch unterwegs?« fragte Annie. »Sie sagte, ihr wolltet den heutigen Tag am North Face verbringen.«

Leigh warf Jon einen nervösen Blick zu. »Da waren wir auch, aber sie wurde vormittags plötzlich müde und sagte, sie würde zum South Face runterfahren.«

»Wir dachten, sie sei bei euch«, fügte Jon hinzu.

Annie schüttelte den Kopf. »Vielleicht ist sie mit Freundinnen zusammen. Geben wir ihr noch ein paar Minuten, sie wird schon kommen.«

Die paar Minuten vergingen, ohne daß Zoe sich sehen ließ. Sam, der am Vorderfenster stand und den Weg zum Haus im Auge behielt, schaute auf seine Uhr. »Die Lifte sind seit einer Stunde außer Betrieb.«

Entschlossen, sich keine Sorgen zu machen, trat Annie neben ihn. »Sie muß auf dem Heimweg irgendwo haltgemacht haben.«

»Wo?«

Das konnte sie ihm auch nicht sagen. Es war dunkel, kalt und glatt draußen. Die Familien versammelten sich, um zu feiern. Es sah Zoe nicht ähnlich, nicht bei *ihrer* zu sein.

Eher neugierig als besorgt begann Annie nacheinander die Freundinnen anzurufen, mit denen Zoe Ski gefahren sein konnte. Alle waren zu Hause, und keine wußte, wo Zoe war. Einige hatten sie beim Mittagessen gesehen, aber seitdem nicht mehr.

Mit jedem unergiebigen Telefonat wurde Annie unbehaglicher zumute. Als sie nach dem letzten Versuch den Hörer auflegte, trat Sam zu ihr. Es war halb sechs. Sie hob den Blick, schaute ihn ängstlich an und flüsterte zutiefst beunruhigt: »Da stimmt was nicht, ich weiß es. Ich weiß es einfach.«

Jetzt übernahm Sam das Telefonieren. Er rief die Verwaltung der Liftanlage an und erfuhr, daß die Talstation geschlossen und menschenleer, jedoch ein einzelnes Paar Skier in einem der Ständer zurückgelassen worden sei. Der Beschreibung nach konnten es Zoes sein.

Er rief die Polizei an.

Annie schaute in Zoes Zimmer. Es befand sich in dem gleichen chaotischen Zustand, wie sie es am Morgen verlassen hatte. Nichts deutete darauf hin, daß sie tagsüber noch einmal dagewesen war. Soweit Annie es beurteilen konnte, fehlte nichts.

»Wo kann sie bloß sein?« fragte Leigh mit ängstlicher Stimme, als Annie zurückkam.

Sam legte gerade wütend den Hörer auf. »Sie werden die Augen offenhalten, aber mehr werden sie vorläufig nicht tun. Ihren Erfahrungen nach muß sie länger verschwunden sein, ehe sie etwas unternehmen. Sie sagen, es gehen täglich Meldungen ein, daß Kinder vermißt werden, aber sie tauchen immer wieder auf.«

»Zoe würde uns freiwillig doch nie so beunruhigen«, sagte Leigh.

Das glaubte Annie auch, aber Zoe war in letzter Zeit durcheinander, und Menschen, die durcheinander sind, taten, wie Annie aus eigenem Erleben wußte, Dinge, die sie normalerweise nicht tun würden. »Vielleicht wollte sie einen Bummel durchs Dorf machen.«

»Und wie soll sie da hingekommen sein?« fragte Jon logisch. »Der Pendelbus fährt nicht so weit.«

»Vielleicht hat eine Freundin sie mitgenommen?« meinte Annie.

»Welche Freundin?« Sam fuhr sich mit der Hand durch die Haare. »Du hast doch alle angerufen. Liegt irgendwo eine Nachricht?«

»Nicht in ihrem Zimmer«, antwortete Annie und machte sich daran, den Rest des Hauses zu durchsuchen. Die anderen schlossen sich an. Als sie sich schließlich wieder im Wohnzimmer trafen, war es nach sechs Uhr, und in Annie stieg Panik auf. Ihre Phantasie lenkte sie in Richtungen, in die sie nicht denken wollte. »Wo ist sie, Sam?«

Er sah blaß und unsicher aus, doch er legte in dem Bestreben, ihr Kraft zu geben, den Arm um ihre Schultern und zog sie an sich. »Ich weiß es nicht.«

»Sollen wir einfach nur ... warten?«

»Das können wir nicht tun.« Er schloß gequält die Augen, daß sich seine Brauen zusammenzogen. Als er sie wieder öffnete, war sein Blick drängend. »Hat sie während der Woche mal irgendwann erwähnt, daß sie lieber woanders wäre? Vielleicht bei Jana in Arizona?«

»Sie wünschte sich, daß Jana *hier* wäre«, erwiderte Annie. »Sie hat nie gesagt, daß sie gern dorthin möchte.« Sie schaute Jon und Leigh an, um eine Bestätigung zu erhalten, und erntete Kopfnicken.

Jetzt wandte sich auch Sam an die beiden. »Hat sie zu einem von euch eine Andeutung gemacht, daß sie irgendwohin wolle? Hat sie erwähnt, daß sie jemanden kennengelernt habe?«

Sie schüttelten die Köpfe. »Aber sie ist in letzter Zeit merkwürdig«, sagte Jon. »Viel schweigsamer.«

Annie schluckte ihre Angst hinunter, doch ihre Worte sprudelten trotzdem heraus. »Was, wenn eine Gruppe von Collegetypen sie zu sich nach Hause gelockt hat?« Es war doch möglich, daß

Zoe sich durch das Interesse der Jungen geschmeichelt fühlte und mitgegangen war – so wie sie, Annie, sich durch Jason Fausts Interesse geschmeichelt gefühlt hatte. Aber während Annie in der Lage gewesen war, die Sache zu stoppen, ehe sie außer Kontrolle geriet, wäre Zoe das nicht. Sie war völlig unerfahren. Und so hübsch.

Annie kam ein noch schlimmerer Gedanke. »Was, wenn ein *Mann* sie an einem der Lifte angesprochen und in seinen Wagen gelockt hat? Was, wenn er ihr anbot, sie ins Dorf mitzunehmen, und dann einfach weiterfuhr?«

»Jana hätte mit hierherkommen sollen. Sie und Zoe haben immer aufeinander aufgepaßt.«

»Jana *wollte* nicht mit hierherkommen«, erinnerte Jon sie spitz. »Sie wollte nicht mit meinem Vater zusammensein.«

»Lassen wir das Thema«, sagte Sam scharf.

»Aber es stimmt.«

»*Lassen* wir das Thema«, wiederholte Sam noch schärfer.

»Ich kann nicht einfach nur hier warten«, sagte Annie. »Ich werde ein bißchen herumfahren. Vielleicht ist sie ja von irgendwoher zu Fuß auf dem Heimweg und ich sehe sie.«

Sam nahm die Autoschlüssel. »Ihr beide bleibt hier, für den Fall, daß sie anruft«, sagte er zu Jon und Leigh. »Wir schauen in Abständen vorbei.«

Vom Wagen aus wirkte die Nacht noch dunkler, kälter und eisglatter auf Annie als vom Chalet aus. Autos überholten sie auf dem Weg zu Silvesterfeiern, und helle Lichter markierten die Häuser, in denen diese Feiern stattfanden. Zwischen den Wagen und den hellen Lichtern ragten große, undurchsichtige, drohende Baumgruppen auf.

»O Gott!« flüsterte sie und preßte eine Faust auf ihren Mund, während sie die Landschaftsfetzen überflog, die die Scheinwerfer enthüllten. »Wir hätten sie beim Skifahren bei uns behalten sollen, aber sie wollte nicht bemuttert werden. Sie wurde richtig wütend, als ich wissen wollte, was mit ihr los sei.«

»Wir werden sie finden«, sagte Sam grimmig und fuhr weiter.

Um sieben Uhr schauten sie zu Hause vorbei, aber Zoe hatte nicht angerufen. Sie fuhren wieder los, durchforschten die Gegend diesmal in einem größeren Radius und riefen vom Dorf aus im Chalet an. Noch immer kein Lebenszeichen von Zoe.

Annie klammerte sich ans Armaturenbrett und starrte angestrengt in die Nacht hinaus, während Sam den Wagen langsam dahinrollen ließ. Inzwischen war es nach halb acht Uhr, und die Angst wuchs von Minute zu Minute. Annie konnte sich nicht erklären, daß Zoe nicht angerufen hatte oder heimgekommen war. »Zoe, wo bist du?« fragte sie voller Furcht. »Wo *bist* du?«

Um acht Uhr fing es zu schneien an. Sam fuhr zum Chalet zurück. »Ich werde noch mal bei der Polizei anrufen«, sagte er, als sie aus dem Auto stiegen. »Wenn die örtliche Polizei nichts unternimmt, dann vielleicht die Staatspolizei.«

Jon und Leigh empfingen sie an der Tür und machten lange Gesichter, als sie sahen, daß Sam und Annie allein waren. Hinter ihnen klingelte das Telefon. Annie stürzte hin, doch es war nur eines der Mädchen, die Annie vorher angerufen hatte, und die wissen wollte, ob sie Zoe gefunden hätten. »Noch nicht«, antwortete Annie zittrig und atemlos und halb tot vor Angst, »aber bestimmt bald.« Sie brauchte zwei Anläufe, um den Hörer korrekt aufzulegen, und ihre Hand lag noch darauf, als das Telefon erneut klingelte. Sie riß ihn von der Gabel. »Ja?«

Es folgte eine lange Pause, und in den endlosen fünf Sekunden rechnete Annie allen Ernstes damit, daß ein Entführer eine Lösegeldforderung vorbringen würde. Dann kam ein unsicheres »Annie?«

»Pop? Ich bin's«, sagte sie mit bebender Stimme. »Pop, Zoe ist verschwunden. Wir haben keine Ahnung, wo sie ist.«

»Sie ist hier«, erklärte Pete mit seiner tiefen Stimme.

»Sie ist bei *dir?*« rief Annie und preßte die freie Hand auf ihr hämmerndes Herz. Die anderen drängten sich um sie, und Sam legte sein Ohr an ihres, um mithören zu können, was Pete sagte. »Kurz vor dem Abendessen läutete es, und da stand sie, durchgefroren, aber wohlauf.«

Annies Knie wurden weich vor Erleichterung. Sie lehnte sich an Sam.

»Sie sagte, ihr wüßtet, daß sie zu mir wollte«, erzählte Pete weiter, »aber ich glaubte nicht, daß ihr sie losgeschickt hattet, ohne mir Bescheid zu sagen, und außerdem hatte sie keinen Rucksack dabei. Die kleine, hübsche Zoe hat normalerweise immer einen Rucksack dabei.«

»Sie ist in Sicherheit«, hauchte Annie. »Gott sei Dank, sie ist in Sicherheit.«

»Erst als ich ihr was zu essen gegeben hatte und sie fragte, wie eure Pläne für heute abend aussähen, meldete sich ihr schlechtes Gewissen.«

»Wie ist sie denn zu dir gekommen?« erkundigte sich Sam.

»Sie hat sich mitnehmen lassen.«

»Mitnehmen?«

»Von jemandem, den sie kannte, von einem von Jons Freunden.«

Diese Auskunft war nicht dazu angetan, Annie zu beruhigen. Einige von Jons Freunden, vor allem seine Footballfreunde, waren ziemlich verwegene Burschen. Sie konnte sich gut vorstellen, daß sie Zoes Naivität ausnutzten, wenn sich die Gelegenheit bot. »Ist sie okay?«

»Ein bißchen durcheinander.«

»Hat man ihr etwas getan?«

»O nein, nicht deswegen.« Er senkte seine Stimme. »Sie ist wegen anderer Dinge durcheinander.«

»Laß mich mit ihr reden.«

»Später, vielleicht.«

Sam nahm Annie den Hörer aus der Hand. »Ich komme sie abholen, Pop«, sagte er. Annie spürte, daß ihr Vater einen anderen Vorschlag machte, doch Sam beharrte darauf. »Ich muß mit ihr sprechen, und das kann nicht bis morgen früh warten. Sage ihr nicht, daß ich komme, sonst läuft sie vielleicht wieder weg. Ich fahre sofort los. So gegen elf bin ich da.« Er gab Annie den Hörer zurück.

Sie sah seine entschlossene Miene und wußte, daß nichts ihn umstimmen könnte. Also sagte sie leise zu Pete: »Sam hat recht. Laß sie nicht aus den Augen, bis er kommt, okay?«

Auf der dreistündigen Fahrt überlegte Sam sich, was er Zoe alles sagen wollte, doch als er bei Pete ankam, lag sie zusammengerollt am Fußende von Petes Bett und schlief fest.
Er setzte sich auf die Matratze, zog Zoe in seine Arme und drückte sie an sich, wie er es getan hatte, als sie noch klein war, und wie damals dachte er, was für ein besonderes Menschenkind sie war, wie lieb und sanft, und wieviel er ihr geben wollte.
Er hatte sie enttäuscht. Tief enttäuscht. Dieses Bewußtsein beherrschte seine Gedanken, als sie sich nach einem Weilchen regte. Sie rieb ihr Gesicht an seinem Pullover und kuschelte sich noch enger an ihn. Dann erstarrte sie.
»Daddy?« flüsterte sie.
»Ja, Baby, ich bin's.«
Sie sagte nichts. Sam küßte sie auf die Stirn. Als sie ihr Gesicht an seiner Brust barg und zu weinen begann, hielt er sie noch fester, und mit jedem kleinen Schluchzer fühlte er sich elender.
»Es ist okay, Zoe, es ist okay, Baby. Mommy und Daddy lieben dich so sehr.«
Sie weinte weiter. Er warf Pete, der auf seiner Kiste saß, einen hilflosen Blick zu und bekam einen hilflosen Blick zurück. Er fragte sich, warum ein Mann sich in einer solchen Situation so unsicher fühlen mußte. Frauen taten das nicht. Sie waren mit Umarmungen zufrieden und empfanden sie als Trost. Sam versuchte, es ebenso zu sehen, doch es fiel ihm schwer. Sein kleines Mädchen hatte Kummer, und das bekümmerte ihn seinerseits. Er wollte etwas *tun.*
»Du hättest nicht kommen müssen«, brachte sie schließlich mühsam hervor.
»Natürlich mußte ich das. Du bist meine Tochter, und ich hätte niemals ohne dich Silvester feiern können.«
»Du solltest bei Mom sein.«

»Mom ist okay. Du bist diejenige, die unglücklich ist, und da ich derjenige bin, der dich unglücklich gemacht hat, bin ich derjenige, der dich aufheitern wird.«
Sie fing wieder an zu weinen. Er fragte sich, was er falsch machte.
Petes Stimme ertönte vom anderen Ende des Zimmers. Sie klang wie Sandpapier und schliff die scharfen Zacken von Sams Furcht ab. »Du hast den Korken rausgezogen, Sam. Alles, was sich wochenlang aufgestaut hat, fließt jetzt.«
Sam nickte. Er strich Zoe über die Haare, rieb ihren Rücken und ihren Arm. Fünfzehn Jahre war sie alt, es war kaum zu glauben. Er konnte die neuen Formen spüren, die ihr Körper annahm, doch sie war trotzdem noch immer kindlich und zerbrechlich. Er schob seine Hand in die ihre, erinnerte sich daran, wie sie als Baby ihre Finger immer um einen von seinen gelegt hatte. Jetzt tat sie das nicht, aber sie zog die Hand auch nicht weg.
Mit dem Mund nahe an ihrem Ohr sagte er: »Wir haben dich überall gesucht, Zoe, im ganzen Chalet und in der Umgebung. Wir riefen alle Leute an, die uns einfielen, und die ganze Zeit sagte ich mir, daß es meine Schuld wäre, wenn dir etwas passiert sei. Es waren ein paar harte Monate, und nur wegen mir.«
»Ich will, daß alles wieder so wird, wie es war«, sagte sie mit kleiner Stimme. »Ich will, daß wir *alle* zusammen skifahren, nicht, daß nur Leigh dabei ist.«
»Das wird wohl nichts mehr werden. Wenn Michael wieder ganz in Ordnung ist, werden er und Teke sich uns anschließen und Jana wahrscheinlich auch, aber J. D. sicherlich nicht: Er geht jetzt eigene Wege.«
»Nur wegen dir und Teke?«
»Nein. Das hat vielleicht als Katalysator gewirkt, aber es steckt mehr dahinter. Er will ein anderes Leben führen.«
»Wenn er seine Familie liebte, würde er das nicht wollen.«
»Seine Kinder liebt er sehr. Deshalb wollte er Jana und Leigh ja mit nach Arizona nehmen.«

»Leigh hat sich für Jon entschieden, aber Jana nicht für mich.«
»Sie hat sich für ihren Vater entschieden, und vielleicht hatte sie recht damit. Denk darüber nach, Zoe: Dich sieht sie jeden Tag, J. D. nicht. Sie wußte, daß du die Ferien mit uns verbringen würdest, aber mit wem sollte J. D. sie verbringen?«
»Aber ich will sie wiederhaben. Ich meine, ich finde es toll, Mom für mich zu haben – in der Beziehung war Jana manchmal die reinste Pest – aber Jana ist meine beste Freundin.«
Er strich ihr übers Haar. »Und das wird sie auch bleiben. Aber das heißt nicht, daß du ohne sie nicht leben kannst. Schau dir Mom an: Sie hat Thanksgiving ohne Teke bewältigt. Sie dachte, sie könnte es nicht, aber sie schaffte es, und es gab ihr eine echte Befriedigung.«
»Aber es hat mir *gefallen*, wie es war.«
»Mir auch.« Er dachte an die Anwaltsfirma und an den angenehmen Arbeitsplatz, den er dort gehabt hatte. Von »angenehm« konnte jetzt keine Rede mehr sein. Er begann sich wie auf einem Schleudersitz zu fühlen. Andererseits ... »Ich fange an, einiges von dem zu mögen, was *neu* ist.«
»Zum Beispiel?«
»Zum Beispiel deiner Mom zu helfen. Das gibt *mir* Befriedigung. Das wäre früher nicht möglich gewesen, denn da war immer Teke diejenige, die half.«
»Was noch?«
»Mehr zu Hause zu sein. Mein bisheriges Berufsleben über hatte ich das Gefühl, arbeiten zu müssen, nichts als arbeiten. Zeit war Geld für mich. Aber wozu, zum Teufel, ist Geld gut, wenn man es nicht mit den Menschen genießen kann, die man liebt? Und da ist noch etwas.«
»Was?«
»Ich finde es schön, wenn wir zusammen sind: du und Jon und Mom und ich. Es mag selbstsüchtig klingen, aber wir hatten das nicht oft, und ich finde es schön. Und es wäre noch schöner, wenn du und Jon mir eine Chance geben würdet. Die Sache mit Teke war ein schwerer Fehler, aber ihr könnt ihn mir nicht ewig

übelnehmen.« Er zog seinen Kopf zurück, so daß er ihr Gesicht sehen konnte, wischte eine Tränenspur von ihrer Wange und sagte mit weicher Stimme: »Ich liebe dich, Zoe. Wenn ich mir überlege, was mir am meisten von dem fehlt, wie es früher war, dann ist es das Verhältnis, das wir zueinander hatten. Es fehlt mir, wie wir miteinander geredet haben und was wir miteinander unternommen haben.«

Sie schwieg eine Weile, spielte mit einer der Kordeln seines Sweaters.

»Was denkst du?« flüsterte er.

»Ich denke, daß ich euch den Silvesterabend geschmissen habe.«

»Nicht unbedingt. Wenn das Ende gut ist, ist alles gut. Die Nacht ist noch jung.«

Sie versetzte ihm mit ihrer Schulter einen Stoß. »Mom ist dort, und du bist hier, was soll daran gut sein?«

»Warum packen wir dann nicht Papa Pete ein und fahren zurück?« schlug Sam vor.

Zoe schaute zu ihm auf. Ihre Augen leuchteten unter Tränen. »Jetzt?«

»Warum nicht?« grinste er. Sie war das schönste Kind auf der ganzen Welt, dessen war er sicher, und sie war seines. »Zuerst rufen wir Mom an und lassen sie wissen, daß du okay bist«, er sah Petes zustimmendes Nicken, »und dann machen wir uns auf den Weg.« Er zermarterte sich den Kopf. »Wir müssen etwas ganz Tolles machen, wenn wir ankommen. Was meinst du? Champagner ist ein bißchen zu gewöhnlich. Das gleiche gilt für Konfetti und Knallkörper.«

Pete stand von seiner Apfelsinenkiste auf, ging in die Küche und kam mit einem langen, entfernt schlangenähnlichen, grell bunten Gerät zurück. »Mein Freund Bin Liu hat mir den als Modell geliehen. Es ist ein Drei-Mann-Drachen. Wenn die hübsche, kleine Zoe ihren Teil dazu beitragen kann, sind wir ein Team.«

»Das kann ich«, erklärte Zoe begeistert, doch sie sprang nicht gleich auf. Sie blieb noch bei Sam, lehnte sich an ihn und holte verlorene Zeit nach, dachte er. Irgendwann glaubte er, sie sei eingeschlafen, doch als er sich über sie beugte, schaute er ihr geradewegs in die Augen. »Ich bin froh, daß du mich holen gekommen bist«, flüsterte sie.

Er drückte sie fest an sich. »Das werde ich immer tun, Zoe. Das ist mein Job.« Und mit dem Anbruch des neuen Jahres und einer unsicheren beruflichen Situation vor sich war er dafür sehr dankbar.

Kapitel 17

Schritt für Schritt gewann Michael die Herrschaft über seine Gliedmaßen und seine Muskelkraft zurück. Seine Bewegungen waren zwar immer noch unbeholfen, aber er brauchte keine Beinschienen mehr, und das allein belegte den Fortschritt, der ansonsten nur schwer zu erkennen war. Auf zwei gute Tage folgte stets ein schlechter.

Teke erlebte das gleiche. Sie hatte ein Gespräch mit dem von Sam empfohlenen Anwalt, bekam eine Visa-Card auf ihren eigenen Namen und schrieb im Supermarkt einen Scheck aus, der platzte. Sie tankte zum allerersten Mal selbst, erklärte sich bereit, den Vorsitz eines Komitees zu übernehmen, das einen Geher-Marathon zugunsten des »Constance Land Trust« plante, und hatte einen Riesenstreit mit Jana.

Der Streit traf sie viel tiefer als der geplatzte Scheck. Die Kinder waren ihre Achillesferse. Was sie anging, wartete sie in Sorgen und Schuldgefühlen. Sie versuchte, das Richtige zu tun, aber das Richtige war nicht immer angenehm. Zu oft befand sie sich in der Situation, nicht gewinnen zu können.

So war es auch bei Jana, als es um deren neue Angewohnheit ging, nach der Schule in den Zug zu steigen und unangemeldet bei J. D. zum Abendessen aufzutauchen. Die Diskussion hatte eine halbe Stunde gedauert und sich dann im Kreis gedreht, weil keine von ihnen nachgeben wollte.

»Aber er ist ganz allein«, verteidigte Jana ihre Besuche. »Er tut mir leid.«

»Er hat sich selbst für das Alleinsein entschieden«, argumentierte Teke zum zehnten Mal. Sie wollte J. D. nicht schlechtmachen, aber diese Sache war wichtig. Er hatte sie mehr als einmal

angerufen und sich beschwert, was Jana vernichten würde, wenn sie es wüßte. »Es gibt Zeiten, da ißt er nach der Arbeit irgendwo unterwegs, und dann findet er dich bei sich, wenn er danach heimkommt. Außerdem, was ist mit *uns?* Ich erwarte dich zu einer bestimmten Zeit zu Hause, und du erscheinst nicht. Ich telefoniere in heller Angst in der Gegend herum, bis dein Vater mich schließlich anruft. Das ist keine Art, Jana. Wir stellen uns darauf ein, dich hier zu haben. Wir *freuen* uns darauf, dich hier zu haben. Und außerdem hast du Hausaufgaben zu machen.«
»Die mache ich dort.«
»Und dann muß dein Vater dich den ganzen Weg hier herausfahren. Oder ist das der Zweck der Übung?« fragte Teke, die fast sicher war, daß sie mit dieser Vermutung recht hatte. »Jana, er ist *ausgezogen!«* Sie wußte nicht, wie sie es ihr noch deutlicher machen könnte. »Er hat sich entschlossen, in Boston zu wohnen. *Allein.* Du kannst ihn so oft dazu zwingen, dich hierher zurückzufahren, wie du willst – es wird nichts ändern. Er will nicht mehr mit mir leben.«
»Kann ich ihm nicht verübeln«, erwiderte das Mädchen trotzig. »Ich will es auch nicht.«
Sie ist aufgeregt, dachte Teke nicht zum ersten Mal, doch der Schmerz blieb. Sie hat Schwierigkeiten, sich auf die Veränderungen in ihrem Leben einzustellen. Sie liebt mich, ob sie es weiß oder nicht.
»Du brauchst mich nicht«, fuhr Jana fort. »Du hast Michael und Leigh. Und Grady.« Letzteres sagte sie anklagend. »Du bist immer noch mit Dad verheiratet, was hat Grady hier zu suchen?«
Tekes Herz machte einen Satz. Das tat es immer, wenn Gradys Name fiel. »Grady ist mein Freund.«
Jana schnaubte verächtlich. »Er ist mehr als das.«
Natürlich war er das, aber Teke hatte es die Kinder nicht sehen lassen. Sie mochte sich ihm an den Hals werfen, wenn sie allein waren, aber in Gegenwart der Kinder war sie ein Muster an Wohlanständigkeit. »Was willst du damit sagen?«

»Bist du schon mit ihm im Bett gewesen?«
»Das geht dich nichts an«, rief Teke, nahm sich jedoch sofort wieder zusammen. »Aber du willst es wissen, und deshalb werde ich es dir sagen. Die Antwort lautet nein«, schloß sie, nicht ohne Verärgerung. Gradys »Pläne«, die er an dem Abend ihrer Auseinandersetzung angedeutet hatte, liefen darauf hinaus, sie zu quälen. Er war häufiger da denn je, war hilfsbereit, freundlich und anziehender, als ein Mann sein durfte, ganz besonders, wenn er von der Frau, die er wie kein anderer erregte, als verbotenes Terrain erachtet wurde.
»Dann ist es nur eine Frage der Zeit«, meinte Jana. »Ich finde dein Benehmen peinlich.«
Teke war gekränkt. Sie hatte sich in Gegenwart der Kinder Grady gegenüber immer zurückhaltend gezeigt. »Warum, um Gottes willen?«
»Weil du es nicht allein im Bett aushältst. Daddy war nicht da, also nahmst du dir Sam ...«
»Nicht ins *Bett!*«
»... und jetzt ist Grady dran. Wie tief willst du *noch* sinken?«
Teke stellte die Stacheln auf. »Ich hätte *Glück*, wenn ich mit Grady zusammenkäme. Er ist fürsorglich und großzügig, er steht seinen Mann, und er kennt die Härten des Lebens. Er hat für seine Schuld bezahlt und ist ein nützliches Mitglied der menschlichen Gesellschaft geworden.«
»Er ist Zimmermann!« höhnte Jana.
Voller Zorn deutete Teke mit einem zitternden Finger in die Richtung von Cornelia Harts Haus. »Ich würde darüber nicht die Nase rümpfen, junge Dame, ehe du dir angesehen hast, was er dort bisher geleistet hat.« Sie versuchte, ihre Stimme unter Kontrolle zu halten, doch es gelang ihr nicht. »Er macht ein Schmuckstück aus der Remise – und das ist nur die bisher letzte seiner Arbeiten. Du könntest niemals, was er kann, aber was er zustande bringt, wird noch da sein, wenn du und ich schon lange unter der Erde sind.«
»Ich werde der Welt schon meinen Stempel aufdrücken!«

»Tu das nur!«
Sie sah Jana aus dem Zimmer stürzen und dachte, daß sie sich nicht verrückt machen sollte. Schließlich begann Michael, sich ihr wieder anzunähern, und Leigh ebenfalls. Zwei von dreien war nicht schlecht.
Dann kam der Tag, an dem sie Leigh zu Charlie Hart in die Praxis brachte. »Sie will die Pille«, hatte sie ihm am Telefon erklärt. Als sie hinkamen, ging Leigh ins Sprechzimmer, und Teke setzte sich in den Warteraum und blätterte gelassen eine Illustrierte durch. Zwanzig Minuten später, als der Gedanke in ihrem Kopf Gestalt annahm, daß es so lange dauerte, weil Charlie im Lauf der Untersuchung einen Knoten oder einen Hinweis auf eine schwere Krankheit gefunden hatte, erschien er in der Tür und winkte sie herein. Leigh saß auf einem Stuhl und war leichenblaß.
Überzeugt, daß eine ihrer Befürchtungen sich als Tatsache erwiesen hatte, fragte sie voller Angst: »Was ist los?«
Charlie ließ seinen Stuhl ein wenig nach hinten kippen, legte die Fingerspitzen aneinander und sagte mit einem Seufzer: »Was die Pille betrifft, haben wir ein kleines Problem: Es ist zu spät – Leigh ist schwanger.«
Schwanger. Tekes Unterkiefer klappte herunter. *Schwanger.*
»Nach unseren gemeinsamen Berechnungen ist sie wahrscheinlich in der achten Woche.«
Schwanger, damit hatte Teke nicht gerechnet. Wenn sie ihre Tochter für alt genug hielt, einen Knoten in der Brust zu haben, dann war sie auch alt genug, eine befruchtete Eizelle in ihrem Leib zu haben. Doch eine befruchtete Eizelle bedeutete ein Baby. Leigh war selbst fast noch ein Baby. Nein, das war falsch. Sie war siebzehn, beinahe achtzehn. Und schwanger. *O Gott!*
»Ich habe es dir an Thanksgiving gesagt«, ging Leigh in die Defensive. »*Da* habe ich gesagt, daß ich die Pille will.«
»Da war es schon zu spät«, hielt Charlie ihr in sanftem Ton vor Augen. »Es ist wahrscheinlich beim ersten oder zweiten Mal

passiert, das du mit Jon zusammen warst. Du sagtest, das sei Mitte November gewesen.«
Schwanger. Teke konnte es nicht glauben.
Leigh schaute sie immer noch an. »Wir haben uns, solange wir konnten, zurückgehalten, aber schließlich sahen wir es nicht mehr ein, nachdem *alle* taten, was ihnen paßte.«
Da war es wieder. Sam. »Es wird nie aufhören, oder?« fragte Teke mit unnatürlich hoher Stimme und versuchte, ihrer aufsteigenden Panik Herr zu werden.
»Ich habe es nicht absichtlich getan, Mom.«
»Ist Jon nicht auf die Idee gekommen, ein Kondom zu benutzen?«
»Er sagte, wir brauchten uns wegen Aids keine Gedanken zu machen.«
»Aber wegen der *anderen* Möglichkeit!«
»Er sagte, er würde rechtzeitig aufhören. Das hat er auch – fast.«
Teke suchte Hilfe an der Zimmerdecke, doch dort standen keine Antworten geschrieben. »Schwanger«, hauchte sie und fühlte sich plötzlich schwach.
»Vielleicht sieht es ja nur so aus«, sagte Leigh zu Charlie. »Eigentlich kann ich gar nicht schwanger sein. Ich meine – ich *fühle* mich nicht schwanger.«
»Das wirst du schon noch«, antwortete Charlie. Er war mit seinem Stuhl wieder nach vorn gekippt, hatte die Unterarme auf den Schreibtisch gelegt und war jetzt ganz Berater. »Es gibt verschiedene Möglichkeiten«, erklärte er Teke. »Leigh und ich haben sie bereits besprochen. Sie kann das Baby bekommen und behalten. Sie kann das Baby bekommen und zur Adoption freigeben. Oder sie kann die Schwangerschaft abbrechen lassen. Es ist noch früh genug dafür.«
Teke schob eine Haarsträhne zurück auf den Kopf. Sie war nicht in der Lage, Möglichkeiten abzuwägen, nicht, solange ihr Herz so laut hämmerte, daß die Erschütterung die Gedanken in ihrem Kopf durcheinanderwirbelte. Wie konnte sie über Mög-

lichkeiten nachdenken, wenn sie gar nicht glauben konnte, daß Leigh schwanger war?

Wie betäubt wandte sie sich an das Mädchen. »Hast du es gewußt?«

»Ich wüßte es ja noch nicht einmal *jetzt!* Bisher war mir noch kein einziges Mal übel oder so was. Ich dachte nicht, daß es so schnell passieren könnte. Ich hatte keine *Ahnung.*«

Verwirrt und unsicher wandte Teke sich an Charlie. »Hätte ich es merken müssen? Hätte ich es *sehen* müssen?«

Er schüttelte den Kopf. »Es gab nichts zu sehen.«

»Es muß doch eine Periode ausgefallen sein.«

»Sie sagt, daß sie über die Feiertage die Übersicht verloren habe.«

»Wem tut es schon leid, wenn eine Periode ausfällt?« versuchte Leigh zu erklären.

Tut es dir das jetzt? hätte Teke Leigh gefragt, wenn das Mädchen nicht so durcheinander gewesen wäre. Wenn Teke sich wie eine Ansammlung lockerer Knochen fühlte, die jederzeit auseinanderfallen könnten, konnte sie sich vorstellen, daß Leigh sich noch schlechter fühlte. Allerdings wußte Leigh nicht, was es bedeutete, ein Kind zu bekommen. Sie wußte nichts von der Verantwortung, der Sorge, dem Zeitaufwand, den Kosten. Sie glaubte, sie hätte den Gipfel der Erwachsenenfreiheit erklommen, indem sie mit Jon schlief. Sie begriff nicht, daß das Ergebnis ihr ihre Freiheit rauben würde.

Ein Baby. Leighs Baby. Leighs und Jons Baby. Tekes Enkelkind. Sams und Annies Enkelkind. Annie. Teke fragte sich, welche Lösung *Annie* wohl befürworten würde.

Aber es war nicht Annie, die in Charlie Harts Praxis saß. Teke bemühte sich, ruhiger zu werden und ihre Gedanken irgendwie zu ordnen. »Ich denke, wir sollten Schritt für Schritt vorgehen.«

Sie erzählten es Jon sofort, als er aus der Schule kam. Er wurde genauso blaß wie Leigh, als sie es erfahren hatte, doch zu seinen Gunsten mußte gesagt werden, daß er sofort Leighs Hand nahm und sie fest drückte.

»Wir hätten warten sollen«, flüsterte Leigh ihm zu.
»Ich hätte ein Kondom benutzen sollen«, flüsterte er zurück. »Aber ich dachte, es würde schon nichts passieren.«
»Ich glaube immer noch, daß der Arzt sich irrt. Ich fühle mich kein bißchen anders als sonst.«
»Leigh«, erinnerte Teke sie seufzend, »du hast gerade einen Test gemacht. Das Stäbchen hat sich blau verfärbt. Damit steht es zwei zu null für schwanger.«
Leigh schaute zu Jon auf und fragte mit einer Stimme, die zaghaft und ängstlich war, nicht wie die einer Frau, die eine bedeutungsschwere Entscheidung fällen mußte: »Was soll ich tun?«
Er fuhr sich mit der Hand durch die Haare, und während er ins Leere starrte, weiteten sich seine Augen plötzlich, und Teke konnte praktisch sehen, wie Gedanken in seinem Kopf erwachten, einer nach dem anderen, die alle mit den Konsequenzen für seine Zukunft befaßt waren. »Ich weiß es nicht«, gestand er schließlich, und jetzt starrte er auf Leighs Leib. Er berührte ihn nicht. Er sah ängstlich aus und ebenso unreif wie Leigh.
Er wandte sich an Teke. »Mom wird es wissen, ich möchte sie fragen.«
Annie, die nicht einmal gewußt hatte, daß die beiden miteinander schliefen, war sprachlos. Ihr Blick glitt von Teke zu Leigh, weiter zu Jon und wieder zu Teke. Schwanger? formten ihre Lippen tonlos das Wort.
Jetzt, da Annie Bescheid wußte, fühlte Teke sich sofort stärker. »In der achten Woche, meint Charlie«, gab sie Auskunft. »Das bedeutet, falls der errechnete Geburtstermin stimmt, das Kind wird Mitte August zur Welt kommen.«
Annie legte ihre Hand flach auf ihren Kopf. Ihr Blick huschte umher, bis er auf Jon zur Ruhe kam. »Du hast mir versprochen, daß du es nicht tun würdest.«
Er zuckte die Schultern. »Es ist eben passiert.«
»Leigh, *du* hast es mir auch versprochen.«
Leigh sah unglücklich aus. Mitleid mit ihr stieg in Teke auf, und

sie sagte: »Nun, es hat keinen Sinn zu schimpfen. In dir wächst ein Baby, und wir müssen entscheiden, was geschehen soll.«
»Ich brauche Sam«, hauchte Annie zittrig.
Leigh ergriff Tekes Hand. »Aber Dad darfst du es nicht sagen. Bitte!«
Teke wußte nicht, wie sie ihm so etwas Wichtiges vorenthalten sollte. Auch wenn J. D. die Familie verlassen hatte – er war immer noch Leighs Vater. »Das muß ich. Er hat ein Recht darauf.«
»Er wird außer sich sein!« jammerte Leigh.
»Über *mich*«, versuchte Teke sie zu beruhigen, und genau so war es zunächst auch.
»Verdammt noch mal, Teke, es war deine Pflicht, so etwas zu verhindern! Warum hast du ihr nicht die Pille verschreiben lassen, *bevor* es passierte?«
Teke ließ sich nicht einschüchtern. »Als Leigh mir sagte, daß sie die Pille wolle, war es bereits zu spät.«
J. D. wandte sich an Jon. »Und du hattest nicht die Vernunft, ein Kondom zu benutzen? Du hättest keinem was erklären müssen, du hättest nicht zu einem Arzt gehen müssen, du hättest lediglich in einem Drugstore ein Päckchen von den Dingern kaufen müssen.«
»Ich dachte nicht ...«
»Da hast du allerdings recht!«
»Es ist nicht mehr zu ändern«, warf Sam ein.
J. D. warf einen Blick in seine Richtung. »Hm. Eine weitere Glanzleistung der Pope-Männer. Du warst ihm ein gutes Vorbild.«
»Komm auf den Teppich, J. D., es ist ein Wunder, daß es nicht eher geschehen ist. Wir wußten alle, daß das enge Verhältnis unserer Familien ein Spiel mit dem Feuer war. Zum Teufel, sie waren ja schon halb verheiratet.«
»Aber nicht *ganz*, und sie ist schwanger. Was wirst du unternehmen?«
Sie saßen in der Küche der Popes. Jana und Zoe waren mit

Michael drüben bei den Maxwells. Teke vermutete, daß sie wußten, was vorging – irgendwann mußten sie es ja merken –, aber sie hätte Jana im Augenblick nicht verkraftet. Es war schlimm genug, J. D. aushalten zu müssen.
»*Ich* kann überhaupt nichts unternehmen«, antwortete Sam. Er war zwar bemüht, J. D.s Einstellung zu der bestehenden Situation eine positive Wendung zu geben, doch er klang selbst erschüttert. »Die Entscheidung liegt nicht bei mir. Letztendlich liegt sie bei Leigh.« Er wandte sich ihr zu und fragte mit einer plötzlichen Sanftheit, die Teke wieder einmal deutlich machte, was für ein besonderer Mensch er war: »Was möchtest du, Schätzchen? Hast du schon darüber nachgedacht?«
»Jede Minute, seit ich es erfahren habe!« rief Leigh.
Teke ebenfalls. Sie war die Möglichkeiten wieder und wieder durchgegangen, wägte eine gegen die andere ab und hatte alle bis in die letzte Konsequenz durchdacht.
Annie legte den Arm um Leigh und flüsterte: »Es ist beängstigend«, Leigh nickte, »aber auch aufregend.«
So sah Teke es auch.
J. D. schaute Sam an. »Ich finde, sie sollte es abtreiben lassen. Ich sehe keinen anderen Weg.«
»Aber es *gibt* andere Wege«, widersprach Sam ihm.
Doch J. D. antwortete ihm mit dem für ihn typischen angedeuteten Kopfschütteln, das besagte, daß ein deutlicheres Kopfschütteln Energieverschwendung wäre, da er offensichtlich recht hatte. »Sie ist siebzehn Jahre alt. Sie muß noch die High-School abschließen und anschließend aufs College gehen. Natürlich könnte sie das Kind auch zur Adoption freigeben, doch das würde bedeuten, daß sie mit einem dicken Bauch in der Schule herumlaufen müßte oder ausscheiden. In beiden Fällen wäre sie eine Ausgestoßene.«
»Ich will das Baby nicht zur Adoption freigeben«, erklärte Leigh Jon. »Ich glaube nicht, daß ich es ertragen könnte, zu wissen, daß mein Baby lebt und nicht bei mir ist.«
Teke teilte ihre Meinung.

Annie nickte. »So sehe ich das auch.«
»Eine Abtreibung ist zu diesem Zeitpunkt eine einfache und ungefährliche Sache«, beharrte J. D. auf seinem Standpunkt. »Es wäre nur ein kurzer Eingriff, Leigh. Du würdest kaum etwas davon merken, und dein Leben würde weitergehen, als hätte Jon nie die Kontrolle über sich verloren.«
»Es war nicht seine Schuld«, sagte Leigh.
»Vielleicht *will* sie keine Abtreibung«, gab Sam zu bedenken.
»Will sie vielleicht ein *Baby?*« fragte J. D. zurück. »Sie ist noch nicht einmal achtzehn. Sie hat noch keine Vorstellung davon, auf welches College sie gehen oder was sie danach tun will.«
»Ich will Jon heiraten und Kinder bekommen«, meldete sich Leigh zu Wort.
J. D. warf Teke einen finsteren Blick zu. »In dieser Hinsicht warst *du* das Vorbild.«
Teke antwortete nicht. Sie teilte Sams Einstellung sowohl darin, daß die Schwangerschaft nun einmal bestand, als auch darin, daß die Entscheidung, was mit dem Baby geschehen sollte, letztlich bei Leigh lag. Sie könnten sie beraten, wenn sie das Gefühl hatten, daß sie einen Fehler machte, doch vorher mußten sie ihre Gedanken kennenlernen »Es ist nichts dagegen zu sagen, heiraten und Kinder bekommen zu wollen«, sagte Teke zu ihr.
»Heutzutage *arbeiten* Frauen«, bellte J. D. »Schau Annie an.«
»Schau Annie *nicht* an«, warnte Annie sie. »Sie ist seit einiger Zeit von starken Zweifeln geplagt, ob sie wirklich alles so gut gemacht hat, wie sie glaubte. Teke hat recht. Es ist nichts dagegen zu sagen, heiraten und Kinder bekommen zu wollen – es ist nur eine Frage des Timings.«
J. D. stemmte die Hände in die Hüften und schob sein Sakko nach hinten. »Nun, in diesem Fall ist das Timing beschissen.«
»So schlimm ist es gar nicht«, widersprach Teke. »Leigh könnte das Schuljahr beenden, im Juni ihren Abschluß machen, im August in aller Ruhe ihr Kind zur Welt bringen und im September mit dem College anfangen, wenn sie das möchte.«

»Was möchtest du, Leigh?« fragte Sam sie noch einmal in sanftem Ton.
Jon trat hinter Leigh, er wirkte plötzlich größer. »Ich will nicht, daß Leigh das Baby abtreiben läßt«, erklärte er J. D. und schaute dann Sam an. »Sie mag das letzte Wort haben, aber es ist auch mein Baby.«
»*Dein* Baby!« höhnte J. D. »Du bist ja selbst noch eins!«
»Wenn er noch ein Baby wäre, wäre Leigh nicht schwanger«, bemerkte Sam trocken. »Sprich weiter, Jon.«
»Ich möchte das Baby behalten. Okay, das Timing ist nicht gerade optimal, aber wir reden schon seit Jahren davon, zu heiraten. Ich wußte, daß Leigh Kinder will, das gehörte zu unseren Plänen. Ich habe vor, sie zu ernähren, während sie unsere Kinder aufzieht.«
»Und wie willst du das anstellen?« fragte J. D. bissig. »Du hast nicht einmal einen High-School-Abschluß.«
»Im Juni schon. Das College kann ich in drei Jahren schaffen, und nebenher kann ich arbeiten.«
Teke dachte gerade, daß kein Achtzehnjähriger eine solche Last tragen sollte, als Sam erklärte: »Du wirst während deines Studiums *nicht* arbeiten. Wir sind nicht arm, wir können dich und Leigh *und* ein Baby ernähren, wenn ihr das wollt.«
Zum erstenmal schienen J. D. Zweifel zu kommen. »Willst du das?« fragte er Leigh stirnrunzelnd.
Sie nickte.
»Bist du sicher?«
»Ich will das Baby. Ich will Jon heiraten, und ich kann aufs College gehen und das Kind tagsüber in eine Krippe bringen.«
»Nein, das wirst du nicht tun«, mischte Teke sich in die Pläne ein, die plötzlich Gestalt angenommen hatten. »Du läßt das Baby bei mir. Ich liebe Babys, und ich kann besser mit ihnen umgehen als jeder andere. Wenn Michael wieder in die Schule geht – was könnte ich da Schöneres mit meiner Zeit anfangen, als mich um mein Enkelkind zu kümmern?«
Annie trat mit Tränen in den Augen auf sie zu. »Das würdest du wirklich tun?«

»Auf der Stelle«, antwortete Teke und stellte fest, daß sie lächelte. »Wenn man darüber nachdenkt, ist es wirklich unglaublich: Wie oft haben wir Witze darüber gemacht, daß Leigh und Jon eines Tages Popewell-Kinder bekommen würden – und nun ist es soweit. Es werden die schönsten Kinder auf der ganzen Welt sein, meinst du nicht auch?«

Annie drückte sie lange und sehr fest an sich. Nach Annie kam Leigh und dann Jon. Als schließlich Sam Teke in die Arme schloß, lag auf allen Gesichtern ein Lächeln – außer auf dem von J. D. Während die anderen sich unterhielten, ging Teke zu ihm. »Sei glücklich mit ihnen, J. D., das brauchen sie am meisten.«

»Sie wissen nicht, worauf sie sich da einlassen.«

»Wissen sie das weniger als wir damals? Und sie haben uns, was mehr ist, als wir hatten. Wenn wir für sie da sind, werden sie gut zurechtkommen. Sie lieben einander, das tun sie wirklich, und ich beneide sie.« Als sie das sagte, verspürte sie einen Stich. Sie hatte J. D. einmal geliebt. Vielleicht nicht genug, aber sie hatte ihn geliebt. Und als sie ihn jetzt ansah, empfand sie immer noch etwas, von dem sie allerdings annahm, daß es mit ihrer gemeinsamen Vergangenheit zusammenhing, mit ihren gemeinsamen Kindern – und mit der Wertschätzung seiner guten Seiten, die im Zorn einer Trennung so leicht in Vergessenheit gerieten.

Er runzelte die Stirn. »Diese Entwicklung ist nicht das, was ich mir vorgestellt habe. Ich wollte, daß für unsere Kinder alles *richtig* liefe.«

»Aber so, wie es jetzt ist, muß es doch nicht *falsch* sein. Es mag nicht genauso laufen, wie wir es geplant haben, aber wenn Leigh und Jon glücklich sind, ist das doch die Hauptsache, oder?«

Er musterte sie verwundert. »Du bist erstaunlich gelassen. Ich hätte gedacht, du würdest dich verzweifelt an Annie klammern.«

Das hätte sie gern getan, doch diesen Luxus hatte sie an dem Nachmittag verspielt, als sie Sam ihre Arme öffnete. »Ich kann

mich nicht mehr wie früher an Annie klammern. Ich hoffe, daß wir wieder Freundinnen sind, ich glaube, daß wir es sind, aber ich kann sie nicht bitten, mich aufzufangen, wie sie es immer getan hat, wenn ich emotional überfordert war. Ich bin jetzt mehr auf mich selbst angewiesen. Vielleicht hat das auch sein Gutes.«
»Vielleicht«, nickte J. D.
»Für dich auch?«
»Vielleicht«, war alles, was er sagte, ehe er seine Tochter zum Abschied küßte.

Später an diesem Abend lag Sam im Arbeitszimmer auf dem Sofa und schlug sich mit beunruhigenden Gedanken herum, als Jon in der Tür erschien. »Wo ist Mom?«
»Oben.«
Der Junge kam herein. Er sah verloren und so jung aus, daß Sam Stiche verspürte. Schwer zu glauben, daß sein Sohn bald Vater würde, sein Jon, der kleine Jon. Einszweiundachtzig groß und ein Mann.
Jon schob die Hände in seine Jeans. »Danke, daß du heute zu mir gehalten hast. Das hättest du nicht tun müssen.« Er zuckte die Schultern. »Nachdem ich dich so behandelt habe . . .«
Die Probleme, über denen Sam gebrütet hatte – ob er in der Anwaltsfirma bleiben oder gehen sollte, und wie er, falls er sich für letzteres entschied, den Lebensstandard seiner Familie mit zwei zusätzlichen Mäulern aufrechterhalten könnte –, traten in den Hintergrund. In diesem Augenblick ging es ihm nur noch darum, Jon zurückzugewinnen.
Jon warf ihm einen unbehaglichen Blick zu. »Ich glaube, ich habe noch größere Scheiße gebaut als du.«
»Ich schätze diese Ausdrucksweise zwar nicht, aber, ja, du hast Scheiße gebaut. Hast du es getan, um mir eins auszuwischen?« Dem Timing nach konnte das durchaus zutreffen.
»Nein. Ja. Na ja, vielleicht. Aber ich hatte schon eine ganze Weile mit Leigh zusammensein wollen.«

Sam erinnerte sich an die zahllosen Erektionen, die Annie in ihrer ersten gemeinsamen Zeit bei ihm ausgelöst hatte, er konnte sich mit Jon identifizieren. »Schön und gut, aber du hättest ein Kondom benützen können, um Leigh zu schützen. Doch wir machen alle Fehler. Ich weiß nicht, ob deiner schlimmer war als meiner. Immerhin gewinnen wir durch deinen ein Baby.«

Jon, der auf dem Footballfeld so souverän agierte, sah plötzlich blaß und ängstlich aus. »Scheiße, ich habe keine Ahnung, wie man mit einem Baby umgeht.«

»Du wirst es lernen.«

»Was, falls ich mich nicht auf meine Studien konzentrieren kann, wenn das Baby schreit?«

»Dann gehst du in ein anderes Zimmer und machst die Tür hinter dir zu.«

»Und wenn es krank wird?«

»Dann bringst du es zum Arzt.«

»Und wenn es während der Schlußprüfungen passiert und ich das nicht kann?«

»Du wirst es können. Oder Leigh wird es tun, oder Teke oder Mom oder ich.«

Jon fuhr sich mit der Hand über den Nacken. »Wenn ich darüber nachdenke, packt mich die Panik.«

»Versetz dich mal in Leighs Situation, die nächsten sieben Monate trägt sie die ganze Last. Es ist deine Aufgabe, sie in dieser Zeit moralisch zu unterstützen.«

»Wie kann ich das, wenn ich mich zu Tode fürchte?«

Eine Sekunde, in der er Jon musterte, fragte Sam sich, ob sie vielleicht doch einen Fehler machten. Jon war jung – vielleicht zu jung, um Vater zu sein. »Ihr könnt es euch immer noch anders überlegen ...«

»Nein, ich *will* das Baby ja. Es ist nur irgendwie unheimlich, das ist alles.«

Sam stemmte sich vom Sofa hoch und legte den Arm um Jon. »Du schaffst das schon. Du liebst Leigh, und du wirst das Baby lieben. Du wirst in die Vaterrolle hineinwachsen. Und du wirst nicht allein sein, wir werden alle dasein, um dir zu helfen.«

»Mann, hab ich Scheiße gebaut.«

»Wir bauen alle hin und wieder Scheiße. Es kommt nur darauf an, was wir *danach* tun.«

Jon warf ihm einen vorsichtigen Seitenblick zu. »Bist du deshalb neuerdings soviel um Mom herum?«

»Ich bin um eure Mom herum, weil ich es gern bin, und ich will, daß sie das spürt.«

»Ist zwischen euch wieder alles okay?«

Sam dachte darüber nach. Annie behandelte ihn liebevoll und sprach wieder normal mit ihm. Sie teilten wieder die meisten Dinge. Es gab Momente, in denen sie noch immer Vorbehalte zu haben schien, Momente, in denen sie das Bett ein bißchen zu schnell verließ, nachdem sie sich geliebt hatten – aber sie waren schon weit gekommen. »Wir arbeiten daran. Es wird noch ein Weilchen dauern, aber wir bewegen uns in die richtige Richtung.« Scherzhaft forderte er seinen Sohn auf: »Du könntest ja ein gutes Wort für mich einlegen.«

»Mach ich«, erwiderte Jon, doch er sah beunruhigt aus.

Sam drückte seine Schulter. »Spuck's aus.«

»Es ist albern«, murmelte Jon.

»Nichts ist albern, wenn es dir Sorgen macht.«

»Das ist wirklich alles total neu für mich.«

»Nun red schon.«

»Was ist mit Sex? Können wir es tun, während sie schwanger ist?«

Sam hatte Jons Schulter gedrückt, jetzt drückte eine Hand sein Herz zusammen. Armer Jon. Es war wirklich alles neu für ihn. »Es gibt keinen physischen Grund für Enthaltsamkeit«, antwortete er ihm, »solange es Leigh nicht unangenehm ist. Noch mehr Fragen?«

»Wann werden wir heiraten? Wo werden wir wohnen? Werde ich dabei sein, wenn das Baby geboren wird? Was soll ich tun ...«

Sam unterbrach ihn mit einer festen Umarmung. »Wir werden die Sache Schritt für Schritt angehen, okay?«

Es dauerte drei Tage, bis John Stewart von Leighs Zustand erfuhr und danach eine Stunde, bis er Sam in sein Büro zitierte.
»Jetzt haben Sie es geschafft«, schleuderte er Sam entgegen, als dieser durch die Tür trat. »Jetzt haben Sie es wirklich geschafft!« Er schlug mit der Hand gegen das Fenster, an dem er stand. »Zuerst Theodora und jetzt Leigh. Wahllose Bumserei scheint bei Ihnen in der Familie zu liegen.«
Sam hatte zwar mit einer negativen Reaktion gerechnet, doch das änderte nichts daran, daß er Magenschmerzen bekam. John Stewart sah ungewohnt irritiert aus, aber das war nur ein kleiner Trost dafür, daß er Sam und seinen Sohn beschimpfte. »Was Leigh und Jon taten, hatte nichts mit Wahllosigkeit zu tun. Sie lieben sich schon seit Jahren.«
»Haben Sie ihn denn nicht aufgeklärt? Wußte er nicht, daß er das Mädchen schwängern konnte?«
»Die Möglichkeit war ihm bekannt, aber wie die meisten Kids seines Alters verließ er sich auf sein Glück.«
»Nun, das war ein Fehler«, plusterte John Stewart sich auf. »Und jetzt haben wir es mit einer noch größeren Peinlichkeit zu tun als der, die Sie sich mit Theodora leisteten.«
»Ich sehe nichts Peinliches in der Beziehung von Leigh und Jon«, erwiderte Sam, sein Kinn hebend. »Ich freue mich darüber.«
»Das würden Sie nicht, wenn Sie sich über die Folgen im klaren wären.«
»Welche *Folgen?* Sie werden heiraten, sie werden ein Kind bekommen, wir werden einen Enkel bekommen und Sie einen Urenkel.«
»Sie heiraten erst im Mai. Im *Mai.* Bis dahin wird sie aufgebläht sein wie ein Ballon. Es ist eine Schande.«
»Leigh hat schon immer von einer großen Hochzeit geträumt – und große Hochzeiten bedürfen zeitaufwendiger Planung.«

»Sie wird lächerlich aussehen.«
»Man wird nicht einmal ahnen, daß sie schwanger ist. Sie braucht nur ein entsprechendes Kleid. Sie möchte eine große Hochzeit, und die wird sie auch kriegen.«
»Auf Kosten meines Sohnes.«
»J. D. hat sich mit allem einverstanden erklärt. Haben Sie ihn auch zu sich zitiert und beschimpft wie mich?«
»Er sagte, ich solle mich um meine eigenen Angelegenheiten kümmern.«
»Vielleicht sollten Sie das beherzigen.«
»Meine Freunde werden an der Hochzeit teilnehmen und hinter vorgehaltener Hand tuscheln. Sie werden alle Bescheid wissen.«
»Lassen Sie sie doch reden, sie sind doch nur ein Haufen selbstgerechter Heuchler.«
John Stewart verließ seinen Platz am Fenster und starrte Sam mit stählernem Blick an. »Diese ›selbstgerechten Heuchler‹ sind meine Freunde und meine Klienten. Sie haben mich vor ihnen zu einer Witzfigur gemacht. Nun, es reicht mir jetzt. Meine Partnerschaft mit Ihnen ist zu Ende. Entweder verlassen Sie die Firma freiwillig, oder ich sorge dafür, daß Sie es tun.«
Eine neue Variante des »Ich-wähle-Sie-raus-Themas«. »Wie ist das zu verstehen?« fragte Sam vorsichtig.
»Was Ihre Abwahl betrifft, haben Sie gewonnen: Jedesmal, wenn ich eine Abstimmung anberaumte, hatte John David angeblich einen Termin und verließ die Konferenz vorzeitig – oder er kam erst gar nicht. Er ist ein Feigling.«
»Er sitzt zwischen zwei Stühlen, das ist alles.«
»Es sollte selbstverständlich für ihn sein, gegen Sie zu stimmen. Sie haben seine Ehe zerstört.«
»Nein, das hat J. D. selbst getan. Dieses Argument sticht nicht.«
John Stewart richtete sich zu seiner vollen Größe auf. Seine Züge waren so starr wie der gestärkte Kragen seines Hemdes. »Steigen Sie aus: Kündigen Sie Ihre Partnerschaft oder ich tue es, und wenn *ich* es tue, nehme ich all meine Klienten mit. Dann geht diese Firma ein.«

»Das bezweifle ich«, sagte Sam, doch er war beunruhigt. Sollte John Stewart meinen, was er sagte, würde das eine einschneidende Veränderung bedeuten. John Stewart behauptete, die Kanzlei würde ohne ihn eingehen, und Sam suchte nach Gegenargumenten. »Sie sind nicht der einzige Regenmacher hier, wir haben alle unsere Klienten-Karteien.«

»Sie und Will, vielleicht. Martin und J. D. verdanken ihre Klienten, bis auf wenige Ausnahmen, dem Umstand, daß ich sie ihnen abgetreten habe. Diese Klienten werden mir folgen, wenn ich sie darum bitte.«

Sam glaubte nicht, daß das auf alle zuträfe, aber doch auf so viele, daß es der Firma einen ernsten Schaden zufügen würde. John Stewarts Drohung hatte Substanz. »Würden Sie Ihrem Sohn das antun, ihm den beruflichen Boden unter den Füßen wegziehen?«

»Wenn ich mich damit von Ihnen befreien könnte, ja«, erklärte John Stewart. »Außerdem könnte er ja jederzeit mit mir kommen. Dasselbe gilt für Martin. Ich vermute, daß beide von dieser Möglichkeit Gebrauch machen würden. Damit bliebe es Ihnen und Will überlassen, den gepfefferten Vier-Jahres-Mietvertrag abzufeiern.«

Sams Gedanken überschlugen sich. Er wußte, daß die Miete der Firma das Kreuz brechen würde, wenn sie personell plötzlich in diesem Ausmaß schrumpfte. Andererseits rannten ihm die Klienten seit seinem Sieg im Fall »Dunn gegen Hanover« die Tür ein. Aber würden sie ihm auch genug einbringen? Im Moment zeichneten sich keine weiteren Sechs-Millionen-Dollar-Geschäfte am Horizont ab.

Natürlich könnte er auch die Konsequenz ziehen, »Maxwell, Roper und Dine« verlassen und seine eigene Kanzlei eröffnen, doch das würde viel Zeit, Geld und Nachdenken erfordern. Er wäre gestreßt und hätte sowenig Zeit für Annie und die Kinder wie nie zuvor.

Sams langes Schweigen war Wasser auf John Stewarts Mühlen. »An Ihrer Stelle würde ich mich anders orientieren. Treten Sie in eine andere Firma ein, es gibt ein paar, die nicht so strenge Maßstäbe anlegen. Sie werden schon ein Plätzchen finden. Entweder Sie entschließen sich für diese Alternative, oder Sie begnügen sich mit dem, was ich Ihnen übriglasse, wenn ich gehe.«

Aufgebracht durch die Arroganz des Mannes, schüttelte Sam angewidert den Kopf. »In diesem Augenblick kann ich mir nicht erklären, weshalb ich jemals den Wunsch hatte, eine Partnerschaft mit einem so eiskalten, harten und herzlosen Mistkerl wie Ihnen einzugehen.« Er drehte sich auf dem Absatz um und steuerte auf die Tür zu.

»Lassen Sie es mich wissen, wenn Sie sich entschieden haben«, rief John Stewart ihm in freundlichem Ton nach.

Sam verließ das Zimmer, ohne einen Blick zurückzuwerfen. Er ging mit großen Schritten den Flur hinunter, bog um eine Ecke und lief einen weiteren Flur entlang zu seinem Büro. Dort trat er zum Bücherschrank und holte den Bewerbungsbogen heraus, den Joe Amarino ihm geschickt hatte. Von allen bestehenden Möglichkeiten war diese die einzige, die ihn wirklich interessierte. Gleichgültig, wie oft er sich auch sagte, daß er noch nicht bereit sei, seinen Anwaltsberuf gegen den eines Richters einzutauschen – das Richteramt hatte Vorteile, unbestreitbar. Und angesichts von John Stewarts Ultimatum erst recht.

Er studierte das Formular, legte es in den Schrank zurück und holte es eine Minute später wieder heraus. Ein Richteramt könnte recht angenehm sein, falls er es bekäme.

Niemand sollte wissen, daß er sich bewarb, nicht einmal Annie. Wenn er die erste Runde nicht überstünde, hätte er sich auf diese Weise vor niemandem blamiert. Ja, ein Richterposten könnte interessant sein. Eine neue Herausforderung. Eine Chance, etwas Bedeutendes zu tun. Zur Abwechslung geregelte Arbeitszeiten, nicht zu unterschätzende Vorteile, Sicherheit, Respekt.

Er ließ sich in seinen Schreibtischsessel sinken und schraubte seinen Füllfederhalter auf, zog den Bewerbungsbogen zu sich heran und begann zu schreiben.

J. D. las am Samstagmorgen um zehn im Bett die Zeitung, als sein Telefon klingelte. Es war der Portier des Gebäudes, der ihm berichtete, daß Virginia Clinger in der Halle stehe und um die Erlaubnis bat, sie heraufschicken zu dürfen. J. D. hatte Virginia nicht gesehen, seit sie ins Büro seines Vaters hineinplatzte, und er war jetzt ebenso mißtrauisch wie an jenem Tag. Er hatte keine Vorstellung, was sie von ihm wollen könnte, hatte es genossen, im Bett zu liegen und zu faulenzen – was etwas Neues für ihn war –, und er war nicht scharf auf eine Störung, und ganz besonders nicht in Gestalt von Virginia. Sie stellte eine unwillkommene Erinnerung an Constance dar.
Aber er war neugierig.
Er schlüpfte in seinen Morgenrock und öffnete in dem Moment die Wohnungstür, als Virginia, in einen Pelzanorak gehüllt, aus dem Lift trat. Sie schenkte ihm einen bewundernden Blick und ein strahlendes Lächeln.
»Ich war nicht sicher, daß ich dich zu Hause antreffen würde«, gurrte sie. »Ist es gestern spät geworden?«
»Könnte man sagen.« Er hatte sich die ersten drei »Startrek«-Filme aus der Videothek geholt und sich alle angesehen, und es war glücklich vier Uhr, als er ins Bett kam.
Sie streckte ihm eine hübsch verpackte Konditoreischachtel entgegen. »Dann ist mein Mitbringsel ja genau richtig. Ich habe dir Süßigkeiten mitgebracht – sozusagen als Einzugsgeschenk. Darf ich reinkommen?«
Er trat beiseite und sah zu, wie sie an ihm vorbeistöckelte. Sie streifte die Jacke ab, womit sie einen winterweißen Hosenanzug enthüllte, und schaute ihn mit Kleinmädchenblick an. »Soll ich Frühstück machen?«
»Warum warst du neulich im Büro meines Vaters?« fragte er, denn das brannte ihm unter den Nägeln.
Sie zuckte nicht mit der Wimper. »Wann ›neulich‹?«

»Am Tag nach Thanksgiving.«

Sie lächelte kokett. »Um zu erfahren, wie es *meinem* Vater ging. John Stewart hatte ihn in Florida besucht. Daddy erzählt mir am Telefon ja nichts. Da ich ohnehin in Boston war, dachte ich, ich schau mal rein.«

»Ohne anzuklopfen?«

»Mary sagte, ich könne so reingehen.«

Angesichts der Tatsache, daß Virginia eine enge Freundin der Familie war, hielt J. D. das durchaus für möglich, und Virginia hatte ihm die Geschichte serviert, ohne zu überlegen. Sicher, normalerweise war sie mit Vorsicht zu genießen, aber er war milde gestimmt und nahm an, daß er ihr in einer so unbedeutenden Kleinigkeit wohl trauen könne.

Sie hob die Schachtel hoch. »Frühstück?«

»Gern.« Er deutete in Richtung Küche und folgte Virginia dorthin.

»Schöne Wohnung«, meinte sie mit einem Rundblick. »Genießt du sie?«

»Hm.« So war es wirklich, und mit jedem Tag mehr. Inzwischen wußte er, wo alles war, hatte die Funktionsweise des Geschirrspülers und des Müllschluckers begriffen, hatte ein Hausmädchen gefunden, das ihm zusagte, und eine Wäscherei, die ihm zusagte, Lokale, wo er sich erstklassige italienische, französische oder amerikanische Gerichte holen, und Restaurants, wo er gut essen konnte, je nach Lust und Laune und in Frieden. Einige lagen abseits der eingetretenen Pfade, was für J. D. ungewohnt war, aber erfrischend.

Erfrischend, neu – wie zu faulenzen.

Virginia hatte eine Büchse Kaffee gefunden und setzte die Kaffeemaschine in Gang. Dabei warf sie ihm immer wieder triumphierende Blicke zu. »Du hättest nicht gedacht, daß ich das kann – leugne es nicht –, aber ich kann es. Ich bin kein totaler Blindgänger.«

»Ich habe nie gesagt, daß du das bist.«

»Aber die Leute glauben es. Blondinen sind als dumm ver-

schrien. Und eine, die ihre Nase hat richten lassen, ist ein absolut hoffnungsloser Fall.« Die Kaffeemaschine lief, und Virginia kämpfte mit dem Knoten des Bandes, mit dem die Schachtel verschlossen war.
J. D. trat zu ihr und zerriß das Band mit einem energischen Ruck. »Ich will nicht, daß du dir einen deiner Fingernägel abbrichst«, spöttelte er gutmütig. Virginias Fingernägel waren wirklich hübsch. Wie ihre Hände. Sie verlieh seiner Küche eine weiche Note. »Du siehst gut aus, Gin«, bemerkte er und lehnte sich mit vor der Brust verschränkten Armen an die Wand.
»Du auch.« Sie nahm einen Teller aus dem Schrank und machte die Gebäckschachtel auf. Dann musterte sie ihn noch einmal. »Du siehst tatsächlich gut aus. Ich dachte, du wärst am Ende. Aber du wirkst ruhig, entspannt. Ich glaube, ich habe dich noch nie unfrisiert gesehen. Es ist sehr reizvoll.« Während er das Kompliment in sich aufsaugte, wandte sie sich wieder dem Teller zu und begann, die Kekse darauf zu arrangieren. »Ich dachte, du wärst außer dir wegen Leigh. Ich bin gekommen, um dich zu trösten.«
Er verspürte einen Anflug von Unbehagen. Dies war die Virginia, die er erwartet hatte, die Frau, die fast alles tun würde, um neuen Stoff für die Gerüchteküche zu ergattern.
»Warum sollte ich wegen Leigh außer mir sein?«
»Ist sie nicht schwanger?«
»Wo hast du denn das gehört?« Noch sollte das niemand wissen.
»Von meinen Kindern. Leigh vertraute es auf der Schultoilette einer Freundin an, ohne zu bemerken, daß in einer der Kabinen ein weiteres Mädchen saß. Und so kam die Neuigkeit unter die Leute.«
»Toll«, grunzte J. D.
»Früher oder später wäre es ohnehin herausgekommen.«
»Später wäre mir lieber gewesen. Ich möchte nicht, daß man mit Fingern auf meine Tochter zeigt.«
»Das wird man nicht«, versicherte Virginia ihm. »Jon ist

Schulsprecher, die Leute respektieren ihn. Außerdem wissen alle, daß die beiden schon eine Ewigkeit miteinander gehen. Es ist nicht so schlimm, J. D.«

Ein Teil von ihm verspürte den Wunsch, Teke anzuschreien oder Jon oder sogar Leigh. Der andere, neue Teil war nicht sicher, daß Schreien die richtige Methode wäre. Er konnte sich aufs hohe Roß setzen wie John Stewart und Menschen dafür verurteilen, daß sie nicht so perfekt waren wie er, oder er konnte die Sache cool angehen.

Perfekt zu sein war nicht so erstrebenswert wie allgemein angepriesen. Es hatte etwas für sich, bis vier Uhr früh Videofilme anzuschauen und am nächsten Morgen im Bett herumzufaulenzen oder im Hausmantel und unfrisiert Besuch zu empfangen. Es hatte etwas für sich, gegen seinen Vater aufzubegehren, was er immer häufiger und mit wachsender Überzeugung tat. Vielleicht hatte es auch etwas für sich, daß Leigh und John heiraten und ihr Baby bekommen würden.

»Haaa-looo«, sang Virginia. »Wo bist du denn?«

J. D. brach seinen Gedankenausflug ab. »Die Dinge ändern sich, und es bedarf einiger Gewöhnung.«

Sie wischte sich die Hände an einer Serviette ab. »Du siehst wirklich gut aus, besser, als ich es je erlebt habe.« Sie trat auf ihn zu. »*Sehr* anziehend.«

»Mehr als der Trainer im Fitneßklub?« fragte er.

»Eindeutig.« Sie schlang die Arme um seinen Hals. »Du weißt, daß ich seit jeher eine Schwäche für dich habe.«

Er sah das Feuer in ihren Augen. »Bist du deshalb gekommen?« Er fragte sich, ob sie wohl Spitzenwäsche trug.

»Bewußt nicht, aber vielleicht hatte ich es im Hinterkopf. Ich finde es schade, dich nicht mehr als Nachbarn zu haben.« Sie drückte ihm einen kleinen Kuß auf die Wange.

»Virginia.« Er war nicht sicher, daß er das wollte.

Sie küßte ihn noch einmal, diesmal auf den Mundwinkel. Überrascht registrierte er eine Reaktion in seinen Lenden. Er atmete ihr Parfüm ein. »Du riechst gut.«

»Das ist mein ›Obsession‹«, flüsterte sie. »Was hast du unter dem Morgenrock an?«

»Boxershorts.« Er war noch immer nicht sicher, daß er wollte, was sie wollte, doch ihr Duft und ihre Weiblichkeit schwächten seinen Widerstand. Er hielt sie nicht auf, als sie die Hände von seinem Hals abwärtsgleiten ließ und seinen Hausmantel öffnete. Als sie bei seiner Taille ankam, schob sie den Morgenrock beiseite und betrachtete seine Brust, seine Beine, seine Shorts.

Das Ziehen in J. D.s Lenden wurde stärker. Ihre offensichtliche Bewunderung törnte ihn an. Er kam zu dem Schluß, daß das, was sie mit ihm vorhatte, vielleicht gar nicht so schlecht wäre.

»Was würdest du tun, wenn ich mich auszöge?« flüsterte sie. »Würdest du mich beschimpfen? Würdest du mich zwingen, mich wieder anzuziehen und zu gehen? Oder meinen Vater veranlassen, mir den Zuschuß zu streichen?«

J. D. zog diese Möglichkeiten in Betracht, aber nicht lange. Er war kein Eunuch. Seine Stimme wurde heiser, sein Atem heftiger, und der Körperteil, den seine Shorts bedeckten, hart. »Ich würde tun, was du willst«, sagte er. »Ich würde es dir ordentlich besorgen. Und ich würde es mir von dir besorgen lassen.« Er mochte sexuell aggressive Frauen.

Virginia schlüpfte aus ihren Schuhen. Sie ließ ihre Hose an ihren langen, langen Beinen herabgleiten und entledigte sich des Oberteils und ihrer Unterwäsche, die aus einem Stück und tatsächlich aus Spitze bestand. Bevor er fragen konnte, ob sie den Trainer vom Fitneßklub wirklich gebumst habe, war sie nackt, hob die Arme und zog eine Nadel aus ihren Haaren, woraufhin diese sich in einer blonden Flut über ihre Schultern ergossen.

Er betrachtete sie mit Genuß. Ob künstlich modelliert oder nicht, ihr Körper war verführerisch. Sein Atem beschleunigte sich, und als er ihr Handgelenk packte und leicht daran zog, kam sie zu ihm. Er preßte seinen Mund in einem brutalen, nassen Kuß auf den ihren, schloß dann die Augen, lehnte den Kopf an die Wand und genoß die Erregung, die ihre Zunge und ihre Zähne auf seiner Brust, seiner Taille und seinem Leib in ihm auslösten. Es spielte keine Rolle, daß *sie* es war – es hätte irgendeine Frau sein können. Während sie vor ihm kniete, krampften seine Hände sich in ihre Haare, und er bewegte seine Hüften im Rhythmus ihres Mundes. Sekunden, ehe er kam, warf er sie zu Boden und rammte seinen Penis in sie hinein. Ihrem Überraschungsschrei folgte einer des Genusses, doch mehr hörte er nicht. Sein Orgasmus löschte alles andere aus.

Später, als Virginia wieder angezogen und er wieder im Morgenrock war, tranken sie Kaffee und aßen die Plätzchen. Der Kaffee war heiß und stark, das Gebäck frisch und süß. Er biß gerade in seinen zweiten Keks, als ihm auffiel, daß sie aufgehört hatte zu essen.

»Es hat dir nicht viel bedeutet, oder?« fragte sie leise.

»Aber ja. Die Plätzchen sind fabelhaft. Es war lieb von dir, mir ein Einzugsgeschenk zu bringen.«

Ihre Augen verengten sich. »Ich meine das, was wir eben *getan* haben, J. D.«

Er wollte wieder von seinem Keks abbeißen, überlegte es sich jedoch anders und legte ihn auf seinen Teller. Er hätte wissen müssen, daß sie etwas in der Art sagen würde. Aber, verdammt noch mal, er haßte diese Frage. Sie kam immer von unsicheren Frauen und deutete darauf hin, daß sie sich an ihn klammern würden, was zwar sehr schmeichelhaft, aber auch einengend war. »Es war nett, Gin«, sagte er und lehnte sich zurück, »aber möchte ich dich heute abend wieder hierhaben? Nein.«

Ihr Blick wurde sinnlich. »Ich könnte dich wieder befriedigen.«

»Dessen bin ich sicher.«

»Warum darf ich dann nicht bleiben?«

»Weil ich dich nicht hierhaben will.«

»Ich kann ja später wiederkommen.«

»Das kannst du«, bestätigte er gleichgültig, »aber wenn du es in

der Hoffnung tust, daß sich etwas Dauerhaftes daraus entwickelt, dann tu dir selbst einen Gefallen und bleib weg.«
»Weil du noch verheiratet bist? Meine Güte, J. D., Teke ist auch keine Heilige. Schau dir an, was sie mit Sam getan hat. Schau dir an, was sie mit Grady Piper tut.«
J. D. spürte, wie seine Souveränität Risse bekam. Den Vorfall mit Sam konnte er verkraften, das hatte er inzwischen gelernt. Der andere Mann störte ihn mehr, und wenn auch nur aus Prinzip. »Was tut sie denn mit Grady?«
»Dreimal darfst du raten.«
Er brauchte *kein* Mal zu raten. »Hast du irgend einen Beweis dafür?«
»Er ist ständig da. Er ›hilft‹ Michael, lautet die offizielle Begründung dafür. Aber es ist mir wirklich egal, was Teke macht, und dir sollte es das auch sein. Du hast dich weiterentwickelt. Du stellst mehr dar, als sie es je tun wird. Und es ist mir gleichgültig, ob du verheiratet bist oder nicht.«
Er schaute sie tadelnd an. »Sag das nicht, Gin.«
»Warum nicht? Ich tue das, was ich will, und ich will *dich.*«
»Wegen des Geldes?«
Sie verzog den Mund. »Wegen allem miteinander.«
»Aber ›alles miteinander‹ ist nicht verfügbar.«
»Dann nehme ich den Teil, der es ist.«
Wieder schaute er sie tadelnd an. »Wo ist dein Stolz?«
»Der ist mit Ehemann Nummer zwei entschwunden«, antwortete sie, ihr Kinn hebend. »Und seitdem ziere ich mich nicht, wenn ich etwas haben will, und in diesem Fall bist du das, J. D. Das warst du schon immer. Du törnst mich an, auf mehr als nur einer Ebene. Ich will dich.«
»Ich muß dich enttäuschen«, erwiderte er. »Es gefällt mir, wie ich lebe, und das bedeutet *allein.*«
»Aber du bist doch daran gewöhnt, unter Menschen zu sein«, sagte sie verwirrt. »Fühlst du dich denn nicht einsam?«
»Ich habe beruflich unentwegt mit zu vielen Leuten zu tun, um mich einsam zu fühlen.«

»Wirst du nicht *geil?*«
»Wenn es so ist, dann suche ich mir eine Frau, aber nur, wenn *ich* will.«
»Du bist ein selbstsüchtiger Mistkerl«, stieß sie verächtlich hervor.
J. D. hätte ihrer Verstimmung vielleicht mehr Beachtung geschenkt, wenn er nicht mit Selbsterkennung beschäftigt gewesen wäre. »Als ich aufwuchs, war immer jemand da, der mich bevormundete. Dann ging ich aufs College und lernte Teke kennen, und neunzehn Jahre lang hat *sie* mich bevormundet. Jetzt ist niemand mehr da, der mich bevormundet. Ich kann tun und lassen, was ich will. Vielleicht hängt mir das in einem Monat zum Hals raus, aber im Moment muß ich sagen, daß ich meine Freiheit genieße.«
»Ich verstehe.« Virginia stand von ihrem Hocker auf. »Es ist ein Jammer. Wir könnten einander helfen, und wir passen gut zusammen.«
J. D. dachte an das, was sie auf dem Fußboden getan hatten. Virginia war gut, aber nicht besser als Teke, und Teke wollte er nicht mehr. Was er wollte, das erkannte er jetzt, war spielen. Sein Leben war stets zielorientiert gewesen, seine Handlungsweise von Ordnung, Zweckdienlichkeit und Verantwortung bestimmt. Jetzt wollte er sich treiben lassen. Er wollte Dinge tun, die er noch nie getan hatte, Dinge ausprobieren, die er noch nie ausprobiert hatte, vielleicht sogar ein paar Regeln brechen, nur so zum Spaß.
Es wurde ihm bewußt, daß er auf der Suche nach seiner Identität war. Es genügte nicht, John Stewarts Sohn zu sein oder Tekes Mann oder Sams Freund. Er wollte John David Maxwell sein. Stark, unabhängig, selbstbewußt.
Der Auszug von zu Hause war der erste Schritt in die richtige Richtung gewesen, und zu lernen, allein zurechtzukommen, war der zweite. Es lagen noch weitere, größere vor ihm, aber er machte Fortschritte.

Kapitel 18

Im Februar tauchte Annie in ein neues Semester ein. Wie im letzten hielt sie drei Kurse ab. Der wichtigste war eine Fortführung des Seminars in Englischer Literatur, an dem hauptsächlich Anfänger teilnahmen. Die beiden anderen waren Fortgeschrittenenseminare für Studenten mit Englisch als Hauptfach und für Graduierte. Der eine befaßte sich mit einer kritischen Analyse der Werke von T. S. Elliot, der andere mit einer Studie von Miltons »Das verlorene Paradies«. In letzterem sah sie einen schmerzlichen Bezug zu ihrem Leben. Der Garten Eden war nur noch eine Erinnerung, jetzt mußten sie sich unter neuen, weniger perfekten Bedingungen zurechtfinden.

Jon hatte – größtenteils aus Trotz gegenüber Sam – mit Leigh geschlafen, und jetzt war ein Baby unterwegs. Er bemühte sich, ruhig zu bleiben und das Richtige zu tun, aber er war voller Furcht. Annie litt mit ihm. Er war ihr Erstgeborener, das Baby, an dem sie sich so gefreut hatte. Sie hatte ihm gewünscht, daß er ein sorgenfreies Leben genießen könnte, ehe die Verantwortung begann, doch diese Jahre würde es für ihn nicht geben. Die Tatsache, daß er Leigh liebte, war ein gewisser Trost dafür, daß die beiden mit achtzehn Jahren schon Eltern werden würden.

Teke hatte auf eine Art und Weise auf diese Situation reagiert, die Annie niemals von ihr verlangt hätte, aber auf eine Art und Weise, die sinnvoll war. Jon und Leigh dabei zu helfen, ihr Kind aufzuziehen, wäre vielleicht ihre Rettung und die endgültige Absolution für das, was sie mit Sam getan hatte.

Und Sam? Was er getan hatte, hatte ihn verändert, er war ein aufmerksamerer und einfühlsamerer Mensch geworden. Unglaublicherweise war Annies Liebe zu ihm noch gewachsen, und

das war der Grund für ihre große Sorge, daß er ihr wieder untreu werden könnte.
Sie glaubte, daß er sie liebte. Sie glaubte, daß er sich von ihr angezogen fühlte, denn er sagte und zeigte es ihr bei jeder sich bietenden Gelegenheit. Doch der Schmerz, den er ihr durch seinen Seitensprung mit Teke zugefügt hatte, war noch immer da. Annie hatte ihm an dem Tag verziehen, als sie sich um ein Haar Jason hingegeben hätte – als die Menschlichkeit dieses Triebes ihr mit aller Deutlichkeit klargeworden war. Doch eben diese Menschlichkeit verfolgte sie. Sie fürchtete, daß Sam erneut in Versuchung geraten könnte und sie vernichtet würde. Es gab Augenblicke des Zweifels – und Selbstzweifels –, in denen ihr der Verdacht kam, daß er ihr nur solche Aufmerksamkeit widmete, um die Ehe zu retten.
Beruflich stand er unter Druck. Es war eine Veränderung angesagt, doch er fand einfach nicht den Absprung. Sie war besorgt, daß ihm der Druck zu viel und daß er ihn dazu treiben würde, sich woanders Bestätigung zu holen.
Und sie hatte ihm noch immer nichts von Jason erzählt. Sie hätte es gern getan – Sam und sie hatten einander immer alles gesagt –, aber sie wußte nicht, wie er reagieren würde. Diese Ungewißheit quälte sie. Alles lief auf Vertrauen hinaus – ein Vertrauen, daß einmal so stark zwischen ihnen gewesen war und jetzt vorsichtig versuchte, wieder Fuß in ihrem Leben zu fassen. Sie hatte Angst, ihn zu verlieren.

Es gab Momente in Sams Leben, in denen er auf die letzten Monate zurückblickte und fürchtete, die Stabilität in seinem Leben verloren zu haben. Er hatte J. D. verloren, er hatte Michael verloren, er hatte Zoe und Jon verloren – und sie wiedergefunden. Was Annie betraf, war er sich nicht sicher. Er tat alles in seiner Macht Stehende, um ihr zu zeigen, wie er sie vergötterte, doch es schien nicht zu genügen. An normalen Maßstäben gemessen, war ihre Beziehung wunderbar, aber er war verwöhnt. Normale Maßstäbe trafen auf Annie und ihn nicht zu. Ihre Beziehung war immer ein wenig mehr gewesen – und es war dieses Mehr, das er scheinbar nicht mehr erreichen konnte. Ein kleiner Teil von ihr gehörte ihm noch immer nicht wieder. Früher hatte sie bei ihm gelegen, als gäbe es nichts auf der Welt, das wichtig genug wäre, um sie zum Aufstehen zu veranlassen. Das gab es nicht mehr.

Er wußte, daß er von dem Podest gestürzt war, auf das sie ihn gestellt hatte, aber er hatte nie behauptet, perfekt zu sein. Und die Situation bei »Maxwell, Roper und Dine« verschärfte sich von Tag zu Tag.

Dann sah er plötzlich einen Hoffnungsschimmer. Ein unerwarteter Anruf ließ ihn vorzeitig nach Hause fahren und dort – mit einer gekühlten Flasche von Annies Lieblingswein – ungeduldig auf ihre Rückkehr vom College warten. Sie war kaum zur Tür herein, als er sie umarmte und dann den Korken aus der Flasche zog.

Sie ließ den Wein in ihrem Glas kreisen und schaute ihn auf amüsierte Weise wachsam an. »Gibt es einen besonderen Grund für diese Feier?«

»Könnte sein«, antwortete er. Seine Erregung wuchs. Er versuchte sie zu zügeln, denn es bestand die Möglichkeit, daß Annie von seiner Idee entsetzt wäre. »Vor Thanksgiving starb einer der Richter am Obersten Gerichtshof und hinterließ einen leeren Stuhl. Ich habe damals den Nachruf gelesen, mir jedoch keine Gedanken deswegen gemacht. Einige Wochen später begann Joe Amarino mich mit Anrufen zu bombardieren. Erinnerst du dich an Joe?«

»Natürlich«, antwortete sie neugierig.

»Er ist jetzt Rechtsberater im Büro des Gouverneurs, und er schlug mir vor, mich für den Posten zu bewerben.«

Ihre Augen weiteten sich.

»Zuerst hatte ich es nicht eilig damit«, fuhr er hastig fort. »Dann spitzte sich die Sache mit John Stewart zu, und ich sagte mir, was soll's, ich habe nichts zu verlieren. Also füllte ich den Bewerbungsbogen aus und wurde vor das Nominierungskomitee

zitiert, doch ich rechnete nicht mit einem positiven Ergebnis, und deshalb erwähnte ich es dir gegenüber nicht. Ich wollte dich nicht noch einmal enttäuschen.« Seine Erregung wuchs. »Dann stand mein Name als einer von dreien auf der Liste, die dem Gouverneur vorgelegt wurde, doch ich weigerte mich noch immer, mir ernsthaft Hoffnungen zu machen. Aber er hat mich ausgewählt, Annie, *mich.*«
Annie starrte ihn fassungslos an. »Tatsächlich?«
Sam nickte, nicht sicher, ob es ihr gefiel, was sie hörte, und er sagte: »Es war nicht abzusehen. Ich bin der am wenigsten politisch engagierte und der jüngste Kandidat gewesen.«
»Wir haben immer mal wieder darüber gesprochen ...«
»Wir haben Luftschlösser gebaut. Wir dachten, es wäre schön, wenn ich mit Ende Fünfzig einen Richterposten bekäme, wenn ich bereit wäre, langsamer zu treten. Aber ich bin einundvierzig und kerngesund. Angesichts der Collegegebühren, die auf uns zukommen, und Jons und Leighs Baby, kann ich es mir gar nicht *leisten,* Richter zu werden, aber, verdammt noch mal, der Gedanke hat seinen Reiz. Der Oberste Gerichtshof ist der einzige, der in Frage kommt – dort werden die aufregendsten Fälle verhandelt.«
Sie ließ hörbar den Atem entweichen. »Das ist *unglaublich,* Sam. Was für eine Ehre!«
Die Idee gefiel ihr! Die Quecksilbersäule seines Stimmungsbarometers schoß nach oben. »Ja, es ist eine Ehre, aber das sind einige der anderen Angebote, die man mir gemacht hat, ebenfalls.« Von denen hatte er ihr bereits erzählt. »Ich könnte fast überall als gleichberechtigter Partner einsteigen, und sie würden mich glänzend bezahlen. Aber ich müßte mir dieses Geld natürlich verdienen«, dachte er laut, »und das würde lange Arbeitsstunden in einer Anwaltssozietät bedeuten. Ich könnte auch zu einer kleineren Kanzlei gehen, doch ich habe keine gefunden, die stabil genug ist, um dieses Wagnis zu rechtfertigen, womit noch die Möglichkeit bliebe, mich selbständig zu machen, wodurch ich herrliche Freiheit gewinnen würde. Ich

könnte meine Arbeitszeit selbst festlegen, könnte meine Überstunden einschränken und mehr Gewinn einfahren als jetzt. Doch der Start würde einen großen Geld- und Zeitaufwand erfordern. Ich würde Computer brauchen, eine Telefonanlage, Möbel, eine Bibliothek. Ich würde unsere Ersparnisse dafür verwenden, all das zu kaufen, was mich in den Zugzwang brächte, einen angemessenen Verdienst zu erwirtschaften, wofür ich schlußendlich noch *länger* arbeiten müßte als jetzt. Aber das will ich nicht, Annie. Ich möchte hier sein, wenn du es bist. Ich habe mich daran gewöhnt, und ich genieße es.« Er machte eine Pause. Sie hielt ihr Weinglas mit beiden Händen umklammert und schaute ihn so erwartungsvoll an, wie ihm zumute war. »Na, was meinst du?«
Sie ließ das Glas los und schlang die Arme um seinen Hals. Das Glas fiel zu Boden, und der Wein ergoß sich über den Teppich, doch das kümmerte ihn nicht, als sie sagte: »Ich meine, daß es eine unglaubliche Gelegenheit ist!« Sie hob ihm ihr Gesicht entgegen, das vor Aufregung glühte. »So eine Ehre – und es ist die perfekte Lösung! Du würdest die Firma verlassen, um etwas Neues und Besseres zu tun.«
»Nicht in jeder Hinsicht besser«, bremste er ihre Begeisterung. »Mein Einkommen würde sinken, und das wäre im Moment nicht übermäßig günstig.«
Es schien sie nicht zu beunruhigen. »Wir haben doch Ersparnisse.«
»Was ist mit den Kindern? Du weißt doch am besten, was das College kostet.«
»Ich weiß auch, daß Stipendien vergeben werden und unsere Kinder es schlechter treffen könnten, als dort kostenlos zu studieren, wo ich arbeite: Wir könnten es schaffen, Sam, ohne Schwierigkeiten.«
Er war dessen nicht so sicher wie sie, doch ihre Zuversicht stieg ihm zu Kopf. »Glaubst du?«
»Absolut. Ich bin so stolz auf dich. Was für eine *Belohnung* für dich.«
»Ich habe es dem Fall Dunn zu verdanken.«

»Du hast es deiner jahrelangen Arbeit zu verdanken.«
»Aber das Aufsehen, das der Fall Dunn erregte, führte dazu, daß sie Notiz von mir nahmen.« Er senkte die Stimme. »Bloß gut, daß sie nur meine professionelle Seite sahen.«
Sie drückte ihn noch einen Moment an sich und löste sich dann von ihm. »Was du mit Teke getan hast, hat keine Bedeutung dafür, ob du einen guten Richter abgeben würdest oder nicht. Du bist ein großartiger Anwalt. Du hast den juristischen Scharfblick und das nötige Einfühlungsvermögen, um auch ein großartiger Richter zu sein. Ist die Entscheidung des Gouverneurs maßgebend?«
»Nein. Mein Name wird dem Gouverneursrat vorgelegt, der mich dann zu einem Hearing vorlädt.«
»Wie gründlich werden sie dein Privatleben durchleuchten?« fragte sie leise.
Er verstand ihre Bedenken. »So gründlich, daß sie herausfinden werden, ob ich jemals betrunken am Steuer erwischt wurde, aber nicht gründlich genug, um herauszufinden, daß ich einen Fehler mit der Frau meines besten Freundes gemacht habe. Es dürfte nicht herauskommen, Annie. Natürlich kann ich das nicht mit Sicherheit sagen, aber es *dürfte* nicht.« Er hatte diesen Aspekt sorgfältig durchdacht. Selbstverständlich bestand die Möglichkeit, daß jemand, der einen Groll gegen ihn hegte, die Geschichte mit Teke durchsickern ließ. Aber in diesem Fall gab es immer noch die Chance, daß der Gouverneursrat den Vorfall als ebenso irrelevant für seine Qualifikation hielt, wie Annie es tat. »Wenn du Angst hast, ziehe ich meine Bewerbung ohne Bedauern zurück.«
»Aber es ist eine einmalige Gelegenheit!«
»Das heißt nicht, daß sie auch die beste für uns ist. Es kann immer sein, daß übles Gerede in Umlauf gebracht wird. Ich würde tun, was ich kann, um es zu unterbinden, aber du hättest vielleicht darunter zu leiden. Das würde den Sinn dieses Jobs zunichte machen, denn er sollte unser Leben schöner machen und nicht schlechter.«

»Manchmal muß man etwas riskieren, um eine Verbesserung herbeizuführen«, sagte sie. Er hatte das Gefühl, daß sie noch weitersprechen wollte, doch in diesem Moment kam Zoe zur Tür herein. Ein Lächeln wischte Annies ernsten Gesichtsausdruck weg. »Stell dir vor, was passiert ist! Daddy ist für ein Richteramt vorgeschlagen worden! Ist das nicht *phantastisch?*«

*

John Stewart hielt es nicht für so phantastisch, und das teilte er J. D. auch in unmißverständlichen Worten mit. »Dem Mann fehlt die moralische Einstellung, die ein Richter braucht. Er wird den Posten niemals bekommen.«

»Da wäre ich nicht so sicher«, entgegnete J. D. Er genoß die Gelassenheit, mit der er seinem Vater neuerdings begegnen konnte. Außerdem freute er sich überraschenderweise für Sam. Wenn man ihre kürzlichen Differenzen einmal außer acht ließ, so mußte man zugeben, daß er sie aufgearbeitet hatte, um sich als guter Anwalt zu beweisen. Es war schön, daß sich das jetzt bezahlt machte. »Er wird einen entschieden besseren Richter abgeben als die Hälfte der alten Trottel, die derzeit im Amt sind.«

»Ich bitte dich, John David, was soll dieses unqualifizierte Geschwätz? Es zeigt nur, wie wenig du weißt. Die ›alten Trottel‹ sind geachtete Männer, die dem Bundesstaat seit Jahren dienen.«

J. D. grinste. »Gib ihm vierzig Jahre, und Sam wird einer von ihnen sein.«

»Nur über meine Leiche. Sam Pope verdient kein Richteramt, und ich kann dir garantieren, daß ich das – und den Grund dafür – jedem Mitglied des Gouverneursrats, das ich kenne, mitteilen werde. Und mein Wort hat Gewicht in dieser Stadt.«

J. D.s Lächeln erlosch. Unbehagen stieg in ihm auf, doch es war nicht das altbekannte Gefühl, das sein Vater früher stets in ihm ausgelöst hatte. Nein, es hatte viel Ähnlichkeit mit Abscheu.

»Was bezweckst du damit? Du hast Sam das Leben doch schon hier zur Hölle gemacht. Genügt es dir nicht, daß du ihn nicht mehr sehen mußt? Ist dir nicht klar, daß er bald der Großvater deines Urenkels sein wird? Wäre es nicht schön für dieses Kind, wenn sein Großvater Richter wäre?«

»Das wäre es, wenn es nicht Sam Pope wäre. Er könnte dem Kind einen Gefallen tun, indem er in Vergessenheit geriete.«

J. D. begriff John Stewarts Abneigung gegen Sam, doch das Ausmaß – das aktive Sabotieren seiner Karriere – erschien ihm völlig übertrieben. »Warum haßt du ihn so?« fragte er.

»Er hat kein Moralempfinden.«

J. D. schüttelte den Kopf. »Da muß noch etwas anderes sein.«

»Er hat eine Macht über dich, die mir gegen den Strich geht. Wäre er nicht gewesen, hättest du eine Frau geheiratet, die zu dir paßte. Aber er machte dich mit Theodora bekannt, und so mußte es dann Theodora sein. Hör dir doch nur zu: Du würdest mir niemals widersprechen, wenn Sam dich nicht entsprechend beeinflußt hätte.«

Das konnte J. D. nicht bestreiten. »Aber es steckt mehr dahinter. Du bist geradezu besessen davon, ihn zu vernichten. Hattet ihr beide eine Auseinandersetzung, von der ich nichts erfahren habe? Hat er dich beleidigt? Hat er einen deiner Klienten enttäuscht oder ein Honorar in den Sand gesetzt oder eine wichtige Verhandlung versaut?«

John Stewart sah tatsächlich nachdenklich aus, aber nur für einen Moment. Dann öffnete er eine Seitenschublade, holte eine kleine, gerahmte Fotografie heraus und stellte sie auf den Schreibtisch. J. D. kannte sie – eine bis zu dem verschnörkelten Silberrahmen identische Kopie stand im heimischen Arbeitszimmer seines Vaters zwischen den Familienfotos. Das Bild war verschwommen und alt und zeigte John Stewart als kleines Kind. Er trug etwas, das wie ein Rock aussah, und hielt die Hand eines Kindes, das größer und älter war.

»Mein Bruder war mein Idol«, erklärte John Stewart. »Ich dachte, die Welt drehe sich um ihn. Das dachte ich auch noch, als er anfing, im örtlichen Billigmarkt zu klauen. Er sprühte vor Leben, er war intelligent, er war mutig. Habe ich dir je erzählt, wie er starb?«

»Du sagtest, er sei von einem Baum gefallen.«

»Das ist richtig. Ein anderer Junge stachelte ihn dazu an, hoch in einen Baum hinaufzuklettern und dann zu einem anderen hinüberzuspringen, um zu zeigen, wie mutig er in Wirklichkeit sei. Henry hatte keine Chance. Selbst wenn er bis zu dem anderen Baum hinübergekommen wäre, hätte er dort kaum Halt finden können. Doch er hatte Publikum und er war ein Darsteller, und so ging er das Risiko ein.«

J. D. war erschrocken und ahnte, was kommen würde.

»Als ich Sam Pope kennenlernte«, sagte John Stewart, seinem Sohn unverwandt in die Augen blickend, »wurde ich an Henry erinnert. Sam strahlte die gleiche Respektlosigkeit, die gleiche Waghalsigkeit aus. Als ich ihn das erste Mal bei Gericht erlebte, vertrat er die Anklage, agierte vor den Geschworenen und ging Risiken ein, wie Henry es getan hätte.«

»Trotzdem hast du zugelassen, daß ich ihn in die Firma holte.«

»Ich bewunderte ihn für seinen Mut, genauso, wie ich Henry dafür bewunderte. Wenn sie kanalisiert wird, kann Waghalsigkeit eine äußerst positive Eigenschaft sein. Ich war zu jung gewesen, um Henry zu helfen, aber ich dachte, ich könnte vielleicht *Sam* helfen. Ich dachte, ich könnte ihn vielleicht bremsen. Ich dachte, ich könnte ihn im Zaum halten. Ich habe versagt.«

J. D. war entsetzt. »Dann bestrafst du Sam dafür, daß er wie Henry ist?«

»Nein«, korrigierte John Stewart. »Ich *belohnte* Sam dafür, wie Henry zu sein. Jetzt, da ich meinen Fehler erkannt habe, mache ich ihn wieder gut.«

»Aber was hat Sam denn so Schreckliches *getan?* Er hat niemandes Leben zerstört.«

»Er hat deine Ehe zerstört.«

»Das haben Teke und ich ganz allein getan.« Damit hatte sie recht gehabt. »Du benutzt Sam als Sündenbock.«

»Deine Meinung wird mich nicht umstimmen, John David. Ich habe Sam die Möglichkeit gegeben, sich eine Existenz aufzubauen. Er nutzte sie, und dann mißbrauchte er sie, wie ich finde. Ich werde nicht zulassen, daß er aufgrund eines Rufes Richter wird, den er größtenteils mir verdankt.«

J. D. erinnerte sich daran, Sam vor einiger Zeit mit ähnlichen Argumenten angegriffen zu haben. Damals hatten sie sich gut angehört, doch aus John Stewarts Mund klangen sie falsch. »Sam hat sich seinen Ruf selbst erworben. Es war seine harte Arbeit, sein Verstand und sein Mut, die ihn einen Fall nach dem anderen gewinnen ließen.«

»Wie auch immer, er wird *nicht* Richter. Darauf gebe ich dir mein Wort.«

»Schön.« J. D. straffte seine Schultern und richtete sich zu seiner vollen Größe auf, wodurch der minimale Größenunterschied zwischen ihm und seinem Vater plötzlich schrumpfte. »Ich gebe dir auch mein Wort auf etwas. Wenn du deinen Einfluß einsetzt, um Sams Berufung ins Richteramt zu verhindern, erzähle ich Mutter von Mary.«

»Was ist mit Mary?« fragte John Stewart mit ausdruckslosem Gesicht.

J. D. mußte ihn für seine Unverfrorenheit bewundern. »Ich glaube, das weißt du«, sagte er und wandte sich zum Gehen. Die Stille, die er hinter sich ließ, bewies ihm, daß er recht hatte. Nach einundvierzig Jahren hatte er endlich den wunden Punkt seines Vaters entdeckt.

Teke saß im Schatten eines halb in Cornelia Harts Wäldchen verborgenen, schmalen Gebäudes auf einem Hocker. Früher war es als Werkzeugschuppen benutzt worden, in dem Gartengeräte und ähnliches untergebracht waren. Jetzt roch es hier nach Hobelspänen. Cornelia hatte Grady den Schuppen zur Verfügung gestellt, der darin ein Kanu baute. Michael, der darauf bestand, Gradys abgenutzte Baseballkappe mit dem Schirm nach hinten zu tragen, war sein Lehrling. Keine andere

Form von Physiotherapie war bei dem Jungen auf soviel Interesse gestoßen wie diese. Von ihrem Platz aus konnte Teke Michaels konzentriertes Gesicht sehen, und sie sah auch die Besserung bei seiner Beweglichkeit, als er Grady eine Holzrippe nach der anderen abnahm, an einem Schandeckel befestigte und dann über den Korpus zu Grady schob. Michael hatte schon mit der Schleifmaschine gearbeitet, mit dem Hammer und der Bandsäge, mit der die Rippen in eine konische Form gebracht wurden. Er setzte seine Hände, seine Arme und seinen Oberkörper ein. Und auch seine Beine – zuerst mit Krücken und dann ohne, als diese ihm im Weg waren. Wenn nur Grady und Teke es sehen konnten, hatte er keine Komplexe wegen seiner ungelenken Bewegungen. Teke fragte sich, ob ihm bewußt war, wieviel weniger ungelenk sie von einem Tag zum anderen wurden.

Grady ging wundervoll mit ihm um. Er war unendlich geduldig, ermutigte ihn unablässig und verzieh ihm jeden Fehler. Sie so zusammen zu sehen, weckte in Teke den Gedanken, daß sie Vater und Sohn sein sollten. Grady hatte sehr viel zu geben, und Michael war begierig darauf, etwas zu bekommen – und umgekehrt. Mehr als jeder andere hatte Grady Michael aus seinem Selbstmitleid herausgeholfen. Mit dem Versprechen, ihn mit dem Kanu, das sie bauten, ins »ferne Nirgendwo« mitzunehmen, hatte er Michael motiviert, sich mehr Mühe mit dem Laufen zu geben. Grady war der perfekte Lehrmeister, und er hielt nichts von Resignation. Er hatte selbst am Fuß der Klippe gelegen, aber er war wieder hinaufgeklettert.

Während sie die beiden beobachtete, war ihre Liebe zu diesem Mann um das Zehnfache gewachsen. Es hätte keinen Sinn gehabt, dies zu leugnen, denn sie hatte inzwischen sogar Schwierigkeiten, sich an ihren Zorn zu erinnern. Die Vergangenheit lag weit zurück, und die Gegenwart war so erfreulich, wie Teke es sich nur wünschen konnte.

Das war der Grund dafür, daß sie im ersten Moment mit Verärgerung reagierte, als J. D. plötzlich aus heiterem Himmel

in der Tür erschien. Sie wollte in dem kleinen Paradies, das sie und ihre Männer in diesem Wäldchen hatten, nicht gestört werden.
Dann wich ihre Verärgerung Mißtrauen. Sie fragte sich, wie er sie gefunden hatte und was er wollte. Er wirkte ruhig, und er war auch nicht tobend hereingestürmt. Das ermutigte Teke.
Michael, der sorgfältig eine Planke auf das Gerippe darunter nagelte, schaute von seiner Arbeit auf und rief überrascht: »Dad! Was machst *du* denn hier?«
»Dich besuchen«, antwortete J. D. »Cornelia hat mir erklärt, wo du zu finden bist.« In seinem Anzug und dem eleganten Mantel wirkte er formell und völlig fehl am Platz. Er ging gelassen auf Michael zu.
Teke stellte sich seinen Mantel – ein marineblaues Kaschmirmodell – mit Sägemehl bedeckt vor. Sie wollte ihn schon warnen, hielt dann aber doch den Mund.
»Was machst du da?« fragte er Michael.
»Wir bauen ein Kanu. Das ist weiße Esche«, der Junge berührte einen Schandeckel und dann eine Rippe, »dies ist weiße Zeder und dies ist rote Zeder«, fuhr er fort, auf die Planke deutend, auf die er eingehämmert hatte. »Wenn das ganze Ding fertig ist, überziehen wir es mit Segeltuch. Ist es nicht phantastisch?«
»Nicht schlecht.« J. D. entdeckte Teke im Schatten. »Ist das eine neue Form der Handelsschule?«
»Es ist Physiotherapie«, entgegnete sie. »Sie ergänzt die Übungen, die er im Fitneßklub absolviert.«
»Hast du die achte Klasse gänzlich in den Wind geschrieben?«
»Ich gehe anschließend zu meinem Privatlehrer«, sagte Michael mit einem gereizten Ton, der vermuten ließ, daß er hörte, was Teke tat.
»Ich dachte, du würdest anfangen, den Nachmittagsunterricht zu besuchen.«
»Ich schaffe die Treppen noch immer nicht.«
Das stimmte nicht ganz, aber er war dabei noch ungeschickt und weigerte sich, seinen Freunden dieses »Schauspiel« zu

bieten. Aus diesem Grund war seine Rückkehr in die Schule aufgeschoben worden.

»Und nun baust du Kanus«, sagte J. D. und nickte.

Teke hörte seinen Spott, und Michael offenbar ebenso, denn er reagierte nervös.

»Nur eines, und wenn es fertig ist, setzen Grady und ich es ins Wasser.« Er brach ab, als bereue er, das erwähnt zu haben, und warf Grady einen unbehaglichen Blick zu.

Grady, der auf der anderen Seite des Kanus gehämmert hatte, als J. D. hereinkam, stand hochgewachsen und kerzengerade da. Der Hammer lag locker in seiner Hand. J. D. starrte ihn an, aber er *sprach* mit Michael. »Du und Grady seid Freunde geworden. Das ist erstaunlich, wenn man bedenkt, daß er dich angefahren hat.«

»Ich bin ihm in den Wagen gelaufen«, korrigierte Michael. »Außerdem hat er mir viel geholfen. Er ist genauso gut wie mein Therapeut – und ohne die große Rechnung.«

»Was er tut, tut er aus schlechtem Gewissen«, sagte J. D.

»Das stimmt nicht«, meldete Grady sich zu Wort. »Ich tue das, was ich tue, weil ich den Jungen mag.«

»Du weißt, daß er einen Mann umgebracht hat«, sagte J. D. zu Michael, ohne den Blick von Grady zu wenden.

»Ja, das weiß ich.«

»Weißt du auch, wer der Mann war?«

Teke sprang von ihrem Hocker auf. »J. D.!«

»Sein Name war Homer Peasely«, eröffnete J. D. Michael, dessen Augen sich überrascht weiteten. »Er war der Vater deiner Mutter. Er wäre dein Großvater, wenn er noch leben würde, aber dein Freund Grady schlug ihn nieder und trat dann so lange auf ihn ein, bis er tot war.«

»Das stimmt nicht«, schwor Grady, doch J. D. fuhr unbeirrt fort.

»Er hat deinen Großvater ermordet, Michael, den Großvater, den du nie kennenlernen durftest. Dann kam er nach Constance, um deine Mutter zu besuchen – die Frau eines anderen

Mannes – und war deshalb so kopflos und aufgeregt, daß er dich nicht auf die Straße laufen sah. Er ist ein Mörder und ein Beinahe-Mörder. Jetzt weißt du, was für ein Mann dein Freund Grady Piper ist.«
»Homer Peasely?« wandte Michael sich an Teke. »Warum hast du mir das nicht erzählt?«
»Es war nicht wichtig.«
»Nicht wichtig?« bellte J. D. in ihre Richtung. »Er war dein Vater!«
»Er war kein guter Mensch.«
»Er war ein menschliches Wesen, er hatte ein Recht zu leben.«
»Es war ein Unfall«, sagte Grady. »Das hat das Gericht entschieden.«
»Aber sie haben Sie eingesperrt, weil sie das Gefühl hatten, daß Sie eine Gefahr für die Gesellschaft seien. Nun, ich sage, daß Sie das noch immer sind. Sehen Sie sich an, was Sie getan haben! Zuerst bringen Sie mein Kind ins Krankenhaus und dann schnappen Sie mir meine Frau vor der Nase weg. Hatten Sie das schon von Anfang an vor? Sind Sie deshalb aus Ihrem Loch in Maine gekrochen und hierhergekommen?«
Teke wußte nicht, worüber sie sich mehr aufregte – über die Verunglimpfung Gradys in Michaels Gegenwart oder über die Beleidigung Gradys. »Du irrst dich entschieden«, erklärte Teke J. D., aus dem Schatten tretend. »Grady ist nur hergekommen, um sich zu vergewissern, daß es mir gutgeht.«
»Und deshalb ist er wohl auch geblieben, was? Halt mich doch nicht für blind, Teke. Der Mann ist in dich verliebt. Ich wette, er wird sich dich sofort schnappen, wenn die Scheidung durch ist.«
Michael geriet ins Schwanken. Er hielt sich am Kanu fest und schaute unsicher von einem zum anderen. Teke ging auf ihn zu.
»Dein Vater hat unrecht«, sagte sie. »Grady ist gekommen, um mich zu besuchen. Dann blieb er, weil du verletzt warst. Und jetzt bleibt er, um einen Auftrag zu beenden.«

»Und um mit dir zusammenzusein? Stimmt das? Laßt du und Dad euch scheiden?«
Sie legte den Arm um seine Schultern, als könne sie so verhindern, daß er innerlich Abstand von ihr nahm. Sie hatte sehr hart daran gearbeitet, sein Vertrauen wiederzugewinnen – sehr *hart.* »Es kann sein, aber wir haben noch keine formellen Schritte unternommen.«
»Sie war schon beim Anwalt«, strafte J. D. ihre Worte Lügen. »Aber sie hatte nicht den Mut, es mir zu sagen, ich mußte es über die Gerüchteküche erfahren.«
Michael löste sich von ihr.
»Und von *wem?*« wollte Teke empört wissen. Sie hatte ihren Anwalt in aller Heimlichkeit aufgesucht.
Ehe J. D. antworten konnte, schrie Michael sie an: »Du hast mir *das* nicht gesagt und auch nicht, wen Grady getötet hat. Was hast du mir sonst noch nicht gesagt?«
»Eine ganze Menge«, giftete J. D.
»Nein …«, begann Teke, doch Michael riß sich die alte »Angels«-Kappe vom Kopf, schleuderte sie zu Boden und steuerte, durch die Aufregung unbeholfener als sonst, halb gehend, halb rennend, auf die Tür zu.
»Wo willst du hin?« rief Grady, kam um das Kanu herum und machte Anstalten, ihm zu folgen.
»Michael …!« schrie Teke.
»Er will weg von euch beiden«, sagte J. D. und verstellte ihnen die Tür, um sie daran zu hindern, Michael nachzulaufen. »Ich hätte wissen müssen, daß ich die Rehabilitation des Jungen nicht meiner Frau überlassen durfte. Nach dem, was sie mit meinem besten Freund getan hat, hätte ich wissen müssen, daß sie nicht vertrauenswürdig ist. Wenn sie einen Mann braucht, schnappt sie sich den nächstbesten, weil das am einfachsten ist. Und jetzt zwingt sie meinen Sohn«, er spuckte jedes Wort aus, als sei es Dreck, »Stunden mit einem ungebildeten, haltlosen Exsträfling zu verbringen.«
Teke, die panische Angst hatte, daß Michael auf einer Eisplatte ausrutschen könnte, flehte: »Bitte, J. D.!«

Grady war weniger höflich. »Gehen Sie mir aus dem Weg!« kommandierte er mit zornbebender Stimme.
Tekes Angst verlagerte sich auf Grady. Sie hatte diesen Ton von Grady nicht gehört, seit er in jener Nacht sagte: »Nimm deine gottverdammten Hände von ihr!«
»Es ist okay, Grady, laß mich das machen.« Sie legte besänftigend die Hand auf seinem Arm und spürte seine angespannten Muskeln. »Er genießt es, Menschen mit Worten zu verletzen, aber es sind leere Worte.«
»Ich meine jedes einzelne davon ernst«, widersprach J. D. und starrte Grady mit einem bösen Glitzern in den Augen an. »Ich halte Sie für Abschaum. Das habe ich von Anfang an getan.«
»Du brauchst einen Sündenbock ...«, begann Teke.
»Abschaum der übelsten Sorte.«
»Gehen Sie mir aus dem Weg!« wiederholte Grady. Sein Gesicht war noch finsterer geworden.
»Ignoriere ihn einfach, Grady.« Teke versuchte, sich zwischen die beiden Männer zu stellen, doch Grady ließ es nicht zu. Ihre Panik niederkämpfend, zupfte sie J. D. am Ärmel und appellierte erneut an ihn. »Das ist doch absurd. Warum belassen wir es nicht einfach dabei, daß du ihn nicht magst ...«
»Ich *hasse* diesen Mann!« J. D. starrte Grady feindselig an. »Ich will, daß er die Stadt verläßt. Er hat einen schlechten Einfluß auf meinen Sohn ...«
»Er ist auch *mein* Sohn.«
»... und einen schlechten Einfluß auf meine Frau ...«
»Du hast mich *verlassen.*«
»... und er ist durch und durch ein Strolch. Haben Sie das gehört, Piper?«
Gradys Augen verhießen Ärger. »Gehen Sie mir aus dem Weg!« wiederholte er noch einmal.
J. D. richtete sich zu seiner vollen Größe auf. »Zwingen Sie mich doch.«
»Er versucht dich zu provozieren, Grady!« rief Teke.
»Gehen Sie beiseite!« sagte Grady.

»Er will dich soweit bringen, daß du zuschlägst«, jammerte Teke. »Einmal genügt, und dann verklagt er dich wegen Körperverletzung.« Voller Entsetzen sah sie, wie Gradys Finger sich um den Hammer in seiner Hand öffneten und schlossen. »Siehst du das nicht ein? Er hat dich nicht drankriegen können, das ist sein letzter Versuch. Er ist verzweifelt.«

Die Luft in dem schmalen Schuppen wog zentnerschwer in der Ewigkeit, die es dauerte, bis Tekes Worte zu Grady durchdrangen. Schließlich atmete Grady zittrig ein. Seine Hand schloß sich fest um den Hammer. Er ließ ihn sinken und schaute sie an. Seine Augen sagten ihr, daß er verstand, daß er seine Lektion gelernt hatte, daß er nichts Dummes tun würde. Und sie sagten ihr, daß er sie liebte und J. D. mit Wonne niedergeschlagen hätte, wenn dieser in seinem Bestreben, ihn zu provozieren, soweit gegangen wäre, Hand an sie zu legen.

Langsam und beherrscht wandte er sich wieder J. D. zu und sagte leise: »Michael ist da draußen in der Kälte. Vielleicht in der Remise oder im Wagen. Vielleicht auch im Wald. Er könnte hinfallen oder erfrieren. Wenn Sie nicht die Vernunft besitzen, ihm nachzulaufen, dann gehen Sie beiseite, damit ich es tun kann.«

Teke hatte Grady nie so sehr geliebt wie in diesem Moment.

J. D. starrte ihn nur schweigend an. Nach einigen Sekunden trübte sich sein Blick. Er runzelte die Stirn, drehte sich um und starrte die geschlossene Tür an. Schließlich öffnete er sie.

Michael war nicht in der Remise. Er war nicht in Tekes Wagen, nicht in J. D.s Wagen und auch nicht in Gradys Laster. Als die drei, in schneller Folge dicke weiße Atemwolken ausstoßend, zum Wald hinüberschauten, stöhnte J. D.: »Dort finden wir ihn doch nie.«

»Ich weiß, wo er ist«, sagte Grady und folgte mit Michaels Jacke in der Hand den Spuren im Schnee, einen schmalen Pfad entlang, der sich zwischen üppig grünen Tannen und nackten Birken hindurchschlängelte, bis er an einem Bach endete, dessen

spärliches Wasser sich mühsam durch den Schnee kämpfte. Michael saß auf einem Baumstumpf am Ufer.
Teke blieb stehen, J. D. wartete hinter ihr. Grady ging die wenigen Meter weiter, legte Michael die Jacke um die Schultern und sank neben ihm in die Hocke. In der Winterstille des Waldes drangen seine Worte kristallklar an Tekes Ohr.
»Es war falsch von mir, dir nicht zu erzählen, wen ich getötet habe, aber ich wollte dich ganz einfach nicht aufregen. Ich dachte, du würdest es nicht verstehen. Manche Menschen verstehen es nicht. Mord ist ein schreckliches Verbrechen – da bin ich der erste, der das sagt. Und ich sage dir auch, daß ich niemals einen Finger gegen den Mann erhoben hätte, wenn ich nicht geglaubt hätte, daß deine Mom ins Lebensgefahr sei. Homer schlug sie und drohte ihr noch Schlimmeres an, und als er nicht von ihr abließ, schlug ich ihn. Daraufhin ließ er sie los. Er stürzte zu Boden und schlug mit dem Kopf auf. Das sei die Todesursache, sagte der Gerichtsmediziner.«
Teke erinnerte sich an das Geräusch, mit dem Homers Kopf auf dem Boden aufschlug. Es war ein Knall, der das Blut in den Adern gerinnen ließ. Sie preßte eine Faust auf ihren Mund.
»Haben Sie ihn getreten?« fragte Michael mit tonloser Stimme.
»Ja. Ich war wütend. Er sollte aufstehen und sich wehren. Ich hatte mich beherrscht, ihn immer wieder aufgefordert, die Hände von ihr zu nehmen – bis ich nicht mehr konnte. Aber er stand nicht auf. Ich schrie ihn immer wieder an, aber er blieb liegen. Und irgendwann begriff ich, daß er tot war.«
Michael zog seine Jacke eng um sich.
»Ich machte mir große Sorgen um deine Mom, als ich im Gefängnis saß«, fuhr Grady fort. »Ich sagte mir, daß das überflüssig sei, weil ich keinen Anspruch mehr auf sie hätte, aber ich wollte, daß es ihr gutging. Ich erfuhr, daß sie geheiratet hatte und Kinder hatte.«
»Wie?« fragte Michael.
»Ich arbeitete für Leute, die andere Leute kannten. Es gab immer jemanden, der etwas für mich ausgraben konnte. Ich

kam im Oktober nur hierher, um sie zu sehen und mit ihr zu reden. Ich hatte nichts anderes im Sinn, so wahr mir Gott helfe. Ich habe es dir schon gesagt, wenn ich den Truck hätte zum Stehen bringen können, bevor du dagegenpralltest, hätte ich es getan. Eines von Tekes Kindern zu verletzen, war das letzte, was ich wollte.«

Teke kämpfte mit den Tränen. Zum erstenmal trat Gradys Schmerz zutage, wirklich zutage, und es war nicht der Schmerz dieses Augenblicks, sondern der Schmerz, der ihn durch all die Jahre begleitet hatte, die sie getrennt gewesen waren. Sie war eine Närrin, daß sie das nicht früher erkannt hatte.

Die Tränen liefen über ihre Wangen, als Michael sagte: »Warum bleiben Sie hier? Aus schlechtem Gewissen?«

»Wenn das der Grund wäre, hätte ich mich an dem Tag verabschiedet, als du aus dem Koma aufwachtest und ich wußte, daß du wieder in Ordnung kommen würdest. Es hat hier weiß Gott keiner einen roten Teppich für mich ausgerollt. Aber deine Mom war in einem schrecklichen Zustand – und du auch. Und dann fing ich an, dich zu mögen. Du gabst mir ein gutes Gefühl, als sei ich etwas wert.« Er zögerte. Seine Stimme wurde leiser. »Und dann war da noch deine Mom.«

»Was ist mit ihr?«

»Dein Dad hat recht, ich liebe sie. Ich liebe sie, seit ich zwölf Jahre alt war, und ich werde sie bis zu dem Tag lieben, an dem ich sterbe, aber ich würde sie deinem Dad niemals wegnehmen. Ich hätte ihr nicht viel zu bieten, aber ich würde sie beschützen und gut zu ihr sein und sie auf ewig lieben.«

Teke hielt den Atem an. Mehr konnte keine Frau von einem Mann verlangen. Weder sie noch Grady konnten das Schicksal beeinflussen, und wenn es sie wieder auseinanderriß, würde sie das vielleicht nicht überleben. Ihr Glück hing von seiner Liebe ab.

Sie lief durch den Schnee, schlang die Arme um ihre zwei Männer und weinte zuerst an Gradys Wange und dann in

Michaels Haare. Als sie schließlich wieder sprechen konnte, flüsterte sie: »Ihr seid beide etwas Besonderes für mich. Ich hätte den Rest meines Lebens in dem Schuppen sitzen und euch bei der Arbeit zusehen können. Ich brauche Gradys Liebe, Michael. Er liebt mich trotz meiner Fehler, und er kennt sie alle, und ich brauche auch *deine* Liebe. Wirst du sie mir geben?«

Atemlos wartete sie auf seine Antwort.

Und dann sagte er mit einer Stimme, die tief war und ihr in ihrer trockenen Akzeptanz wie Musik in den Ohren klang: »Nicht *genauso*, Mom, das wäre ziemlich abwegig, oder?«

Sie lachte und drückte ihn an sich, drehte den Kopf und küßte Grady auf die Wange. Erst dann, als sie einen Blick über Gradys Schulter warf, sah sie, daß J. D. gegangen war.

J. D. fuhr eine Weile ziellos herum – zuerst in Constance und dann in Boston. Er fühlte sich verloren und nutzlos. Er verstand nicht, wie ein so unbedeutender Mensch wie Grady Piper es geschafft hatte, daß *er* sich minderwertig fühlte, aber genau das war passiert. Dem Mann lag ganz offensichtlich etwas an Michael, und er liebte Teke eindeutig. J. D. hatte keine Bedeutung mehr für ihr Leben.

Das störte ihn, denn er wollte nicht bedeutungslos sein.

In dem verzweifelten Wunsch, wieder festen Boden unter die Füße zu bekommen, fuhr er ins Büro. Mochte Teke ihn nicht brauchen, seine Klienten taten es. Mochte Michael nicht zu ihm aufschauen, seine Klienten taten es. Und seine Klienten bezahlten ihn. Was konnte besser sein?

Er hatte kaum den Lift verlassen und die Tür der Firma aufgestoßen, als Virginia Clinger vor seinem geistigen Auge erschien und ihn den ganzen Weg den Flur hinunter bis zu seinem Büro begleitete. Erst als er die Tür hinter sich geschlossen hatte und das Bild verblaßte, verstand er. Er trat wieder auf den Korridor hinaus und zog prüfend die Luft ein. Ihr Parfüm – schwach, aber zweifelsfrei zu erkennen. Entweder war eine andere Frau, die »Obsession« benutzte, vor kurzem den Flur

entlanggegangen, oder Virginia hielt sich irgendwo in der Firma auf.
Er dachte daran, wie sie in John Stewarts Büro hereingeplatzt war und sich verlegen zurückgezogen hatte. Er dachte daran, wie sie ihm ein Einzugsgeschenk gebracht hatte und als Verschmähte abziehen mußte. Er dachte an vier Ehemänner, eine Neigung zum Geldausgeben, einen Hang zum Tratschen und eine Nase für Ärger.
Und er dachte an Sams bevorstehendes Hearing und John Stewarts Drohung.
Ohne lange zu überlegen, machte er sich auf den Weg zum Büro seinen Vaters. Die Tür war zu. Er riß sie auf. John Stewart saß zurückgelehnt mit über seiner Mitte gefalteten Händen selbstzufrieden in seinem Sessel, während Virginia mit graziös übereinandergeschlagenen Beinen auf einer Ecke seines Schreibtisches hockte.
Die plötzliche Störung riß John Stewart in eine aufrechte Position und Virginia dazu, ihre Schultern zu straffen.
»Sieh mal an«, sagte J. D. »Was haben wir denn hier? Einen kleinen Schwatz unter Freunden? Oder vielleicht etwas Gezielteres?«
»Kannst du nicht anklopfen?« bellte John Stewart.
J. D. deutete mit dem Kinn auf Virginia. »Hat *sie* geklopft?«
»Hallo, J. D.«, begrüßte Virginia ihn mit einem herausfordernden Blick. »Wie geht's denn so?«
»Jetzt, wo du mich fragst«, er konnte nicht widerstehen, »muß ich dir sagen, daß ich seit unserem kleinen Intermezzo in meiner Wohnung nicht mehr derselbe bin. Es war nicht schlecht, ganz und gar nicht schlecht. Du bist eine talentierte Lady.« Er schaute seinen Vater an. »Hat sie dir eine Kostprobe davon gegeben oder stellt sie es dir nur in Aussicht und hofft, daß du dich mit Schauen zufriedengeben wirst?«
»Du hast eine schmutzige Phantasie«, sagte John Stewart. »Wolltest du etwas Bestimmtes?«
»Ja«, erwiderte J. D. und legte den Arm um Virginia. »Sie.« Er würde schon dafür sorgen, daß er nicht überall an Bedeutung

verlor, dieses Spiel beherrschte er auch. »Was tut sich denn in deinem Leben, Gin?« fragte er freundlich.
Virginia musterte ihn eine Minute lang eingehend.
»Nicht viel«, antwortete sie. Ihr Blick fiel auf seinen Mund.
Etwas leiser sagte er: »Du bist nicht zurückgekommen. Du sagtest doch, du würdest es tun.«
»Ich dachte, ich wäre nicht erwünscht.«
»Ich habe dein Parfüm auf dem ganzen Weg durch den Flur riechen können. Der Duft weckte angenehme Erinnerungen.«
Noch leiser setzte er hinzu: »Ich habe dich vermißt.«
Ihre Augen leuchteten auf. »Wirklich?«
John Stewart räusperte sich. »Sollen wir uns später weiter unterhalten, Virginia?«
Noch immer J. D. ansehend, hob Virginia fragend die Augenbrauen.
J. D. behielt den intimen Ton bei. »Ich könnte in mein Büro zurückgehen und warten. Geht es hier um etwas Wichtiges?«
»Wir haben uns nur über Sam unterhalten.«
John Stewart kam aus seinem Sessel hoch. »Es war nicht dringend, wir reden ein andermal weiter.«
»Über seine Nominierung?« fragte J. D. Virginia mit noch immer leiser Stimme.
Sie nickte. »Wir fragten uns, ob der Gouverneursrat wohl weiß, was Sam mit deiner Frau getan hat. John Stewart sagte ...«
»Ein andermal!« polterte John Stewart im Befehlston, doch sie hörte nicht auf ihn. Ihre Augen waren auf J. D. fixiert, dessen Gesicht sich nur ein paar Zentimeter über dem ihren befand.
»John Stewart meinte, ich sollte vielleicht ein Telefonat führen. Ich meine, ich habe die beiden an dem bewußten Tag zusammen gesehen, und es wäre nur ein Telefonat nötig.«
J. D. hatte sich schon so etwas gedacht. Sein Vater war wild entschlossen, Sams Berufung ins Richteramt zu verhindern, doch was John Stewart – trotz J. D.s Drohung – offenbar noch nicht begriffen hatte, war die Tatsache, daß J. D. zu einem Faktor geworden war, mit dem er rechnen mußte.

»Ich dachte, wir hätten uns in diesem Punkt geeinigt«, wandte er sich noch einmal an John Stewart.
»*Ich* telefoniere ja nicht«, erklärte sein Vater ihm und tippte sich mit Unschuldsmiene an die Brust.
»Nein, du läßt Virginia die Dreckarbeit erledigen.«
»Sie wird nichts tun, was sie nicht will.«
»Damit hast du recht«, nickte J. D. Die Tage, da sein Vater Allmacht besessen hatte, waren vorüber. Er würde nicht zulassen, daß John Stewart Sams große Chance vermasselte – J. D. war ganz und gar nicht bedeutungslos. »Ich bezweifle, daß sie noch telefonieren möchte, wenn sie und ich uns unterhalten haben.« Er drückte einen sanften Kuß auf Virginias perfekte Nase. Wenn nötig, würde er überall auf ihren perfekten Körper sanfte Küsse drücken, falls er sie damit vom Telefonieren abhalten könnte, bis Sams Berufung beschlossene Sache wäre. »Möchtest du mit in mein Büro kommen?« fragte er und ließ seine Augen über ihr Gesicht wandern. Seine Aufgabe würde sich nicht als schwierig erweisen, denn körperlich hatte er leichtes Spiel mit ihr, und er war einsam und geil und wollte verdammt sein, wenn er seinen Vater auch diesmal mit seiner Bulldozertaktik durchkommen ließe.
Virginia rutschte vom Schreibtisch. »Braves Mädchen«, lobte J. D. sie mit seinem gewinnendsten Lächeln. Er zwinkerte John Stewart zu und führte Virginia hinaus.

Kapitel 19

Das Hearing vor dem Gouverneursrat war für sechzehn Uhr angesetzt. Annie hatte vor, der Anhörung beizuwohnen, und mit Jason ausgemacht, daß er ihren Unterricht übernimmt. Erst als sie zu einem späten Mittagessen ins Café ging, wurde ihr bewußt, daß sie ihn den ganzen Tag noch nicht gesehen hatte. Wieder in ihrem Büro, rief sie in seiner Wohnung an, legte jedoch auf, als sich sein Anrufbeantworter einschaltete. Sie machte sich keine Sorgen, denn er hatte sie noch nie im Stich gelassen.

Kurz bevor sie gehen wollte, um sich mit Sam zu treffen, bekam sie einen Anruf vom Vorsitzenden der Fakultät. »Wir haben es mit einer Krise zu tun«, sagte er. »Würden Sie bitte in mein Büro kommen?«

Sie warf einen Blick auf ihre Uhr, sah, daß sie zehn Minuten erübrigen konnte, sammelte ihre Sachen ein und lief die Treppe hinauf, um Charles Honneman aufzusuchen. Sein Büro war groß und hatte eine hohe Decke. Auf dem Boden lagen ausgebleichte Orientteppiche, und die Ölbilder an den Wänden hatten Risse. Charles saß mit finsterem Gesicht an seinem Schreibtisch, und seitlich von ihm saß Georgia Nichols.

Annie setzte sich nicht, sie würde nicht lange bleiben können, das Hearing war von großer Wichtigkeit, und sie war Sams wegen nervös.

Doch Charles teilte ihr eine Neuigkeit mit, die alles andere vorübergehend aus ihrem Kopf verdrängte. »Jason Faust ist im Krankenhaus«, eröffnete er ihr. »Georgia fand ihn heute früh bewußtlos in seiner Wohnung, er liegt im Koma.«

Annie war fassungslos. »Im Koma? Was ist passiert?«

»Er hat eine Überdosis Drogen genommen.«
»O mein Gott.«
»Er ist im Deaconess Hospital. Die Ärzte versuchen, ihn zu stabilisieren. Wußten Sie, daß er unglücklich war?«
Sie schluckte. Eine Überdosis: Da war die Sache mit dem Geld, aber er hatte nicht den Eindruck gemacht, als deprimiere ihn dies ernsthaft. »Ich wußte, daß es bei ihm zu Hause Probleme gab.« Sie wußte nicht, wieviel sie preisgeben sollte, Jason hatte sie ins Vertrauen gezogen.
»Nicht zu Hause«, schüttelte Charles den Kopf. »Hier.«
Die Schärfe seines Tones verwirrte sie. »Er streßte sich, um seine Diplomarbeit bis Juni fertigzubekommen«, sagte sie. »Er wollte im Herbst hier zu unterrichten anfangen.« Sie warf einen Blick zu Georgia hinüber, die sich sichtlich unbehaglich fühlte. »Gibt es etwas, das ich nicht weiß?«
Charles seufzte. »Ich glaube, daß Sie es wissen, aber nicht sagen.«
»Ich kann Ihnen nicht folgen.«
»Es ist möglich«, sagte er grimmig, »daß Jason versucht hat, sich das Leben zu nehmen, weil er in Sie verliebt war und diese Liebe nicht erwidert wurde. Waren Sie sich seiner Gefühle bewußt?«
Annie war entsetzt. Sie dachte an den fraglichen Tag in ihrem Büro, doch der lag inzwischen Monate zurück. Sie konnte nicht glauben, daß der heutige Vorfall damit in Verbindung stand. »Er mochte mich, das hat er mir oft gesagt.«
»Haben Sie dieses Gefühl erwidert?«
»Natürlich. Ich mag ihn wirklich. Ich respektiere ihn. Wir sind befreundet.« Sie wandte sich an Georgia: »Haben Sie mit den Ärzten gesprochen?«
»Nur mit dem, der ihn aufgenommen hat«, antwortete sie, und sie klang ebenso nervös, wie sie aussah. »Er konnte mir nicht viel sagen.«
»Wußten Sie, daß er Drogen nahm?« wollte Annie von ihr wissen.
»Und Sie?« erkundigte Charles sich bei Annie.
»Nein.« Sie erinnerte sich daran, daß er ihr einmal Marihuana

angeboten hatte, doch das würde sie dem Vorsitzenden nicht auf die Nase binden. Sie hatte keinen Beweis dafür, daß er Drogen besaß oder konsumierte.
»Georgia sagt, er habe ihr erzählt, daß er ein Verhältnis mit Ihnen habe.«
Annie schnappte nach Luft. »Das kann nicht sein. Es war nie etwas zwischen uns.« Sie fand ihr Leugnen gerechtfertigt, denn abgesehen von dieser einen Geschichte hatte es nichts gegeben.
»Warum sollte er es erzählen, wenn es nicht so war?«
»Weil eingebildete junge Männer so etwas manchmal tun. Charles, ich verstehe nicht, weshalb Sie mich hierherzitiert haben – und noch dazu vor Zeugen.« Sie empfand Georgias Anwesenheit als Zumutung. Wenn Charles ein Hühnchen mit ihr zu rupfen hatte, dann hatte sie ihrer Meinung nach aufgrund ihrer Position innerhalb der Fakultät Anspruch auf ein Gespräch unter vier Augen.
»Da Georgia diejenige ist, die die Anschuldigung vorgebracht hat«, erklärte Charles, »dachte ich, sie sollte dabeisein.«
»Ihre Anschuldigung ist unbegründet.« Annie warf einen Blick auf ihre Uhr. »Wenn es Ihnen nichts ausmacht, würde ich gern in mein Büro gehen, im Krankenhaus anrufen, versuchen, etwas über Jason zu erfahren, und mich dann auf den Weg nach Boston machen. Ich habe einen wichtigen Termin dort.« Ihr fiel ein, daß ihr Unterricht nun abgesagt werden müßte.
Charles schüttelte den Kopf, dann sagte er zu Georgia: »Lassen Sie mich doch bitte allein mit Dr. Pope sprechen.«
Sie war wie der Blitz verschwunden.
»Charles!« warnte Annie ihn.
»Ich bin sehr enttäuscht von Ihnen.« Er starrte sie unter spärlichen, grauen Augenbrauen hervor durchdringend an. »Ich habe Sie neulich gefragt, ob zwischen Ihnen und Faust etwas vorgehe, und Sie verneinten es.«
»Es *ging* ja auch nichts vor zwischen uns.«
»Aber es paßt alles zusammen. Jedermann weiß, wie eng Ihre Beziehung ist. Wir haben gesehen, wie Sie in der Mensa die

Köpfe zusammensteckten, im Aufenthaltsraum, im Unterricht. Die gesamte Fakultät sah Sie mit ihm bei der Weihnachtsfeier. Damals habe ich versucht, Sie zu warnen.«

»Ich war nicht ›mit ihm‹ dort, ich habe mich nur mit ihm *unterhalten.* Ich mag ihn, er ist ein Freund. Und ich bin verheiratet – glücklich verheiratet – mit einem Mann, der auf der Treppe vor dem Gerichtsgebäude auf mich warten muß, wenn Sie mich nicht innerhalb von fünf Minuten gehen lassen. Es wäre klüger, wenn Sie sich auf Jasons Zustand konzentrieren würden, als sich irgendwelche wilden Geschichten über ihn und mich zusammenzuphantasieren. Es war absolut nichts zwischen uns!«

»Vielleicht vermittelten Sie ihm den Eindruck, es könnte sich etwas entwickeln, und ließen ihn dann fallen.«

Annie kochte vor Zorn. »Warum wollen Sie mit Gewalt aus nichts etwas machen?«

»Ich mag keine ungeklärten Selbstmorde.«

»Noch ist er nicht tot«, sagte Annie und atmete hörbar aus. Sie wollte im Krankenhaus anrufen, und dann wollte sie zu Sam. »Ich muß weg«, erklärte sie drängend.

Charles kratzte sich auf dem Kopf. »Ich denke, Sie sollten Urlaub nehmen.«

Ihr Herzschlag setzte aus. *»Wie bitte?«* Sie blickte verwirrt um sich. Wie es schien, war ein winziges Gerücht zu einer riesigen Sache aufgebläht worden. »Das ist *absurd.*«

»Ich dulde keinen Skandal in meiner Fakultät. Wir haben heutzutage weiß Gott schon genug Schwierigkeiten, Zuschüsse zu bekommen, und eine Liaison zwischen einer Professorin und einem Studenten, die in einem Selbstmord gipfelt, wird sich da wohl kaum als hilfreich erweisen. Wenn Sie unauffällig von der Bühne abgehen, merkt das Publikum vielleicht nichts.«

»Was *soll* das alles?« rief sie. »Ich dachte, Sie mögen mich.«

»Nicht so sehr wie diese Fakultät.«

Sie stand vor ihm, enttäuscht und entnervt. Sie wollte weg, doch plötzlich begriff sie, daß das nicht möglich war. Ob er nun berechtigt wäre oder nicht – ein Skandal könnte ihre Karriere ruinieren. Er könnte sogar, und der Gedanke machte sie krank, Sams Karriere schaden. Sie mußte Charles anhören, und sie mußte ins Krankenhaus und beten, daß Jason aufwachte und die Wahrheit sagte.

»Darf ich mal Ihr Telefon benutzen?« fragte sie mit zitternder Stimme. Auf Charles' Nicken hin rief sie in Sams Büro an. Als er sich meldete, sagte sie ohne Einleitung: »Ich habe hier in der Schule ein Problem. Du wirst ohne mich zu dem Hearing gehen müssen.« Sie bemühte sich, gelassen zu klingen, doch es mißlang ihr kläglich. Das begriff sie, als sie die Besorgnis in seiner Stimme hörte.

»Was ist passiert?«

»Eine schlimme Geschichte.«

»Erzähl's mir, Annie.«

Das war das letzte, was Sam jetzt, unmittelbar vor der Anhörung brauchte, doch sie war verängstigt, egoistisch und verzweifelt genug, um seiner Aufforderung zu folgen. »Jason Faust wurde heute früh bewußtlos in seiner Wohnung aufgefunden. Er liegt im Koma. Sie vermuten eine Überdosis irgendwelcher Drogen.«

»O Annie, das tut mir leid.«

»Das Problem«, fuhr sie, jetzt auch noch zornig, hastig fort, »ist, daß Charles Honneman, in dessen Büro ich gerade stehe, vermutet, daß ich der Grund für Jasons Selbstmordversuch sei. Er vermutet, daß ich entweder eine Affäre mit Jason hatte oder ihm falsche Hoffnungen machte und er aus Liebeskummer versuchte, sich das Leben zu nehmen.«

»Das ist doch absurd!« sagte Sam.

»Charles möchte, daß ich Urlaub nehme, damit Gras über die Sache wachsen könne.«

»Das ist ja lächerlich!«

Seine heftige Reaktion löste die Frage in ihr aus, wie sie je an seiner Loyalität hatte zweifeln können. Innerlich zitternd erwiderte sie: »Das finde ich auch, aber Charles ist anderer Meinung.

Ich muß hierbleiben und die Sache ausdiskutieren. Meine Karriere steht auf dem Spiel – und deine.«

»Aber er hat keine Beweise. Es sind doch alles nur Spekulationen, und so wird es bleiben, bis der Junge aufwacht und die Angelegenheit klären kann.«

»Ich weiß.« Sams Engagement tat ihr gut, aber gleichzeitig bereitete es ihr Schuldgefühle, denn Sam brauchte jetzt einen klaren Kopf.

»Bleib dort«, befahl er. »Ich komme hin.«

Sie schnappte nach Luft. »Das kannst du nicht machen. In etwas mehr als einer Stunde findet das Hearing statt. Du kannst unmöglich rechtzeitig dort sein, wenn du jetzt hierherkommst.«

»Ich werde es verschieben.«

»Das darfst du nicht. Es ist zu wichtig!«

»Diese Geschichte ist wichtiger.«

»Nein, nein.« Sie schaute Charles in die Augen. »Es ist nur ein dummes Gerücht, das Leute mit unausgelastetem Kopf und unbefriedigendem Sexualleben ausgestreut haben.« Sie war wütend. »Du darfst das Hearing auf keinen Fall versäumen.«

»Ist Honneman da?«

»Hm.«

»Gib ihn mir.«

»Sam ...«

»Gib ihn mir.«

Annie reichte Honneman den Hörer. Mit steinernem Gesicht hörte er sich an, was Sam ihm zu sagen hatte Als er den Hörer auflegte, sagte er. »Ihr Mann besteht darauf, hierherzukommen. Er sagt, daß wir hier auf ihn warten sollen. Er sagt, daß meine Anschuldigungen an Verleumdung grenzen und er keine Skrupel haben wird, mich und das College zu verklagen, falls Ihr Ruf und Ihre Karriere unnötig geschädigt werden.«

Mein Gott, das Hearing! dachte Annie und wandte sich ab. Sie ging ans andere Ende des Zimmers und ließ sich auf einen Stuhl sinken. Sie wünschte, Sam würde nicht kommen. Sie wollten beide, daß er das Richteramt bekäme. Das Hearing zu verschie-

ben, noch dazu so kurzfristig, würde vielleicht als Minuspunkt für ihn gewertet. Daß er das riskierte, löschte die letzten Zweifel, die sie noch im Hinterkopf gehabt hatte, aus.
Eine Weile starrte sie niedergeschlagen vor sich hin. Dann erwachte sie plötzlich wieder zum Leben und sprang auf. Sie durchquerte den Raum, nahm den Telefonhörer und rief im Krankenhaus an. Die Patienteninformation sagte ihr nichts. Als sie bat, mit einem zuständigen Arzt verbunden zu werden, wurde sie auf Warteposition geschaltet, wo sie zehn Minuten verharrte, ehe sie auflegte.
»Ich habe wirklich keinerlei Anzeichen für eine Depression entdeckt«, faßte sie die Gedanken zusammen, die sie in jenen zehn Minuten beschäftigt hatten, und sie hielt sich für eine ziemlich gute Beobachterin. Doch daß Jason einen Selbstmordversuch unternommen hatte, konnte sie sich nicht erklären. »Seinen Schriften war auch nichts anzumerken – für gewöhnlich kann man daraus Schlüsse ziehen. Er hat mir handschriftliche Texte gegeben, Kurzgeschichten und Gedichte, doch ihr Tenor ist nicht betont depressiv – sie beinhalten das ganze Emotionsspektrum. Auf keinen Fall kann man sie als Hilferuf interpretieren.«
Als sie zu ihrem Platz zurückkehrte, dachte sie daran, daß Sam auf dem Weg zu ihr war, dachte an das Opfer, das er ihr brachte, und daran, was für eine Art von Liebe das möglich machte. Plötzlich erschien ihr die Erklärung, die er ihr für seinen Ausrutscher mit Teke gegeben hatte, völlig plausibel. Es leuchtete ein, daß sein Verlangen nach ihr, Annie, so stark gewesen war, daß er beim Gedanken an sie bei Teke die Kontrolle über sich verloren hatte. Sie hätte seine Geschichte von Anfang an glauben und ihm vertrauen sollen. Sie kam sich wie eine Närrin vor.
Sam stürmte zur Tür herein und erschien Annie wie ein Ritter in schimmernder Rüstung. Er kam zuerst zu ihr, schloß sie in die Arme und drückte sie an sich. Dann nahm er sich Charles vor.
»Sie haben meine Frau einer unstatthaften Beziehung zu einem

Studenten bezichtigt. Ich würde gern die Beweise hören, auf denen diese Anschuldigung basiert.«
Charles saß so gerade, als hätte er einen Stock verschluckt. »Es gibt Beweise. Ihre Frau und Jason haben unverhältnismäßig viel Zeit miteinander verbracht.«
»Nicht unverhältnismäßig«, widersprach Annie, die sich jetzt, da Sam ihr den Rücken stärkte, mutig fühlte. Sie stand neben ihm. »Jason ist mein Assistent, er ist meine rechte Hand. Zusätzlich fungiere ich für seine Diplomarbeit als seine Tutorin. Das erfordert Gespräche.«
»Es hat Gerede gegeben.«
»Von wem?« fragte Sam.
Charles zog eine Augenbraue hoch. »Fakultätsmitglieder haben mich angesprochen. Ich bin der Sache nie nachgegangen, weil Dr. Pope sehr beliebt bei ihren Studenten ist. Ihre Kurse sind immer als erste voll besetzt. Ich nahm an, daß vielleicht Neid hinter den Berichten steckte.«
Darauf war Annie noch gar nicht gekommen. Sie gestand allen Menschen das Recht auf Zweifel zu, besonders, wenn sie anders waren als sic, was auf so viele Fakultätsangehörige zutraf, und sie war empört darüber, daß man ihr nicht das gleiche Recht zubilligte.
»Diese Berichte von Fakultätsmitgliedern«, fuhr Sam fort, »basieren die auf Gelegenheiten, bei denen spezifische Anstandsverletzungen beobachtet wurden?«
»Ich habe nie präzise Angaben darüber erhalten, doch es gab genügend Verdachtsmomente, die auf solche hindeuteten.«
»Verdachtsmomente können vor Gericht niemals bestehen«, informierte Sam ihn mit einer Stimme, die Annie geradewegs vom Richterstuhl kommen hörte. Er verdiente dieses Amt, und er mußte es bekommen. »Verdachtsmomente werden nicht einmal in die Beweisaufnahme aufgenommen. Geschworene dürfen sie gar nicht hören.«
Charles winkte ab. »Es ist doch nicht die Rede davon, vor Gericht zu gehen.«

»O doch, durchaus. Sie haben ernste Beschuldigungen gegen meine Frau vorgebracht. Sie hat gewisse Rechte, von denen eines lautet, daß sie bis zum Beweis ihrer Schuld unschuldig ist.«

»Niemand sagt, daß die schuldig ist.«

»Sie haben ihr nahegelegt, Urlaub zu nehmen. Wäre das nicht ein Schuldeingeständnis?«

Charles fuhr mit seinem Finger unter seinem Hemdkragen entlang. »Nein, es würde lediglich ermöglichen, daß Gras über die Sache wachsen könnte.«

»Über welche ›Sache‹?« fragte Sam. »Bis jetzt gibt es nichts als Tratsch von neidischen Kollegen. Was ist mit dem Mädchen, das vorhin hier war?«

»Georgia Nichols«, brachte Annie ihm den Namen ins Gedächtnis. »Ich habe sie dir vorgestellt, als du mal zum Mittagessen hier warst. Sie ist eine Abiturientin. Jason und sie haben sich angefreundet.«

»Ist sie in ihn verliebt?« wollte Sam von Charles wissen.

»Das weiß ich nicht, aber sie hat ihn in seiner Wohnung gefunden.«

»Wohnt sie bei ihm?«

»Nicht, daß ich wüßte.«

»Dann hatte sie offensichtlich einen Wohnungsschlüssel, was bedeutet, daß ihre Beziehung zu Jason über eine flüchtige Bekanntschaft hinausgeht. Vielleicht hat der Junge eine Schwäche für meine Frau oder mag sie einfach nur sehr. Vielleicht ist Georgia eifersüchtig.«

»Das wäre möglich«, gestand Charles widerstrebend zu.

»Ist es demzufolge nicht möglich, daß ihre Anschuldigungen falsch sind?«

»Sie behauptet, Jason habe ihr *gesagt*, daß er in Ihre Frau verliebt sei.«

»Hat er es im Scherz gesagt?«

»Das weiß ich nicht, ich war ja nicht dabei.«

»Nun, das war keiner von uns, Dr. Honneman, und ich würde

vorschlagen, daß Sie sämtliche Gerüchte auf Eis legen, bis wir mit Jason selbst sprechen können.«

»Das wird vielleicht nicht mehr möglich sein«, hielt Charles ihm entgegen, doch seine Stimme hatte alle Selbstgerechtigkeit verloren. »Er liegt im Koma.«

»Dann würde ich vorschlagen«, fuhr Sam unbeirrt fort, »daß wir ins Krankenhaus fahren und versuchen, mit einem der Ärzte zu reden.« Er ergriff Annies Arm und zog sie aus dem Büro.

»O Sam!« rief sie in dem Moment, als sie ins Freie traten. »Es tut mir so leid, ich hatte wirklich nicht vor, ein solches Durcheinander in deinen Tagesablauf zu bringen. Was wird jetzt mit dem Hearing?«

Er lächelte unbekümmert. »Morgen. Gleiche Zeit, gleicher Ort.«

Was für eine Erleichterung! »Sie haben dir keinen Ärger gemacht?«

»Ich sagte ihnen, es handle sich um einen familiären Notfall. Wie hätten sie mir da Ärger machen können?«

Sie konnte sich ein Dutzend Arten von Ärger vorstellen. »Vielleicht glauben sie jetzt, du hast eine instabile Familie und daß es ständig irgendwelche familiären Notfälle geben wird und du häufig dem Dienst fernbleiben wirst.«

»Ich bin als Workaholic bekannt. Wenn ich sage, es handelt sich um einen Notfall, dann ist es ein Notfall.« Er legte den Arm um ihre Taille und drückte sie beim Gehen fest an sich. »Es war gar kein Problem, Annie, wirklich nicht. Du hast zu hart gearbeitet, um dir Honnemans Anschuldigungen gefallen lassen zu müssen. Was für eine Unverschämtheit, dich beurlauben zu wollen, nur aufgrund von irgendwelchem böswilligen Getratsche.«

Annie blieb stehen, umfaßte seine Arme und sagte: »Ich muß dir was sagen, Sam.« Und dann sprudelte sie die Worte heraus, bevor sie der Mut verlassen konnte. Der Zeitpunkt war richtig, das sagte ihr ihr Instinkt und ihre Liebe zu Sam. »Ich wollte es dir schon vor Monaten erzählen, aber ich hatte Angst. Es ist

nichts zwischen Jason und mir, nicht das geringste, aber einige Wochen nach dem Vorfall mit dir und Teke hatte ich einen alptraumhaften Tag, der in einer Fakultätskonferenz gipfelte, zu der ich zu spät kam. Ich fühlte mich verunsichert und minderwertig und was man sich sonst noch so alles einbildet, wenn es einem schlechtgeht. Jason kam mir in mein Büro nach, wir redeten, und eines führte zum anderen. Aber es ist nichts *passiert*«, betonte sie, als sie sah, daß Sam blaß geworden war. »Ich wollte mich schön fühlen und sexy, aber ich wünschte mir, daß *du* mir dieses Gefühl gäbst. Ich konnte mit Jason nichts anfangen, weil er eben nicht du war.«
Nach einer Minute Stille, während der sie zehn Tode starb, fragte Sam leise: »Wie weit ist es gegangen?«
»Ein paar Kleidungsstücke gerieten etwas in Unordnung, das war alles. Er war wütend.«
Sam sah hauptsächlich traurig aus. »Ist er in dich verliebt?«
»Ich glaube nicht. Ich habe später mit ihm gesprochen. Er weiß, daß ich dich liebe. Er weiß, daß ich ihn niemals lieben kann oder etwas mit ihm *tun* würde. Wir sind wirklich Freunde. Er hat sich mir seit damals nie mehr genähert. Wir hatten – wir haben – ein angenehmes Arbeitsverhältnis. Ich kann nicht glauben, daß er meinetwegen Selbstmord verüben wollte, aber es gab andere Dinge, die ihn vielleicht aus der Bahn geworfen haben. Sein Vater steckt seit kurzem in ernsthaften finanziellen Problemen, und so muß Jason sich zum erstenmal in seinem Leben Gedanken über Geld machen, und mitten in dieser Krise erfuhr er, daß er zuckerkrank ist.« Sie erinnerte sich an seine Unbeschwertheit. Dahinter mußte er seine Sorgen verborgen haben. »Vielleicht wollte er sich deshalb umbringen.«
»Vielleicht liegt er auch im Zucker-Koma.« Sam umfaßte ihren Ellbogen und nötigte sie zum Weitergehen. »An dem Tag, als wir im Campus-Café zu Mittag aßen, sagtest du, er sähe schlecht aus.«
»Da wußte er noch nichts von seiner Krankheit. Aber er hat

seitdem nicht mehr besser ausgesehen.« Sie blieb erneut stehen und hielt noch einmal seinen Arm fest. »Es tut mir so leid, Sam. Habe ich dich durch die Sache mit Jason verletzt?«

Traurig sagte er: »Wie kann ich verletzt sein, wenn du dabei an mich gedacht hast?«

»Ich hätte es besser wissen sollen.«

»Das sollten wir alle manchmal, aber wir tun es nicht. Na, was ist? Lieben wir uns nun mit allen Ecken und Kanten?« Er schenkte ihr ein schiefes, hinreißendes Sam-Lächeln. »Ich liebe dich wirklich, Sonnenschein, mit allen Ecken und Kanten.«

Zum erstenmal seit Monaten war sie glücklich. Ohne sich um Sitte und Anstand zu kümmern, schlang sie die Arme um seinen Hals. »Ich liebe dich auch, Sam. Du bist das Beste, was mir je widerfahren ist.« Sie drückte ihn fest an sich und flüsterte: »Diese Geschichte hat mich gequält. Ich dachte, du würdest böse werden und dich von mir abwenden. Ich dachte, du würdest mich nicht mehr ansehen wollen. Ich habe mich so schuldig gefühlt, und jetzt schäme ich mich.«

»Scham ist ein sinnloses Gefühl«, hauchte er in ihre Haare. »Vollkommen unproduktiv. Komm.« Nach einem köstlichen sanften Kuß auf ihre Stirn zog er sie weiter. »Laß uns mit den Ärzten reden und sehen, ob wir ein wenig Licht in die Probleme dieses Jungen bringen können.«

Die Schuldgefühle, die sie jetzt empfand, entsprangen ihrer geradezu berauschenden Erleichterung. Sam wußte Bescheid und liebte sie trotzdem noch! Sie hätte vor Freude tanzen mögen, wären da nicht Jasons Probleme gewesen.

Als sie ins Krankenhaus kamen, waren sie darauf vorbereitet, ein Szenario vorzufinden, das dem vergleichbar war, in dem sie damals Michael vorgefunden hatten. Sie trafen Jasons Eltern, doch die waren weder ängstlich noch geschockt. Jason lag im Bett und sah zwar nicht so aus, als könnte er ein Frisbee-Turnier gewinnen, doch er war hellwach.

»Wir hatten erwartet, Sie halbtot vorzufinden!« erklärte Annie ihm, nachdem sie seinen Eltern vorgestellt worden waren.

»Honneman sagte, sie lägen im Koma. Weiß Georgia, daß Sie okay sind?«
Er nickte. »Sie hat eben angerufen.« Er machte einen erschöpften Eindruck.
»Was war es?« fragte Annie leise.
»Meine Medizin.«
»Er hat uns nichts von der Diagnose erzählt«, sagte seine Mutter. »Sonst hätten wir ihn zu Hause zu unserem eigenen Spezialisten gebracht.«
»Mutter, mein hiesiger Arzt ist auch ein Spezialist.«
»Nun, er hat immerhin etwas falsch gemacht, oder?«
»Beruhige dich, Addie«, sagte Jasons Vater.
Annie bewegte sich so weit rückwärts, daß sie Sams Körper spüren konnte. »Es hieß, daß Sie eine Überdosis Drogen genommen hätten. Der Gedanke, daß einer seiner Studenten versucht hatte, sich das Leben zu nehmen, versetzte Honneman in helle Aufregung.«
Jason kicherte und schloß die Augen. »Der alte Trottel glaubt wahrscheinlich, daß ich es aus Liebe zu Ihnen getan habe, Annie.«
»Genauso ist es«, bestätigte Sam.
Annie dachte gerade, daß dieses Gespräch lieber verschoben werden sollte, als Jason die Augen wieder öffnete. »Tatsächlich?«
»Fürchte, ja«, nickte Sam.
»Mein Gott, Annie, das tut mir leid. Wenn ich soweit gedacht hätte, hätte ich eine Nachricht hinterlassen.« Als Annie die Augen verdrehte, fragte er: »Was hat Honneman sonst noch gesagt?«
Sie erzählte ihm alles haarklein. Jetzt, da er aufgewacht war, jetzt, da Sam alles wußte und das Hearing ohne dramatische Folgen verschoben worden war, fand sie die Situation ausgesprochen amüsant. Sie endete mit dem Satz: »Ich sehe den ›alten Trottel‹ vor mir, wie er in seinem Büro sitzt und panische Angst hat, in eine Verleumdungsklage hineingezogen zu werden.«

Sie spürte Sams Hand auf ihrem Rücken und schaute zu ihm auf.

»Wir sollten Jason ein bißchen Ruhe gönnen«, meinte er leise.

Sie nickte und zeigte mit dem Finger auf Jason. »Ausruhen! Ich überprüfe das morgen!« Und dann sagte sie zu seinen Eltern: »Er ist ein guter Junge, wahrscheinlich der Klügste in der ganzen Fakultät. Ich möchte, daß er möglichst schnell gesund wird und wieder arbeiten kann.«

Nach den üblichen Dankes- und Abschiedsfloskeln zog Sam Annie aus dem Zimmer und trieb sie zur Eile an. Als er losfuhr, runzelte sie die Stirn. »Das ist die falsche Richtung, wir müssen aus der Stadt *raus.* Mein Wagen steht noch auf dem Campusgelände.«

»Den holen wir später. Ich will vorher noch etwas anderes tun.«

Der Blick, den er ihr zuwarf, war ein Hinweis. Er war liebevoll und vielsagend, glitt von ihren Augen zu ihren Lippen und wäre noch weiter hinuntergeglitten, wenn Sam nicht am Steuer gesessen hätte. Doch auch so mußte er es scharf herumreißen, um einem Auto auszuweichen, das von rechts einbog.

Annie nahm seine Hand. Sie küßte sie und drückte sie auf die pulsierende Stelle ihrer Halsschlagader. Sie sagte nichts. Worte hätten das nur gestört, was zwischen ihnen geschah. Sie sah beinahe die winzigen Enden des Seelendrahts, der im Oktober gekappt worden war, die sich umeinander wickelten, verknoteten und verbanden – in einer Weise, daß sie bezweifelte, daß sie jemals wieder entwirrt werden könnten. Und genauso wollte sie es haben.

Doch das sagte sie Sam nicht. Zumindest nicht mit Worten. Nachdem er den Wagen in der Obhut des Türstehers des *Ritz Carlton* gelassen, sie ins Hotel gezogen und ein Zimmer hoch oben mit Blick auf den Public Garden genommen hatte, den sie jedoch kaum würdigten, zeigte sie es ihm, indem sie ihn liebte, und er zeigte es ihr mit einer noch nie dagewesenen Leidenschaft.

J. D. lud seine Kinder zum Essen ein, denn er wollte mit ihnen reden. Das hatte er zwar in der Vergangenheit nicht gut gekonnt, aber er hatte auch nicht gut für sich selbst sorgen können, bis er schließlich dazu gezwungen war. Er hoffte, daß es mit den Kindern ebenso wäre.
Nachdem er sie in Constance abgeholt hatte, fuhr er mit ihnen nach Westen in ein bekanntes Landgasthaus. Es stand schon viele Jahre dort und vermittelte ein Gefühl von Tradition und Stabilität. Da das, was er mit den Kindern besprechen wollte, eine Veränderung bedeutete, dachte er, daß das Ambiente sie vielleicht trösten würde. Zumindest hoffte er es. Er war nicht sicher, ob es funktionieren würde, denn sich in Kinder hineinzuversetzen, war Neuland für ihn.
Leigh sah gut aus – und nicht einmal andeutungsweise schwanger. Jana, die es genoß, mit ihm zusammenzusein, war selig. Michael bewegte sich auf seinen Krücken vorwärts. Für einen uneingeweihten Beobachter wirkte er wie ein Junge, der sich von einem Beinbruch erholte.
Sie fingen mit Suppe an. J. D. beschloß, jetzt noch nicht das anstehende Thema anzuschneiden, damit, falls etwas falsch liefe, nicht das ganze Essen verdorben wäre, das gleiche dachte er beim Salat und auch für die Zeit zwischen diesem und dem Hauptgang, als sie sich durch einen zweiten Korb Maisbrot arbeiteten. Als das Hauptgericht serviert wurde, spielte er mit dem Gedanken, die Katze jetzt aus dem Sack zu lassen, doch alle waren so fröhlich und lieb, daß er es nicht übers Herz brachte.
Leigh beschrieb genau, wie ihr Baby zum gegenwärtigen Zeitpunkt aussah. Jana beschrieb in allen blutigen Einzelheiten den Thriller, den sie sich am Abend zuvor angeschaut hatte. Michael beschrieb, wie weit das Kanu inzwischen gediehen war.
J. D. wußte, daß er ihn damit testete, und obwohl das Thema ihm gegen den Strich ging, sagte er nichts. Er hatte viel über jenen Nachmittag bei Grady nachgedacht. Er haßte den Mann, aber es war ein irrationaler Haß, und J. D. bildete sich etwas darauf ein, ein vernunftgesteuerter Mensch zu sein. Sein Ver-

stand sah ein, daß Grady wesentlich zu Michaels Genesung beitrug. Und er sah auch ein – obwohl er das Sam oder Teke gegenüber niemals zugeben würde –, daß Grady nicht gefährlich war. *Und* er sah ein, daß Michael, da er noch immer böse auf Sam war, ein anderes männliches Vorbild brauchte. J. D. war nicht begeistert davon, daß das ausgerechnet Grady war, aber es war okay. J. D. würde seine Kinder *auch* sehen können, denn er besaß ein Lockmittel.

Als der Nachtisch kam, überlegte er, wie er den Kindern das Thema unterbreiten sollte. Jana löste das Problem, indem sie fragte: »Also, was ist jetzt mit dir und Mom? Darüber wolltest du doch reden, oder?«

»Kluges Mädchen«, lobte er und schlug den Weg des Feiglings ein. »Was glaubst du denn, was mit uns ist?«

»Ich glaube, du wirst die Scheidung einreichen.«

»Und wie würdest du das empfinden?«

»Sie hat es verdient.«

»Das ist nicht fair!« protestierte Leigh.

Michael war ihrer Meinung. »Jede Geschichte hat zwei Seiten.«

»Wo hast du denn *das* her?« fragte Jana.

Der unbehagliche Blick, den er J. D. zuwarf, besagte, daß er es von Grady hatte. J. D. wollte schon etwas Abwertendes über »markige Sprüche« sagen, beherrschte sich jedoch. Der Satz hätte auch von Sam stammen können, und er achtete Sam. Jede Geschichte *hatte* zwei Seiten.

»Wir haben uns nicht hingesetzt und Einzelheiten diskutiert«, erklärte er ihnen, »aber ich denke, daß die Scheidung in den Karten steht.« Schweigen folgte. Er schaute von einem Gesicht zum anderen. »Und?«

»Du siehst nicht unglücklich aus«, konstatierte Leigh.

»Vom Kopf her bin ich es – die Auflösung einer Ehe ist immer etwas Trauriges –, aber emotional gesehen bin ich erleichtert.«

»Erleichtert, mit uns fertig zu sein?« fragte Michael.

»Großer Gott, nein, ich möchte mit euch *anfangen.*« Er wollte verdammt sein, wenn er für die Leben seiner Kinder ohne

Bedeutung wäre. »Vor einem Jahr wäre ich nicht so mit euch ausgegangen, nicht ohne eure Mom. Es ist nicht übel, oder?« Das Wissen, daß er das nun konnte, bereitete ihm eine persönliche Befriedigung.
Niemand antwortete.
»Ist es doch übel?«
»Es ist seltsam«, fand Leigh.
Jana zuckte die Schultern. »Ich finde es gut. Mom kann manchmal ziemlich nervig sein.«
»Bist du ihr immer noch böse wegen der Sache mit Sam?«
»*Du* nicht? Es war *scheußlich.*«
»Ja. Ich würde keinem von euch empfehlen, das eurem späteren Partner anzutun. Aber ich glaube«, er zögerte kurz, »es wird sich alles zum Guten wenden.«
»Triffst du dich mit jemandem?« fragte Leigh nervös.
»Nein.«
Michael schaute ihn skeptisch an. »Will Clinger sagt, daß seine Mom dich besucht, und daß sie dich unentwegt anruft.«
»Will Clinger ist eine ebenso große Tratsche wie seine Mutter. Ja, sie war bei mir. Sie brachte mir Frühstück, nicht lange, nachdem ich eingezogen war.« Er sah keinen Sinn darin, ihnen zu sagen, was sie bei dieser Gelegenheit getan hatten – oder bei den folgenden. »Wir kennen uns schon eine Ewigkeit, Ginny und ich. Wir sind gute Freunde.«
»Wirst du Ehemann Nummer fünf werden?«
»Auf gar keinen Fall. Eine Wiederverheiratung steht erst mal nicht auf meinem Programm.«
»Und was steht auf deinem Programm?«
»Ein Umzug. Ich übersiedle nach Palm Beach.«
»Nach *Florida?*«
»So weit *weg?*«
»Machst du *Witze?*«
Jana übertönte den Redeschwall mit der Frage: »Wirst du dort eine Zweigstelle der Firma einrichten, wovon Grandpa immer spricht?«

»Nein, ich trete in eine andere Firma ein.« Das war der Sinn des Ganzen: Dort zu sein, wo sein Vater sein wollte, aber ihm zuvorzukommen. »Die haben dort schon ein Büro.«
»In Boston auch?« wollte Michael wissen.
Er sah von allen dreien am ängstlichsten aus, dachte J. D. Es war verständlich, da er der jüngste war, und es war auch schmeichelhaft. Er genoß die Vorstellung, vermißt zu werden. Bedeutungslose Menschen wurden nicht vermißt. »Ja, in Boston auch. Aber ich werde in Palm Beach arbeiten.«
»Warum?«
»Es ist so weit weg!«
»War Grandpa sauer?«
»Ich habe es Grandpa noch nicht erzählt. Ich wollte, daß ihr drei es als erste erfahrt. Niemand weiß es bisher, nicht einmal meine zukünftigen Partner. Wenn ihr euer Okay gebt, rufe ich sie morgen an.«
Niemand sprach.
J. D. verspürte einen Anflug von Verärgerung. Früher hätte er ihnen seinen Entschluß einfach *mitgeteilt*. Jetzt versuchte er zu verstehen, daß sie sich verunsichert fühlten. Er versuchte ihnen bei seinen Zukunftsplänen ein Mitspracherecht einzuräumen. Er versuchte zu tun, wovon er annahm, daß Sam es tun würde. Angesichts seiner Bemühungen konnte er doch wohl ein wenig Entgegenkommen erwarten.
»Nun?« fragte er.
»Was würdest du tun, denn wir nein sagten?« antwortete Jana mit einer Gegenfrage.
Ich würde trotzdem gehen, antwortete er im stillen. Er hatte seine Entscheidung getroffen: Er mußte raus aus Boston, weg von Teke und Grady und weg von John Stewart. »Wenn ihr nein sagtet, würde ich versuchen, euch zu erklären, daß ich diese Veränderung brauche. Ich habe zu lange unter der Knute eures Großvaters gearbeitet. Ich muß mich freischwimmen. Außerdem habe ich Freunde in Palm Beach. Ich mag sie, und sie mögen mich.« Genug, um ihm ihre Vermögensverwaltung zu

übertragen, was John Stewart *rasend* machen würde. »Ich werde viel zu tun haben, ich möchte anfangen, Golf zu spielen, und das Klima ist angenehm. Ich werde ein großes Haus kaufen, mit extra Zimmern für euch und mit einem Pool. Stellt euch nur mal vor, was ihr dort für tolle Ferien verleben werdet.«
»Was ist mit Sutters Island?« fragte Michael.
»Ach, Michael«, antwortete J. D. traurig. »Die Art Ferien, die wir auf Sutters Island erlebten, gehört für mich der Vergangenheit an. Aber ihr Kids werdet sicher wieder hinfahren. Mit der Skihütte verhält es sich ebenso. Vielleicht komme ich euch ja irgendwann dort besuchen, aber jetzt muß ich erst mal etwas Neues machen.«
Leigh war bestürzt. »Willst du denn nicht hier sein, wenn mein Baby geboren wird?«
»Sobald du mich brauchst, steige ich ins nächste Flugzeug.«
»Aber bis du ankommst, wird es bestimmt schon auf der Welt sein.«
»Dann schaue ich es mir auf der Säuglingsstation an. Ich *werde* hiersein, Leigh, ich lasse euch nicht im Stich.«
»Aber es hört sich so an«, grollte Jana.
»Nein, es gibt Telefon. Wir können miteinander reden, wann immer wir es wollen.«
»Du tobst doch immer, wenn die Rechnung zu hoch ist.«
»Das werde ich nicht mehr tun, ich verspreche es. Außerdem – sieh es doch mal so, Jana: Du bist noch zwei Jahre zu Hause und dann gehst du irgendwohin aufs College. Dann werden wir uns wahrscheinlich genauso oft bei mir sehen, wie wir es hier täten, wenn ich bliebe.«
»Du läßt uns mit Mom allein.«
»Ist das so schlimm? Schlägt sie euch?«
»Nein.«
»Läßt sie euch hungern?«
»Mein Gott, nein, sie mästet uns geradezu.«
»Dir scheint das aber nicht zu schaden«, meinte J. D. mit einem flüchtigen Blick auf Janas schlanke Gestalt.

»Sie meckert ständig.«
»Worüber? Über die Schule? Über zu lange Telefonate?« Daran konnte J. D. nichts Unrechtes finden. »Darüber, daß du so wenig Zeit mit Zoe verbringst? Das solltest du wirklich ändern, Jana. Zoe hat auch eine schwere Zeit durchgemacht.«
»Ich weiß«, gab Jana zu. »Aber sie ist so *brav.*«
»Was ist denn dagegen zu sagen?«
»Sie ist *zu brav*, das ist langweilig. Sie ist nicht mal bereit, mit uns hinter der Müllkippe etwas zu trinken.«
»Wer ist ›uns‹?« wollte J. D. wissen. »Wer trinkt hinter der Müllkippe?« Erst als er sich wieder gefaßt hatte, zuckten Janas Mundwinkel. »Du machst dich über mich lustig. Tu das nicht, Jana. Ich habe was gegen Trinken, und ich habe was gegen die Müllkippe.«
»Hast du in Florida schon ein Haus gefunden?« fragte Michael.
J. D. atmete tief durch und wandte sich dem Jungen zu. »Nein. Ich wollte warten, bis die Entscheidung endgültig feststeht.« Er schaute von einem zum anderen. »Also? Was meint ihr? Soll ich es tun?«
»Grandpa wird an die Decke gehen«, warnte Jana ihn. »Wie würde es dir gefallen, wenn ich dir das antäte?«
Gott schütze mich vor einer neunmalklugen Tochter, dachte J. D. »Ich würde ebenfalls an die Decke gehen«, antwortete er. »Aber vielleicht wäre es anders, wenn es um dich und mich ginge. Grandpa und ich mögen juristisch gesehen Partner in der Firma sein, aber in Wahrheit war er immer mein Boß. Das halte ich nicht für richtig, und ich würde es dir niemals zumuten. Wenn du bei mir in der Firma arbeiten wolltest, würde ich mich aus deinen Angelegenheiten raushalten.« Oder es zumindest versuchen, schwor er sich, noch einmal an Sam orientiert.
»Dürfte ich tatsächlich in deiner Firma arbeiten?«
»Ich wüßte nicht, was dagegen spräche, außer einem schlechten Juraexamen.«
»Und was würden deine Partner dazu sagen?«
»Bis es soweit wäre, hätte mein Wort ebensoviel Gewicht wie

ihres, und wenn sie dich nicht haben wollten, würden wir uns eben woanders etablieren.«

Ihre Augen leuchteten auf. »Wirklich?«

»Klar.« Er hatte eine ambivalente Einstellung zu weiblichen Anwälten, aber er war überzeugt, daß Jana sie alle in die Tasche stecken würde. Er erweiterte seine Einladung. »Das gleiche gilt natürlich auch für *euch* beide. Ich habe nichts gegen einen Familienbetrieb.«

»Mit mir brauchst du nicht zu rechnen«, sagte Leigh. »Ich will sechs Kinder.«

»Und ich will Abenteuer erleben«, erklärte Michael mit einer Begeisterung, wie J. D. sie seit jenem lang zurückliegenden Labor-Day-Nachmittag auf Sutters Island nicht mehr bei ihm erlebt hatte. »Es ist gar nicht schlecht, daß du mit Grandpa brichst, denn jetzt brauche ich kein schlechtes Gewissen mehr zu haben, weil ich kein Anwalt werden will. Ich will Boote bauen und dann mit ihnen zu aufregenden Orten fahren.« Seine Augen blitzten. »Ich könnte durch die Everglades kreuzen, dann wäre ich in deiner Nähe.«

»In einem Kanu?« fragte Jana zweifelnd.

»Nicht in einem Kanu«, antwortete Michael. »Mit einem Tragflächenboot. Ich könnte eine Dokumentation über die Auswirkungen der globalen Erwärmung auf die Alligatorenpopulation drehen. Vielleicht würde ich dir ein Baby zum Aufziehen mitbringen.«

»Tu das«, antwortete Jana mit einem schiefen Grinsen, »und du findest es postwendend in deinem Bett wieder – ganz unten am Fußende, so daß du es nicht bemerken würdest, bis du die Füße ausstreckst und mit den Zehen die Schuppen berührst.«

Leigh schnitt eine Grimasse. »Das ist ja eklig.«

»Was ich wirklich möchte«, sagte Michael, »ist ein Hund. Ich wollte schon immer einen.«

»Dad haßt Tiere«, erinnerte Jana ihn.

»Aber Dad geht nach Florida. Wäre es nicht toll, wenn er uns zum Abschied einen Hund schenken würde?«

»Wir gehen doch nicht weg«, erinnerte ihn Leigh. »*Er* tut es.«
»Dann wäre es eben andersrum ein Abschiedsgeschenk.«
Drei Augenpaare richteten sich auf J. D. »Warum habe ich bloß das Gefühl, manipuliert zu werden?« fragte er. Keiner antwortete, und es störte ihn nicht. Er hatte gute Kinder. Wenn sie einen Hund wollten, dann würde er ihnen einen Hund besorgen. So lange sie ihn bei Teke ließen, wenn sie ihn besuchten, gäbe es keine Probleme.

Teke trug den seidenen Morgenrock, den J. D. ihr vorletzte Weihnachten geschenkt hatte. Den, der so außerordentlich konventionell war. Hätte sie den Ehrgeiz gehabt, ihn aufzupeppen, hätte sie ihn mit Farbspritzern versehen oder mit Pailletten besticken oder irgendeine grelle Applikation auf die Revers nähen können. Doch sie hatte diesen Ehrgeiz nicht. Der Mantel war bequem, und je häufiger sie ihn trug und je häufiger sie ihn reinigen ließ, um so bequemer wurde er. Er erinnerte sie an Sonntagbrunches in der Küche und späte Gute-Nacht-Gespräche mit den Kindern. Sie hatte ihn geöffnet, als sie sich Sam hingab, und sie hatte ihn zugebunden, als sie Michael auf die Straße nachlief, und sie hatte ihn an jenem schrecklichen Tag auf der Fahrt ins Krankenhaus getragen.
Der Mantel stand für ein Sammelsurium von Erinnerungen, und sie brauchte sie alle. Das wurde ihr jetzt klar, als sie mit einer Tasse Kaffee auf dem Sofa saß. Der Mensch konnte die Geschehnisse nicht auslöschen, die ihn geprägt hatten, er war eine Mischung aus Vergangenheit, Gegenwart und Zukunft.
Im Augenblick dachte Teke hauptsächlich an die Zukunft. Die Kinder waren mit J. D. unterwegs, und es war ganz still im Haus. Die Gewohnheit hätte sie normalerweise in die Küche getrieben, wo sie Plätzchen gebacken hätte, die sie am nächsten Tag hätten essen können. Doch sie hatte sich das Backen regelrecht untersagt. Es waren mehr als genug Plätzchen da, und sie war nicht verpflichtet, unentwegt etwas zu tun. Sie hatte ein ausführliches Bad genommen und es genossen. Jetzt dachte sie

daran, daß die Kinder allmählich erwachsen wurden, und daran, daß sie bald ein Enkelkind zu versorgen hätte. Unweigerlich fiel ihr Grady ein, und sie fragte sich, welche Rolle er in ihrem zukünftigen Leben spielen würde.

Die Türglocke läutete. Sie wußte schon, bevor sie aufmachte, daß Grady draußen stand, spürte ihn in der Luft und erkannte es daran, daß ihr Herz schneller schlug und ihre Wangen zu glühen begannen. Der Ausdruck seiner Augen verstärkte ihre Aufregung.

»Bist du allein?« fragte er leise.

Sie nickte. »Die Kinder sind bei J. D. Ich erwarte sie nicht vor zehn zurück.« Jetzt war es acht.

Er trat ein und schloß die Tür. Schweigend nahm er ihre Hand und betrachtete eine Weile ihre ringlosen Finger. Dann, während ihr Herz immer schneller schlug, zog er sie die Treppe hinauf und den Flur entlang zu ihrem Schlafzimmer und riß, dort angekommen, die Tagesdecke vom Bett.

Dann griff er mit beiden Händen in ihre Haare und preßte seinen Mund zu einem verzehrenden Kuß auf den ihren. Seine Zunge zeigte sein Verlangen, und seine Erregung sprang auf sie über. Sie dachte keinen Moment an Widerstand. Ihr Zorn war längst verraucht, und was ihre Angst betraf, so hielt sie sie inzwischen für absurd. Er würde sie nicht verlassen, denn er hatte sie auch das erste Mal nicht verlassen – man hatte ihn ihr *weggenommen.* Das war etwas anderes. Aber im Augenblick spielte nichts davon eine Rolle. Sie wollte ihn seit Monaten, sehnte sich seit Jahren nach ihm. Grady war ein Teil von ihr, und er machte sie zu einem Ganzen.

Er ließ den Mund auf ihr – auf ihren Lippen, ihrem Ohr, ihrem Hals –, während er seine Kleider abstreifte. Ein Stück nach dem anderen flog zur Seite, jedes in eine andere Richtung, kennzeichnete gewissermaßen sein Revier, wogegen Teke nichts einzuwenden hatte. J. D. hatte dieses Schlafzimmer neunzehn Jahre lang mit ihr geteilt, doch er war nicht mehr da. Teke konnte sich keinen besseren Ort für ihr neues Zusammensein mit Grady vorstellen.

Nachdem er ihren Morgenrock ans Fußende des Bettes geschleudert hatte, schob er die Hände unter sie, hob ihr Becken an und stieß in sie hinein. Sie empfand eine solche Freude, daß sie aufschrie, und ein so unglaubliches Gefühl der Erlösung, daß sie noch einmal schrie, diesmal in seinen Mund hinein, der den ihren wieder eingefangen hatte. Sie streckte sich, schlang die Arme um seinen Hals und drängte sich an ihn, um so viel wie möglich von ihm zu spüren. Er war ihre Heimat, er war ihr Hafen, er war ihr Paradies.

»Paradies« war ihr letzter bewußter Gedanke, denn dann gewann die Erregung die Herrschaft über sie. Sie spürte das kühle Laken an ihrem Rücken, Gradys heißen Körper auf sich, seinen harten Brustkorb und seine muskulösen Glieder an ihrer weichen Haut, seinen riesigen Penis zwischen ihren Beinen. Laute drangen aus ihrer Kehle, aber alles, was sie hörte, war brennende Begierde, und sie schämte sich ihrer nicht. Sie liebte Grady, sie vergötterte Grady, und sie verehrte Grady, seit sie zehn Jahre alt war. Es hatte sich nichts geändert.

Grady in sich zu fühlen, war ein Erlebnis wie kein anderes in ihrem Leben. Es war zerstörend und aufbauend, sanft und brutal, und es führte zu der Art Höhepunkt, für die manche Frauen einen Mord begingen. Sie wäre in diesem Augenblick mit Freuden gestorben, wenn sie ihn dadurch für immer in sich hätte behalten können.

Nachdem sie, begleitet von Schreien, mit endlosem Pulsieren gleichzeitig zum Orgasmus gekommen waren, ließ er sich auf sie heruntersinken. Als sein Atem sich normalisiert hatte, glitt er von ihr herunter und legte sich neben sie. Seine Hand zitterte, als er ihr die nassen Haare aus dem Gesicht strich. »Meine Teke«, flüsterte er.

Sie lächelte, fing seine Hand ein und drückte sie an ihre Lippen. Noch immer flüsternd, sagte er: »Du steckst mir im Blut, seit du zehn Jahre alt warst und mit verbundenem Bein und ängstlichen Augen in der Arztpraxis standest. Ich will mich um dich kümmern, ich glaube, dazu bin ich geboren worden.«

Nachdem sie sich so viele Jahre um andere gekümmert hatte, tat ihr das unendlich gut. Sie rollte sich herum, um ihm ins Gesicht schauen zu können, zog mit der Fingerspitze seine Nase nach, seinen Mund, sein Schlüsselbein. Sein Körper faszinierte sie. Er hatte in den Jahren seit ihrem letzten Zusammentreffen viel durchgemacht, doch er war nach wie vor kräftig und schön. Und maskulin genug, um alle anderen Männer in den Schatten zu stellen.

»Ich will dich haben, Teke.«

Sie lächelte. »Du hast mich doch.«

»Ich will mehr von dir. Hast du immer noch Angst?«

Sie schüttelte den Kopf. »Wie kann ich Angst haben, wenn es so schön mit dir ist?«

»Noch immer böse, daß ich dich aus Gullen wegschickte?«

»Das war damals. Jetzt ist heute.«

»Woher weißt du, daß ich dich nicht mehr verlassen werde?«

»Weil du Michael nicht verlassen hast, als er krank war. Und du bist auch nicht gegangen, als J. D. dir im Nacken saß. Und außerdem«, setzte sie mit einem Lächeln hinzu, das verriet, daß sie sich der Wirkung ihrer Weiblichkeit bewußt war und sich stärker fühlte denn je, »würde ich dich diesmal nicht gehen lassen. Ich würde um dich kämpfen.«

Ein Lächeln spielte um seine Mundwinkel. »Würdest du, ja?«

»Darauf kannst du wetten.«

»Willst du mich heiraten?«

Sie strahlte. »Auch darauf kannst du wetten. Aber wo werden wir leben?«

»In Constance. Es gibt hier mehr als genug Arbeit für mich.«

»Ich werde J. D. um das Haus bitten. Wärst du bereit, hier zu wohnen?«

»Vielleicht.«

»In *meinem* Haus?« neckte sie ihn.

»Ich habe es gerade zu meinem gemacht«, erklärte er mit einer Arroganz, die sie an J. D. erinnerte, nur in sehr viel netterer Form.

»Was ist mit Kindern?«
»Ich will deine.«
»Und ich will deines.«
»Shelley?«
»Und unsere.«
Er zog scharf die Luft ein und fragte dann leise: »Ist das denn möglich?«
»Ich *hoffe* es.«
»Es würde dir nichts ausmachen?«
»Dafür bin *ich* geboren worden.« Sie strich mit der Hand an seinem Körper entlang und ließ sie dann an seinem Schenkel aufwärts und nach innen gleiten. Er wollte sie schon wieder. Sie würde keine Schwierigkeiten haben, schwanger zu werden. Es gab eine Öffnung in ihr, die nur auf Grady wartete und auf sein Kind, und auf ihres, und auf ihr gemeinsames. Das Leben hatte so viel zu bieten. Sie war ein Glückskind.

Kapitel 20

Sams Ernennung zum Richter erfolgte Anfang März. Nachdem er Annie telefonisch darüber unterrichtet hatte, ging er beschwingten Schrittes den Flur der Anwaltsfirma hinunter, wie er es fünf Monate zuvor getan hatte, um die aufregende Neuigkeit seinem besten Freund mitzuteilen, und als diesen betrachtete er J. D. noch immer. Eine zwanzig Jahre alte Beziehung war durch ein paar unverantwortliche Minuten nicht auszulöschen. Jetzt, da J. D. nach Florida und Sam an den Obersten Gerichtshof gehen würde, wären sie sich zwar nie mehr so nahe wie früher, doch J. D. war ein Teil von Sam, und er wollte gern glauben, daß es auch umgekehrt so war.

J. D. schüttelte Sam die Hand, als er ihm das Ergebnis des Gouverneursrats eröffnete. »Du hast erreicht, was du wolltest«, sagte er. »Ich gratuliere dir.«

»Ohne dich hätte ich es nicht geschafft.«

»Vielleicht nicht«, nickte J. D. mit einem arroganten Lächeln. »Ich hoffe nur, daß du dich nicht langweilen wirst.«

Das hoffte Sam auch. Er war daran gewöhnt, in einem Gerichtssaal zu arbeiten, und nicht daran, sich zurückzulehnen und anderen beim Arbeiten zuzusehen. Die Arbeit eines Richters war passiver als das, was er gewohnt war. Nun, da seine Berufung Realität geworden war, hoffte er, daß er das richtige Ziel angestrebt hatte. »Ich kann mich dafür entscheiden, den Job auf Lebenszeit zu machen, aber es wird nicht verlangt. Wenn ich anfange durchzudrehen, gehe ich einfach.«

»John Stewart wird nicht begeistert sein, daß du den Job bekommen hast«, sagte J. D. Sein Lächeln hatte sich zu einem mutwilligen Grinsen gewandelt, das an das erinnerte, das sein

Gesicht vor mehr als zwanzig Jahren erhellte, als Sam ihn überredet hatte, eine Vorlesungswoche zu schwänzen, um den Mardi Gras in New Orleans zu erleben.

Sam erwiderte das Grinsen. »Das glaube ich auch. Danke, daß du ihn in Schach gehalten hast.« Er wußte nicht, wie J. D. das gemacht hatte, und wollte ihn nicht dadurch in Verlegenheit bringen, daß er ihn danach fragte, aber es konnte nur so gewesen sein. John Stewart war entschlossen gewesen, Sams Richterkarriere zu vereiteln, und es war äußerst schwierig, ihn daran zu hindern, einen einmal gefaßten Plan in die Tat umzusetzen. J. D. *hatte* ihn daran gehindert. Sam war nicht nur dankbar, er war auch stolz auf seinen Freund. »Sag mal, könntest du mir auch bei Michael helfen?«

»Ah, Michael. Michael hat seinen eigenen Kopf.«

»Spricht er mit dir über mich?«

J. D. schüttelte den Kopf.

Sam seufzte. »Vielleicht wird ihn der ›Euer-Ehren‹-Aspekt so beeindrucken, daß er das Kriegsbeil begräbt. Er fehlt mir wirklich. Ich würde gern ein Auge auf ihn haben, wenn du in den Süden gehst. Wann wird das denn sein?«

»Um den fünfzehnten April herum. Ich habe ein tolles Haus mit einem Patio und einem Swimmingpool gekauft. Es wird den Kindern gefallen.«

»Darauf wette ich«, sagte Sam. Zoe hatte ihm bereits von dem Pool erzählt. Jana wollte sie gleich dort haben, sobald J. D. eingezogen wäre. Die arme Zoe war überzeugt, daß die Einladung nur erfolgt war, weil Jana es nicht wagte, J. D. mit einer ihrer anderen Freundinnen zu konfrontieren, und Sam konnte diese Möglichkeit nicht ausschließen. Aber er vermutete, daß mehr dahintersteckte. Zoe und Jana hatten eine gemeinsame Vergangenheit – wie er und J. D. »In ein paar Wochen werde ich vereidigt«, sagte Sam. »Wirst du dabeisein?«

»Wenn ich kann. Laß es mich wissen, wenn das Datum feststeht.«

Sam versprach es. Er verließ J. D. und fuhr nach Hause, um mit

Annie und den Kindern zu feiern. Am nächsten Abend ging er durch das Wäldchen zum Haus der Maxwells hinüber. Er hatte ein großes Paket für Michael dabei, der im Sonnenzimmer seine Hausaufgaben machte, als er ankam. »Welches Fach?« fragte er und schaute dem Jungen über die Schulter.
Früher hätte Michael seine Hausaufgaben sofort Hausaufgaben sein lassen, sobald Sam erschien. Jetzt sagte er nur »Mathe« und arbeitete weiter.
Sam bemerkte, daß seine Schrift sich gebessert hatte. »Wie kommst du klar?«
»Gut.«
»Wie fühlst du dich?«
»Okay.«
»Wann, glaubst du, wirst du wieder zur Schule gehen?«
»Ich weiß es nicht.«
»Die Vorstellung muß ein bißchen beängstigend sein.«
»Ein bißchen.«
»Das ist mit allem so, wenn man eine Weile weggewesen ist. Es graut einem tagelang davor, aber wenn man dann ins kalte Wasser springt, stellt man fest, daß es gar nicht so schlimm ist, wie man dachte.«
Michael warf ihm einen genervten Blick zu.
»Entschuldige.« Sam verabscheute Predigten normalerweise. »Aber du mußt in die Schule zurück, wenn du wieder Basketball spielen willst. In einem Monat beginnen die Ausscheidungswettkämpfe.«
Der Vorschlag entsetzte Michael. »Ich kann unmöglich spielen.«
»Natürlich kannst du das. Deine Augen und dein Instinkt sind intakt – und das sind die beiden wichtigsten Faktoren.«
»Ich kann nicht *rennen.*«
»Soviel ich höre, bist du ganz gut zu Fuß, wenn du willst.«
Michael wandte sich wieder seinem Mathematikheft zu. »Und wenn ich nicht mehr werfen kann?«
Sam musterte den Jungem. »Kann sein, daß du etwas eingerostet bist, aber das wird schon wieder. Ich glaube sogar, daß du nach

all dem Training mit deinem Physiotherapeuten besser den je sein wirst. Während die anderen Jungs auf einem Basketballfeld hin und her gelaufen sind, hast du Gewichte gestemmt.«

»Das ist Physiotherapie.«

»Das ist Muskelbildung. Du bist größer als in der letzten Saison. Deine Schultern sind breiter. Ich trainiere mit dir, wann immer du willst.« Er hielt den Atem an.

»Nein, danke.«

»Du wirst nicht wissen, was du leisten kannst, bevor du es versuchst.«

»Ich warte noch.«

Sam atmete aus. Er wußte nicht, wie er an den Jungen herankommen könnte, und es lag nicht daran, daß er sich zu wenig bemüht hätte. Mit einem dumpfen Laut stellte er das mitgebrachte Paket auf Michaels Hausaufgaben.

Michael lehnte sich zurück. »Was ist da drin?«

»Mach's auf und schau nach.«

Nach einer kurzen Pause begann Michael, das braune Einwickelpapier aufzureißen. Er hatte kaum mehr als einen Fetzen entfernt, als sein Gesicht von einem Lächeln erhellt wurde, das Sam für seine Mühe mehr als entschädigte. Der Rest des Papiers wurde in Windeseile abgeschält. Zum Vorschein kamen das Filmschneideset und der Controller, die Michael sich gewünscht hatte.

»Schön«, sagte der Junge, ohne aufzuschauen. »Ist es ein Bestechungsgeschenk?«

»Ja«, gestand Sam ohne Scheu. »Ich möchte, daß du meine Vereidigung und den anschließenden Empfang auf Video aufnimmst. Was sagst du dazu?«

Michael strich ehrfürchtig über das Gehäuse des Geräts. »Ich kann nicht gleichzeitig mit dem Camcorder und den Krücken hantieren.«

»Dann laß die Krücken zu Hause.«

»Ich brauche sie aber.«

»Wirklich?« fragte Sam. Er wußte, daß es nicht so war, und sein

Tonfall verriet es. »Ich kann dir helfen, das Ding aufzubauen, wenn du willst. Meine Eltern würden sich freuen, eine Videoaufnahme mit heimnehmen zu können, und für Annies Dad gilt das gleiche. Also, was meinst du? Wirst du kommen?«
»Ich glaube nicht.«
»Ich fände es schön, wenn du es tätest.« Er legte den Arm um Michaels Schultern und schüttelte ihn freundschaftlich. »Komm schon, Mike, du kannst mir nicht ewig böse sein. Ich möchte wieder Zeit mit dir verbringen. Dein Vater geht nach Florida, Jon heiratet bald, mit wem soll ich Ball spielen, wenn nicht mit dir?«
»Du wirst schon jemanden finden.«
»Ich bilde mir aber *dich* ein.«
Als Michael nicht reagierte, atmete Sam tief durch und richtete sich auf. »Okay. Ich gebe dir noch etwas Zeit, aber nur bis zu meiner Vereidigung. Ich möchte dich dabei haben, Michael. Es ist ein großer Tag in meinem Leben. Ich möchte alle Menschen dabei haben, die ich liebe.«
»Meine Mom wird dort sein.«
Sam ignorierte den Hinweis auf das, was zwischen ihnen stand. »Ja, deine Mom und deine Schwestern und meine Kinder und meine Frau und meine Eltern und Papa Pete und all unsere Freunde. Und ich möchte, daß du auch kommst. Versuchst du's?« Er drückte die Schulter des Jungen und tätschelte sie kurz. Dann ging er und überließ den Jungen seinen Gedanken.

Teke tat alles, was sie konnte, um Michael dazu zu bewegen, zu der Vereidigung zu gehen. Sie sah es als einen Meilenstein an, einen Neubeginn für sie alle. Sie wußte, daß er sich in zwanzig Jahren nicht mehr erinnern würde, ob er im März oder im April in die Schule zurückgekehrt war, aber er würde sich erinnern, ob er zu Sams Vereidigung gegangen war oder nicht. Sie wollte nicht, daß er dem feierlichen Akt fernbliebe und es später bereute.
Aber sie predigte tauben Ohren. Sie führte jedes erdenkliche

Argument an – umsonst. Dann ließ sie es Grady versuchen, weil sie sicher war, daß er ihn umstimmen könnte – Michael schaute in ganz ähnlicher Weise zu ihm auf wie früher zu Sam. Schließlich erkannte sie, daß das ein Teil des Problems war: Solange Michael Grady hatte, brauchte er Sam nicht.

Schließlich wandte sie sich an J. D. »Auf dich wird er hören. Rede mit ihm. Er stellt sich stur.«

»Ich kann nicht gut mit Kindern reden.«

»Aber du bist der einzige, der nachfühlen kann, was in ihm vorgeht. Alles, was geschehen ist, hat dich genauso verletzt wie Michael.«

Er zuckte die Schultern. »Ich bin drüber weg.«

Teke wußte, daß J. D.s Stolz ihm nicht erlaubte, zuzugeben, daß er verletzt worden war, und, ja, er war darüber hinweggekommen, indem er sich auf eigene Füße gestellt hatte. Aber sie brauchte seine Hilfe. Es fiel ihr auf, daß das in Gefühlsdingen kaum je der Fall gewesen war.

»Sam hat dich ebenso enttäuscht, wie er Michael enttäuscht hat«, sagte sie. »Und deshalb haben deine Worte in diesem Fall mehr Gewicht als meine.«

J. D. ließ sich Zeit damit, über ihre Bitte nachzudenken. Er machte einen geradezu beschaulichen Eindruck, was etwas gänzlich Neues an der Heimatfront war. Ohne Teke, die ihn bemutterte, ohne Sam, der ihn besänftigte, ohne Annie, die als Puffer gegen jedwede negativen Emotionen wirkte, schien er Selbstverantwortlichkeit gelernt zu haben. Das war gut, dachte sie. Der Teil von ihr, der freundschaftlich mit J. D. umgehen wollte, freute sich darüber.

J. D. erklärte sich bereit, mit Michael zu reden, allerdings weniger, um zu erreichen, daß er zu der Vereidigung ginge, als vielmehr, um sich selbst zu beweisen, daß er einen besseren Charakter hatte als sein Vater. John Stewart vertrat die Ansicht, daß man Menschen, die einem etwas angetan hatten, damit strafen mußte, daß man ihnen die Gunst entzog und sie aus dem eigenen Leben verbannte. So war er auch mit Sam verfahren. Aber J. D. vertrat die Ansicht, daß man Rachsucht auch zu weit treiben konnte. Abgesehen von dem einen Vorfall war Sam ein loyaler Freund gewesen. Seine guten Seiten waren besser als gut. Er war ein edler und bewundernswerter Mensch, und er empfand eine tiefe Zuneigung für Michael.

J. D. fand den Jungen in seinem Zimmer, das nun, da sich Treppensteigen als wichtiger Trainingsaspekt erwiesen hatte, wieder sein eigenes im ersten Stock war. Es herrschte Chaos – ich danke dir, Teke, dachte J. D. sarkastisch. Nachdem er über ein feuchtes Handtuch gestiegen war, bezog er Position zwischen dem Fernseher und seinem Sohn.

»Muß das ausgerechnet jetzt sein?« fragte Michael unwirsch. »Es läuft gerade mein Lieblingsprogramm.«

J. D. warf einen Blick über seine Schulter und sah zwei halbwüchsige Jungen mit Koteletten, wie er sie nicht mehr gesehen hatte, seit er selbst in diesem Alter gewesen war. »Ja, es muß jetzt sein. Ich habe nicht viel Zeit. Dreh einfach den Ton leiser«, bot er als Kompromiß an. Als der Geräuschpegel sank, schob er die Hände in die Taschen. »Deine Mutter hat mir erzählt, daß du nicht zu Sams Vereidigung gehen willst. Ich denke, du solltest es tun.«

»Warum?«

»Weil Sam bereits unser Freund war, als du geboren wurdest. Er hat geholfen, dich aufzuziehen. Er hat dir das Basketballspielen beigebracht, und er liebt dich.«

»Er ist schuld daran, daß du und Mom euch getrennt habt.«

»Nein, das hätten wir auf jeden Fall getan.« Was nicht stimmen mußte. Ohne den besagten Nachmittag hätten er und Teke – mit Sams und Annies Hilfe – vielleicht ewig so weitergemacht, falls nicht etwas *anderes* eine Krise ausgelöst hätte, wie zum Beispiel eine von J. D.s Affären. Teke hatte das Pech gehabt, erwischt zu werden. Er hatte Glück gehabt.

»Warum hättet ihr euch auf jeden Fall getrennt?« fragte Michael.

»Weil wir einander nicht glücklich machten.«

»Ich fand, daß ihr einen ausgesprochen glücklichen Eindruck machtet.«
»Du konntest ja auch nicht wissen, wie es in uns aussah.«
»Und wie sah es in euch aus?«
J. D. hatte diese Frage herausgefordert, aber wie sollte er sie beantworten? Deine Mutter war nicht mehr aufregend für mich. Ich brauche Abwechslung, was Frauen betrifft. Mein Leben war so strukturiert wie das meines Vaters, und es deprimierte mich. All das hätte ihn vielleicht in ein schlechtes Licht gerückt, und so antwortete er: »Wir hatten das Gefühl, daß uns etwas in unserem Leben fehlte.«
»War Mom deshalb mit Sam zusammen?«
»Nein. Ich glaube, sie kam mit Sam zusammen, weil er zufällig ins Haus schneite, als sie in einem Stimmungstief steckte.«
»Sie hätte nein sagen können. *Er* hätte nein sagen können.«
»Er hatte den Kopf voll, er dachte nicht so klar, wie du und ich es jetzt tun. Und das ist der springende Punkt, Michael. Du mußt vernunftgesteuert handeln. Du mußt dich fragen, warum du tust, was du tust.« So hätte Annie argumentiert, und J. D. versuchte es ihr nachzumachen. »Du mußt vorausschauen und die Konsequenzen deines Handelns bedenken. Was Sam angeht, tust du das nicht.«
»Grandpa hat ihn aus der Firma vergrault.«
»Und Sam hat sich dadurch beruflich verbessert. Nimm dir nicht deinen Großvater zum Vorbild. Er hat sich von seinem Zorn leiten lassen und die Verbindung zu Sam durchtrennt. Aber er wird darunter leiden, Sam nicht mehr zu haben. Möchtest du auch leiden? Wann wirst du aufhören, dich selbst zu bestrafen?«
»Ich bestrafe mich nicht.«
»Es sieht mir aber ganz danach aus«, sagte J. D. »Du könntest Sams Hilfe gebrauchen.«
»Das könntest du auch, aber du gehst nach Florida.«
»Weil ich Sams Hilfe viel zu lange in Anspruch genommen habe und es für mich an der Zeit ist, mich auf eigene Füße zu stellen.

Er war eine Krücke für mich, jetzt muß ich lernen, ohne ihn zu gehen.«

»Genau wie ich.«

J. D. schüttelte den Kopf. »Du bist erst dreizehn und kannst noch viel von ihm lernen. Es war ein Glück für dich, einen Freund wie ihn zu haben, ebenso wie für mich.«

»Warum ziehst du dann weg?« rief Michael.

J. D. setzte sich so dicht neben Michael, daß ihre Arme sich berührten. »Ich habe die Chance, neu anzufangen. Ihr Kinder seid alt genug, um euch in ein Flugzeug zu setzen und mich zu besuchen. Sam und Annie werden das auch tun. Sam hat einen Fehler gemacht, aber er ist ein anständiger Mensch. Ich werde ihn nicht aus meinem Leben verbannen, wie mein Vater es getan hat, so dumm bin ich nicht.«

Michael spielte mit der Fernbedienung. »Du findest, daß ich mich dumm verhalte?«

»Eher kurzsichtig.«

Es folgte eine Pause und dann ein unsicheres: »Du meinst, es wird mir eines Tages leid tun, wenn ich nicht hingehe?«

»Ja, das meine ich.«

»Aber ich *laufe* immer noch so komisch.«

»Himmel, nein, das tust du nicht«, widersprach J. D. ungeduldig. »Du läufst *anders* als früher, aber nicht ›komisch‹. Leute mit X-Beinen, die ›über den großen Onkel‹ gehen, laufen komisch, *du* läufst nicht komisch. Es gibt Dinge, die wir einfach akzeptieren müssen. Diese Erfahrung hat dich in vielerlei Hinsicht verändert, aber du mußt sie einsetzen, um dich weiterzubringen. Darum bemühe ich mich auch.«

Michael schaute auf. »Wirklich?«

J. D. nickte.

»Gehst du zu der Vereidigung?«

»Die lasse ich mir nicht entgehen. Sam wird ein wichtiger Mann sein, und ich möchte, daß die Leute erfahren, daß ich ihm geholfen habe, diesen Posten zu bekommen.« Er lächelte herausfordernd. »Also, was ist, gehst du hin oder nicht?«

»Ich weiß es nicht.«
»Du solltest dich bald entscheiden«, riet J. D. ihm auf dem Weg zur Tür. »Du wirst ein gebügeltes Hemd brauchen und Anzughosen, die passen. Die *passen*, Michael. So wie du in die Höhe geschossen bist, werden deine alten dir mit Sicherheit zu klein sein. Ich sage deiner Mutter, daß sie dir neue kaufen soll. Ich möchte, daß du wie mein Sohn aussiehst.«
Er ging die Treppe hinunter, um Teke entsprechend zu instruieren.

Annie übernahm die Organisation des Empfangs. Er würde gegenüber dem Gouverneursbüro, wo Sams Vereidigung erfolgte, auf der anderen Seite des Boston Common im *Four Seasons* stattfinden. Sie wollte ihn dem Anlaß entsprechend festlich gestalten, was auch ein reichhaltiges, qualitativ erstklassiges und ästhetisch perfektes Büfett erforderte und Blumenarrangements und Einladungskarten, die ein wenig von der Norm abwichen – seriös, aber originell. So hätte Teke es gemacht, wenn Annie ihr erlaubt hätte, die Planung zu übernehmen, doch Annie wollte es sich selbst und den Menschen in ihrer Umgebung beweisen. Sie wollte, daß alle sahen, daß ihre Fähigkeiten nicht auf Unterrichten beschränkt waren. Der Empfang anläßlich Sams Vereidigung war ihr Debüt, eine Gelegenheit, als Sams Frau zu glänzen. Sie kaufte sich ein aufsehenerregendes Kleid und schminkte sich sorgfältig. Sie wollte, daß alles perfekt würde, und es sah ganz so aus, als erfüllte sich ihr Wunsch. Einladungen gingen hinaus, und Teilnahmebestätigungen gingen ein. Hundertfünfzig Freunde und Kollegen würden kommen, um mit Sam und seiner Familie zu feiern.
Darunter waren auch einige von Annies Freunden aus dem College – und Jason Faust und Charles Honneman. Sie hatte Charles nur aus Höflichkeit eingeladen. Seit das Geheimnis um Jasons Überdosis gelüftet war, hatte er einen großen Bogen um sie gemacht, und so war sie überrascht, daß er die Einladung annahm.

Aber Menschen genossen es, mit Gewinnern zusammenzusein, und Sam war einer. Es erfüllte sie mit Stolz, und sie war glücklich, daß er ihr gehörte.

Die große Frage war, ob Michael kommen würde. Sam wünschte es sich sehnlichst, denn Michaels Anwesenheit war für ihn zum Symbol für das Ende einer qualvollen Zeit geworden. Aber Michael blieb stur. Niemand schien ihn umstimmen zu können.

Die Vereidigung war auf siebzehn Uhr angesetzt. Nachdem er seine Eltern in einer Suite des *Four Seasons* untergebracht hatte, fuhr Sam nach Constance zurück, um sich umzuziehen. Als er aus der Duschkabine trat, wurde er von Annie erwartet.

Sie stellte sich auf die Zehenspitzen und schlang die Arme um seinen Hals. Er roch nach Sam und Duschgel – ihrer bevorzugten Duftkomposition. »Wie fühlst du dich?«

»Nervös. Warum haben wir bloß so viele Leute eingeladen?«

»Wir haben sie eingeladen, weil sie unsere Freunde sind und wir möchten, daß sie deinen Erfolg mit uns feiern. Und weil ich so stolz auf dich bin.« Sie küßte ihn und knabberte dann an seinem Schnurrbart. »Ich möchte, daß alle erfahren, was du erreicht hast. Ich möchte mit dir angeben.«

Er küßte sie, umfaßte ihr Gesicht mit den Händen und betrachtete es so genau, als hätte er es noch nie gesehen. Die Zärtlichkeit, die darin lag, bewegte sie tief. »Du bist schön«, flüsterte er.

»Warte, bis ich geduscht und geschminkt bin!«

»Du gefällst mir so, wie du bist. Es erinnert mich an das kindlich-schüchterne Mädchen, in das ich mich auf den ersten Blick verliebte, als ich neunzehn war. Du hast dich nicht verändert, Sonnenschein.«

»Doch, ich habe Cellulitis.«

»Wo?«

Sie zeigte auf ihren Po.

Er drehte sie schwungvoll um und küßte den fraglichen Körperteil. »Zart wie bei einem Baby«, konstatierte er und nahm sie in

die Arme. »Danke, daß du alles organisiert hast. Es wird ein großartiges Fest werden.«
»Ich hoffe es.« Sie sah einen Schatten über sein Gesicht huschen. Michael ging ihm nicht aus dem Kopf. »Glaubst du, er wird kommen?«
»Ich weiß es nicht.«
»Falls er *nicht* kommt, dann nur, weil er noch so jung ist. Wir können nicht erwarten, daß er mit dreizehn erwachsen handelt. Ich hätte das in dem Alter auch nicht gekonnt.«
»Aber er weiß, wie viel es mir bedeutet. Vielleicht ist das der springende Punkt. Vielleicht hätte ich ihm das nicht sagen sollen, denn damit habe ich ihm eine Möglichkeit gegeben, mich zu verletzen.«
Annie bedauerte Sam. »Ich möchte am liebsten rüberlaufen und ihm Vernunft einbleuen, aber er ist inzwischen größer als ich.«
»Man kann so etwas ohnehin nicht erzwingen«, sagte Sam. »Wenn er kommt, dann muß er das aus freien Stücken tun.«
Als Annie sich von ihm löste und in die Duschkabine trat, betete sie darum, daß es so sein würde. Sie hatte selbst ihr Bestes getan, um Michael zu überreden, mehr konnte sie nicht tun.
Nach dem Duschen forderten andere Dinge ihre Aufmerksamkeit. Sie hatte mit Zoe einen ausführlichen Einkaufsbummel gemacht, um das ideale Kleid für sie zu finden, und in dieses half sie ihr nun hinein. Sie wollte, daß Zoe sich auf die Weise schön fühlte, wie Annie es in ihrem Alter nicht getan hatte. Als Annie mit ihr fertig war, sahen Zoes Haare aus wie Wellen aus gesponnenem Gold, ihre Wangen waren rosig überhaucht, und ihre Ohrläppchen zierten winzige Brillanten. Sam pfiff anerkennend, als er sie sah, und ihre Röte vertiefte sich.
Sam pfiff auch, als er Annie sah, und da hatte sie noch nichts an außer einem Spitzenhöschen. Sekunden später pfiff er ein zweitesmal, nachdem er den Reißverschluß ihres Kleides hochgezogen hatte, und dann ein drittes Mal, als sie ausgehfertig die Treppe herunterkam.
Sekunden später stürmte Jon herein, der kurz bei den Maxwells

vorbeigeschaut hatte, um Leigh aufzubauen, die an diesem Nachmittag eine hektische Kleiderjagd veranstaltet hatte, nachdem sie feststellen mußte, daß das Outfit, für das sie sich entschieden hatte, in der Taille plötzlich zu eng war. Sie war zu schlank, um schwanger auszusehen, und um die Mitte zu dick, um sich schlank zu fühlen. Annie erinnerte sich an dieses Stadium und auch daran, wie schnell es vorüberging.

»Was ist mit Michael?« wollte Sam von Jon wissen.

»Er war zu Hause.«

»Wird er kommen?«

»Ich weiß es nicht. Er war noch nicht angezogen.«

Annie legte tröstend die Hand auf Sams Arm. »Er kämpft mit sich. Gib ihm Zeit.«

»Viel hat er aber nicht mehr«, sagte Sam traurig und ging voraus zum Auto. Zu Annies Erleichterung schien er seine Traurigkeit auf der Fahrt von Constance nach Boston zu vergessen. Das war den Kindern zu verdanken. Nachdem seine neue Position schließlich auch für sie reale Formen annahm, stellten sie ihm jede Menge Fragen.

»Wie sollen meine Freundinnen dich jetzt nennen?« erkundigte sich Zoe.

»›Zoes Vater‹.«

»Ich meine es ernst, ›Der Ehrenwerte Richter des Obersten Gerichtshofs des Bundesstaats von Massachusetts, Samuel F. Pope‹?«

»›Richter Pope‹ genügt völlig«, antwortete Sam.

»Wird sie das abschrecken?«

Diese Frage beantwortete Jon. »Bestimmt nicht. Meine Freunde rechnen schon fest damit, daß ihre Strafmandate wegen zu schnellen Fahrens unter den Teppich gekehrt werden.«

»Das können sie vergessen«, erklärte Sam.

»Genau das habe ich ihnen auch gesagt«, versicherte Jon ihm.

»Wie wird Mom genannt?« fragte Zoe.

»›Dr. Pope‹«, sagte Sam.

»›Richter‹ und ›Dr. Pope‹?«

»Reden wir hier über eine formelle Vorstellung? Dann muß es heißen ›Der Ehrenwerte und Mrs. Samuel F. Pope‹.« Er warf Annie einen Blick zu. »Oder ›Der Ehrenwerte und Dr. Samuel F. Pope‹? Nein, das ist nicht richtig. ›Der Ehrenwerte Samuel F. Pope und Dr. Annie H. Pope‹.«

»›Der Ehrenwerte und Mrs.‹ genügt«, sagte sie.

»Wie viele Roben hast du?« erkundigte sich Zoe bei Sam.

»Drei. Zwei zum Wechseln und eine, um meinen Kleiderschrank aufzuwerten.«

»Hat es Joy etwas ausgemacht, die Anwaltsfirma zu verlassen?«

»Nein. Sie bekommt jetzt mehr Geld für weniger Stunden.«

»Sind den Sommer über Gerichtsferien?«

»Nein.«

»Wann nimmst du dann deinen Urlaub?«

»Wann immer ich will. Ich muß es nur rechtzeitig ankündigen.«

»Wirst du mit Anwälten zu tun haben, die dich respektlos behandeln?«

»Irgendwann sicher, nehme ich an.«

»Wie im Fernsehen?«

Jon stöhnte.

Und so ging es dahin. Annie lächelte. Sie hätte gern die Zeit angehalten. Die drei, die ihr so kostbar waren, bildeten wieder eine Einheit. Die Atmosphäre war von freudiger Erregung und Erwartung erfüllt.

Die Erregung wuchs, je näher sie Boston kamen. Annie schwelgte noch immer in der Innigkeit, die die Familie auf der Fahrt verbunden hatte, als Sam sie ins Parlamentsgebäude und dort in das im ersten Stock gelegene Eckbüro führte, wo sie vom Gouverneur und einem Fotografen erwartet wurden. Nachdem mehrere Fotos gemacht worden waren, füllte sich der Raum mit Menschen, doch Michael war nicht darunter. Der Gouverneur sprach ein paar einleitende Worte, dann erfolgte die sechzig Sekunden dauernde Vereidigung, und daran schlossen sich Händeschütteln, Glückwünsche und weitere Fotos an. Es war eine emotional aufregende Zeit für Annie, der es jedesmal die

Kehle zuschnürte, wenn sie hörte, daß Sam mit »Euer Ehren« angesprochen wurde.
Als fast alle sich auf den Weg zu dem Empfang gemacht hatten, folgten sie ihnen. Sam war von anderen Richtern flankiert, die sich angeregt mit ihm unterhielten. Immer wieder sah Annie, daß er prüfend die vor ihnen gehenden Leute überflog. Er fing ihren Blick ein, und sie zuckte die Schultern. Sie hatte Michael nicht gesehen, und J. D. auch nicht. Sie litt mit Sam, der sich so sehr gewünscht hatte, die beiden dabei zu haben.
Glücklicherweise war der Empfangssaal brechend voll, als sie ankamen, und die Atmosphäre festlich. Die Tischtücher waren blaßgrau, die Blumen leuchteten burgunderrot. Sanfte Musik wehte von dem in einer Ecke stehenden Flügel durch den Raum. Der Wein floß in Strömen, und überall sah man lächelnde Gesichter.
Teke stand bei Sams Eltern, die ebenso wenige der Gäste kannten wie Grady, was Gradys Unbehagen sicherlich minderte, dachte Annie, doch sie nahm an, daß er es bestimmt vorgezogen hätte, irgendwo allein mit Teke zu sein. Er ließ sie kaum aus den Augen, und die Faszination beruhte ganz offensichtlich auf Gegenseitigkeit. Grady, der einen neuen Anzug trug, stellte die meisten der anderen Männer im Saal in den Schatten. Annie freute sich für Teke.
Sam und sie bewegten sich durch die Menge, schüttelten Hände und umarmten Freunde, lachten und genossen das Fest – doch ganz glücklich konnten sie nicht sein. Annie schaute immer wieder zu der Stelle hinüber, wo die Kinder beieinanderstanden, und hoffte, endlich Michael zu sehen.
Dann erschien J. D. in der Tür. Er war allein. Sie suchte Sams Blick, der tiefen Kummer ausdrückte.
Sie wollte gerade zu ihm gehen, als sein Gesicht plötzlich aufleuchtete. Sie schaute zu J. D. und sah Michael hinter ihm hereinkommen. Er trug einen neuen Blazer und helle Hosen und sah hinreißend und schrecklich erwachsen aus.
Eine überwältigende Freude stieg in Annie auf, als Sam sich bei

seinen Gesprächspartnern entschuldigte und den Raum durchquerte. Ein paar Meter von Michael entfernt blieb er stehen, und auch Annie verhielt den Schritt. Ihr Herz schlug bis zum Hals.
Michael schaute Sam unverwandt an. Er blinzelte und schluckte. Plötzlich sah Annie ihn als den ängstlichen kleinen Jungen vor sich, der auf seinem ersten Fahrrad saß und von Sam angefeuert wurde. »Du kannst es, Mike. Stoß dich ab, und dann tritt in die Pedale. So ist es richtig. Guter Junge. Mach weiter. Du hast es kapiert.« Mit der Videokamera in der Hand und mit plötzlich entschlossenem Blick ging er auf Sam zu.
Das war das Signal für Sam. Er kam ihm auf halbem Weg entgegen und umarmte ihn. »Ich hatte die Hoffnung fast aufgegeben.«
Annie trat in dem Moment zu ihnen, als Michael sagte: »Als ich mich entschieden hatte, herzukommen, konnte ich keinen passenden Gürtel finden. Mom war schon weg, und Dad hatte keinen Schlüssel für euer Haus, und so mußten wir unterwegs anhalten und einen kaufen.«
Sam grinste von einem Ohr zum anderen. »Besser spät als nie. Jetzt können wir wirklich feiern.« Seine Augen blitzten. Er hob den Kopf.
Michael hielt ihn auf. Mit einer Stimme, die eher männlich als jungenhaft war, sagte er mit gespielter Strenge: »Wag es ja nicht, Sam!«
»Was?« fragte Sam mit unschuldiger Miene.
»Lautstark zu verkünden, daß ich hier bin und daß du einen Toast auf meine Wiederherstellung ausbringen willst.« Annie teilte seine Vermutung: Es hätte Sam ähnlich gesehen, das zu tun. »Laß es sein«, forderte Michael. »Ich würde im Boden versinken.«
Sam lachte glucksend. »Okay, ich lasse es. Im Grunde ist es ja ›mein‹ Tag, aber du hast ihn erst dazu gemacht, Mike.« Nachdem er ihn noch einmal an sich gedrückt hatte, was Michael hätte in Verlegenheit bringen können, jedoch von

Herzen willkommen zu sein schien, gab Sam ihn frei, legte Annie einen Arm um den Nacken und J. D. den anderen und grinste albern. »Okay. Wir sind soweit. Wirf die Kamera an.«

Annie bezweifelte, daß sein Benehmen den richterlichen Maßstäben entsprach, doch es schien niemand Anstoß daran zu nehmen. Während sie glücklich in seiner Umarmung schwelgte, trat Michael zurück und hob die Videokamera ans Auge. Und dann klang dahinter seine tiefer werdende Stimme auf. »Zwölfter März neunzehnhundertdreiundneunzig. *Four Seasons Hotel.* Boston, Massachusetts. Der Anlaß für diesen Film ist Sam Popes Ernennung als Richter am Obersten Gerichtshof des Bundesstaat von Massachusetts. Zu seiner Linken sehen wir seinen besten Freund, J. D. Maxwell, und zu seiner Rechten seine Frau, Annie Pope. Und jetzt drängen die übrigen heran. Da sind Zoe und Jon und Leigh und Jana und Teke und Grady und Papa Pete und Mr. und Mrs. Pope aus Oregon und halb Constance. He, was ist das da auf dem Tablett, das der Bursche mit den weißen Handschuhen herumreicht? Sind das Schokoladenerdbeeren? Phantastisch ...«

Epilog

Michael filmte noch immer. Er hatte schon zwei Kassetten auf die Nervosität im Wartezimmer verwendet und die dritte eingelegt. Allmählich wurde es eintönig, doch er drehte weiter. Er hatte die Wahl zwischen Filmen und Einschlafen, und er weigerte sich einzuschlafen. Es kümmerte ihn nicht, daß es vier Uhr morgens war, er würde die Geburt von Leighs Baby nicht versäumen. Natürlich wäre es schön gewesen, wenn sie ihn zu Leigh und Jon in den Kreißsaal gelassen hätten, das war für Videofilmer an sich normal. Na schön, er hatte eine Erkältung, aber sie hätten ihm doch einen Mundschutz geben können.

Doch sie hatten ihn in den Warteraum verbannt. Zum x-ten Mal lehnte er sich mit dem Rücken an die Wand und ließ das Auge seiner Kamera über die Anwesenden gleiten. Es kam ihm der Gedanke, daß er diese Aufnahme durch Schneiden und Manipulieren mit früheren kombinieren und so eine heitere Illustration des Begriffs »Erschöpfung« produzieren könnte. Bei jeder neuen Fassung waren die Körper tiefer gegeneinander- oder in sich zusammengesunken.

Drüben links kauerten auf einem scheußlich grünen Vinylsofa Sam, Annie, Zoe und Jana. Frisch eingeflogen hockte J. D. vornübergebeugt neben Jana auf einem Stuhl. Auf einem zweiten Stuhl schlief Papa Pete, und auf einem kleineren Sofa zu seiner Rechten saßen Teke und Grady.

»Was dauert denn da so lange?« beschwerte Jana sich schläfrig.

Zoe war kaum wacher als sie. »Meint ihr, es stimmt was nicht?«

Annie drückte ihre Hand. »Erstgeburten dauern immer länger. Es ist bestimmt alles in Ordnung.«

Sie und Sam tauschten ein kleines, freudig erregtes Lächeln. Er schöpfte Atem und schaute in die Runde. »Na? Ist es ein Junge oder ein Mädchen? Wie ist der neueste Stand?«

Michael würde schwer enttäuscht sein, wenn es kein Junge wäre. Er hatte es satt, in der Minderzahl zu sein.

Die anderen gaben lautstark ihre Stimmen ab, was Papa Pete aus dem Schlaf auffahren ließ, und Michael fing alles mit der Kamera ein. Auch den besorgten Blick, mit dem Teke Grady ansah und die beruhigende Art, mit der er seine Hand auf ihre legte.

Mit Ausnahme der wenigen Minuten, nachdem er erfahren hatte, wen Grady getötet hatte, hatte Michael Grady gemocht. Er redete nicht viel, aber wenn er etwas sagte, dann hatte er auch etwas zu sagen. Er behandelte Michael wie einen Erwachsenen, und er war gut zu Teke. Auch wenn Michael manchmal seinen Vater vermißte und sich dann wünschte, daß seine Eltern wieder zusammenfinden könnten, sah sein erwachsenes Ich, daß seine Mutter glücklich war wie lange nicht. Nicht, daß sie ihm je *unglücklich* erschienen wäre, aber es ging ihr jetzt noch besser.

Er schwenkte die Kamera nach links, über Papa Pete zu J. D. Florida gefiel ihm, und Michael verstand das. Das Haus, das er gekauft hatte, war phantastisch. Michael war bereits zweimal dort gewesen und würde wieder hinfliegen, sobald es kühler wurde. J. D. gefielen die Leute dort, seine Anwaltsfirma gefiel ihm und es gefiel ihm, Golf zu spielen. Michael vermutete, daß er Verabredungen hatte. J. D. sprach nicht darüber, und Michael fragte nicht. Er wollte es nicht wissen, noch nicht. Er war daran gewöhnt, seine Mutter mit Grady zu erleben, es war, als seien sie füreinander geschaffen, aber seinen Vater mit einer anderen Frau als seiner Mutter zu sehen, wäre seltsam gewesen. Doch er glaubte, daß er sich auch daran mit der Zeit gewöhnen würde. Er war nur froh, daß die Sache mit Virginia Clinger abgekühlt war, denn an *die* hätte er sich nie gewöhnt.

»Vielleicht liegt das Baby falsch«, meinte Jana. »Das würde die lange Zeit erklären.«

»Das hätten sie doch schon vorher gewußt«, antwortete Zoe vernünftig und schaute zu Annie auf. »Oder?«

Annie nickte. »Dem Baby geht's gut, da bin ich ganz sicher.«

Michael schwenkte die Kamera auf Teke, die absolut nicht sicher aussah. Sie sah verängstigt aus. Grady nahm ihre Hand und hielt sie fest.

Papa Petes Kopf rollte langsam zwischen seinen Schultern hin und her, doch dann riß er ihn plötzlich hoch, als Jon durch die Flügeltür hereinkam. Er sah völlig fertig aus, doch er strahlte.

»Es ist ein Mädchen!« rief er und blieb unschlüssig stehen. Die anderen stürzten zu ihm, umarmten ihn, fielen einander in die Arme, lachten weinten, stellten Fragen.

Ein Mädchen. Michael hätte es wissen müssen.

»Wie groß ist sie?«

»Wie sieht sie aus?«

»Wie geht es Leigh?«

»Wann können wir die beiden sehen?«

Das Stimmengewirr hielt an, bis Jon kurz darauf die Erlaubnis bekam, seine Tochter aus dem Kreißsaal auf den Flur zu bringen, wo die Popewells in heller Aufregung warteten.

»Schau sie dir an!«

»Sie ist schön!«

»Sie hat deinen Mund, Jon!«

»Und Leighs Nase!«

Michael stand im Hintergrund und filmte. Doch nach einer Minute ließ er die Kamera sinken. Es kam ihm der Gedanke, daß die Szene, die er da beobachtete, etwas hatte, das man auf keinen Film bannen konnte. Die Popewells waren wieder zusammen, sie waren glücklich, und ihr Kreis hatte sich um zwei Personen erweitert, wenn man Grady mitzählte – und angesichts der Selbstverständlichkeit, mit der er sich in die Gemeinschaft einfügte, war was wohl angebracht.

Es war ein Wunder.

Michael dachte an all das zurück, das sich im letzten Jahr ereignet hatte! Er dachte an die dunklen Tage, da er geglaubt hatte, daß das Leben den Bach runterginge und nichts jemals wieder sein würde, wie es gewesen war. Mit letzterem hatte er recht gehabt: Einiges würde tatsächlich nie mehr so sein, wie es früher gewesen war. Es hatten Veränderungen stattgefunden, aber sie waren nicht allzu schlimm. Eigentlich waren sie sogar ziemlich gut.

Sam schnippte mit den Fingern und lockte Michael mit gekrümmtem Zeigefinger heran. »Komm her, Michael. Ich möchte dir deine Nichte vorstellen.«

Michael gesellte sich zu den anderen. Seine Bewegungen waren ein wenig unsicher, was jedoch nicht an den Folgen seines Unfalls lag – die waren nicht mehr zu bemerken. Er beabsichtigte, dieses Jahr als point guard ins Basketballgeschehen einzusteigen, und er wollte mit einem Lauftraining beginnen. Nein, seine Unsicherheit hing mit dem Gefühl zusammen, daß er in diesem Augenblick etwas unglaublich Phantastisches erlebte.

Ohne einen Gedanken an seine Videokamera starrte er auf das Baby hinunter. Er hatte noch nie in seinem Leben etwas so Kleines gesehen.

»Ist sie nicht sensationell?« fragte J. D., den Arm um Jons Schulter gelegt.

Annie und Teke lagen sich in den Armen, Sam und Grady schlugen einander auf den Rücken, Jana und Zoe standen dicht nebeneinander und sprachen leise auf das Baby ein.

Die Kleine hatte ein Auge aufgemacht, und während Michael auf sie hinunterschaute, öffnete sie das andere auch noch. Er hätte schwören können, daß sie ihn ansah, und er wußte auch, warum. Er war ihr altersmäßig am nächsten, und er wäre derjenige, der sich um sie kümmern würde, solange sie klein war, derjenige, der sie beschützen würde. Nach Leigh und Jon war er der dritte, dem sie gehörte.

Vielleicht war ein Mädchen doch nicht so übel.

Er hob den Kopf und grinste die anderen an.

Es war ein Wunder.